EDIÇÕES BESTBOLSO

A valsa inacabada

A ensaísta e escritora francesa Catherine Clément nasceu em 1939. Consagrada autora de obras de filosofia, antropologia e psicanálise, tornou-se conhecida com a publicação de suas histórias de ficção. Os livros *Por amor à Índia* e *A valsa inacabada* tiveram êxito em vários países.

Catherine Clément

A valsa inacabada

Tradução de
JOSÉ AUGUSTO CARVALHO

CIP-Brasil. Catalogação-na-fonte
Sindicato Nacional dos Editores de Livros, RJ.

Clément, Catherine, 1939-
C563v   A valsa inacabada / Catherine Clément; tradução de José Augusto
Carvalho. – Rio de Janeiro: BestBolso, 2008.

Tradução de: La valse inachevée
ISBN 978-85-7799-082-5

1. Romance francês. I. Carvalho, José Augusto de, 1940- . II. Título.

CDD – 843
08-2681   CDU – 821.133.1-3

A valsa inacabada, de autoria de Catherine Clément.
Título número 072 das Edições BestBolso.
Primeira edição impressa em setembro de 2008.

Título original francês:
LA VALSE INACHEVÉE

Copyright © 1994 by Calmann-Lévy.
Publicado mediante acordo com Éditions Calmann-Lévy, Paris, France.
Copyright da tradução © by Distribuidora Record de Serviços de Imprensa S. A.
Direitos de reprodução da tradução cedidos para Edições BestBolso,
um selo da Editora Best Seller Ltda. Distribuidora Record de Serviços
de Imprensa S. A. e Editora Best Seller Ltda. são empresas do
Grupo Editorial Record.

www.edicoesbestbolso.com.br

Design de capa: Flavia Castro

Todos os direitos reservados. Proibida a reprodução, no todo ou em parte,
sem autorização prévia por escrito da editora, sejam quais forem os meios
empregados.

Direitos exclusivos de publicação em língua portuguesa para o Brasil em formato
bolso adquiridos pelas Edições BestBolso um selo da Editora Best Seller Ltda.
Rua Argentina 171 – 20921-380 – Rio de Janeiro, RJ – Tel.: 2585-2000

Impresso no Brasil

ISBN 978-85-7799-082-5

Para Istvan Szabo

Não quero amor
Não quero vinho
O primeiro faz sofrer
E o segundo vomitar

Elisabeth da Áustria

Prólogo

Viena, fevereiro de 1874

– Não está falando sério!

Com emoção, Ida juntara as mãos como que para uma prece inútil. Era uma vontade louca, perigosa, uma idéia que destruiria a vida de ambas... Ela não podia deixar que a realizasse. Tinha de impedi-la a todo custo. Era um dever.

Com os braços cruzados, virando com desdém a cabecinha coroada de tranças negras, a moça a avaliava de alto a baixo, com ar de desafio. O vestido que acabara de tirar jazia ainda em cima de uma poltrona, onde jogara displicentemente as pérolas, o diadema e o leque de penas; ficaram-lhe sobre o corpo apenas a leve armação de vime, as meias e a camisa de baixo. A noite tinha sido longa, pesada e solene; Ida morria de sono, e ela não! Incorrigível. Ida sabia de cor o que significava aquele arco irado e negro, quando as sobrancelhas se juntavam, densas, obstinadas, selvagens. Inútil insistir. Mas a questão era grave demais; Ida atirou-se à tarefa.

– Então o fiacre que está esperando à porta é para nos levar ao Baile do Reduto! Um baile de máscaras! Um lugar de má fama, onde os homens têm o direito de... Com todas as mulheres! Pense só! Que loucura!

– E por quê? – disse ela, fazendo girar com graciosidade sua armação. – Crês que eu não posso enganá-lo? Acaso me achas velha demais?

– Não, não! – protestou a pobre Ida. – Mas vão reconhecê-la, não vão deixá-la passar, vão...

– O quê? Me entregariam à polícia? Eis aí algo que seria bem divertido! Vamos, chega de rodeios. Os dominós* no guarda-roupa.

---

*Dominó – Traje usado em baile de máscaras, que consiste em túnica longa e leve, de mangas amplas e capuz. (*N. do E.*)

O vermelho e o amarelo. Ah! E um vestido preto, o da esquerda, lá no fim. Com a presilha em cetim branco.

— Um simples vestido preto? — admirou-se Ida. — Mas...

— Mas seremos burguesas, minha cara! — respondeu ela, numa gargalhada.

Ida deu de ombros, separou as mãos e contemplou-as sem dizer nada. Sem se mexer. Fingindo-se de morta.

— Vamos! — repetiu a moça, batendo com o pé. — Será que eu mesma tenho que pegar? Condessa, tu me fatigas.

Ida levantou-se, reticente. Seu dever também lhe ordenava que obedecesse. "A menos que eu peça demissão agora, neste momento, de imediato", pensou, abrindo o guarda-roupa. "Mas isso não a impediria. Ela iria sozinha. Sem acompanhante! Ela se perderia. É preciso protegê-la, mesmo contra a vontade dela. A maldita sabe disso, ela me tem nas mãos..."

A moça sentou-se na cama e alisou a colcha. Ida se conformaria à sua vontade... Tanto pior para ela! Nunca voltaria a ter uma oportunidade tão favorável. Já a imaginavam dormindo, os empregados tinham ido embora, o marido estava longe, na Rússia...

— Que ele fique onde está, no inferno! — resmungou, fazendo uma careta para o retrato na parede. — Ao menos por uma vez. Só por uma vezinha de nada...

Esticou as longas pernas, levantou-se de um salto e, enlaçando os braços sobre os próprios ombros, como se se abraçasse com ternura, pôs-se a girar sobre si mesma, inclinando a cabeça, valsando com um cavalheiro invisível. As pesadas tranças bem-feitas rolaram ao longo das costas, até os quadris arqueados, no local em que se prendiam os saiotes de cambraia. Por cima do ombro, viu seu reflexo no espelho e parou.

As mãos desceram até a cintura, soltaram a armação... A moça conteve a respiração, os dedos quase se tocavam sobre o espartilho apertado. Ela virou-se para examinar a cabeleira e dirigiu a si mesma um sorriso triste.

— Para quê... Trinta e seis anos e nem um cabelo branco! E para quem esses 50 centímetros de cintura? Ninguém os aproveita, só tu, minha querida. Sim, minha bela, és a mais perfeita, minha beleza, minha sublime, sim...

E, arredondando os lábios, deu um beijo no espelho.

– Pois bem – murmurou, apagando a marca com a ponta dos dedos. – Veremos se isso tudo interessa ao comum dos mortais. Mas o que faz Ida? Ela está demorando! Oh! Vou ficar zangada...

ELA ABRIA, RESOLUTA, a porta do guarda-roupa quando a infeliz Ida apareceu com os braços carregados de pesadas sedarias brocadas e o semblante fechado.

– Até que enfim! Já começava a me desesperar! – gritou a jovem mulher. – Não faças essa cara... Parece que estás de luto. A propósito, vai buscar a peruca que comprei em Buda. A loura, com reflexos ruivos.

– Com o dominó vermelho? – perguntou Ida. – Não vai ficar bonito.

– Pois bem! Vou pegar o amarelo e vou ficar parecendo um papagaio. Põe-no na cama. Suavemente! Ou estragarás tudo. Estás sendo uma camareira detestável, minha cara. Não! Não me digas nada, eu sei muito bem, meu Deus, que contrarias as tuas funções de leitora. Passa-me o vestido... Isso. Agora, desdobra-me esse manto amarelo...

Com os lábios contraídos, as mãos hesitantes, Ida desviava o rosto ao estender as mangas abertas do dominó de brocado. A injúria não deixava pressagiar nada de bom.

– Pára de tremer, condessa – disse subitamente a jovem mulher, numa voz cortante. – Não vás te pôr a chorar a pretexto de que vamos ao baile de máscaras! Ao menos, sê um pouco razoável: como encontrarei o povo, se não me mantive incógnita?

– O povo – cortou a outra com um risinho. – Por que pensa realmente que irá encontrá-lo lá? O povo? Não vai estar lá.

– Pelo menos mais do que aqui – respondeu a jovem mulher secamente. – Estou cansada de ouvir falar dos povos do império sem nunca verificar o que eles têm na cabeça. Nas salas dos ministérios, preparam-se guerras constantemente contra infelizes, contra fracos que fogem, que são oprimidos, e eu não posso saber o que o povo pensa? De qualquer forma, não vou recuar.

— Acha que não sei disso? — murmurou Ida, ajeitando as pregas do dominó. — Mas, se formos presas, serei repatriada, exilada! É a mim que julgarão. E, a partir de mim, a Hungria, o meu país!

— De jeito nenhum! — exclamou ela, contemplando-se no espelho. — Exilada, tu? Eu me oporei a isso. Passa-me as luvas. Na cômoda, ali. Isso. As gavetas estão abertas.

Ida estendeu um par de luvas de pele de cabra, brancas, bordadas com uma coroa.

— Brancas? — admirou-se a jovem mulher. — Não combinam. Na terceira gaveta, as de renda preta.

— Vão ver-lhe as mãos! — indignou-se Ida.

— Tomara que sim! Não se vai ao baile de máscaras com luvas de pele de cabra brancas. E, além disso, a coroa, Ida. Me identificariam à primeira olhadela. A peruca está em cima do guarda-roupa, escondida debaixo das capelinas.

De cima de uma cadeira, Ida puxou um monte de cachos ruivos que lhe escaparam e rolaram sobre o tapete. Imóvel, no seu dominó, a jovem mulher soltou um riso mau.

— Não tens a mão boa, condessa — disse, num tom de troça. — Meu Deus, como estás desajeitada hoje...

Com lágrimas nos olhos, Ida pegou de volta a peruca e passou-a silenciosamente para a jovem mulher.

— Tratemos agora de enrolar meus cabelos. Ajuda-me. Eu arranjo os cachos da frente e tu torces as tranças como puderes. Os alfinetes. Em cima da mesa. Passa-os para mim.

Num gesto rápido, prendeu os alfinetes e enfiou os cachos postiços.

— As tranças debaixo da peruca — ordenou. — Tenta colocar os alfinetes agora... Lentamente! Espetaste minha orelha! Que imbecil tu és!

Ida parou subitamente e pôs-se a chorar em silêncio. A moça percebeu as lágrimas pelo espelho e, com o alfinete na ponta dos dedos, virou-se, agilmente.

— Meu Deus! — gritou, tomando-a nos braços. — Ida, minha querida, não chores... É por minha causa? Não fiz de propósito, bem sabes como às vezes eu me exalto... Não me queiras mal. Minha doce, minha boa, tu sabes como te amo...

Com a cabeça encostada no ombro da outra, os braços soltos, Ida soluçava descontroladamente.

– Pronto, minha bela – murmurou a patroa, acariciando-lhe os cabelos castanhos. – Não te aborrecerei mais, acabou. Eu trato de tudo. Dá-me teus lábios, bem comportadinha.

Ida ergueu a cabeça e apresentou a boca, com obediência. A moça depositou nela um beijo rápido e separou-se, abanando-se com a mão.

– Bom! – disse, num tom alegre. – Não temos tempo para brincar. Agora é contigo, minha cara. Serei a tua camareira. Não, não protestes. Deixa tudo comigo.

E, erguendo o pesado dominó vermelho com um vigor surpreendente, apresentou as mangas à companheira.

– Passa a mão... Abaixa o braço... Dá-me o outro... Pronto – disse a moça satisfeita, ajeitando as pregas à volta de Ida, que enrubescia. – Agora, o mais importante.

Com grandes passadas, precipitou-se para a penteadeira, pegou uma pequena borla, mergulhou-a numa caixa de pó e passou-a cuidadosamente nas faces de Ida.

– Está um pouco branco – observou, recuando para melhor apreciar sua obra. – E vêem-se ainda as marcas das lágrimas. Dentro de cinco minutos, faço de novo. Mas não chores mais, por favor. Onde estão meus alfinetes? Essa peruca não pára no lugar.

Com uma rapidez estonteante, ela enfiou o emaranhado de tranças por baixo dos cachos ruivos e espetou uma floresta de alfinetes para segurá-los. Depois que arrumou tudo, sacudiu a cabeça e se olhou ao espelho.

– Está me puxando – disse, fazendo uma careta. – Estes cabelos são um castigo para mim. É muito feio esse ruivo. O que achas, Ida?

– Mesmo assim, está muito bonita – murmurou Ida.

– Eu sei! – disse a jovem mulher, batendo com o pé. – Mas estou muito irreconhecível?

– Bem... – hesitou Ida. – Parece-me que sempre a reconhecerei sob qualquer disfarce.

– Não és nada tranqüilizadora – replicou enfadada. – Passa-me a máscara e vamos ver.

11

Quando a renda negra caiu sobre o queixo redondo, a jovem mulher fechou o dominó com um movimento brusco e calçou as luvas lentamente. Depois, jogando a cabeça para trás, pôs-se a rir, um riso gutural estrepitoso. Ida juntou as mãos com espanto.

— Nunca a ouvi rir assim!

— Dize antes que nunca me ouviste rir, minha cara – replicou ela suspirando. – Ninguém me ouviu rir. Nem mesmo tu.

"Ninguém me conhece", pensava ela, com azedume. "Nem mesmo tu, minha confidente, minha amiga mais íntima. Selvagem, desprezível, eu? É o que vamos ver."

— Que é que está faltando? – perguntou bruscamente. – Uma bolsa... Lenço... Aí está. Um leque. O mais simples, de tafetá negro, sem enfeite. Mas, mesmo assim...

Correu em direção a um pequeno móvel, abriu uma gaveta e remexeu demoradamente com as mãos enluvadas.

— Pronto! – gritou triunfante.

— Uma de suas estrelas de diamantes? Elas são famosas no mundo inteiro... Está certa de que...

— Se for só uma, isoladamente, não a reconhecerão. E, olha – acrescentou, espetando graciosamente a estrela nos cachos ruivos –, isso salva esse horror...

— Não nego – concordou Ida, vencida. – Mas é imprudente.

— Vamos, Ida – respondeu a jovem mulher, dando de ombros.

Ida pegara a bolsa, verificara o lenço e um leque pendia de seu pulso enluvado. Mas não se moveu uma polegada sequer.

— E então? Não despachaste o fiacre, pois não? Eu te esganaria!

Com um gesto tímido, Ida mostrou a pequena borla sobre a penteadeira.

— O pó, sobre as marcas, meu rosto – gaguejou ela. – A senhora... quero dizer, Vossa...

— Psiu... – fez a moça, pondo um dedo sobre os lábios da companheira. – Eu tinha esquecido.

Com pequenos golpes, pôs o pó no nariz, nas faces e no queixo dela, e acariciou-lhe a testa.

— Sou detestável – e espanou a luva de rendas em que o pó tinha deixado uma nuvem pálida. – Uma criança mimada. Não entendo como me suportam. És um anjo. Não se vê mais nada no teu rosto, nenhuma lágrima!

E, num gesto vivo, baixou o capuz sobre a peruca ruiva.

— Uma vez no Reduto, acharemos uma mesa no primeiro balcão – disse ela com gravidade. – Não fales com ninguém.

— Não – respondeu Ida, dócil.

— Voltaremos para casa antes da meia-noite.

— Oh, sim! Por favor.

— Não deixarás ninguém aproximar-se de mim. Juras?

— Ninguém.

— O dinheiro. Tens florins?

— Na minha bolsa – disse Ida num suspiro.

— Ia esquecendo – sobressaltou-se a moça retirando as luvas. – Minha aliança.

— Não vá tirar sua aliança! – assustou-se a companheira.

— Já está feito – disse ela, mostrando o anular. – Por esta noite, sou viúva.

— É um ato sacrílego!

— Se Deus existe, ele me perdoará. Aliás, não acontecerá nada.

— Que o céu a ouça – replicou Ida. – Os terroristas na Rússia...

— Ora, cala-te! Vais trazer-nos desgraça com essas idéias obscuras! E vais chamar-me de Gabriela, como a pobre Schmid, se ela soubesse... Repete.

— Gabriela – disse Ida numa voz abafada.

— Vais tratar-me por tu. Tenta.

— Tu... tu és Gabriela – disse Ida timidamente. – O primeiro nome de sua camareira... É difícil.

— Não é, não! – gritou ela, impaciente. – Não te trato por tu?

— A senhora... não é a mesma coisa – balbuciou Ida com desespero.

— Eu disse para me tratares por tu! – E o leque bateu, com um golpe seco, no braço da companheira.

— Eu... Eu juro que não farei de novo – respondeu Ida, perdida.

13

– Assim está bem. Que Deus nos proteja – suspirou a moça. – A hora da verdade, minha cara. Não me reconhecerão. *Viva la libertà!*

E, agarrando a mão de sua companheira, precipitou-se para fora do quarto em desordem.

– Finalmente rirei, mostrarei meus dentes ruins, meus dentes amarelos, só verão fogo neles... – cantarolou ela, descendo as escadas.

A MÃE DELE é que o tinha preparado. Finalmente, se se pode dizer assim, aquele homenzarrão de 26 anos teria apenas que desencavar o fraque para um baile comum, a boa Sra. Taschnik se contentaria em verificar a gola virada, os botões do colete e o verniz dos sapatos de gala. Mas tratava-se do Baile do Reduto, aonde seu rebento iria pela primeira vez.

Ele consultara seu melhor amigo, Willibald Strummacher, vienense de boa cepa, que tinha aconselhado um disfarce para a cabeça, e a Sra. Taschnik mãe tinha confeccionado com amor uma touca em que se prendia o aguilhão da máscara de seu bem-amado Franz. De brim negro bem ajustado na cabeça com duas pontas de veludo dobradas de pele de esquilo, solidamente costuradas dos lados, o boné pretensamente imitava a cabeça de um morcego. A escolha não tinha nada a ver com o amor a esses pequenos mamíferos, mas totalmente com a paixão pela música.

A Sra. Taschnik devotava a Johann Strauss – o pai – um verdadeiro culto. Tinha morrido havia mais de vinte anos; mas, por uma sorte que mais parecia milagre, Johann Strauss, seu filho, se tinha estabelecido pertinho da casa dos Taschnik, em Hietzing, à beira da floresta vienense; no jardim, colhendo as cerejas, podia-se ouvir o compositor ao piano, enquanto sua mulher, Jetty, tentava cantar as árias que, em breve, se tornariam valsas do Prater. Por razões que não tinham nada a ver com a música, mas apenas com a política, a Sra. Taschnik mãe não gostava do filho Strauss, esse vadio que viram armado com um fuzil nas barricadas durante a revolução de 1848. A Sra. Taschnik mãe era apaixonada pelos conservadores e, portanto, pelo falecido Johann Strauss, o pai; tinha seus motivos.

A despeito dos protestos maternos, a loucura da valsa também tinha arrebatado Franz. O jovem se apaixonara pelas melodias que o vento dispersava através das folhas das árvores; ele tinha até mesmo conhecido o ilustre maestro, que preparava para a primavera sua primeira opereta, baseada em uma comédia francesa, *O Réveillon*, que o mago da música tinha preferido intitular *O morcego*.

Franz conseguira convencer a mãe a comemorar antecipadamente esse acontecimento memorável, que poria fim às desgraças do ano de 1873. Esse maldito ano da Exposição Universal de Viena, por um capricho da razão, tinha provocado ao mesmo tempo a epidemia de cólera e a terrível Sexta-feira Negra que, num dia de *crack* na Bolsa, tinha arruinado os burgueses de Viena.

O morcego, de Johann Strauss, apagaria essas duas nódoas; era o que se lia nos jornais, e os vienenses logo se convenceram disso.

– Mas eu não estaria antes parecendo um gato? – perguntou o jovem plantado diante do toucador da mãe.

– Põe a capa noturna, meu Franzi – assegurou a Sra. Taschnik. – Só terás que agitá-la com teus braços compridos para imitar o morcego. E, além disso, os gatos não têm tantos pêlos nas orelhas. Agora, o bigode.

Franz pegou a rolha queimada que sua mãe lhe estendia e revestiu de negro a parte de cima de seus lábios juvenis. Não estava bom, a mãe concordou. Ela pegou a rolha e, erguendo-se na ponta dos pés, tentou fazer bigodes finos; mas Franz media quase 2 metros, e a Sra. Taschnik era baixinha demais; seria preciso um tamborete, e o resultado ficou pior ainda; com um pano, apagaram tudo, ficaram nervosos, depois admitiram que menos é mais; um risco preto bastaria. Finalmente, por comodidade, decidiram acrescentar uma máscara branca.

O rapaz não conheceu o pai. Gustav Taschnik tinha morrido de uma bala perdida durante a insurreição de 1848, quando, jovem guarda nacional fiel ao governo imperial, tentava proteger o Palácio Imperial contra o ataque dos operários e dos estudantes.

Foi um mês depois do começo dos acontecimentos de outubro; o conde Latour, ministro da Guerra, tinha sido linchado. Enforcaram-no em seu belo uniforme branco e vermelho, a Revolução alcançou os subúrbios, incendiaram a igreja dos agostinianos e uma parte do palácio, o império tremeu, depois reaprumou-se. Nessa época, em novembro, o Exército imperial sitiava a cidade que já havia conquistado em parte. Os insurgentes esperavam ainda o socorro das tropas recrutadas pelo Partido Magiar, e as barricadas resistiam firmes; o pai de Franz, homem pacífico e conciliador, quis convencê-los a se renderem. Ele tinha destruído a coronha de seu fuzil e avançara lentamente, sozinho; a bala lhe atravessou a cabeça, e a barricada berrou de alegria. Dois soldados morávios trouxeram o corpo para a mulher, que esperava um filho.

Os insurgentes finalmente se renderam, o imperador Ferdinando abdicou e o jovem arquiduque Francisco José lhe sucedeu. O pequeno Taschnik nasceu e a mãe o chamou Francisco, em homenagem ao novo soberano. O Sr. Taschnik pai, dizia ela muitas vezes, tinha morrido à toa, e só a palavra "proletário" lhe provocava arrepios. "A ordem, os negócios e a valsa, eis o que nos é necessário", repetia ela a quem quisesse ouvi-la. A Sra. Taschnik mãe não se decepcionara.

O marechal Radetzky tinha restabelecido a ordem com lances de execuções sumárias, flagelações públicas e torturas; lançando na capital do império a construção dos enormes prédios do Ring, o imperador voltou aos negócios; a guerra entre a Prússia e a França tinha fechado a Bolsa de Paris e impulsionado a de Viena ao pináculo da especulação, pelo menos até a Sexta-feira Negra; quanto à valsa, ela nunca parou. Eis por que a Sra. Taschnik mãe devotava ao falecido Johann Strauss pai tal adoração: ele havia sido fiel às tropas imperiais em 1848. Melhor ainda: para honrar o velho marechal, ele havia composto sua obra-prima, *A marcha de Radetzky*.

Mas a Sra. Taschnik se achava na obrigação de admitir a derrota de seu compositor preferido. Foi assim; Viena, a esquecida, dedicava ao filho Strauss uma adoração sem limite, à qual não era de bom-tom resistir por muito tempo. E se a Sra. Taschnik resmungava em público, com a mania de marcar suas preferências conservadoras, secretamente perdoava o Strauss filho por ter seguido os amotinados, porque a valsa era um valor seguro, e um rebento Strauss, mesmo insurgente vermelho, era sempre a valsa.

No entanto, não se passava um único dia sem que ela lembrasse ao filho o sacrifício paterno.

– Se teu pai te visse... – suspirou ela estendendo-lhe a capa. – Esses malditos operários dos subúrbios... Pensar que ele não soube que teria um filho homem...

O jovem gigante abaixou a cabeça e saiu. Adorava a mãe, mas achava-a muito rígida, às vezes até francamente reacionária, como se dizia em Viena, nos círculos progressistas; ele se perguntava com freqüência se o pai tinha verdadeiramente tomado o partido das tropas imperiais. Em suma, ele não aderira à piedosa versão materna.

Porque ele presumia: o pai tinha destruído a coronha de seu fuzil, isso era possível. Mas não fora abatido pelas barricadas; ele tinha chegado até os insurgentes, que o receberam com gritos de alegria; em seguida, uma bala o teria atingido, surgida do mau acaso, uma bala entre os dois campos. Para sustentar essa hipótese, o jovem Franz só tinha uma prova frágil, uma carta achada nos papéis paternos, assinada por um certo Karl Marx, um agitador alemão, que se tinha dirigido em agosto de 1848 à Associação dos Operários. O pai de Franz, marceneiro de profissão, tinha assistido ao comício, ou então tinha ajudado a organizá-lo, e o alemão lhe agradecia em meia dúzia de palavras. Não era muito; o bastante, contudo, para semear a dúvida no espírito do rapaz, que guardava a epístola de Marx bem fechada numa caixa de ferro, como se fosse uma carta de amor.

Disso ele estava certo: ele teria estado com os estudantes, nas barricadas. Como Johann Strauss filho, autor da *Valsa da liberdade* e da *Marcha da revolução*. Mas nem sonhava dizer uma única palavra disso a Sra. Taschnik mãe.

– Que bom menino – disse ela quando ele fechou lentamente a porta.

Parte I
O Baile do Reduto

1
O dominó amarelo

Eu queria que me deixassem
Em repouso, tranqüila, enfim,
Porque, na verdade, sou
Apenas um ser humano semelhante a vós.

Elisabeth

O fiacre havia parado diante dos degraus do prédio; quando as portas se abriram, passavam confusas lufadas musicais que logo desapareciam. A jovem mulher de dominó amarelo desceu primeiro e inspirou demoradamente o ar gelado.

— Como é bom o frio – murmurou para si mesma. – É a primeira vez que em Viena posso sorver o ar da cidade; sinto-me como na caça. Faz frio, o céu está claro, só faltam o meu cavalo e os meus cães. Ida!

— Realmente, esses fiacres são incômodos – vociferou Ida debatendo-se no tafetá do seu dominó. – Prefiro o vosso cabriolé.

— Teu cabriolé!

— Mas não há ninguém!

— Dei-te uma ordem, condessa – replicou a jovem mulher.

E, agarrando firmemente sua companheira pelo braço, dirigiu-se ao prédio iluminado. À beira dos degraus, fez uma pausa e virou a cabeça, como se hesitasse.

— Quer voltar para a Hof... sua casa, senhora? – corrigiu-se Ida de imediato.

— De jeito nenhum! Só que... todas essas luzes, esse barulho, essa multidão...

— É um grande baile, certamente – insinuou Ida, pérfida. – Haverá muita gente. Mas não era o que queria?

O dominó amarelo apertou os lábios sem responder e subiu os degraus num revoar de sedaria de ouro.

– Não tenho medo. Não insistas, Ida. Ah!

Um homem que descia a roçou com sua capa sem lhe prestar atenção. Petrificada, ela pôs a mão no rosto, como se ele a tivesse esbofeteado. Ida acorreu.

– Não foi nada – disse a jovem mulher com esforço. – Simples descuido. Esse pobre homem não sabe... É preciso ir em frente.

Mas os dançarinos entravam e saíam desordenadamente, acotovelando-se com alegria. Riam, suavam, enxugavam a testa com a mão, e vinham respirar o frio para refrescar-se; as mulheres às vezes cacarejavam, os homens olhavam-nas com atenção, beijavam-lhes o pescoço, faziam-lhes cócegas roçando-lhes as rendas. As bocas sopravam hálitos brumosos, e as gargalhadas ressoavam no frio como tiros de fuzil.

A jovem mulher estremeceu, viu dois namorados abraçados, parou mais uma vez, lançou à volta de si olhares desvairados e recomeçou a andar, tremendo de cólera.

– Eu chego lá – silvou ela.

– Não está acostumada, senhora – apiedou-se Ida. – Inevitavelmente, sem protocolo...

– Queres calar-te? Vais fazer com que nos peguem. Mantém a porta aberta, para que eu possa passar. E, pela última vez, pára com esse "senhora"...

ELAS MERGULHARAM no grande hall, no meio do zunzum e do amarfanhamento das roupas. Por toda parte passavam mulheres de dominó, com a cabeça encapuzada, o rosto envolto em renda, e os olhos rodeados pelo veludo das máscaras. Malva, rosa, escarlate ou azuis, ostentavam as sedas leves das capas italianas que as disfarçavam inteiramente. À volta delas giravam os homens, vestidos de negro, de fraque e engravatados de branco. Todos semelhantes, apertados no colete de piquê, com suas luvas imaculadas na mão. Um exército de formigas ao redor das asas borboleteantes que, tomadas de pânico ou de alegria, voavam desordenadamente ao som das músicas agitadas.

O dominó amarelo parou subitamente e desdobrou o leque diante da máscara.

– Prossigamos – disse sua companheira. – Se ficarmos aqui, vão notar-nos.

– Espera um pouco – murmurou ela. – Tenho medo.

– Que é que eu lhe disse? Ei-la apanhada! Quer voltar para casa?

– Nunca! – exclamou a jovem mulher.

– Ah! Nunca se deve dizer nunca, bela senhora – exclamou um fraque surgindo da sombra. – Deseja companhia? Aqui estou!

– Obrigada, senhor, não é preciso – respondeu Ida. – Vamos subir.

– Mas não sozinha – disse o homem, deslizando a mão sobre o tafetá vermelho. – Dá-me o braço.

– Senhor, pare! – enterneceu-se Ida. – Não o conheço.

– Ei! Todos ouviram isso? – gritou o homem. – Eis um dominó que se aborrece, e sabem por quê? Porque não me conhece! A gente vem da aldeia dela ou o quê?

Como surgidos do céu dos tetos pintados, três fraques as envolveram, com os braços estendidos para barrar-lhes a passagem.

– Vamos explicar-lhes os costumes – começou o mais alto deles, pausadamente. – O Reduto, senhoras! Ninguém conhece ninguém, e por isso...

– A gente trava conhecimento com desconhecidos, e aí está todo o prazer! – prosseguiu o segundo.

– E só no fim, ao amanhecer, a gente tira a máscara...

– Enquanto isso, não se fala nada e deixa-se o barco correr bem gentilmente, minhas franguinhas...

– Franguinhas! – exclamou Ida horrorizada. – Como ousa?

– Delicadas franguinhas, sim – gritou o mais alto dos fraques, enquanto o terceiro, o que não tinha dito nada, agitou os braços e, com os olhos semicerrados, se pôs a cacarejar "có-có-có-ricó"...

– Vamos, uma boa agitação, minha bela – zombou o menor deles, com ar sedutor. – Gusti, a maior é do seu tamanho, a do dominó amarelo!

– Um beijo, por favor, princesa... – disse o homem rodopiando. – Não se morre disso!

Petrificada, a desconhecida se crispava com seu leque, os homens se tinham posto a girar, a girar como grandes aves, pegas ou gralhas, pensou ela, com o bico aberto, grasnando, quase a tocavam, uma das mãos passou diante de seus olhos, que ela fechou bruscamente, outros mais tinham chegado, homens, os risos se aproximavam, tão fortes que ela tapou os ouvidos com as palmas de suas luvas negras, e o leque caiu.

— Deixem-na em paz! — gritou uma voz.

— Mais um janota que vai estragar nosso prazer! — rosnou o fraque alto, descontente.

O círculo alargou-se; os olhares se dirigiram para o importuno. Envolvido em uma capa, o homem, um verdadeiro gigante, permanecia perfeitamente imóvel. Trazia na cabeça uma estranha cobertura, com pequenas orelhas de veludo forradas de pele, e no nariz uma simples máscara branca. Cautelosamente, ele avançou. Recuaram: ele era grande demais, forte demais.

— Aterrorizar as mulheres, senhores, não é coisa que se faça — disse ele, curvando o enorme corpo para pegar o leque.

— O que é esse fanfarrão? — murmurou o primeiro fraque. — Diria-se que ele se disfarçou, por Deus!

Mas ele, sem se preocupar com os murmúrios, rompeu o grupo e estendeu o leque à mulher de dominó amarelo.

— Senhora, está livre — disse ele, inclinando-se.

De uma só vez, ela pegou o leque e abriu-o. O leque agitou-se levemente, depois abaixou como um pássaro que pousa.

— É um cavalheiro, senhor — disse ela, estendendo a mão enluvada.

O gigante pegou suavemente a mão estendida, apertou-a com mil precauções. O dominó amarelo soltou um gritinho de surpresa, e o leque voltou-lhe ao rosto.

— Quer que a acompanhe? — propôs ele, vergando gentilmente as orelhas ridículas.

— Não é necessário!

— Oh, sim! Acompanhe-nos, senhor — exclamou Ida ao mesmo tempo.

Furiosa, a jovem mulher bateu no braço de sua companheira com o leque. Ida calou-se. Desconcertado, o gigante hesitou e permaneceu com os braços oscilantes. Numa piscadela, a jovem mulher puxou o dominó vermelho e as duas fugiram. Um dançarino caiu na gargalhada.

— Isso te ensinará a mostrar-te galante! Elas te escaparam por entre os dedos, meu velho! Dize-me, por que te disfarçaste, quando o regulamento do Reduto o proíbe?

— Proíbe? Como assim? — gaguejou o gigante desconcertado. — Mas me disseram... Willibald havia me recomendado...

— Teu Willy fez pouco de ti, sim! — disse um deles com uma grande risada. — Olha à volta de ti: tu és o único!

Envergonhado, o gigante retirou a máscara suspirando e destruiu o boné, que jogou num canto. Era um jovem, quase um menino, com um belo rosto um pouco corado, e grandes olhos azuis espantados.

— Por Deus, é verdade, deixei-me enganar — admitiu, eriçando os cabelos escuros. — Vem bem a propósito, eu sentia muito calor. Elas desapareceram... De qualquer modo, acho que exageraram!

— Ora! Duas perdidas, dez encontradas... Vamos, camarada, vem conosco. Pelo menos vais divertir-te um pouco.

Os DOIS DOMINÓS passaram pelos estreitos corredores onde se cruzavam os casais se acotovelando; as mãos enluvadas se apertavam para não se perderem, os capuzes de seda deslizavam sobre os ombros nus, descobrindo coques meio desfeitos, olhos cheios de lágrimas, leves suores na base do pescoço. A balbúrdia era infernal; Ida segurou o pulso do dominó amarelo, apertou-o como que para esmagar. Ela se deixava levar sem resistência. Os cotovelos desajeitados de pequenos dançarinos bateram em seus quadris, ela deu um grito fraco, um gnomo virou-se e pisou-lhe os dedos dos pés, uma moça gorda tropeçou, torceu o tornozelo e recuperou-se com presteza, pendurando-se em seu braço, por acaso, sem desculpar-se. Era tarde demais para recuar, uma porta abriu-se, empurraram-nas pela abertura. Ofuscadas pela luz, pararam no limiar da Sala de Ouro, salvas.

A orquestra tinha começado as valsas, e os dançarinos giravam como loucos, chocando-se uns contra os outros com exclamações divertidas. Às vezes um casal perdia o equilíbrio e caía no chão, numa confusão de armações e saiotes dos quais emergiam, misturadas, meias brancas e calças negras. Era uma fúria, uma violência desenfreada, uma guerra para manter-se de pé; as mulheres fechavam os olhos, os homens lançavam à esquerda e à direita olhares desvairados para evitar as colisões, e o fôlego faltava. A valsa parecia que ia parar e, quando a acreditavam finda, ela recomeçava sorrateiramente numa outra vertigem, mais e mais, até que, finalmente, tudo parava. Então as dançarinas titubeavam soltando suspiros profundos e os cavalheiros batiam palmas com ar de orgulho e de alívio.

— Como eles dançam ... – disse a jovem mulher, surpresa.

— Tem razão, é terrível – gemeu Ida. – Quando penso em nossos bailes...

— Eu disse que achava terrível? Eles se divertem...

— Mas que vulgaridade! – disse Ida. – Olhe como transpiram! A senhora detesta isso! Não vai dançar, todavia!

— Com quem, minha pobre Ida? – disse ela tristemente. – Olha, vamos procurar uma mesa no mezanino, ficaremos mais tranqüilas para observar.

Subir a escadaria estreita foi uma tarefa difícil; as pessoas se penduravam, se acotovelavam, se roçavam, e o dominó amarelo tinha movimentos de recuo, como se toda vez a ferissem. As mulheres se precipitavam erguendo ousadamente as saias, e os homens se voltavam para aquelas meias brancas, fazendo comentários em voz alta que enrubesceram a jovem mulher. Apertada em seu dominó, ela assentava com uma das mãos a máscara sobre o rosto, e com a outra se protegia com o leque. A cada degrau, ela se contorcia contra o corrimão e esperava em vão um momento mais calmo; depois, ao cabo de um instante, lançava-se de cabeça baixa para o degrau seguinte. Um grupo de jovens que descia cercou-a; ela se debateu em silêncio e conseguiu desvencilhar-se. Houve na multidão uma brecha súbita, que ela aproveitou de imediato, erguendo, por sua vez, o dominó amarelo e a saia negra, e correndo para o alto dos degraus.

— Ufa! – exclamou ela, quando atingiram o topo da escadaria. – Realmente não estou acostumada. Que exercício!

— E ainda precisamos achar uma mesa... – suspirou Ida, abrindo a porta de um camarote de onde saíam risos.

Cheio. O segundo, idem. Por sorte, ambas acabaram por achar uma mesa minúscula no camarote mais recuado. Assim que se sentaram, a jovem mulher mergulhou o rosto no vão das duas mãos juntas e deu um suspiro de cortar o coração.

Ida desabotoou as luvas, intimamente satisfeita. Dessa maneira, a jovem mulher depressa se cansaria, e a aventura terminaria logo.

— Sua sapatilha... A direita, está suja – constatou ela. – Devem ter pisado em seus pés. Aí está um calçado estragado.

— Não tem importância, já que me obrigam a dá-los todo dia aos pobres.

— Por que recusou a oferta daquele homem? – prosseguiu Ida com uma suspeita de rabugice. – Ele nos teria protegido desses encontrões.

— Ele não beijou a mão que eu lhe estendia – interrompeu a jovem mulher num tom de desprezo. – Ele a apertou! É um grosseirão.

— Um simples adolescente; não conhece os costumes! E nos livrou de uma encrenca! Está sendo injusta!

— Ah! Cala-te! Eu não pensei. E quanto a ti, esqueces o tratamento por tu.

Ida enrubesceu, confusa, e quis esforçar-se.

— Queres que eu vá pegar uma bebida? – perguntou numa voz fraca. – Está calor...

— Por que não? – respondeu displicentemente a jovem mulher. – Não te demores muito. Aliás, olha! Não, vai antes procurar para mim aquele rapaz. Ele é tão alto, que não terás dificuldade para encontrá-lo. Tens razão, eu o maltratei muito. Vou dizer-lhe duas palavras, isso me distrairá. Vai!

IDA SAIU À CAÇA do rapaz a contragosto. O dominó amarelo abriu o leque e olhou os dançarinos que recomeçavam a valsar. Ela contou 10 dominós vermelhos, 25 negros como tinta, e já inteiramente sujos, 3 violeta, 2 cinza, um dos quais pérola. Logo se encheu disso; no nono dominó verde, parou. Não tinha notado nenhum dominó amarelo.

Cansada de esticar o pescoço para observar os dançarinos, preferiu contemplar o teto, onde as ninfas rosadas estavam deitadas à volta de um Baco rechonchudo; com uma coroa de parras e de uvas, segurando uma taça, ele mirava com um olhar vago montes de nuvens gordas, e o céu de outono, no horizonte, de um azul imperturbável. As loucas companheiras do deus do vinho eram desanimadoras. Normalmente, para aplacar o tédio nas cerimônias oficiais, ela se entregava a uma discriminação minuciosa dos objetos decorativos. Demorou-se nas cariátides de ouro – 15; nas estátuas de mármore imaculado, inclinadas acima das portas majestosas, umas armadas de foices, outras de louros, duas a duas, eternamente frente a frente – 12; os brancos medalhões esculpidos, 60 talvez, incontáveis, e não conseguiu dissipar sua melancolia. Inconvenientes, os gritos, os risos e os violinos perturbavam a serenidade dos deuses e das deusas.

Em seguida, ela examinou os imensos lustres um a um. Enumerou 10 deles, dos quais um começava a apagar-se.

Depois foi a vez dos buquês de aráceas e de lírios, célebres em toda a cidade, e que mandavam vir a alto custo da Riviera.

– É cansativo todo esse branco – disse a jovem mulher, abafando um bocejo por trás do leque.

Finalmente ela considerou que ninguém vinha convidá-la para dançar, e uma surda angústia começou a roer-lhe o coração.

– Talvez estes cabelos postiços estejam tortos... Ou então é este dominó. Que cor absurda! O amarelo não fica bem em ninguém. Se ao menos eu pudesse tirar esta máscara...

Ela soprou sobre o véu de renda para conseguir ar, e pôs-se a rir.

– Aborreço-me! – disse, em voz alta. – Como é esquisito! Mas o que procuram então todas essas pessoas que parecem divertir-se tanto? E o que faz Ida...

Num gesto vivo, ela inclinou-se sobre a balaustrada. O dominó vermelho vagava entre a multidão. Subitamente, a jovem mulher percebeu o gigante apoiado numa cariátide. Ele devaneava.

– Ali está ele! E ela não o vê... É verdade que ele não está mais com a capa... Nem com a máscara. Ah! É melhor, muito melhor. Mas é uma criança! Aposto que tem os olhos azuis. A tez um pouco colorida, talvez... Ida! – gritou ela sem compostura, agitando o leque. – Ida!

Ida olhou timidamente à sua volta. O gigante se aproximava.

– Acho que a chamam lá de cima – disse ele suavemente, apontando um dedo para o mezanino.

– O senhor? – exclamou Ida, aliviada. – Era precisamente quem eu procurava, senhor. Esperam-no. Alguém que se impacienta aqui um pouco e gostaria da sua companhia.

– O dominó amarelo? Veja só... Que honra! – zombou o rapaz. – Como sou bom moço, aceito o convite.

DE SEU POSTO ELEVADO, o dominó amarelo via-os aproximar-se; entrincheirado atrás de suas nuvens acadêmicas, Baco a avaliava do alto do teto pintado. O gigante conduzia seu dominó vermelho como se faz com um cavalo, empurrando, puxando, abrindo caminho; em três segundos, os dois entrariam no camarote, estariam lá, diante dela; seria necessário falar, mostrar-se amável, permanecer de pé, sorrir... A jovem mulher virou a cabeça.

– Olha, aqui está o teu convidado, minha cara criança – anunciou Ida num tom falsamente descontraído.

Ele não tinha a aparência de zangado; torcia as luvas com embaraço, como um camponês endomingado. Com uma olhadela rápida, ela passou em revista o fraque impecável, a gravata branca atada à volta de um colarinho duro, o colete de piquê, a corrente de ouro presa ao bolso, subiu até a flor da lapela e demorou-se no rosto. Uma curiosa sombra negra manchava a parte superior dos lábios, no lugar do bigode.

– Senhor – começou a jovem mulher, abanando-se furiosamente –, acho que não lhe agradeci suficientemente. Deseja permanecer um instante em nossa companhia?

O gigante quedou-se estupefato e observou o movimento do leque.

– E então? É surdo? Convido-o à minha mesa – disse ela com um gesto gracioso.

Ele sentou-se canhestramente e calou-se. A desconhecida falava muito bem.

— Não está mais disfarçado – disse ela como preâmbulo.

— Mas eu estava errado ao disfarçar-me, ao que parece, senhora. Um amigo me pregou uma peça; eu tinha me preparado para um verdadeiro baile de máscaras. Queria aparecer como um morcego...

— Um morcego? Ah! Aquelas orelhinhas de veludo...

— Justamente – disse ele mais à vontade. – Aqueles pêlos todos me davam muito calor.

— E... acima do... do lábio, aí... – disse ela, rindo, com a mão na boca.

— Oh! – exclamou ele, tirando o lenço. – É um bigode falso de carvão. Eu tinha esquecido... Devo estar ridículo! E assim, está melhor?

— O fato é que lucra com isso, senhor – murmurou ela, recuperando o fôlego.

— Ainda não tenho bigode. Minha mãe me disse que não devo perder a esperança.

— Agora, apresentemo-nos – disse ela, apoiando-se nos cotovelos familiarmente, na frente dele. – Quem é o senhor?

— Não é essa a regra... bonita máscara – respondeu ele, numa voz hesitante. – Não se diz quem se é antes do amanhecer, e são... exatamente onze horas – acrescentou ele, puxando seu relógio de bolso. – Eu direi daqui a pouco.

— Como é implicante! Eu tinha muita vontade de conhecê-lo. Abra uma exceção, eu lhe peço. Para mim.

— Ao menos, deixe em paz o seu leque... Para que eu possa ver os seus olhos.

— Meu leque? – disse ela, passando-o lentamente diante do rosto do jovem. – Mas meu leque sou eu, senhor. Deve se acostumar.

Ele recuou e, pestanejando, fez um gesto para proteger-se.

— Tem medo? – disse a voz trocista. – De um leque?

— É que... exagera, senhora – replicou ele timidamente. – Não tenho seus modos, não somos do mesmo mundo, percebo isso. Esse brocado de ouro, essas luvas de renda, sua maneira de manejar o leque com tanta presteza...

— Bobagem! – disse ela com autoridade. – Apresente-se.

A ordem estalou como um chicote e o jovem pestanejou de novo. Respirou profundamente.

— Mas já lhe disse que não é o costume! – exclamou finalmente. – A senhora é teimosa!

— Muito! Vamos, senhor...

— Eu lhe direi meu nome se vier dançar – murmurou ele rapidamente.

— Senhora! – exclamou Ida erguendo-se de imediato. – Não aceite.

— Senhora?

A jovem mulher reteve um sorriso. Misturar-se com a multidão em delírio, conhecer a embriaguez desse povo tão alegre, ser anônima, enfim, livre!

— Estou à sua disposição, senhor. Não lhe dê atenção; às vezes, minha amiga tem modos estranhos.

E ela mostrou seu talhe elevado. Surpreso, o rapaz olhou essa mulher comprida, cuja cabecinha se erguia como a de um pássaro, com o colarinho alto.

— Meu Deus, mas tem quase a mesma altura que eu!

— Perfeito para a dança – disse ela, apresentando o braço dobrado. – Vamos lá.

Mas ele puxou-lhe o cotovelo, por baixo. Ela teve um sobressalto.

— Machuquei-a?

— Não por baixo, mas por cima – respondeu ela, e dobrou-lhe o braço com doçura. – Se quiser.

Ida deixou-se cair pesadamente em sua cadeira. Valsar com um desconhecido!

O GIGANTE DESCIA os degraus com precaução, afastando os dançarinos com mão firme. De vez em quando virava-se para a sua dama, cujo dominó roçava os degraus com elegância. Protegida por seu guardião da sorte, ela descia soberbamente. A cada degrau, o pezinho se apoiava sem hesitar, as dobras do brocado a envolviam com um leve roçar sedoso, e ela, com a cabeça erguida, o olhar fixo no horizonte, dominava os dançarinos, o baile, o mundo inteiro.

"Onde ela aprendeu isso?", pensou ele. "Oh! Sinto que é uma aventura pouco comum. Uma condessa, no mínimo. Não se desce uma escadaria tão desembaraçadamente sem ter prática. Ela tem de ser bela para esconder-se desse jeito..."

Ao chegar ao chão, a jovem mulher parou subitamente, como um cavalo mal treinado que resfolga. Franz segurou-a pela cintura; ela soltou um grito infantil.

Ele valsava razoavelmente.

— Não fique tensa — disse-lhe ele rodopiando. — Tenho uma vantagem quando danço. Como sou alto, evito os obstáculos. Veja, esse homenzinho que está vindo em nossa direção sem nos ver, opa! Passou...

Ela apertava os dentes e olhava para todos os lados, desnorteada.

— Deixe seus olhos em paz, ou terá vertigem. E seus braços... Se os retesa desse jeito, não me responsabilizo. Sabe que é o cavalheiro que importa na valsa? A dama só se deixa levar...

— Pare de me dar lições! — exclamou ela furiosa. — Sei valsar.

— Sabe mesmo? — e ele a fez girar mais rapidamente ainda.

As dobras do dominó puseram-se a voar, revelando o vestido negro e os pezinhos calçados de seda. A jovem mulher fechou os olhos e entregou-se. O gigante a levava a toda velocidade e ria cada vez mais. Quando a valsa parou, os dançarinos tinham um andar oblíquo, o chão vinha ao encontro dela, os rostos se tornavam turvos, uma sombra negra a abraçava de tão perto que ela tropeçou, quase caiu, e se reteve apoiando-se num ombro largo.

— Senhor, não agüento mais... Tudo está girando...

— É a valsa, senhora — exclamou seu cavalheiro, apertando-a contra si. — Não tenha medo. Respire fundo... Isso.

A jovem mulher recuperou o fôlego e separou-se dele bruscamente.

— Diz que sabe valsar, senhora, mas vejo que não tem o hábito.

— Eu não... Não se valsa assim, senhor! — exclamou ela. — Tão rápido.

— Onde estaria o prazer sem isso? — perguntou ele, voltando a segurá-la pela cintura. — Recomecemos.

Ela sacudia a cabeça, dizia "não" numa voz fraca, mas era tarde demais.

– *Sangue vienense,* do nosso grande Johann Strauss – anunciou o gigante. – É uma valsa um pouco mais lenta. Podemos conversar. Chamo-me Franz Taschnik. Queria saber quem sou? Aí, está. E a senhora?

Ela fingiu não ouvir e começou a examiná-lo. Ele não tinha mais a tez vermelha; e seus olhos eram azuis, com efeito, de um azul ingênuo e terno, obscurecido por espantosos cílios negros, extremamente espessos, cílios de mulher. Onde ela havia visto esse olhar? Ele tinha os lábios carnudos, as faces cheias, cabelos negros tão ondulados que eram quase crespos, a pele clara, um queixo furado por covinhas infantis; e seu sorriso era de uma inocência de desarmar. De perto, a pele imberbe mantinha ainda um vestígio de carvão sob o nariz.

– O senhor é austríaco – disse ela triunfalmente.

– Por Deus! E a senhora, não?

– Nasceu em Viena, aposto.

– Não longe, em Hietzing, pertinho das colinas. Mas não é vienense, pelo que vejo...

– Como sabe?

– Por Deus! Uma impressão. Tem os modos de uma rainha que não seria daqui.

Ela pôs-se a rir, um riso sonoro que Ida não conhecia. Surpreso, ele a afastou levemente, e quis olhá-la nos olhos, que ela desviou de imediato.

– Não é o seu riso – murmurou ele. – Não se parece com a senhora.

Ele apertou-a com um pouco mais de força.

– Cheira bem – constatou ele, girando com mais rapidez.

– Nunca uso perfume! Detesto.

– Então é seu próprio cheiro – disse ele, inclinando-se em direção ao pescoço dela.

– Cheiro a limpeza – respondeu ela, irritada. – As mulheres não se lavam neste país.

– Ora, ora! Que está querendo dizer? Que mergulha todas as manhãs numa gamela de água gelada, como a imperatriz?

Ela abriu a boca, quis responder e calou-se. Ele achou que tinha levado a melhor.

– Decididamente, é quase tão alta quanto eu – disse ele, enternecido.

– Ah! E isso o desagrada?

– Não é sempre que tenho a sorte de valsar com uma dama de minha altura. Realmente. Sobretudo quando ela não ri como as outras mulheres.

Ela ergueu a renda de sua máscara e sorriu-lhe, com os lábios fechados, gravemente.

– Parece-me que já a vi – resmungou o gigante. – Esse sorriso me lembra alguma coisa... Conheço-a, certamente... Diga-me o seu nome.

– Não antes do amanhecer...

– Ah! É assim – replicou ele fingindo cólera. – Pois bem, ainda não acabou de valsar. Achei-a, vou guardá-la. Valsaremos até a hora em que todas as máscaras cairão. E verei então quem é.

– Senhor, está me machucando – disse ela friamente. – Quero parar.

– Mas eu não – respondeu ele, lançando um sorriso sedutor. – Não dançamos como se deve dançar? Veja como seus braços se conciliam com os meus...

Imediatamente ele a sentiu retesar-se.

– Por mais que fizer, ficaremos bem juntos – murmurou ele ao ouvido dela.

E levou-a docemente, insensivelmente, mais depressa. Ela não resistiu mais. Os lustres se multiplicaram, as luzes se transformaram em estrelas, ela não sentia mais as pernas, nem o corpo, simplesmente uma força que voava com ela, uma energia mais poderosa do que sua vontade e que a dobrava como um rebento de aveleira no bosque... A orquestra era de uma ternura desconhecida, a música corria nas veias dela, o jovem gigante se apagava numa bruma feliz, ela só via os olhos brilhantes e claros dele fundidos na luz, ela não era mais do que apenas dança, desaparecia na valsa, desfalecia...

Tudo parou. Atordoada, ela fechou os olhos e se segurou na roupa do rapaz, num gesto infantil.

– Magnífico – murmurou ele com orgulho. – Eis o que se chama valsar. Quer beber alguma coisa?

– Oh, sim! Um refresco... Tenho sede.

O gigante teve o cuidado de oferecer o braço a ela, e olhou a mão-zinha enluvada pôr-se sobre o seu pulso, de leve.

— Não sei se é o céu que a envia, minha doce dama — cochichou ele —, ou se é o diabo. Mas não a abandonarei até a aurora.

Ela suspirou. Sairia antes do amanhecer. A aurora? Teria de se livrar do rapaz. E perder para sempre a esperança de valsar em seus braços.

Ele instalou-a com precaução à mesa, diante da qual Ida esperava.

— Ah, finalmente! — exclamou. — Já me preocupava...

— Por uma simples valsa! — disse a jovem mulher com desembara-ço. — Devias tentar, minha cara. Procura um cavalheiro, por favor.

O tom não admitia réplica. Ida entendeu que devia agir. Lançou um olhar para o rapaz, mas, com um gesto, o dominó amarelo deu a entender que estava fora de cogitação. Ida suspirou.

— Não conheço ninguém — murmurou.

— Vou dar um jeito nisso, Srta. Ida — afirmou o gigante com segu-rança, e desapareceu na multidão.

A jovem mulher se abanava num gesto lento.

— Espero que ele não a tenha apertado demais com suas mãos enormes — disse Ida desconfiada.

— De jeito nenhum!

— Parece bem sonhadora — constatou Ida. — Esse rapaz já sucum-be aos seus encantos, está se vendo!

— Conheces um único homem que resista a mim? Não temo que ele esteja apaixonado; já está feito, eis tudo.

— Eis tudo! — disse Ida espantada.

— Olha — disse a jovem mulher apontando com o leque —, ei-lo de volta com o teu cavalheiro. Desejo-te diversão.

O gigante puxava pela mão um homem de boa aparência, que olhava as duas mulheres com curiosidade.

— Aqui está... é... Apresento-lhes... Finalmente, eis o meu amigo Willibald Strummacher. Falei-lhe de vocês, ele quer conhecê-las.

– Diga antes que ficarei muito honrado em conhecer essas senhoras – disse Willibald solícito. – E encantado por ser o cavalheiro de tão belo dominó amarelo – acrescentou, aproximando-se da jovem mulher.

– Senhor, é minha amiga Ida que quer dançar. O dominó vermelho.

– Ah? – espantou-se Willibald, virando-se. – Pois bem, Sra. Ida...

Ida fez uma careta, pegou o braço que ele lhe estendia e saiu, a contragosto.

– Seu amigo é muito bem-educado – disse a desconhecida.

– Não é? – disse Franz. – Oh! Ele é de boa família; o pai é tabelião no Tirol, muito rico, e ele tem modos... muito bons modos. Não tenho essa sorte – acrescentou envergonhado.

– Tem, sim – suspirou ela.

– De verdade? Não me acha canhestro demais, desembaraçado demais? – preocupou-se o rapaz. – Minha mãe me diz sempre...

– Deixe em paz a senhora sua mãe. Não tínhamos falado de um refresco?

– Como sou bobo! Tinha esquecido. Laranjada? Limonada?

Ela fez beicinho.

– Então, ponche! Bem quente. Vou correndo. Não me demoro.

Ela olhou-o distanciar-se esquivando-se dos dançarinos que se comprimiam à volta do bufê.

– Um bom rapaz – murmurou ela –, um belo rebento da Áustria de coração simples... Como ele me fez valsar! Ainda estou atordoada. Não é um baile moderado como os de lá de casa, é vivo!

Ela tirou as luvas num gesto displicente e olhou as mãos. No anular, a aliança tinha deixado uma larga marca clara.

Ele voltava, segurando duas taças cheias de um líquido fumegante. Ela calçou as luvas apressadamente.

– Está quente – disse ele, colocando-as na mesa suavemente. – Não vá se queimar.

– Senhor, sou-lhe grata por sua diligência...

– Como fala bem! – exclamou ele, sentando-se à beira de sua cadeira. – Beba depressa.

Ela bebeu aos golinhos, mordendo os lábios.

— Mas este ponche está picante! Está forte! O que há dentro dele?

— Por Deus! O que põem num ponche! – exclamou Franz. – Rum, limão, canela, cravo-da-índia e, certamente, um pouco de genebra para reforçar o conjunto...

— Genebra – murmurou ela, repondo na mesa a taça.

— Não gosta? Eu adoro. Bebo à nossa noite. Tome um trago!

E ele bebeu, com a cabeça virada para trás. A jovem mulher não podia despregar o olho da garganta que inchava em cadência. Com um dedo, ela teria podido acariciar o pomo-de-adão tremulante, acompanhar o movimento...

— Sua vez, agora – disse ele, tirando um lenço para enxugar os lábios. – É tão inebriante quanto a valsa. Experimente...

Ela pegou a taça, prendeu a respiração e bebeu resolutamente. Seus olhos se avermelharam, ela espirrou.

— Ufa! – exclamou, abrindo a bolsa. – É forte. Não acho meu lenço.

— Tome – disse ele, estendendo o dele. – Seus olhos lacrimejam.

— Não estou chorando! É esse álcool. Há muito tempo que eu não bebia assim.

— Então, não é a primeira vez!

— Oh, não! Quando eu era criança, meu pai me dava sua cabaça durante nossos passeios na montanha. Eu tomava grandes goladas, e ele ria, ria!

— E hoje?

— Hoje não é mais possível – disse ela com voz triste.

— Eis o que é viver na alta-roda – suspirou ele. – Seu pai é um homem da terra, eu presumo.

— Se se pode dizer assim – disse ela, abrindo o leque para dissimular um sorriso. – Ele também é músico. Toca muito bem cítara.

— Não se vive sem a música. Eu toco violino. Oh! Não sou um *virtuose,* mas, enfim, toco direitinho.

— E o que toca? – perguntou ela polidamente.

— Haydn, para estudar seriamente, Mozart, quando estou no auge... Gostaria muito de achar alguém que me ensinasse a tocar as sonatas de Beethoven. Mas o que prefiro, acima de tudo, são as valsas de nosso Johann Strauss! – exclamou ele. – Sou apaixonado.

– Verdade? – disse a jovem mulher com tédio. – Não estou certa de adorar a música desse Sr. Strauss. Nem a pessoa dele. Quando ele se empertiga todo como um galo endiabrado, com seus cabelos encaracolados e sua aparência estranha...

– Mas, em Viena, é um deus!

– Oh! Viena...

– A mais bela cidade do mundo, senhora! Vive-se em Viena para a música e para a dança como em nenhuma outra parte... Olhe este baile!

Ele sentiu-a reticente e calou-se.

– A senhora não é daqui... – repetiu ele.

– O senhor monta? – lançou ela à queima-roupa.

– Se eu monto? – disse o rapaz, inseguro. – Em quê? Em montanhas? O leque se abateu em cima do pulso dele.

– Pergunto-lhe se monta a cavalo, senhor!

– Ah! Perdoe-me. Eu não tinha entendido – respondeu Franz, confuso. – Não, não monto, como diz. Enfim, de vez em quando, na casa do meu tio, no campo.

– Então também não caça – afirmou a desconhecida num tom firme.

– Não gosto de matar os animais, é só. Ouço os pássaros, vejo correr os coelhos, dou comida aos pintarroxos no inverno. E...

Ele interrompeu-se. Ela não ouvia mais e olhava para outro lugar. Preocupado, ele puxou-a pela manga.

– Falo demais. Minha mãe me diz sempre que sou muito falador. Não é?

– De jeito nenhum... Tem uma profissão?

– Sou funcionário, senhora. Redator da Corte e do Ministério das Relações Exteriores. Acabo de passar no exame. É um bom trabalho.

– Verdade? – suspirou a desconhecida. – Diplomata, então?

– Bem vê que não sou nobre. – Ele enrubesceu. – Não, estou no departamento dos negócios ministeriais. Parece que é quase tão bom quanto a seção diplomática, e certamente melhor do que a consular. Viaja-se sem sair do lugar.

— Parece divertido – disse ela.

— É muito organizado. Gosto da ordem.

— O senhor se arrumará. E se casará – disse ela depois de um silêncio.

Ele não respondeu. Ela batia os dedos sobre a toalha com uma indiferença calculada, e a renda de sua máscara se erguia ao ritmo de sua respiração. Ele sentiu que ela estava terrivelmente triste.

— Apesar de tudo, me atormenta com perguntas – disse ele, com entusiasmo – e não me disse de onde é. Espere, vou tentar adivinhar. É bávara.

— Eu! – protestou a desconhecida.

— Mas cheira a campo, todavia. Seus cabelos, eu diria, não sei, têm o cheiro do feno cortado. Da região dos lagos, Salzkammergut? Bad Ischl?

— Bad Ischl – disse ela com um risinho. – Essa pequena cidade burguesamente adormecida à beira de seu rio, com seus quiosques de música, gerânios nas janelas e móveis Biedermeyer em todas as casas... Acha-me com cara de Biedermeyer, não é?

— Não gosta? – espantou-se Franz. – Eu adoro Bad Ischl. Aparentemente, conhece bem esse lugar.

— Conheço – suspirou a jovem mulher. – Mas não nasci lá.

— Viveu lá. E lá foi infeliz.

— Não seja indiscreto! – exclamou ela, ameaçando-o com o leque. – Às vezes passo algum tempo lá, confesso. E me aborreço terrivelmente. Pense só, as damas a passeio, e as polcas, os barcos floridos, as minas de sal que é preciso visitar, e as flores nas sacadas, e as termas, a água que se tem de beber durante o dia...

— Pois então! Tudo que amo no mundo. Minha mãe me levou lá uma vez, em viagem. Foi lá que nosso imperador ficou noivo, sabia?

— Chegamos ao ponto crucial – murmurou ela num sopro.

— Vi o hotel Coroa de Ouro – prosseguiu o rapaz sem ouvi-la –, as janelas decoradas com estuque branco, o lugar mesmo em que ele declarou sua paixão, pode imaginar isso? Oh! Que bela casa! E que belo momento deve ter sido!

— Acha mesmo? Ela só tinha 15 anos, e ei-la com a vida aprisionada! Lamento por ela...

— Tem idéias gozadas – indignou-se Franz, franzindo o cenho. – Por que diz isso?

— Porque... Acho-o muito exagerado.

— E a senhora, muito cruel! Pretende destruir meus sonhos? Em Bad Ischl o céu era leve, tão leve que se respirava como... não sei, um pouco de ternura, as brumas sobre as montanhas eram cinzentas...

— Azuis – corrigiu a jovem mulher. – Em Bad Ischl, as montanhas são azuis.

— Eu não tinha razão? – disse ele triunfalmente.

— Vamos! Concedo-lhe as montanhas. Nada mais.

— Nem mesmo o noivado? Minha mãe comprou o álbum, olho-o com freqüência, com os dois retratos deles, ele de tenente-coronel e ela de vestido branco com fitas negras no pescoço... Eu os amo aos dois.

— Falemos de outra coisa, está bem? O imperador não me interessa.

— Se a ouvissem, senhora... – disse o jovem com reverência.

O leque se fechou, num golpe seco.

— Ora! O que é um imperador? – disse a desconhecida, inclinando-se para ele. – Um pequeno funcionário que administra seus súditos sem refletir... Um tirano que não conhece seu povo! Eu torço pela República.

— Senhora! Eu a proíbo.

— O senhor me proíbe? De verdade? Pois bem! Vá chamar a polícia! Olhe, aqueles dois homens negros de aspecto sério e que passeiam espionando... Vá buscá-los!

— Mas – disse ele desconcertado –, quem é você, então, para desafiar o imperador?

Ela não respondeu e desabotoou o manto de ouro. O vestido negro apareceu e a carne transparente, que mal brilhava de suor.

— Sua pele... – balbuciou o rapaz, desvairado.

— E daí? – disse ela, olhando-o fixamente através da máscara.

— Ela é tão branca... Tire sua máscara. Só por um instante.

Num gesto vivo, ela ergueu a gola do dominó. Franz soltou um longo suspiro.

— Tudo que sei é que não é uma mulher comum — vociferou ele.

— Sou, sim, juro. Será que não é simples este vestido negro que uso?

— Oh, não! Eu vi bem. Os botões são de azeviche. Não sou tão bobo. Não é então de Bad Ischl. É francesa, ao menos?

— E se fosse?

— Não gosto dos franceses — respondeu o rapaz entristecido. — São nossos piores inimigos. Piores do que os prussianos.

— A guerra acabou, senhor. E é jovem demais para ter sido soldado lá.

— Eu teria lutado como um leão!

— Saberá o que é um ferido? – disse ela apaixonadamente. – É um corpo grande e mole em cima de uma maca, são curativos amarelecidos de pus e que escorrem, são gemidos horríveis, bocas retorcidas de dor, um fedor intolerável, jovens como o senhor, que chamam pela mãe...

— Como diz isso...

— ...pernas gangrenadas ou pernas a menos, cotocos sangrentos envoltos em panos sujos – continuou ela numa voz febril –, e queria lutar?

— Dir-se-ia... que... esteve no campo de batalha – disse ele com esforço.

— Eu estava no hospital para onde traziam os feridos, depois do horror de Solferino – gritou ela indiscretamente. – E não desejo vê-lo um dia nesse estado...

— Cuidou de nossos soldados? Ah, que bom! – exclamou o rapaz, pegando suas mãos.

Ela ofegava, com as duas mãos presas; ele aproximou os lábios e roçou a renda da máscara.

— Comporte-se – disse ela, recusando de imediato. – Não se aproveite de meus feridos.

— Perdoe-me – respondeu ele timidamente. – Não se aborreça mais. Mas é tão inebriante...

— O sangue, o pus, inebriantes? Vá dizer isso aos infelizes que são massacrados hoje nos Bálcãs... Você é uma criança!

— Sim! E como um amputado no cais da estação, eu grito, pronto! Estou pouco ligando para os Bálcãs, ouviu? Não tem um pouco de compaixão?

Ela pôs-se a rir, um riso suave, contido, abrindo o leque.

— Eis um rapaz encantador, uma pessoa bonita, com um belo futuro diante de si, estamos no baile, ele dança maravilhosamente bem, e quer que o lamentem!

— Ele quer contemplar o rosto de sua amiga – gemeu ele num tom pueril. – Posso chamá-la de minha amiga?

— Por que não?

— Então isso significa que voltaremos a nos ver? – disse ele aproximando a cadeira. – Diga-me ao menos o seu primeiro nome...

— Vamos dançar – disse ela, levantando-se num vôo sedoso. – Definitivamente, o senhor diz muita bobagem!

— Bem! – murmurou Franz entre dentes. – A valsa vai atordoá-la, e extorquirei seu primeiro nome.

Ele puxou-a através da multidão, segurando-a pelo braço. Ela resistia, juntava as dobras do dominó, sem uma palavra, e ele ria às gargalhadas. Vencida, ela se deixou levar. Então ele a pegou pela cintura e precipitou-se pela grande escadaria apertando contra si sua bela presa sedosa.

— Apesar de tudo, sou mais forte do que a senhora – exclamou ele, parando bruscamente ao pé dos degraus.

Ela não respondeu.

— Mas tem braços notáveis, surpreendentemente musculosos. Ponha-os gentilmente à volta do meu pescoço, sem se fazer de rogada.

— À volta do pescoço? – assustou-se ela. – É muito inconveniente!

— Pois então! No baile das roupeiras é assim que se dança. Nunca foi lá? Eu costumo ir. Está pronta?

— Como uma lavadeira? Sim! – respondeu ela resolutamente.

Quando pôs as mãos nos quadris dela, ele a sentiu estremecer. A valsa começava lentamente.

– Não é difícil – disse ela num riso um pouco forçado. – Mas está me apertando, senhor.

– Tem jeito de ser de outro modo? – resmungou ele. – Esse maldito dominó...

– É só isso?

E, empurrando-o bruscamente, ela deixou subitamente cair o dominó. A pesada sedaria se abriu no chão. Ela surgiu em seu vestido negro, tão alta, tão esguia, que ele abriu os braços.

– A senhora é... A senhora...

– Pegue logo esse dominó – disse ela. – E ponha-o onde quiser. Vamos.

Os dançarinos à volta deles pisavam nas dobras da seda. Ela tocou-lhe o ombro, impaciente. Ele obedeceu sem resmungar, pegou o dominó, colocou-o na balaustrada de um camarote e permaneceu desajeitadamente diante dela.

– Vamos! – repetiu ela. – Onde estão os seus braços tão possantes?

– É que... a senhora tem a aparência tão frágil – balbuciou ele.

– Bobagem! Estou esperando, senhor.

Então ele se atirou sobre ela e segurou-a com firmeza. A valsa ia mais rapidamente, ela fechou os olhos. Ele apertou-a com mais força, sua cabeça se aproximou, ela se entregou, sentiu a respiração dele em seu pescoço, suspirou de contentamento. O rapaz girava com tal leveza que ela não sentia mais o chão sob seus pés. A música se tornou violenta, arrebatada, os dançarinos se puseram a soltar gritos selvagens, o baile estava febril; o rapaz inclinou a cabeça e murmurou no ouvido dela:

– Diga-me o seu nome...

Ela sacudiu a cabeça.

– Emma?

– Não direi nada – respondeu ela com os olhos fechados.

– Fanny? Eu gostaria tanto... – cochichou ele ternamente.

– Deixe-me em paz.

Ele deslizou a boca um pouco mais para baixo e beijou a renda.

— Vejo seus lábios — sussurrou ele, recuando ligeiramente. — Pelo menos, sorria para mim!

— Agora não. Estou com dor de cabeça...

— É bela demais — resmungou ele. — Não precisava tanto.

E, num gesto decidido, soltando uma das mãos, ergueu a renda e beijou-a. Ela quis desvencilhar-se, gritou sob o beijo, violenta, com os lábios fechados... Ele recuou a cabeça, não tinha conseguido entreabrir-lhe a boca.

— Calma... Não se deve fugir. Era apenas um beijinho...

— Senhor! É uma indignidade!

— A valsa está quase acabando — disse ele, tornando-se mais lento.

E parou com delicadeza. Ela manteve os braços à volta do pescoço dele.

— Eu a amo — cochichou ele.

— Agora não... — gemeu ela. — Vou cair...

Ela respirava intensamente. Ele se inclinou para ela e ajeitou a gola do vestido negro.

— Não está zangada, pelo menos? — perguntou ele numa voz rouca.

— Estou.

— Fanny, por favor...

— Mas eu não me chamo Fanny! — exclamou ela, furiosa. — Definitivamente, o senhor é irritante!

— Vejo que se recupera. A cabeça não gira mais, a senhora volta a ser desagradável...

— Subamos de novo, peço-lhe. E pegue esse dominó.

— Mas me perdoa? — murmurou ele ao ouvido dela.

— Veremos; acompanhe-me até o mezanino.

— Onde? — perguntou ele, perdido. — Que disse?

— O mezanino! — exclamou ela, batendo com o pé. — Lá em cima.

— Ah! — disse ele, batendo na testa. — O primeiro andar! A senhora usa cada palavra...

ELES CHEGARAM ao camarote em silêncio. Ele não ousava mais tocá-la.

— Não vejo Ida — murmurou ela bruscamente.

— Eu a vi. Está dançando. Ela tem o direito.

— Mas está ficando tarde – insistiu ela. – Devo ir-me...

— Tão cedo. Fanny!

— Outra vez! Diga-me por que faz tanta questão desse nome! – exclamou ela, irritada.

— É por causa de uma dançarina de antigamente – disse ele sorrindo à toa. – Temos o retrato dela em casa. Chamava-se Fanny Isler, tão linda em seu saiote branco, com rosas na testa...

— Essler – disse a jovem mulher. – Fanny Essler.

— Justamente, eu procurava o nome dela. Evidentemente a conhece...

— Mas não me pareço absolutamente nada com ela!

— Tem a altura dela, os braços e o sorriso dela no retrato. Para mim, será Fanny. Ou, então, diga-me seu verdadeiro nome...

— Fanny serve. Sentemo-nos, está bem?

O leque recomeçou seu percurso lento à volta do rosto. Franz não sabia mais o que dizer. Uma bolha de silêncio os envolvia a ambos, frágil. A desconhecida permanecia imóvel e o leque parou. Finalmente.

— "A fortuna é uma rapariga, uma rapariga sem cuidados" – disse subitamente o rapaz, a meia-voz.

— ..."De tua testa ela afasta uma mecha, dá um beijo furtivo e depois voa" – continuou a desconhecida irrefletidamente. – Heinrich Heine.

— Como? Conhece Heine?

— É o meu deus! Eu o adoro. Mas o senhor também! Não esperava por isso – acrescentou ela ingenuamente.

— No entanto também gosto dele, como a senhora – disse o rapaz, juntando as mãos com fervor. – Aí está um bom poeta.

— Que se exilou em Paris... Um revolucionário! Um judeu inspirado!

— Ah! Agora já sei. A senhora é judia!

— Bem que eu gostaria – respondeu ela com um clarão nos olhos. – Mas não tenho essa sorte.

— Defende os judeus... — murmurou ele. — Minha mãe, no entanto, me diz que esses traficantes, esses intrujões arruinaram Viena desde...

O leque abriu-se, num golpe seco.

— Ah! Decididamente, o senhor é bobo demais! — exclamou ela. — A senhora sua mãe lhe fala do *krach* do ano passado, imagino. A Sexta-Feira Negra, a Bolsa quebrada, a fuga dos Rothschild? Besteira, senhor! Não temos aliados melhores do que os judeus! Eles são caluniados.

— Ei! Acalme-se!

— A senhora sua mãe prefere, sem dúvida, os alemães, certo? — continuou ela com raiva. — Pois está redondamente enganada.

— Eu não disse isso! Sou liberal, sabia?

— Eu também! — gritou ela, e o leque estalou novamente.

Eles se olhavam fixamente, ela ofegava, ele contemplava essa mulher encolerizada, em quem só via um olhar brilhante de tristeza, e que não se parecia com nenhuma outra.

— Por que nós? — murmurou ele subitamente.

— E eu sei? — respondeu ela, piscando muito. — A fortuna é descuidada, separa uma mecha...

E, num gesto inesperado, ela acariciou-lhe os cabelos. Ele pegou-lhe a mão no ar.

— Fale-me de sua namorada — murmurou ela, liberando a mão.

— Não tenho.

— Mas já teve uma — insistiu ela. — E a perdeu.

— Aventuras, não digo...

— Conte — pediu ela com ardor.

— Mas... oh, nada — gaguejou ele, enrubescendo. — São coisas que não se dizem...

— Por isso mesmo. É interessante!

— Decididamente, é curiosa demais! E se eu fizesse o mesmo? É casada?

— Olhe minhas mãos — disse ela tirando as luvas. — Sou viúva.

— E não traz a aliança de seu falecido?

— É que... casaram-me cedo demais — disse ela, confusa.

— Ah! – observou seriamente o rapaz. – Como nossa imperatriz. É por isso que estava tão zangada há pouco.

— Isso mesmo – suspirou ela aliviada.

— E não o amava, tenho certeza. Eu, por exemplo, no primeiro instante, soube que a senhora...

— Pare com suas infantilidades – interrompeu ela.

— Sim – disse ele, contrariado –, sei que poderia amá-la de verdade. Mesmo sem ter visto seu rosto. Isso não admite discussão.

— Que idade tem?

— Vinte e três anos.

Ele mentira com descaramento. Ela pôs-se a rir, virando a cabeça para trás.

— Não ria! É a idade que tinha nosso imperador quando se apaixonou.

— Outra vez! – disse ela com irritação.

— Dizem que me pareço com ele.

Ela soltou uma gargalhada ruidosa de que ele não gostava.

— Não ria assim – murmurou ele. – Seja um pouco gentil. Será que a molesto?

— Não, senhor, de modo algum – respondeu ela, assumindo um ar sério. – Não queria ofendê-lo. Quanto ao imperador... É verdade que, um pouco de longe, tem o azul dos olhos dele...

— Como vê!

— E talvez também a boca...

— Chame-me de Franzi – murmurou ele, desvairado.

Ela estremeceu. Franzi! E ele se aproximava, os olhos ainda mais azuis, os belos lábios entreabertos...

— É o meu nome – suplicou ele. – É pedir demais? Um bom exercício... Vamos lá! Fran-zi. É assim tão difícil?

Ele pegara na mão dela e não a soltava mais. Ela deu um gritinho.

— Estou segurando-a – disse ele docemente. – Chame-me de Franzi. É nome de imperador. Tenho vontade de ouvi-lo dessa boca invisível. Vamos...

— Eu não poderia – disse ela numa voz áspera.

"Como ela diz isso!", pensou o rapaz. "Dir-se-ia que dá uma ordem a um cavalariço. Uma aristocrata, certamente. É preciso tirar isso a limpo." E apertou mais sua mão.

Ela quis libertar-se, torceu o braço em vão e fez uma careta de dor. Ele segurava firme. Subitamente, com a outra mão, ela bateu nele com o leque em pleno rosto. Ele parou de rir.

— Ora essa! Vai longe demais – exclamou ele, levantando-se. – Manda procurar-me na multidão, envia a criada, pesca-me como a um peixe, fico às suas ordens, quer dançar, dançamos, quer beber, corro a buscar o ponche, faz-me perguntas, eu respondo, e eis como me trata! Quem pensa que é? A imperatriz, talvez?

Ela se voltou num movimento tão brusco e tão desesperado que o rapaz parou, perplexo. A desconhecida tinha mergulhado o rosto no vão das duas mãos nuas.

— Perdoe-me – disse ela numa voz abafada, erguendo humildemente a cabeça. – Então chama-se... Franzi?

— Ah! Está melhor – exclamou ele, voltando a sentar-se. – Quando quer, parece-se com a valsa, é tão... Não tenho palavras para dizê-lo.

— Pois bem, não diga nada. E voltemos a dançar.

— Só mais um instante – suplicou ele. – Se não é Fanny, então é Vilma? Não?

Nenhuma resposta. Mas o leque se abriu com doçura, gentilmente.

— Frieda? – insistiu ele.

O leque esvoaçava como uma asa.

— Katinka? Ainda não? Sissi?

O leque se fechou, num golpe seco.

— Chamo-me Gabriela – disse a desconhecida num sopro.

— Como é distinto! – ironizou o rapaz. – Não acredito numa palavra disso. Não, certamente seu verdadeiro nome é Sissi.

— Por quê? – cortou ela.

— Ah! Porque eu adivinhei – disse ele. – A senhora fechou o leque quando eu disse "Sissi". E, aliás, se parece muito com ela.

– Como sabe? Não viu meu rosto. E, ademais, não tenho os cabelos dela; sou morena?

– Vejo perto da orelha um belo cachinho que não tem nada de louro, e aposto que usa uma peruca.

– De jeito nenhum! – disse a jovem mulher, tateando os cabelos.

– Tem as costas muito retas, uma cintura que cabe em minhas mãos fechadas, e a cor dos olhos de nossa imperatriz. Copiou até mesmo as estrelas dela espetadas nos cabelos, mas, como não é tão rica quanto ela, só tem uma, mas que lhe assenta tão bem... Oh, sim, parece-se com ela...

Lentamente, o leque voltou a ocupar seu lugar diante da máscara.

– Eis a sua amiga de volta. Ela não parece ter contrariado seu prazer, pelo menos. Veja.

Willibald Strummacher segurava Ida pelo braço, e ambos riam às bandeiras despregadas.

O olhar de Willy ia de um ao outro com perplexidade. Ida sentou-se lentamente e parou de rir.

– Vejo que te divertes, Ida – disse a jovem mulher, com voz severa.

– Não é proibido – murmurou Ida. – Este senhor dança muito bem, e experimentamos tudo. A valsa, a polca... E tu?

– Eu? Eu me contentei com a valsa.

Franz ficou rubro de cólera e desviou a cabeça.

– Sabe que é hora da quadrilha? – interveio Willibald. – Os dançarinos se reúnem...

– A quadrilha? – disse a jovem mulher, interessada.

– Dar-me-ia a honra de dançá-la comigo, senhora? – perguntou Willibald solenemente.

– Estou um pouco cansada, senhor. Mas minha amiga Ida está morrendo de vontade... Sr. Franz, seja pois o cavalheiro de minha amiga na quadrilha. Por favor.

– Achas? – disse Ida, preocupada.

– Quero ver-te dançar isso. Sr. Willibald, é esse o nome? Ele me fará companhia.

— Com satisfação, senhora – empenhou-se Willibald. – Meu caro Franz... Mãos à obra!

O rapaz pegou Ida pelo braço, suspirando.

— Como faz que lhe obedeçam, Sissi? Decide tudo e a seguem...

— Sissi? – murmurou Ida, num sopro.

— Este senhor decidiu chamar-me de Sissi esta noite – disse precipitadamente o dominó amarelo. – Ele acha que me pareço com a imperatriz. Não é de morrer de rir?

— Não sou bom na quadrilha, eu a previno, Srta. Ida – disse o gigante puxando o dominó vermelho –, mas, enfim...

O MARCADOR DA DANÇA, apertado numa roupa perfeita, tinha tomado posição diante das longas filas de dançarinos.

— Atenção... – gritou ele –, começamos, primeira volta! *pour les dames... Compliment... Chaîne anglaise. Balancé... A droite. Tour de main! Pro-me-nade. A gauche... Ba-lan-cé. Tournez, chaîne des dames!*

A orquestra tocava lentamente, e os dançarinos seguiam as ordens, com as sobrancelhas franzidas, atentos para não se enganarem na coreografia. Seguras por dois dançarinos ao mesmo tempo, as mulheres mergulhavam até o chão numa profunda reverência que estendia seus vestidos em corola... Franz, com o pulso no quadril, fazia canhestramente Ida rodopiar, e o pesado dominó vermelho atrapalhava as moças ao seu lado.

— Ida deveria ter deixado seu dominó – murmurou a jovem mulher. – Ele incomoda.

— Ah! Esses dominós – suspirou Willibald, aproximando sua cadeira. – Eles são um estorvo...

— Mas muito bonitos, não acha?

— Dignos das grandes damas, como a senhora. E que querem conhecer os prazeres populares, não é? Não há mal em mudar de mundo por uma noite. E pode-se compreender que...

— Não se compreende absolutamente nada – interrompeu ela. – Somos húngaras, estamos de passagem por Viena, e é tudo.

— Húngaras... Sua amiga me disse isso vagamente, com efeito – disse ele, pensativo. – Posso dizer-lhe algo?

— Acho que não, senhor — respondeu a jovem mulher. — Não estou com humor para escutar sermões.

— Mesmo assim me ouvirá, por favor — insistiu Willibald. — Vi-a dançar com meu jovem amigo há pouco...

— Segunda volta! *Vis-à-vis... Échange de dames... Retour! Chaîne anglaise... N'oubliez pas le balancé... A droite! Promenade... A gauche! Et tour de main!* — gritava o marcador da dança.

A longa fila dos dançarinos ondulava sob suas ordens, desenhando sobre a pista um arabesco movediço. A desconhecida pegou o leque e abriu-o largamente.

— Ele a olhava como a uma madona, observei bem — prosseguiu Willibald. — Ele é muito sensível... Tome cuidado.

— Com o quê, por favor?

— Com ele, madame. Não com a senhora — disse ele, mudando de tom.

Ela se inclinou ostensivamente acima da balaustrada e mergulhou na contemplação da quadrilha. A orquestra acelerava e os dançarinos se confundiam alegremente na coreografia.

— Já estão na quinta volta — disse ela levianamente. — E... Oh! Estou vendo Ida. Mas ela se está saindo muitíssimo bem!

— Não desvie a conversa — resmungou Willibald. — Tenho muita afeição pelo meu amigo Franz.

— Sexta volta — anunciou o marcador da dança. — Mais depressa! *Vis-à-vis, promenade, à droite, balancé, tour de main,* mais depressa, *colonne, à gauche, compliment...* Atenção!

Os jovens puseram-se a cantar em coro, ao ritmo dos saltos que estalavam como o trovão.

— Eles vão como o vento! É magnífico! — exclamou a jovem mulher, batendo as mãos.

— ...E eu não gostaria que lhe despedaçasse o coração — continuou Willibald sem parar. — Eu estava exatamente atrás da senhora quando ele disse que a amava.

Ela se virou de súbito.

— Ida também? Será que ela ouviu?

— Ah! Quer guardar isso só para si! – zombou Willibald. – Se ela ouviu? Não sei, senhora. Mas tenho bom ouvido. Não toque em Franz.

— Parece que vou devorá-lo! – disse a jovem mulher. – Nada fiz de errado...

— É verdade... Mas quando se é de sua classe, senhora...

Ela sobressaltou-se.

— Bem vê – disse ele calmamente. – Franz é um rapaz honesto a quem tudo é prometido. Não estrague seu futuro numa galanteria inconseqüente.

— Senhor, está indo longe demais – disse ela com frieza. – Nada o autoriza...

— Nada, com efeito, senhora. Exceto que sou mais velho do que o meu amigo e conheço um pouco a vida. Temos em Viena muitas damas da Corte que...

— Não lhe permito, senhor!

— Façamos de conta que eu nada tenha dito, senhora.

— Prefiro assim – disse ela, abanando-se.

A quadrilha se enfurecia. A orquestra ia tão depressa que os dançarinos sufocavam. As moças perdiam as flores de seus cabelos, os rapazes se acotovelavam, e de repente gritos furiosos ressoaram. Os dançarinos se atiravam na sala em hordas desgrenhadas, berrando a plenos pulmões.

— Que ardor! – exclamou a jovem mulher, esquecendo o mau humor.

— É o galope – constatou Willibald. – Deve dançá-lo maravilhosamente. Mas com uma peruca, evidentemente...

— Uma peruca? – murmurou ela, desconcertada.

— Vê-se a sua como o nariz no meio do rosto.

— Está me desagradando, senhor.

— Mas não procuro saber quem é – insinuou ele. – Não sou doido como o meu amigo Franz. Que já morre de amor sem tê-la visto de dia, e que não se recuperará.

– As pessoas se recuperam dessas pequenas mágoas, senhor – disse ela, acalmando-se –, fazem poemas e guardam uma bela lembrança de tudo...

O galope chegava às raias da balbúrdia. Os dançarinos executavam a última coreografia da quadrilha, a mais difícil: um depois do outro, os casais deviam parar para deixar passar sob seus braços erguidos o resto da fila, que galopava até o ponto de parada, onde geralmente se embaraçavam. O marcador da dança ordenava o galope, depois subitamente dava de improviso a ordem que revertia o movimento: "Retorno!", e todos partiam de novo para a direção oposta, berrando. As moças sorridentes rasgavam os saiotes de renda, e os rapazes gorduchos se estatelavam de costas, traídos pelos sapatos escorregadios.

Finalmente, quando todos os dançarinos tinham caído no chão, uns em cima dos outros, as pernas se misturavam e os vestidos se viravam, os suspiros encantados sucediam os berros, a quadrilha, forçosamente, acabava. De súbito, a orquestra parou a música e os dançarinos se levantavam para um último "Ho!" tonitruante, aplaudindo sua proeza.

As dançarinas arriavam nas cadeiras, os dançarinos enxugavam a testa, a orquestra encostava os instrumentos, os músicos pareciam extenuados, e o marcador da dança se esfalfava ainda, tentando reunir o que restava de uma ordem dispersa.

– Eles vão voltar – disse bruscamente Willibald. – Falemos de outra coisa. Por exemplo, de seus cavalos.

– Meus cavalos? – disse ela, surpresa. – Como sabe?

– Aí está! – exclamou ele. – Eu não me tinha enganado. Tem o jeito de uma amazona completa. Ninguém é tão ágil quanto a senhora...

– Pelo menos, meus cavalos me obedecem – lançou ela.

– O mundo todo lhe obedeceria se tivesse esse poder... Mas, psiu, ei-los de volta.

Ida voltava, toda vermelha, com aquele aspecto lânguido e alegre que o sentimento da tarefa cumprida dá às pessoas. O rapaz a seguia, ajustando o colete sob a casaca.

— Então, minha cara – disse asperamente a desconhecida –, vejo que nosso amigo Franz realmente se ocupou de ti.

Franz sentou-se à beira de uma cadeira e implorou um olhar. A desconhecida virou a cabeça, com ar amuado. Ele soltou um grande suspiro.

Houve um silêncio constrangedor.

— Ida – disse a jovem mulher. – Quero retirar-me por um instante. Vem comigo.

Franz levantou-se precipitadamente; Willibald reteve-o pelo braço.

— Fica à direita, embaixo da escadaria, depois da orquestra, uma pequena sala no fundo – murmurou Willibald. – Deseja que as acompanhemos?

— Não é preciso – respondeu Ida, enrubescendo. – Acharemos muito bem.

Elas se afastaram, ambas deslizando sobre a pista.

— Que paspalhão – suspirou Willibald.

— É que elas não falam como as outras – gaguejou Franz. – Retirar-se, eu não entendo!

— Sê prudente. Caça fina. Não te deixes iludir.

— Oh! Quanto a isso, já vi! Duas aristocratas!

— Evidentemente. Que conseguiste saber?

— Pois bem... – refletiu o rapaz. – Ela não é de Viena; viveu em Bad Ischl, que detesta... Cuidou dos feridos depois do desastre de Sadowa...

— É mesmo? Uma enfermeira?

— Certamente que não! – respondeu Franz com ardor. – Uma enfermeira eu teria tratado por tu de imediato! E não consegui... Não se pode tratar essa mulher por tu!

— Notei isso – disse vivamente Willibald. – Também não consegui fazê-lo. O que mais?

— Ela gosta de cavalos, sabe montar... E... Estou confundindo tudo. Ah! Sim. Ela cita Heine, como eu. O que mais? Não sei mais nada. Que importância tem?

– Mais do que imaginas – disse pensativamente Willy. – Uma dama da Corte?

– Não! Ela é republicana.

– Vê só! Decididamente húngara, então. Os húngaros são republicanos, naturalmente. Mesmo assim, desconfia.

– Não vejo por quê! – replicou o rapaz impetuosamente. – É uma mulher adorável...

– Que te maltrata – interrompeu Willibald.

– De uma beleza de tirar o fôlego...

– Que ela se recusa a mostrar-te.

– Que dança divinamente...

– Mas que dá ordens como uma princesa – lançou Willibald.

– É uma princesa! – disse o rapaz. – Uma princesa de coração ferido...

– E que queres consolar – concluiu Willibald. – Pois bem! Tua princesa está demorando. Espero, pelo teu bem, que não seja uma princesa verdadeira. Uma atriz, talvez?

As duas mulheres se tinham perdido na confusão dos corredores, em que as portas se abriam para pequenas salas cheias de dançarinos amontoados à volta dos bufês. Com dificuldade, acharam os vestiários, e se viram constrangidas a fazer fila. As mulheres observavam-se umas às outras, espiavam os tecidos amarrotados, a maquiagem que começava a mudar, os cachos desfeitos, as manchas nos corpetes, lançavam-se sorrisos embaraçados e tapavam o nariz com o lenço.

– Vamos, senhoras, um pouco mais rápido! – gritou a mulher do vestiário. – Ou então venham mais tarde!

Estava quente. Ida, pouco à vontade, virava-se em todos os sentidos.

– Pára com isso! – disse a jovem mulher. – Tu me deixas tonta.

– É insuportável – murmurou Ida. – E esse cheiro... E se fôssemos embora?

– Não!

– Com essas vasas que se encontram por toda parte? Não a reconheço mais!

– O tratamento tu, Ida – disse a jovem mulher entre dentes. – Quem sai na chuva tem de se molhar. Não é pior do que um hospital.

Ela se abanava tranqüilamente, apertando de vez em quando as narinas, trocando olhares de revés, e risos.

– Agora somos nós – disse ela. – Vamos cada uma por sua vez.

– Que horror – gemeu Ida. – Estaríamos tão bem lá embaixo, comodamente... Que idéia!

– Pára com isso! Lá embaixo, como dizes, ainda utilizam as cadeiras furadas para as necessidades.

E precipitou-se para a porta que a mulher do vestiário segurava. Quando saiu de lá, exibiu um sorriso radioso.

– Puxa! Disso não se morre! – disse ela com um risinho. – Tua vez...

– Não, obrigada – murmurou Ida, com os lábios brancos. – Subamos depressa, estou sufocando.

– Ah! Tu não és curiosa! – disse a jovem mulher. – E como achas que as pessoas normais fazem, hem? E a natureza, o que fazes com ela? Ela é todo-poderosa, Ida!

– Este é o lugar apropriado para expor sua filosofia social? – indignou-se Ida, puxando-a.

Quando as viram aproximar-se, os dois homens se levantaram. Willibald achou-se na obrigação de propor mais uma valsa à Srta. Ida, que aceitou, sob o olhar de aprovação da desconhecida de dominó amarelo.

– Esse senhor e eu temos coisas a dizer-nos – esclareceu ela.

Franz esperou que os dois desaparecessem e aproximou sua cadeira.

– Então quer conversar.

– Sim – disse ela com graciosidade. – Onde estávamos?

– Na sua semelhança com a impera...

– Esse capítulo estava concluído, parece-me – cortou a jovem mulher.

– Se minha mãe a visse, diria o mesmo que eu – continuou Franz, obstinado.

– Escute – disse ela, ameaçando-o com o leque. – Tenho o maior respeito pela senhora sua mãe, mas gostaria muito de me ver dispensada dela. Pareço-me com uma moça casadoura para que me fale sem cessar dos juízos de mamãe?

– Tem justamente tudo de uma moça – murmurou ele, perturbado.

– Uma moça, eu? Vamos, não está sendo sério.

– Estou. A senhora viveu, desconfio. Talvez até tenha filhos, é possível. Mas há um não-sei-quê de jovem, de fresco, alguma coisa de intacto... E se eu ousasse...

– Pois bem! Ouse...

– É como se fosse virgem, perdoe-me, senhora. Está dito! – exclamou ele, abrindo os braços com um gesto de impotência.

Ela manteve silêncio e ficou quieta.

– Choquei-a – disse o rapaz, entristecido.

Agitou-se na cadeira e quis pegar-lhe as mãos.

– Não fique calada! Diga algo, seja má, um pouco, se quiser! Não me deixe sozinho na escuridão... Não sei como falar às mulheres.

– Ao contrário, fala bem demais – respondeu ela, pensativa.

– Olhe! Eu lhe revelei minha idade. Diga-me então a sua.

– Isso é pergunta que se faça a uma dama?

– Por Deus! – exclamou Franz.

– Não blasfeme – suspirou a voz. – Diga-me: quanto me dá?

O rapaz hesitou. Vinte anos, trinta ou mais? Sob um dominó, as mulheres não tinham idade.

– Trinta e seis anos – arriscou ele triunfante. – Como a imperatriz. Que acaba de tornar-se avó, precisamente desde ontem.

O leque voou como uma flecha e deslizou sobre a mesa. A desconhecida ergueu-se de um salto.

– Essa é demais! – gritou ela. – Nasci na Hungria, meu nome é Gabriela e estou cansada de suas comparações!

– Tome, pegue seu brinquedo – disse ele estendendo-lhe o leque. – Gabriela? Eu preferia Fanny. Húngara? Está mentindo.

– Terei que cantar uma czarda para convencê-lo? – disse ela, voltando a sentar-se.

57

– Escute-me – murmurou ele com emoção. – Não somos personagens de opereta. Sou apenas um pequeno redator da Corte, senhora, mas sei ver e ouvir. Que faz uma grande dama como a senhora com um modesto empregado como eu? Não sei. Tem suas razões, as condessas têm seus caprichos, e talvez tenha decidido brincar comigo como com o seu leque, que joga fora tão logo ele tenha cumprido sua função. Mas eu não brinco; e tenho minha dignidade. Por mais que tenha feito, adivinho que é bela de fazer um santo pecar. Então, pense, um rapaz! Senhora, é fácil demais...

O leque recomeçava seu vôo nervoso.

– Que discurso! – disse a desconhecida com uma voz tensa. – Tem eloqüência, senhor, concordo. Seria até... comovente... sim, acho que é essa a palavra, comovente. E o que pretende obter com essa homilia? Que quer de mim?

– Ver o seu rosto – murmurou ele. – Mais nada.

– É impossível, impossível... – respondeu a voz fracamente. – Peça-me outra coisa. Pronto: voltemos a falar de sua imperatriz, já que, como diz, eu me pareço com ela. Ama-a então um pouco?

– Se a amo! – exclamou o rapaz gargalhando. – Tanto quanto se pode amar um fantasma. Não sabe que ela vive em Buda, na Hungria?

– Vê-se logo que não conhece essa cidade. As colinas dominam o Danúbio, o ar lá é vivo e inspirado, as pontes transpõem alegremente o rio e, além disso, há as ciganas... É-se livre, vive-se, abraça-se o mundo!

– Mas em Viena também temos nossas colinas! O Kahlenberg, as tabernas, o vinho novo no outono, e os violinos nas vinhas... Não?

– Em Viena o vento é ruim, destrói a alma – disse a jovem mulher sombriamente. – Os palácios são imensos e tristes, construções horríveis, apodrecidas pelas correntes de ar, sufoca-se, fica-se abafado... Enquanto que na Hungria! Pense só nos cavalos que galopam na *puszta*, com a crina ao vento, as czardas encapetadas, eis a vida! Conhece ao menos o *délibab*?

– Não – disse ele enrubescendo mais. – Uma espécie de árvore?

Ela riu. O rapaz era delicioso. Ela acabava de descobrir com quem se parecia, com aqueles longos cílios negros e o olhar azul. Com seu jovem primo Luís de Baviera.

– O *délibab* é uma miragem, é preciso vê-lo – disse ela. – É a alma húngara.

– E pensa que nossa imperatriz prefere a Hungria por causa das ciganas, dos cavalos e desse baobá que não se pode descrever?

– Talvez por isso ela se sinta lá mais bem amada – suspirou a voz por trás do leque. – O senhor é muito cruel com essa pobre mulher.

– Uma pobre mulher, Elisabeth da Áustria? Quando se tem o império e o imperador a seus pés? E o que faz ela de nosso imperador? Um marido abandonado, talvez traído...

– Traído? Nunca!

– Então a senhora a conhece – disse Franz tranqüilamente. – Eu tinha razão. Pertence à Corte.

– Sou húngara, senhor. Isso não é suficiente para defender a honra de minha rainha, a quem ataca tão duramente? Ao menos a viu?

Franz aproximou seu rosto e pegou a mão enluvada que segurava o leque.

– Eu era criança quando ela chegou da Baviera, e meus pais me haviam levado para recepcioná-la no cais. Minha mãe sabia tudo das toaletes dela, e me martelava os ouvidos como o papagaio branco que nosso jovem imperador lhe tinha oferecido. Lembro-me de como ela dizia seu nome, Sissi, com adoração, com um gosto de chocolate, eu diria...

– Encantador – concordou a desconhecida. – O papagaio não era branco, mas rosa, com um bico vermelho.

– Ah? – espantou-se Franz. – No entanto, minha mãe... Enfim. Meu pai me ergueu em seus ombros para que eu pudesse ver melhor nossa princesa, mas a multidão era tão densa que não a vi naquele dia. Parece que ela estava muito cansada, tal era a sua palidez. Chamavam-na "Rosa da Baviera". Minha mãe se preocupava muito com ela. Nessa época, em Viena, a gente a adorava!

– Enquanto hoje a detestam, não é? – murmurou a jovem mulher.

– Se ela se mostrar um pouco mais, vão adorá-la como no primeiro dia – afirmou o rapaz. – Essa lembrança da infância me marcou pela vida toda. No dia seguinte ao casamento, estávamos na primeira fila para ver passar a carruagem imperial, e então eu a vi!

— De perto?

— De pertinho! – disse ele com exaltação. – Estávamos postados no meio-fio da calçada, a dois passos da igreja dos agostinianos. Ela desceu lentamente, um pezinho, o outro, hesitando, e subitamente vi-lhe a mão, tão fina quanto a sua, toda enluvada de branco, e que voava como um pássaro em direção à tiara de diamantes... Que se tinha enganchado no montante da carruagem!

— Lembro-me disso – murmurou a desconhecida numa voz inaudível. – Foi terrível...

— Mas eu era pequeno, via-a de baixo... E percebi suas lágrimas.

— Como pode lembrar-se? – interrompeu ela. – Ainda usava fralda!

— Eu tinha 6 anos... Não, 3! – disse ele. – E, além disso, também me contaram, como à senhora! Ela chorava tanto que soltei um berro! Minha mãe teve medo do escândalo, os policiais a olhavam de revés, ela me levou embora bem depressa, e nunca mais a vi.

— A vida é bem estranha, meu caro Franzi...

— Ah! Chama-me pelo meu nome, obrigado – disse ele, beijando-lhe os dedos. – Mas, se conhece a imperatriz, diga-me, ela é tão bela quanto dizem?

A desconhecida pôs-se a rir, e o leque se acalmou.

— Ela não é feia. São sobretudo os longos cabelos dela.

— Dizem que eles chegam até os quadris... É verdade?

— Até os pés! Um casaco de peles! Um suplício!

— Dizem que ela mergulha em água gelada, cedo, de manhã...

— Diariamente, às cinco horas.

— Parece que ela doma os cavalos como no circo!

— Isso ela herdou do pai, o duque Max – declarou a desconhecida gravemente. – São ambos estribeiros eméritos.

— Dizem até que ela faz ginástica!

— Não vejo por que troçar disso. É excelente para a saúde.

— Mesmo assim, é muito indecente! Não, não me diga que ela tem toda a razão. Será que se deve fazer ginástica quando se é imperatriz?

– Será que se fazem tantas perguntas quando se é polido? – respondeu a desconhecida, abanando-se de novo. – Olhe, tenho ainda um pouco de sede. Vá buscar-me uma cerveja, por favor.

– Descobri! – disse o rapaz, batendo na testa. – Para conhecê-la tão bem, é preciso que seja sua dama de companhia! Como sou bobo por não ter compreendido mais cedo! Já vou correndo buscar sua bebida...

Ele afastou-se, depois voltou atrás correndo, e se apoderou com presteza do leque.

– Pego em penhor. Assim, não fugirá.

"Sua dama de companhia!", pensou a jovem mulher sonhadora. "Que criança adorável... Ele me faz pensar em meu pastor alemão, com seu olhar bom e seu focinho úmido que procura carinho. Não se deve humilhá-lo. Meu Deus! Como sair do baile sem magoá-lo? Tenho de fugir. Agora. Ele ficará com o leque."

Ela já juntava os panos do dominó amarelo quando se lembrou bruscamente de Ida, que ainda não tinha voltado. Tornou a sentar-se.

"Não posso abandoná-la assim. Ela seria capaz de ficar transtornada, de dar o alarme... Não! Estou presa. Querias ser livre, minha bela... Eis-te prisioneira de tua liberdade. Enclausurada por um belo rapaz que te faz a corte como a uma leiteira dos subúrbios! Num salão de baile em que se tem calor demais! Se ao menos eu pudesse tirar esta máscara, este brocado grosso!"

E, num gesto lânguido, ela afastou a gola do dominó para conseguir mais ar. Dois homens que passavam cambaleantes pararam.

– Viste esse pescoço? Uma brancura de sonho! – cochichou o primeiro.

– Não sei quem é a malandrinha, mas se o rosto corresponder às promessas do decote... – respondeu o segundo, empurrando-o com o cotovelo.

Eles se aproximaram suavemente por trás dela. A desconhecida não os ouviu.

— Um beijo, minha bela! — disse o primeiro, segurando-a pelos ombros.

— Então, estás sozinha a esta hora? — disse o segundo, pondo os lábios sobre o ombro nu.

— Não me toque! — gritou ela, debatendo-se. — É indigno! Não tem o direito!

— Não banques a dengosa, minha fidalga — vociferou o primeiro, segurando-lhe o pulso brutalmente. — Uma mulher que vai sozinha ao Baile do Reduto sabe o que temer, apesar de tudo!

— Socorro! — gritou ela debilmente, segurando com firmeza a máscara. — Guardas! Ida, socorro!

— Isso mesmo, chama a Ida — rosnou o primeiro.

— E os guardas! Mas quem ela pensa que é? — disse o outro, acariciando-lhe o pescoço com um dedo descuidado.

— A senhora está comigo! — gritou uma voz atrás deles. — E peço-lhes que a deixem em paz.

Franz, vermelho de cólera, com uma taça de champanhe em cada mão, se erguia com todo o seu tamanho. Os homens contemplaram o jovem gigante e largaram sua presa. A desconhecida ajeitava a máscara com nervosismo. Franz colocou calmamente as taças sobre a mesa.

— Pedimos desculpas, senhor, não podíamos adivinhar — resmungou um dos homens. — De qualquer modo, não devia deixar sua boa amiga sozinha no meio de um baile, ela tem a pele branca demais...

— NÃO HAVIA MAIS CERVEJA. Peguei champanhe... Quer brindar comigo? — murmurou Franz suavemente.

— Sim — disse ela, estremecendo. — Agradeço-lhe, senhor. Tive muito medo.

— Não foi nada — disse ele erguendo sua taça. — À senhora.

— É que não tenho costume, bem vê — acrescentou ela, confusa.

— Eu sei. A ti. A nós, Gabriela.

Pela primeira vez, ela se inclinou para ele com um sorriso, e ofereceu-lhe seu olhar castanho-claro bem de perto. Deslumbrado, ele fechou os olhos.

— É como o céu com sua primeira estrela...

— É uma criança. Daqui a pouco terá me esquecido – disse ela com uma alegria forçada.

— Nunca, senhora – disse ele com fervor.

— Uma única noite, senhor, uma noite de Reduto! Nunca mais nos veremos de novo.

— Eu a acharei.

— Não conseguirá! Não tenho pátria. Estou sempre em viagem.

— Se for preciso, virarei criado em Hofburg!

— Não diga isso!

— Brindemos – suplicou ele. – Quero vê-la beber ao mesmo tempo que eu.

Ela sustentou o olhar dele, e bebeu com graça. Ele a devorava com os olhos.

— Pois bem! Que espera? Já acabei! – exclamou ela.

— Pus uma droga no champanhe sem lhe dizer. É um filtro de amor. Bebo como Tristão no barco...

E ele bebeu gravemente, com os olhos fechados.

— Franz, escute-me. Tem 23 anos e adivinhou a minha idade. Temos quase 15 anos de diferença.

— Eis o que me é indiferente! – gritou ele. – Menti-lhe, veja só. Não tenho 23 anos, mas 26.

— E se eu lhe dissesse que também lhe menti e que sou casada? – disse ela febrilmente.

— Tanto pior – murmurou ele com lágrimas nos olhos. – Isolda também era casada. Casada! Acreditou que eu não desconfiava? Suas hesitações, seu ar de culpa... Não se agite assim!... Sua vontade de fugir a todo instante, e esse medo que aparenta, essas lágrimas... E no anular, a marca branca de sua aliança, que deve ter retirado para esta noite, não é? Casada? É escusado dizer. E o que me importa?

— É uma criança – suspirou ela.

— Já disse isso. Sabe? Uma criança procura a mãe por toda parte, e por toda parte a procurarei. A partir de amanhã.

— Franz, tenho de deixá-lo – declarou ela com voz firme.

– Sua amiga não está aqui. Quer ir embora? Pois bem! Partamos juntos. Tanto pior para o dominó vermelho.

– Por favor, senhor – suplicou ela, insistente. – Esperemos juntos, bem comportadamente. Em seguida nos deixará. Sem nos seguir. Não estrague a lembrança de um momento de graça. É um rapaz gentil, tão sedutor...

– Ah! – exultou ele. – O filtro está agindo!

– Se procurar rever-me, acontecerão coisas terríveis! – disse ela em voz baixa.

– Não seria a primeira vienense a ter um amante! – disse ele, reforçando o aperto.

– Não seja vulgar! Arrisca-se...

– A que é que me arrisco? Por-me-iam na prisão?

– Sim! – respondeu ela abruptamente.

Desiludido, o rapaz soltou as mãos da desconhecida.

– Não é nem mesmo condessa, senhora. É ainda mais que isso – disse ele lentamente. – A prisão! Mas quem é, então?

Ela virara a cabeça e observava a multidão desesperadamente, sem responder-lhe. Um brilho de tafetá vermelho passava e repassava entre os dançarinos.

– Ida está voltando – disse ela com alívio. – Desta vez vou abandoná-lo, senhor.

– Para que me mandem para a prisão, é preciso que seja grande alteza – disse ele, prosseguindo com a idéia. – Não estava brincando, estou certo...

– Não pense mais nisso! E cale-se. Não quero que Ida saiba...

– Ora, ora! Tem segredo para sua amiga?

Através dos furos da máscara, Franz via os olhos da desconhecida lançarem olhares de animal acossado; ela torcia febrilmente a armação de seu leque e apertava contra o próprio corpo as pesadas pregas de brocado castanho-claro. O dominó vermelho estava chegando.

– O Sr. Willibald não queria mais largar-me, dançamos várias valsas, muito longas – disse Ida numa voz ofegante. – Ele cruzou com alguém a caminho, um amigo, e deixei-o para me encontrar contigo. Felizmente esse senhor te fazia companhia...

— Felizmente, com efeito – disse a desconhecida. – Esse senhor me protegeu de importunos. Vamos embora, Ida.

Franz não se mexera. Com o olhar fixo, observava o leque na ponta da mão enluvada.

— E então, senhor? – perguntou ela, numa voz jovial. – Vai dizer-nos adeus? Ele não ouve – acrescentou ela, virando-se para sua companheira. – Senhor?

Um leve golpe com o leque tocou o ombro do jovem imóvel.

— Deixe-o, senhora – cochichou Ida. – Ele talvez tenha bebido demais.

— Não! Não entendes nada. Não posso deixá-lo assim. Franz! Franzi... – murmurou ela, numa voz diferente. – Não quer saudar sua Gabriela? Responda-me, meu querido, *Schatzi*...

— Vossa Majestade perdeu a cabeça! – espantou-se o dominó vermelho.

De um salto, Franz se recompôs. O leque atingira Ida num golpe violento.

— Vossa Majestade! – exclamou ele com espanto.

— Não a ouças, Franzi – disse a desconhecida vivamente. – Ela está bêbada... Não é, Ida?

— Elisabeth – balbuciou o rapaz. – A senhora é Elisabeth. Que vai acontecer-me?

— Nada – cochichou ela –, nada! Não sou Elisabeth!

— A imperatriz em pessoa – soluçou ele. – Que fiz eu?

— Meu nome é Gabriela, Gabriela, entendes, rapaz? Mas, se eu fosse a imperatriz, crês realmente que eu estaria aqui, com esse populacho? Vamos...

— Creio-a capaz de tudo!

— Até de parecer-me com a imperatriz – disse ela, dando uma risada forçada. – Confesso que quis enganar-te, Franzi. Ida desempenhou bem o seu papel. Agora, deixe-nos ir, peço-te.

— Não é prisioneira, senhora — murmurou Franz, num tom amargo. – Quem a detém? Ninguém.

— É que não quero que percas a cabeça! – gritou ela, batendo com o pé. – Ida... Explica a esse jovem cabeçudo...

— Isto é... – começou Ida com ar desconcertado. – É verdade que quisemos brincar. A senhora... enfim, minha amiga Gabriela... freqüentemente, por brincadeira, eu a chamo de Majestade, para rir... Porque, em nosso país, na Hungria, todas as damas querem parecer-se com a imperatriz, e Gabriela... Enfim, ela tem muitos traços em comum... E é verdade, abusei do ponche. Deve acreditar em mim.

— Mas acredito, senhora — respondeu o rapaz dolorosamente. – Sou obrigado a isso.

Elas o rodearam, atenciosas, e ele, bastante pálido, baixava os olhos.

— Chama-me de Gabriela – suplicou a jovem mulher. – Franzi...Uma última vez...

Ele tinha as mãos sobre o rosto, como uma criança que chora.

— Estás zangado – suspirou a desconhecida.

Ele ergueu a cabeça, fixou nela um olhar em que já rolavam lágrimas, e afastou os braços em sinal de impotência.

— Eu te escreverei – disse ela bruscamente. – Dá-me teu endereço.

Com um gesto mecânico, ele tirou um cartão do colete e estendeu-o em silêncio.

— Franz Taschnik — murmurou ela, lendo com ar concentrado. – Não esquecerei, juro-te. Dize-me até logo...

Ele abriu a boca, quis falar, mas a voz abafou-se.

— Adeus, Franzi – disse a jovem mulher, acariciando-lhe o rosto.

E, pegando pelo braço o dominó vermelho, deslizou graciosamente através da multidão.

ARRASADO, FRANZ observou-a descer a grande escadaria.

"E eu a teria beijado? Ela teria deixado? Ela que até se recusa a ser vista em público! E o imperador? Oh, não! Quem sou eu para que ela se tenha abandonado assim? Essa aliança que faltava em seu dedo... Não, estou enganado. Inteiramente impossível. No entanto, essa graça...

Seu talhe – não há outro igual no mundo! E esse ar de comando... Esse senhor e esse tu que se misturavam constantemente! E ela vai embora! E eu lhe disse que a amava!"

Franz pousou a cabeça sobre a mesa e chorou em silêncio. Os dançarinos se voltavam para esse jovem colosso bem-apessoado e que parecia tão triste; alguns pararam sacudindo a cabeça. Chegava-se às últimas horas da noite, e o baile fomentava em segredo loucuras, bebedeiras, infelicidades, era banal, em suma. Ninguém veio consolá-lo.

"Vamos", pensou ele, enxugando as lágrimas. "Nada foi revelado. É preciso saber quem ela é, tirar isso a limpo. E descobriremos uma rameira que se faz passar pela imperatriz, uma devassa que se diverte com os jovens!"

Levantou-se de um salto. Alcançá-la, depressa!

Ele se precipitou como um louco pelo salão de baile, afastando os dançarinos com brutalidade, com os lábios fechados, as sobrancelhas franzidas, o aspecto tão furioso que as mulheres se voltavam para ele.

– Aí está um que bebeu demais! – disse uma.

– Acho que ele está infeliz – suspirou uma moça pesarosa. – Uma mágoa de amor, certamente!

– De qualquer forma, é um grosseirão! – exclamou uma terceira, ajeitando o traje amarfanhado. – A não ser pelo galope, não se corre como um louco num baile, todo mundo sabe disso!

Os cavalheiros davam de ombros, girando cada vez mais; era apenas uma oportunidade frustrada, ele havia perdido sua conquista, que acabaria por reencontrar em quarto separado, num lugar galante, como todo mundo. Não havia com que se preocupar.

Através de um nevoeiro, Franz avistou subitamente, tocando o ouro dos balaústres, o brocado amarelo e o tafetá vermelho, Gabriela e Ida. Os dois dominós tinham ultrapassado o salão e se preparavam para sair pelo grande hall. Escondendo-se, ele deslizou por trás de uma pilastra; elas não o tinham visto.

A jovem mulher andava baixando a cabeça, com o leque na mão, aberto como um escudo; e Ida a seguia, com as mãos erguidas para se proteger de um perigo invisível.

"Elas estão com medo", pensou ele. "Pareciam tão amedrontadas em alguns instantes... Mas, se há um marido enganado, isso se explica... É preciso arrancar-lhe a máscara. Sim!"

Ele ultrapassou-as por uma porta lateral e procurou com os olhos uma carruagem, um cabriolé, um carro imperial... O frio o sufocou.

Uma fileira de fiacres esperava sob o céu gelado; os cocheiros se aqueciam bebendo vinho quente; os cavalos, sob os cobertores xadrez, sopravam névoas úmidas erguendo a cabeça. Nenhum cabriolé imperial. Subitamente, os dois dominós saíram abaixando o capuz. Franz seguiu-as na ponta dos pés. Uma mão o parou. Estendia-lhe violetas em buquês. Uma mãozinha nua, azul de frio.

— Violetas para as damas! – disse uma voz de criança. – Compra minhas flores, meu bom senhor. Tenho tanta fome! Só para uma sopa nos *Knödel*. Por favor.

Envolta num manto sem pêlos, a mocinha parecia ter 10 anos, não mais. Com o coração apertado, Franz pegou os buquês, seis ao todo, e tirou uma nota de que a mãozinha se apoderou. Mais longe, no degrau mais alto, as duas mulheres não tinham visto nada.

— Pega – soprou ele, devolvendo os buquês. – Só quero um. Fica com os outros, menina.

— Onde está nosso fiacre? – impacientava-se o dominó amarelo em voz alta. – Ele devia esperar-nos à esquerda. Contanto que esse Franzi não nos tenha seguido!

— Lá está! – disse Ida. – Vejo nosso cocheiro, a 10 metros, do lado da Igreja de São Carlos. Vamos ficar com os pés cheios de neve, temos de ir depressa.

A desconhecida ergueu as dobras de seu dominó e pôs-se a correr; Ida seguiu-a, bufando. Com três passadas, Franz passava à frente delas e se achava diante do fiacre. Quando elas chegaram ao carro, ele já segurava a porta resolutamente, com seu buquê na mão.

— O senhor! – exclamou a jovem mulher. – Vá embora!

— Jamais! O que pensava? Que eu ia deixá-la fugir sem uma palavra? Mande-me para a prisão, se deseja. Agora, perdoe...

Num gesto decidido, puxou o véu de renda para arrancar a máscara. Ida pôs-se a gritar, a desconhecida levantou o leque que Franz pegou no ar.

— Não desta vez – disse ele, torcendo-lhe o pulso. – Chega de golpes. Não sou vosso cavalo. Eu preciso saber... E se é a imperatriz, que o céu me proteja!

Ela arfava, com a outra mão protegia a máscara. Ele a forçava lentamente, em silêncio, ela estava perdida, a máscara escorregava... Bruscamente, ela soltou o leque e se livrou como uma serpente. Surpreso, o rapaz recuou. Então, com uma força espantosa, ela o empurrou violentamente e precipitou-se para dentro do fiacre.

— Rápido, Ida – ordenou ela. – E trate de fugir – gritou ela para o cocheiro. – Pelos subúrbios!

2
A abertura da caça

A hora da tentação soou
E, covarde como um cão, voltei para casa.

Elisabeth

Caído na neve, sem fôlego, Franz ouviu o grito breve do cocheiro, os cascos dos cavalos no chão sujo; o fiacre se foi como um fantasma. O rapaz ergueu a cabeça para o céu onde brilhavam frias estrelas de inverno e percebeu que ainda segurava o leque na mão. As violetas jaziam mais além, na lama. Saída da sombra, a pequena vendedora as pegou.

— O leque, minhas pantufas de pele de esquilo — resmungou. — Voltarei a vê-la, eu juro. Ela terá as violetas.

— Pega, senhor. Eis o teu buquê — murmurou a criança. — Ele nem sequer está amassado.

— Fica com ele, se quiseres — disse ele, erguendo-se com dificuldade. — Não tenho mais necessidade dele.

— Uma rabugenta, aquela mulher de amarelo — disse a mocinha. — Eu vi tudo. Obrigada pelas flores. Ela não as merece.

No interior do salão, ressoavam os ecos das valsas da noite e gargalhadas. A aurora não tardaria, o baile se findava. Franz foi em direção às luzes.

— Ora! Voltar para dentro? Para me encontrar com moças casadouras? Voltar à rotina? E o que fazer do leque? Escondê-lo debaixo da roupa? Ele me queimaria o coração.

Parou sob um lampadário, abriu-o num gesto desajeitado e examinou-o.

— Nenhum brasão, nenhum sinal. É ela. Qualquer outra mulher teria mantido a coroa.

Abanou-se desajeitadamente, blasfemou e fechou de novo o tafetá num golpe violento.

– Não percas a cabeça, Franzi, por favor – resmungou. – É uma louca... A imperatriz no Baile do Reduto? De dominó amarelo e peruca ruiva? Não faz sentido. Vamos! Vais ficar com o leque. Minha mãe vai rir muito... Que aventura!

Enxugou os olhos, deu três passos na penumbra e chocou-se com uma parede que não tinha visto; o leque se quebrou, com um ruído seco.

– Vou reencontrá-la! – gritou, brandindo o leque para o céu.

Os cocheiros de fiacre, espantados, viraram a cabeça e viram distanciar-se no azul da noite um rapaz sem peliça, que segurava bem alto um leque negro quebrado, como um troféu de caça.

– Olha só – resmungou um velho –, um apaixonado que foi deixado plantado lá pela namorada. Ele até se esqueceu do agasalho. Ah! A juventude...

– Claro que não – disse um outro. – Ela não quis mostrar o rosto, eles lutaram, ela o jogou no chão. Ela é forte, aquela danada!

– Bom... A devassa terá conseguido um encontro para amanhã no café Sacher, e ele irá, o velhaco.

O FIACRE IA DEVAGAR; os cavalos hesitavam na neve gelada. Nas ruas desertas casais isolados, saídos do baile, davam passos miúdos, sem pressa, de mãos dadas... Velhos, sem dúvida, cansados demais para se agüentarem até de manhã. O cocheiro seguia as ordens; sem fazer perguntas, tinha passado pelos subúrbios, o que acrescentava uma hora à corrida, um bom dinheirinho. As duas mulheres iam caladas; Ida tirou um lenço e cobriu discretamente as pálpebras. O silêncio de sua companheira não lhe dizia nada de bom.

– Foi um desastre – murmurou finalmente Ida, com os dentes cerrados.

– De quem é a culpa? – disse a jovem mulher.

– Não tenho desculpas, Majestade... – gemeu Ida.

– Certo! Estragaste tudo.

— Mas essa multidão, o calor, esse frenesi... Perdi a razão...

—Tu, condessa, em quem depositei toda a minha confiança! – explodiu a jovem mulher. – E que vou fazer agora?

— Oh! Nada, Majestade – suplicou Ida.

— Mas esse rapaz e eu falamos muito!

— Que lhe disse?

— Não sei mais... Bobagens... Coisas que os jovens perguntam, e o que sei mais! – respondeu a jovem mulher exasperada.

— Pois bem! Ele vai agitar-se um pouco, vai procurá-la nas aparições públicas, e não a reconhecerá.

— Mas é um rapaz em desespero – murmurou a jovem mulher. – Que coisa desagradável!

— Não estou gostando disso. Notaste as violetas? Eu deveria tê-las pegado, pelo menos... Ele vai ficar infeliz!

— Não pode fazer nada – disse Ida com humor. – Deixe para lá essa criança e não pense mais nisso. Aliás, quem é ele? Ao menos isso sabe?

— Ele é redator da Corte – respondeu ela imediatamente. – Nas Relações Exteriores, seção ministerial.

— Um escrevente! – exclamou Ida, espantada. – Nem sequer um diplomata! Podia ter escolhido melhor!

— Não! Isso vale mais do que um príncipe. E tu não entendes nada dessas coisas.

— Que seja – disse prudentemente Ida, batendo em retirada. – Mas, com esse ofício, ele não tem nenhuma chance de encontrar-se com a senhora.

— Nenhuma – suspirou a jovem mulher.

O cocheiro parou diante dos guardas da Burg. Ida abaixou o capuz de seu dominó e pôs o nariz para fora da porta.

— Condessa Ferenczi, a serviço da imperatriz. Certamente me reconhece. Deixe-me passar.

Os soldados abriram a barreira. O cocheiro foi pago sem dizer uma palavra, e as duas mulheres desapareceram sob uma abóbada mal iluminada. A alguns passos da grande praça dos Heróis se escondia à esquerda a porta oculta que dava para um estreito corredor, diretamente na Hofburg, o imenso palácio imperial.

Os corredores escuros eram intermináveis; sob os tetos baixos, o chão era escorregadio, e as duas mulheres avançavam num andar hesitante.

– Eu devia ter pedido um lampião no posto da guarda – exclamou Ida Ferenczi. – Não se vê nada...

A jovem mulher não respondeu e, abrindo o dominó com as mãos, pôs-se bruscamente a correr, com leveza.

– Avante, pois, condessa! – gritou ela numa risada. – Aqui!

– Vossa Majestade tem uma visão de coruja! – queixou-se Ida Ferenczi, atrapalhando-se com as pregas vermelhas. – Não posso correr!

– Pois bem! Eu espero! – disse a voz imperiosa. – Apressemo-nos...

Ida ergueu as saias como uma camponesa e correu ofegante. Indolentemente apoiada na parede, a imperatriz havia posto a mão na maçaneta de uma pequena porta escondida.

– Chegamos. Ajuda-me – disse ela deixando cair o dominó. – Tira o teu também. Ah! Mas ficará pesado demais para ti. Levarei os dois.

Num piscar de olhos, ela enrolara a roupa, tirara o brocado vermelho dos ombros da companheira e pegara tudo à altura da cintura.

– Vossa Majestade realmente é de uma força incrível! – disse Ida com admiração.

– Deixa minha majestade em paz, ela já serviu mais que o suficiente esta noite – interrompeu ela irritada. – E abre-me essa porta.

Alguns degraus, uma antecâmara, três salões... A jovem mulher ia como o vento.

– Finalmente – disse ela parando de repente. – Teus aposentos. Pega isso e dá-me boa-noite bem gentilmente.

– Majestade... Não sei... – respondeu Ida, segurando penosamente o pesado pacote de seda. – Deixe-me ao menos ajudá-la em sua toalete noturna...

– Não! Eu me arranjo sozinha – interrompeu ela. – Vai.

E despediu-a, com um gesto violento.

"E AGORA, AGORA, QUE FAZ ELE? Examina o leque... quanto a isso, nenhum perigo, ele não achará nada. Provavelmente seguiu com o olhar a direção do fiacre... mas fizemos um longo desvio para chegar até aqui. Voltou a valsar? Não; ele está infeliz demais, exaltado demais. Então voltou para casa. Talvez sem a capa, que deve ter esquecido. Que faz um jovem enamorado, quando não é o imperador?"

Cuidadosamente dispostas sobre a cama esperavam-na a longa camisola de rendas, o robe com suas fitas brancas e a touca de dormir, leve. Ela olhou tudo com ódio.

— Estou abafada — murmurou ela, erguendo-se. — Este vestido está amarrotado, sujo... E esta horrível peruca ruiva!

Num gesto gracioso, levantou os braços, segurou a peruca e retirou um a um os alfinetes que a prendiam.

— Isso não acaba nunca — resmungou, puxando os caracóis emaranhados. — Eles se prenderam nos meus cabelos... Esses cachos ruivos não me querem deixar, me amam... E eu os detesto!

Ela correu para a frente do espelho e arrancou tudo, gemendo. Desvairada, com olheiras, os cabelos ainda cheios de alfinetes, ela estava tão desfigurada que não pôde conter um grito de dor.

— E dizem que sou a mulher mais bonita da Europa! Ah! Se me vissem assim aqueles cortesãos ciumentos, como se alegrariam... Olhai todos, a pele é descorada, cheia de rugas nas pálpebras, a boca tem pregas de azedume, e estas tranças — acrescentou, erguendo a cabeleira inerte —, estas belas tranças com reflexos ruivos, sua altivez, vê como são empoeiradas... Ah! Quiseste ir ao baile de máscaras, minha querida... E estás vendo o resultado? Não quiseste dizer-lhe que és avó, hem? Não ousaste! Uma velha, eis o que tu és...

Ela desabotoou o corpete, entreabriu a camisa de baixo e pegou os seios com as mãos espalmadas.

— Estão murchando... E aqui, entre os sulcos, começam a surgir estrias — disse, erguendo o vestido subitamente —, as costas se curvam, a cintura...

Ela segurou a cintura e apertou-a entre as duas mãos.

— Não — murmurou —, não há nada a dizer. Está bem. Mas o resto...

Deixou cair o saiote, desfez-se num abrir e fechar de olhos das meias, das ligas de seda, da camisa de baixo, e se viu nua. As roupas jaziam por terra, em desordem, e ela permanecia imóvel, sem um gesto para pegá-las.

— Aí está – disse ela numa voz neutra. – Quando eu estiver morta, me cortarão pelo meio, terei o coração arrancado, que será posto numa urna, e as entranhas também, que irão para outra. Não me deixarão descansar. Os cirurgiões costurarão de novo a pele com pontos grosseiros, e minha carcaça vazia irá para os Capuchinhos, para a Cripta. Será isso o que espera esta carne inútil? Para que o império? Para o açougue que me espera depois da minha morte?

Seu indicador desceu ao longo de uma linha invisível, da base dos seios até os pêlos pubianos, que ela bruscamente cobriu com a mão.

— É assim que esse homem nunca me verá. Nunca terá sob o olhar esse monte de trapos sujos a meus pés, nunca as marcas das ligas nas minhas coxas, nem os rubores em meu peito... Não é preferível? Querias aquele corpanzil branco sobre o teu? Responde!

A jovem mulher fez uma careta e se instalou diante do espelho.

— Mas responde logo! – gritou ela, pondo a mão no espelho. – Por que querias esse rapaz? Que procuravas, deixando-o falar como um tagarela, sobre a senhora mãe dele, suas lembranças, e Bad Ischl, e sobre ti, cuja imagem ele guardou, aquela com quem ele sonhava sem saber? Tu, a quem ele também desprezava, e que terá adorado por uma noite, uma única noite inútil?

Um uivo cortou a escuridão, um cachorro talvez, ou uma criança ao longe... Ela estremeceu.

— Estou louca – cochichou, passando a mão pela testa. – Água!

Ela correu em direção ao jarro e molhou-se dos pés à cabeça. Com leves grunhidos de furor, desatou violentamente as tranças que rolaram sobre os quadris, liberadas, a escorrer gotas e reflexos ruivos. E enrodilhou-se nesse manto molhado, com que se cobriu inteiramente.

— Um animal, eis o que sou – disse, erguendo os cachos. – Machucaram-me – acrescentou, enrolando os cabelos nos dedos –, puxa-

ram-me a cabeça, sentia-os prisioneiros, vingaram-se, puniram-me...
Punir-me-ão todos os dias. Acabarei por cortá-los, sabem? Que idéia, também, se esconder debaixo de cabelos ruivos falsos, não é? Mas é que eu estava por aqui com vocês – disse ela, lançando-os para trás –, não agüento mais seu peso nos meus ombros!

Ela torceu as mechas de seus cachos selvagens, murmurou-lhes palavras sem nexo. "Basta vê-lo, a esse rebento austríaco, os músculos que se revolvem sob a pele branca como um *lippizan*, enorme, tão doce, o olhar úmido, um gentil cavalo rústico, que nunca me montará, nunca..."

– Não é como o Outro – disse alto, virando para o retrato na parede. – Ele é o contrário: elegância, mas um espírito grosseiro, um corpo pesado, precoce, mãos febris, com unhas de animal...

Seus ombros se dobraram, ela cruzou as mãos sobre os seios e fitou o retrato.

Como tenente-coronel, apertado em seu uniforme branco, com o peito estrelado de condecorações de diamantes, a mão sobre um livro e o olhar azul, o imperador Francisco José, eternamente jovem, contemplava o horizonte com a serenidade de um deus comum.

– Não te enganes, senhor – disse ela dando de ombros –, vê só! Tens tuas amantes e eu não tenho amante. Fizeste em mim quatro filhos, roubaste-me a juventude... Pois bem! Esta noite recuperei-a, pelo tempo de duas ou três valsas e de uma tigela de ponche ardente, eis tudo. Não me olhes com esse ar oficial... Não tenho mais medo de ti. Quando ele me beijou, apertei bem os lábios. Fui-te fiel. Sê-lo-ei sempre, não é tua culpa. Simplesmente tenho esse rapaz que nunca saberá quem sou e que me amará, apesar de ti. Nem tu tampouco – disse ela, erguendo o punho – saberás! Quando voltares da Rússia, onde naturalmente não te matarão, estarei a salvo em Buda. No meu país, ouviste? Longe daqui!

"Tenho frio" , pensou, estremecendo, "estou bêbada, tenho sede, ele não está aqui para me dar de beber, e falo como uma demente... Para a cama!"

E, sem ao menos se secar, sem vestir a roupa de dormir, a imperatriz deslizou para dentro dos lençóis, cambaleando.

– Amanhã ele me procurará. Tenho o cartão dele, poderia fazer-lhe uma visita, surpreendê-lo... Não! Ridículo. De perto, ele seria obsceno, como todos eles são. Não, eu preservarei este sonho, eu...

Ela virou-se no leito, de súbito, com a boca sobre o travesseiro, sobre os cachos molhados.

– Irei ao Prater a cavalo. Ele estará lá. Ou melhor, não. Tomarei minha carruagem, ele se aproximará, mandá-lo-ei subir, encolher-nos-emos um contra o outro, em silêncio, ele me pegará a mão, terei de novo 16 anos, ele me amará... Esquecida, Vossa Majestade, acabada, Vossa Imperial Alteza... Como é doce a embriaguez... Meu inocente, minha querida criança inocente... Eu saberia montar-te com o chicote! O chicote...

Ela balbuciava ainda suspirando, suas mãos erravam pela pele, quando o sono a dominou subitamente.

FRANZ PROSSEGUIA SEU CAMINHO através das ruas brancas, saltando por cima das calçadas para evitar a neve acumulada. Fazia um frio de rachar, e o rapaz corria para aquecer-se. Depois cansou-se, tropeçou, procurou um *Beisl* aberto àquela hora tardia, e achou um botequim enfumaçado onde pediu uma *slibowitz*, que engoliu de um trago. A aguardente chicoteou-lhe o sangue.

– Olha só que belo leque – disse uma vozinha ao seu lado. – Mostra, pois...

– Não! – resmungou ele sem se mexer. – Não é meu...

– Tu me surpreendes – disse a voz zombeteira. – Vamos, dá, eu devolvo... Não queres? Tanto pior, eu tomo...

Uma mão de unhas roídas deslizou sob seu braço e se apoderou do leque. Ele se virou de repente: era uma moça muito jovem, de saia vermelha, com meias listradas, uma menina que contemplava seu furto com encantamento...

– Puxa... Tafetá! Todo preto! – assobiou ela, abrindo o leque com precaução, com ambas as mãos.

– Deixa isso em paz, pequena – disse o rapaz suavemente. – Não é para ti.

– Achas? – disse ela abanando-se. – Não pareço uma dama?

Ela manipulava o leque desajeitadamente, rindo, e a lâmina quebrada pendia como uma asa partida. Sorria com tamanha doçura que Franz não teve coragem de tomar-lhe o brinquedo.

– Que idade tens, pequena? – perguntou, com um sorriso.

– Treze anos – respondeu ela orgulhosamente. – A idade que os cavalheiros amam. A prova disso é que estou aqui – acrescentou, rodopiando sobre os saltos negros.

Homens sentados à mesa, que Franz não tinha visto, se puseram a rir no fundo da sala.

– Devolve-me o meu leque – suplicou, vermelho de constrangimento. – Não tens vergonha!

– Sem chance, meu príncipe – replicou a menina. – Se o deres para mim, eu subo contigo, se quiseres. Ainda não tenho doença venérea, sabes?

Furioso, ele se precipitou em direção a ela e quis tomar-lhe o objeto. Ela se debateu, caiu sobre ele, ele ergueu a mão, ela protegeu o rosto com o braço, sem um grito. Desanimado, ele parou.

– Não vou te bater – disse, envergonhado. – Sê boazinha...

– Mas eu sou sempre boazinha – disse ela recuando. – Olha, pega o teu traste, não o quero mais, está todo estragado. Devolvo-te! – acrescentou, jogando-lhe o leque na cabeça.

E foi-se, amuada, bamboleante. Franz remexeu nos bolsos e puxou uma nota que colocou sobre a mesa em que ela se acotovelava.

– Para mim?

– Se fores deitar-te.

– Bom, então subamos. E me darás o leque.

– Não... – murmurou o rapaz, perturbado. – Não! Tu sobes sozinha e eu vou embora, é tudo.

A menina deu de ombros, enfiou a nota na meia e o mirou dos pés à cabeça.

– Vais devolver a ela o leque, hem? Ela deve ser bem distinta para ter uma coisa assim...

– Sim – respondeu Franz maquinalmente.

— Uma verdadeira dama? — insistiu a menina. — Com cheirinho bom e flores nos cabelos?

— Não – continuou Franz sem refletir –, simplesmente uma estrela.

— Uma estrela? – disse a menina, arregalando os olhos. – De pérolas?

— De diamantes – suspirou ele.

— Oh! Então é a imperatriz – afirmou ela com a maior seriedade. – Como no retrato, com muitas estrelas ao longo dos cabelos.

— Exato – concluiu Franz sombriamente. – Entendes então que é preciso devolver-lhe o leque negro.

— Puxa vida! – disse ela bocejando. – Mas ela não vai gostar de ver que o quebraste.

Ele foi embora, com o coração apertado; a criança se tinha arriado em cima da mesa.

— Eis a tua cidade – resmungou, ao sair. – Valsa e prostitui as crianças. Depois espantam-se de ver a sífilis matar aos pouquinhos, em silêncio, até o momento em que... paf! Ela despacha o seu homem em três dias, de um tumor na cabeça! Vai-se ao baile e no domingo vai-se servir a sopa popular tapando o nariz, por caridade... Ah! Somos bons cristãos! Compra-se um buquê à saída do Reduto, esvaziam-se os bolsos, fica-se satisfeito e vai-se embora com o coração despreocupado! E a outra que zombou de mim, a outra com renda nas mãos e seu brocado dourado! Estou cansado. Numa única noite, a outra e essa menina! Só para mim! É demais...

Um fiacre passava, ele o parou e se jogou para dentro.

NO QUARTO DE IDA FERENCZI os dois dominós jaziam sobre uma poltrona, amarrotados, sujos; e ela, magoada, sentada na cama, olhava-os sem vê-los, torcendo um lenço.

Ela a conhecia bem: sua rainha tinha bom coração. Amanhã, ao amanhecer, às cinco horas, faria seus exercícios, tomaria seu banho gelado, e lhe sorriria com sua graça habitual. Ida lhe leria a correspondência enquanto a penteariam, a vida recomeçaria como de hábito, e o esqueceriam. Ela perdoaria. Mas ele? E se ele a descobrisse?

Ela levantou-se, preocupada, pegou um papel, uma pena. Avisar a polícia? Franz... Como era mesmo? Bascher? Taschler? Taschnik!...

Ela havia recordado o nome. Será que seria suficiente? Ora! Era trabalho dos policiais. O dela era de avisar.

Sentou-se diante da mesa e permaneceu com a pena no ar.

— Mas seria covardia, apesar de tudo – murmurou... – Ele nada fez de mal... E se ela souber! Não! Impossível.

Desabotoou o vestido e pôs-se a chorar. Ele a havia beijado... Sua imperatriz, sua pura Elisabeth, aquele porcariazinha tinha tocado o coração dela! Ela, que nunca deixava que se aproximassem! Ainda se fosse um nobre húngaro, como tantos que lhe faziam a corte, mas não! Um simples redator! Um funcionário! Que vergonha! E com uma palavra ela havia revelado tudo... Ida assoou o nariz, enxugou os olhos, depois desfez o laço de seu espartilho tão violentamente que um cordão arrebentou.

— Ora, ora – disse, jogando-o no chão. – E olha – prosseguiu, puxando brutalmente a liga –, e olha!

Uma após outra, as roupas íntimas caíam no tapete. Quando não sobrou mais do que a camisa de baixo, ela, num gesto, rasgou-a de alto a baixo.

— Para o fogo – murmurou. – Não quero mais usar nada dessas malditas roupas. Mais nada que me lembre esse baile infeliz. Nem aquele Willibald que me apertava coladinho ao dançar!

Acalmou-se e contemplou, entristecida, a cambraia estraçalhada.

Era solitária, consagrada ao celibato – sabia antecipadamente que seria assim, porque a imperatriz exigia de suas companheiras um celibato interminável, e a mais estrita castidade. Nada de homens. Se uma delas se casasse, era expulsa. Ida vivia como uma freira aos pés dessa mulher, concedia-lhe tudo, iam ambas ao baile incógnitas, e eis que a imperatriz se deixava beijar pelo primeiro que aparecia.

— O outro, o tal Willibald, não me beijou! – resmungou.

Num gesto mecânico, enfiou as vestes de dormir, desenrolou os cabelos, trançou-os razoavelmente e mergulhou um pedaço de tecido em seu cântaro de água. Ela protegia a imperatriz...

— ...Porque ela não vai parar por aí – disse, lavando o rosto. – Como é que ele dizia? "Eu a creio capaz de tudo." Ele tinha razão.

Ela bem que seria capaz de fazer de tudo para reencontrá-lo. Oh! velarei por isso. Ela só tem a mim no mundo, é o que me diz todos os dias. Não a deixarei comprometer-se com esse rapaz...

Abriu os lençóis, bateu no travesseiro e deitou-se de lado.

No dia seguinte, ao amanhecer, falaria com ela. Elas teriam um esclarecimento. A imperatriz, sem dúvida, já dormia... Ela sempre tivera um sono de criança. Quando queria, era tão terna, no entanto... Tão dura, às vezes, mas tão doce...

A SRA. TASCHNIK MÃE preparava o café-da-manhã. O leite esquentava no canto do fogão. O céu nascia, um céu turquesa. O dia seria frio e bonito. Franz não demoraria a descer. Pelo menos se conseguisse despertar.

Só Deus sabia a que horas ele voltara do Baile do Reduto... À meia-noite, arrancada do sono em sobressalto, ela olhara o relógio de parede, ouvira um barulho surdo, depois nada. Escutara o silêncio, do outro lado da porta o gato ronronara, o filho não havia voltado. Ela virara-se sob o edredom, praguejando; aliás, meia-noite era o momento da quadrilha, cedo demais para o rapaz. Mas ela não voltara a dormir. Também ela gostara da valsa na juventude. Isso fora antes da fatal revolução, quando os dois reis da época disputavam os favores da cidade, Lanner e Strauss, Strauss e Lanner, sem que se soubesse a quem dar ouvidos, de tanto que disputavam em música. Ainda pequena, seus pais a levavam para ouvir os duzentos músicos do falecido Johann Strauss, no café Zum Sperl; Lanner tinha o Reduto, Strauss tinha o Sperl, eram rivais e amigos, e depois se indispuseram. Lanner morrera, Strauss triunfara. Seu defunto marido adorava sobretudo os ritmos graciosos e lentos de Lanner. Ela se lembrava bem disso. Ele dizia: "Cheira ainda à aldeia dele, são os Ländler dos bons velhos tempos..." Mas ela preferia Strauss.

Do primeiro nem se fala. Como toda a cidade, tinha ouvido falar do desafio épico que o filho Strauss, aquele diabo, tinha lançado contra o pai, numa noite de outono, quatro anos antes da Revolução, em Schönbrunn, longe de Viena, mas tão perto de Hietzing, que, por pouco, ela teria podido ouvir os ecos do concerto no Cassino Dommayer. Apesar da oposição do grande Strauss, o jovem Johann tinha recrutado aqui e ali uma orquestra de vagabundos e compusera suas próprias valsas. O concerto estava lotado, Viena se rendera ao seu novo vencedor, e o próprio Strauss pai, que se tinha deslocado para assistir ao acontecimento, tivera de render-se: o filho havia vencido.

A Sra. Taschnik mãe não parava de repisar seus rancores. Não era uma vergonha? O pobre Johann pai tinha morrido de escarlatina, apagado como uma vela. Enfim...

— Tudo bem quanto aos bailes – resmungou a Sra. Taschnik virando o travesseiro –, mas, quando se trata da parada imperial, é o pai dele que ainda se toca! – Porque tinha a certeza: *A marcha de Radetzky* seria como o império, imortal.

Seu Franzi amava a música de Johann Strauss, o filho. Ela não se acostumava nunca a isso. O ilustre vizinho a desprezava e compunha ao piano; estendendo a roupa, ela ouvia trechos de polca e de árias de três tempos... Lenta ou rápida, a valsa nascia no jardim ao lado. E a Sra. Taschnik mãe sentia bem, na cadência envolvente dos esboços de melodia, o espírito diabólico do incorrigível gaiato, esse vermelho que encarnava todas as forças do mal. Ela punha a roupa para dentro e praguejava em silêncio. Uma vez, uma só, ousara fazer um escândalo, Franz tinha respondido energicamente. "O velho Strauss era apenas um reacionário sujo!", berrara Franzi. "Que vá para o diabo!" A Sra. Taschnik quase desmaiara. "Tu trais a memória do teu pai!", gritara, antes de afundar-se numa cadeira, sem fôlego, e Franz se calara, abatido.

Depois do incidente, a Sra. Taschnik recuara. Admitira da boca para fora o sucesso da mais célebre valsa do filho Strauss, *O belo danúbio azul*. Quanto a Franz, por puro respeito filial, até chegara a admitir alguma graciosidade em *A Marcha de Radetzky*: havia nela algo de animação, de entusiasmo, em suma, algo que fazia um exército marchar. Aliás, agora, quando se falava de valsas na casa dos Taschnik, mencionavam-se "os Strauss", sem detalhar; não se discutia mais. Mas a Sra. Taschnik mãe não se irritava menos com as idéias dele.

Era ainda por causa das valsas do filho Strauss que Franzi demorava a voltar. Atualmente valsava-se entre ricos no Reduto, entre os poderosos do dia. "Meu Deus, que vai acontecer ainda?", pensava ela olhando as horas. Com essas mulheres de má vida que escondiam seus vícios debaixo de seus grandes dominós... Duas horas. Certamente ele ficara preso; começara um namorico. Ela amaldiçoou a valsa, que não poderia mais dançar. Um pouco de gordurinha não prejudica, pensou, mas ainda é preciso que o cavalheiro possa envolver a cintura, e cintura era o que não tinha mais...

Às quatro horas ela ouvira finalmente subirem a escadaria num passo pesado, e adormecera de um sono ruim. Às seis horas levantara-se e, mecanicamente, descera para preparar o café. Franz ia despertar. Ela sentou-se na poltrona, bocejando.

UM SOM REGULAR E POTENTE martelava os ouvidos dele; ao longe, um repicar de sinos se lançava ao céu; Franz abriu os olhos e reconheceu o papel de parede de seu quarto. Deitara-se todo vestido, com o leque quebrado na mão.

– Os sinos... – resmungou. – E esse barulho! Um caldeireiro! Mamãe não me acordou? Mas que horas são então?

Levantou-se com esforço e dirigiu-se à janela. Em seus pequenos carrinhos puxados por cães atrelados, as leiteiras agasalhadas traziam já seus baldes vazios; as vendedoras de pão já não tinham mais nenhum em suas cestas; as mulheres em casacos de pele levavam seus cestos cheios de víveres; um grupo de judeus de cafetãs negros discutia batendo os pés para aquecê-los; era dia alto e o céu exibia um azul insolente.

– Oito horas – suspirou o rapaz acariciando o queixo. – Para o escritório, já é tarde demais, não terei tempo de barbear-me. Em que estado me encontro! A jaqueta está toda amarrotada, o colete... E os sapatos! Estão perdidos, inteiramente fendidos. Foi a neve desta noite... E meus pés estão inchados. Franz Taschnik, tu és um imbecil.

Ele se despiu com rapidez e, pegando seu cântaro de porcelana, verteu-o de uma só vez sobre seu corpo imenso. Estremeceu.

– Eis o que nunca me aconteceu – disse, friccionando-se vigorosamente –, deitar-me com a roupa! Enfim...

Ele cantarolava alegremente, e pôs-se a assobiar: "A fortuna é uma rapariga, uma rapariga sem cuidados...", quando subitamente seu olhar se fixou no leque de tafetá negro. Com a toalha na mão, parou bruscamente.

– O tempo está bom, ela vai ao Prater – murmurou. – Ela terá seu alazão, vai estar lá... E eu também. Já que vou faltar ao escritório esta manhã...

Abriu o armário, pensou um pouco diante do guarda-roupa, escolheu uma calça creme, uma casaca marrom... Rápido! Ela tinha a fama de ser madrugadora.

Num piscar de olhos, Franz estava vestido. Ajustou a gravata e percebeu que se esquecera de barbear-se. Pegou seu pequeno sabre militar com rapidez e, ao primeiro frio da longa lâmina sobre a pele, se cortou.

– Meu Deus! – disse, tapando a face. – É minha sina. Logo hoje, um arranhão. Meu casaco...

Antes de sair do quarto, parou diante do espelho. Um rapaz de olheiras o mirava com severidade, um gigante de rosto riscado por um fino corte que ainda sangrava.

– Não é um traje para uma imperatriz, senhor – ele se requebrou, imitando a voz de uma mulher.

– Não? Pois bem, tanto pior! A caça está aberta! – prosseguiu, retomando sua voz grave, e precipitou-se escada abaixo.

A Sra. Taschnik mãe tinha adormecido na poltrona. Franz passou diante dela docemente, empurrou a porta com a leveza de um gato e saiu sem um ruído no frio do dia já alto.

Sentada diante de sua mesa de toalete, num robe branco, a jovem mulher entregava a cabeça às mãos da cabeleireira oficial, que alisava as mechas cacheadas, com precaução. A camareira, com os braços carregados de roupas, esperava perto da cama, e Ida, com os olhos abaixados, sentada à beira de uma poltrona, abria a correspondência em silêncio.

– Eu queria lhe falar, senhora – disse ela subitamente, tossindo.

— Então fala – respondeu a imperatriz.

— É a respeito... A respeito de nossa noite de ontem – murmurou Ida com embaraço.

— O baile da Corte? – lançou a jovem mulher num tom neutro. – Estou te ouvindo. Era entediante demais.

A cabeleireira inclinou-se para fazer a primeira trança.

— Ai! – gritou ela segurando a cabeleira. – Estás a puxar-me os cabelos, minha cara!

— Vossa Majestade se mexeu – desculpou-se a cabeleireira.

— Fui surpreendida... Vê, condessa! – Sussurrou a jovem mulher. – Ao menor movimento, meus cabelos se emaranham, e sinto dor. Não me perturbes quando fazem minhas tranças. Enrola-as bem firmemente – disse ela à cabeleireira. – Vou galopar.

Os dedos da cabeleireira separaram os cabelos com uma espantosa destreza; a segunda trança surgiu.

— Vossa Majestade não tem medo de ter encontros no Prater? – arriscou a leitora com precaução.

— Que encontros? – replicou a jovem mulher com ar inocente. – Quando eu monto, não paro.

— É verdade – murmurou Ida. – Mas eu gostaria de segui-la de carruagem. Pelo menos por hoje, senhora.

A imperatriz franziu as sobrancelhas; mas talvez fosse por causa dos alfinetes na coroa de tranças que fixavam em sua nuca. Ida recuou um passo.

— Vossa Majestade está livre – anunciou a cabeleireira, abaixando-se para a reverência. – Está pronto.

Ela levantou-se de um pulo e tateou o serviço.

— Bem firme, perfeito. As botas vermelhas, Gabriela – disse à camareira. – Sê amável o bastante ao calçá-las.

Com as pernas estendidas, ela entrou nas botas que a camareira empurrava, vestiu um casaco negro e deixou-se apertar num longo vestido de amazona de tecido escuro.

— No meu país, a Hungria, nem me olhariam galopar – suspirou. – Mas em Viena, devoram-me com o olhar... Detesto esta cidade. O chapéu negro. O lenço também. As luvas. Falta alguma coisa?

— O chicote — disse Ida.

A jovem mulher correu para uma mesa onde se exibiam fileiras de chicotes e escolheu um com punho de madrepérola.

— Podes pegar meu cabriolé, condessa, se quiseres, e seguir-me de carruagem — disse. — E se meu cavalo se cansar, conversaremos.

O RAPAZ TINHA ENGOLIDO às pressas um café fervente a caminho do Prater, tinha atravessado os acampamentos adormecidos ao longo das paliçadas, depois correra até os bosques, através da relva. As pradarias estavam quase desertas; raros passantes andavam rapidamente com o nariz enfiado nas peliças, e alguns cavaleiros passavam a trote entre as árvores cheias de neve. Franz havia percorrido as alamedas tremendo de frio. Em uma hora, não tinha visto a sombra de uma mulher.

— Ela virá — disse, esfregando as luvas uma contra a outra. — Mas está demorando... E meu estômago já reclama. E se eu fosse comer alguma coisa?

Enveredou em direção a uma encruzilhada um pouco mais longe; sob um alpendre, vendiam-se salsichas grelhadas e vinho quente. O cheiro de canela e de fritura fez palpitar suas narinas. Bem ao lado, um mercador de castanhas atiçava o fogo do seu caldeirão filosoficamente.

"Mas devo afastar-me das alamedas dos cavaleiros", pensou o rapaz, hesitando. "Não! Espero-a aqui. Ou vou buscar castanhas?"

Não agüentou mais, e correu a comprar um pacote cheio de castanhas bem quentes. A primeira que mordeu queimou-lhe o céu da boca.

— Viva o inverno! Nada vale o prazer de sufocar logo de manhã cedo com castanhas bem assadas!

O vendedor aprovou, balançando a cabeça.

Franz abria a boca, escancarando-a para uma outra castanha, quando viu ao longe a amazona num cavalo baio. Ela vinha ao trote, e seu lenço de seda branco flutuava por sobre sua roupa negra.

— Vejam só! Nossa imperatriz — constatou o vendedor de castanhas, fleumático. — Há muito tempo que não a víamos por aqui... Que sorte!

Franz permaneceu estupefato, com a boca aberta e a castanha na mão. A amazona prosseguia seu caminho sem vê-lo, e ele não distinguia seu rosto. Ela ia passar... ela passava... Vivamente, ele jogou fora seu pacote, enxugou o queixo e correu.

— Não lhe agradam mais as minhas castanhas? – gritou de longe o vendedor, colérico.

Resolutamente, Franz instalou-se na vereda, ofegante. Tinha conseguido ultrapassá-la.

— Ou ela pára ou me mata! – disse, com exaltação. – Vem, minha beleza, vem depressa! A galope! Eu te espero!

A amazona chegava até ele com velocidade, e o cavalo embicou à vista do rapaz. Franz firmou as botas na neve e esperou sem tremer. O animal pôs-se a relinchar; a mulher inclinou-se sobre a crina.

— Vamos! – gritou, erguendo o chicote. – Avança, Rosy!

O cavalo empinou; a amazona deixou cair as rédeas. Franz percebeu o vermelho das botas dela e fechou os olhos. Houve um grito breve, um barulho terrível, um sopro ruidoso, uma nuvem de neve... Quando ele ousou olhar, a amazona tinha passado. Indo a galope, ela desaparecia na bruma ensolarada.

— Nem um olhar para mim – gemeu ele –, e não a vi.

A alameda estava deserta. Da amazona desaparecida e de seu cavalo baio só restavam a terra pisoteada, buracos negros na neve e a erva chiante do inverno. Num clarão de vergonha, o rapaz pensou nas guerras que devastavam as montanhas longínquas na Bósnia e que também deixavam marcas sobre o branco do inverno, manchas vermelhas como as botas da imperatriz.

Ida se tinha colocado no prolongamento da encruzilhada, em pleno bosque. Quando viu o cabriolé laqueado de negro, a amazona parou seu cavalo e inclinou-se para o vidro abaixado.

— Viste? – gritou. – Ele estava lá!

— A senhora quase o matou! – murmurou Ida, pálida.

— Eu tinha razão – disse a jovem mulher a meia-voz. – Ele veio...

— Então o esperava! – exclamou Ida.

— Ele é valente – replicou a jovem mulher, brandindo o chicote. – Eu o amo!

E ela se foi a galope numa carreira furiosa. Ida julgou ouvir que ela gritava de longe: "Até breve", mas com ela nunca se sabia.

NO DIA SEGUINTE, Franz levantou-se com o sol, e bem antes da abertura dos ministérios foi vaguear à volta da Hofburg das mil portas. A grande massa obscura não terminara seu sono, apesar da agitação contida dos fornecedores e dos soldados, que iam e vinham esfregando as mãos para se aquecer. As primeiras luzes do dia iluminavam o ouro das armas imperiais, mas ainda que se soubesse que Suas Majestades se tinham levantado com a aurora, o império ainda não tinha despertado. Nem Franz tampouco; ele não tinha o costume.

No primeiro dia, ele esperou uma hora diante do piquete da guarda; viu sair várias carruagens, duas delas bem escuras, com as armas, e o coração bateu em vão: nenhuma mulher. No segundo dia, mudou de porta, fazia muito frio também, e numerosas carroças entraram no palácio, carregadas de tonéis, ou cobertas com toldos, com entregas. Nenhum veículo oficial saiu de lá. No terceiro dia, na terceira porta, o vento soprava através da borrasca de neve, e o céu baixo caía sobre a cidade; Franz percebeu vagamente as confusas silhuetas de senhores gordos com mantos de pele, e, como sempre, nenhuma mulher. Naquele dia, decidiu informar-se, como quem não quer nada; o primeiro soldado de guarda mandou-o passear, o segundo aceitou tabaco e falou: a imperatriz saía sempre num cabriolé sem as armas, inteiramente negro, e passava pela porta menos majestosa.

— Ela não quer principalmente que a aborreçam – zombou o soldado, enchendo o cachimbo. – Mas, se quiseres mesmo vê-la, camarada, é melhor que te ponhas um pouco mais longe, diante da pastelaria Demel. Terás a tua oportunidade. *Servus,* meu velho! E, quanto ao tabaco, obrigado!

A Demel ficava a dois passos da Hofburg. A Demel abria tarde, e durante três dias Franz se tinha levantado cedo à toa.

Então ele foi trabalhar como habitualmente, esperando o fim da tarde.

NO MINISTÉRIO DAS RELAÇÕES EXTERIORES, comumente chamado de "Ballhausplatz" por causa da praça em que se erguia o prédio, preocupavam-se com os resultados da visita do imperador a São Petersburgo; era uma idéia do ministro, o húngaro Andrassy, que queria a qualquer custo estreitar os laços entre o czar e o imperador. Oficialmente, os soberanos deviam "tratar da questão do Oriente", isto é, debater a partilha dos despojos da Sublime Porta, esse império otomano que se tornou, na linguagem diplomática, "o homem doente" da Europa.

Oficiosamente – era nos escritórios um segredo de polichinelo –, o imperador queria acima de tudo certificar-se da neutralidade da Rússia. Porque os generais austríacos, pelo menos os mais duros, encaravam com seriedade uma intervenção militar nos Bálcãs, na Bósnia e na Herzegovina. O ministro Andrassy era contra, a Corte era a favor, e o imperador hesitava.

Os eslavos do Sul, cristãos, começavam a se rebelar contra os nobres muçulmanos, cuja dura tutela parecia já ultrapassada. Nos corredores, certos jovens diplomatas um pouco zelosos demais falavam com pesar dos *raïas* – os cristãos –, da *robote* – o novo imposto de terras –, da *tretina* – o imposto sobre frutas e legumes –, sem esquecer os velhos impostos, que datavam do esplendor da Sublime Porta, o *harac,* para isenção do serviço militar, o *vergui,* imposto imobiliário, o *décimo,* sobre os cereais... Os infelizes cristãos da Bósnia e da Herzegovina tinham grande necessidade de ajuda.

Mas, se eram pronunciados com o deleite de pessoas bem informadas, os termos otomanos feriam a boca dos diplomatas do ministério; em Viena, não se esqueciam as antigas ameaças das invasões turcas, e a Sublime Porta suscitava sempre velhas emoções, lembranças de cercos e de batalhas.

Socorrer os cristãos oprimidos tornava-se um dever europeu. O ministro Andrassy repetia-o freqüentemente, não sem lembrar, todavia, que o maior perigo seria vê-los constituir um Estado eslavo autônomo nos limites do império: tudo devia ser feito para favorecer negociações pacíficas. Desde o ano anterior, contudo, preparava-se a opinião pública para uma operação de envergadura.

Os jovens diplomatas tentavam então repetir em sérvio um provérbio que, a entendê-los, resumia o porquê da situação: *"Krscaninu suda nema"*, para o cristão, nenhuma justiça. A compaixão pelos infelizes eslavos do Sul, o respeito infinito que se mostrava bruscamente pela coragem dos iugoslavos, a admiração pela "Zadruga", essa associação patriarcal agrícola, em suma, essa súbita chama servófila enchia de tal modo os corações diplomáticos que na seção administrativa, onde trabalhavam os redatores Taschnik e Strummacher, não se tinha nenhuma dúvida sobre a realidade.

O ministro Andrassy talvez não fosse o autor do projeto de intervenção na Bósnia; a idéia vinha, possivelmente, da Corte. Mas o ministro, por mais que resistisse, não agüentaria muito tempo. Logo se teria uma outra guerra. Tanto mais que importantes investimentos em novas linhas de estradas de ferro através dos Balcãs tornavam a intervenção inevitável.

— Ouvi o chefe de seção falar de uma organização secreta de propaganda eslava — cochichou Willy com ar sombrio. — E novos refugiados bósnios acabam de chegar à capital. Vês! Não se escapa dessa.

Franz escutava distraidamente e escrevia sobre o orçamento do pessoal, achando que estava ficando tarde e que ia faltar ao encontro secreto com a imperatriz, diante da pastelaria Demel.

— O imperador quer a guerra, e a terá... — continuou Willy baixinho. — Tu não me ouves, Franzi!

NÃO ERA UM DIA FAVORÁVEL às conversações políticas. Franz esperou febrilmente o fechamento dos escritórios.

Ele decidira montar guarda diante das vitrines verde-garrafa do ilustre pasteleiro. A neve não tinha parado; os fregueses, com o nariz para baixo, entravam e saíam sem demorar, o cabriolé não veio, e era o quarto dia. A noite caíra havia tempo, e as luzes noturnas iluminavam fracamente o chão lamacento. Já abaixavam a pesada porta de ferro, quando ele ouviu o barulho abafado de cascos.

O cabriolé negro acabava de parar um pouco mais longe. Franz se precipitou para a carruagem e viu-a através da vidraça. Usando um chapéu cinzento de pele de toupeira, com o queixo mergulhado num casaco de peles imaculado, o rosto sério, os lábios invisíveis, lá estava Elisabeth, quase como nos seus retratos, mais pálida ainda, transparente. Ao vê-la assim de perto, tão simples e tão vulnerável, Franz pôsse a tremer e, num gesto tímido, se descobriu.

Ela o olhou como se ele não existisse, ergueu a mão enluvada e fez-lhe sinal com ela, um pequeno sinal rotineiro como sempre fazia em público. Depois baixou a cortina da vidraça da carruagem e desapareceu. O cabriolé voltou a andar imediatamente e Franz acreditou ver a cortina de trás erguer-se e uma mão limpar o vidro embaçado.

Ela nada mostrara, nada traíra. Era a imperatriz num de seus bons dias, o bastante para um gesto oficial e um olhar distante. Com raiva, Franz jogou seu chapéu na calçada. Não era, não podia ser a Gabriela do Baile do Reduto.

— Puxa, estás com uma cara daquelas — exclamou Willibald vendo entrar no café Landtmann o seu amigo. — Vem então para cá... Não conversamos desde aquele famoso baile. Chegas tarde ao ministério, fazes pouco da viagem imperial à Rússia como da tua primeira camisa... Por Deus — acrescentou, encarando-o —, estás com o rosto abatido.

— Estou cansado — vociferou Franz. — É este inverno que não acaba mais.

— Certo — resmungou Willibald. — E o dominó amarelo. Quando penso que os turcos massacram os pobres *raïas* da Bósnia! E, enquanto isso, tu, um bom austríaco, te enrabichas por uma coquete com quem nem mesmo dormiste!

Franz se encovou num canto do banco, sem uma palavra.

— Ainda não sabes quem ela é, pois não? Ela nada disse, é óbvio...

— Não! Enfim, se... — exclamou Franz, exasperado.

— Espera um pouco... Que quer dizer "enfim, se"? Ela deu com a língua nos dentes, sim ou não?

– Não posso dizer nada – murmurou Franz. – É um segredo.

– Ah! – disse Willibald com seriedade. – Então é porque ela falou.

– Ela, não! Mas Ida... Não vais acreditar – disse o rapaz, desanimado.

– Garçom, um café batizado com conhaque para o Sr. Taschnik e um copão de vinho branco! – gritou vivamente Willibald. – E não seja unha-de-fome com relação ao conhaque!

– É para já, Sr. Strummacher.

O garçom trotou sem apressar-se até a copa. Quando o café batizado chegou à mesa, o gordo Strummacher deu um tapinha nas costas do companheiro e começou a bebericar seu vinho branco.

– Vais engolir isso aí, garoto. Então, o que foi que ela deixou escapar, a bela Ida?

– Ela deu o título de nobreza... – suspirou Franz.

– Deixa-me adivinhar. Condessa? Banal demais. Baronesa? Duquesa? Não? Arquiduquesa? Também não? Pois bem, o quê, então? Confessa!

– Vossa Majestade – cochichou Franz, abaixando a cabeça.

Pasmo, Willibald entornou o copão de vinho branco.

– Acabaste com as brincadeiras? – resmungou, baixinho. – A imperatriz? Ora, vamos! Imbecil!

– Acabo de perceber isso – disse o rapaz entristecido. – Primeiramente fui ao Prater, vi-a a cavalo, ela quase me atropelou... Mal a vi, porque fechei os olhos! Vi suas botas. Vermelhas.

– É um começo – troçou Willibald. – Aposto que depois deste um jeito de cruzar com ela em seu cabriolé...

– Exatamente. E acabo de vê-la bem de perto. É bela como o mármore! Mas não é a mulher de dominó amarelo. A imperatriz tem os olhos escuros, quase negros; e a outra, um olhar dourado, um pouco como uma ave de rapina... E, depois, ela me teria sorrido!

– Porque imaginaste... Estás indo longe demais! – exclamou Willibald com uma risada. – Olha, eu também, durante três minutos, tive essa idéia. Mas não encaixava. Íntima demais. É, além disso, gentil demais. Conversadeira demais. Demais... Enfim!

– No entanto, aquela cintura – balbuciou Franz –, aquela distinção...

– A cintura? Não dancei com ela. Mas consigo para ti três donzelas dentre minhas amigas que têm uma cintura que cabe em minhas duas mãos!

– Mas o leque. O leque sem armas nem brasões... E Bad Ischl – suplicou Franz, à beira do choro. – O dominó amarelo me falou de Bad Ischl.

– A estação mais mundana do império! Que bela prova! – ironizou Willibald. – Por Deus, estás apaixonado!

– Estou – murmurou Franz. – Por um fantasma.

– Engole teu café enquanto está quente. Queres que te diga? Amas uma fingida.

– Achas? – implorou Franz. – No entanto... O modo com que se apresenta era bem...

– Jovem idiota! – trovejou Willibald. – Imagina um momento... só por hipótese, certo... que teu dominó seja a imperatriz! Estarias em maus lençóis!

O rapaz se abateu levemente e fechou os olhos. Willibald bateu-lhe gentilmente no ombro e pediu uma cerveja. Franz roía as unhas.

– E por que a outra a teria chamado de Majestade? – exclamou subitamente. – Ah! Vês! Estás equivocado.

– Sem dúvida, para zombar de ti – replicou Willibald depois de um longo silêncio. – As farsantes te passaram a perna!

– Quem diria – suspirou Franz. – Deixei-me enganar como um colegial.

– Agora estás raciocinando – disse Willibald. – O melhor, acredita, é esquecer. Mereces coisa melhor, até para um namorico. Essas galinhas fedem a podridão.

– Não! – gritou Franz. – Ela cita Heine!

– E daí?

– Daí que a imperatriz também é doida por esse poeta – murmurou Franz, torcendo a casaca. – E as mulheres fáceis não o citariam!

– Que idéia – concluiu Willibald. – A mais estúpida que já ouvi. Um poeta, um judeu ainda por cima, como prova de identidade de uma prostituta! Seria melhor que te preocupasses menos com essa devassa e um pouco mais com a sorte dos cristãos nos Bálcãs...

A IMPERATRIZ DEIXOU QUE as costas fossem contra o encosto do cabriolé, com a mão no coração.

"Quase sorri", pensou, olhando os dedos trêmulos. "Um segundo mais e eu lhe teria sorrido! Que esforço... O olhar, sobretudo..."

Ajeitou-se, tirou as luvas brancas e torceu nervosamente a aliança. Toda vez que queria passear a pé, a multidão se aglutinava à volta dela. De todos os lados acorriam passantes, mulheres com gritinhos encantados, crianças que empurravam para poder ficar na primeira fileira, com a esperança de receber um doce, um beijo, uma lembrança para mais tarde, num segundo o mal estava feito. Uma nuvem de rapinantes de olho vivo com alaridos penetrantes, aves ou cães, latindo à beira do lago onde morria o cervo, ela, a presa, vencida.

A última vez fora no Graben, com sua dama de honra, a condessa Maria; quase caíra e, muda, pálida, tentara sorrir sem descerrar os dentes, estendera a mão enluvada, murmurara "Com licença, deixem-me passar, com licença"... A condessa Maria gritava: "Estão sufocando a imperatriz! Espaço!" Mas de nada adiantara, eles chegavam sempre, aclamavam-na, eram milhares. "Socorro!", gritara a condessa em vão...

A polícia não tinha conseguido chegar até elas. Tinham escapado por milagre. E desse pesadelo ficava a lembrança das milhares de pupilas vivas, ávidas por lhe roubarem a imagem. Como os olhos do rapaz do Baile do Reduto. Se ele tivesse pregado seu olhar na vidraça...

O hospital de Munique. Era também o ano anterior. A cólera tinha atingido a capital da Baviera; bruscamente ela sentira voltar o impulso familiar, iria visitar os doentes, era preciso. Sua paixão pelo perigo, seu gosto pelo sofrimento humano se sobrepunham sempre à razão; nada pudera dissuadi-la. Um moribundo lhe havia estendido a mão, ela a pegara sob o olhar preocupado dos médicos. Sentara-se à cabeceira dele, dissera-lhe boas e inúteis palavras. "Vou morrer logo", respondera ele, com uma adoração angustiada. Sorrira, um horrível sorriso seco que mostrava os dentes, e a olhara como à Madona ou à morte. E era o olhar que ela temia. Colado na vidraça...

Voltando para casa, retirara suas luvas, que foram queimadas. O doente tinha morrido naquela noite. Toda a Baviera se maravilhara com sua caridade cristã; mas Viena não notara nada. E ela tremia de medo e de alegria à lembrança da agonia; um segundo mais e teria ouvido o último suspiro...

"Meu coração bate forte demais", pensou ela, pondo a mão no peito. "Desde quando eu não o sinto viver assim? Faz muito tempo... esse pequeno Franz me excita tanto quanto meu cavalo!"

– É preciso que eu fale disso a Ida – murmurou ela. – Se eu não achar alguma coisa, esse jovem louco vai acabar por me fazer sair do bosque.

3
As cartas de Gabriela

Minha alma suspira, exulta, chora
Esta noite estava reunida à tua
...E, satisfeita, estremece e ainda treme.

Elisabeth

— Não, senhora, não! — exclamou Ida. — Não me peça para aprovar essa idéia. Uma carta sua a esse pequeno funcionário!

— Disfarçarei minha letra — murmurou a jovem mulher, embaraçada. — Tenta compreender... É o único modo. Vou assinar Gabriela, a carta virá de longe, misturarei as pistas, ele será obrigado a admitir que o dominó amarelo não era... Enfim, tu entendes.

— Entendo apenas que arde de desejo de escrever-lhe! — exclamou Ida. — A senhora, que pretende desprezar todos os homens! Não a reconheço mais.

— É uma criança. Não está corrompido...

— Que sabe a respeito dele? — cortou a condessa secamente. — Porque ele a espia no Prater, porque a persegue nas ruas de Viena, já o crê fiel? É ir depressa demais!

— Justamente. Quero pô-lo à prova!

— Ridículo! Em pleno século XIX! Na época dos trens e das máquinas a vapor! Tem sentimentos de costureirinha!

Ida andava pelo quarto a passos largos, sem conter a irritação.

— Pára de te agitar — murmurou a imperatriz. — Estás com inveja.

— Inveja, eu? — disse Ida com uma risadinha. — Decididamente...

— Decididamente, escrevo para ele. Aliás, eu lhe prometi.

— Ele não tinha pedido nada!

— Mas eu sempre cumpro minhas promessas, sabes bem disso — respondeu ela sorrindo.

— Vossa Majestade pensa que finalmente encontrou sua alma gêmea, seu trovador...

— Claro que não. É só um jogo...

— Foi o que eu disse — concluiu Ida num tom categórico. — E de onde virá essa carta? Não de Viena, pelo menos?

— Minha irmã vai amanhã para Munique. Para uma primeira carta, é exatamente do que preciso.

Ida ergueu os olhos para o céu e juntou as mãos.

— Aí estás de novo nas preces — ironizou a jovem mulher.

Ela jamais escrevera uma carta de amor.

Quando o Outro lançou seu olhar sobre ela, tão rapidamente, em algumas horas, ela nem tinha 16 anos. Fora preciso responder de improviso, a mãe e a tia estavam lá à volta dela, aceita, diz sim, não a largavam mais, raciocinavam com o argumento supremo: não se recusa o imperador da Áustria. Quanto tempo para aceitar Francisco José como esposo? Pressionadas, as duas irmãs, a arquiduquesa e a duquesa, uma com seu tom áspero e sua aparência altiva, a outra com seus trejeitos suplicantes. Ela se encolhera num canto do sofá com as pernas dobradas contra si, tapara os ouvidos para não ouvi-las mais, era agosto, fazia calor, um zangão se chocava contra uma vidraça e era a ele que ela ouvia, ao inseto aveludado que voava perdidamente e que parecia dizer-lhe, ziguezagueando: *"Sissi, Sie müssen es sagen, Sie müssen es sagen, Sisi..."* Ela gritara "Não!", não devia dizê-lo, e escondera o rosto com as mãos. Depois, no silêncio, separara os dedos e vira o olho colérico da mãe, um olhar desconhecido, terrível, a sentença caía: "Não se recusa o imperador da Áustria." Apenas dez minutos para aceitar um desconhecido em seu leito.

Tudo tinha acontecido na véspera, em Bad Ischl, exatamente quando iam dar em noivado sua irmã Helena a esse rapaz todo-poderoso que, bruscamente, tinha decidido de outra forma. O imperador estava pasmado, estava apaixonado. Fora apanhado de surpresa, de tal forma que teimara com a mãe dela, a arquiduquesa; e isso também não mudaria. Para ele a coisa estava arranjada, concluída, era indiscutível. Em nenhum momento ele se perguntara o que ela pensava; ela, a interessada.

E toda vez que ela pensava nisso, vinha-lhe a lembrança absurda dos gerânios nas janelas, do zangão ziguezagueando e das valsas que ouvia à beira do Ischl. Ela dissera sim. Não havia meio de fazer de outro modo... O instante seguinte já era tarde demais, *Augenblick*, o tempo de um martim-pescador sobre o lago, um clarão azul. Ela dissera esse "sim" que lhe destruíra a vida? Na verdade, não se lembrava. Tinha balaçado a cabeça, apertado o peito, sufocado, derramado três lágrimas de emoção, abaixado os olhos, e sua mãe a tinha beijado, estava feito. Fora então que balbuciara estas palavras que tinham enternecido a Áustria inteira: "Se ao menos ele não fosse imperador."

Foi então também que ela recuperou o ânimo. Só então. Em sua cabeça fervilhavam milhares de medos que não a deixavam nunca – como vive uma imperatriz?, será que serei um pouco livre? –, confusa, imensa, a angústia de não amá-lo. Esforça-te, dizia-lhe a mãe. Aliás, não é conveniente. Amava eu o teu pai? Não! Em nossas famílias, não se questiona o amor; e o que se olha, minha filha, é a aliança. Entre uma simples duquesa, nem ao menos muito autêntica, e um Habsburgo, não se discute a aliança. É mais do que uma oportunidade, minha filha, é um destino, uma eleição. Uma Assunção!

Mas a sua boca contra a minha, pensara a pequena com desespero, sua pele, e à noite principalmente, à noite, desnuda... Nada a fazer. No dia seguinte, era oficial: Sissi amava Franzi. Ele a pegara pela mão, conduzira-a diante do padre na grande igreja de Bad Ischl, e quando saíram, pela porta barroca de tijolos ruivos e de mármore branco, sob o escudo brasonado com a águia negra e dupla dos Habsburgos, ele apresentara sua noiva ao seu povo.

Pela primeira vez, ela ouvira esses urros de feras, que diziam ser de alegria. Prisioneira.

O jovem imperador apaixonado tinha ido embora, depois voltara, comovido, como tenente. Entretanto, tinha sido preciso escrever-lhe cartas ajuizadas, que reliam por trás dela antes de enviá-las. Depois, claro, durante a guerra, ele estava no fronte da Itália, a derrota de Solferino ameaçava, ela escrevera. Mas, para exprimir a angústia, ela só encontrara uma palavra de amor, sempre a mesma, um disfarce: "Tu me amas?"

— Em plena guerra! A um soldado que luta! És um monstro! – gritou ela ao seu espelho. – E ele me respondia sim, teu homenzinho, teu pequenino! Ah! Pobre Franzi.

E desde então? Perigoso demais. Ninguém. Pela primeira vez na vida, ela era livre para escrever uma carta de amor. Livre ao ponto de não saber o que fazer.

— Com 36 anos! – exclamou com desespero. – Não conseguirei nunca.

No entanto, ela havia amado uma vez, aos 14 anos. Conhecera a obsessão de um nome, a perseguição de um cheiro num lenço que tinha roubado quase por acaso, e os dias presos a um horário, ao acaso dos encontros, às escondidas, em público, a todo instante. Chamava-se Richard, era conde, e depois morrera de tuberculose. Sua mãe compreendera antes dela o idílio entre o escudeiro e sua filha, e ele não era de seu nível. Exilado, definhara muito rapidamente. Ela tinha aproximadamente a idade do rapaz.

Escrevera um poema um pouco canhestro em memória dele. Mas, em toda a sua vida, nenhuma carta.

"Vejamos", pensou gravemente. "Primeiro é preciso entender seus sentimentos. Até agora não me enganei: sem nos termos dito nada, tínhamos encontro marcado no Prater. Ele me ama. E como me ama? Não é um desejo vulgar, oh! Não! Essa criança é um poeta. O que sou para ele? Uma mulher ideal. Uma voz por trás de um leque, uma alma... Aí está. Uma alma sobretudo. Acho que descobri."

Ela sentou-se diante de uma mesa e começou a redigir, com uma letra grande, azul, com hastes rápidas, de uma assentada.

"Meu querido, não te esperava em minha pobre vida de exilada, nem tu tampouco, sem dúvida. Fomos apanhados de surpresa num turbilhão imprevisto, e nossas almas se encontraram. Tuas aventuras te divertiram, como o disseste, mas nunca havias encontrado com quem falar com franqueza. Quanto a mim, tinhas razão; a vida me foi contrária, sem me atingir apesar das infelicidades, das fugas loucas, e me tocaste. Mas estamos condenados a perder-nos... E essa miragem cintilante permanecerá inacessível. Escrevo-te de Munique, já que te havia prometido. Não posso rever-te, mas podes escrever-me para a posta-restante, nesta cidade em que resido por um tempo."

E, num gesto, assinou Gabriela.

DEPOIS DO CAFÉ BATIZADO, Franz aceitara uma cerveja. A título excepcional. Depois uma outra. Depois uma terceira, uma cerveja de cevada da Baviera. O Landtmann se tinha esvaziado. Com a pressa de voltar para casa ou de ir atrás de raparigas, segundo seus hábitos, Willibald o tinha abandonado e os garçons tinham apagado um lampião, depois outro; finalmente, o gerente se aproximou do rapaz e lhe deu um tapinha no ombro. "Estamos fechando, senhor", dissera polidamente. Franz levantou-se cambaleando um pouco, berrando um *"Servus!"*, bêbado.

Do café, percebia-se ao longe a massa escura da Hofburg. Três janelas fulvas na escuridão. E o silêncio. Onde dormia ela? E se subitamente ela passasse como uma sombra chinesa, com seu pescoço esguio e as célebres tranças em coroa? Ou com seus cabelos inteiramente desmanchados e os braços nus? Ela afastaria a cortina de renda, curvaria a cabeça e olharia a neve na rua, vê-lo-ia de joelhos e enregelado, abriria a janela e gritaria para ele: "És uma criança! Sobe."

Ele ziguezagueou até o palácio e postou-se sob as janelas da Burg. Uma única permanecia iluminada.

Assobiou usando os dedos, nada se mexeu. Ergueu a voz e chamou "Gabriela!", ela não apareceu. Estava a ponto de arriscar um "Sissi" agudo quando um guarda apareceu, com um lampião.

– É proibido parar aqui! Desaparece! *Geh!*

– Entendido! Já vou! – disse, agitando a mão.

– Vadio – resmungou o guarda entrando em sua guarita.

– Fica falando – arrotou Franz num soluço. – Vou ficar aqui.

E num movimento extático, atirou-se de joelhos na lama. "Isso deveria bastar...", pensou. "Mostra-te... Abre logo! Será que não sentes que estou aqui? Parece que tu não és tu, hem? Estou certo disso. Claro, eu bebi. E daí? Quando desposaste o imperador, diziam que gostavas de cerveja. Não és Gabriela? Prova isso. Oh! Fingiste que não me viste, és má... Mas eu sou teimoso. Vais abrir? Vou contar: um... Por favor! Dois... Eu sei que estás me vendo."

– E três – murmurou ele, levantando-se penosamente. – Minha cabeça está girando. Mais uma calça estragada. E vou pegar uma gripe.

– NÃO – DISSE A JOVEM MULHER, rasgando a carta que acabara de escrever. – Não, assim não dá. "Meu querido..." Ele vai achar que tudo lhe é permitido. Entrego-me demais... sou imprudente. E depois é preciso falar-lhe um pouco dele mesmo, apesar de tudo.

Ela pegou uma folha em branco e escreveu, gravemente: "Caro amigo."

– É melhor assim. Confundamos as pistas... "Ficarás surpreso ao receberes minhas primeiras linhas de Munique." Bom. "Aproveito para dar-te sinal de vida, como te tinha prometido." Perfeito!

Com a pena na mão, ela parou, hesitante.

– Um pouco frio... Com o coração batendo, ele vai esperar toda manhã o carteiro. "Com que angústia, com que palpitações o esperaste! Não, não negues. Sei como tu o que sentes desde nossa famigerada noite." "Nossa..." Familiar demais.

Ela riscou a palavra "nossa", acrescentou "aquela" e piscou os olhos para avaliar o efeito da rasura.

– Aquela famigerada noite... Decididamente, não. Tenho de recomeçar – suspirou ela, amassando o segundo rascunho.

"Minha cara criança, ficarás surpreso ao receberes minhas primeiras linhas de Munique. Estou aqui de passagem por algumas horas e aproveito para te dar o sinal de vida que te tinha prometido. Não te esperava em minha pobre vida de exilada, nem tu tampouco, vi bem isso. Tinhas esperança desta carta? Não sei. Quando peguei teu cartão de visita, estavas no mais profundo desespero. Imagino teus sentimentos! As noites e os dias passaram, outras tantas horas intermináveis sem esperança, sem resposta, a não ser esta carta que talvez nunca chegasse... Com que angústia a esperaste! Não negues nada. Fica sem temor... Temos em comum a lembrança de um baile; e sei bem o que sentes desde a noite de nosso encontro." Ela releu com satisfação o que havia escrito.

– Leve, elegante, terna, mas não demais... – murmurou ela. – Ele ficará feliz. Mas ele não estava em sua primeira aventura... Ele tem experiência e eu não!

Com as mãos molhadas, a cabeça confusa, ela se sentiu ameaçada por uma requintada traição, um abandono sentimental que não estava de acordo com seu caráter. A excitação a inundou.

"Falaste", escreveu ela sem pensar, "a milhares de mulheres e moças; acreditaste sem dúvida que te divertias, mas teu espírito nunca encontrou sua alma gêmea. Não podemos enganar-nos um ao outro, meu caro. Finalmente encontraste, numa miragem cintilante, o que procuravas havia tantos anos..."

– Ah! Realmente bom – disse. – A miragem é perfeita. Com um pouco de sorte, ele terá perguntado a algum húngaro o sentido do *délibab*, e compreenderá.

" ...mas, à medida que a gente se aproxima da miragem, ela se esvai sem retorno, e quando a gente crê que a toca é para perdê-la para sempre", escreveu com dedicação.

E, no verso do envelope, escreveu a menção:

Gabriela, posta-restante, Munique.

Nenhum sobrenome. Depois, com um movimento apaixonado, beijou o papel para deixar nele a marca de seus lábios.

Foi exatamente nesse momento que Franz Taschnik, com a boca pastosa, se deixou cair em seu colchão, amaldiçoando sua própria tolice.

AH, NÃO! – repetiu o rapaz, sentando-se na cama.

Sua mãe lhe havia estendido o envelope com um malicioso "Uma carta para ti, Franzi", depois recomeçou a fazer café, como se nada fosse. E ele, abobalhado, contemplava o pedaço de papel com letra desconhecida, de grandes hastes insolentes de uma nobreza desenvolta, em tinta azul, com carimbo de Munique.

Bobamente ele havia exclamado "Ah, não"; a mãe erguera os olhos: "Não estou perguntando quem te escreveu de Munique", resmungara. Ele havia pulado no pescoço dela, ela se debatera, furiosa, a cafeteira virara. "Que danado!", gritara a digna Sra. Taschnik. Franz já tinha desaparecido pelas escadas, com a carta na mão.

Ele rasgou o envelope sem cuidado, correu os olhos até a assinatura: Gabriela. Leu apressadamente, procurou a palavra "amor" e atirou-se em cima do travesseiro, amarrotando o papel.

– Nada! Ela não me ama! – murmurou. – Fria como Desdêmona. Eu sonhei essa mulher.

Depois desamarrotou a carta, bem em cima do lençol.

– Vejamos. Cientificamente. "Minha cara criança..." Maternal demais. Mas a continuação! Imaginar que estou com angústia! O que acha ela? Que a esperam? Que se tem esperança? "Não o negues"... Claro que vou negar! Nego, senhora... E crês saber o que se passa dentro de mim? Vou dizer-te: estou decidido a esquecer-te, eis tudo! "Milhares de moças" – aí ela exagerou. Três ou quatro, talvez...

Pensativo, pôs-se a contar nos dedos: "Margrit, Else, Amélia, Margot, Greta... vamos, seis, das outras eu esqueci o nome."

– Bom! – disse, levantando-se. – Que mais diz essa doida? "Alma gêmea"...

Subitamente seus olhos ficaram cheios de lágrimas... A alma gêmea... Isso era gentil. Sua cólera sumiu de repente.

Após um instante, depois de ter fechado a porta a chave, ele escrevia furiosamente.

"Caro dominó amarelo, é verdade que esperei tua carta sem muita esperança. Pensa que ainda não conheço o teu rosto... És bela, não duvido, mas como acreditar em tua promessa? Parecias tão assustada... Imagino teus temores, escreves às escondidas, não és livre, e já encontras coragem de assumir esse risco por mim! Não te escreverei a respeito da doçura de minhas lembranças, sei que as conheces, talvez as partilhes comigo, na ponta dos lábios... Lembra-te do filtro, ele funciona! Mas, bela dama desconhecida, cara Gabriela, podes ao menos responder às perguntas do teu adorador?"

– É demais – murmurou. – Admirador fica melhor.

E ele rasurou "adorador", com cuidado, acrescentando por cima "admirador", de forma que se podia ainda ler a primeira palavra sob a segunda.

"Primeiramente, diz-me se ainda pensas em mim. Se a resposta for sim, quero saber quando; de manhã, ao te levantares, quando tua cabeça encantadora deixa ver teus cachos morenos, ou de noite, quando adormeces... Depois, em que gastas o teu tempo? Como são teus cavalos, qual é a cor dos pêlos deles? És uma mulher ciumenta? Devo avisar-te que sou uma espécie de Otelo. Finalmente, quando voltarei a ver-te? Disseste-me que deixavas Viena, e não acreditei em ti. Procurei-te por toda parte, sob as faias, no Prater, nas ruas, e às vezes acreditei que te via, porque sabes com quem te pareces? Não te direi, tu te zangarias. Mas se desta vez não responderes, então eu realmente conhecerei a angústia. Só então. Teu apaixonado servidor."

E ele assinou lentamente. Sublinhou "Só então" e contemplou seu trabalho soltando um longo suspiro. Procurou um envelope, não achou.

— Um envelope! Depressa! – gritou para a mãe, enfiando o sobretudo espesso.

— Ali, na gaveta do bufê – disse a Sra. Taschnik. – Pareces muito apressado, bebe o teu café...

— Mantenha-o quente! Já volto! Só vou ao correio...

"Tsc..." pensou a mãe, sacudindo a cabeça. "Não é uma mulher para nós. Mau negócio."

Sentada com seu penhoar de cetim branco, a jovem mulher escutava sua leitora que lhe lia a correspondência enquanto desembaraçavam seus cabelos.

— Ainda há isto, Majestade – acrescentou Ida estendendo o último envelope. – Talvez uma carta anônima.

— Por quê, condessa?

— Uma carta que vem da posta-restante de Munique – respondeu Ida. – Não é comum. Devo abri-la?

— Não! – gritou ela, virando com vivacidade a cabeça.

A cabeleireira mordeu os lábios e pediu desculpas. Não era culpa dela, Sua Majestade tinha se mexido um pouco, e os cabelos eram tão pesados...

— Sempre dizes isso – disse ela, fazendo um beicinho infantil.

— Mas Vossa Majestade não pára de se mexer – interveio Ida.

— Deixai-me vós ambas! – gritou, com impaciência.

E pegou a carta. As duas mulheres saíram lentamente, de costas, como exigia o protocolo.

"Que criança", pensou ela, deixando correr os olhos sobre o papel. "Ele responde logo!"

Ida voltou na ponta dos pés, entreabriu a porta e viu-a apertar a carta contra a testa.

— É esse rapaz de novo – exclamou, aproximando-se resolutamente. – E terá encarregado seu Rustimo, esse pobre negro, de ir pegar as cartas para Gabriela em Munique?

A imperatriz se voltou, surpreendida, e deixou cair a carta.

— É esse Franzi do Baile do Reduto! – disse Ida, pegando o papel.

— E se fosse? Pega, lê, pois, curiosa!

— Não, oh! Não! Não quero saber – exclamou Ida. – Conhece minha opinião sobre essa aventura.

— Ida, ele é tão gentil! Lê, é sem conseqüência, vês, posta-restante, Munique, e olha, "Caro dominó amarelo"... Ele não suspeita de nada! É delicioso!

— Vai responder-lhe? – perguntou a leitora, acalmando-se. – Espero que não!

— Não podes ler? Por favor. Eu me sentirei menos culpada.

— Veja bem – suspirou Ida. – Vamos, eu a obedeço.

Ida correu os olhos sobre a carta e devolveu-a sem um sorriso.

— Por quanto tempo ainda vai se prestar a essa brincadeira?

— Não é um ser adorável? – disse ela timidamente.

— É apenas um rapaz – murmurou Ida entre dentes. – Geralmente, os evita. E detesta as paixões.

NÃO, ELA NÃO GOSTAVA das paixões.

O Outro, em Bad Ischl, durante o noivado, transbordava de uma paixão deliciosa. Ela havia aceitado sem desconfiança; na intimidade, ele se mostrara doce, acariciante, com gestos atenciosos e expressões tocantes. Nada de excesso de palavras; ele era avarento com elas, e se contentava em confirmar-lhe sua felicidade, seu amor, um pouco tolamente. Ela até se convencera de que ele a tornaria feliz, apesar do seu título de imperador. Até o instante preciso em que se deitara em cima dela, com todo o seu peso, sem qualquer aviso, resmungando outras palavras, roucas, vulgares, palavras vindas de longe, que ela conhecia de cor, que tinha ouvido nos campos, no verão, que a faziam tremer de medo e de prazer antecipadamente – palavras que a fizeram urrar de sofrimento como um animal.

Até o momento em que ele rolara de lado com um terrível suspiro satisfeito. O golpe fora dado. Somente para isso serviam as paixões. As de sua mãe e de sua tia. As de seu marido, as de seus apaixonados. Toda a solenidade do coração para dissimular o estupro. Os arrulhos dos galantes, os ternos ardores das mulheres e as canções de amor, ah, a índole de Viena, os "Tu me amas de verdade?", os "Sou tua", os "Dizeme de novo", esse engodo das palavras mentirosas ela havia decifrado nos lábios das moças, no olhar dos homens, e agora ela sabia. A comédia das paixões destruía o desejo e a vida. Ida tinha razão: por que fazer exceção para um rapaz desconhecido?

Não tinha ele caído na armadilha do belo amor? Não se tinha atolado, no fim, como os outros? Que tinha ele de tão particular, para protegê-lo do seu secreto nojo? Sua beleza? Oh, não! O Outro também era bonito, o mais belo homem do império, a encarnação da juventude. Esse Franzi do Baile do Reduto era outra coisa. Ingênuo, fresco, inocente, direto – aí está, era exatamente a palavra, direto, sem subterfúgios. Sobretudo, ele tinha desaparecido de sua vida, o ingênuo; entre ela e ele, ele aceitava esse elo de ausência, essas cartas de Munique, essas palavras de parte alguma, essa indigência. Ele consentia.

Para um vienense, era extravagante; os austríacos não eram chegados a essas delicadezas. Os austríacos adoravam o veludo para o coração, e chafurdavam na brutalidade. Ela conhecia a existência das putas nas ruas de Viena, das meninas vendidas nos bairros miseráveis. De ouvidos a postos, ela ouvira os endereços, os risos, esse tráfico em que a nobre Vênus rolara nas calçadas da cidade, até parir uma palavra que se repetia sem cessar: "venérea".

Venérea, a doença mortal, galopante, de soldado para prostituta, de burguês para criada, nos bailes, nos hotéis, nos palácios, nas calçadas, a galope de roupeiras para floristas, para cantoras, a galope até as condessas que a Corte chamava de "higiênicas" e que, desinibindo-o por ordem da mãe dele, o tinham infectado, a Ele, o imperador. Venéreos os mimos das paixões, até de manhã, quando se descobre uma ferida nos lábios secretos, o pus que escorre, só se tem 16 anos, não se sabe nada, tem-se a podridão no corpo, ela se chama amor louco antes de receber seu verdadeiro nome... O cancro, a sífilis.

Tratamento com mercúrio. Pomadas que deixam a pele negra. Enrolar-se em panos quentes demais, para suar muito. Tisanas infames, remédios caseiros, pimpinela, carvalhinha salsaparrilha, para ensalivar, vários litros por dia, diziam que o mal iria embora com o suco da boca... Enxaquecas, náuseas, mal-estares. Um mundo de humores turvos e odores médicos. Secretos os cuidados; secreto o mal imperial. Ele não existe. Ninguém sabe de onde vem; escarafunchou Viena, passou por aqui, entrou pela janela, penetrou no orifício inocente e envergonhado, vindo de lugar nenhum para matar o amor. E a Corte que espreita, que bisbilhota, que vigia... A cabeça vertiginosa, o passo pesado, o sexo purulento, tem-se 16 anos, não se perdoa. O imperador não é culpado; o imperador tem o corpo sagrado. O imperador não tem de responder por seus pecados de juventude.

Os médicos tiveram um comportamento higiênico; aliás, ela se curaria rapidamente, sem nenhuma seqüela, disso eles estavam certos. A menos que a doença terrível voltasse alguns anos depois, quem sabe? Porque a sífilis secundária só aparecia depois de dois ou três anos, com a roséola e o terrível sarcoma de Kaposi, as manchas negras na pele; quanto à sífilis terciária, ela se escondia durante 12 anos e atingia de um só golpe, em alguns dias. Um tumor que roía o rosto, subia ao cérebro, depois a morte. Ela sentia-se condenada.

Perdida por perdida, ela se vingara deles, tornara-se mais doente ainda. Aprendera a tossir. Nada mais a penetraria; não comeu mais. Descobriu o encanto do desmaio e o arrebatamento do último instante, antes do abismo obscuro. Saboreou a inquietação e os boatos, a angústia dos seus, a sombra da morte, bem próxima. Por duas vezes, tinham-na declarado tuberculosa; seus dias estavam oficialmente contados. Pode-se recusar a liberdade a uma mulher que vai morrer?

Obtivera, por duas vezes consecutivas, férias na Madeira. Logo voltara à vida; mas quando a forçaram a voltar a Viena, assim que o Outro entrou no quarto, ela se pôs a tossir de novo. Dez anos de luta entre seu corpo, Viena e ele.

— A senhora não responde – disse Ida. – Em que pensa?
— É verdade, não gosto das paixões – respondeu ela. – Mas esse rapaz não é comum.
— Um vienense! Tudo o que sempre recusou no mundo! Esqueceu o passado?

AOS 26 ANOS, EXATAMENTE, ela ganhara sua guerra. O inimigo tinha enviado emissários à Madeira, em vão; ele acabara por ir ter lá pessoalmente, e tudo concedera, o envio das damas de honra austríacas, o direito de ver seus filhos, a independência. A porta conjugal fechada com duas voltas. Somente por esse preço ela aceitara retomar seu lugar ao lado do esposo vencido e permanecer viva. A vitória a embelezara. O inimigo teve de contentar-se com negociar passo a passo a entrada num quarto que não era mais dele então, mas dela. Sem nada saber desses combates, Viena tinha farejado a derrota de seu imperador; a cidade, que tinha adorado a noivinha bávara, e que tinha rezado pela jovem imperatriz na agonia, pôs-se a rejeitá-la quando ela se tornou mulher.

As ruas de Viena cheiravam fortemente a amor; ela só se curara mais tarde, quando em sua vida surgiu, intacta, selvagem como ela, a sua Hungria bem-amada. Esse amor a protegia de todos os outros.

Começou no primeiro dia, assim que ela descobriu os cavalos livres e as planícies. A Áustria temia os húngaros rebeldes demais; a Áustria era a força pomposa. A Hungria era a galhardia, a loucura; era a simplicidade, o sorriso, algo de ingênuo e de fresco, exatamente como o rapaz do baile. Por toda parte, os húngaros a receberam fazendo-lhe festa; curiosamente, não a sufocaram. Os olhares ousados, os joelhos dobrados, os urros afetuosos não a assustaram, não, pelo contrário, ela se sentira em família. A Áustria era a ordem e a etiqueta, o exército, o atroz Radetzky, o triunfo da repressão política; era o cérebro das guerras sangrentas, o das derrotas inúteis, Solferino, Sadowa, esses ossários. A Áustria tinha esmagado a Hungria; seria preciso mais para que ela aderisse sem hesitar à Hungria?

A Hungria vivia numa desordem encantadora que lhe lembrava sua infância descalça. Na Hungria, ela dançara sem cerimônia; os nobres magiares a tratavam como prima. E quando às dezenas eles caíram no sentimental, disso fizeram o bem mais precioso, uma espécie de amor cortês, à antiga; ela se tornara a Dama deles, eles se tornaram trovadores, sem nunca turvar o lago profundo, o charme exótico da distância.

Lá eles tinham uma palavra estranha, que imitava o barulho de uma bola rolando no chão, "*délibab*"; tinham também esse fenômeno extravagante, próprio dos desertos, um fenômeno do Oriente, miragens surpreendentes ao longe, na *puszta,* justamente o que a palavra *délibab* significava. O ar tremia, enrugado como a água de um tanque pelo lançamento de uma pedra, o ar vibrava. Podia-se ver nele surgirem uma aldeia, um castelo, os sonhos. Lá ela estava no coração do Délibab.

Ela amava tanto Buda, que na segunda viagem perdera lá uma filha em algumas horas. A pequena Sofia, sua filha mais velha, morrera sufocada, como se fosse preciso pagar com uma vida o preço dessa paixão insensata. Em Buda conhecera a dor, e subitamente se transformara em adulta precoce, desconfiada, para sempre distante. E quando reencontrava os lugares do sofrimento reconhecia esse gosto que não a abandonava mais, o de morrer depressa, da chama sufocada, o risco absoluto, o perigo – a ausência.

Ela mesma se admirara por ter aprendido facilmente a língua dos húngaros, ao passo que não conseguira falar o italiano, o francês, o tcheco. Mas o húngaro! Porque ele era opaco, ela se lançara nele impetuosamente; a ponto de não mais falar senão essa língua, como um código secreto, proibido aos vienenses, e que o Outro pronunciava com dificuldade. No começo de sua imperial educação, sem dúvida por descuido, deram-lhe um preceptor húngaro, um velho muito digno, que tinha destilado dia após dia as idéias do liberalismo magiar, secretamente. Nela, a rebelde vibrara; o velho professor bem podia ver.

Mais tarde, quando cresceu, ela utilizou seu saber. Até vender sua presença em Viena; até vender-se a todo o império, em troca da dignidade dos húngaros. Sem ela, o imperador não se teria tornado rei da Hungria; sem ela, ele teria permanecido um simples imperador austríaco, um tipo de tirano longínquo que se endereçava pomposamente "a seus povos". A Prússia tinha oferecido a oportunidade sonhada: uma guerra contra a Áustria.

Depois da desastrada derrota de Sadowa, quando a Prússia venceu a Áustria, ela se retirou para Buda, sua cidade; de lá, regateou durante meses em favor da Hungria. O Outro cedeu. O império se tornou austro-húngaro, em partes iguais ou quase. O imperador finalmente aceitara ser coroado rei da Hungria; a monarquia austríaca não era mais única, mas dupla.

– Esqueceu como a trataram na Corte quando chegou da Baviera? – continuava Ida. – Quantas ofensas suportou, quantas humilhações! Não as invento, a senhora mesma me contou! Sempre me disse que não amava Viena. E agora, aí está esse rapaz, um vienense...

Mas ela não ouvia. Pensava ainda na Hungria.

O DIA DA COROAÇÃO em Buda permanecia o mais belo de sua vida. Porque era a rainha que aclamavam; e se era o rei Francisco José que, num garanhão branco, escalava a colina de terra fresca, vinda de toda a Hungria, para erguer lá a espada aos quatro cantos do mundo, aquela que adoravam era Erzsebet, era ela. Ela possuía dois títulos e dois corações: a imperatriz que odiava a Áustria, a rainha que amava a Hungria. Podia ela dar maior prova de amor do que essa criança concebida na noite de Buda? Depois da coroação, ela decidira abrir a porta de seu quarto.

Não ao seu marido, não ao imperador. Mas ao novo rei da Hungria, louco de cansaço, e que a emoção tinha submergido, por sua vez. No fundo ele não era mau. Ela soprara as velas, apagara os lampiões. As palavras vieram por si mesmas: "Quero um filho!" Ele titubeara: "Mas já temos..." Ela não o deixara acabar. "Quero um último filho aqui, imediatamente!" E, como um cão dócil, ele logo se deitara, confiante, feliz, ingênuo. Não foi tão desagradável assim. Ela esquecera o imperador; fechando os olhos, ela se deixara penetrar por um membro anônimo, encarnação do povo que a tinha aplaudido loucamente. O esposo nunca saberia que naquele exato momento ela o tinha enganado com a Hungria inteira, esse fantasma de arcanjo de onde lhe nascera uma filha, "Kedvesem", a querida.

Obviamente, a criança recebera um nome imperial, Marie-Valérie, segunda arquiduquesa depois de sua irmã Gisele. Obviamente, apressaram-se em lembrar a memória da pequena morta, Sofia, que "a querida" tinha substituído. Ela arrancara a querida à sorte das crianças imperiais: não, não a separariam de sua mãe sob pretextos médicos, não a mandariam ser educada por condessas exteriores, não, não a roubariam dela como fizeram com as três outras. A querida lhe pertencia. A ela e à Hungria.

Às vezes, ela se surpreendia a pensar que a querida era sua filha única; era-lhe necessário um longo momento para se lembrar de que pusera no mundo três outras crianças, Sofia, a desaparecida, sua filha Gisele, seu filho Rodolphe. Mas Gisele jamais amara a mãe, e rapidamente se afastara numa distância fria; Gisele, que lhe arrancaram no dia de seu nascimento por longos anos, estava perdida por antecipação. Aliás, Gisele se tinha casado no ano passado com um príncipe da Baviera; tinha escapado, teria muitos filhos, o primeiro já tinha nascido, boa sorte!

Quanto a Rodolphe, para retomá-lo ela havia esperado demais. Quando finalmente o reencontrara, depois de sua vitória conjugal, era um verdadeiro homenzinho, de caráter difícil, uma criança suscetível e tensa, de uma ternura embaraçosa. Um jovem príncipe herdeiro que tinham educado com severidade, e que se retesava para suportar as duchas geladas de manhãzinha, os trotes, a disciplina. O imperador decidira fazer de seu filho o melhor fuzil do império; a título de exercício, seu preceptor atirava com pistola perto da orelha infantil, e Rodolphe, depois de mil temores, concebera uma verdadeira paixão pelos tiros. Um verdadeiro caçadorzinho; com 9 anos, atirou no seu primeiro veado. Para o Outro, tudo estava em ordem.

Não era culpa dela; quem tinha decidido torná-la mãe aos 17 anos? Quem lhe levara a carne de sua carne, que a privara dos carinhos, dos beijos, das faces rechonchudas, quem lhe roubara dois bebês?

111

Então, quando a cólera transbordava, vinha-lhe a lembrança da criança morta em Buda, os lábios minúsculos arroxeados, as flores com um odor forte demais sobre o corpinho frio, e os remorsos.

Por que ficar em Viena? Havia alguns dias o Outro tinha voltado da Rússia; ela o tinha recebido calmamente, com aquele belo movimento de cabeça que sempre o tranqüilizava, "Estou aqui, vê, eu te esperava", e depois ele se pusera de novo a trabalhar sem vacilar. Tinham conversado como marido e mulher, ela não se exaltara, ele fizera perguntas insignificantes, ela cumprira seu dever de conversação cotidiana, em resumo, nada a impedia agora de viajar para Buda. Seus cavalos a esperavam.

— Ei-la bem sonhadora – interveio Ida. – Não está me ouvindo de jeito nenhum.
— Eu me dizia que era tempo de ir embora de novo, vês – disse ela suavemente. – Longe daqui.
— E não responderá a esse rapaz, não é?
— Oh! Não pensava mais nisso – exclamou ela. – Talvez mais uma vez, a última. Depois, na Hungria, sabes muito bem, esquecerei.

UM MÊS DEPOIS, a segunda carta chegou com os primeiros açafrões Tinha sido postada em Londres, e mergulhou Franz num verdadeiro encantamento. Londres...

A desconhecida não havia mentido; sua vida se passava em viagens, tudo o que ela dissera era verdade. Ela se aborrecia terrivelmente; para Franz, um presente do céu.

"Por que Londres tem fama de cidade admirável?", escrevia o dominó amarelo. "Não tenho nenhuma idéia. O prestígio da Coroa? Mais uma rainha que se toma por centro do mundo... Detesto Londres. Não me darei o trabalho de te descrever o menor jardim, a menor construção: pega um bom guia, um Baedeker, e isso bastará. Minha vida se desenvolve aqui como em outro lugar, sem paixão, sem emoção. Os ingleses são indolentes e afetados, suas esposas curtidas na distinção, aqui se exprimem com elegância e nunca se diz nada de interessante. Minha vida? Algumas velhas pessoas pouco loquazes, um buldogue que morde, um passeio no Hyde Park com meu companheiro de quatro patas que baba alegremente, algumas recepções, em resumo, um monumento ao tédio – como em Viena."

– Então é porque ela sente minha falta! – repetia o rapaz.

Aliás, ela escrevia isso, provocante: "Sim, Franz, até tu me distrairias aqui!"

A princípio, o "até tu" o fizera sofrer. Mas, relendo a carta de Gabriela, Franz descobrira que essas duas pequenas palavras, "até tu", tinham sido escritas por uma mão que tremia um pouco. Era a confissão que ele esperava. E ela falava de Viena com tanta ternura... "Detesto Londres a tal ponto que quase chego a sentir falta de Viena. E sabes no entanto a pouca afeição que tenho por essa cidade em que te encontrei... Pois bem! Aqui, tenho a nostalgia dela, à maneira dos gatos, a nostalgia do lugar, não dos homens... Penso nela como um território familiar, onde tenho o costume de me encolher num canapé."

O lugar era ele. O canapé era ele. Ela se tinha encolhido nele por uma noite, tinha roçado seus ombros no veludo das almofadas sob as patas, e as garras, o leque. Ela era a gata e ele o domínio, vasto como o universo e estritamente delimitado, um camarote num baile, três passos numa pista de dança, um espaço infinito, algumas palavras amorosas. Ele não pertencia ao mundo daqueles homens que lhe fizeram tanto mal. Ele não era nada mais do que um lugar para repousar, um paraíso de onde eles tinham sido expulsos ao mesmo tempo.

E depois, esse final doce, sobretudo... "E agora eu te desejo boanoite, pelo meu relógio já passa de meia-noite. Sonhas comigo nesta hora ou lanças na noite uma canção nostálgica?"

Na primeira vez que ele lera essas palavras encantadoras, sentiase todo emocionado; correra à mesa para responder-lhe. Mas as frases não lhe vieram; relera e compreendera o porquê de sua inspiração deficiente. A quem escrever palavras de amor? A Gabriela ou a Elisabeth?

A imperatriz não estava em Londres; qualquer confusão entre o dominó amarelo e a soberana se tornara impossível.

Gabriela era uma mulher como as outras, que procurava distrair-se. Uma frustrada que dava os seus primeiros passos. O rapaz releu a carta e dobrou-a, um pouco triste. Desta vez, já que ela não era a imperatriz, Gabriela esperaria.

O tempo de expulsar as últimas dúvidas, de esquecer a amazona, ou de prolongar a bela ilusão até os primeiros dias da primavera.

A IMAGEM FASCINANTE da indiferente imperatriz se tinha esvaído com o inverno; Franz nunca a revira. Sobre a relva do Prater ficaram algumas placas de neve endurecida; os dias se alongavam, o céu perdia sua dureza, logo apareceriam os junquilhos.

Os refugiados bósnios eram cada vez mais numerosos; alguns chegavam com seus rebanhos. Davam-lhes terras não cultivadas, e o Parlamento acabava de votar créditos para virem em sua ajuda. Oficialmente, o ministro Andrassy estava seduzido pelo *status quo*; oficiosamente, era um outro negócio, e Willy, que escarafunchava por toda parte, assegurava que os soldados logo seriam mobilizados. Mas como ele repetia essa predição havia já um ano, Franz dava de ombros e não acreditava nele.

No dia 5 de abril, Johann Strauss filho apresentou finalmente *O morcego* tão esperado no Teatro An-Der-Vien, onde Beethoven tinha criado seu *Fidelio;* Franz foi lá com sua mãe. O público não apreciou os adultérios levianos dos novos-ricos vienenses, nem o champanhe que corria a rodo numa prisão de fantasia. Murmurava-se que Strauss filho talvez não lesse os jornais; ele não tinha ouvido falar do *krach* do ano passado, e não conhecia a ruína de seus concidadãos. Essa farsa francamente conduzida desagradou; *O morcego* foi um fracasso. A Sra. Taschnik resmungou que sempre soubera disso, e que bem o dissera; Franz não ousou dizer-lhe que tinha adorado o segundo ato, que se desenvolvia numa festa na casa de um príncipe russo, um travesti. Com uma música enlouquecida, uma austríaca algo leviana se disfarçava em condessa húngara, com o leque na mão; atrás das máscaras de um baile desenfreado se escondiam uma terna embriaguez e qüiproquós amorosos.

Quando ia passear nas alamedas dos cavaleiros, Franz não procurava mais com o olhar a amazona em seu cavalo; pensava na outra transeunte, puxada por seu buldogue ofegante e babando, no Hyde

Park, nessa desconhecida que parava às vezes encostada ao tronco de um álamo debaixo da chuva, para lhe dedicar o sorriso que ele entrevira no baile.

Franz trazia a segunda carta no bolso de seu colete. Agora não duvidava mais: voltaria a ver seu dominó amarelo. Porque era Gabriela.

Mas quando surgiu a ponta amarela dos primeiros junquilhos apareceu num jornal vienense uma fotografia da imperatriz com seu buldogue preferido, um de seus últimos caprichos. Séria, com os lábios apertados, como grande amazona em veludo impecável, ela segurava a correia com graça. Como sempre em suas fotografias, tinha aquele olhar de tristeza.

Um buldogue! Franz não acreditava nos seus olhos. O buldogue não era uma coincidência, era um sinal, que ela colocara em seu caminho de propósito. Com uma certeza agora arraigada, Franz recomeçou seu cerco à desconhecida e voltou ao Prater, com o coração batendo.

Mas no momento em que a imprensa publicou o clichê, quando a supunham ainda em Viena, a imperatriz já tinha partido para a Hungria, a fim de lá ter aulas de equitação com uma amazona de circo, uma francesa, Élise Renz. Em seu castelo, presente dos húngaros, não longe de Budapeste, em Gödöllö.

4
Equitação

Mas o amor precisa da liberdade,
Poder ir, poder vir.
Um castelo seria uma aliança
Se fosse o amor, primeiramente, andança.

Elisabeth

– Não! Ele sapateia no mesmo lugar, não trota! Assim não dá, Majestade! Recomece!

A amazona francesa não deixava passar nada. De pé, no meio da pista, ela batia em suas longas saias com um chicote, atenta ao menor erro de sua imperial aluna. No pequeno picadeiro de madeira que o imperador tinha mandado construir para sua esposa, não havia ninguém, a não ser as duas mulheres, aquela no alazão dourado, em traje de amazona escuro, com os cabelos presos sob o gorro, e, no centro, Élise Renz. O cavalo parou.

– Escute-me – gritou a professora de equitação. – Ele não entende mais. A senhora não está com ele. Pense em outra coisa e ele não a perdoará. Fique perto do muro. Acaricie-o. Isso!... Calma, muita calma, não lhe peça nada. Não se mexa mais...

A professora de equitação aproximou-se da cabeça do animal e, pegando as rédeas perto do freio com a mão esquerda, tocou-lhe a espádua com a ponta do chicote. O cavalo pôs-se a trotar no mesmo lugar, de maneira um pouco precipitada, sem harmonia.

– Veja! – constatou a professora. – Ele se lembra das lições que eu o mandei executar a pé. Pense no movimento, escute seu cavalo dançar... A cadência, Majestade, a cadência, como o ritmo de uma valsa. Seu ponto de equilíbrio deve ficar ligeiramente para trás do dele, de modo que ele possa curvar as ancas e ficar ao mesmo tempo na sua frente. Acompanhe a dança agora... Anca esquerda... anca direita... Mais abandono, Majestade! Não o perturbe. Devagarinho, meu bonitão, bem devagarinho... Procure o estado de graça, o instante perfeito... Sentiu alguma coisa? Compreendeu?

— Nada – disse a jovem mulher franzindo o cenho. – Exceto que é preciso obrigá-lo a dobrar as ancas com outros exercícios, como o... Como dizes isso? O recuo?

— Aí está, Majestade... De fato, aqui se diz "o recuo". Vejamos isso. Ponha o cavalo perto do muro, com a mão esquerda... A volta a passo! Ombro para dentro, à esquerda. Diminua, passos contados. Um, dois, três, quatro, aí, está bem, mantenha os punhos em cadência com o posicionamento dos membros. Mão esquerda, anterior esquerdo; mão direita, anterior direito. Atenção! Lentamente, perna atenta, por favor. Mão suave, Majestade. Descontraia-lhe a boca e feche progressivamente os dedos nas rédeas. Comece o recuo. Aprume-se... Um passo para trás, dois, três... *STOP*! A trote. Agora, recompense-o. Sentiu a fraqueza de seu jarrete direito, na partida?

A amazona inclinou-se para a orelha do cavalo e acariciou-lhe o pescoço, cochichando-lhe em húngaro. Élise aproximou-se.

— Recomece várias vezes e verá que ele voltará a partir no trote por si mesmo. Feche de novo os dedos sobre as rédeas, ele fará sozinho o início do sapatear. Se não fizer, é porque sofre demais no jarrete direito, e não está pronto. Será preciso trocar de animal.

— Mas é o meu cavalo preferido! – indignou-se a jovem mulher. – É o meu Red Rose...

— O que não quer dizer que seja capaz de sapatear corretamente, Majestade. E só estamos no início ainda! Alguns cavalos...

— Eu consigo – disse ela, irritada.

A professora de equitação deu um sorriso e cruzou os braços. A jovem mulher retomou o movimento, uma vez, duas vezes, três vezes, e o alazão parecia sofrer erguendo os membros. Com um sorriso amarelo, a jovem mulher insistiu. Subitamente, Red Rose recuou de supetão, a traseira escorregou em direção ao solo, o cavalo se defendeu furiosamente.

A amazona empalideceu, a professora se precipitou e pegou o animal pelas rédeas.

— Desmonte... Ele não está pronto. A senhora não fez caso da minha advertência. Vou achar um outro bem melhor para a senhora, estamos na Hungria, não é difícil.

Ela, porém, com o rosto vermelho, sacudiu a cabeça e não se mexeu. A professora lançou-lhe um olhar furioso e puxou o cavalo para fazê-lo avançar. Em direção ao estábulo. A jovem mulher pôs-se a gritar, não, não queria, iria continuar, estava decidida. Élise Renz teimou; a surda luta entre as duas mulheres transtornava o alazão, cujas orelhas se erguiam e se abaixavam, inquietas.

— A senhora quer tudo de imediato — censurou a professora de equitação. — E sem saber o quê, exatamente! Pede pouco, Majestade, mas com freqüência. Não há indisciplina na equitação! Sabe que o fez sofrer? É louca!

— E tu, uma descarada — exclamou a jovem mulher. — Ah! És mesmo francesa! Deixa-me! Não preciso mais de ti!

— É mesmo! — disse a professora, soltando o animal.

Desequilibrado, Red Rose agitou-se. A mulher soltou um grito, quase caiu, inclinou-se sobre a crina sedosa, envolvendo o pescoço do seu cavalo.

— Perfeito! — comentou Élise. — Reagiu bem. Recomece o recuo, mas aviso que ele não vai sapatear! Não está preparado. Está sofrendo.

— E eu também — disse subitamente a jovem mulher, desmontando com leveza. — Pega, segura as rédeas. Recomeçaremos amanhã, com ele.

Em silêncio, elas levaram Red Rose de volta ao estábulo. Élise deixou o cavalariço desapertar a correia da sela, erguer os estribos e tirar a sela do alazão; mas quis esfregar pessoalmente o animal. Red Rose tinha transpirado muito. Apoiada na madeira da estrebaria, a jovem mulher a olhava com tristeza.

— Gosto desse cavalo, entendes, Élise? Gosto dele!

Élise não respondeu. Acontecia com os cavalos o que acontecia com os humanos; alguns podiam, outros não, era assim. Mas a imperatriz recusava a idéia mesma do fracasso; mais do que desistir, ela teria de preferência ferido esse alazão de quem gostava. No lugar da focinheira, em que o aço tinha roçado, ele sangrava. A imperatriz não tinha visto nada.

– Também gosto desse cheiro de tigre e de musgo, depois do esforço – murmurou a jovem mulher. – É diferente do suor de um homem... Fala-me de teus amores, Élise. Não há só cavalos em tua vida, eu acho...

Élise virou-se como uma flecha e olhou a imperatriz diretamente nos olhos, com um ar de desafio. A jovem mulher abaixou as pálpebras e deu três passos.

– Isso me interessa – continuou ela, aproximando-se até tocá-la. – Estou certa de que isso me interessa.

A professora contemplou-a longamente, esboçou uma carícia sobre a face imperial, soltou um breve suspiro e afastou a amazona de seu caminho.

– Seria preciso primeiro montar com as pernas escarranchadas – disse ela. – Como um homem.

ELA TENTOU ENCURTAR a saia de amazona, mas de nada adiantou; montar escarranchada permanecia impossível. Ela refletira longamente, depois chamara Élise, que se mantinha lá, diante dela, irônica, com os braços cruzados.

– Mas, de uma vez por todas, como fazes então? – impacientou-se a jovem mulher.

– Vossa Majestade deveria tornar preciso seu pensamento – respondeu a professora de equitação. – Fazer o quê, exatamente?

– Tu sabes bem – murmurou ela numa voz inaudível. – Para montar como homem.

Élise se pôs a rir, e de súbito levantou a saia, mostrando suas pernas moldadas em longos *collants* de couro negro.

– Assim – disse ela tranqüilamente. – São calças, Majestade, mais nada.

Fascinada, a jovem mulher aproximou a mão, tocou uma coxa e dobrou o punho.

– Vamos! – ordenou a professora sem se mexer. – Verifique pessoalmente, sei que morre de vontade...

A jovem mulher desceu a palma ao longo da barriga das pernas musculosas, até o lugar em que começavam as botas, depois ajoelhou-se, abaixou a cabeça e apalpou suavemente as colunas das pernas, às cegas. O couro vivia sob suas carícias. Élise fechou os olhos.

– Pode ir mais acima – murmurou a professora de equitação –, se quiser. Para verificar que nada atrapalha no entrepernas.

A jovem mulher se levantou de um salto, a respiração curta, e escondeu as mãos atrás das costas.

– O couro é excelente – sussurrou, com um risinho. – E achas que eu poderia...

– Oh! Não acho nada – disse a professora de equitação, abaixando a saia. – Vossa Majestade é que julga.

– Está bem. Vou ver. De pele de gamo talvez seja melhor.

– Desde que se possa abrir as pernas e sentir o cavalo onde é preciso, tudo serve, Majestade – disse a professora com um sorriso.

No dia seguinte, bem cedinho, a imperatriz chamou as camareiras e costureiras. Os pedaços de gamo macio esperavam numa poltrona. "Vais costurá-los diretamente em mim", ordenou ela. "Em mim." Foi interminável e difícil; as agulhas, às vezes, escorregavam, furando o couro, espetando a pele; a jovem mulher não se mexia. Sob o espartilho de renda emergia pouco a pouco a estranha imagem de um ser metade mulher, metade centauro, com um busto elegante e coxas musculosas, vestidas de fulvo. Nos pés nus pendiam trapos de gamo inúteis. As costureiras, atrapalhadas, olhavam-na andar de um lado para outro e apalpar sua nova pele para verificar-lhe a firmeza. A camareira, maquinalmente, estendeu-lhe a saia de amazona, aberta.

– Não é preciso. Minhas botas, minhas luvas, meu chicote e meu casaco. Isso basta.

– Mas Vossa Majestade não pode! – exclamou a camareira, horrorizada.

Ela já tinha ido embora, e corria para o estábulo. Ela própria selou Red Rose com uma sela de homem, ajeitou os cabelos em trança e partiu. Red Rose hesitou levemente; os *collants* se esticaram, um ponto arrebentou, ela blasfemou entre dentes e inclinou-se sobre o pescoço do animal. "Sou eu, Red Rose, vai agora, a passo..."

A passo tudo ia bem, as pernas mal sofriam; a trote, a situação era um pouco diferente. A galope, ela se excitou; com as coxas tensas, ia tão depressa que não sentiu os cabelos se soltarem, tão depressa que esqueceu tudo, exceto o prazer violento que lhe crispou os lábios e a curvou sobre o alazão dourado.

Quando ela voltou ao estábulo, Élise a esperava para a aula.

— Vejo que Vossa Majestade já se decidiu — disse a professora. — Não é mesmo outra coisa?

A jovem mulher desmontou, abraçou o animal e não respondeu.

— Suas tranças se desfizeram no caminho — disse Élise, aproximando-se. — E tem os olhos brilhantes demais. Deixe-me ajudá-la a se pentear.

— Não — gemeu ela. — Preciso de um pouco de descanso.

Mas Élise tinha agarrado as tranças fulvas, dobrava-as, espetava canhestramente os alfinetes. "Que diriam", pensou ela, "se a encontrassem assim? É preciso ter a aparência bem-comportada, menina", e os cabelos escorregadios recusavam sua coroa. Élise impacientou-se, puxou suavemente as tranças e aproximou de seus lábios o rostinho de olhar assustado.

— E se entrássemos? — murmurou a voz infantil.

— Não entraremos — disse Élise.

NO MINISTÉRIO, o estranho comportamento do redator Taschnik suscitava algumas preocupações. Certamente ele sempre fora um pouco distraído; esquecia facilmente seu chapéu ao sair, ou então chegava sem casaco, com a gravata em desordem. Mas ninguém podia contestar a seriedade de seu trabalho; era um dos melhores funcionários da divisão administrativa, um dos que tinham os arquivos mais bem cuidados, com uma escrupulosa exatidão, a ponto de seus superiores, depois de lhe terem confiado sucessivamente o orçamento do pessoal e o dos bens imobiliários, encararem a idéia de promovê-lo ao orçamento geral do ministério. Ora, havia algum tempo, para grande espanto de seus colegas, que o redator Taschnik acumulava erros.

— Não consigo mais nada... Mas que ela se vá! Que deixe Viena, pelo menos! — murmurava ele assim que tinha um instante de solidão. — Essa mulher, que não pára em lugar nenhum, já há perto de um mês que não se move! E não a vejo mais! Ela me evita!

121

"Ela" não era mais ninguém. Sombra da imperatriz, fantasma sem rosto, tinha o olhar triste de Elisabeth na fotografia com o buldogue, e o sorriso malicioso da desconhecida de dominó amarelo. "Ela" era dupla, e lhe estragava a vida.

— Outra vez esqueceste de juntar a nota de remessa no dossiê moscovita, Franzi – suspirava Willibald. – Como ontem, no da embaixada em Paris... Ele está furioso!

— Quem? – disse Franz, sobressaltando-se. – De que falas?

— Do conde Schönburg-Hartenberg, nosso chefe de seção, Taschnik! Teu superior e meu! Onde tens a cabeça? É de novo esse dominó amarelo, imagino! Vai então ao bordel, e deixa-nos em paz com tua misteriosa!

— Quero saber – teimou Franz. – E vou saber!

— Se insistes nessa tua idéia estúpida – resmungou Willy lentamente –, vais ter de esperar, menino. A dama não está mais em Viena. Está em Gödöllö, onde se diverte com uma amazona de circo... Eu te arranjarei dominós amarelos!

O jovem gigante se levantou de um salto, muito pálido, derrubando a cadeira. Intimidado, Willy se encolheu em seu assento, e Franz, envergonhado por causa de seu escândalo, voltou a sentar-se, em silêncio, com lágrimas nos olhos. Então ela havia ido embora para a Hungria!

— Ao menos, trabalha, menino – suplicou Willibald. – Está em jogo o teu futuro como funcionário, e não se brinca com essas coisas...

AS LIÇÕES DE GÖDÖLLÖ tinham se tornado públicas; a imprensa falava delas com freqüência, com uma admiração ambígua. Em adestramento, a imperatriz tinha progredido muito. Aprendera a mudar o passo, e já sabia dominar seus cavalos até fazê-los erguer o pé, graciosamente suspenso, nesse difícil movimento que a escola francesa chamava de *piafé*, e que só os cavaleiros treinados dominam.

— É circo, sim – comentavam os lacaios. – Será que uma pessoa pode se divertir com essas brincadeiras quando é imperatriz? E essa acrobata, essa francesa que a enfeitiça...

Toda manhã a jovem mulher mandava costurar os *collants* em cima de sua pele. Toda manhã ia cavalgar a galope, como homem, na companhia de Élise. E todo dia voltava encantada com seus passeios intermináveis. O boato se espalhou tanto que chegou a Viena, que fofocava.

Élise, às vezes, se preocupava, mas a jovem mulher não tolerava nenhuma advertência.

— Não permitirei nada! — gritava ela. — Sou livre em meus atos e gestos, e ninguém, entendes?, ninguém tem o direito de me dar ordens!

— E o imperador? — suspirava Élise.

— Ele conhece os seus limites. Já há quase dez anos que não tem mais o direito de olhar em que ocupo meu tempo. Em Viena, eu obedeço. Mas aqui! E depois, onde está o mal? Não saio com *collants* pelas ruas de Buda!

— É louca — repetia a professora de equitação. — Um dia vou ter mesmo que ir embora.

Mas a jovem mulher não queria ouvir nada. Simplesmente tornara a noite um pouco melancólica, conhecia-se bem; suas paixões eram de curta duração. Por exemplo, quanto aos cavalos, ela os adorava por seis meses, depois, se o animal envelhecia ou se tropeçava, seu amor se derretia como neve ao sol.

— Não se banca mais a infiel — confessava, com abandono. — Algumas vezes invade-me um cansaço desconhecido, não agüento mais, troco de cavalo e o anterior, bem...

Um dia em que tinham parado numa pequena clareira, a imperatriz lhe contou ocasionalmente sobre o Baile do Reduto, com um ar algo sonhador; mencionou o rapaz, falou das cartas, que achava picantes. "Não é que estou achando tudo isso divertido à beça? Acho que estou enamorada", concluiu inocentemente.

Élise virou-se subitamente, com o chicote na mão. Ofegante, a jovem mulher recuou a tempo; correu a esconder-se encostada ao pescoço de Red Rose. Élise notou subitamente o sorriso mau prolongado, o ar sonso e o desafio nos olhos da sua companheira.

— Logo vou decidir aprender equitação espanhola — disse, num tom brusco. — Porque, com relação à francesa, parece-me que já passei por todos os seus detalhes, não?

No dia seguinte, Élise foi-se embora. Red Rose foi substituído por Sarah, uma égua irlandesa com malhas cinzentas, de focinho rosa, um animal fino e doce. Em Viena, soube-se com alívio que a imperatriz agora tinha suas lições com professores vienenses, segundo a tradição herdada da longínqua Espanha, quando o sol nunca se punha no império. Ela cavalgaria os solenes *lippizans* brancos, orgulho dos Habsburg. Assim que voltasse da Hungria.

Enquanto esperava essa data improvável, ela não desistira nem dos *collants* de gamo nem do galope montada à maneira de um homem. Correndo pelas planícies ela se libertava de Élise. O rapaz do Reduto voltou aos seus sonhos solitários; para se divertir, a égua Sarah bastaria, até a chegada da primavera.

DEPOIS DO SEU ROMPANTE com o amigo Willy, Franz pôs-se a refletir. O rapaz não prestava nenhuma atenção aos falatórios de Viena, que percorriam os cafés para grande alegria dos noticiaristas. O caso com a amazona francesa não era digno de fé. Entre sua Gabriela e essa história escabrosa não havia nenhuma relação; Gabriela era arredia, pudica como uma mocinha de 16 anos, como a imperatriz, uma mulher pura e sem mácula, que Viena caluniava diariamente. Às vezes, com uma sensação bastante desagradável, Franz pensava nessa paixão pelos cavalos, de que a desconhecida tinha falado no baile; mas qual! Sempre se tem o direito de "montar" sem pecar...

Não, o que o preocupava mais era o caso do cachorro. A fotografia oficial da imperatriz com o buldogue obcecava o espírito do jovem funcionário: Gabriela ou Elisabeth? O banal ou o impossível? Porque, se for a imperatriz... Ele se impressionava com isso todas as noites.

Como ela mesma o sugerira em sua carta, ele comprou um guia Baedeker, e, depois de tê-lo lido, achou que a desconhecida podia ter escrito a carta em qualquer lugar, com esse livro na mão. De Londres ela não dizia quase nada; algumas palavras bem construídas, ah!, quanto a isso, ela sabia escrever. Ele investigou. Perguntou aos amigos no café, achou o guarda a quem tinha oferecido tabaco, fê-lo falar e acabou por encontrar um indício.

A rainha das Duas Sicílias, irmã da imperatriz, tinha ido a Munique três semanas antes; e tinha atravessado o canal para chegar a Londres 15 dias depois. Nada era mais fácil de imaginar do que esse simples favor entre parentes: a rainha das Duas Sicílias poderia ter postado a primeira carta em Munique e a segunda em Londres. Da hipótese, o rapaz pulou para as conclusões.

Assim, não somente o tinham explorado durante toda uma noite, mas continuavam a enganá-lo! Escreviam-lhe às escondidas e, quando o encontravam no Prater, não paravam o cavalo!

Ele imaginou tudo. A imperatriz escrevia suas cartas no meio de suas damas de honra; cada uma dava suas sugestões, caíam na gargalhada, a imperatriz fazia circular o papel antes de dobrá-lo em quatro, falava levianamente sobre o Baile do Reduto...

"Sabeis que ele me confessou seu amor valsando?", diria ela rindo com olhos zombeteiros. "Dizer que ele insiste em me crer uma outra, não é de morrer de rir? Um pequeno funcionário pretensioso..."

Quando chegava a esse ponto, geralmente andando pelas ruas, Franz enrubescia tanto que procurava um lenço para enxugar a testa, espiando seu reflexo nos espelhos das lojas. Ele imaginou também que ela contara tudo ao imperador, em seu regresso de São Petersburgo... Devem ter se divertido juntos, esse Taschnik merecia uma recompensa, um dia lhe viria uma promoção inesperada, passaria a secretário de primeira classe, talvez algo ainda melhor, mudando de categoria, cônsul em Roma ou em Milão... O imperador resmungaria: "Muito bem, muito bem", lhe daria tapinhas no ombro, ele se jogaria aos pés dele...

Ou então seria expulso do ministério sem explicação. Esse pensamento o deixava sem ação. Num átimo, entrou no primeiro café, pediu um chocolate forte, com muito creme. Soberano contra as idéias negras.

Então lembrou-se de que o dominó amarelo odiava o imperador, que dissera dele coisas espantosas, e que essa encenação não se sustentava. Ele não tinha mais dúvida: Gabriela era só Gabriela. No momento seguinte, ele pensava no leque, no buldogue e retornava às suas suspeitas.

"Resta-me uma oportunidade", pensou. "Escrevo e a pego na armadilha. Ela responderá e acabará por se contradizer."

Ele não tinha nenhuma idéia da conseqüência. Nada. Se fosse só Gabriela... Talvez não a amasse tanto. Mas se fosse a imperatriz! Era pior. Ou a maior felicidade, ele não sabia mais.

Num dia fresco e claro, inspirado pela primavera, Franz acabou por decidir-se a responder à carta de Londres. Mas, por causa da fotografia com o buldogue, ele complicou as coisas. Inventou para si um cão imaginário, do qual deu uma definição precisa – seria um *setter* irlandês –, mal o descreveu e pediu à desconhecida que adivinhasse a raça de seu animal, para levá-la a seus redutos caninos. Fez todo tipo de perguntas, passou de adivinhas a charadas, exigiu saber o que ela lia e acabou por abordar plagas mais perigosas.

Inventou uma viagem aos lagos italianos com sua mãe, coisa para rivalizar com a desconhecida; estava particularmente orgulhoso de suas descrições do lago de Como, cujas verdes profundezas lhe vinham de suas leituras de guias italianos. Ao falar nas barcas cobertas de arcos floridos, ele foi inesgotável. As aquarelas representando as embarcações nos lagos italianos faziam furor em Viena; ele vira algumas numa loja não longe da pastelaria Demel. Depois, pouco a pouco, ele insinuou que ela talvez não tivesse escrito de Londres. E, aliás, qual era seu verdadeiro nome? Gabriela? Decididamente, ele não tinha certeza.

Era preciso provocá-la um pouco. As armadilhas pareciam pueris, as palavras rebuscadas. A carta era confusa; Franz não estava muito satisfeito com ela. Mas, afinal de contas, exprimia bastante bem a exasperação que não o deixava mais; ele a enviou, como uma garrafa ao mar.

EM GÖDÖLLÖ, os junquilhos se abriam. Certamente, o parque ainda mantinha uma aparência invernal, aqui e ali permaneciam ainda alguns montículos tardios de neve, mas os botões dos salgueiros tinham rebentado em flores felpudas, e os álamos se avermelhavam; era o sinal. A imperatriz decidiu festejar a chegada da primavera.

Exceto a criança, "a querida", e os lacaios, ninguém no castelo era austríaco. A jovem mulher tinha levado a babá inglesa e a fiel Ida. E não podia deixar de acrescentar um ser que suscitava o horror indignado do pessoal, o negro Rustimo, que a imperatriz adorava. Como ela, Rustimo amava os animais, levava os cães a passear, dava cenouras ao asno e sabia falar com o célebre papagaio rosa que começava a envelhecer. E, como se não bastasse, ela acabava de convidar ciganos!

— Toda essa gentalha vai nos devastar os salões — suspirava o intendente, e os lacaios opinavam preparando as bandejas de prata. — Não ponhais o melhor talher, uma faca já basta para essa gente. Ah! E contai as colherinhas, por favor. Não vos esqueçais.

E como a festa seria realizada no parque assim que o tempo o permitisse, o intendente observava as nuvens com esperança de chuva. Em vão.

Os ciganos chegaram, empoleirados em sua carroça, as mulheres sentadas, os homens de pé, o violino debaixo do braço. Vendo-os agitar as mãos alegremente, os lacaios se tornaram sombrios. Só faltavam os judeus para que ficasse completa a roda de enjeitados.

Sentada num cobertor, a jovem mulher esperava seus hóspedes numa pradaria ainda amarela, em que se tinham posto toalhas por sobre o chão, empilhado pratos, colocado copos. Por uma vez ela desistira da saia de amazona, e usava uma peliça grossa em cima de um simples vestido de algodão branco, com uma fita de veludo negro à volta do pescoço; em suas tranças ela espetara as primeiras primaveras, de um amarelo luminoso. A seu lado, a pequena arquiduquesa Marie-Valérie aprumava-se sobre uma almofada de renda e contemplava com seriedade o negro de sua mãe. Para a circunstância, Rustimo tinha vestido sua roupa de cerimônia, turbante dourado, calças entufadas e túnica árabe bordada, segundo a tradição dos mamelucos.

Alinhados como para uma parada, os lacaios se mantinham um pouco mais longe, com as mãos atrás das costas.

— Não há o que objetar — suspirou um rapaz —, nossa imperatriz tem um ar das Mil e Uma Noites. Olha como ela é bonita...

— Uma desmiolada, isso sim! — resmungou um velho. — Espera para ver o que vem por aí. Além do mais, estou gelando. Faz um frio miserável...

A carroça dos ciganos, puxada por um pesado cavalo de crina ruiva, avançou até os lacaios, até encostar neles. Retiraram o xilofone e instalaram-no. A jovem mulher se levantou de um salto. Inclinado contra sua face, um violinista tirava de seu arco adoráveis lamentos amorosos; as mulheres se agitaram, sacudiram as dobras de suas grandes saias vermelhas e sentaram-se na relva fazendo tinir seus braceletes de prata. Rustimo fez um sinal aos lacaios, que ajustaram suas luvas brancas e trouxeram, sobre as bandejas de prata, os patês em canapés e os salmões. "Comei, não vos priveis!", gritou a imperatriz. "Há mais, e bolos, vereis..."

E ela ia de um a outro, rodopiando com graça, chamava um lacaio para servir vinho branco, verificava se cada um tinha seu pão francês, dava à filha um bolo, enxugava-lhe ternamente os lábios cheios de migalhas, censurava ainda um lacaio porque um prato estava vazio, seguida por Rustimo, que ria com todos os dentes e a ajudava da melhor maneira possível.

— Se ao menos ela fizesse a metade desse esforço em Hofburg – praguejou o velho lacaio. – Mas não, tudo para os ladrões e os pobres!

— Ela não comeu nada – observou o jovem.

— Comeu só uma noz.

No final, ela se sentara, apesar de tudo. Uma velha cigana se agachou ao seu lado e pegou-lhe o pulso.

— Ora, ora, olha só – resmungou o velho lacaio. – Agora ela deixa que lhe leiam as linhas da mão!

Mas, no tempo de terminar a frase, a situação se invertera. A jovem mulher se apoderara da mão crestada da cigana, e era ela que seguia as linhas da palma, com um indicador firme, as sobrancelhas franzidas. Bruscamente, a cigana fechou o punho e se liberou.

— Ah! A imperatriz deve ter visto direito, é certo! – ironizou o velho lacaio. – Os ciganos detestam isso!

— Então é porque ela é vidente, além do mais... – murmurou o jovem, atordoado.

E como o piquenique terminava, a jovem mulher reparou que os animais estavam faltando na festa. Rustimo foi pegar o papagaio, a cigana se encarregou do asno. A ave bateu asas e gritou, e o asno se pôs a escoicear, furioso. Parou sob o grande pinheiro.

Ela correu até ele, pegou-o pelo pescoço, abraçou-o, pôs a cabeça sobre o pêlo hirsuto, o asno fechou os olhos e imobilizou-se.

— Vês! – disse ela à cigana. – Faço com ele o que quero!

Depois, pegando-lhe as ventas com as mãos, mergulhou seu olhar nos olhos amarelos. Os longos cílios do asno se abaixaram.

— Sabes com quem te pareces, meu querido? – cochichou-lhe ela ao ouvido. – Com o imperador. Não digas a ninguém, é meu segredo...

— Que lhe diz agora? – gritou Ida. – Amenidades?

Mas ela não ouvia nada. Perdida em seus sonhos, acariciava a cabeça do asno imóvel. O Outro também tinha o olhar doce, longos cílios, suas costeletas encaracoladas tinham o mesmo toque encrespado, o Outro também tinha profundamente enraizada essa inércia teimosa e essa maneira de ceder, não recuando nunca abertamente, já que era imperador.

A FESTA ACABOU cedo, no meio da tarde, ao pôr-do-sol. Os ciganos tocaram incansavelmente; tinham conseguido pôr a criança no lombo do asno, o animal consentira em dar três passos antes de sacudir perigosamente a cabeça. A menininha urrou, a jovem mulher se precipitou gritando "*Kedvesem!*", minha querida, e pegou-a, apertou-a contra o peito, dançando como uma fada. Depois o sol enfraqueceu. Ao longe amontoavam-se grandes nuvens negras, reunidas por uma violenta tormenta de primavera; o aguaceiro não ia demorar. O vento começou a soprar; a criança estremeceu. Os lacaios tinham acabado de recolher os pratos, contavam discretamente a prataria, quando a imperatriz decidiu voltar para dentro, exatamente antes das primeiras gotas de chuva.

Já chovia um pouco quando em seu caminho viu uma pega que saltitava na relva.

— Meu Deus – suspirou. – O que vai acontecer!

E rapidamente executou três pequenas reverências, sob o olhar espantado dos lacaios. A ave parou, imóvel.

— Não é nada – disse o mais velho. – Sua Majestade é muito supersticiosa. As pegas trazem desgraça, exceto se forem saudadas polidamente três vezes. Como eu dizia, ela é desmiolada...

No momento em que a pega voava, a tempestade começou. Foi preciso correr até o castelo.

Foi Ida quem achou a carta numa bandeja, no salão particular. O vagomestre vinha de Viena, e a carta, de Munique, como de hábito.

— Vossa Majestade recebeu correspondência – disse ela.

— Deixa, vejo amanhã – respondeu a jovem mulher sacudindo seus cabelos molhados. – Estou cansada.

— De Munique, senhora.... – murmurou Ida. – E desta vez não foi Rustimo quem a recolheu na posta-restante!

— Posta-restante?

Ela correu para o quarto, com a criança em seus calcanhares.

"Caro dominó amarelo, Londres não me basta mais. Comprei um Baedeker, como me aconselhaste, e vi bem: podes escrever de qualquer lugar, sem estares em Londres, com esse guia nas mãos. Que belo exercício! Mesmo não sendo tão bem-dotado como tu para a literatura, eu poderia fazer o mesmo. Porque é verdade que não tenho nem a tua educação nem o teu berço, e é fácil demais me enganar..."

— Oh! Meu rapaz se zanga – murmurou ela. – É mais inteligente do que eu supunha.

A criança sacudiu o vestido da mãe; "Colinho, quero colinho", gemia ela, de joelhos, "tenho medo dos raios, estou com frio..."

— Vem. Mas comporta-te.

" ...E então vou fazer-te muitas perguntas. Onde vives exatamente? Em Londres, mesmo? Por que não no teu castelo na Hungria, já que nasceste lá? E depois, não creio que te chames Gabriela. Dize-me teu nome verdadeiro."

— Por que te agitas tanto, mamãe? Que é que estás lendo, mamãe? – perguntou a pequena, pegando a carta. – Dize-me!

— Queres devolver-me isso imediatamente? – exclamou ela. – Se não, chamo as criadas e vão pôr-te na cama!

A criança pôs a cabeça no ombro da mãe, gemendo: "Estou cansada, mamãe", a jovem mulher a apertou com mais força e continuou sua leitura. Fora, os trovões ainda rolavam nas nuvens.

"Finalmente, gostamos ambos de cães, já que me falas de teu buldogue. A propósito, vi, numa vitrine, uma bela fotografia de nossa imperatriz com um buldogue."

— Ele suspeita! — exclamou ela. — Que sorte!

" ...Eu queria propor-te que adivinhes qual é a raça do meu cão. É de altura média, com longos pêlos cor de mel. Para terminar, quero saber o que lês. Pois conheces Heine, e não sei nada mais. Tens instrução, viajas e, vê só, eu também. Estou justamente voltando do lago de Guarda, onde estive com minha mãe. As águas ali são de um azul incrível, de uma profundidade de afundar fadas; passeamos em lindas barcas floridas, sob arcadas, enquanto músicos ocasionais arranhavam seu bandolim... Sabes certamente tudo isso melhor que eu. Queria conhecer teus périplos, ó grande viajante... Eis o que espero. Perdoa essas linhas desajeitadas, não tenho dom para escrever, mas se te dignares lembrar-te, pelo menos sei valsar. Não é, *Kedvesem*?"

— Ei-lo que se mete com o húngaro — cochichou ela. — Meu Deus...

Logo, na *puszta*, no meio do calor vibrante, apareceria o misterioso *délibab;* logo ela reveria, errantes, os cavalos selvagens de crina livre, as patas que saracoteavam nas alamedas e as cegonhas de negro e branco, aves livres. Logo, dentro de dois ou três meses. No verão.

A tempestade tinha acalmado, a criança tinha adormecido. A jovem mulher depositou um beijo nos cachos molhados, apertou a carta dobrada em seu corpete e levantou-se suavemente para não despertar a filha preferida.

A NOITE CAÍRA e a chuva não tinha cessado; um criado tinha trazido a tisana da noite. Fora, em rajadas, o vento batia os postigos.

— Não comeu quase nada durante o dia, novamente — disse Ida suspirando. — Desse jeito, voltará a cair doente.

— Não me perguntas o que me escreveu meu rapaz? Isso me espanta.

— Oh! Perguntas e suspiros, suponho. Não falo mais nisso, não seguirás meus conselhos. Pelo contrário.

— Pois bem! Desta vez, eu os exijo! — exclamou ela. — Imagina só, ele não é tão bobo, esse pequeno austríaco. Adivinhou que eu não escrevia de Londres. E disseste bem, ele faz perguntas.

— Quais? Eu lhe tinha dito, senhora...

— O que leio, qual é minha vida, qual é meu verdadeiro nome... não te sobressaltes!... minhas viagens, ah, e depois ele quer que eu adivinhe a raça do cachorro dele. Não é ridículo?

Ela falou sem afrouxar os lábios, com tal precipitação, que Ida pousou a xícara. Estava ruborizada, emocionada. Enamorada, pensou Ida num átimo. Ao menos ela sabe disso?

— O cachorro dele? É grotesco – deixou escapar Ida.

Com os olhos brilhantes, os lábios entreabertos, a jovem mulher a olhava com uma espécie de esperança. Ida se pôs a pensar intensamente.

— Penso que deveria responder – disse, finalmente.

— Vês! – disse a imperatriz, triunfante. – Sou dessa opinião. Para desviar as suspeitas.

— Naturalmente. Mas penso também que desta vez deveria mostrar-me sua carta. Não! Não pense que sou indiscreta, mas uma palavra poderia escapar-lhe, uma imprudência... Enquanto que, se eu ler...

— ...Eu escreverei de modo diferente – concluiu a jovem mulher com azedume.

Um silêncio hostil se interpôs como uma parede. A imperatriz marcava o compasso de uma valsa invisível, torturando a renda do seu punho direito.

— Mas que desgrama! Ganhaste, irritas-me – disse ela levantando-se bruscamente. – Para a cama!

— Está bem, não diga impropérios, poderiam ouvir-vos, é a praga preferida de Sua Alteza, vosso pai, bem sei, mas uma imperatriz não diz impropérios – resmungou Ida acompanhando-a até o quarto dela.

— Uma imperatriz também não escreve cartas a um desconhecido – disse a jovem mulher, dando-lhe a mão a beijar. – É no entanto o que vou fazer, e a vosso conselho, minha cara.

A CARTA SEGUINTE também vinha de Londres.

A Sra. Taschnik mãe a trouxera ao filho quando ele ainda estava na cama. Ele tinha voltado para casa tarde da noite.

— Esta também vem do estrangeiro – dissera ela com frieza, aspirando o envelope, antes de jogá-lo sobre o travesseiro.

Ele bocejara ostensivamente, fizera menção de espreguiçar-se, puxando a carta para baixo do cotovelo, mas a Sra. Taschnik se sentara à beira do colchão com uma resolução inequívoca.

– Não te pergunto quem é essa mulher, Franzi – começara ela com ar melífluo, ajeitando os óculos.

– Faze-o bem, mãe. Porque não é uma mulher. É um amigo meu, adido da embaixada de Londres.

– Eu achava que tinhas um sistema, como já disseste, uma espécie de valise para diplomatas...

– Mala diplomática, ah, mas é que... Justamente, ele prefere evitar – replicou o rapaz, embaraçado. – É de propósito.

– Ah – disse ela sem convicção. – E onde estavas então esta noite?

– No café, mãe – disse ele, prudentemente.

O que não era inteiramente verdadeiro. Na primavera, as roupeiras dançavam nos pequenos bailes de subúrbio. Não que fossem privadas de dança durante o carnaval, mas em fevereiro fazia frio demais para valsar nas ruas. Ao primeiro raio de sol apareciam os músicos, os estalajadeiros punham do lado de fora as mesas redondas e o povo dançava-se entre si, longe dos faustos dos bailes da alta sociedade. Franz sentava-se tranqüilamente, pedia um vinho branco misturado com água espumante e olhava de soslaio as moças que dançavam juntas. A Sra. Taschnik mãe ficaria horrorizada; as roupeiras eram fáceis, seus amores perigosos, a doença percorria a cidade, e embora fosse de bom-tom, para um rapaz, ir distrair-se no baile das lavadeiras, não se falava nisso, eis tudo.

Por isso Franz Taschnik se portou como um filho respeitoso e mentiu, como era de seu dever. Não estava com pressa de abrir a carta. Sua noite lhe voltava pouco a pouco.

Ele tinha tirado para dançar uma pequena loura magricela, uma moça sem pretensões, que uma grande mulher, bem aprumada, apertava muito contra si, e que lhe lançara, como um pedido de socorro, uma piscadela generosa. Ele não resistira, pegara a moça pela cintura e voara numa dessas valsas requebradas que não se dançavam entre os burgueses. Pouco depois, ele lhe propunha um "quarto partilhado" num hotel especializado, e a moça se pôs a assobiar, estupefata.

– Um quarto partilhado? Comigo? Tenho meu quarto, com minha companheira, não fica longe, só tenho que dizer a ela para não voltar para casa...

– Tu mereces – dissera ele com sinceridade. – De verdade. É a tua primeira vez?

Ela rira, perturbada. Ele insistira, ela o seguira, ele tinha um endereço, sempre o mesmo, um hotel com salões particulares, não caros demais. Um gerente de fraque algo dúbio abrira obsequiosamente as portas de dois batentes, e a moça contemplara a toalha branca sobre a mesa, os copos com pé, o champanhe no balde e o canapé malva. Ela olhava o conjunto como uma criança olha a árvore de Natal, alisando a toalha de mesa com a ponta dos dedos. Franz gostava de maravilhar as moças, sobretudo quando eram pobres; sentiu-se feliz.

Ela se chamava Friedl, era engomadeira, e virgem. Ela se crispara, gritara de sofrimento, dissera "não é nada, é preciso começar um dia", depois o surpreendera com suas audácias, no entanto era virgem, quem lhe havia ensinado? Tinha pensado na mulher meio virago com quem Friedl dançava no baile das roupeiras, pegou-a novamente, conheceu um prazer extremo, violento, inesperado. O champanhe permanecia intacto, ela se levantara nuazinha, tirara-lhe a rolha como se não fosse nada, com mãos fortes, pensou ele, mãos fortes e ancas redondas, uma cintura de sonho, que esposa ela daria, é uma pena, e ela, com o copo de pé alto na mão, molhou o indicador no champanhe, umedeceu os lábios dele. A graça.

Embriagaram-se muito rapidamente, adormeceram como crianças. Às duas horas, o gerente tossira por trás da porta.

Ela se vestira enxugando uma lágrima que ele não entendeu. E depois rira, saltando-lhe ao pescoço, "meu grande coelho, a gente se vê de novo, não é?" E ele se sentira culpado.

"Na próxima vez...", dizia ela, dando laço nas botinas. Não haveria próxima vez, e esse pensamento já lhe dava remorsos. Ele a acompanhara, ela enfiara o braço debaixo do dele, calada, ele não ousava pagar, mas ela, gentilmente, murmurara-lhe num último beijo: "Dá-me uma coisinha qualquer, ou vão censurar-me, não é tanto por mim, mas...", então ele tirara sua carteira.

Despertara um traste, ainda embriagado de prazer, tendo no coração um mal-estar indefinível.

– É tempo de me casar – disse, abrindo o envelope.

A CARTA ERA INTERMINÁVEL; Franz devorou-a de uma olhadela, procurando maquinalmente a palavra terna que não se encontrava lá. Achou as frases forçadas, o estilo saltitante e o conjunto, sem interesse. Boa para se jogar na privada. Amassou-a raivosamente e deitou-se de novo.

Que tinha a lucrar com essa aventura sem saída? As mulheres eram fáceis; por que se embaraçar com uma pretensiosa que fazia mistério e zombava dele? Sem dúvida ela era bonita; mas, afinal, ele não a vira. Certamente era alta e esbelta, mas seus lábios fechados pareciam feitos para resistir ao desejo. Distinta, mas altiva; arisca, desprezível. Vamos! Era preciso desistir de Gabriela.

Casar-se... Teria de passar pelo crivo de sua mãe, aceitar uma criaturinha ruborizada, com os cabelos cuidadosamente encaracolados, loura e gorda, uma verdadeira mocinha? Uma palerma que não lesse nada e que talvez soubesse vagamente martelar no piano algumas árias combinadas? Eles iriam à missa no domingo, ela prepararia com amor as almôndegas para o jantar; com as mãos pegajosas de massa, enterraria o damasco no interior do brioche, prepararia o café-da-manhã, recebê-lo-ia à noite com um beijo na face, apagaria o candeeiro na cama sob as cobertas...

Não! Primeiro, ela seria morena. Muito alta. Teria olhos sombrios, com reflexos fulvos ao sol; um olhar castanho-avermelhado. Uma pele nacarada, nem trigueira nem pálida, com reflexos selvagens, um pouco como uma raposa. Não seria nem doce demais nem obediente demais, seria um pouco triste, com um sorriso enigmático... Como a desconhecida do baile.

Ele sobressaltou-se. Desamassou o papel. E releu a carta de Londres lentamente. O "caro amigo" da primeira linha não tinha significação. Ele a tinha "distraído", escrevia ela! Ficou com raiva. Depois descobriu que ela havia mordido a isca: "Por que então recusas o nome que te dei? Não gostas de Gabriela? É assim que me chamam desde o meu nascimento. Um dom do céu, no entanto. Gabriela! Põe-no no masculino. Gabriel... Não foi esse divino companheiro de Deus que proibiu o céu ao comum dos mortais, aos simples homens como tu? Gabriela me convém inteiramente. Proibida, minha criança, sou eu aos teus olhos. Tens prevenção contra esse belo nome de arcanjo?"

"Na mosca", pensou ele. "E depois", escrevia ela, "dir-se-ia que imaginas que não estou na Inglaterra. Que idéia! Estou em Londres. E me aborreço aqui. Podes dizer-me por que razão eu teria inventado essa mentira? Não tens resposta, minha criança. O resto é escusado dizer."

Seguiam-se litanias nostálgicas sobre o encanto de Viena que soavam falsas. Ela detestava Viena, não escondera isso dele, e pretendia hoje ter saudades dos "divertimentos". Ela, divertir-se? A menos dotada do mundo? Ele exultou. "Eu a tenho", pensou. Em seguida ela voltava a falar da Inglaterra, convidava-o a ir lá – era sem risco – e saía de maneira engraçada pela tangente da proposta de adivinhar a raça do seu cão. "Porque te confesso", dizia, "que não gosto de cachorros. Inútil dizer-te que não tenho nenhum modo de adivinhar a raça do teu, e estou pouco ligando, em suma. Para me esclarecer a respeito, e se fazes questão realmente disso, poderias enviar-me tua fotografia com o teu fiel servidor..."

Fiel servidor! Só os que gostavam de cães utilizavam esses termos. A paixão da imperatriz pelos cães lotava as colunas dos jornais.

Em resumo, ela mentia. Não estava em Londres, nunca tinha viajado, adorava os cães, não se chamava, portanto, Gabriela. Mentirosa.

Quando chegou às três últimas linhas da carta, acreditou sonhar. Três linhas um pouco trêmulas, que ele não tinha notado. Palavras que ela poderia ter dito a meia-voz, com esse estranho murmúrio sussurrado que a tornava semelhante a uma espécie de Lorelei. "Insinuei-me em tua vida", escrevia ela, "sem o querer, sem o saber. E não tenho culpa disso. Dize-me, queres romper esses laços, queres? Agora, ainda é possível. Mas mais tarde, quem sabe?" Ah! Era ela, inteirinha. Fugidia, escorregadia, provocante, atiçadora de gênio, enguia ou polvo, sereia ou náiade, mas certamente marinha, coberta de escamas, cheirando a sal e a mexilhões, envolta em seus cabelos, uma filha das águas...

"Dize-me, queres romper esses laços?"

– A bandida – gemeu Franz. – Bem que eu queria.

"Dize-me, queres romper esses laços, queres? Agora, ainda é possível..."

– Livrar-me dessa vampira. É preciso.

"Insinuei-me em tua vida sem o querer, sem o saber. E não tenho culpa disso. Dize-me, queres romper esses laços, queres?"

– Seria ela sincera, afinal? É verdade que éramos dois inocentes – murmurou ele, beijando o papel.

"Dize-me, queres romper esses laços, queres?"

– Ainda não – gritou ele, saindo da cama. – A caça não acabou. Primeiro saberei quem és. Depois, veremos.

Quando finalmente ficou pronto e tomou seu café, pensou na fotografia que ela lhe pedia, com o *setter* irlandês. Encontraria alguém que lhe emprestasse um, senão...

Senão ele não mandaria seu retrato. Deus sabe o que ela poderia fazer com ele junto a suas damas de honra.

5
Encontros não acontecidos

Foste embora, escapaste-me deveras
Quem te arrancou de mim tão bruscamente?
Queres curar-te da louca febre selvagem
Queres evitar o chão em que me encontro?

Elisabeth

Os dias permaneciam aborrecidos; chovia em Viena. Willibald tinha torcido o pé, estava num humor péssimo. Em Balhausplatz, um húngaro acabava de chegar ao serviço, um homenzinho acanhado de olho vivo e cabelos ondulados, e se apresentara batendo os calcanhares. "Erdos Attila!", anunciara ele, orgulhosamente.

Willy o avaliara em silêncio, e Franz, perdido em seus pensamentos, mal lhe dirigira a palavra. O húngaro tentara inutilmente conhecê-lo, depois sentou-se à sua mesa. Não era nada fácil aterrissar nos escritórios do Balhausplatz, principalmente para um pequeno húngaro.

— Attila – resmungou Willy quando saíram do ministério. – Mais um nome de selvagem... Da Hungria nada de bom nos vem, exceto o guisado de boi e o vinho de Balaton. Observaste as botas dele? Botas, na cidade, e brilhantes como espelhos!

— Mas ele é atencioso – respondeu Franz. – E bastante cortês.

— Tu e tuas caridades imbecis! – gritou Willy. – Eu preferiria um austríaco, um verdadeiro. Tu me dirás que nosso ministro, o conde Andrassy, é magiar, que os da Transleitânia são nossos irmãos, que formamos um único povo unido por duas coroas, que...

— Não te direi nada disso. Tornas-te impossível, Willy!

— Tenho mágoas no coração, meu velho – murmurou o homem gordo. – Minha mãe me desencavou uma noiva na aldeia, uma jovem de 20 anos, dotada, delicada, um pouco marota também... Em suma, eu estava enamorado, que fazer? O pai acabou por achar que eu não servia. Sem dúvida, ela era linda demais. Eu acreditara... E depois, não. Sem contar que a gente não rejuvenesce. Pensa, então, 35 anos!

Dos amores de Willy, Franz não sabia quase nada. O gordo fazia muitas vezes pose de homem experiente; a ouvi-lo, suas aventuras não se contavam mais. Regularmente, ele aparecia no ministério com uma sobrecasaca nova, uma flor na lapela, assumia ares misteriosos e esfregava as mãos. "Acho que desta vez estamos nessa", confiava ele, sem ser mais preciso.

Algumas semanas depois, ele chegava com a barba por fazer, resmungando, exatamente como naquele dia. O famoso "Acho que estamos nessa" datava de um mês, aproximadamente. Franz pegou-o pelos ombros e levou-o ao café, onde Willy se embriagou de vinho branco, que tornava a embriaguez mais leve, dizia ele.

Triste dia, decididamente. A chuva não tinha parado, e o vento se divertia a dobrar os ramos das árvores recentemente plantadas diante da Câmara Municipal. Franz pegou seu bonde pensando na carta de Londres, que havia dobrado em quatro e guardado no bolso de sua sobrecasaca.

A Sra. Taschnik tentou fazer seu rebento falar, mas ele disse que tinha enxaqueca e se retirou para o seu quarto. Tremia.

Gelado, Franz se envolveu em sua peliça, abriu a porta do aquecedor de faiança e tirou a carta. O calor se tornou abafado; o rapaz jogou a peliça num canto, tirou o colete, a camisa, ficou com o tronco nu, sentado à mesa. As letras dançavam diante dele, deformadas pelos amassados do papel; ele não as via mais. Maquinalmente, coçando as axilas, ele segurou os pêlos densos, ásperos e encaracolados como um púbis de mulher. Da pele da desconhecida, que sabia ele ao certo? Mal lhe restava, se lhe restava, um odor florestal, alguma coisa entre o húmus e o jasmim...

Contemplou a penugem loura sobre seus antebraços, estendeu suas mãos enormes e achou-as feitas para o corpo de uma mulher. A infelicidade é que ele não sabia bem qual mulher; a infelicidade era a desconhecida atravessada em seu caminho, e esse enigma que o obcecava.

Escreveu de uma assentada, com uma espécie de raiva. "Caro dominó amarelo, tu me tomas por um burro. Para que enganar um rapaz inocente que não te fez nenhum mal? Agradei-te uma noite; enfeitiçaste-me. Não acredito numa única palavra do que me escreves. Como estarias em Londres? És austríaca, minha cara; não te chamas Gabriela, porque conheço teu verdadeiro nome. Por respeito, não o escreverei. Que austríaco não reconheceria em ti o ídolo de todo um povo? Que outra mulher teria tal ar de majestade? Devias mentir-me, fizeste-o, e muito bem. Perguntas-me se quero romper esse laço? Não responderei. Esse laço entre nós foste tu que o quiseste; sem ti, não posso afrouxá-lo. Se te resta um sentimento pelo infeliz que fizeste prisioneiro, liberta-o, minha cara, liberta-me."

E para ficar bem seguro de que não voltaria atrás, lacrou o envelope imediatamente.

A CARTA FOI ATÉ Munique, posta-restante; lá dormiu um mês inteiro.

A imperatriz tinha finalmente consentido em deixar a Hungria; com os dias bonitos, ela estava retornando a Viena, onde a esperavam as cerimônias habituais, a procissão da festa de Corpus Christi, algumas recepções para as delegações vindas dos confins do império, em companhia do imperador, pobre imperador. A Corte tinha seguido os passos do boato; corria de boca em boca que em Gödöllö a imperatriz se mostrara íntima demais para sua professora de equitação, uma moça do circo Renz, uma francesa, obviamente. O imperador se teria inquietado, mas a imperatriz teria convencido o esposo de que se tratava de uma mulher muito decente.

– Então ela se safou, essa Renz! – zombou Willibald – Também, nossa imperatriz exagera. Expor-se com uma acrobata! E por que não passar através de um círculo de fogo, de preferência?

– Como? – sobressaltou-se o pequeno húngaro. – De quem falais, senhor, por favor?

– Ora, da imperatriz, caramba! De quem mais? Vê só esse camponês do Danúbio!

O húngaro se levantara, pálido.

– Acalma-te, Willy, vejamos, tu dizes tolices – cochichou Franz, inquieto. Tarde demais. Attila tinha derrubado a mesa e suspendia Willibald pelo colarinho.

– Ninguém jamais insulta a rainha na minha presença! – bramiu ele. – Não recomeceis! Ou vos reduzo a pasta. Vós, austríacos, a odiais, eu sei; mas é que ela é nossa, vede bem, nossa!

Ele o largou de súbito, o gordo rolou no chão. O húngaro limpou-se, pôs no lugar os punhos da camisa e aplicou-lhe um pontapé nos rins. Willy se ergueu gemendo.

– Eis como somos, nós outros – disse Attila, recuperando o fôlego.

– Apesar de tudo, tens uma força incrível – disse Franz tranqüilamente. – Como fizeste para erguê-lo do chão?

– Mas eu tinha razão, não é? – gritou o húngaro. – Estou certo de que me aprovais. Aliás, não movestes um dedinho. Sois diferente, vê-se logo.

– Oh! ele – gritou Willy de longe – é outra coisa. A imperatriz, ele está apaixonado por ela! Desde que acreditou tê-la sedu...

Antes que ele tivesse acabado a frase, encontrou-se imprensado contra a parede. Franz se arremessara como um bólide e lhe fechava a boca.

– Interessante – comentou o húngaro. – Pelo que vejo, o cavalheiro finalmente achou quem lhe ensinasse. Por hoje já teve a sua lição. Então, conhece minha rainha?

– E se a gente se tratasse por tu? – perguntou Franz. – Eu sou Franz; chama-me Franzi...

Willy emburrou.

Franz e Attila ficaram amigos; o húngaro, encantado, não o largou mais. Tinham a mesma idade; durante a Revolução, o pai de Attila tinha sido aprisionado, sem dúvida fora torturado, mas, assim que foi libertado, morreu de esgotamento. Eram ambos filhos únicos, e suas mães se pareciam: possessivas, conservadoras. Partilhavam as mesmas convicções liberais; o futuro pertencia aos espíritos modernistas, ao progresso técnico e à tolerância. O império estava num aperto e apertava os povos.

Nesse ponto os dois jovens tinham uma divergência. Para Attila, a autonomia húngara garantia as liberdades de todos os povos do império. Franz não estava inteiramente convencido: por causa da insolente altivez da Hungria, o Parlamento tcheco, fechado em 1867, quando se instaurara a Dupla Monarquia, não tinha sido reaberto ainda. Os eslavos do Norte, tchecos e eslovacos, confundidos na mesma humilhação, se sentiam traídos pelo imperador, que, por sugestão do ministro Andrassy, ainda por cima acabava de vender seus poloneses, cedendo-os a Bismarck. Quanto aos eslavos do Sul, pediam socorro com uma crescente insistência, e os motins se tornavam cada vez mais sangrentos. Armados de forquilhas e paus, os camponeses revoltados pilhavam os castelos fortificados muçulmanos e armavam emboscadas em toda a Bósnia. Massacre atrás de massacre, mas, como sempre, nenhum sinal de intervenção no horizonte.

O pequeno húngaro meneava a cabeça com ar de embaraço e concordava que um dia era preciso mudar a situação do império, abrir a Dupla Monarquia aos outros povos. Um dia, talvez.

Quando finalmente vieram a falar de seus amores, Franz deu alguns conselhos e recomendou prudência, por causa da doença.

— E esse caso com a rainha, já que parece que a conheces... – perguntou prudentemente Attila ao cabo de uma semana.

No primeiro dia, Franz respondeu que era pura invenção; no segundo, admitiu que o gordo não tinha mentido, pelo menos não inteiramente; no terceiro, mencionou o baile, sem se estender. Quando finalmente confessou tudo, o húngaro ficou confuso.

— Desde que seja verdade – repetia ele. – Com um pouco de sorte...

Mas a última carta de Franz continuava sem resposta. Attila pôsse a sonhar, por sua vez; a rainha, ele a entrevira no dia da coroação; ele tinha exatamente 19 anos. Através dos vidros da carruagem, adivinhara a tiara de diamantes, vira o corpete de veludo negro e as célebres fileiras de pérolas cruzadas à maneira húngara sobre a renda. O traje tradicional tinha sido adaptado por Worms, o grande costureiro francês; o vestido era simplesmente admirável. A mão, que parecia pequena, se erguera, saudara, e depois se dobrara, timidamente.

— Será que a vi realmente? Eu estava longe... E depois, não sou alto... Talvez o *délibab*! – concluiu ele.

– O quê? – perguntou Franz atordoado. – Ela também falava desse negócio aí!

– Ah! Eu te explicarei, ou pelo menos tentarei – disse Attila misteriosamente. – O *délibab* tem que ser visto. No nosso país, na Hungria. Uma especialidade.

Willy caiu doente, tinha gânglios e febre; os outros dois pensaram que era por desgosto amoroso. Mas quando ele voltou ao escritório um mês depois, tinha perdido os cabelos. Não quis dizer nada sobre seu estado, uma afecção de infância que carregava havia muito tempo, pelo que se percebia. Mas ele estava tão magro, tão pálido, que, cheios de remorso, Franz e Attila o perdoaram...

OS CASTANHEIROS FLORIRAM, os brancos, para começar; quanto às rosas, era preciso esperar. No Prater, a relva estava verde e as carruagens se comprimiam nas alamedas dos cavaleiros. Os anunciadores de eventos voltaram com suas vozes fortes, as moças usavam chapéus claros e violetas no decote. Nas colinas, os estalajadeiros puseram do lado de fora as mesas de jardim, e as pequenas orquestras tocavam animadamente toda noite. As janelas da mansão dos Strauss se reabriram, e a Sra. Taschnik pôde de novo praguejar contra o encantador maléfico, cujas melodias se desfiavam sob as cerejeiras.

Certa manhã, Franz não resistiu mais, levantou-se cedo e correu para o campo de corridas da Freudenau. Sua carta tinha sido enviada havia quase um mês; a imperatriz, retida na capital por razões inexplicadas, não tinha ido às núpcias de seu irmão com a infanta de Portugal; estava nos jornais. Logo, ela estava em Viena. Mas Franz não a encontrou no campo de corridas.

Nem nas alamedas do Prater. Vagou à volta da casa Demel, interrogou as serventes, que não a tinham visto desde o inverno. "Parece que ela está se escondendo", disse uma delas.

– Certamente que ela se esconde – comentou o húngaro. – Mas tenho dois convites para a inauguração da exposição floral. Olha o cartão: "Sob o alto patrocínio de Sua Majestade a imperatriz"... Tentemos.

Ela apareceu lá, de cetim rosa e negro. Franz reconheceu o célebre rosto, a boca fechada, o sorriso enigmático e o olhar velado pelas sombras das folhas de palmeira que desenhavam sobre a pele clara estranhas persianas. Attila ficou rijo. Rodeada de cochichos de admiração, com um leque na ponta dos dedos, ela avançava com um andar ligeiramente requebrado, como um gracioso barco deslizando em invisíveis águas.

Franz se posicionou diante de uma moita de azaléias, numa esquina em que era certo ela passar. E ela passou. Seus olhares se cruzaram. Franz estendeu uma mão hesitante e inclinou-se profundamente.

Ela quase parou, marcou um tempo interminável, depois acelerou o passo. Mas, no momento em que ia desaparecer, bruscamente, virou-se.

– Meu Deus! Ela ainda é mais bonita do que nas fotografias! – murmurou Attila, apalermado. – E então?

– Então, não sei – hesitou Franz. – Não te esqueças que nunca a vi.

– Mas ela se virou!

O acontecimento foi objeto de longas discussões. Não se podiam negar os fatos: ela o vira, parara, se virara. Tinha feito um único gesto de conivência? Não. Que lera ele nos olhos dela? Difícil dizer. Ele acreditava lembrar-se de que ela havia apertado as pálpebras, como uma míope. Pelo que cintilava desse olhar, ele era correspondido. Um brilho rápido, um negrume doce e colérico?

Mas ele não reencontrava nada do frágil brilho que o tinha encantado tanto. Nada, exceto talvez um leve balançar dos quadris. Nada, exceto esse rosto de arcanjo que ele tinha adivinhado naquela famosa noite. E o movimento do leque.

ELE TORNOU A REVÊ-LA no Prater, por acaso, numa noite em que não a procurava. Precisamente nessa ocasião, ele decidira aprender a montar. Estava cansado depois de 15 dias de aulas; seu cavalo era um velho pangaré para iniciantes, um baio castanho manso, no qual procurava seu jeito próprio de cavalgar.

144

O sol de junho não acabara de todo, o céu se aclarava, uma lua branca e imprecisa se delineava vagamente, os pardais se reuniam no cume das folhagens, para um concerto de pios. Nessa hora, ele não corria o risco de reencontrá-la. Saboreava, pois, a duração da tarde, esticando as alegrias da vida. O Prater era um lugar de delícias, como nenhuma parte no mundo.

No pequeno palco do Teatro de Polichinelo, um pierrô barrigudo zombava de um pantaleão de nariz comprido; um pouco mais longe, um palhaço que falava arrastando os erres elogiava os milagres de um frasco mágico; as tabernas desabavam sob os lilases, e os fregueses bebiam vinho branco misturado com água, o *Gespritzt*, olhando os passantes que se empurravam com o cotovelo, rindo às gargalhadas. As *Süsse Mädel*, as filhas melosas que faziam o charme de Viena, pareciam ter se reunido expressamente para se divertirem; eram engomadeiras ou costureiras; não estava longe o dia de São João, e as saias deixavam ver as botinas ou as meias listradas. O rapaz impeliu o cavalo e meteu-se no bosque. Começava a sentir-se à vontade sobre o animal: pela primeira vez, ele não pensava na desconhecida.

Ela cruzou com ele numa caleça, vestida com musselina negra com uma sombrinha branca na mão; num relance, ele se achou no caminho dela. Surpreso, ergueu um braço, quis chamá-la, gritou "Gabriela!", e eis que ela se virava de novo...

O mesmo brilho. As pálpebras, assustadas, bateram, ergueram-se gravemente, ela inclinou a cabeça, como para desculpar-se. Depois virou a sombrinha para esconder-se; a caleça avançou, os cavalos roçaram o de Franz, que apertou as rédeas num gesto canhestro...

A imperatriz tinha passado. O coração de Franz batia tão forte que nesse instante ele não duvidou mais: era ela. Mais amedrontada que nunca.

A CARTA DE MUNIQUE, posta-restante, tinha chegado às mãos de sua destinatária nas vésperas da inauguração da exposição floral.

No momento em que a recebeu, a imperatriz sobressaltou-se, e tirou o lacre do envelope estremecendo; a resposta certamente tinha tardado, mas enfim o rapaz não falhara em sua missão. Quando acabou sua leitura, deixou cair o papel. A carta de Franzi era uma verdadeira bofetada.

Da carta de Londres – escrita em Gödöllö, na febre de uma primavera perversa – ela só retivera uma lembrança confusa; tinha evocado o Oriente, os cães, alguns títulos de livros, era em suma bastante engraçada, um pouco picante, mas e daí? Ela se tinha abandonado, sem desconfiança... Que erro havia cometido? Onde o magoara? Era a reação de um ferido, de um animal esfalfado ao fim de uma caçada...

"Dize-me, queres romper esse laço?" Sim, ela tinha escrito essas palavras devastadoras... Mas, ao responder tão violentamente, o rapaz quebrara o encanto; o laço estava rompido, era definitivo. Ela amassou raivosamente a carta.

– Queres que te libere, pobre criança, pois bem, vai-te embora! – gritou ela, pisoteando o papel. – Eu te fiz prisioneiro? Eu? Eu te enfeiticei? Para o diabo!

Quando se acalmou, pegou a carta, dobrou-a em quatro e enfiou-a em seu corpete, onde ninguém a acharia. Ele, no fundo, não era mau; era um bom rapaz, só um pouco astuto demais. Ela não tornaria a escrever; pelo menos não de imediato. Era preciso deixar passar a tempestade, que ele pedisse perdão, de joelhos, e então, oh, então, como ela seria doce, generosa, e até, se ele quisesse, aceitaria revê-lo...

Ela enxugou suas lágrimas diante do toucador de seu quarto. Quantos anos lhe restavam para agradar a um rapaz? Dois, três, talvez? Eis que ele se tornava o penhor de sua beleza! Quem mais a olhava, senão esse Franzi, esse pequeno redator de ministério, esse coração fervente e sincero? Os outros – ah! Os outros mentiam, todos eles...

Enquanto esperava, distância primeiro, e silêncio. Ela voltaria a vê-lo, certamente, um dia. Talvez no dia seguinte, no meio das hortênsias e das orquídeas. Aliás...

Aceitando inaugurar a exposição floral, a imperatriz imaginara que seu rapaz estaria lá; ela havia premeditado a paradinha, a hesitação e a indiferença calculada. Ela se permitiria a troca de olhares, para aproveitar ainda um pouco dessa adoração obstinada; ele de nada saberia, seria delicioso. Mas, para seu grande espanto, não pudera evitar voltar-se. E isso ela não tinha premeditado. Desde esse impulso incontrolado, esperava um sinal dele.

Ela não havia previsto tampouco o aparecimento dele no Prater, à beira do caminho; sentiu um horror extremo, sentiu-se acossada. Pela primeira vez, o encontro deixou-lhe um gosto amargo. Ela o achara mais bonito no verão do que no inverno; era decididamente muito alto, muito forte, mais elegante do que antes, e ela, paralisada, se contentara em passar inclinando a cabeça...

Era bobo demais, e cruel demais. Ela começava a sentir falta dele. Por sua vez, ele se tornava inacessível. Os papéis se invertiam. Ela não escreveria mais a seu rapaz; decididamente, as paixões não eram conformes ao seu caráter.

DE ACORDO COM Willibald, o dominó amarelo responderia à última carta de Franz, disso não havia nenhuma dúvida. Ela concordaria finalmente com um encontro, um verdadeiro, em quarto partilhado. Ela chegaria de véu; mas, depois das preliminares, abaixaria o véu, e Franz poderia finalmente constatar que se tratava de Gabriela, e de ninguém mais. E quando ele, para terminar, a tivesse derrubado no sofá, ficaria aliviado. "Vais ver! Tenho experiência com essas mulheres", repetia ele. "No sofá."

Mas para Attila, que compartilhava as convicções de Franz, se Gabriela era Elisabeth, então ela se calaria, arredia. Os três cúmplices estavam de acordo num único ponto: em nenhuma hipótese o rapaz devia dar o primeiro passo.

Franz julgava o rompimento irremediável. Exigiu dos amigos silêncio sobre esse assunto; que não se falasse mais nisso, por favor, e que o deixassem em paz! Aliás, fazia calor demais. A imperatriz tinha partido outra vez em viagem, a cesura do verão cumpria com sua obra. Voltaria mais tarde ou talvez nunca.

No outono, os três amigos freqüentaram os cabarés nas colinas; a saúde de Willy se restabelecera, ele estava de melhor humor, finalmente aceitara a presença do pequeno húngaro. A intervenção na Bósnia ainda não tinha sido decidida, apesar dos combates mortíferos entre muçulmanos e cristãos. Segundo Willy, que decididamente estava melhor de saúde, porque espalhava mexericos, o imperador tinha uma aventura com uma vendedora de flores, uma certa Nahowski, que ele havia encontrado no parque, em Schönbrunn.

— E o primeiro nome? – interveio Franz, interessado.

— Anna, bem trivial – respondeu Willibald. – Um nome bem nosso.

— Anna é um nome bonito – observou Franz, pensativo.

— É! Ademais, isso libera tua consciência, não? Porque, se o imperador é infiel... – sugeriu Attila, que pensava em sua rainha.

O pequeno húngaro ficou apaixonado por uma cantora que ele tinha ouvido no café em que Johann Strauss regia; era uma soprano, com cabelos louros puxando mais para ruivos, e que instantaneamente batizaram "A Ruivinha". Seus amigos a acharam gentil, mas medíocre; era apenas uma vozinha sem envergadura.

Para não ficar sobrando, Willy afirmou que, desta vez, estava nessa. A noiva já não era muito jovem, mas insinuante, segundo sua mãe; e, excepcionalmente, três meses se passaram sem decepção.

A imperatriz viajara para a Inglaterra; encontrava-se em Londres, e Franz sentiu um vazio na alma. De acordo com os jornais, ela teria visitado o maior asilo de loucos do mundo, em Bedlam, cujo interesse não era de ninguém, em Viena; e pela primeira vez ela participara de uma caçada a cavalo com galgos, o que parecia um pouco mais adequado. Mas como Franz tinha proibido qualquer comentário a respeito, Willibald e Attila se mantiveram quietos.

— Esperemos a estação dos bailes – cochichara Willy ao ouvido do húngaro. – Aposto que ele voltará à sua idéia fixa.

AS ÁRVORES PERDERAM as folhas, o vento recomeçou seus sopros gelados, seus açoites cruéis. A primeira neve apareceu em novembro, quando mal terminavam as vindimas nas colinas. Os vienenses puseram suas peliças e os pobres começaram a tremer. Não faltavam mais que dois meses para o início do carnaval; e a excitação já agitava o coração dos jovens. Como quem não quer nada, Willy abordou a questão dos bailes; aonde iriam? O Reduto aconteceria na mesma sala do ano anterior; a data já era conhecida, dia 22 de fevereiro. Franz fez que não ouviu.

Ele até recusou-se teimosamente a ir lá. Os outros dois se prepararam; Attila achava que sua boa amiga usaria um dominó negro e branco, nas cores dos fraques masculinos. Na véspera do Baile do Reduto, Franz deixou-os sair um pouco mais cedo e fingiu estar absorvido num dossiê complicado, um caso de transporte de créditos orçamentários, que dava dores de cabeça ao chefe de seção.

Na manhã do baile, Franz evitou o Prater e decidiu passear no Stadpark, o mais recente dos jardins públicos. O chão estava tão gelado que eram raros os que passeavam. No gelo do lago, os patos gingavam canhestramente; os cisnes, parados como galinhas, pareciam chocar um ovo misterioso e imenso. Franz contemplou as grandes aves imóveis, cujo pescoço se dobrava às vezes, tremendo. Prisioneiros.

Franz voltou precipitadamente ao ministério; tinha mudado de opinião. Seus amigos não ficaram de forma alguma surpresos.

Quando eles penetraram no hall do salão, Franz teve uma espécie de alucinação; os risos e as valsas não tinham mudado, as sedarias esvoaçantes também não. A caça ao dominó amarelo estava reaberta; Willy se tinha encarregado dos vermelhos, *in memoriam*.

Ele achou um a seu gosto e não a deixou mais, e não era Ida. Olhando de perto a conquista de Willibald, Franz acreditou reconhecer a engomadeira, a Friedl que ele tinha levado para o quarto particular, no ano anterior. Não se enganara: a moça aproveitou a confusão para lhe fazer um sinal de conivência, erguendo a máscara. Depois pôs um dedo em seus próprios lábios; Franz compreendeu que deveria manter silêncio. Ela parecia um pouco alegre demais, e os olhos brilhantes demais. O champanhe ou a sífilis?

Attila começou o baile com sua cantora de dominó negro e branco. Franz vagou a noite toda sem resultado; contara pelo menos seis dominós amarelos, cujas dobras disfarçavam mulheres mais baixas. Ele perseguiu as alturas maiores, desencovou uma, que segurou pela manga,

149

mas quando ela se virou, ele viu um olhar claro. Willy tinha levado a Friedl, a sorte estava lançada; Attila girava na pista sem se cansar. Franz sentiu um vazio no coração, considerando-se um imbecil.

Vingou-se escrevendo uma carta violenta que, em seguida, rasgou. A desconhecida tinha desaparecido de sua vida. Ele a tinha procurado bem; ela cedera aos seus desejos. Para acabar de vez, era-lhe preciso encontrar agora outra mulher, cujo lugar se esboçara à medida que Gabriela se distanciava.

Ele pegou o leque quebrado, abriu-o... O leque tinha a asa caída. Franz releu as cartas sem muita emoção e fechou-as numa caixa vazia, ainda pegajosa do açúcar de seus bombons. Caso arquivado.

Da famosa noite do Baile do Reduto só restavam as frias estrelas de um céu de inverno, das quais uma se destacara para ir pousar na peruca ruiva de uma mulher surgida por milagre e que decidira desaparecer.

Parte II
A lebre e o javali

6
Anna, ou a música

A princesa Sabbat que é mesmo
A tranqüilidade em pessoa
Destesta os torneios de espírito
E os debates de todo tipo

Ela não pode suportar a paixão
Que bate com o pé e que declama
Essa ênfase oratória que vos invade
Com os cabelos soltos ao vento.

Heinrich Heine, *Melodias hebraicas*

Ora, precisamente num domingo, Franz passeava à beira do mercado central, onde sua mãe o encarregara de comprar grãos de papoula, quando ouviu ao longe na calçada estranhos sons.

Era uma dessas pequenas orquestras que passavam às vezes em Viena, no inverno, vinda da longínqua Galícia, talvez, ou da Bucovina, e que se instalava no canto de uma praça. Como únicos instrumentos, um contrabaixo, um violino, um acordeom, três vezes nada; com o crânio enfiado no boné, apertados em casacos muito pequenos, os músicos abaixavam a cabeça sobre as cordas e o teclado, sem um olhar para os passantes que pouco a pouco se imobilizavam, de tão bonita que a música era.

Apenas uma música, no entanto. O contrabaixo de três notas, o acordeom e o violino contidos, quase nada, só o que era preciso para uma canção triste. Quase não tocavam, como se emergissem de um longo sono; seus gestos entorpecidos pareciam retardados, os olhos fechados mergulhavam no interior da alma, e os passantes se amontoavam à volta deles, entorpecidos, por sua vez, por uma preguiça lenta.

E desse embrião de orquestra, dessa música rudimentar, nascia uma melodia que partia o coração, e que jorrava como lágrimas sobre a cidade. Podia-se dizer que se tinha o coração partido? Não. Era-se feliz. O espírito começava a derreter sob um sol pálido, como uma neve endurecida que um anjo teria aquecido. Com as mãos nos bolsos, o nariz no manto, os passantes não iam mais embora; às vezes, um deles jogava uma moeda aos pés dos músicos, um tostão que caía no paralelepípedo com um barulho inconveniente, sonoro, e outros, embaraçados, diziam "psiu", para não perturbar a música, que aliás pouco se importava. A música começava a dançar.

Porque, subitamente, quando o povo parecia finalmente aquecido, o violinista fazia um sinal, o acordeonista abria os olhos e o contrabaixista se agitava. Num piscar de olhos, era uma dança desenfreada, os passantes se punham a assobiar, as crianças batiam com as mãos em cadência, e a pequena multidão esboçava um sorriso. Franz também sorria, encantado. Era a valsa de antes da valsa, o campo na cidade, e, no entanto, não era o campo; era uma cidade a passeio, uma valsa nômade vinda do extremo do mundo e que desde sempre alimentava Viena com seu sangue. Era o movimento da valsa, e, no entanto, era de chorar, de morrer...

Exatamente no instante preciso em que pensava morrer, ele a viu. Na verdade, foi uma botina branca que ele viu, para começar. Uma botina um pouco enlameada que marcava o compasso, batia sem parar, uma diabinha que parecia reger a música. Acima da botina caía um manto azul um pouco puído, do manto saía uma manga de astracã, negra como o colarinho erguido. E sobre o colarinho flutuava uma aparição. Envolvida no casaco, uma moça, com lágrimas nos olhos. Uma morena alta de longos cabelos escuros colando nos ombros, com reflexos fulvos nos cachos.

Ele achou que fosse Gabriela incógnita, a deusa com estrelas. Sim, ele acreditou nisso seriamente. Ela sentiu que ele a olhava um pouco demais, franziu as sobrancelhas e sorriu-lhe com belos dentes. Por esse sinal, os dentes brilhantes, por essa boca que não se recusava em abrir-se, ele reconheceu que não era ela, mas outra, a outra da outra, em suma, ele não sabia mais, senão que a pegou pelo braço como se a conhecesse desde sempre, e que assim começou a história deles. No mesmo instante em que um homem gordo arrogante cuspiu diante dos músicos, dizendo em voz alta: "Mais músicos judeus! Esses judeus sujos! Mas quem é que vai nos curar dessa corja..."

Então, saída de seu sonho, a orquestra parou, e os músicos voltaram a ser homens com bigodes, rugas e mãos, e pessoas pobres, que tinham sido esquecidas no caminho. Então não eram mais do que artistas judeus tocando nas ruas de Viena, e um deles estendeu seu boné, para o peditório. De sua manga, a moça tirou uma nota que foi colocar no violino. Ela chorava.

DEPOIS, NO *BEISL*, aonde, para consolá-la, Franz a tinha levado, ela lhe disse que se chamava Anna Baumann. Nascera na Morávia; mas tinha sido educada na casa do avô de Bucovina. Era judia. "Essa orquestra é minha música", disse-lhe ela, "é o *shtetl*, as casas de paredes brancas e as ruas de lama, os cafetãs dos velhos e o pescoço de ganso recheado, as crianças descalças, os lenços nas cabeças das mulheres... O senhor é daqui, não pode entender."

A Bucovina era o mais distante dos territórios do império; por muito tempo, tinha pertencido à Turquia. Para Franz, a Bucovina pertencia a essas regiões obscuras e misteriosas que se chamavam, no ministério, "as margens" do império, ou "os confins", como se se tratasse do fim do mundo. Um mau funcionário era mandado para Bucovina como para o exílio. Lá, os colonos do império, um terço soldados, dois terços agricultores, não tinham vida das mais cômodas; em troca de uma semana de serviço militar por mês, tinham o benefício de privilégios que defendiam com unhas e dentes. Chamavam-nos "os confinários", como se se tratasse de uma espécie longínqua encarregada de reforçar as fronteiras imperiais, com armas e arados juntos.

Lá, a vida era pastosa, opaca, de questões provincianas e de sinagoga; os judeus "antigos", chegados na queda do Templo, se opunham aos "novos", vindos da Polônia e da Rússia. Os antigos mantinham as tradições que os novos rejeitavam em benefício do modernismo. Era um combate no fim do mundo. À idéia de que a moça vinha dessa região perdida, Franz sentiu insurgir-se nele uma ternura mesclada de um misterioso respeito.

Das aldeias judias que Anna chamava *shtetl*, ele só sabia o que diziam os vienenses: a sujeira, a bicharia, o amontoado de gente, as longas barbas e os caracóis dos homens, uma vida atrasada, animais por toda parte, galinhas nas casas; falta de higiene, enfim, para dizer tudo. E ele descobria, subitamente, no brilho dos olhos de Anna a profunda luz do negrume, a doçura de um queixo, o largo horizonte de uma claridade íntima e a mãe da música. Vasta como ela e, como ela, inatingível.

Anna Baumann vivia de lições de piano que dava a famílias. Num relance, ele soube que ela seria sua mulher e que juntos tocariam sonatas até o fim dos tempos. Acompanhou-a a pé até Leopoldstadt, o bairro em que acabavam de instalar-se os judeus da Galícia, um lugar em que Anna vivia num pequeno quarto no segundo andar de uma casa cinzenta. O trajeto era longo, eles andaram a passos lentos, lado a lado. Ele quis beijar-lhe a mão, que ela manteve em sua manga, timidamente; ele tirou o chapéu, ela desaparecera na escadaria.

Só depois ele pensou na mãe, que não gostava de judeus. Ainda mais tarde, já durante a noite, ele pensou de novo na desconhecida sem nome que citava Heine e adorava os judeus. Pela primeira vez, a mulher estranha do Baile do Reduto lhe apareceu como uma boa fada, que apenas teria querido prepará-lo para os longos cabelos negros, para um olho de ave sombria e frágil, para uma música ignorada. Ele adormeceu abençoando-a e, como o eco num sonho, ela lhe repetia: "És uma criança, apenas uma criança..."

UM MÊS DEPOIS, enquanto abril degelava os tufos de campainhas brancas, Franz avisou à mãe que ia casar-se e que não admitiria nenhuma contestação a respeito da escolha que tinha feito. Sua noiva não era rica, não era austríaca, ele a desposaria sem dote, ela se chamava Anna Baumann. A Sra. Taschnik não teve necessidade de detalhes precisos para adivinhar que a noiva de seu filho pertencia à raça maldita. Assim que a viu, soube. De tanta obstinação, soube o resto.

Simon, o avô de Anna, nascera num *shtetl* em Bucovina, onde era estalajadeiro. A aldeia se chamava Sagadora, não era longe de

Czernowitz, e esse nome Sagadora significava "A montanha dos puros". Mantinham-se lá as tradições hassídicas vindas da Polônia vizinha, com uma perseverança obstinada; os rabinos tinham de ser inspirados, veneravam-nos como aos novos justos, iluminados pelo Senhor, que lhes conferia dons milagrosos.

Depois, para Simon Baumann os tempos mudaram. O mais velho de seus filhos, Moisés, tinha ido embora para instalar-se na Morávia, onde conseguiu montar uma destilaria. Quanto ao mais novo, Abraham, o pai de Anna, era retroseiro em Kalischt, tranqüilo recanto morávio com casas de fachada baixa e igrejas de cúpula avermelhada. Ao longe, os campos de cevada e de trigo tremiam calmamente, e o pequeno comércio prosperava, sob o regime de uma assimilação ao mesmo tempo desejada pelas jovens gerações e consentida pelo Império.

Não sem algumas restrições: como só os primogênitos dos judeus tinham o direito de fundar uma família, Abraham Baumann, filho caçula de Simon, o hassideu, desposou sua noiva Riva diante do rabino, em segredo. Tiveram uma filha que não foi declarada, e a quem chamaram Anna, tirando o "H" do nome hebreu, Hannah, para modernizá-lo. Legalmente, Anna era então uma filha natural. Sua mãe, de saúde frágil, morreu quase em seguida; e a criança foi educada pelo avô Simon, em Sagadora. O velho hassideu apressou-se a acrescentar o "H" ao nome da neta.

Com 16 anos, Anna reencontrou-se com o pai em Kalischt, e voltou a perder o "H" de seu nome judaico. A família Baumann tinha alguns bens; na Morávia, os judeus, como é sabido, viviam com a segurança das pessoas tranqüilas. Anna se lembrava do *shtetl*, falava o iídiche e sabia ainda um pouco de hebraico, porque Simon Baumann, como bom judeu "antigo", era contrário à assimilação imperial. Mas, diferentemente do pai, Abraham Baumann reivindicava em alto e bom som as exigências da "Haskala", as Luzes judias; era preciso falar alemão, perder o sotaque dos judeus do Leste, fomentar o conhecimento e sair do gueto. Depois de ter deixado Sagadora, a moça seguiu em Kalischt as vontades do pai: educação, leitura, e mais educação.

Interminavelmente, Franz explicou à sua mãe a evolução dos judeus no seio do império. Em vão. Nenhuma dessas sutilezas podia desmantelar a hostilidade da Sra. Taschnik. Além disso, se esses Baumann fossem judeus da Corte, dessas ricas famílias enobrecidas, vá lá. Mas judeus de guetos, esses eram corja... Seria necessário agüentar nas núpcias o avô de cafetã seboso e aneizinhos de cabelos nas orelhas? Aceitar essa humilhação?

A Sra. Taschnik mencionou o assassinato de Cristo, as criancinhas cujo pescoço os judeus tinham cortado ainda no século passado, esses vampiros! Ela lembrou a morte do pai, a bala nas barricadas, e o sangue alemão que corria em suas veias. Ela verteu lágrimas amargas, pôs-se em cólera, e até chegou a fingir uma síncope; o filho a ergueu ternamente, levou-a até a poltrona e ajoelhou-se diante dela. "Meu filho, meu querido filho, não me traias", gemia ela, com a mão no coração, mas via bem no olhar obstinado que ele não estava disposto a ceder.

"Mãe", repetia ele teimosamente, "não causeis vossa desgraça". Esse "vossa" a fazia estremecer, ela recomeçava a chorar, e ele ia embora, batendo a porta. Para encontrá-la, a estrangeira. E, sem esperar o seu consentimento, ele já a apresentara aos amigos...

Então ela se lembrava de seu defunto marido, terno e teimoso como Franz, e que era senhor de sua vontade. Do defunto Gustav Taschnik não sobrava mais do que um retrato na parede, numa grande moldura dourada onde o caro desaparecido sorria para todo o sempre. Por uma vez, o mártir da revolução de 1848 era de uma perfeita dignidade, com uma gola negra levantada, uma gravata branca onde brilhava um rubi que tinha desaparecido na noite das barricadas. Mas tinha sempre seu sorriso feliz e ingênuo, o mesmo que Franz hoje tem, um bom sorriso, dotado para a felicidade.

Na noite de verão em que ele a havia encontrado diante da orquestra de Johann-Strauss-o-pai, quase a tinha desposado dançando; ela não pudera resistir. Um grande diabo de cabelos de azeviche, com olhos negros de perfurar o coração, teriam-no tomado por um cigano... Sua própria mãe, cujo nome de solteira era Teinberg, desconfiara de que esse Taschnik era judeu, não se é tão trigueiro assim, dizia ela. E, embora ela não tivesse conseguido provar nada, embora os ascendentes do Sr. Taschnik, Gustav, fossem ostensivamente da província de Estíria, a mãe dela chorara muito – exatamente como ela, hoje.

As mães tinham sempre razão. A Sra. Taschnik havia desposado um nômade. Seu defunto marido gostava de vagar ao sabor das ruas, voltava tarde para casa, ela não vivia mais, até aquela noite maldita em que ele lhe dissera tranqüilamente: "Vou ver o que esses estudantes estão fazendo, apesar de tudo", e trouxeram-no para ela na condição de cadáver. Sabia ela ao menos o que ele fizera nas barricadas? Ela acreditava nos vizinhos, na polícia, por comodidade, para evitar aborrecimentos. A versão oficial garantia o futuro do pequeno que ela já trazia em seu seio. Depois Franz crescera, fizera seus exames, freqüentara as moças às escondidas, comportara-se em todos os aspectos como um bravo rapaz, até o dia em que subitamente decidira ir ao Baile do Reduto. "Vou ver o que é esse baile, apesar de tudo." Exatamente como o pai. Exatamente as mesmas palavras.

Desde essa noite, Franzi tinha mudado. Recebera três ou quatro envelopes elegantes, pusera-se a voltar tarde para casa, mostrara-se mais sonhador. A Sra. Taschnik começara a procurar entre os de sua convivência uma mocinha casadoura, mas antes de qualquer apresentação, eis que ele lhe trazia uma pobretã, uma judia, uma filha natural!

Apesar de seu olhar azul, Franz parecia-se demais com o pai para desistir dessa moça. Ele iria embora, de preferência, e a deixaria só.

EM JULHO DAQUELE ANO, um ano depois do Baile do Reduto, a Herzegovina se sublevou, gritando: "Abaixo os turcos!" A revolta dos sérvios virava uma guerra contra os otomanos.

Em agosto, foi a vez da Bósnia, que queria sua independência. Andrassy determinou negociações cerradas com os russos, para garantir mais uma vez sua neutralidade. Willy venceu: sua tese começava a ser provada. Mas o ministro Andrassy contentou-se com reforçar a vigilância das fronteiras. Não se entendia mais nada.

Attila explicou sutilmente a Willy que os eslavos da Herzegovina não gritavam somente "Abaixo os turcos!"... Não, eles gritavam igualmente "Abaixo os *Schwabi*!", e os *Schwabi* eram os alemães, fossem de Viena ou de Berlim. Willy se exaltou.

Franz, que estava habituado às discussões deles, fechou-lhes o bico afirmando em alto e bom som que, com guerra ou sem guerra, ele tinha a firme intenção de casar-se com Anna e que sua mãe acabaria por ouvir a razão. Não queria mais ouvir falar nem dos eslavos da Bósnia nem dos da Herzegovina, nem de alemães nem de turcos, e desejava proteger sua felicidade recente. Que o deixassem em paz, nada dessa história de povos dos Bálcãs!

Os dois amigos aceitavam Anna sem resmungar. Willy principalmente, seduzido pelo encanto profundo dos olhos da moça, e seu delicioso sotaque, o dos judeus do Leste. Attila era mais reservado; porque sobre política Anna tinha suas próprias idéias e sustentava ardentemente as reivindicações tanto dos eslavos oprimidos, os do Norte, tchecos e eslovacos, como os do Sul, que estavam demorando a socorrer.

– E desde quando as mulheres falam de política? – revoltou-se Attila assim que Franz girou sobre os calcanhares.

– Espera um pouco – protestava Willy –, vais ver... Depois do casamento, tudo vai entrar em ordem. Anna vai cozinhar-nos pequenos pratos do seu país, carpa recheada, *Liptauer* com pimenta forte, e, nesses recantos distantes, as mulheres não têm páreo para os Knödels... Está fisgada, Anna Baumann! Ela vai assimilar-se totalmente, e se tornará uma boa austríaca. Sou a favor da assimilação dos judeus do império.

Attila tinha sua opinião, mas se mostrava resignado. Quando passeavam todos juntos nas alamedas do Prater, a moça culpava freqüentemente as pretensões húngaras, e com uma voz suave denunciava a magiarização forçada, que a Hungria levava aos extremos sem nenhuma preocupação com outros povos. E o pequeno húngaro não tinha nenhuma vontade de perder seu novo amigo.

– Quando eles se casarem, ela vai usar calça comprida, estou te dizendo! – resmungava Attila.

A SRA. TASCHNIK CEDEU, como havia cedido sua mãe. Segundo os usos em vigor na capital imperial, Anna recebeu na igreja um belo certificado do batismo; casaram-se no ano seguinte, 1876, na primavera, sem pompa: Franz com casaco de veludo e feltro de pele de toupeira, Anna de vestido de seda branco e, nos cabelos, flores roubadas dos campos vizinhos. Willibald Strummacher era o padrinho da noiva; o outro, o de Franz, era naturalmente o pequeno húngaro, Erdos Attila. A família Baumann não apareceu: ela também tinha suas hostilidades, o avô principalmente, o hassideu, furioso com o que ele chamava uma traição. E, apesar de seu espírito de abertura, o pai da noiva, Abraham, recusou-se a ir ao casamento da filha, porque a assimilação, dizia ele, não passava pelos cristãos, os *goyim*. Demais, era demais!

Nesse ano, Johann Strauss tinha composto *Cagliostro em Viena*, uma opereta recheada de marchas e de polcas rápidas cuja música vibrante tinha acentos militares. Depois da refeição de núpcias, preparada pela Sra. Taschnik e servida sob as cerejeiras, surgiu um trio de músicos.

Era uma surpresa, um presente de Attila e de Willy. A pequena orquestra executou as árias da opereta; depois, para se comprazer no sentimentalismo, uma valsa célebre, *Vinho, mulheres e canções*, antes de terminar, como o exigia o costume, com *O belo danúbio azul*. A Sra. Taschnik enxugou uma lágrima e Franz, radiante, beijou sua Anna sob os aplausos de seus dois amigos.

Na véspera, os cônsules da França e da Alemanha tinham sido assassinados em Salonica por terroristas muçulmanos; o levante da Bósnia tinha atingido a Bulgária; a situação se tornava crítica nos Balcãs. As chancelarias estavam muito agitadas; no ministério, onde se fazia cara feia para ele, Franz foi cumprimentado às pressas. A hora era grave; e esperava-se que as núpcias do jovem redator não sofressem as conseqüências da iminência de tempestades que ameaçavam a Europa. "A vida continua, rapaz!", disse-lhe paternalmente seu chefe de seção.

A Sra. Taschnik mãe recolhia-se num mutismo eloqüente, mas aceitou com um secreto alívio a instalação dos recém-casados sob o teto da casa de Hietzing. Anna começou a levantar-se cedo; preparava o café, não muito mal, por Deus; estendia a roupa, e a Sra. Taschnik mãe deixava-se lentamente assaltar por uma preguiça desconhecida. Embora...

Essas pessoas, dizia-se, não eram limpas.

Durante muito tempo ela desconfiou que sua nora não se lavava, e remexeu vigorosamente os púcaros de porcelana, fazendo a água escorrer em abundância, com pesadas alusões: "Minha filha", gritava ela, "é necessária uma limpeza impecável! Água! Muita água! Para limpar as manchas, água nunca é demais, fica sabendo disso!"

Anna ria. Quando sua nora saía para dar suas voltas, a Sra. Taschnik corria até os armários e examinava cuidadosamente a roupa branca; mas não havia nada a dizer. Seu filho parecia estar no auge da felicidade. Tinha comprado um piano reto. No domingo, Anna e Franz se ocupavam juntos com música, e a Sra. Taschnik mãe se deliciava em ouvi-los, ele, curvado sobre seu violino, com o olho fixo na partitura, e ela, com as mãos correndo sobre o teclado e o corpo vibrando como se dançasse... Mal a chaleira cantava na cozinha e a Sra. Taschnik pensava no café da noite, com uma porção de creme e talvez um dedo de álcool de abricó; e no verão, instalada sob a cerejeira, a Sra. Taschnik adormecia ao som de melodias maravilhosas, deixando cair seu bordado. Algo como a felicidade.

A velha senhora não protestava mais, e deixava-se viver. Pouco a pouco se habituou a não fazer nada; quando o tempo o permita, ela passava os dias no jardim, deitada numa espreguiçadeira que o filho lhe tinha dado.

Em junho, Anna percebeu que esperava um filho, Franz estava radiante, a Sra. Taschnik, preocupada; era preciso entregar-se às tarefas domésticas... Mas sua nora continuou a ocupar-se de tudo na casa, e a Sra. Taschnik engordava ao mesmo tempo que a jovem mulher, sem ao menos percebê-lo. Com a vinda da gordura e com a ajuda da preguiça, a excelente Sra. Taschnik viu acabarem-se suas reticências.

7
A guerra da Bósnia

O pobre povo transpira
E ara penosamente o seu campo.
Em vão... logo lhe roubarão
Como de hábito o seu dinheiro,
Porque os canhões são muito caros!
E serão necessários fantasticamente
Principalmente nos dias de hoje
Com tantas coisas sérias em jogo...
Se os reis não existissem, quem sabe,
As guerras também não existiriam
E seriam findas a avidez sedenta
De após as batalhas e a vitória

Elisabeth

O verão tornou-se ameaçador. O Ballhausplatz ressoava de boatos sinistros; a situação européia não se ajeitava. Disraeli, o primeiro-ministro britânico, havia declarado que não se alteraria nada nas disposições belicosas dos povos dos Bálcãs, e que a matança seria inevitável.

"É preciso fazer uma sangria!", anunciara ele.

Para coroar o conjunto, uma revolução palaciana ocorrera em Constantinopla; haviam assassinado o sultão Abdul Aziz, e seu sucessor, Murad, tinha sido deposto. O novo sultão, Abdul Hamid II, acabava de subir ao trono e começava seu reinado com a repressão. No dia 2 de julho de 1876, o príncipe da Sérvia declarou-lhe guerra; o príncipe de Montenegro seguiu-lhe os passos e marchou sobre Mostar.

As chancelarias européias advertiram os dois principados de que não tinham de esperar nada delas, depois resignaram-se a vir em seu auxílio. O ministro Andrassy começava a pronunciar-se: "A Áustria", dizia, "não pode deixar que se crie às suas portas um Estado eslavo do Sul, e deverá ocupar a Bósnia...". Willy exultava.

Mas Franz tinha outras preocupações em mente. Em algumas semanas a Sra. Taschnik mãe tinha envelhecido. Seu passo tornara-se mais pesado, ela teve sufocações, o médico aconselhou repouso. Os jovens casados se empenharam em cuidar da doente.

Franz não pensava mais na desconhecida do baile, a respeito de quem nada dissera à sua mulher. Para mais segurança, escondera o leque e as cartas na gaveta de sua mesa, no ministério. Para dizer a verdade, quando ele levara essas lembranças embora, tinha a firme intenção de livrar-se delas; poderia tê-las jogado numa lixeira, ou atrás de uma moita, mas não foi capaz de decidir-se. Cartas assim, um objeto tão bonito.

NOVE MESES DEPOIS do começo da guerra entre a Sérvia e Montenegro de um lado e a Turquia do outro, os russos aderiram à coalizão eslava. Depois de numerosos esforços, chegaram às portas de Constantinopla, que se dobrou, vencida.

Uma conferência internacional se reuniu às margens do Bósforo; as potências européias tinham preparado um plano de paz entre a Sublime Porta, a Sérvia e Montenegro. Seis meses depois, a conferência fracassara. Os embaixadores europeus abandonaram a capital do império otomano, agora isolado. No ministério, dizia-se nos corredores que estava acabado, e que finalmente iam cuidar bem do "homem doente".

Um mês antes da queda de Constantinopla, Anna deu à luz uma filha que nomeou Émilie, e que logo apelidaram de Emmy. A criança tinha os olhos claros do pai e os mais belos cabelos do mundo, cacheados e negros. "Como o avô!", enterneceu-se a Sra. Taschnik mãe, conquistada.

Mas às sufocações sucedeu o enfisema, a que se acrescentaram cruéis reumatismos e palpitações de mau agouro; surgiu acne nas suas faces e ela quase não andava mais. O médico, consultado novamente, não estava nada otimista. A Sra. Taschnik mãe, que se queixava muito pouco, deixou-se cuidar pelo filho e pela nora.

Franz, que odiava o barulho das botas, compreendeu vagamente que a Áustria-Hungria ia intervir no Leste, sem que ninguém pudesse prever a saída para essa aventura. Mas sua pequena família lhe interessava mais que a sorte da Bósnia, e ele se ocupava sobretudo de sua filhinha e de Anna, que cuidava da sogra com irrepreensível dedicação.

A Sra. Taschnik mãe morreu de apoplexia alguns dias depois do batismo. A própria Anna fez a toalete da morta, pôs um crucifixo entre os dedos enrijecidos, amarrou a fita de chapéu no queixo, disfarçou os hematomas utilizando-se de sua esponja e de seu pó. "Para que ela não tenha o aspecto muito sujo", permitiu-se murmurar, antes de autorizar o marido a entrar no quarto fúnebre.

DEPOIS DA MORTE da Sra. Taschnik mãe, e apesar da gravidade da situação internacional, os cônjuges Taschnik entraram no universo macio da felicidade conjugal com uma desenvoltura que nada podia afetar, nem os boatos do ministério, nem os modestos recursos financeiros da casa. Nada, exceto a infelicidade que bateu à porta vizinha, a de Johann Strauss.

Uma noite, quando voltava para casa de madrugada, o maestro sentiu atrás da porta um obstáculo resistente; e quando conseguiu penetrar na casa, viu o cadáver de sua mulher a seus pés. Jetty morrera inesperadamente, ninguém sabia como nem por quê. Willy achava que ela vira chegar bruscamente o filho cuja existência ela havia cuidadosamente escondido do pobre Johann Strauss; de comoção, o coração fraquejara. Mas os mexericos de Willy...

Do jardim, Franz e Anna acompanharam com tristeza os preparativos fúnebres; era início da primavera, e estava próxima a data de aniversário da malfadada criação de *O morcego*, em abril; alguém abriu a janela, eles ouviram os soluços do ilustre compositor. Na fachada da mansão, estenderam bandeirolas negras; fizeram o mesmo com o Theater-an-der-Wien, segundo o costume. Johann Strauss não agüentou mais a mansão de Hietzing e desapareceu, mudando-se para a Itália.

Era um triste acontecimento, mas não era o mais grave. Apesar do seu temperamento otimista, Franz começava finalmente a partilhar as preocupações de Willy com respeito aos Balcãs. Era mais forte do que ele: Franz Taschnik se recusava a enfrentar as ameaças que pesavam sobre a estabilidade do império. Mas Johann Strauss acabara de compor uma valsa de título edificante, *A pequena amiga do guerreiro,* e Franz adquiriu bruscamente a consciência do perigo.

— Não querias ouvir nada! Tinhas proibido de conversar sobre os Bálcãs... – suspirava Willy. – Não íamos incomodar-te, apesar de tudo!

EM 1878, A EUROPA pareceu decidida a resolver os conflitos dos Bálcãs; dessa vez, como diria Willy, a gente estava nessa, era certo. Depois de sua pungente derrota, a Turquia concluíra um acordo com a Rússia, o Tratado de Santo Estevão, que estabelecia a criação de uma grande Bulgária, um imenso Estado eslavo. A Áustria-Hungria inquietou-se de imediato e lançou a idéia de um congresso internacional; Bismarck não perdeu a chance – convidou as potências européias a irem a Berlim, em junho.

Estávamos nessa. Íamos assegurar, "de comum acordo e à base de novas garantias", a estabilidade de que a Europa tanto precisava. E toda a questão girava em torno da soberania do império otomano, do qual se esperava que consentisse em melhorar a sorte de seus cristãos e aceitasse "capitulações".

O governo imperial e real da Áustria-Hungria, pela voz do ministro Andrassy, propôs a ocupação da Bulgária pelas tropas russas, por seis meses, até a conclusão da paz.

— Aí está! – gritou Willy. – Depois poderemos ocupar a Bósnia!

— Dir-se-ia que queres esta guerra – indignou-se Franz. – Sabes ao menos o que é um ferido? Pernas amputadas, pus, curativos sujos, cotocos envolvidos em trapos...

Subitamente, ele percebeu que repetia as palavras da desconhecida do baile, e parou de imediato. Willy balbuciou algumas frases confusas de onde sobressaía a idéia de que definitivamente o destino da Áustria se traçaria forçosamente a leste do império.

166

— A Ost-Politik, todo mundo sabe disso – disse Franz. – Repetes a tua lição diplomática!... Velha como o mundo.

A Comissão Européia, que deu origem ao Congresso de Berlim, era tudo menos uma instituição da qual se esperava a paz.

Tomou uma primeira resolução: em caso de prolongamento dos distúrbios na Bósnia, ela enviaria um contingente de 10 mil homens para separar os combatentes. Depois, tendo cumprido seu dever de fachada, a dita Comissão se pôs a recortar as fronteiras.

A Romênia teve de ceder aos russos a Bessarábia, com a condição de respeito à igualdade dos cultos. A Áustria exigiu a independência da Sérvia, e obteve-a. Apesar da oposição da Itália, ela adquiriu uma pequena comuna estratégica no Montenegro, Estado que não tinha direito nem a uma Marinha de guerra nem a fortificações.

— Detalhes – resmungava Willy. – Restam a Bósnia e a Herzegovina. Esperemos...

Dessa vez, ele tinha razão.

Em Berlim, o ministro Andrassy sugeriu que as potências reunidas concedessem à Áustria-Hungria um mandato para restabelecer a ordem na Bósnia, e administrá-la em nome do sultão.

Naturalmente, seria de uma ocupação pacífica, sem operações militares. A missão austríaca seria claramente definida: "Prestar socorro ao governo otomano, para operar o repatriamento dos refugiados e manter a ordem protegendo igualmente muçulmanos e cristãos." Os exércitos teriam instruções muito estritas. Tratava-se de uma espécie de polícia internacional, que a Áustria queria muito assegurar para a manutenção da paz.

A mobilização começou secretamente em maio de 1878. Alguns dias depois, as tropas imperiais ocupavam, no Danúbio, a ilhota de Adah-Kaleh, que se chamava em linguagem diplomática "a chave do baixo Danúbio". O ministro Andrassy se declarava convencido de que, com as finanças esgotadas e as forças militares dispersas, a Rússia não ousaria intervir.

O mandato foi concedido pelo Congresso de Berlim em julho; o Sr. de Voguë, embaixador da França em Viena, escreveu ao seu ministro que o Congresso acabava de dotar a Áustria de uma verdadeira Argélia. O ministro Andrassy assegurou ao embaixador que, não intervindo mais, a França se comportava dignamente e preservava o reconhecimento de seus direitos sobre os lugares santos, em Jerusalém. A Inglaterra, entretanto, tinha ocupado Chipre, e Balhausplatz vivia numa agitação contínua. No conjunto, os jornais de Viena e de Budapeste aprovavam a idéia da intervenção militar.

No fim de julho, a imprensa divulgou a proclamação aos habitantes da Bósnia e da Herzegovina que os primeiros soldados fixaram nas paredes dos prédios, em seus territórios.

Habitantes da Bósnia e da Herzegovina!
Ponde-vos com confiança sob a proteção
dos estandartes gloriosos da Áustria-Hungria!
Recebei nossos soldados como amigos,
submetei-vos às autoridades, retornai aos vossos afazeres,
o fruto de vosso trabalho será bem defendido!

Willy pagou uma rodada no café Landtmann; a acreditar nele, para entrar na Bósnia, uma companhia de hussardos e uma fanfarra militar bastariam. Pela primeira vez, Attila não o contradisse; Willy se contentava em repetir as propostas que o ministro Andrassy preconizava nos serões mundanos. Mas Franz não era da opinião deles. Previu terríveis combates e uma resistência encarniçada; aliás, no que dizia respeito à guerra, as opiniões públicas, tanto em Viena quanto em Budapeste, começavam a mudar.

À compaixão inicial sucedera uma desconfiada reprovação daquilo que, cada um o sentia bem, não iria demorar a se tornar uma verdadeira guerra. O destino do império sofria uma reviravolta decisiva.

— Mas se isso garante a paz — murmurava Attila suavemente.

— E a honra da bandeira imperial! — bradava Willy. — É preciso ir até o fim!

As tropas do Exército austro-húngaro, composto de 60 mil soldados, penetraram na Bósnia no início do mês de agosto. Às primeiras escaramuças sucederam combates mais sérios, aos quais se juntaram batalhões de artilheiros turcos. O número de mortos do império foi mantido em segredo.

Em Tuzla, a vigésima divisão foi posta fora de ação pela artilharia dos "insurretos". Os exércitos austríacos começaram a fazer troar o canhão; sob o calor do verão, os corpos dos soldados mortos se decompunham em algumas horas. Os bósnios resistiam. Em Viena, o embaixador da Sublime Porta sustentava que essa luta era legítima e afirmava que os 20 mil refugiados, estabelecidos aqui ou ali à volta de Viena, nunca tinham existido. Pura invenção, destinada a desonrar o império otomano! Balhausplatz inquietou-se. Era preciso a todo custo tomar Sarajevo. Mas os atiradores emboscados e os batalhões turcos davam muito trabalho ao Exército austríaco: Sarajevo resistia.

O governo de Sua Majestade Imperial e Real decidiu enviar reforços; 17 mil soldados suplementares, na maior parte boêmios, partiram para a Bósnia.

No dia 20 de agosto, depois de sangrentos confrontos, o Exército austríaco ocupou Sarajevo. As represálias foram terríveis.

A imprensa estava dividida: de um lado, admirava a coragem heróica dos soldados e a bravura do general Philippovitch, "muito croata e muito católico", homem severo e duro, impiedoso com os vencidos muçulmanos; do outro, desaprovava as atrocidades cometidas contra as populações civis e o enorme custo de toda a operação. O ministro da Guerra decidiu começar sem demora os trabalhos da estrada de ferro até Bangaluka.

No fim de setembro, viu-se o fim das operações. Com a guerra acabada, a ocupação propriamente dita se instalou na Bósnia. As tropas austríacas empreenderam a edificação de novos prédios, destruíram algumas velharias otomanas declaradas obsoletas, caravançarás e outros banhos públicos, e entregaram-se à reorganização do país. Em nome do sultão, bem entendido.

A extrema esquerda organizou um comício de protesto, ao qual Anna Taschnik fez questão absoluta de comparecer. Franz não sabia mais o que pensar: seus amigos aprovavam a ocupação sem reserva, Attila principalmente. Quanto a Willy, estudava com cuidado a gastronomia da região conquistada, e falava com água na boca dos *baklavas* e do vinho de Zilavka, que não iam demorar a achar no mercado, em Viena.

Nas chancelarias estrangeiras, observou-se que durante todo esse tempo a imperatriz estava em Gödöllö, com um de seus irmãos, e se entregava diariamente às alegrias da caça com galgos. Os despachos diplomáticos mencionavam esse acontecimento sem comentário, após as descrições da guerra da Bósnia. Uma guerra como as outras, em suma, com sua contabilidade de crianças mutiladas e suas futilidades por toda parte.

Em novembro, mergulhadas no barro até os joelhos, as tropas austríacas voltaram de Sarajevo; os funcionários para lá partiram a fim de revezá-los. A guerra estava realmente acabada.

Mas em dezembro, como inevitável conseqüência das desordens nos Balcãs, surgiu uma misteriosa "Sociedade da Morte", agrupamento de anarquistas sérvios. O senhor Marx, chefe da polícia, assegurou no entanto a Sua Majestade Imperial e Real que nenhum anarquista vivia no território do império.

WILLY ESGOTOU ainda uma ou duas noivas longínquas, e caiu doente de novo. Desapareceu para tratar-se, depois voltou abatido, a tez pálida, uma horrível mancha negra na testa, como uma verruga estranha. Franz preocupou-se seriamente e questionou o amigo com precaução. Resmungando, Willibald confessou que tinha contraído sífilis, mas que se tratara logo. Os médicos juravam que ele estava definitivamente curado.

— Acho mesmo que foi a garota de dominó vermelho – murmurou –, aquela que tirei para dançar em 75, lembras-te? Licenciosa, sem dúvida... Mas acabou. Nada de franguinhas daqui em diante. Vou casar-me. Aliás, desta vez, acho que estamos nessa...

E voltava aos seus sonhos matrimoniais.

Franz assustou-se. A doença vinha de Friedl. Por mais que se convencesse de que a tinha deflorado e que não corria risco nenhum, examinou o próprio corpo com atenção, em vão. Mas Johann Strauss tinha lançado uma nova opereta que intitulara *Cabra-cega*, e Franz continuou a preocupar-se, por superstição. Os olhos vendados, essas coisas de máscaras, todos esses disfarces não lhe diziam nada de bom.

Attila, abandonado por sua cantora, encontrou outra, mas que não era ruiva, "uma frangalhona alta", dizia ele, que o adorava. Por costume, continuaram a chamá-la de "A Ruivinha", apesar de seus cabelos negros de azeviche.

No domingo, Attila e Willy foram à casa de Hietzing, onde Anna tinha preparado o guisado vienense de carne com legumes, o *Tafelspitz*, acompanhado de maçãs em compota e de rábano silvestre. Ela acrescentava arenques em conserva, como entrada; e para seus bolinhos com geléia de abricó não havia concorrência. O lar dos Taschnik tornou-se um paraíso; Anna convencera os três amigos de se ocuparem com música de câmara.

Willy lembrara-se de que, quando criança, tinha aprendido violoncelo; comprou um belo instrumento novinho em folha, que permanecia durante a semana na casa Taschnik. No domingo, ele chegava cedo e treinava. Attila, envergonhado, reconhecia com razão que, à exceção do tambor, que não servia, no caso, não tinha nada de músico. Pelo menos, sabia cantar alguma coisa. Anna pôs-lhe nas mãos os *Lieder* de Schubert, Attila protestou: nunca, jamais, em tempo algum, conseguiria. Por sua vez, intimado a ensaiar, ele decidiu-se, no fundo do jardim, na primavera. Quanto a Franz, não precisava ser persuadido.

Toda noite, quando ele voltava para casa, Anna se punha ao piano. Os dois cônjuges percorriam sem se cansar o vasto repertório de todas as sonatas e sonatinas: Beethoven, Mozart, Schubert e até Schumann. E a discreta Anna foi esmerando a educação de seu Franzi levando-o aos concertos, que não faltavam em Viena.

Ela acabou até por convencer os outros dois, que os acompanharam resmungando. Willy, que dormia freqüentemente, despertou ao som da música de Wagner, esse recém-chegado que suscitava tantas batalhas. "Eis a música alemã, a verdadeira!", clamava ele. "Isso vos transporta ao reino dos mitos... Bem melhor que a Itália!"

171

E já que Willibald se inflamava com Wagner, Attila, por princípio, tomara partido de Brahms, outro grande músico a quem não prestava atenção, mas que compunha *Danças húngaras* adoráveis. Entre Brahms e Wagner, a luta era encarniçada; gostava-se de um ou de outro, era preciso escolher. Franz e Anna, que detestavam as disputas, recusaram-se a opinar. "Há lugar para todos em Viena", dizia Anna.

Mas quando Franz soube da grande amizade vienense que unia os dois Johann, Strauss e Brahms, virou para o terreno dos antiwagnerianos. No solar de Hietzing, as discussões tornaram-se encarniçadas; a doce Anna pôs ordem no caos, exigindo que voltassem à música dominical.

De tanto repetir todos os domingos as árias menos difíceis da *Viagem de inverno*, o húngaro conseguiu alguns resultados, de que estava extremamente orgulhoso. Anna o acompanhava ao piano; Attila assumia poses presunçosas e, com a mão no coração, massacrava o infeliz Schubert. Mas quando se chegava aos trios, o negócio era diferente.

Porque Willy surpreendeu seus três amigos pela qualidade de seu toque. Até aceitara, grande milagre, executar o *Trio opus 8*, de Brahms.

— Uma obra de juventude ainda vai — resmungava ele, para não perder o prestígio.

Com o violoncelo mergulhado entre as pernas, tirava sons pungentes e ternos, que não se esperariam da parte de um homem ríspido como ele. E quando Anna lhe dizia à meia-voz "Estava lindo, Willibald", ele erguia para ela um olhar tão cheio de sofrimento que ela virava os olhos para não chorar.

— Teu amigo não está bem — repetia ela a Franz. — Basta ouvires o instrumento dele e compreenderás.

— Cuida dele — suspirava o bom gigante. — Ele precisa de afeto.

E já que a guerra tinha acabado, foram anos tranqüilos e doces.

Franz teria sido perfeitamente feliz se sua mulher, que ele adorava, tivesse gostado da valsa. Não que ela a rejeitasse; ela gostava de ouvi-la. Mas, quando se tratava de dançá-la, era impossível. Rija, crispada, ela tropeçava e nada, nem mesmo a mão larga de seu marido alto em sua cintura conseguia pô-la no ritmo.

Numa noite um pouco terna, Franz descobriu a explicação. Entre os hassideus do *shtetl* de Bucovina, onde sua esposa tinha crescido, havia também dançarinos que giravam sobre si mesmos, com os braços estendidos, até o êxtase. Girar era a atividade sagrada do avô Simon Baumann, que ela vira freqüentemente, com o olhar vago, perdido numa embriaguez a que as mulheres não tinham direito. Assim que se punha a valsar, Anna sentia a barriga da perna pesar, as pernas hesitarem. "Acho que meu avô Simon me rogou uma praga", dizia rindo. "Valsar é proibido, aí está." Franz ficou com um pouco de ressentimento contra esse avô desconhecido, depois resignou-se.

A música, a verdadeira, bem valia a valsa.

EMMY ERA UM BEBÊ turbulento, que se recusava a dormir de noite, uma diabinha que não parava quieta e que todo mundo adorava; particularmente o húngaro, que lhe satisfazia todos os caprichos. A maliciosa Emmy fazia a alegria dos dois amigos, sobretudo de Attila, que a levava com freqüência a passear em carruagens puxadas por burros, no Prater. Para mais comodidade, decidiu-se que a criança os chamaria de "Tio Willy" e "Tio Attila", que ainda não se tinham casado.

Às vezes, quando Anna sumia na cozinha, Willy piscava o olho e lembrava a Franz o Baile do Reduto. "Não te digo que eram bons tempos, meu velho", suspirava ele, "mas essa Gabriela, no fundo, que criatura pouco comum... Achas que ela voltará a aparecer um dia?"

Franz respondia que Gabriela lhe permitira encontrar Anna. E que nunca mais tivera notícias da desconhecida do baile.

Aliás, acrescentava ele, a imperatriz viajava cada vez mais; na França, tivera um acidente de cavalo, por pouco não se viu obrigada a cortar seus longos cabelos; o imperador se emocionara muito. Ela ia com freqüência à Inglaterra, onde se fofocava muito sobre seu professor de equitação inglês, um certo Middleton, com o qual ela se comprometia tão intimamente quanto com a amazona francesa, na época. Para provocar raiva no húngaro, Willy acusava a imperatriz de todos os pecados do mundo; o outro mordia a isca e Franz interfiria. Essas batalhas arrumadas, que não divertiam mais ninguém, se disputavam no Landtmann à volta de cafés abundantemente batizados com

173

aguardente, em brincadeiras idiotas que irritavam profundamente o honesto Franzi de coração sensível.

A imperatriz provocava a indignação dos vienenses como um pára-raios atraía as descargas elétricas da atmosfera. Quando Willy atacava, ele não podia deixar de defendê-la. No fundo, era uma brincadeira; mas para Franz, por causa de Gabriela, a imperatriz permanecia uma causa sagrada.

No íntimo de seu coração, ele tinha a sensação de conhecê-la como pessoa; e quando lhe falavam das extravagâncias da imperatriz, ele talvez pudesse explicar tudo. Não se arriscava: quem a acreditaria tímida, selvagem, quem compreenderia que ela não era ternamente amada?

Ternamente, todavia, se iam celebrar as bodas de prata do casal imperial em Viena com grande estardalhaço, com a participação de todas as corporações reunidas.

8
O desfile de mestre Makart

Raça dos Habsburg, avançai!
Saí da sombra de vossas tendas
E servi juntos hoje
Direito divino ao vosso povo...

Elisabeth

Os preparativos tinham começado em janeiro de 1879; quanto às cerimônias propriamente ditas, estavam previstas para o mês de abril. O Conselho Municipal decidira solenemente que a capital do império exibiria toda a sua pompa para celebrar condignamente esse acontecimento expressivo.

Era justo; depois de alguns escândalos, a lembrança do famoso *krach* de 1873 finalmente tinha se esfumado. Os negócios recomeçaram, o imperador contivera a agitação em todo o império, a ocupação da Bósnia ia acontecendo assim-assim, e até os Balcãs se mantinham quase tranqüilos, desde que não se olhasse de muito perto para lá.

Do lado de São Petersburgo, cuja sombra continuava ameaçadora, se nem tudo ia perfeitamente bem entre o Czar e o imperador, pelo menos não havia hostilidades. Chegou-se a renovar o compromisso austro-húngaro. Evidentemente, a hegemonia magiar não contentava todo mundo; na Polônia, os estudantes brigaram com a polícia; o Parlamento tcheco permaneceu fechado, e os eslavos contestavam todo dia mais e mais os privilégios exorbitantes dos magiares, a quem tudo era devido, a divisão do poder, as finanças, a dominação da língua, as escolas; em suma, uma arrogante superioridade.

Mas como as coisas são o que são, e o império é um equilíbrio eterno, tudo ia admiravelmente bem no melhor dos mundos. Num impulso de entusiasmo inesperado, as associações e as corporações se reuniram no Conselho Municipal e pediram ao célebre pintor Makart, ídolo da renovação da pintura clássica, que organizasse um desfile gigantesco de trajes no estilo renascentista para as bodas de prata dos soberanos.

— Parece que na Burg também se preparam — disse Willibald bebericando sua *slibowitz*. — É totalmente confidencial: uma série de quadros vivos, tendo os arquiduques e as arquiduquesas como figurantes. Na casa do arquiduque Carlos Luís. Toda a história da Áustria!

— E a Hungria? — insurgiu-se logo Attila.

— Ah! Mas haverá a encenação de Buda contra os otomanos. Vês, pensa-se em tudo!

— Mas como é que fazes para saber o que se passa em palácio? — resmungou Franz. — Uma camareira ou uma copeira? Diz-nos o nome dela...

— Faço meu serviço! — replicou Willy indignado. — Uma noite dessas eu passava na frente da mesa do chefe de seção, a porta estava aberta, e...

— E o cavalheiro não pôde deixar de ouvir, não é?

— Pelo interesse do império! Para melhor conhecer a Corte! Olha, parece também que a imperatriz gasta sem conta com seus cavalos! Vês?

— Vejo sobretudo que não perdes nenhuma oportunidade de mencioná-la! — exclamou Franz.

— Eu? — espantou-se Willy. — Eu só faço repetir o que dizem... Que o imperador está sozinho, que se levanta às quatro horas da manhã, que trabalha o dia inteiro e que ela não está lá nunca, que queres? Tu sempre a defendes! E eu sei bem por quê!

— Está bem — murmurou Franz. — Não voltes a falar nisso. Então, os arquiduques se ocupam da Hungria; que pensas, Attila?

— Desde já, prefiro o desfile — disse o húngaro, com ar de nojo. — Se ao menos a gente pudesse estar lá!

— Eu vou estar — disse Franz ocasionalmente. — Pela Sociedade dos Cantores. Eles precisavam de um figurante alto para o carro das estradas de ferro, e ninguém tinha a altura necessária, então...

– Eu também – murmurou Willibald. – Fiz-me passar por um vinhateiro; aliás, não é mentira! Meu pai tem um parreiral...

– E eu então? – gritou Attila. – Vós, os vienenses, sempre se safam, mas o pobre húngaro, hem, deixá-lo à parte!

– Eis o perseguido que fala de barriga cheia – observou Willy, rindo. – Se quiseres, levo-te comigo.

– Vinhateiro! Vulgar demais. Nunca. Não, não, vou aplaudir-vos de longe – concluiu Attila.

No dia seguinte, ele confessava que estaria em cima do carro das belas-artes. "Uma amiga – disse ele enrubescendo –, que servirá de modelo, oh, muito decente, me apresentou aos artistas, eu serei uma estátua grega, com uma couraça e um capacete. A gente faz o que pode..."

Eles esperavam o fim do mês de março, época em que começariam os ensaios e as experiências.

Na Irlanda, a manhã terminava; desde a aurora, a imperatriz galopava em seu cavalo de raça, que ela chamara Dominó, porque ele tinha à volta do olho uma mancha branca, como uma máscara de carnaval, dizia ela. O vento lhe irritava os olhos, o nevoeiro às vezes a cegava, mas ela ia, voava, enquanto atrás dela seu instrutor inglês mal conseguia segui-la.

No fim, ela não o ouviu mais, e parou. Ao longe, um muro alto lhe barrava o caminho, exatamente depois das últimas árvores da floresta. Dominó sacudiu a cabeça, depois acalmou-se. "Calma, devagar", murmurava ela, acariciando o pescoço sedoso, "estamos finalmente sozinhos, amor, meu perturbado..."

Uma lebre saiu bruscamente de uma moita e parou de súbito, as patas erguidas, o focinho inquieto; Dominó resfolegou. Com três pulos possantes, a lebre sumiu no horizonte. Com a mão em pala, ela a seguiu com o olhar, mas o sol subitamente a ofuscou. Da lebre não restava mais nada.

– Eis o que eu sou – cochichou ela –, uma lebre. Chego, observo, tenho medo, um espirro, e vou-me embora, depois desapareço. Não há mais lebre! Não há mais Sissi... Como seria bom acabar-se no sol!

Ela virou-se; o instrutor inglês ainda não estava lá. Irritada, tirou seu leque de couro, enfiado sob a sela.

— Middleton! — gritou. — Estou à tua espera, meu caro!

Ele finalmente chegava, com o rosto vermelho por causa do esforço, a sobrancelha franzida, furioso.

— Vai quebrar o pescoço, Majestade — disse ele num tom arrogante. E quebrará o lombo dele também; será preciso abater seu Dominó!

— Meu raposo vermelho não está contente — disse ela, rindo às gargalhadas. — Estará talvez cansado?

— Cansado? De jeito nenhum — disse Bay Middleton, ofegante. — Mas deveríamos fazer meia-volta.

— É mesmo? — exclamou ela, fechando o leque num golpe seco. — Vês aquele muro lá embaixo?

— Não pretende... — balbuciou o instrutor, aterrorizado.

Antes que ele tivesse podido terminar a frase, ela lançara Dominó. Middleton gritou "Não!", ela não estava mais lá, ele a seguiu, alcançou-a. A dois metros do muro, ela voou de súbito, ele achou que seu coração explodia e pulou também, por sua vez.

Do outro lado do muro, um monge, armado com um serpete, podava tranqüilamente as pereiras do convento, quando ouviu o sopro dos cavalos. Percebeu as patas em pleno ar e viu cair em cima dos belos pés novinhos de alhos-porós e de azedinhas, que havia alinhado na véspera, dois cavalos, dois cavaleiros, um velho de costeletas ruivas, um jovem de pele pálida, de calças negras, com uma cartola de ir ao baile na cabeça e luvas de couro escuras. O olhar do monge jardineiro correu alternadamente do adolescente misterioso às fileiras de alhos-porós estragados que os cavalos pisoteavam.

Depois o rapaz tirou de súbito o chapéu e longas tranças caíram-lhe nos ombros. Ele se inclinou para o homem ruivo e murmurou-lhe três palavras ao ouvido.

— Meu caro padre — disse o instrutor de equitação, tirando o boné —, tens à tua frente a imperatriz da Áustria, que pede que a perdoes. Por descuido, ela ultrapassou o recinto... Bem entendido, quanto aos prejuízos na horta, serás indenizado.

Com emoção, o monge largou o serpete, executou uma reverência desajeitada e precipitou-se em direção ao convento.

– Ora! – disse ela. – Os irlandeses me adoram. Verás que eles vão oferecer-nos café com bolos.

– Eles a amam demais, para o gosto de meus compatriotas. A senhora é católica...

– Ora! Tão pouco.

– O bastante para lhes provocar idéias de vingança, ou será que não o sabe?

– Folgo em sabê-lo. Gosto da desordem.

– *All right*... Isso não impede que um dia quebre o pescoço – resmungou ele.

– William, aborreces-me. Vê, aí vem o prior receber-nos, eu tinha razão. Pois bem, meu raposo vermelho, aqui eu me divirto, eu vivo! Ao passo que em Viena... Sabes o que fazem lá? Preparam minhas bodas de prata. E podes imaginar o que dizem? Que em vez de vinte anos de vida de esposa vou festejar vinte anos de lida com espora!

Ela pôs-se a gargalhar. O instrutor deu um riso polido. Depois ela se virou de repente e se pôs na frente dele, com o chicote erguido insolentemente.

– Minhas bodas de prata... Olha bem para mim. Sê franco, Middleton, achas-me assim tão velha a ponto de ter de aceitar isso?

Os ensaios se aproximavam. Hans Makart era um grande artista; para todas as corporações ele achara os documentos, desenhara as roupas, com cada um fazendo uma parte; confeccionavam-se metros de gaze para as mangas, veludo para os calções, cambraia engomada para os colarinhos de época, sem contar os aventais de couro para os vinhateiros e os caldeireiros, os gorros e as penas para os estudantes, as couraças para os soldados... Finalmente, era um trabalho que todos concordavam ser titânico.

Tinham instalado os ateliês no Prater; todos os figurantes foram chamados para lá, numa manhã de março. O ar ainda estava frio, e as pessoas se aqueciam como podiam, com aguardente que passava de mão em mão. Willibald, no canto dos vinhateiros, foi o primeiro a chegar; dos pés à cabeça ele estava vestido de verde, até os tamancos envernizados, com um pequeno toque de vermelho na camisa de algodão. Tinham arrepiado seus cabelos em topetes encaracolados dos lados, e puseram-lhe um cesto às costas.

Franz estava fantasiado com uma couraça negra, de onde saíam mangas com aberturas escarlate e calções amarelos, com um pequeno colarinho à volta do pescoço; trazia uma longa alabarda de madeira, muito bem imitada. Faltava Attila, que apareceu quase nu, tiritando sob a toga, armado com uma curta espada antiga e com um escudo redondo. Eles se contemplaram sem dizer nada.

— Faltam as uvas no cesto, vão colocá-las depois – resmungou finalmente Willy, virando a cabeça. – Será que não... Quero dizer... Não estou gordo demais?

— Para um vinhateiro, está bem... – disse Attila. – Mas estou congelando! E sabeis que vão pintar-me de branco? Até os cabelos.

— O colarinho me dá coceira – murmurou Franz coçando o pescoço. – Ainda estou sem meu chapéu: de plumas negras, segundo consta. Deram-me a alabarda porque sou o mais alto . Estamos feitos!

— Vai ser bom – afirmou Willy. – Evidentemente, de manhã, no frio, reconheço... Mas vereis, dentro de um mês, sob o sol de abril estaremos deslumbrantes, magníficos! E depois vai haver a música.

Franz tentou rir, mas não conseguiu. De todos os lados saíam artesãos, soldados, burgueses, arcabuzeiros, mal enfeitados, que se balançavam ora sobre um pé, ora sobre o outro. Só as moças que exibiam os modelos sobre o carro dos artistas se pavoneavam em longos vestidos imaculados, amarravam em seus cabelos fitas à grega e lançavam olhares brejeiros a todos esses burgueses, esses senhores à moda da Renascença, que as espreitavam de longe com desejo.

— Pois bem! Já que é preciso... – disse Willibald ajeitando o seu cesto. – Eu vou em cima do meu carro, lá embaixo, para me empoleirar no meu barril. Tens sorte, Attila, estás com as marotas...

— Não é para mim que elas olham – exclamou o pequeno húngaro com desdém –, é para ti, Franzi, naturalmente!

— Que é que eu posso fazer? – balbuciou Franz embaraçado. – É que sou alto demais, só isso...

180

— Tua imperatriz só verá a ti — disse Willy com azedume. — Se ela se dignar voltar da Irlanda para o desfile!

— Ela já voltou, sabichão! — indignou-se logo Franz. — Imediatamente depois das inundações de Szezenyi, na Hungria.

— Ah, é? Isso me passou despercebido. Evidentemente, nada te passa despercebido...

— Chega! — gritou Attila. — Nem mais uma palavra sobre a minha rainha!

O PROGRAMA DAS FESTIVIDADES era estafante: no dia 20 de abril, recepção na Burg das delegações vindas de todo o império, discursos oficiais, ficar horas de pé firme, dar a mão a beijar, receber flores, ouvir discursos oficiais, sorrir, trocar cumprimentos, sorrir... De noite, quadros vivos na sala de honra do palácio de Carlos Luís; o príncipe herdeiro, Rodolphe, lá estaria com honras.

Depois viria a inauguração da nova igreja votiva, especialmente construída em memória do atentado de 1848, durante o qual o jovem imperador, com o pescoço rasgado pelo punhal de um rebelde, quase morrera; finalmente, chegar-se-ia ao coroamento das comemorações, o desfile tão esperado das corporações de Viena, no dia 24 de abril. Horas e horas na tribuna oficial, sem poder se mexer. Um pesadelo.

Naquele dia, na igreja dos Capuchinhos, a imperatriz atravessava a nave de braços com seu esposo para a missa de aniversário. Já que era avó, vestira-se de cinza, mas tão prateado, bordado de pérolas tão suavemente rosadas, que ela parecia a rainha das fadas, a "Fairy Queen", como diziam seus adoradores de além-Mancha. Pelo murmúrio que saudou seu aparecimento quando ela desceu da carruagem, ela soube que ainda encantava. Quando foi preciso descer o estribo, ela tremeu um pouco à lembrança do diadema que outrora se enganchara, com o véu e os brilhantes. Mas, em vez de chorar, ela cerrou os dentes e enfrentou com galhardia sua entrada na igreja, enquanto o Outro a contemplava com um encantamento inalterável.

Como ele era estranho! Sentado em sua poltrona imperial, quase não se mexia; mal esticava a perna, imperceptivelmente. Às vezes, acariciava uma de suas costeletas, do lado direito, com a mão enluvada de um branco imaculado; tudo estava perfeitamente de acordo com os seus retratos. Quantas vezes ela tentara tirá-lo de sua moldura dourada, quantas vezes suscitara verdadeiras crises para obter uma cólera, uma emoção, alguma coisa um pouco apaixonada... Mas não! Ele a fitava com um olhar inabalável, estranhamente inquieto, cheio dessa ternura impávida e obstinada, tão aborrecida...

Mortalmente aborrecida. Em que pensava ele? Ela não fazia mais essa pergunta; em nada, sem dúvida, como sempre. Ela o vira feliz, no começo, quando sofria horrores à aproximação das noites conjugais; feliz, sem tirar nem pôr, contente com a vida. Mas se às vezes ele era capaz de ser feliz, ela nunca o vira sofrer. Nem mesmo quando ela o deixara, por duas vezes, durante suas doenças. Oh, certamente! Ele se queixara, mas oficialmente, com a dignidade que convém a um soberano; orgulho demais, ou paciência demais. Uma impassibilidade tão controlada que se tornava quase indiferença. E quando ela ia embora, ele não protestava mais; o imbecil. Satisfeito quando ela voltava, satisfeito quando ela ia embora. O humor sempre igual.

Ela virou levemente a cabeça para olhá-lo de lado; como que atraído por um ímã, ele lançou-lhe uma rápida olhadela cheia de ansiedade; a estátua se animou. "Ele ainda me ama, pois, à sua maneira", constatou ela sem desprazer, "o pobre homem!". Para tranqüilizá-lo, ela pôs a mão sobre a dele e cochichou: "Não é nada..." Ele reassumiu a pose imediatamente, com um esboço de suspiro...

Ela tinha ganhado essa longa batalha, começada vinte anos antes por uma paixão à primeira vista e unilateral. Subitamente ela teve uma idéia, uma dessas idéias que ocorrem aos vencedores. Para lhe fazer companhia, era preciso uma segunda mulher, que ela mesma escolheria, que ela protegeria. Uma mulher de quem ela seria amiga, de modo que ninguém no mundo poderia contestar-lhe a honestidade.

Ela viu-se bruscamente como generosa alcoviteira, abençoando uma união adúltera que arranjaria com detalhes nas barbas de Viena, no nariz do império todo; ela foi dominada por uma dessas súbitas risadas que a punham fora de si, ajoelhou-se bruscamente em seu genuflexório, com a cabeça entre as mãos, para esconder sua hilaridade.

Ele tossiu, agitou-se um pouco. Ela mordia as bochechas, mergulhava mais numa fingida devoção, os vienenses iam achá-la bem exaltada; finalmente, ela pôde levantar-se. Belas lágrimas de riso tinham deslizado por suas faces pálidas; ele atribuiu-as à emoção, beijou-lhe a mão com gratidão e ajudou-a a sentar-se.

NO DIA 24 DE ABRIL, a chuva caiu o dia inteiro; adiou-se o desfile. No dia 25, a chuva não serenou; o Conselho Municipal ficou desconsolado, adiaram novamente. O mau tempo persistiu até o dia 26, à noite. Finalmente, no dia 27, não chovia mais; um sol fraco aparecia às vezes. Iam tentar.

A convocação tinha sido fixada para o dia 27 de abril, antes do amanhecer; desde as primeiras horas da noite, os carpinteiros e os seleiros inspecionavam os carros, à luz dos lampiões que dançavam na escuridão dos bosques. Quando Franz chegou ao Prater, os carros já estavam todos fora de suas cocheiras, e observava-se o céu negro.

Desde a meia-noite, Anna reunira as peças de roupa e ajudava Franz a vestir-se. Os calções ficaram bem; mas numa das meias vermelhas havia um rasgão. Anna ajoelhou-se para consertar, cortando o fio com os dentes, tão perto que ele achou que ela fosse mordê-lo; ela caiu na gargalhada. Quando chegou a vez da couraça, as fitas rebentaram uma a uma; a engenhosa Anna substituiu-as por fitas de seda, que guardava para seus chapéus, fitas rosa do mais belo efeito. Para impedir que a gola arranhasse a pele, ela confeccionou uma espécie de colarinho de cetim. Finalmente não sobrou mais nada, a não ser a touca de veludo, ornada de penas de galo, negras e brilhantes. Anna recuou para apreciar o conjunto: a roupa no estilo renascentista arqueava o jarrete, levantava o colarinho, aprumava as costas, e seu Franz seria o mais belo portador de alabarda do desfile.

Ela pensara em acompanhá-lo, mas, no momento de sair, simplesmente recusou-se. Franz já ia zangar-se quando ela se pendurou em seu pescoço, amassando o ornato da gola engomada. Anna esperava um segundo filho. Ele forçou-a a deitar-se de novo e foi embora, com o coração aos pulos, com a alabarda às costas, pegar o primeiro bonde para o Prater.

"Quando ele nascer, deixarei crescer o bigode", pensou ele. "E contrataremos uma babá morávia, com fitas negras no boné."

"UM MILHÃO DE PESSOAS nas ruas, e só no desfile 10 mil figurantes!", exclamava-se por todos os lados no camarote imperial. "É um triunfo!" "Sim, se não chover agora, olhai o sentido do vento, não é nada bom." "Mas pelo menos teremos a entrada do cortejo, e depois estaremos abrigados..."

Sentada na grande poltrona de madeira dourada, a imperatriz mal ouvia as conversas dos convidados oficiais. Esse barulho interminável além das velhas construções, esse frêmito de multidão, era o terror dela, a sua fobia. No entanto, o pavilhão da família imperial, apoiado no arco de triunfo, isolava os figurantes esplêndidos: empoleirados num estrado vermelho e protegidos por um pálio vermelho, eles estavam em seu lugar, bem em cima. Exatamente atrás dela, seu filho Rodolphe lhe segurava o braço, para protegê-la de temores que ele conhecia de cor. "Tudo dará certo, mãe; estou aqui", murmurava ele ao seu ouvido. "Não tenhas medo." E quando ele a sentiu verdadeiramente nervosa, beijou-lhe o pescoço furtivamente. "Pára com isso!", exclamou ela, impaciente.

No entanto, ela teria preferido estar embaixo, com um guarda-chuva, empurrada por operários de boné, anônima, enfim, como qualquer pessoa. Durante mais de duas horas ela não escaparia aos olhares dos vienenses. Finalmente, estava sentada; a imperatriz abriu seu leque. O imperador acabava de aceitar a homenagem pública da população de sua capital, e já viam surgir pela grande porta da Burg o mestre-de-cerimônias, Hans Makart, a cavalo, num sóbrio gibão de veludo negro como sua célebre barba, e calções combinando. Um homem estranho e secreto, adorado pela multidão que se amontoava atrás das vitrines dos cafés para vê-lo jogando xadrez.

Um arauto de armadura precedia os trombeteiros a cavalo, ostentando em seus instrumentos a flâmula com as armas de Viena; depois vinham os bombeiros, três mil homens, de uniforme brasonado, mas com mangueiras modernas, e misturados com os capacetes de época, as agulhetas e êmbolos de última geração. Seguiam-se os estudantes, com toucas de plumas na cabeça, e os cantores, que desfilaram ao som de velhas marchas nostálgicas. Finalmente vieram os carros.

A imperatriz entediava-se um pouco menos.

O primeiro carro, com oito cavalos ajaezados de verde, era o dos vinhateiros; enquanto atravessavam a Praça dos Heróis, tiravam vinho de seus tonéis gigantes, e todos juntos ergueram seu copo à saúde do casal imperial, ao passarem diante da tribuna. Alguns, muito emocionados, cambalearam; um homem um pouco gordo perdeu o equilíbrio e caiu de pernas para o ar, com sua cesta nas costas; as uvas de algodão se espalharam no chão. O camarote imperial riu muito.

Vieram os caldeireiros, os tapeceiros, os marceneiros, os carpinteiros, e todos erguiam suas ferramentas ao passarem diante do camarote imperial; tinham feições alegres, suavam sob seus disfarces e enxugavam a testa com grandes lenços tão logo passavam. No camarote, se extasiavam: tanta inventividade, espontaneidade, afeto! Era tocante. A imperatriz achou cansativo esse fervor que não terminava mais e abriu o leque para esconder um bocejo. Todas essas roupas no estilo renascentista!

Quando apareceu o carro das estradas de ferro, a multidão prendeu a respiração. Era o maior, o mais comprido; içada sobre uma plataforma gigante vinha a locomotiva negra e luzidia, limpa pelos mecânicos de gibão vermelho e branco. O contraste era tão vivo que o camarote imperial aplaudiu estrepitosamente. Num cuidado especial com a decoração, Makart mandara trançar nas rodas e nos eixos guirlandas de miosótis, e na frente da máquina, exatamente no lugar em que tremulavam as bandeiras, um alabardeiro imenso montava guarda orgulhosamente; era soberbo.

Ela dobrou o leque, inclinou-se um pouco para olhar esse espetáculo assombroso, o alabardeiro ajoelhou-se, ergueu a cabeça, tirou o chapéu e saudou. Ela franziu as sobrancelhas: conhecia esse rosto.

Ele? Impossível. Nesse momento, ele sorriu para ela.

Num relance, ela reconheceu o olhar de criança, o cabelo escuro e ondulado, a figura jovial, o rapaz do Reduto, Franzi, como se chamava? Taschnik. Sim, Franz Taschnik. Redator da Corte no ministério das

Relações Exteriores. Por que estava vestido de alabardeiro? Que fazia ele no carro da estrada de ferro? Ora! Um golpe armado para revê-la mais uma vez; uma onda de calor a invadiu, ela sentiu vergonha, teve medo, esses rapazes eram capazes de tudo, ele talvez fosse gritar "meu amor"...

A locomotiva passava e ele, no seu carro, virava a cabeça, não tirava os olhos dela...

Ela lembrou-se bruscamente da sombra negra acima de seus lábios, o traço de rolha que a tinha feito rir às gargalhadas na noite do baile. Eis que ele se tinha disfarçado de novo. Que bom menino... Ela quase lhe fez sinal, quase ergueu a mão como uma costureirinha, mas moveu lentamente o leque para evitar fazê-lo. Fora a mulher dele, desta vez, quem o tinha arrumado; ele se sentia grotesco como alabardeiro, mas uma chama de cólera e de ternura lhe subiu à testa. Ele decidiu revirar o olhar sobre o rosto puro que o leque dissimulava até a metade.

Insistia, fixava-a tão intensamente, que, num golpe com o leque, ela desapareceu aos seus olhos. Quando ela ousou olhar de novo, a locomotiva tinha passado. Ela fechou o leque, arrependida. Justamente a chuva começava a cair; ela levantou-se, quis ir embora.

– Fica, por favor, mãe – disse o príncipe herdeiro, apertando-lhe o braço.

Ela se libertou, não, não! Queria ir-se, estava cansada e, aliás, chovia. Prontamente, recuaram as poltronas de veludo. Rodolphe segurou a mãe e sentou-a à força, mas que queria ele, então?

O carro que surgiu das portas da Burg era o dos impressores: representava um prelo majestoso que rolava sob a chuva. Quando o carro passou diante do camarote, o mestre tipógrafo, de boné alemão para lembrar Gutenberg, tirou de sob o prelo um grande volume onde brilhavam estas palavras, em letras de ouro:

Quinze dias no Danúbio

Rodolphe inclinou-se para a mãe e depositou-lhe na face um beijo terno. Então, cheia de remorso, a imperatriz se lembrou de que o filho tinha publicado justamente esse título, seu primeiro livro como escritor. Ele pôs-se a explicar-lhe que quis fazer-lhe a surpresa desse carro com a cumplicidade de Makart, que era só para ela, que ele estava muito feliz...

Ela pegou a mão de seu filho e manteve-a nas suas. Ele falava depressa demais, com palavras demais; tinha herdado seu próprio nervosismo. Era uma criança sensível, suscetível, que era preciso acalmar. Não sabendo o que fazer, ela levou a mão de Rodolphe aos lábios e beijou-a. O imperador lançou um olhar de reprovação; o príncipe imperial retirou a mão vivamente e colocou-a atrás das costas. A imperatriz suspirou.

A chuvarada transformara-se em tempestade. Faltava um último carro, o dos artistas, simbolizado por um ateliê onde pintavam aprendizes caracterizados de Rembrandt; seus modelos assumiam a pose. A multidão aclamou as mulheres de roupas pregueadas, tanto mais que a chuva moldava as musselinas sobre as formas cheias; mas, na beira do carro, um pequeno figurante disfarçado de estátua de gesso perdeu pouco a pouco seu revestimento branco, lavado pela água que caía das nuvens. Estóico, ele não se mexeu; a pele clara apareceu, coberta de pêlos castanhos. A imperatriz dignou-se esboçar uma sombra de sorriso.

A uma hora da tarde, dois quadros de caça terminaram o desfile, um da Idade Média, o outro inteiramente moderno, com matilhas de cães ofegantes e ensopados. Todas as modalidades de caça passaram: ao veado, ao cabrito montês, ao falcão, ao javali, ao urso. Finalmente, para pôr um ponto final, Hans Makart reapareceu em seu cavalo imaculado, cercado por seu Estado-Maior, pintores, arquitetos e escultores. Quando se abafaram os últimos acentos da Sociedade dos Cantores, a soberana se levantou apressadamente e finalmente se foi, seguida pelo olhar rancoroso do filho, que suspirou, por sua vez. Sua mãe era inatingível.

Furioso por ter rolado no chão, Willy decidiu não mais beber durante um mês, para emagrecer um pouco; Attila, que tinha pegado gripe, ficou de cama por uma semana; quanto a Franz, estava certo desta vez de ter reconhecido Gabriela.

Ninguém no mundo manejava o leque com tanta graça e agilidade. Ninguém sabia esconder-se tão depressa quanto essa mulher cujo olhar ele sustentara em público. Nada o distrairia agora dessa convicção. Mas ele não falou disso com a mulher, para não perturbar a gravidez que começava. Além do mais, era coisa sem importância.

9
O cervo branco de Potsdam

Ó caros povos deste vasto império,
Como vos admiro em segredo!
Dais vosso sangue, vosso suor,
Para alimentar essa corja depravada!

Elisabeth

A criança nasceu, um Taschnik homem, que Franz chamou de Anton, e que logo recebeu o apelido de Toni; tinha os olhos negros da mãe e os cabelos louros, como a avó católica. No auge da alegria, Franz afirmou a quem quisesse ouvi-lo que seu filho seria um verdadeiro diplomata, mesmo se para tal fosse preciso conseguir um título de nobreza; isso já se via. Anna, porém, tinha outras idéias; seu filho seria compositor ou maestro, e nada mais. Aliás, por acaso, a última valsa do maestro se chamava *Vamos, recomecemos!*, e o casal Taschnik viu nisso um sinal animador.

Naquele ano de 1880, soube-se na capital que o príncipe herdeiro ia desposar uma princesa da Bélgica, a pequena Stéphanie, de 15 anos. Franz pôs-se a pensar na conversa com sua desconhecida: a imperatriz também tinha 15 anos quando o imperador decidira desposá-la.

— E então? – repetia Willy. – É a bela idade! Contanto que ela seja bonita, que ele tire proveito disso e que ela tenha belos meninos...

Viena repetia essa lengalenga e só falava do imperador e do seu filho, da família imperial, do papa e de toda a cristandade. O príncipe herdeiro, um digno sucessor do pai; ele se casaria, estava na ordem natural das coisas. Ninguém se lamentava, só a imperatriz, que não dizia nada.

Ela se preparava para voltar de uma caçada na Irlanda quando recebeu a notícia por um telegrama oficial e sucinto, sem assinatura: "O príncipe herdeiro está noivo da princesa Stéphanie da Bélgica."

Tão depressa! Sem preveni-la! Enquanto ela estava longe... Tirá-la assim do galope, tão subitamente! Ela se pusera a tremer, a estremecer tão fortemente que sua dama de honra, a condessa Marie, acreditou tratar-se de uma grande infelicidade.

– Deus seja louvado! – dissera a condessa. – Não é um desastre!

– Deus queira, com efeito, condessa... – respondera ela, e sua agitação não abrandara.

Seu pequeno Rudi, casado! Mas era ainda uma criança... E quando a condessa observou suavemente que a criança tinha 22 anos, ela virou a cabeça, irritada. Ele não estava maduro para o casamento, disse.

– Mas, sabe, Marie? Ninguém nunca está preparado para o casamento, ninguém... – acrescentava ela com azedume.

Na verdade, seu filho se parecia demais com ela. Encantador, ele passava por ser o maior sedutor do império, mas sua mãe conhecia bem aquele olhar um pouco fugidio, instável, as pálpebras palpitantes de nervosismo. O olhar temeroso da lebre à espreita.

Ele ia de conquista em conquista, brilhava com todos os ardores da juventude – essa era a lenda. É verdade que era um bonito rapaz, com sua franja na testa e sua barba "à pescador", muito na moda desde que ele a adotara. O uniforme lhe caía admiravelmente bem: não recebera ele no dia de seu nascimento, segundo a tradição, um regimento de infantaria de que era o comandante-em-chefe? Aos 6 anos, desfilava nas paradas com uniforme de coronel; o dólmã lhe caía à perfeição. Em Praga, onde o pai o mandara em guarnição, todas as mulheres lançavam-lhe olhares amorosos... Em suma, qualquer mãe teria de que se orgulhar.

Não ela. Sob o brilho, ela havia há muito tempo descoberto nele uma chama sombria, uma hostilidade mal dissimulada, dirigida ora ao pai, ora a ela, dependia. E os rompantes de violenta adoração que passavam do ódio ao amor, tão rapidamente que ela perdia o fôlego. Esse modo de beijá-la apertando-a nos braços, de sufocá-la...

Rodolphe era radical, íntegro, impetuosamente ligado à liberdade; não gostava do império. Exatamente como ela. Tinha amigos republicanos, que ela às vezes invejava; porque era homem, era independente. Como lhe transmitira essa secreta herança libertária que ela era obrigada a disfarçar? Ela não pudera mimá-lo quando ele era criança; abandonara-o em favor de "a querida"; não se ocupara dele, e ei-lo que se tornara seu retrato vivo, um espelho de juventude insolente, um rapaz livre para abandonar-se a todos os prazeres, a todos os excessos! Às moças, às bebedeiras, à caça, principalmente, e aos tiros, e outra vez aos tiros...

Porque o que ela apreciava na caçada era a perseguição a galope. No momento do estraçalhamento da presa, ela virava os olhos. Rodolphe atirava em tudo, até em passarinho, que, por bravata, ele depois devorava. Aos 20 anos, depois de um gesto infeliz, uma bala lhe furou a mão. E dois anos antes ele abatera, em Potsdam, um cervo branco.

Quem quer que mate um animal branco morrerá de morte violenta, dizia o provérbio. Como se ele não soubesse! Ele fizera de propósito, ela tinha certeza... Um dia, ele promoveu um massacre de passarinhos de jardins, canários-da-terra, pardais, gralhas, rolinhas, acrescentara uma açaná e pintara tudo com aquarela, não sem talento. Era o ano do casamento de sua irmã Gisele – um ano antes do encontro com esse rapaz, como se chamava? Franz Tasch...ner? O nome, decididamente, sempre lhe fugia. Enfim, seu rapaz, o único por quem sentira paixão. Não era justo. Nada era justo.

E depois, Rudi não a amava muito. Filho insaciável que não lhe perdoava nada. Que verificava sem cessar se a mãe usava sempre o medalhão em que havia enrolado uma mecha de seus cabelos de criança. O olhar que lançara um ano atrás, quando, inadvertidamente, ela esquecera seu primeiro livro, os *Quinze dias no Danúbio,* solenemente apresentado no último carro das bodas de prata, em Viena... "Não gostas de mim", parecia dizer. "Mãe ruim!"

O pior dizia respeito à querida, de quem ele tinha ciúme feroz. Aos 22 anos! E quem ele decidira tomar por esposa? Uma princesa que beijara uma vez em Bruxelas, uma menina que não era nem mesmo bonita! Se ao menos ele mesmo a tivesse escolhido! Mas não! Ele se dobrara aos acordos do império, às trocas européias, tolamente, ele, o rebelde! Ela ouvira falar desse projeto; por um momento, não acreditara. Seu filho não aceitaria a primeira que aparecesse; aliás, ele havia recusado outras; ele esperaria.

Pois sim! O rebelde tinha cedido.

Quando voltou a Viena, ela convocou-o ao seu quarto e perguntou-lhe suavemente se ele se tinha informado a respeito da formação da sua noiva.

Surpreso, Rodolphe afirmou que ela havia recebido uma excelente educação; o conde Chotek, encarregado da negociação, afirmara que a conversa da princesa era "tocante de juvenilidade e no entanto muito espiritual". Ela deu de ombros. Não era isso. Insistiu: a pequena estava formada? Rodolphe não compreendeu, torcia o bigode com ar perturbado, hesitava em adivinhar o que a mãe queria, mas realmente não, não via...

— Pergunto se ela já tem suas regras! – gritou ela.

Ele não tinha pensado nisso. Ela o fulminou com um olhar sombrio. O digno Chotek informou-se junto à família da Bélgica, que admitiu com reticência a perturbadora verdade: "A nubilidade da princesa ainda não se tinha completado totalmente." Alegaram que ela tivera tifo aos 8 anos, e isso explicava o atraso, e que... Mas a imperatriz não quis ouvir nada. Rodolphe não a desposaria antes das primeiras regras; ela não daria seu consentimento.

— Isso te trará infelicidade – dizia ela. – Sem falar nesse infeliz cervo branco de Potsdam...

— Terias cruzado por acaso com uma pega em teu caminho, mãe querida? – respondia ele, rindo à socapa.

A imperatriz decididamente era uma incorrigível supersticiosa.

Depois ele percebeu que Stéphanie tinha a mesma idade da mãe dele no momento de seu próprio noivado; e emocionou-se muito. Na verdade, a princesa da Bélgica só tinha a juventude a seu favor; pois, no amor, Rodolphe seguia a moda. Uma criança na cama dele, eis uma coisa que não o desagradava inteiramente. No entanto ele se resignou; esperaria ajuizadamente as regras da princesa, que vieram em seu tempo, um ano depois.

O PRÍNCIPE PASSOU o ano a representar os noivos oficiais, com o entusiasmo de um novato cheio de zelo, com os olhos brilhantes e o ar enamorado. Chegou o dia em que recebeu a mãe à chegada do trem na Bélgica, para apresentar-lhe sua noiva.

A jovem Stéphanie, intimidada, enfeitada com complicados ornamentos de mau gosto, tinha a aparência de uma empregadinha disfarçada de princesa. A imperatriz, de veludo azul-escuro e zibelina, parecia a noiva ideal que sonhariam para o seu filho. Todo mundo notou isso, inclusive os noivos, principalmente a imperatriz. Quando ela pisou a plataforma, Rudi se lançou ao seu pescoço com tal paixão que ela ficou assustada.

Não, ele não amava Stéphanie. Não podia engraçar-se com uma mocinha loura que não tinha nem cílios nem sobrancelhas, uma tola sem graça! Uma princesa de tez de porcelana, tão pálida, tão branca... Como o velho cervo de Potsdam. A angústia chegou a galope, depois se apagou. Vamos! Seria um desastre, como todos os casamentos, aliás. Para reencontrar o filho, só teria que esperar, pensava ela. Todas as belas mulheres de Viena compartilhavam esse sentimento: seu amante ideal não lhes seria roubado.

Mas Rodolphe se preocupava muito pouco com os frêmitos dessas damas. O noivado, a parada, as representações, as intrigas sentimentais e os amuos da mãe, tudo isso era só falsa aparência. O príncipe herdeiro tinha uma outra vida, secreta e apaixonante.

ELE ACABAVA DE TRAVAR conhecimento com um judeu da Galícia, um brilhante jornalista, Moritz Szeps, que tinha lançado o *Neues Tagblatt* cujo primeiro número fora publicado no dia 14 de julho de 1867, com um subtítulo retumbante: *Órgão Democrático*. Moritz Szeps era cunhado de Georges Clemenceau.

Ao *Neues Tagblatt* sucedera o *Víener Tagblatt*, em que o príncipe tinha primeiramente sugerido temas para artigos, antes de ele próprio escrevê-los sob pseudônimo, "Julius Felix"; em seguida, Moritz Szeps recopiava-os de próprio punho, para evitar que reconhecessem a letra do príncipe herdeiro.

Ali ele transmitia suas idéias: amor ao progresso, ódio aos burocratas, horror ao império e ao imperador, defesa do direito dos povos e das minorias, uma violenta recusa à Alemanha e principalmente a Bismarck, o chanceler de ferro que tinha reduzido com a guerra o poderio do império austríaco e que ameaçava as liberdades da Europa inteira. A gentil brochura sobre o Danúbio era só para enganar. Só os amigos do príncipe, estreitamente vigiados pela polícia imperial, sabiam que por trás da imagem negligente de um herdeiro poeta se escondia um revoltado.

Era o outro Rodolphe, o político. O príncipe que, vivendo em Praga sem se deixar encerrar em salões brancos e dourados do Hradschin, o majestoso castelo que domina as colinas de Mala Strana, conquistara o coração dos tchecos. Era o liberal que os via abandonados, oprimidos pela arrogância húngara; era o progressista que queria reformar o império e alçar-se à cabeça de uma federação republicana; era um rapaz dissimulado, ardente, que queria para os outros a liberdade de que, ainda criança, fora privado, por uma educação militar e preceptores bárbaros.

Ele não perdoava nada. Nem os despertares de madrugada, nem os tiros ao pé do seu ouvido, nem a ausência dessa longínqua mãe, exilada primeiramente num outro canto da Burg, depois na Madeira, finalmente por toda parte em que ele não estava. Onde se achava ela? Em viagem, a cavalo, no circo, a passeio, nas mãos da cabeleireira, nos aparelhos de ginástica, e de noite deitada, às nove horas, desaparecida. Nunca lá. E quando por acaso ele conseguia surpreendê-la em sua toalete, encontrava-a num aparato insensato, com as tranças suspensas no lustre com fitas de seda, e ela, imóvel como uma deusa num templo...

– É para aliviar minhas enxaquecas – suspirava ela. – Meus cabelos são tão pesados! Tenho tanta dor de cabeça!

Sua bela cabeça! Dir-se-ia uma aranha no meio de sua teia.

Tantos talentos desperdiçados, uma beleza assim para nada, uma ociosa insuportável, uma inteligência estragada, ah, ele a teria matado, em certas ocasiões. Não é que também se mata por amor?

Quanto ao amor, precisamente, ele nunca o encontrara, nem nos outros nem para si mesmo. Sua mãe não amava o imperador, que adorava a mulher; mas não era um verdadeiro amor, já que não era compartilhado. De mulheres ele estava cheio, até enojar-se. Ele tinha uma amiga de quem gostava muito; era uma prostituta, Mizzi, que ele sabia vendida à polícia. Uma boa moça, no fundo, e que ele utilizava muitas vezes para confidências calculadas que disfarçavam outras, que ele não fazia. Stéphanie não era o amor; era uma criança encantadora cuja tranqüilidade e filhos ele gozava por antecipação. Contanto que, pelo menos, ele não pegasse a doença... Essa maldição que percorria Viena e que, depois do câncer e do sarcoma de Kaposi, destruía o espírito. Vá se crer no amor em Viena... Que piada!

Porque a própria Viena era apenas uma enorme e maravilhosa piada, uma cidade apodrecida pela sífilis que escondia sob um vestido de seda suas saias sujas. Viena era a capital mentirosa de um império de duas cabeças, duas águias cujas asas sujas de vermes se estendiam sobre povos infelizes; os boêmios, os morávios, os povos da Galícia, os da Bucovina, os sérvios e os croatas, os venezianos de Trentino, sem esquecer os ciganos tão caros ao coração de sua mãe; e os alemães também, que se agitariam um dia, como os outros. O império todo apodrecia como o peixe, pela cabeça, por causa de um imperador embrutecido por duas derrotas, a primeira diante da Itália e da França, em Solferino, em 1859, a segunda diante da Prússia, em Sadowa, em 1866. Sadowa, Solferino, os nomes dançavam em sua memória, dançavam, porque Viena não parava de organizar bailes.

Mas o príncipe herdeiro tinha ternura pelos bailes populares, em que os subúrbios se entregavam à alegria. Às vezes ele ia lá incógnito, uma mania que herdara da mãe, de cujas fugas repetidas ele desconfiava; não diziam que ela tinha circulado por Londres anonimamente nos braços de um inglês? Não tinha ela desejado ir ao Baile Mabille disfarçada? Só Deus sabia em que bailes vienenses ela tivera ocasião de demorar-se com seu dominó...

UMA NOITE DE TERÇA-FEIRA GORDA, enquanto a boa sociedade ia como todos os anos ao nobre Reduto, ele foi a um pequeno baile de máscaras bem popular. Não caprichara na indumentária; contentara-se com uma máscara e uma coroa ridícula que achara divertida para um príncipe herdeiro. O baile se realizava num mercado de grãos ornado de guirlandas. Instalou-se numa pequena mesa, pediu uma aguardente e observou os dançarinos.

Arrolou dez chapéus femininos no estilo da Idade Média, oito fazendeiras com cerejas no chapéu, seis diabos ridiculamente fantasiados com um rabo de algodão e chifres vermelhos em cima de seu boné negro, 12 ciganas com longas saias rodadas, o rosto coberto de fuligem e a cabeça circundada por cequins dourados, três princesas exibindo coroas grosseiramente talhadas em cartão prateado, e um rei, um único, uma espécie de Carlos Magno, de barba florida, com um manto azul bordado de flores-de-lis, supostamente francês. Em suma, eram dois os reis do carnaval nesse pequeno baile: o falso e o verdadeiro, ele.

Subitamente seu olhar dourado demorou-se numa das três princesas, uma garota esguia de rosto um pouco redondo, tinha incríveis cabelos louros, quase tão longos quanto os de sua mãe. Ela parara de dançar. Pulando diante dela, um pierrô branco se atirou para a frente sobre as mãos num grande círculo acrobático, com um urro de alegria.

– *Ops*, senhoras! Quereis mais? *Ops!* – gritava ele, recomeçando sua pirueta.

As pessoas se agrupavam; o pierrô ergueu-se e abriu a gola, retomando fôlego. Encantada, a moça batia palmas; o pierrô inclinou-se com elegância, fingindo uma saudação com um chapéu imaginário.

– Como ele é engraçado! – disse ela em voz alta.

O pierrô, com as mãos nos quadris, barrava-lhe já o caminho.

– Não se pode passar sem um penhor! Ei, princesa, um beijo!

E ele esticou os lábios escarlate, arregalando os olhos. A moça tentou escapar, mas a multidão reteve-a rindo, brincalhona.

– Ele tem razão – disse uma fazendeira com voz superaguda. – Um beijo para a princesa!

– Não há mal nisso, minha filha – disse sentenciosamente uma matrona de dogesa. – É preciso decidir-se...

– É que ele é mesmo bonito, o pierrô – suspirou uma colombina. – Se ela recusar o beijo, eu mesma o darei, vai...

Era muito divertido. Mas a moça fazia ouvido de mercador. Esbofeteou o pierrô, que se lançou sobre ela; tentaram separá-los, ele trocou socos, o caso estava virando balbúrdia. Foi preciso intrometer-se; não que o príncipe fosse de uma força de lutador de feira, não, mas, enfim, ele era treinado, e depois tinha o hábito de comandar batalhões... Assim é que, erguendo a voz simplesmente, ele fez recuar a multidão, segurou a moça e empurrou o pierrô. A moça tinha perdido a coroa; o príncipe deu-lhe a sua própria, em troca.

Ela se chamava Friedl, tinha a pele bem branca, o resto foi por si, e acabou num quarto partilhado, num hotel muito chique, onde o conheciam bem.

Desde a noite de carnaval, ele sentia uma tristeza na alma à idéia de casar-se; algumas semanas depois, sentiu-se um pouco febril. Pensou que talvez a princesa do baile tivesse a doença, depois não pensou mais nisso. Porque, quando esse pensamento surgia, ele fumava um bom cachimbo de ópio para esquecer.

10
O grande negro

Eu, pobre lebre esgotada,
Preciso de descanso, parai!
Até que toquem a trompa
Ficarei aqui, sem me mexer.

Desdobrarei minhas quatro patas
Com a língua pendente, ofegante,
Pois eram animais grandes demais
No ataque, a pulga me dá coceira...

Mas agora sob o arvoredo
Escondida nas profundezas das folhas
Talvez enfim consiga eu
Encontrar a paz e o esquecimento...

Elisabeth

As festividades do casamento começaram no dia 6 de maio de 1881, para a maior alegria dos vienenses. Os noivos apareceram na sacada do castelo de Schönbrunn; Stéphanie, de aspecto acanhado, agitava a mão timidamente. Os badós madrugadores contavam aos retardatários que tinham visto com seus próprios olhos a jovem princesa de penhoar leve, com um buquê de flores na mão, correndo como uma ninfa sob as vastas arcadas.

— Eles têm a vista bem afiada — observou Franz, pragmático. — Há uns 500 metros de grades nas arcadas.

— Já pensaste? E só para impressionar! — dizia Willy, furioso por ter sido apanhado em erro. — O protocolo não poderia permitir tais excessos.

Anna achava encantador o episódio; a jovem Emmy ficou excitada. E eles se prometiam não perder nada do cortejo nupcial que atravessaria Viena, no dia 8 de maio, com 62 carruagens.

Mas, como aconteceu no desfile das bodas de prata, chovia.

O cortejo esperou o fim da chuvarada; os vienenses se impacientaram. Emmy gemia e queixava-se de dor nos joelhos; Attila tentou inutilmente arrancar-lhe um sorriso, enquanto Willy começava a se dizer que talvez tivessem tempo de ir tomar um chocolate...

Então, subitamente, de um pódio preparado na praça dos Heróis, surgiu uma valsa adorável. Franz sorriu sob o bigode, ergueu-se na ponta dos pés e, dominando a multidão com sua elevada estatura, viu seu compositor favorito, com os cabelos em desordem, com o violino na mão, regendo sua orquestra sob a chuva abundante. Johann Strauss acabava de entrar em ação. Para a circunstância, o maestro tinha composto uma valsa dedicada à princesa, e que levava um título delicado, *Buquês de murtas*. Não foi preciso mais para transformar o humor vienense, que passou num piscar de olhos do aborrecimento ao entusiasmo. Como o cortejo não chegasse, o maestro bisou a valsa.

Ao cair da noite, uma festa popular fechava o dia no parque Schönbrunn. A pequena Emmy viu aparecer no céu sombrio duas iniciais de fogo, imensas, cintilantes: R e S, Rodolphe e Stéphanie.

— Quando eu me casar, vou ter um E no meio das estrelas! – exclamou Emmy, maravilhada.

— E a outra inicial? – perguntou o húngaro, às gargalhadas.

O dia seguinte, 9 de maio, foi o dia de "A Alegre Entrada": de acordo com as tradições que remontavam à Entrada dos Príncipes, no século XVI, período dourado da dinastia, a recém-chegada à casa Habsburg penetraria solenemente em Viena. A jovem princesa partiria do Theresianum e chegaria à Burg; chovia sem parar. Mas quando a carruagem de ouro passou diante da escola evangélica, um medalhão representando as armas imperiais se desprendeu e caiu no chão.

— Isso não é bom sinal – murmurou Willy com ar sombrio.

Na igreja dos Agostinhos, onde se tinha casado o imperador, os jovens trocaram o juramento nupcial. A imprensa descreveu longamente o vestido rosa da noiva, sua cauda de quatro metros, a toalete furta-cor da imperatriz Elisabeth e a azul, da rainha dos belgas. Mas ninguém mencionou o "sim" do príncipe herdeiro, tão sério e tão triste, que tiveram dificuldade em ouvi-lo na nave.

Um "sim" imediatamente encoberto pelas salvas em honra do jovem casal, pelos sinos da capital, pelos hinos nacionais dos dois países e pelas aclamações da multidão.

FOI NESSE ANO que chegou aos escritórios do Ballhausplatz um despacho que vinha de Atenas e que assinalava sérios distúrbios nos Bálcãs. Desde a infeliz guerra da Bósnia, o campo dos conflitos se alargava dia após dia.

Em tempos normais, a seção dos assuntos administrativos não tinha de tratar dos despachos. Mas o escritório central se enganou quanto ao número do registro, e o despacho caiu nas mãos de Franz. Ele estava a ponto de encaminhá-lo a quem de direito, quando uma curiosidade o reteve.

— Três páginas e meia, uma miséria – respondera ele a Willibald, que, curioso, lia por trás de suas costas. – Vejamos o que é de uma vez. Depois, devolveremos.

— "Senhor ministro, acabam de enviar-me um relatório de Corfu..."

Corfu! Ela estava lá! A notícia estava nos jornais: apaixonada pela *Odisséia*, a imperatriz parara na ilha de Corfu, onde Ulisses encontrara refúgio.

— " ...que apresenta a situação do Epiro em cores as mais sombrias. Resulta desse relatório o fato de que a vida, a fortuna e a honra dos cristãos estão à mercê dos albaneses muçulmanos, que cometem lá os maiores crimes. Num lugar perto de Delvino, um cristão, ao ser atacado por cães, jogou-lhes pedras para espantá-los."

— Bem! – disse ele. – E então? Não se guerreia por causa de cães, afinal...

— Espera – continuou Willibald. – Aposto que sim.

— "Nesse ínterim, um pastor muçulmano fez fogo contra o cristão, que, puxando seu punhal, se pôs em posição de defesa. O muçulmano investiu então contra o cristão e usou seu iatagã. Mas o cristão conseguiu evitar o golpe e, nessa luta corpo a corpo, matou o muçulmano e fugiu. Os amigos do muçulmano dirigiram-se então à aldeia onde o cristão morava, incendiaram a casa e cometeram os atos mais bárbaros contra todos os habitantes, sem poupar a honra das mulheres."

— E tudo isso por causa dos cães! – exclamou Franz, aterrorizado.

— São todos iguais – comentava Willibald com moderação. – Assim que saem do império, são animais selvagens. Ah! Como eu gostaria de um Bismarck para nos ajudar a domar esses animais! Um pulso de ferro, eis do que precisamos.

— Um Radetzky, talvez? – interveio Attila com azedume. – O cavalheiro aí queria uma repressão bem sangrenta, com enforcamentos e execuções sumárias?

— Cala-te, pois – interrompeu Franz. – Eu prossigo. "A autoridade enviou ao local um oficial com vinte soldados para proceder a uma investigação. Mas assim que chegaram à aldeia, exigiram dos habitantes que lhes fornecessem alimentos e, não contentes com o que os infelizes cristãos tinham sofrido, jogaram na prisão os primazes da localidade, depois de tê-los espancado impiedosamente. Ocorreu uma rixa entre os soldados e os habitantes, e estes últimos foram obrigados a abandonar em massa sua aldeia para ir procurar asilo em Corfu. Famílias inteiras deixavam diariamente seu lar e emigravam para Corfu para procurar asilo lá. Todos esses emigrados estão na mais completa penúria, cobertos de andrajos, e falta-lhes o pão cotidiano. O socorro do governo e a caridade particular não bastam mais."

— Eis o que se passa nas fronteiras do nosso império, Willibald – exclamou ele brandindo o despacho. – As pessoas se matam por causa dos cães que latem! Expulsam-nas de toda parte!

— Strummacher! Taschnik! A nota 2.379, onde a puseste? É de urgência! – disse a voz do chefe de seção, através da porta.

Attila pegou prontamente o papel que faltava e correu até a sala vizinha. Os dois compadres arrumaram no lugar o despacho para o caso de o chefe passar pelo cabeçalho.

— Imagina ao menos, por pura hipótese, que o imperador não esteja mais aqui para manter nossos povos todos unidos – suspirou Willibald. – Imaginas a catástrofe? Eles se matariam como nessa pequena ilha. Mas, a propósito do imperador, a doida dele será que não está de visita em Corfu?

O DESPACHO EXTRAVIADO retomou à seção diplomática de onde nunca deveria ter saído; no escritório dos redatores não se falou mais de Corfu.

Na primavera, Franz soube pelos jornais que a imperatriz assistiria à parada militar. Impulsivamente, virou a página, que ele preferia não ler; suas mãos tremiam, a cabeça girava um pouco.

– Então isso nunca acabará? – resmungou, furioso.

Seis anos depois da famosa carta de Londres, a última, e essa mesma emoção, a imperatriz em público, vê-la, a ela, ou não a ela, essa mentira...

Ele iria, com Anna, e dessa vez lhe diria tudo, para purificar seu coração. Ele lhe mostraria com o dedo o cabriolé negro com as armas imperiais, lhe mostraria a mulher desdenhosa de sorriso alongado, e suspiraria, como quem não quer nada: "Vês a nossa imperatriz? Pois bem, ela me amou durante uma noite inteira..."

Não. Ele apontaria o indicador para a carruagem e murmuraria misteriosamente: "Há lá uma mulher com quem valsei durante uma noite inteira." Já era melhor.

"Quem?", surpreender-se-ia Anna. "Não te referes à imperatriz, não é?"

"Ela mesma, exatamente."

E aí tudo se confundiria. Por que ele não tinha dito nada até então? Ele poderia sair-se dessa com um subterfúgio, esqueci, não era importante, lembro-me disso agora ao vê-la, mas Anna tinha intuição demais, ficaria magoada, decididamente não, não era uma boa solução.

Que idéia, também, mentir. Transformar três horas numa noite inteira, três valsas num amor louco e algumas cartas em paixão.

Ele decidiu levar a mulher à parada, e aí improvisar. Mas falar do assunto, pelo menos.

Chegado o dia, eles estavam lá, em família, Anna com seu chapéu de presilha, o de veludo verde, o mais elegante, e a pequena Emmy de vestido branco bordado, uma maravilha. Todos três no meio de uma multidão imensa, que viera aplaudir o casal imperial. O imperador em seu célebre baio cinzento, a sobrancelha caindo sobre um olhar austero, e ela, a imperatriz, ereta como uma lâmina, de saia de amazona de veludo negro, impassível sobre a montaria.

— Jamais se diria que ela é avó! — murmurou uma velha senhora num tom vagamente chocado.

— Nem que casou seu filho no ano passado! — acrescentou sua vizinha. — Talvez devesse parar de se exibir a cavalo.

— Parece que ele se chama Niilista... — cochichou um rapaz excitado.

— Ele quem? — indignou-se um burguês corpulento. — De quem estás falando, rapaz?

— Ora, do cavalo dela, de quem mais? A imperatriz... Ela calculou tudo: a égua, negra, sua roupa, negra, e o nome, Niilista... Olhai!

Só a gravata dela era branca, e o rosto. De longe, Franz não via nada de seus traços, só uma mancha clara e embaçada acima do cavalo, e a massa de seus cabelos castanhos, que de vez em quando se espalhavam um pouco. Uma dupla imagem perfeitamente imóvel, o animal perfeitamente dominado, a mulher, perfeita amazona; nem um movimento. Quando a parada terminou, a menininha estava cansada, seu pai colocou-a nos ombros, o imperador baixou o braço que saudava suas tropas, e ela, a imperatriz, fez recuar a égua com passos de lado, como no circo. Houve alguns aplausos.

— Por que aplaudem, papai? — perguntou a menininha.

O animal trotava no lugar, depois, com um pé após o outro, começou a dançar. E ela, também sempre ereta, abaixava os olhos para as pernas de Niilista, com uma atenção terna.

— Bravo! — gritou Franz indiscretamente.

A imperatriz procurou na multidão de onde tinha vindo o grito, percorreu com o olhar todas as cabeças amontoadas diante de si e viu ao longe a de um gigante bigodudo, que ultrapassava as outras. Franz ergueu a filhinha acima de sua cabeça e falou: "Dize bom-dia à nossa imperatriz!" A criança agitou a mão timidamente, já ela fizera meia-volta, e o animal trotava tranqüilamente.

— Então, viste-a? — perguntou o pai, pondo Emmy no chão.

— O cavalo foi embora — gemeu a criança.

Franz pegou de novo o braço de sua mulher e foram a pé os três, como tinham vindo. "Sabes", começou ele...

Depois conteve-se. Quando a criança estivesse deitada. Mais tarde. Quando a noite chegou, Emmy teve febre; Anna, inquieta, tateava-lhe a testa sem descanso, e Franz desistiu de sua idéia.

Não pensou mais no assunto até o inverno seguinte. Veio a primeira neve, espessa, silenciosa, uma verdadeira neve vienense iluminada por um sol claro. Franz decidiu ir caçar.

– Não para matar os animais – disse ele a Anna, que não gostava de espingardas. – Eu atiro muito mal. Só pelo passeio...

Ele adorava caminhar nas planícies brancas, quando os passos se abafavam, quando se embrenhava bastante para sentir a mordida do frio na pele, quando se era solitário, sobretudo, sozinho na luz deslumbrante tendo por companhia apenas as árvores negras.

FOI NO MEIO do primeiro campo que ele a viu contra a luz. Uma silhueta nobre, ereta, perfeitamente imóvel. Uma grande lebre de coxas poderosas, com imensas orelhas empinadas.

O animal estava ao alcance da espingarda. Franz encostou-a ao ombro, mirou a lebre, que baixou uma orelha, virou o focinho, aspirou o vento, tremeu, pulou. Em três saltos magníficos, desapareceu nas moitas.

Franz poderia ter apertado o gatilho, ter dado o tiro de misericórdia, teria tido tempo... Mas tremia tanto quanto a lebre, de pavor, ele tinha o mesmo medo que ela, o barulho do tiro, que horror...

Ela também tinha um coração de lebre. Ela também não parava de ter medo. Solitária num campo de neve, queria respirar o ar frio, ser livre, ficar lá, calma e negra, sentir os perfumes do inverno, e sem cessar os homens a mirariam com a ponta de suas espingardas. Então, como a lebre, ela levantaria a orelha, estenderia as pernas musculosas e fugiria poderosamente no meio das moitas.

Franz baixou sua espingarda e decidiu não mais caçar, nem mesmo um melro que bicava as cerejas do seu jardim.

EM GÖDÖLLÖ, a rainha, por sua vez, caçava. Desde a Inglaterra ela adquirira o gosto pelas caçadas com galgos, e naquele dia, enquanto

Franz erguia sua espingarda contra a lebre, ela se aprontava para perseguir um javali. A caça se reunira para encontro no Velho Lago, porque os javalis procuravam água.

Os encarregados dos cães tinham vindo para o relatório. O primeiro tinha conhecimento de uma velha javalina cansada, no Salto do Lobo. A rainha fez muxoxo; o segundo, de três ou quatro animais ruivos, que não a interessaram. Restava o terceiro, que avançou orgulhosamente, seguro de seu trabalho. Era o mais antigo dos encarregados da matilha, o que melhor conhecia o código da caçada e sua linguagem.

— Examinei o bosque do lado da Fonte das Fadas, e acredito ter conhecimento de um velho macho de aproximadamente sete anos, que se meteu no covil. Reconheci-o pelo tamanho das pegadas. É o Grande Negro, Majestade.

O Grande Negro tinha escapado a três caçadas sucessivas, era astuto, não se deixaria pegar facilmente. Pelo menos, com o chão coberto de neve, não se corria o risco de perdê-lo. O terceiro encarregado dos cães tinha seguido corretamente suas pegadas; uma vez marcado o lugar, delimitada a área, nada faltava.

A equipe se preparava para o ataque; pouca gente, os Esterhazy, as Baltazzi, nem um só austríaco autêntico. Tranqüila sobre Miss Freney, belo alazão escuro, uma égua irlandesa que havia comprado especialmente para a caça, a rainha da Hungria se mantinha à parte. Os cães puxavam as trelas, seguras firmemente pelos tratadores; Haltan, Selma e Black, os três bávaros da rainha, admiráveis cães de raça, eram objeto de atenções particulares. Todo mundo estava pronto; a matilha ofegava, esperava-se. Como chefe da equipe, competia à rainha dar o sinal. "Ataquemos lá onde o animal entrou", disse ela como que a contragosto.

Como se podia imaginar, o Grande Negro tinha desaparecido do seu covil; a caçada era perigosa e longa. Mas era trabalho dos cães, que ladravam em perseguição da caça sob um céu abafado.

A rainha procurava os caminhos penosos; quando se podia contornar um bosque, ela lançava a Miss para satisfazer sua paixão pelo salto. O resto da companhia podia ocupar-se do animal; mas a rainha, todo mundo sabia, caçava distraidamente. Os cães corriam para a planície, o que não lhe interessava. Bruscamente, pararam os latidos; perdidos, os cães se tinham enganado; o animal negro tinha escapado.

Os convidados pararam, perplexos. Era o momento. Ela viu uma sebe um pouco alta, abandonou a caçada e dirigiu-se para o obstáculo a galope. Atrás da sebe começava um pequeno bosque modesto que os cães tinham evitado, um paraíso de ramos cobertos de geada brilhante. No outro extremo do campo, a equipe não tinha notado sua ausência.

Miss Freney saltou a sebe; o animal, com os pés enfiados na neve profunda, dava sinais de cansaço, era preciso parar um pouco. A jovem mulher tirou o chapéu, sacudiu as tranças, desfez a gravata; o que ela preferia nas caçadas eram os momentos roubados, uma solidão de clareira logo terminada. Uma rajada de frio violentamente a esbofeteou; ao mesmo tempo chegava até ela uma catinga selvagem, quebravam-se ramos, urrava-se... Com as orelhas espetadas para cima, Miss Freney empinou.

Foi somente então que, ao virar-se para o bosque, viu o Grande Negro à espreita, a 10 metros. A imagem do terror e da força. O grande javali estremecia de surpresa. Com a cabeça erguida, o focinho ao vento, ele batia os dentes, babava, espumava; majestoso, ameaçador, ele a fixava com pequenos olhos injetados de sangue. Ia atacar...

Primeiramente, era a Miss que ela precisava acalmar, a qualquer preço, segurando firmemente as rédeas.

Domar seu próprio medo, sem tirar os olhos da fera. Mostrar a ambos, ao javali e à égua, a claridade do céu cinza, sua leveza, sua calma, ninguém para matar ninguém, nada de morte... Ela quis abafar as batidas de seu coração; parou de respirar. A silhueta do Grande Negro apagou-se numa espécie de névoa, ela quase desmaiou, a vertigem ameaçava, a Miss não parava de tremer... Ela fechou os olhos, depois, decidida, reabriu-os e enfrentou a visão do monstro.

Teve tempo de distinguir o negrume dos pêlos hirsutos, o branco amarelecido das presas, os cílios de feno, que não se mexiam. O encanto durou muito tempo; o Grande Negro e a rainha se olhavam de frente. "Não te matarei", pensou ela intensamente, "compreende-me, ama-me..."

Subitamente recomeçou o latido dos cães, ao longe, trazido pelo vento; o Grande Negro abalou-se com o ruído e foi-se embora, trotando.

ELA JUNTOU-SE AO GRUPO sem dizer nada, com medo de quebrar essa tácita promessa feita em silêncio a um velho solitário. As regras autorizavam a absolvição das feras, desde que fossem idosas e valorosas. O chefe da caçada era ela.

Naquele dia não se encontrou o Grande Negro.

Muito mais tarde, no meio da noite, ela despertou suada, com a testa gelada, a barriga torturada por cólicas surdas. O terror finalmente viera, o que ela lera nos pequenos olhos vivos do Grande Negro.

Ela não conseguiu dormir; de madrugada, sentou-se maquinalmente à mesa, antes de sua higiene matinal. Sem refletir, pôs-se a escrever um poema; não escrevera mais nenhum, desde a adolescência. As palavras fluíam sem esforço, jorradas de uma fonte secreta, viva, inesgotável. O poema não evocava o javali; uma gaivota sonhava planando sobre o mar, era só. Ela mal se surpreendeu; sem saber bem por quê, a poesia tinha voltado à sua vida, depois de um longo deserto, presente de um velho macho ameaçador na neve de um pequeno bosque.

11
As suplentes e alguns burros

Um jovem burrico se queixava com alarde
Titânia, vem, suplicava ele, acaricia-me!
E sua queixa anônima era tão pungente
Cada um de seus zurros tão ruidoso
Que ela despertou e ouviu-o, finalmente.

Elisabeth

Desde que vira aquela lebre na neve, Franz não agüentava mais as críticas dos vienenses a respeito de sua imperatriz. Não se tratava mais somente de atrevimentos banais, como cometia Willibald, pelo menos uma vez por dia, não, era mais grave. Se quisessem desesperar a imperatriz para sempre, não o fariam de outra forma; aliás, as alfinetadas nos jornais vinham sempre do clã dos pró-alemães. Estava-se tão acostumado com a beleza dela que ninguém se deslumbrava mais; em contrapartida, exigiam vê-la não para admirá-la, mas para observarlhe as rugas e a idade que chegava.

Em conseqüência, dizia-se que ela não tinha coração e que era dura como pedra. Willy tornara-se radical; e se lhe acontecia, por hábito, ridicularizar a imperatriz a respeito de sua apresentação pessoal, tinha parado de inventar-lhe amantes. Não, o que lhe censuravam os vienenses, dizia ele com irritação, era não ser como as outras mulheres. E quando por acaso o húngaro se retirava, Willy dizia gravemente que a imperatriz estava um pouco perturbada. Os vienenses inquietavam-se.

— Não quero melindrar Attila, mas decididamente não sou o único a achá-la estranha — murmurava o gordo Willibald com ar de entendido.

— Aí está – gritava Franz. – Querei-a gordona como vossas mulheres e vossas mães, não é? Resignai-vos! Ela é magra!

— Acalma-te – suspirou Willy. – Achamos apenas que ela é estranha. O que é então uma mulher que se esconde e não come nada? Uma afogueada que passa o tempo na caça e que só gosta de seus cavalos? Que nos dêem uma soberana que saiba degustar os bolos de nosso país, pelo menos! Não tem carne, não tem sangue, não é humana!

— Sabes ao menos que ela visita os hospitais e os asilos de loucos? E que vai ver as pessoas pobres às escondidas? Lembras-te de que ela cuidou dos feridos na volta de Solferino? Ah! Não seria ela que se exibiria em bailes de caridade com diamantes!

— É o que se diz – resmungou Willy –, e vão-se visitar os loucos com os quais se teme parecer-se... Vais ver.

Naquele dia, quase saíram aos tapas, como antes com o húngaro. No dia seguinte, aparecia um artigo intitulado "Uma mulher estranha", em que se misturavam bafejos de xenofobia que insistiam no inusitado, no estranho e no estrangeiro. Franz desconfiou de Willy e decidiu vingar Gabriela.

Ele escreveria um artigo que faria publicar no *Ririkiki*, único jornal em que se podia misturar impunemente a sátira com a emoção; além disso, era o mais lido nos cafés, porque era também o mais picante, o mais vienense. Mas quando se instalou gravemente diante de sua mesa, Franz não achou nenhuma palavra espirituosa, nada de engraçado. Sentada em sua poltrona, Anna lia.

O humor não era o seu forte; as alfinetadas não lhe vinham à pena. Invejou o temível talento de Willy, e quando sua mulher subiu para deitar-se, ele entregou-se, como se escrevesse mais uma carta para ela. Foi um poema que ele intitulou "A estranha mulher", que ia pôr no correio, sem assinar.

> É com efeito estranha essa mulher
> Que sem ter medo do perigo
> Animada pelo amor ao próximo
> Conforta o lar infeliz
> Estranha aquela que, longe da beleza,

Não hesita em falar aos leprosos,
Se precipita, com lágrimas nos olhos,
Até a cabeceira do moribundo e do abandonado
Senhoras beneficentes, vede antes como
Se exerce uma verdadeira e modesta caridade
Sem a música de Johann Strauss,
Mas no silêncio, no hospital
Vede a nossa imperatriz, um exemplo
De humanidade e de grandeza.

Ele não ficou satisfeito com o poema. Mas, para sua grande surpresa, o *Ririkiki* o publicou logo; Willy espumava.

— Olha só esses versos de pé-quebrado! A imperatriz e os leprosos, que achado! E esses ataques contra as damas beneficentes! Eu queria muito saber quem é esse animal...

— Vês que eu tinha razão – comentou Franz. – Ah! Não é como a princesa Metternich, que faz caridade com grande pompa, arranja bailes e quadros vivos e se exibe no Corso do 1º de Maio... Só faz isso se puder ser vista... A imperatriz é diferente. Ela não vai às vesperais. Humana, caridosa, generosa. Eis como nós a vemos.

— Nós quem? – disse o outro furioso.

— Nós, os pequenos – respondeu Franz. – Os ricos não gostam dela.

— Nós, os povos do império – acrescentou o húngaro. – Por mais que fizeres, Willibald, exceto em Viena, a imperatriz é a mãe do povo.

— Então ela não é a mãe dos alemães – replicou o gordo.

Franz e Attila se olharam com consternação. Havia algum tempo, Willibald Strummacher se afeiçoara aos adeptos da Prússia, os "borussos", como se dizia em Viena por zombaria. E se ele ainda poupava o imperador, seus ataques contra a imperatriz se tornavam francamente políticos.

— Uma família impossível, os Wittelsbach – continuou Willy num tom indiferente. – Olhai só isso! O velho rei Luís e sua Lola Montès, o outro rei Luís, o último cronologicamente, com seu Richard Wagner, e o pai da nossa imperatriz, o duque Max, com sua cítara e seus cavalos de circo, ela e sua instrutora de equitação! Desequilibrados, nulidades! O filho dele não vale mais, esse grande defensor dos direitos nacionais, esse fedelho; se lhe apertarem o nariz, ainda vai sair leite. Ou pus, vereis.

O gordo exagerava.

NO INÍCIO, o casamento principesco parecia ter tido êxito completo. Até o Correio de Berlim afirmava que a princesa tinha adquirido uma certa influência sobre o esposo, "cujo temperamento se tornou mais calmo e mais sério".

Rodolphe brincava de pombinhos. Sua mulher o chamava de Coco, antigo apelido com que as irmãs dele o tinham ridicularizado na infância; o príncipe chamava a esposa de "Cocosa". Diziam-se: "Queridíssimo anjo", "fiel Coco", "do Coco que te ama profundamente". Encantada, a jovem Stéphanie, que adquiria desembaraço e se tornava mais elegante, comparava o príncipe herdeiro a Papageno, e ela mesma a Papagena.

Ela decidiu então "dar-lhe um empurrão". Mas não sabia como. O imperador era de uma robustez implacável, e seu filho, terrivelmente rebelde à autoridade imperial, "velharias medievais", dizia ele. O imperador não desapareceria tão cedo, e, no poder que ele exercia, o filho não tinha vez. Ele se queixava disso todos os dias.

Stéphanie deixava falar e procurava uma idéia. Não teve tempo. Alguns meses depois do casamento, no outono, a imperatriz, sua sogra, a chamou. A jovem mulher fez a reverência, beijou a mão imperial e esperou. A imperatriz andava de um lado para o outro. Finalmente, num revoar de sedas, imobilizou-se.

— Minha cara criança, tenho um pedido a formular – sussurrou ela, sem descerrar os dentes. – A partir de hoje, tu me substituirás nas cerimônias oficiais. Conquistastes todos os corações... não protestes... e cumprirás dignamente tarefas que te caberão um dia. Não, não me agradeças. Começas amanhã.

Foi tudo. A bela mão já se estendia para o beijo protocolar.

STÉPHANIE ASSUMIU pois todas as funções reservadas à esposa do imperador, que partira para a Hungria ou para outro lugar, segundo seu hábito. A princesa herdeira conseguira algo com que satisfazer-se, e era tudo o que queria. Não se cogitava mais de "dar um empurrão" no marido; ao contrário.

Rodolphe ficou inicialmente encantado por ter sua mulher ao seu lado. Depois cansou-se de seus brinquinhos e trejeitos. Na primavera, juntou-a a suas diversões, e pôs na cabeça que ela devia conhecer o povo. O príncipe herdeiro tinha gostos muito simples.

— Nós nos disfarçaremos! – disse-lhe. – Veste-te como uma burguesa. Põe um vestidinho preto bem simples, de gola branca, um camafeu, isso basta...

E levou-a a uma taberna nas colinas. O ar estava delicioso; puseram-se à mesa, num canto, sem cerimônia. Rodolphe pediu *Gespritzt*, que serviam em canecas de vidro. Stéphanie passou um dedo prudente sobre a madeira ensebada.

— Está suja – disse com nojo.

— Mas olha à tua volta! As pessoas se divertem! – replicou o marido com certa irritação.

Quanto a divertir-se, divertiam-se. Moças em vestidos de cores berrantes cantavam a plenos pulmões; os cocheiros de fiacre puseram-se a assobiar árias de valsas; o príncipe, encantado, os acompanhava batendo palmas. Uma moça pulou sobre uma mesa e pôs-se a rodar em torno de si mesma, lançando ao príncipe olhadelas insistentes. Stéphanie tossiu até perder fôlego.

— Ora! – disse Rodolphe. – Não é por malícia.

E levantou-se para uma valsa com a moça que o tinha reconhecido. Um violinista veio até a mesa deles e tocou langorosamente as caras canções vienenses, e Rodolphe tinha lágrimas nos olhos. Stéphanie ficou amuada.

— Está amuada... – disse-lhe, quando o violinista se foi.

— Acho este lugar horrível – cochichou ela. – Este cheiro de fritura... Como suportas este fedor de alho e de tabaco? Não se respira aqui!

— Realmente – disse ele com a cara feia. – Pois bem! É tudo o que adoro!

Seis meses depois, o príncipe lhe declarava que a velha Europa tinha passado de moda, e que caminhava para o seu declínio. No ano seguinte, a princesa descobriu um papel no qual ele havia escrito: "Como observador silencioso, estou curioso para ver quanto tempo será preciso até que um monumento tão velho e tenaz quanto a Áustria se desmanche e se aniquile."

Stéphanie queria deliberadamente tornar-se um dia imperatriz; insurgiu-se. Discutiram. Rodolphe desistiu dos arrulhos, não a chamou mais de "Cocosa", mas de "Caríssima Stéphanie". Na mesa do príncipe herdeiro apareceu uma caveira humana, cujo sorriso descarnado fazia fugir a princesa; ele ria às gargalhadas, e acariciava o osso amarelecido. A lua-de-mel tinha acabado.

E Stéphanie percebeu que esperava um filho.

DEZ ANOS se tinham passado desde o Baile do Reduto.

A casa Taschnik estava mergulhada numa calma tranqüilidade. Era um domingo como os outros, no final da primavera, depois do almoço. Nenhuma notícia perturbava a paz vienense; acabava-se de saber na Burg de um feliz acontecimento no lar do príncipe herdeiro. Pela primeira vez, os amigos só viriam à noitinha. Na cozinha, Anna preparava a massa para os filhos. As crianças tinham saído a passeio. Havia algum tempo Anna tinha contratado uma empregada, uma pequena que olhava Willy de soslaio ocasionalmente.

Era um progresso; porque, no momento do nascimento de seu filho, Franz não tinha conseguido impor a babá morávia com que sonhava. Anna se opusera; os criados em Viena eram escravos, indignava-se ela, tinha-se legalmente o direito de bater neles, eram tratados como animais, e ela tinha suas idéias, sempre as mesmas. Cada vez mais libertária, a Anna. Mas ela mesma escolhera a empregada, que se ocupava bem de Toni e que Anna administrava.

Em outros tempos, Franz teria lamentado a ausência das melodias vindas da mansão vizinha. O maestro não voltara a Hietzing; morava em Iglgasse, no coração de Viena, com sua terceira mulher. Depois da morte de Jetty, Strauss desposou uma moça jovem demais para ele, e o casamento não durou. Quando o músico quis divorciar-se, teve de ir a Budapeste, onde era mais fácil. Lá, encontrou Adèle, uma jovem viúva que ele contratara como advogada; graças a ela, divorciou-se. Depois, apaixonou-se por Adèle, a húngara, e Adèle era judia, o que encantava os Taschnik e reavivava a afeição de Franz por Johann Strauss. Anna acreditava saber que o novo casal poderia voltar a Hietzing, e que na mansão logo ressoariam trechos de valsas ao piano.

Tanto que Strauss convidava a ir lá muitas vezes seu mais fervoroso defensor, o grande Johannes Brahms, um maravilhoso pianista. No verão, bastaria sentar-se no jardim e aguçar o ouvido, e se estaria no paraíso sob as cerejeiras. Neste caso, Anna jurara a si mesma, ela conseguiria travar amizade com a mansão vizinha. Desde que ela reabrisse. Eis por que Franz Taschnik não lamentava muito as melodias de sua juventude: elas iam voltar. Enquanto esperava, contentava-se com o sono.

Ele não teve mais nenhuma notícia da desconhecida do Baile do Reduto. Da imperatriz não se sabia muita coisa tampouco, aliás. Sem razão aparente, ela desistira bruscamente das caçadas com galgos, e até mesmo da equitação; segundo Willy, seu instrutor inglês simplesmente se tinha casado, e, de dor, ela não montava mais. Dizia-se que ela se pusera a fazer esgrima; mas era um boato como os outros, a que Franz não dava importância. Quando tinha tempo de sonhar, quando as crianças não estavam em casa e Anna trabalhava na cozinha, Franz pensava na lebre que tivera na ponta da espingarda, e em seu próprio medo. Sabia ele se tal aventura não tinha acontecido a Gabriela? Será que isso não era suficiente para desistir de qualquer caçada?

Quanto à equitação, as coisas eram mais complicadas. Agora, Franz montava bem; tinha uma égua só dele, que ele chamara "Reduto", *in memoriam*. Tomara-se de amores pelo animal de pêlo malhado, e não via razão por que a imperatriz teria evitado tão subitamente os cavalos. A menos que a idade... Mas não! Ela era eterna, como nas fotografias.

Deitado no sofá, com a cabeça apoiada numa almofada bordada, Franz mal havia adormecido quando, na névoa do primeiro sono, ouviu um tilintar longínquo. Enroscado no veludo, o gato roncava discretamente, apenas um pouco mais depressa que seu dono. Franz entreabriu as pálpebras, seu olhar adormecido entreviu os cortinados nas janelas, as palmas que saíam do pote de porcelana da China e um raio de luz sobre o piano. Nada podia perturbar a cálida harmonia dessa tarde ensolarada. Nada, exceto esse tilintar obstinado.

A campainha tocava com força e ninguém atendia. Bocejando, Franz lançou sobre a porta um olhar aborrecido. Fora, tocavam com mais força. Ele levantou-se e procurou a empregada, que também dormia, na cozinha, com os cotovelos sobre a mesa.

— Vai abrir logo! – gritou. – E se é um desses vendedores de canções, não o deixes entrar!

A pequena ajeitou a blusa azul e precipitou-se para a porta. Franz deitou-se de novo e ficou atento: acreditou identificar cochichos femininos e suspirou.

— Nem mesmo no domingo a gente tem paz. Pedintes, sem dúvida. Desde que ela agüente firme...

A criada reapareceu, com ar assustado.

— Senhor, são duas damas distintas que querem vê-lo... – começou ela. – Parece que...

— Não estou em casa – interrompeu ele baixinho. – Pega dinheiro no porta-moedas e dá-lhes, que me deixem em paz.

— Senhor, já pensei nisso... Elas não querem dinheiro. Dizem que é pessoal – disse ela estendendo um cartão. – Mas não há nenhum nome gravado aí.

Não era um cartão de visita, era um cartão sobre o qual tinham escrito à mão: "Baile do Reduto. Carnaval 1874."

— Essa agora! Exatamente dez anos depois! – gritou ele pulando e ficando de pé. – Manda-as esperar um pouco! E fecha logo essa porta! Onde estão meus chinelos?

Ele puxou o colete sobre a calça, pegou seu casaco caseiro, pôs os óculos e tentou em vão alisar as ondulações de seus cabelos.

— Tanto pior – resmungou. – Não se surpreendem as pessoas na hora da sesta. Dez anos! Ela deve ter então 46 agora... E eu – disse, dando uma olhada no espelho dourado – tenho a idade que ela tinha no baile... E estou de chinelos!

O espelho devolveu-lhe a imagem de um homem desgrenhado, que ajeitava às pressas as pregas de sua gravata branca. Aproximou-se do reflexo com um ar contrariado, molhou os dedos com saliva e achatou os cabelos indóceis, que puxou para a frente, para o lugar em que o crânio começava a desguarnecer-se.

A empregada passou a cabeça através da porta entreaberta.

– Manda entrar – disse ele, ajeitando a corrente do relógio. – E vai dizer à senhora que não me perturbe; estou em reunião.

Duas mulheres pequenas entraram, mais para gorduchinhas, inteiramente vestidas de negro, com o rosto coberto por um véu espesso. Franz franziu o sobrolho: nenhuma das duas tinha a elevada estatura de seu dominó amarelo.

– Gabriela não está com as senhoras! – exclamou, irrefletidamente.

– Ah, senhor – indignou-se a primeira dama. – Permita ao menos...

– Perdoem – interrompeu ele, correndo até ela. – Falto a todos os meus deveres. Senhora...

E ele inclinou-se para um beija-mão* demasiado tenso. A dama se descontraiu levemente e sentou-se. A outra mulher, imóvel, examinava Franz com curiosidade.

– Não conhece minha amiga – disse a primeira dama. – Marie, eis o Sr. Taschnik.

– Um funcionário inteiramente devotado ao império, sabemos disso – interrompeu ela um pouco secamente.

Ele deu um segundo beija-mão mais tenso ainda, e indicou um assento para a dama de véu.

– Senhor – começou a primeira dama –, estamos desesperadas a ponto de importuná-lo em sua intimidade e sem avisar. Só a importância de tal diligência...

– Por Deus, senhoras – cortou Franz com embaraço –, não quis fazê-las esperar, vejam como estou vestido... Solicito sua indulgência, e desculparão estes trajes pouco conformes aos costumes.

– Nada a desculpar, senhor, nada – respondeu ela com um risinho constrangido. – Somente razões...

---

*Beija-mão – Regra de etiqueta que consiste em beijar a mão de um soberano em sinal de respeito. (*N. do E.*)

— Parece-me que conheço seu sotaque, senhora. Durante um baile de máscaras, encontrei certo dominó vermelho que tinha sua aparência.

— Com efeito, senhor. Deve lembrar-se de que eu me fazia chamar de Ida.

— Então é a senhora — murmurou ele, angustiado. — E o dominó amarelo?

— Justamente — interveio de súbito a voz grave da segunda dama. — É por causa disso que viemos vê-lo.

— Não me digam que ela morreu! — exclamou ele, com um soluço.

As duas mulheres se entreolharam espantadas, e a primeira dama teve um acesso de tosse, perturbada.

— De jeito nenhum, senhor — disse.

— Tanto melhor — suspirou ele. — Esse longo silêncio, e suas roupas negras... Acreditei por um instante... Estou bem feliz.

— Ela apreciaria sua preocupação — murmurou a segunda dama. — Trata-se de outra coisa diferente. Recebeu cartas, senhor.

— Exato — respondeu Franz, pronto para o que desse e viesse. — Será que por acaso eu teria de devolvê-las?

— Aí está — disse a primeira dama aliviada. — Ela deseja tê-las de volta. Com sua permissão.

— E quem me prova que seja verdade?

— Mas senhor! — exclamou a segunda dama. — Como pode...

Ida, para fazer calar a companheira, apertou-lhe a mão.

— Seus escrúpulos o honram — disse ela precipitadamente. — Mas nessa famosa noite, vai lembrar-se disso, estou certa, estávamos juntas, ela e eu, numa intimidade muito grande... Sou amiga dela! Tenha confiança em mim.

Franz sentou-se finalmente, e contemplou as mãos dela com perplexidade.

— Dez anos se passaram — murmurou ele. — Quem me diz que não querem traí-la?

— Oh, senhor! — exclamou Ida —, nada está mais longe de mim do que traí-la!

– A quem? – lançou Franz, erguendo a cabeça. – Não sei nem sequer o nome dela. E a senhora parecia muito assustada na noite do baile.

– Uma mulher casada – suplicou Ida. – Compreende? Seja compassivo.

– Casada, sim – resmungou Franz. – Precisamente. Quero devolver-lhe suas cartas se ela vier pessoalmente. Ponham-se em meu lugar: eu as daria a duas desconhecidas, depois de todo esse tempo? Sou um homem distinto.

– Disso ninguém duvida! – disse a segunda dama com emoção.

– Obrigado – disse Franz virando-se para ela. – Se ao menos tivésseis uma carta, um bilhete...

As duas mulheres calaram-se.

– Vejo que não há nada disso – observou ele. – Neste caso...

Ele então se levantou polidamente.

– Não cederá – suspirou Ida.

– Não! – exclamou ele, irritado. – E se por acaso vem realmente da parte dela, diga-lhe que estou muito descontente com esse procedimento. Abusar de minha casa, de meu domingo, de surpresa, sem explicação! Não mereço isso.

– É verdade, senhor – disse vivamente a segunda dama. – Somente a amizade que temos por ela pode desculpar nossa indelicadeza. Esteja certo de que ela não teria aprovado...

– Então é porque ela não sabe de nada! – exclamou Franz com espanto.

– Cale-se, Marie – murmurou Ida.

– Ela não sabe de nada... – repetiu Franz. – Estou contente. Pois bem! Minha cara Ida, falhou em sua empreitada. Imagino que o marido ignore tudo a respeito da aventura.

Ida abaixou a cabeça.

– Ela ainda viaja muito? – acrescentou Franz com ironia.

– Não direi nada.

– E os cavalos dela? Ela ainda tem sua égua baia? – continuou ele. – E as estrelas espetadas nas tranças?

— Outra vez essa estupidez! Gabriela não é... não é...

— Elisabeth – concluiu Franz, inclinando-se. – Já o disse naquela noite. E não sei de nada ainda.

— Vamos embora, senhor – disse a segunda dama juntando a saia. – Já ouvi demais. Venha, minha cara.

— E, como da primeira vez, tratam-me como lacaio! – exclamou Franz. – Invadem-me a casa, querem constranger-me, e nada me dizem!

— Um dia, talvez, compreenderá seu erro, senhor – disse gravemente a segunda dama. – E fará justiça àquela a quem chama Gabriela.

— E cujo nome não é esse. Decididamente, meu dominó amarelo tem o gosto pelo mistério. Que importam os sentimentos de um homem que achincalham cruelmente...

— Cruelmente? – exclamou ela rindo. – Isso não o impede de dormir, senhor, e não parece torturado! Esta casa não é a de um celibatário, pois não? É casado, aposto.

— Eis aí algo que não lhe diz respeito! – gritou Franz.

— Tem razão, senhor – disse ela secamente, virando-se. – Mas se arrebata.

— Eu? De jeito nenhum! Se eu me arrebatasse, ergueria os véus e saberia finalmente com quem estou falando! – urrou ele. – Conhecem meu nome, meu endereço, e estou tratando com sombras negras, Marie e Ida, Ida e Marie... O carnaval terminou, estamos no verão, senhoras!

Ida levantara-se e olhava-o com preocupação. Franz, vermelho de cólera, percorria o salão derrubando os móveis, e não se continha mais.

— Acalme-se, Sr. Franz – murmurou ela, com a voz mudada.

— Não queria ofendê-lo.

— Oh!, a senhora – disse ele erguendo a mão. – Não sei o que me retém...

— Vou-me embora – disse ela apressadamente. – Queríamos... Enfim, teríamos apreciado... Compreenda... Era para proteger Gabriela.

— E da minha honra, senhora, o que fazem?

— Era tão jovem... – gaguejou ela. – Teria podido... Eu o conheço tão pouco.

— Mas ela me conhece! – disse o rapaz.

— Então não a trairá?

Ele deu de ombros.

— Pois bem... Adeus, senhor – disse Ida numa voz débil.

Ele se acalmou e esboçou um gesto para acompanhá-las até o limiar do salão. A mulher de voz grave saiu rapidamente sem uma palavra; Ida ajeitou de novo seu véu.

— O Sr. Willibald vai bem? – disse ela subitamente no degrau da porta.

— Ele ficará sensibilizado com a sua atenção, senhora. Ele progride.

— O senhor não mudou muito – disse ela, encarando-o com o lornhão. – Reconheci-o à primeira olhadela.

— Oh! – murmurou ele, perturbado –, mesmo assim envelheci.

— Ainda tem belos cabelos cacheados – disse ela gentilmente.

— Mas preciso de óculos. Não lhe contem isso.

— Quanto a isso, não há perigo – disse Ida num suspiro.

— Ela ainda é bonita? Diga-me – implorou ele, pegando-lhe a mão.

— Deixe-me. Sim, é, sempre.

— Guardei o leque, sabe? Foi uma noite maravilhosa.

E ele beijou-lhe a mão, que apertou contra os lábios.

— Diga a ela que não esqueci nada – soprou ele. – E que a esperarei até o meu último dia.

— SEMPRE A TUA PRECIPITAÇÃO! – exclamou Ida assim que ambas saíram. – Não podias segurar tua maldita língua? Esse Taschnik compreendeu que não éramos mandatárias dela para recuperar as cartas!

— Mas isso não muda nada – respondeu friamente a condessa Marie. – Ele não estava disposto a devolvê-las. Aliás, eu te tinha prevenido: essa providência era tolamente imprudente.

— Crês que as cartas não existem mais?

— Anda logo – disse a condessa. – Ele vai ouvir-nos. Espera até estarmos na carruagem.

As duas mulheres se calaram. A condessa Marie detestava as

humilhações; deixar-se repelir por um pequeno funcionário, sem apresentações, não poder responder-lhe à altura, tudo isso era insuportável.

— Eis aí o resultado de teus alarmes! — exclamou ela assim que se sentaram na carruagem. — Em vez de deixar tranqüilamente as cartas no fundo de uma gaveta onde esse senhor certamente as guardou, reavivas uma velha aventura de dez anos!

— Vê-se bem que não estavas lá na noite desse maldito baile — murmurou Ida com a voz alterada. — Se tivesses visto a ambos... Eles estavam tão absortos um no outro! Valsavam tão bem juntos! Nunca vi nossa imperatriz naquele estado...

— Mas a imperatriz não fala mais disso há muito tempo!

— Já te contei que ela me disse algumas palavras no mês passado — suspirou Ida.

— Sim! — explodiu a condessa. — "Que pena não ter mais as cartas que se escrevem!" E achas que é suficiente? Quando penso que acreditei em ti...

— Pensa o que quiseres, Marie. Não leste as cartas, não calculas o perigo delas. Fracassamos, mas eu tinha razão em querer retomá-las.

— Não sei se nossa imperatriz ainda pensa nessas cartas de amor, mas do que estou certa é que elas te obcecam, minha cara... — disse a condessa com ironia.

— Uma mancha assim na vida de nossa Elisabeth — cochichou a companheira. — Uma mancha na plumagem imaculada de um cisne, Marie! Pensa no futuro! Na memória dela!

— Nenhuma preocupação — cortou a condessa num tom glacial. — Esse Taschnik morrerá tranqüilamente sem conhecer o nome do seu amor de uma noite, e seus filhos jogarão as cartas no fogo. Ninguém jamais saberá de nada.

QUANTO À IMPERATRIZ, ela permanecia bela o bastante para que ninguém pudesse pensar que envelhecia. Jamais desistira da idéia extravagante que tivera durante a missa de aniversário de suas bodas de prata; mas não achara candidata a seu gosto para ocupar a função delicada de amante titular do imperador. Às vezes, a mulher sobre a qual lançara sua escolha era apresentável, mas era uma aristocrata, o que não queria de jeito nenhum. Ela guardara as marcas das humilhações da Corte, obstinada em espalhar falsos boatos sobre sua família: pessoas inúteis, pequena nobreza, uma meretriz, diziam, depois do casamento.

Nobre, não. Mas então como achar? Uma empregada também não se sairia melhor. Quando em 1885 o imperador ia com freqüência ao Teatro da Corte, ela teve uma inspiração. Uma atriz subvencionada, eis aquilo de que precisava.

Com os olhos fixos numa fotografia emoldurada, ela franzia as sobrancelhas perfeitas; tempestade à vista, pensou Ida. Que lhe interessava esse retrato de atriz, o que tinha ela a ver com essa beleza banal, que fazia sucesso em papéis açucarados nos palcos de Viena?

— Dize-me de novo, condessa. Por quanto tempo ele teria falado com ela no Baile dos Industriais? – indagou ela, pensativa.

— Oh! Alguns minutos, não mais, senhora – respondeu Ida hesitando. – Nada de escandaloso.

— Mas, mesmo assim, ele vai vê-la com freqüência no teatro, não é?

— O Burgtheater custa bastante caro ao Tesouro imperial! – exclamou a húngara. – E o imperador tem razão de aproveitar-se disso, não?

— Ela não está mal – disse ela fazendo beicinho. – Um pouco gorda, mas tem olhos bonitos. Enfim, vulgar, evidentemente. Ela se sairá bem. Irás colocá-la na lista dos convidados à ceia. Depois da reunião noturna com o czar.

— Para cear? Com o czar? – gemeu Ida. – Que vai inventar de novo?

— Quero conhecer essa moça, como a chamas tu? Ah!, sim, já sei. Schratt. Katharina Schratt. E quero-a para esta ceia, eis tudo!

— A senhora vai provocar um escândalo, estou certa...

Ágil, ela saltou sobre os pés e abraçou sua dama de companhia.

— Preciso dela, Ida, vais entender. Preciso de uma mulher bastante comum, submissa e fiel, um pouco burra, e que dependa inteiramente de nossa vontade. Não é ideal?

— Que pretende fazer com ela, Deus do céu? – suspirou a húngara.

— Será minha substituta, Ida – disse ela, caindo na gargalhada.

A ceia realizou-se na presença de Suas Majestades Imperiais e Reais, às quais se juntou o príncipe herdeiro. Seu olhar preocupado ia da mãe à atriz, a rival, por quem seu pai sem dúvida estava apaixonado. Mas a soberana a tratava como amiga, e parecia exibir, para seduzi-la, os encantos que só reservava aos húngaros. Para uma atriz acanhada que morria de timidez!

O imperador, seu pai, também as contemplava, erguia para sua imperial esposa olhos de cão surrado, e pestanejava ao cruzar com o olhar da Schratt, que baixava a cabeça, enrubescendo.

Rodolphe esperava um estrépito que não aconteceu. No fim da ceia, como a atriz mergulhava numa reverência impecável, a imperatriz ergueu-a e beijou-lhe a testa, com um afeto que parecia sincero.

Ela tinha o aspecto estranhamente compartilhado de uma mãe que casa o filho. Ora, esse filho que ela casava era o imperador em pessoa.

Num dia de primavera, Attila apareceu cantarolando no escritório. Estava de humor tão alegre, que beijou Willy, que redigia um despacho importante.

— Meus garotos, estou apaixonado! Finalmente! – exclamou.

— Até que enfim! – suspirou Franz. – Tua Ruivinha não era apresentável. Então, quando é que te casas?

— Pergunta a outros – disse o húngaro. – Ela já é casada, eu acho. Não, estou apaixonado e é só, como um estudante. Ao aceitar minhas violetas, ela me olhou com tanta ternura... E tenho um encontro amanhã; finalmente, estou quase certo disso.

— Tanto melhor, então, mas cala-te – resmungou Willy. – Tenho trabalho. Tu nos falarás dos teus amores daqui a pouco, no café.

— Ele está com ciúmes – soprou o húngaro, instalando-se. – Pobre Willy!

— Conta – cochichou Franz, interessado.

— Uma atriz do Burgo, a mais bonita!

— A Wessely?

— Não disse que era a mais célebre...

— Mas quem, então?

— Ah! É o meu segredo.

— Quereis parar logo, vós ambos? – gritou Willy. – É insuportável! Estou tratando dos negócios da Sublime Porta!

— Psiu! – murmurou Franz. – Ele está falando sério, conversemos mais baixo.

— Não insistas, não posso dizer-te nada.

— Mas estás morrendo de vontade, vamos. Não direi nada, fala-me ao ouvido.

— Bem – disse Attila inclinando-se para o amigo.

— A Schratt! – exclamou Franz, irrefletidamente. – Mas ela é sublime!

Willy bateu na escrivaninha e levantou-se de um pulo.

— A Schratt?

Ele tinha a aparência tão perturbada que Attila se levantou por sua vez.

— Dizem que é a amante titular de... Enfim, vedes bem – gaguejou Willy. – Daquele... de alguém cujo nome aqui não se tem o direito de pronunciar.

— Chega! – replicou Franz decidido. – És muito maldoso. E depois ele tem tantas aventuras.

— Mas desta vez é diferente! Ele a exibe, vê-a todos os dias! A imperatriz se mortifica demais! É oficial, por assim dizer! Não, eu te garanto, Attila, desiste. Perigoso demais.

O infeliz húngaro desabou sobre a mesa, gemendo.

— Mas por que sempre essa má sorte? Desta vez eu estava verdadeiramente apaixonado, e quem é meu rival? Justamente o único que...

— Não o digas – cortou Franz vivamente. – Também, quando é que te decides a tornar-te sério?

— E eu, então – rosnou Willy. – Ele, pelo menos, tem suas Ruivinhas de reserva. Eu não tenho ninguém.

224

– Tens sorte demais, Franzi – exclamou o pequeno Attila.

– Isso é verdade – disse Willy. – Uma verdadeira família, dois filhos e, para o sonho, a tua Gabriela!

– Oh! Há muito tempo que ela não escreve mais – murmurou Franz. – Nunca saberei quem era a desconhecida do baile.

– Quem sabe? – disse Willibald sonhador. – Supõe, é só uma idéia, mas se realmente era a imperatriz, talvez acabe voltando para ti, agora que, oficialmente, foi desprezada!

OS PLANOS DA IMPERATRIZ deram maravilhosamente certo. O imperador tinha sucumbido aos encantos da bela atriz, que ele visitava freqüentemente, com a regularidade de um esposo; era perfeito. Não se passava um dia em que ela não abençoasse o céu por ter concebido esse plano extravagante. Ele era simplório? Isso não importava. Ele não tinha contrariado seus desígnios; caíra prudentemente enamorado. A imperatriz tomara muito cuidado para proteger a Schratt, oficialmente denominada "a amiga do casal imperial", e, portanto, também sua amiga.

Mas quando polidamente pedia notícias ao marido, ela se contentava em chamá-la de "a amiga". Ele entendia. À pergunta agora ritual "Como vai a amiga?" ele respondia que ela ia bem, ou que estava um pouco cansada. Por sua parte, a Schratt perseguia a imperatriz com atenções amigas e devotadas, a pobre. O preço a pagar pelo subterfúgio era suportá-la de vez em quando. Uma boa moça, em suma, e que a venerava. Pronta a aceitar tudo para conservar o título de amiga da imperatriz.

No fundo, o que a encantava era o subterfúgio em si mesmo. Ela preferia o incógnito, todos sabiam disso; mas principalmente era doida pelos estratagemas. O mais perfeito, o mais bonito continuava a ser o Baile do Reduto, ainda que não tivesse durado muito tempo; mas podia-se a qualquer momento soprar as brasas apagadas e reacender o fogo, houvesse o que houvesse.

Ela pensava nisso às vezes, sem demorar-se; 11 anos se tinham passado desde o encontro. Que era feito dele? Sujeitara-se como ela previra, casara-se? Esse pensamento fugidio a prendia como um fio de uma teia no fim da primavera; depois, rapidamente, ela o descartava. Ele também tinha envelhecido. Não, decididamente, era mil vezes preferível não procurar revê-lo e guardar a lembrança de uma semente de amor que não teria germinado. Três valsas arrebatadas, uma conversa requintada, um momento de felicidade compartilhada, a sedução do prazer, a fruição de um colóquio adorável, um beijo... Eis o que era preciso embalsamar na memória. Isso e um disfarce delicioso.

Da mesma forma, ela chegara um dia, em Londres, a escapar de sua perseguição, e até da cara Ida, por uma vez. Seu mestre de equitação inglês, o Raposo Vermelho, mostrara boa vontade; subindo num trem, escaparam num outro vagão, desceram dele e foram embora passear na cidade, de braços dados, como bons amigos. Ela levara a astúcia ao ponto de até mesmo ir esperar Ida na volta da excursão, na estação, com Middleton. Em contrapartida, em Paris, não fora possível reeditar no Baile Mabille o golpe do dominó amarelo; Ida se indignara com tanta veemência que fora preciso ceder. Mas a imperatriz a tinha obrigado a ir lá e a fazer-lhe um relatório.

— As danças são de uma obscenidade sem limites, Majestade — dizia Ida ainda vermelha de vergonha.

— Explica! — insistia ela. — Descreve!

— Pois bem: as moças se põem subitamente a levantar suas saias, erguem uma perna com meias bem negras e a giram, não sei como dizer-lhe... em suma, é indecente!

Pressionando-a, ela acabou por compreender que a última apresentação consistia em mostrar o traseiro. Vestido com uma calça, contudo. A imperatriz riu.

— Que pena — disse, quando recuperou o fôlego. — Um traseiro rechonchudo em bordado inglês, eu teria adorado isso — acrescentou, para irritar Ida.

Foi mais ou menos nessa época que ela inventou uma peça que funcionava bem. Sua cabeleireira Fanny era tão alta quanto ela; quando não se tratava de cerimônias importantes, ela vestia Fanny com suas próprias mãos e disfarçava-a. Fanny representava muito bem as imperatrizes, sobretudo na varanda, de longe, quando agitava a mão. Atrás da cabeleireira, a verdadeira soberana divertia-se à larga. Mas esse golpe era deveras inconseqüente, e o último, o da substituta, valia muito mais.

Esse era o golpe de mestre, cuidadosamente calculado para afastar o marido, com uma generosidade tão magistral, que ela mesma, a esposa, abençoava a amante; não se podia dizer nada contra. Tudo estava disfarçado, as bodas que não o eram mais, o adultério que não o era mais. Mas ela não podia resistir a um ciúme sorrateiro que às vezes a irritava, vindo de lugar algum, sem razão, e que ela transformava em poemas.

Decididamente, todos os homens eram burros. Não necessariamente maus, até mesmo afetuosos, suaves ao tato, mas burros. Ela teve a idéia de uma série de poemas sobre seus burricos preferidos, isto é, todos os homens que ela havia conhecido, exceto dois.

Seu primo Luís, rei da Baviera, e o rapaz do Baile do Reduto. Rei das Rosas e das noites loucas, senhor da música e dos castelos, Luís não tinha nada em comum com a humanidade; planava acima do mundo, como um arcanjo. Quanto ao rapaz, ela o tinha muitas vezes notado, não era como os outros; aliás, eles tinham em comum esses cílios de moça, negros e densos sobre olhos claros. Esses não eram, não seriam burros nunca.

O senhor dos burros era o imperador, seu esposo, um asno cabeçudo, grosseirão, um animal estúpido; ou então, dependendo do dia, um asninho encantador de pêlo embranquecendo, o melhor dos animais domésticos. Em virtude de seus privilégios, teve direito a numerosos poemas.

Quanto aos outros, era diferente; um único bastaria. A um jovem oficial apaixonado por ela na ilha da Madeira, e que tinha suspirado em vão tocando violão, ela dedicou um poema em que ele comia granadas na cova da sua mão.

Quanto a Andrassy, ela teve um cuidado particular; o homem valia a pena. Quando ela era ainda apenas a noivinha da Baviera, seu preceptor húngaro lhe tinha falado desse insurreto magnífico que se batera tão bem, em 1848, que o tinham condenado à morte. Ele fugira para Paris, enforcaram-no simbolicamente em público. E como ele era gracioso, as damas o batizaram como "O Belo Enforcado". O Belo Enforcado! Dava o que pensar.

A imperatriz encontrou o Belo Enforcado mais tarde; agraciado, tinha voltado à Corte, e a olhava sempre com um fogo no olhar, desde que ela recebera uma delegação húngara com roupa magiar, com corpete, avental e uma touca florida na cabeça. Andrassy passava por ter sido seu amante; ela não ignorava nada disso, o que a fazia rir. Mas foi mesmo graças a ela que o Belo Enforcado se tornara ministro de Sua Majestade Imperial e Real; sim, Andrassy merecia um tratamento especial. No entanto, ele a tinha amado demais para não entrar na longa corte dos burros. Ela lhe ofereceu em segredo versos que vangloriavam sua bravura de asno, sua tenacidade, sua coragem.

E se por acaso ela cruzava em seu caminho com um homem que não lhe agradava, ele tinha direito a um poema e a um retrato de burro. Com aproximadamente duas exceções, a regra era simples: se ficassem apaixonados por ela, viravam asnos; se lhe desagradavam, também.

Foi mais ou menos por essa época que ela mandou pintar numa mansão que o esposo lhe dera, perto de Viena, um afresco que representava Titânia, a rainha das fadas. A personagem de *Sonho de uma noite de verão* abraçava o artesão Bottom, transformado em asno pelo esposo enganado, Oberon. Oberon não aparecia, e Bottom tinha traços do imperador. Os cartões tinham sido desenhados pelo pobre Makart, que depois do esforço das bodas de prata morreu bruscamente; e foi um discípulo desconhecido, um certo Gustav Klimt, que executou a obra póstuma.

Às vezes, entre Bottom e Oberon ela se confundia. Oberon era o imperador, mas Bottom também; Oberon era o jovem tenente-coronel de Bad Ischl, mas Bottom era o amante da Schratt. Era decididamente muito cômodo ter mandado apagar Oberon do afresco.

Quanto à Schratt, ela não foi poupada: se o imperador era um burro e ela a rainha das fadas, em seus poemas a imperatriz oferecia ao animal um cardo vulgar, uma ração de teatro pela qual ele se apaixonara, eis tudo. A Schratt era a ração.

O jogo dos asnos divertiu-a por muito tempo. Um dia, ela quis continuar a série e não achou mais nenhum modelo. Foi então que ela pensou nas duas exceções: Luís e o rapaz do baile.

12
Um imundo animal sobre estrume

Vejo-te grave e triste sobre o teu cavalo
Calcar a neve profunda.
Nesta noite de inverno
Sopra um vento sinistro e gelado.
Ah! Como meu coração está pesado, e que dificuldade!
No oriente, eis que uma aurora pálida
Afasta as confusas trevas
Com o coração pesado de acabrunhante fardo
Tu voltas, com tua queixa amarga.

Elisabeth

Quanto ao rapaz, ele já tivera seu poema. Nele, ela o via como cavaleiro triste no Prater, à noite. Os versos não estavam ruins; certamente, era um tanto romântico demais, e nada ficara de sua alegria ingênua; mas quando ela redigiu o poema, estava com humor melancólico. Ele falava por todos. Além do mais, ela não se lembrava de tê-lo visto sobre um cavalo no Prater. Pena, combinaria tão bem com ele...

Ela não lhe tinha escrito desde... Desde quanto tempo, de fato? Fora no ano mesmo de seu encontro. Quando ela se tornara avó pela primeira vez, aos 36 anos. Era simples: nenhuma carta a Franzi há 11 anos.

Tanto tempo! Ela nem sabia mais onde postara as cartas; em Viena ou em Buda? Em Gödöllö, sem dúvida? Em suma, era um assunto antigo. Ida, que se preocupara tanto, nem falava mais a respeito. Quanto a ele, tinha desaparecido. Casado, sem dúvida; com filhos, certamente. Mesmo assim, fora tolice demais ter deixado morrer uma história tão poética; ela decidiu escrever uma última carta. Era um pouco arriscado, mas não a ponto de suscitar um novo escândalo. E contando que ele não tivesse mudado de endereço...

Eis o excitante da coisa: voltaria a encontrá-lo? Bastava tentar. Sua carta foi breve, com palavras precisas, um pouco secas, e uma fórmula algo terna no final: "Não me esqueço de ti, minha cara criança." E, para mais segurança, ia aproveitar um amigo, que, partindo para o Brasil, postaria a carta do Rio. Em todo caso, nenhum encontro mais, por menor que fosse. A imperatriz já chegava aos 50 anos; daria gosto ver se ele conseguiria vê-la nessa idade!

Entusiasmada com sua idéia, colou o envelope com uma lambida algo emocionada.

O essencial da carta brasileira consistia em pedir uma fotografia, tal como ele era 11 anos depois do baile, e seu novo endereço, e enviar à posta-restante, Munique. Depois, quando o envelope já corria os oceanos, ela percebeu que era ridículo pedir o endereço de alguém a quem se escrevia; tarde demais. As palavras utilizadas tampouco eram mais hábeis: "Envia-me tua fotografia, não do tempo antigo, quando eras jovem, mas de hoje, tal como és agora." Claro, ela acrescentara polidamente que ficaria feliz com isso, mas não era agradável.

Que podia fazer? Sem dúvida, ele tinha envelhecido. Mas, no íntimo de seu coração, ela sempre o chamara do mesmo modo: "Meu rapaz." Um grande esforço, e ela já estimava ter feito demais. Era a vez do velho rapaz de se arranjar agora com as lembranças de ambos.

DOIS MESES DEPOIS, Anna estendeu um longo envelope ao seu marido.

– Tens amigos no Brasil? Nunca me falaste disso, Franzi...

No Brasil? Ninguém.

Do Brasil, Franz Taschnik sabia que era um império, onde reinava dom Pedro; lá se plantava borracha com raiva e de lá se voltava com febres. Lá se encontravam agaves e palmas, ouro e selvagens, e, quanto ao conjunto, era ainda um desses países da malfazeja América. Um país em tudo comparável ao México, onde se tinha fuzilado um arquiduque da Áustria, o infeliz Maximiliano, culpado de ter aceitado a coroa, de ter acreditado que era imperador e de ter sido feito prisioneiro pelos rebeldes, longe demais para ser socorrido.

Vale dizer que Franz não conhecia nada a respeito. Um erro, sem dúvida, mas não, era o seu endereço correto e seu nome escrito lá, no papel, numa letra que ele logo identificou.

– É... Um amigo diplomata em missão, estou me lembrando – respondeu ele à mulher.

A mesma mentira que ele dissera à mãe, quantos anos antes? Onze anos, exatamente; tivera todo o tempo de contar. Jogou o envelope num canto, para não despertar suspeitas. Leria mais tarde, no ministério.

– Tu não estás curioso – notou a doce Anna. – Nem apressado. Normalmente lês tua correspondência sem demora.

Quando Franz saiu, não se esqueceu de pegar a carta que lhe queimava os dedos. Abriu-a no bonde. Uma pequena página, com caracteres desengonçados, nervosos, ela estava doente ou tinha envelhecido, vista cansada, talvez. Quando terminou, caiu na gargalhada. Gabriela era incorrigível.

Uma fotografia dele! Para verificar sua idade! Enquanto ela não tinha consentido em se mostrar, a velhaca! Vamos, era uma brincadeira de mau gosto! Ele dobrou o papel em quatro e enfiou-o no bolso.

Mas quando desceu do bonde deu o sinal para parar diante de uma perfumaria, cuja fachada tinha, incrustado na parede, um longo espelho envolvido por flores pintadas. Ele estava desesperadamente calvo, tinha adquirido barriga. Havia também os bigodes e as suíças, um pouco grisalhos. Na época do baile, ele era imberbe e cabeludo. Sem contar os pequenos óculos de armação de metal, que ele escolhera de propósito para parecer-se com o outro Franz, o Schubert, cujas sonatas ele tocava com Anna. A desconhecida do Baile do Reduto não o reconheceria mais.

Ele hesitou durante três dias.

Willy pensava que era preciso ponderar, e depressa; já que Gabriela ressuscitava, Franz devia mostrar-se submisso. Senão, nunca tiraria isso a limpo, e acreditaria para sempre que tinha amado a imperatriz, velha lengalenga que Willy já conhecia. Por razões inversas, era igualmente a opinião de Attila. Com a fotografia na mão, a desconhecida apareceria finalmente como rainha, e lhe estenderia a mão a beijar. Nem um nem outro compreendia as reticências do amigo.

Perplexo, e sem dizer uma palavra à esposa, ele aceitou fazer uma sessão de poses com seu fotógrafo habitual, no ateliê Ferbus, na rua Ottakringer, onde mandava tirar seus retratos de família. O ateliê Ferbus realizara soberbas fotos de Anna e de Emmy, cada uma no centro de uma nuvem branca, com olhos sonhadores fixados no horizonte. Franz disse que queria sua foto com roupa de noite, para a esposa, a quem ele ia oferecê-la.

Ele pusera um fraque *in memoriam,* um cravo na lapela, tinha até passado no barbeiro para tingir as suíças. Mas o resultado foi desastroso: o negro era negro demais, o colarinho duro, branco demais, o cravo era supérfluo, ele parecia um pândego. Quanto à calvície, esta era impiedosa. Decididamente, não, ele não mandaria seu retrato. Por que estragar-lhe a lembrança do baile?

No lugar da foto, ele respondeu com uma carta picante, na qual dizia toda a verdade. "Caro dominó amarelo, eis-te de volta... Caí das nuvens, minha cara. Onze anos se passaram em nossas vidas: não me dizes nada da tua. Em contrapartida queres saber tudo de mim. É justo? Não. Mas sabes ao menos que a justiça existe? Não. Assim vão os nômades ou os poderosos do mundo. Sou pequeno, desprezas-me. Amaste-me? Talvez. Compreendes? Não estou certo disso.

"Que vi eu de ti? Um olhar sombrio, uma pele clara e duas mãos nuas. Sei que és linda de morrer. Sem dúvida mantiveste teu esplendor; sem dúvida permaneceste fiel à tua altiva beleza de antigamente. Quanto a mim, tornei-me um esposo respeitável e careca; mas estou feliz. Minha mulher se parece contigo; tem a tua silhueta e a tua altura, talvez também os mesmos cabelos que tu escondias sob a peruca; tenho uma adorável filhinha de olho vivo, como o teu. Eis aí, já sabes tudo. Se resolveres, podes sem risco pôr o teu dominó de brocado e iluminar, depois de 11 anos, a mais perturbadora das aventuras. Vês, não mudei, sou sempre o mesmo, simples e confiante. De ti sei que nada me pode vir, a não ser a bondade. Responde-me!

"Não deixei de pensar no encantador fantasma de uma noite, que povoou meus sonhos mas não me fechou os caminhos da vida. Ser-te-ei por isso eternamente grato; desejo-te o mesmo destino, e sou-te inteiramente devotado..." E assinou, tremendo, não Franz Taschnik, mas Franzi.

Sobre a fotografia, nem uma palavra. Estranhamente, deixou também de mencionar a existência de seu filho. Uma idéia, só isso.

A CARTA DE MUNIQUE chegou em oito dias às mãos de sua destinatária.

Sem retrato. Mas já era de se esperar. Então ele estava careca! Ela riu muito.

E ela? Como dizia ele? "Fiel à tua altiva beleza de antigamente." O antigamente era um pouco áspero, mas, quanto ao estilo, ele nunca o tivera. A rigor, ela podia compreender a recusa dele, não era o insuportável que se encontrava na carta: era a felicidade. Podia-se então envelhecer a esse preço! Sim, ele era feliz. Encontrara uma esposa que se parecia com ela, e ousava confessá-lo!

Tanta satisfação era intolerável. Ela respondeu no mesmo dia. De maneira terna, já que era oficialmente declarada rainha da bondade, insistiu: a qualquer preço ela queria essa fotografia. Queria ver com seus olhos "esse crânio paternal". Não era amável à medida dos seus desejos?

Mas, ao acabar sua epístola, ela cometeu um erro.

"Sei que a lembrança desse baile nunca te abandonou, meu amigo; e compreendo que queiras disfarçar a ferida que te levei ao coração para sempre. Talvez um dia compreendas as razões de meu anonimato e dessa longa dissimulação que tanto te fez sofrer. Não posso fazer nada, essa é a minha vida; e asseguro-te, apesar dos 11 anos de silêncio, que nunca te esqueci. Amei-te? É possível. Sabê-lo-ás um dia? Não. Impossível. Pelo menos compreenderás que me era proibido dar livre curso ao menor sentimento. Adeus, minha cara criança."

A carta seguiu para o Brasil com dificuldade; foi preciso tempo para encontrar portador. Quatro meses depois da primeira missiva brasileira chegava a segunda, para grande espanto de Anna.

— Outra vez! – disse ela simplesmente.

"SIM, OUTRA VEZ", pensou ele. "Por que parar? Essa história não terminará. E de vez o que quer ela?"

Curioso, sem muita emoção, ele se preparava para ler um bilhete furioso e breve. Quando chegou às últimas linhas, achou que seu coração parava. O tom tinha mudado; grave, doloroso, era o de uma mulher ferida. Era preciso conhecer a infelicidade para se chegar a essa confissão...

A dúvida não era mais permitida. Se ela falava de anonimato, então era porque Gabriela era a imperatriz. Por mais que raciocinasse e se dissesse que já tivera em vão mil vezes essas reflexões estéreis, nada funcionou. Decidiu acertar em cheio e fazê-la vomitar; ela confessaria.

Durante uma semana, guardou a carta dobrada em sua sobrecasaca, mais perto desse coração que ele acreditava sensato, e que pulava de juventude.

Para coroar tudo, chegou a noite da primeira representação de uma nova opereta de Johann Strauss, cuja ação se desenrolava na Hungria. *O barão cigano* era uma homenagem disfarçada à terceira esposa do ilustre compositor, Adèle. Como a eleita era húngara, Attila regozijou-se; e, como era judia, Anna também. Quanto a Willy, horrorizado com o divórcio e furioso com a evolução de Johann Strauss, resmungava.

A estréia foi um sucesso. Willy estava fascinado, e cantarolava na saída a ária encantadora que celebrava a magia de Viena: "Grande cidade, delícias, caprichos, em tua casa, à noite, de dia, vê-se florescer o amor..." Franz pensava em seus 26 anos idos, e tateava sua roupa de noite, onde dormia a carta de Gabriela, exatamente sob o cravo da lapela. Naquela noite ele tinha a aparência curiosamente ausente. Anna achou-o pensativo, perguntou-lhe se estava cansado, e acabou por pensar que ele estava apaixonado, o que, num certo sentido, não era completamente falso. Mas quando ela ousou mencionar a penosa hipótese, ele a pegou nos braços com tanta sinceridade, que ela sentiu vergonha.

Aliás, nem por um instante ele teve a idéia de que estava sendo infiel à mulher. Queria esclarecer um sonho; não era proibido e, principalmente, nada no amor à desconhecida arranhava o que ele sentia por Anna. Uma era verdadeira; a outra, Gabriela, era inventada. Todo o problema se prendia a essa questão da verdade.

Até a sua visão, que se turvava a cada dia. Durante um passeio no Stadtpark com Anna, uma mulher de negro passava ao longo do canal, tão alta, tão magra, que Franz soltou o braço de sua esposa e pôs-se a correr para alcançá-la. A dama usava um véu espesso e um gorro que ele reconheceu com toda a certeza, porque a imperatriz o usava em velhas fotografias; aliás, era o que ela trazia na cabeça no dia em que ele colara o rosto no vidro do cabriolé negro, na frente da casa Demel. Um dia que desde então ele chamava "o dia do cabriolé negro".

Ele gritou "Gabriela, Gabriela!" numa voz tão possante que a dama se virou. Mas quando ele a abordou, com o chapéu na mão, ela parou, surpresa. Ele tinha cometido um engano; a dama se chamava Henriette, sentia muito realmente não ser Gabriela. Franz permaneceu surpreso, porque era o mesmo gorro, e a voz doce também, levemente sussurrada. Ele ousou perguntar se por acaso a madame não era do séqüito imperial; a dama de negro respondeu que era cabeleireira, e boa demais para se deixar interrogar por um desconhecido. Ele desculpou-se muito e voltou para junto de Anna, a quem contou uma história banal sobre uma amiga de sua mãe que ele achara ter reconhecido.

A voz da dama de negro era muito ofegante, e Franz notou seu andar penoso. Precisamente, os jornais assinalavam que a imperatriz tinha uma ciática terrível. Não era ela e era ela, e se ele começasse a encontrá-la por toda parte...

Sua obsessão chegara a tal ponto que era preciso acabar com ela de uma vez por todas. E já que Gabriela tinha aberto as portas da confissão, ele lá entraria. A carta que escreveu simulava a cólera; queria levá-la às últimas conseqüências. Estava contente com o resultado: desta vez, sim, ela confessaria.

A IMPERATRIZ RECEBEU a resposta de Franz em Viena, onde a aguardavam horripilantes festas religiosas e deveres mundanos inevitáveis. Stéphanie, doente, não poderia bancar a substituta, e a cabeleireira não servia desta vez. O imperador estaria lá. Ela estava com um humor insuportável; e, como sempre, foi Ida quem lhe estendeu a carta.

— Da parte de seu rapaz, se se pode dizer assim — disse ela sem um sorriso.

O comentário de Ida a irritou; a imperatriz sabia muito bem, por Deus, que o tempo passava. Pegou a carta rapidamente e trancou-se para lê-la.

Habitualmente, ele começava sempre do mesmo modo, "Caro dominó amarelo". Mas, ao ler as primeiras palavras, ela teve um pressentimento: "Muito honrado dominó amarelo ou vermelho..."

Vermelho! Que significava isso? Acaso ele esquecera? E esse tom! "Tu te divertes ainda comigo num jogo de esconde-esconde! Que brincadeira ruim, e que falta de gosto! Teria sido excelente deixar cair a máscara – 11 anos depois! Teríamos podido concluir a bela aventura do Baile do Reduto, iniciada em 1874. Mas, francamente, agora o encanto se esfumou. Tudo isso se torna muito tedioso. Sabes melhor que ninguém a que ponto o tédio destrói o mundo... O tédio, minha cara, és tu. Tua primeira carta me encantou, a última que recebi me envergonha. Tanta desconfiança... Continuas sem dizer-me quem és. Pois bem! Continua desconfiada, tanto pior. Tenho minha dignidade. Adeus, minha cara."

Adeus? Pois bem, já que ele decidia assim, adeus, então!

Ela rasgou a carta. Envergonhado, ele! Um simples funcionário! Um vienense a quem ela dera a honra de um idílio! Quem ele achava que era?

Ela escreveu imediatamente um poema de algumas linhas, sete ao todo, que pretendia que fossem assassinas. O antigo rapaz entrava na lista dos burros, de que nunca fizera parte. Mas quando ela o releu, julgou-o exagerado. Por que tratá-lo de imundo animal, por que descrevê-lo disforme, vulgar, quando ele era apenas calvo? Seria preciso atacar uma mulher desconhecida, a dele?

> É um imundo animal vulgar, terrivelmente
> Calvo e, com isso, disforme,
> Encontram-no no estrume
> Porque sem limites é a sua baixeza
> É o que clamam os ecos, todos
> Os do Tirol, de rocha em rocha,
> E uma mulher compartilha isso!

Não, ela não mandaria essa cartinha. Violenta demais. Mas não a jogou fora tampouco; acrescentou-a à coleção dos burros, onde ele tinha seu lugar. Além disso, em caso de publicação, o culpado não era nomeado. Ela estava vingada. Ao arquivar o poema, sua cólera cessou.

Tinha sob os olhos o papel rasgado, cujos fragmentos colou um a um. As palavras reapareceram, irrisórias. Quando a guerra estava incubada interminavelmente nos Bálcãs, quando o século se aproximava de um fim desastroso, precisava comover-se por uma bagatela?

E, depois, ele mentia. Seis meses antes, sua cabeleireira Fanny tinha tido no Stadtpark um estranho encontro. Naquele dia, bem envolvida numa peliça que lhe disfarçava as curvas, ela usava um velho gorro que a imperatriz lhe dera de presente. Um senhor muito forte a alcançou correndo e a chamou de Gabriela com emoção. Fanny se espantou, inventou chamar-se Henriette e não entendeu a insistência do homem que se desculpou gaguejando.

— Ah! — dissera a imperatriz. — Ele tinha uma mulher consigo?

— Não sei — respondera a cabeleireira. — Era um senhor alto, bem-apessoado, com um pouco de barriga, mas com belo porte e usava óculos.

A imperatriz teve um momento de hesitação e não pensou mais nisso. O senhor barrigudinho não podia ser o seu rapaz. Ela esqueceu o incidente. E eis que voltava a lembrança do gigante do Stadtpark, e desse nome que ele tinha gritado, Gabriela! Vamos, essa carta cheirava a irritação amorosa.

— Vês, Ida, eu tinha afeto por esse rapaz — disse ela no dia seguinte, tranqüilizada. — Eu até tinha escrito um belo e longo poema em sua honra, e ia enviá-lo a ele. Esta noite, escrevi outro, para anular o primeiro. Não vou mandar nem o primeiro, que é bom demais, nem o segundo, que é malvado demais. Não sei por quê, ele se sentiu envergonhado... é o que ele escreveu, olha. Esse primeiro poema, o melhor de mim mesma, Franz Taschnik nunca terá. Acabou.

— Finalmente — disse Ida com um suspiro. — Levou 11 anos para chegar a isso. Agora, esqueça, por favor.

13
Então morreu o rei das rosas

Esta liberdade que eles queriam roubar-me.
Esta liberdade, eu a encontrei na água.
Meu coração preferiu parar
A apodrecer num calabouço.

Elisabeth

Ela esqueceu até a morte de Luís, no ano seguinte, no maldito ano de 1886.

Desde muito tempo já corria o boato de que o rei estava louco. Dizia-se que ele dormia de dia e cavalgava de noite, falava-se de orgias em seus castelos com seus criados, acusavam-no de ter afundado o reino, de ter dilapidado o dinheiro em loucuras musicais, de ter se apaixonado por Richard Wagner, seu herói. Afirmava-se que ele se tomava por uma lenda; censuravam-no por suportar os ímpetos do maestro e a rigidez da insuportável Cosima, mulher dele, só porque ela era a esposa de um gênio e a filha de um outro, Franz Liszt. Supunha-se que ele tinha perdido sua beleza, tinha engordado demais; a única coisa de que se tinha certeza, dizia-se, com risos largos, era que ele não tinha pegado sífilis.

Em resumo, a Baviera fervilhava de múltiplos boatos, mas a imperatriz não se preocupava de forma alguma com isso. Corriam outros tantos boatos a seu respeito, e nenhum deles era verdadeiro. Quanto à loucura, também tivera direito aos boatos, mais do que o devido. Dizia-se que ele falava sozinho. Pois bem, e daí?

Ela não se preocupara, tanto que mal lhe perdoava os sofrimentos infligidos à irmã, Sophie da Baviera. Quando o primo Luís decidira tomá-la por esposa, ela ficara no auge da felicidade: Sophie era seu jovem anjo, e Luís, o arcanjo Gabriel, reto como uma espada, sensível

239

como uma mulher, de uma elegância impecável e de uma ternura insensata. Ele achara para sua noiva um nome novo, Elsa, saído diretamente de uma ópera de seu compositor bem-amado, esse Wagner que dividia os melômanos em Viena; ele seria o Lohengrin dela.

A imperatriz apreciara muito essa atenção encantadora, apesar das observações dos impertinentes que sublinhavam o absurdo desses apelidos, já que, no libreto da ópera de Wagner, Lohengrin abandonava Elsa por causa de um segredo traído; não era bom augúrio. Se fosse outra pessoa, ela teria prestado atenção, e as velhas superstições teriam voltado a galope. Mas com Luís era diferente. Ela e ele planavam acima dos mortais; de Luís, nenhum mal poderia vir.

O noivado acontecera; no entanto, depois, estranhamente, Luís se esquivara. E como demorasse muito e atrasasse singularmente a data do casamento, o duque Max intimara o parente a decidir-se; então, sem aviso, Luís rompera brutalmente. A vida de Sophie estava em pedaços, como seu busto de mármore, que o rei da Baviera lançara por uma janela. Suprema injúria que a imperatriz teve dificuldade em perdoar.

Mas isso já era uma velha história; Luís e Sissi voltaram a se ver. Porque era mais forte do que ela: ele a atraía, irresistivelmente. Certamente, o encanto adolescente do jovem rei tinha murchado um pouco; não estavam mais na mútua adoração de dois seres lendários, tão belos que os acreditavam caídos do céu, a assombrar as multidões quando apareciam juntos, a imperatriz e o rei da Baviera, um casal admirável.

Luís tinha adquirido um pouco de gordura; seus dentes se tinham estragado, um mal de família, infelizmente; ainda era sonhador e seu riso encantador se tornara estridente. Uma vez em que ela lhe fizera uma visita no castelo de Neuschwanstein, levara consigo a querida. Por ordem da mãe, a pequena tinha nas mãos um buquê de jasmim, uma das duas flores preferidas do rei; a outra era a rosa.

Luís não gostava de crianças; não soube disfarçar seu retraimento, e tomou as flores com as pontas dos dedos, com um beijo forçado.

Marie-Valérie achara-o gordo e mau; a mãe ficara magoada. Sim, Luís tinha mudado.

Mas ele continuava a adorá-la; ao ouvi-la, soube que nunca amara ninguém senão a ela, de um amor que ele dizia incestuoso, ela era sua mentora, sua irmã, uma divindade como ele. Só a ela, sua prima Sissi, ele havia declarado seu gosto pelos rapazes.

Passado o primeiro choque, ela reconstituíra a história: Luís não era culpado por ter abandonado Sophie, pelo contrário. Estranhamente, ela gostava ainda mais dele por isso; porque a revelação explicava também o porquê de sua atração. Luís não a ameaçava; Luís amava-a por ela mesma; quando ele falava da beleza, era com toda a pureza. Quanto ao que ele fazia de suas noites, ela não queria falar disso com ele; mas imaginava, era melhor ainda. Com as faces quentes, ela pensava no corpo de Luís acariciado por criados musculosos, tesouro precioso de peles pardas e sexos eretos que a enchiam de uma alegria inexplicável.

E quando o rei se encontrava com a imperatriz, cumulava-a de atenções; rosas, poemas, grandes discursos líricos que ela ouvia apaixonadamente, atenta em adivinhar, sob a ênfase, o segredo nu. Sem dúvida estava aí o que os boatos tinham chamado de loucura; mas então, se ele era louco, ela também era. Duas grandes aves, a águia, dizia ele, e a gaivota.

Da águia, Luís tinha a envergadura em pleno vôo, as asas selvagens e rudes, o bico aguçado, o olhar poderoso. A gaivota de olho vivo e negro era ela, planando sobre o oceano ao pôr-do-sol. Ele lhe dizia com freqüência: "Tua vida, Sissi, um dia vais vivê-la sobre os mares, longe daqui."

Ela lhe havia dedicado numerosos poemas que ele não conhecia, exceto um quarteto que ela colocara um dia na ilha das Rosas e que ele achara muito depois.

Ó tu, águia que plana sobre as montanhas,
Recebe da gaivota dos mares
A saudação das ondas espumantes
Sobre as neves resplandecentes...

E eis que nesse dia 10 de maio do ano de 1886 seus ministros terminaram por destituí-lo! Declararam-no vítima de incapacidade! Nomearam um regente incompetente! Inconcebível. Ilegal. Uma monstruosidade. O povo se sensibilizou, com razão; mas se Luís tinha o apoio popular, não era a prova de que era um bom rei? Que era preciso mais para esses ministros? Um jarro sem alma, um funcionário real que só servia para distribuir sinecuras?

ELA SOUBERA da novidade durante uma estada na casa da mãe, na Baviera, no lago de Starnberg; Luís estava na outra margem, ao alcance da barca. Ela se indignara; mas a velha duquesa lembrou a existência de um demente na família, sem insistir demais. A jovem mulher destruiu a objeção; ou então, todos os Wittelsbach estavam ameaçados do mesmo destino!

A velha Ludovica sacudiu a cabeça.

Um mês depois, uma delegação de ministros e dignitários tentou capturar o rei deposto, para interná-lo. Seus fiéis, lacaios e camponeses, se insurgiram; nem tudo estava perdido. Mas no dia seguinte voltaram com médicos e a polícia. Doravante, o primo Luís estava encerrado na fortaleza de Berg, sob a vigilância do Dr. Gudden, médico psiquiatra. A jovem mulher não sossegaria mais.

— Vou procurá-lo, juro-te! – gritava ela. – Basta um barco; ele está a três passos de nós, do outro lado da água, e eu ficaria aqui de braços cruzados, sem tentar nada? É preciso livrá-lo.

Mas a duquesa a chamava de boba, e suplicava-lhe que não se metesse com a Baviera, seu país natal. A imperatriz da Áustria...

— ...não deve intervir nos negócios internos de um reino estrangeiro, eu sei, mãe – interrompeu ela. – Mas quem terá feito de mim imperatriz, senão tu?

E ela pôs-se a arquitetar planos para salvá-lo. O difícil não era atravessar o lago durante a noite; era transpor os piquetes de guarda e principalmente convencer o Dr. Gudden. Nada de insuperável, desde que se guarde segredo. Ela, portanto, não falou mais disso com ninguém.

No dia seguinte, ela ainda estava às voltas com suas idéias, quando sua filha mais velha apareceu, assustada. Luís se tinha afogado no lago. Ela pôs-se a soluçar desesperadamente. Por que tinha esperado? Dois dias somente, o dia 11 e o dia 12 de junho... Dois diazinhos, ridiculamente breves, se tinham passado entre a internação do rei e o afogamento. Tarde demais.

IMEDIATAMENTE, ELA PENSOU em crime. Dir-se-ia que ele se tinha suicidado, já que o tinham declarado louco. Aliás, era o que pensava a velha duquesa Ludovica: ele próprio se jogara no lago, o pobre rapaz. Nada de espantoso, ele sempre fora estranho.

— Digo-te que o mataram! Os mesmos que o apoiaram teriam podido tirá-lo da prisão! Assassinaram-no!

— Mas sabes ao menos que o Dr. Gudden também se afogou junto? – observou a velha duquesa.

Isso não era suficiente para convencê-la. A autópsia praticada nos dois cadáveres revelou traços de luta. Qual dos dois tinha atingido o outro? Para a duquesa, fora o pobre Luís, que queria morrer a qualquer preço, e acabou arrastando seu médico para a morte. Mas para ela, fora Gudden, que queria afogar o rei, e este se defendera.

— Ele não era louco, mãe, eu o afirmo. Era só um pouco extravagante. E mesmo que tivessem de destituí-lo, podiam tê-lo tratado com mais consideração, e não encerrá-lo atrás das grades, não sei, podiam tentar exilá-lo durante um tempo numa ilha... Olha, a Madeira, por exemplo. Eu passei uma temporada de alguns meses lá. Ele teria voltado curado...

— Não deverias comparar-te a ele, minha filha – interrompeu a velha dama, irritada. – Cala-te. Será escrito nos livros que o rei da Baviera era louco e que se jogou no lago de Starnberg. Isso já é demais para a família; não insistas.

A imperatriz abandonou o cômodo, batendo a porta. À noitinha, Marie-Valérie, a querida, veio abraçá-la antes da prece noturna; ela parecia ter-se acalmado. Subitamente, deitou-se no chão e abriu os braços em cruz, como uma noviça postulante ao Carmelo, com seus longos cabelos fulvos espalhados à volta da cabeça. A pequena gritou, suplicou-lhe em vão; ela não se levantava. Marie-Valérie se jogou sobre o corpo da mãe gritando tão forte, que a imperatriz virou a cabeça e caiu numa risada banhada em lágrimas.

— Tive tanto medo... — disse a criança.

Ela beijou-lhe a cabeça e inventou uma história para tranqüilizar a filha. Os desígnios da Providência eram incombatíveis; ela refletira sobre a morte de Luís; inclinava-se diante da onipotência divina e respeitava as vontades do grande Jeová. Marie-Valérie, perturbada, secou o pranto; o essencial era que tudo entrasse nos eixos. Mesmo assim, a menina se preocupou a propósito do grande Jeová, e se perguntava por que a mãe não o chamava de Deus, pura e simplesmente.

— És meu único laço com a vida — murmurava ela. — Minha querida.

O rei das Rosas estava morto; ninguém tomaria seu lugar. Porque ninguém tinha a graça do arcanjo que demarcara seu lugar no mundo com sua espada de fogo, proibindo aos mortais a entrada em seu paraíso. Os simples mortais se tinham vingado. Deitando-se no chão, ela venerava a memória de uma espécie de deus; sem ele, ela perdia sua própria divindade. Agora, para resistir às leis dos humanos, ela estava absolutamente sozinha.

Ela não quis ver os restos mortais, inchados pelas águas do lago. Mas mandou um ramo de jasmim, para que o depositassem no caixão, sobre o coração. Não podia imaginar Luís com os olhos fechados, pálido, com as mãos sensatamente cruzadas sobre a pança. Em contrapartida, imaginava bem demais o trabalho subterrâneo dos vermes, que logo devorariam a tenra carne arroxeada, enquanto suas unhas perfeitas se transformariam em longas garras e seus belos cachos cresceriam no túmulo à volta de um rosto sem nariz. O jasmim apodreceria também. Fechariam os grandes castelos empoleirados, e a Baviera viveria docilmente sob a autoridade de ministros sem alma. Ela detestou a Baviera e se pôs a odiar Munique, que Luís não amava.

Para cumprir as ordens dele, a imperatriz foi visitar a pedra tumular, colocou nela uma coroa oficial; mas não era suficiente. O fantasma de Luís exigia muito mais; um ônus de sofrimento que com piedade ela lhe concedeu. Durante um longo ano, ela usou luto; e como não era mulher de contentar-se com aparências, não foi um luto externo, primeiramente negro, depois cinza, finalmente malva, antes de voltar às cores da vida. Não. Foi uma angústia infinita, o fim da juventude, o início de uma outra idade.

Seu corpo veio em seu auxílio, pregando-lhe peças; era um bom instrumento, mas que dava sinais de cansaço. Ela os ofereceu ao luto com deleite: era a morte a trabalhar, há tempos, aliás.

De Luís ela guardava lembranças deliciosas, tão encantadoras quanto a fugaz memória do rapaz do baile; muitas vezes ela os comparava, o defunto com o vivo, Luís e Franz, porque fora também por causa do primo que ela escolhera esse falso nome na noite do baile, Gabriela, em homenagem ao arcanjo então na primavera de sua beleza. E dessa primavera masculina, desse milagre vivo, ela só queria guardar o melhor.

Num dia de verão – era sua mais bela lembrança –, ela decidira atravessar o lago e ir fazer-lhe uma visita na ilha das Rosas. Isso acontecera muito tempo antes do drama, antes mesmo do infeliz noivado com Sophie – uma eternidade de memória; o negro Rustimo estava com os remos, ela com o leme. Sob o calor nascente, as águas tranqüilas pareciam sonolentas; à exceção dos sinos nas pastagens e do marulhar à volta do barco, tudo era silêncio ao redor deles. Luís a esperava com uma rosa, uma única; às outras mulheres ele oferecia buquês tão grandes que uma vez com as flores nos braços ele não as via mais. Por sobre a única rosa cor de chá, seus olhares se reencontraram com felicidade.

Ele tinha mandado preparar uma refeição suntuosa, numa prataria solene, como que para secretas bodas a dois; e já que ele a amava, não fez nenhum comentário sobre o pouco apetite da prima. Subitamente, livre do peso de não comer, ela devorou alegremente. E em seguida deitaram na relva e ela lhe contou o episódio do Baile do Reduto.

No olhar de Luís brilhava um clarão desconhecido; ele fizera muitas perguntas, sobre a cor dos olhos, os ombros, as mãos, a altura do jovem desconhecido. Ela se lembrava disso com exatidão porque tinham rido muito, ela não omitira o ponto de semelhança entre o rapaz e Luís, os cílios de uma moça, longos e negros. Nenhuma crítica, nenhuma censura, ao contrário: ele a incentivara a alimentar o mistério, teria até desejado que ela o revisse, mascarada. A correspondência secreta o entusiasmou; ele procurou um paralelo entre o rapaz e um herói mítico, lembrou Endimião – mas Franz não dormia por toda a eternidade; Eros – mas Franz não se escondia, era ela; Ganimedes, principalmente – mas a águia era ele, não ela, em suma, nenhuma comparação convinha. Luís deduziu com ênfase que o rapaz era então incomparável.

Quando veio a noitinha, já eram mais de nove horas, Luís decidiu acompanhá-la pelo lago. Pegou os remos, ela o leme, e Rustimo cantou. Estranho a esse lago bávaro, o violão de Rustimo soava límpido; os cantos do negro vinham de um longínquo profundo, tão terno que levavam lágrimas aos olhos. Não era italiano, muito menos espanhol, mas uma língua que se parecia com o português, que teriam adoçado com um pouco de mel.

A imperatriz não se preocupara com a origem de Rustimo, um criado negro como havia ainda alguns na Europa. As canções de Rustimo falavam de um sol sombrio e nostálgico, com uma palavra insistente que ela identificou subitamente, "saudade"; era verdadeiramente uma palavra portuguesa. Num alemão hesitante, Rustimo contou docemente sua história, em algumas palavras rápidas.

Vinha do Brasil, onde nascera numa plantação; o filho do dono da casa o trouxera à Europa, onde tivera a felicidade de pôr-se a serviço da imperatriz. Depois voltou a cantar. Luís não disfarçava sua emoção. Na chegada, tirou do dedo um anel ornado de uma safira e colocou-o no dedo de Rustimo. Nesse instante, ela adorou Luís como um deus.

Rustimo também estava morto. O pobre negro, que não aparentava a idade, era na realidade muito velho; ele se apagou tranqüilamente. Do violão e das canções brasileiras não sobrara mais nada.

ELA VOLTOU À CASA da mãe e ao lago mortal. No dia seguinte, de madrugada, foi até a margem, tirou o calçado e entrou descalça na água. Maquinalmente, impelida por uma força irresistível, ela avançava, e seu vestido lhe colava nas pernas; ela não queria morrer, mas tinha a sensação física de que Luís estava ao seu lado, e a animava em silêncio.

A morte parecia tão fácil, tão próxima, bastava deixar-se escorregar, por que hesitar? Nenhum Dr. Gudden estava lá para impedi-la, ou para enfiar a cabeça dela dentro d'água; ela estava livre. A roupa começava a flutuar à volta de sua cintura, e seus pés se desgrudavam levemente do chão do lago; não era desagradável, era simplesmente um pouco frio. Quando a água chegou ao peito, seus pés tocaram uma coisa pegajosa, uma enguia sem dúvida, ou uma alga de água doce. Não pôde evitar um grito; morrer era também sufocar, e deixar agir esses seres subterrâneos... Não!

Ela estava na ponta dos pés, não tocava mais o fundo, só a cabeça estava fora d'água. Ela flutuava, tranqüila, com os olhos fixos no azul das montanhas. O sol começava o seu trabalho; o ar vibrava acima das águas... Mais um pouco e poderiam esperar um *délibab* à húngara. Subitamente, ela soltou um grito surdo.

Do lago emergia uma forma vaga, com os cabelos colados num rosto pálido e barbudo. Ela se debateu, sufocou, ergueu a mão para afastar a visão que desapareceu.

Voltou à margem nadando, ofegante. E quando voltou para casa, garantiu que se tinha banhado inteiramente vestida.

A velha duquesa Ludovica pôs-se a pensar que, mesmo assim, o sangue dos Wittelsbach, vindo de seu esposo volúvel, era portador de muitos transtornos do espírito. Será que a sua filha imperatriz não estava começando a acreditar em assombrações?

A IMPERATRIZ NÃO IGNORAVA nada da lenda dos Wittelsbach; quando pequena, ouvira da boca de duas irmãs, sua mãe e sua tia, a duquesa Ludovica e a arquiduquesa Sophie, pérfidas alusões a essa inclinação para a loucura que todos eles tinham, o falecido rei, aquele que por causa de Lola Montès tinha perdido o trono; os dois dementes, filhos do tio Carlos Teodoro, e depois o duque Max, seu próprio pai e esposo de Ludovica, o que tocava cítara no alto da pirâmide de Quéops, que fazia o trabalho de estribeiro em seu circo particular, escrevia poemas que publicava na imprensa e censurava com sua própria mão, exigindo tesouradas de censura em suas idéias revolucionárias; seu pai, que, principalmente, tinha loucura por moças...

E a arquiduquesa Sophie, sua sogra, repetiu-lhe mais tarde que uma imperatriz da Áustria não devia nunca alimentar nenhuma acusação de loucura, ou a sucessão...

Com o internamento de Luís, a loucura de Wittelsbach se tornava oficial. A imperatriz da Áustria era uma Wittelsbach, e tinha adorado o primo.

Muito bem; ela voltaria para ver a loucura de perto.

Não seria a primeira vez; ela já havia visitado numerosos asilos, porque tivera esse hábito com todos os deserdados da vida. Curiosamente, em Viena, a imprensa só assinalava dessas visitas as dos asilos de alienados. Não ignorava ela que, enfrentando o chifre do touro, teria direito a uma nova campanha difamatória. No entanto, decidiu visitar, em Viena, o asilo de Brünnfeld. Isso se deu seis meses depois da morte de Luís. Ela não se fez anunciar.

O MÉDICO DE PLANTÃO acorreu, de avental branco, a imperatriz empurrou-o ligeiramente, vamos logo, nada de protocolo, ela queria ver tudo. Mas o médico-chefe não estava lá, ia vir, estava mudando a roupa... Trabalho perdido. O homem tentou poupar-lhe o pior e procurou dirigi-la para a seção das mulheres calmas.

— Veremos isso no fim, doutor — disse ela num tom implacável. Em caso de agressão, nada protegeria a imperatriz; o médico não vivia mais.

Entre os agitados, tudo se passou sem novidade; os grandes delirantes não eram perigosos, o médico respirou. A imperatriz parecia não ter conhecimento da mais terrível das seções, a dos doidos varridos. Passou-se finalmente ao famoso setor dos calmos, sem nenhum perigo; aliás, a notícia tinha a tal ponto se espalhado no asilo que as mulheres bordavam ajuizadamente esperando a ilustre visitante.

Por que ela precisou parar exatamente diante da Windisch?

Os OUTROS CHAMAVAM-NA de "a senhorita", por causa de suas luvas sem dedos feitas de renda grossa e de seu aspecto bem-educado. A Windisch não era nem má nem perigosa; era atacada de melancolia, suspirava de ferir a alma e chorava muito. De vez em quando, divagava a respeito de um noivo perdido, um príncipe, dizia ela, que o imperador teria encerrado num castelo. E quando ouvira ressoar o boato sobre a ilustre visitante, a Windisch se precipitou em direção a um velho chapeuzinho que não deixava a cabeceira de sua cama. Um chapéu de palha ornamentado com papoulas de seda e acianos murchos. Num abrir e fechar de olhos, ela prendeu os cabelos, ajustou o chapéu na cabeça e manteve-o lá solidamente. Com seu grande cacho louro-acinzentado, seus olhos verdes e suas luvas sem dedos, a senhorita tinha uma bela aparência.

Quando a imperatriz ultrapassou o limiar da porta, a Windisch notara de longe o gorro de veludo negro, e a pena que balançava ao ritmo do vestido sedoso. Seu olhar não abandonou mais o barrete da soberana, que se aproximava a passos arrastados. Se ela não tivesse parado, talvez nada tivesse acontecido. Mas, impelida pela necessidade e atraída pelo chapéu, a imperatriz, diante da moça, marcou passo. A Windisch era bela.

Por que escolhera justamente aquela? Não havia resposta para a pergunta; o que houve foi que a senhorita investiu contra a imperatriz e quis arrancar-lhe o barrete. A Windisch urrava, proferia imprecações que demoraram um certo tempo até entender. A verdadeira imperatriz era ela, a Windisch, internada por ordem, depois de uma odiosa conspiração; a do gorro de veludo negro, a outra, era uma impostora, ousou fazer-se passar por ela! Inverteram-se os papéis! Provocavam-na! A louca era a visitante!

Um pouco pálida, a imperatriz tinha simplesmente recuado. O médico chamou à razão a Windisch, e a intimou a tratar melhor os seus hóspedes. Porque, dizia ele, uma imperatriz não berra... Abalada pela pista falsa, a senhorita se acalmou. Os enfermeiros tinham derrubado o chapéu florido: numa voz infantil, a Windisch reclamou seu chapéu e recolocou-o majestosamente na cabeça.

Mais tarde, o médico explicou que fora depois de um desgosto de amor que...

— Só por um desgosto de amor? — espantou-se a ilustre visitante. — Realmente?

As portas da carruagem já estavam abertas, quando ela mudou de idéia.

Faltavam os doidos varridos, que ela não tinha visto. Suspirando, o médico se resignou; a imperatriz examinou as correias e as celas, entreviu através de uma fresta gradeada doentes em camisas-de-força, perguntou onde estavam as duchas, as banheiras e os armários de medicamentos, que não estavam em parte alguma; em contrapartida, ela observou as correntes nos pés dos infelizes. Não era ainda suficiente; ela quis rever a Windisch, para grande desespero do doutor, que fez questão de avisá-la do perigo. A imperatriz deu de ombros.

A senhorita tinha recuperado a calma e tirado o chapéu. Com os cabelos soltos, os olhos abaixados, ela retorcia sua blusa de doente e se lamentava do seu gesto insensato. Quando avistou de novo a dama de gorro negro, precipitou-se a seus pés, chorando; a imperatriz ergueu-a e abraçou-a.

Foi o momento que o médico-chefe finalmente escolheu para chegar ao asilo de Brünnfeld, com roupa e cartola negras. Vendo a Windisch aos prantos nos braços da imperatriz, ele permaneceu estupefato, com a boca aberta, de chapéu na mão.

— Tratai bem dela — disse Sua Majestade, indo embora. — Proíbo-te de pô-la em camisa-de-força.

O médico-chefe argumentou, lembrou o regulamento, mas a imperatriz foi irredutível.

A camisa-de-força? Para uma crise passageira? A Windisch não era louca; ou então, quando ela mesma se tinha jogado ao chão diante de Marie-Valérie, teriam que encarcerá-la imediatamente. Sim, se o digno médico-chefe de terno a tivesse visto na noite da morte de Luís, certamente teria diagnosticado uma profunda alienação mental.

Os que eram declarados loucos eram maçantes, antes de tudo; porque ela havia notado principalmente a extrema beleza da moça e seu ar de cordeiro silencioso, quando se lançara a seus pés. "A beleza perturba sempre", pensou ela. "De deixar loucos os outros."

Ela prometeu a si mesma que mandaria construir em Viena um hospital psiquiátrico mais bem equipado do que essa velharia deficiente. Bastaria esperar o momento em que o imperador lhe indagasse, como de hábito, o que ela queria de presente.

Enquanto esperava, sua bênção se estenderia sobre aqueles que o mundo acusava, aqueles que não obedeciam a suas leis, aqueles que os burros maltratavam. Ao sair do asilo de Brünnfeld, ela pensou de novo no seu rapaz, esse espírito livre e generoso que ela exonerou de seus pecados pelo amor da Windisch. Ela lhe enviaria o poema que lhe dedicara, como sinal de perdão definitivo e de adeus.

14
Long ago

> *O que mais adoro*
> *No animal é o seu silêncio*
> *Não tagarelando, ele não mente*
> *Porque só mentem os que falam.*

Elisabeth

Dois anos se passaram desde que Franz escrevera a carta imprudente, que ficou sem resposta. Nos primeiros meses, ele esperava impacientemente; entre o Brasil e Hietzing, o caminho é longo. Depois de seis meses, ele perdeu toda a esperança. Ela não responderia mais; por sua vez, ela se zangara. Não se podia ignorar a cólera de Gabriela, se é que Gabriela existia realmente em alguma parte no mundo; quanto a Elisabeth... A trapalhada continuava.

Em resumo, tinham terminado, até a próxima vez. Porque Franz não duvidava de uma continuação; ela reapareceria, no momento em que ele não mais a esperaria. Dedicou-se então a não mais esperar nada dela; conseguiu, perfeitamente. No entanto, adivinhava a profunda perturbação em que a havia posto a morte do rei da Baviera; a amizade dos dois era bastante notória para que ele pudesse imaginar a dor dela. Se pelo menos Gabriela fosse Elisabeth; mas, a partir desse momento, toda vez que acontecia um luto em torno da imperatriz, era em Gabriela que ele pensava, sem hesitação. Por pouco ele não enviou os pêsames; mas era difícil. Suas últimas cartas tinham sido amargas demais; para reencontrar a doçura do início, era necessário uma oportunidade.

Ela veio, frágil.

O envelope chegou do Brasil numa bela manhã de junho, no ano que se seguiu à morte de Luís da Baviera. No sobrescrito, a letra não era de Gabriela; no interior, ele encontrou um poema impresso, com um título em letras maiúsculas, O CANTO DO DOMINÓ AMARELO, e um subtítulo em inglês, *Long, Long Ago*.

A IMPERATRIZ TINHA tomado a decisão definitiva de enviar o poema ao seu rapaz no dia em que ela recebera um novo retrato, um retrato que não tinha nada de oficial.

Desde as cerimônias das bodas de prata, a imperatriz raramente aceitava posar para os pintores. Quanto aos fotógrafos, impossível escapar deles; eram necessários retratos de cerimônia, cuidadosamente retocados, isso ainda passava. "Não por muito tempo", pensava ela toda vez que o oficiante mergulhava a cabeça debaixo do pano negro. Mas para os pintores ela fechava a porta.

Ela guardara uma lembrança compartilhada das sessões de pose com Winterhalter. Não se mexa, sorria, Vossa Majestade; olhai para mim, um pouco de lado, não muito tempo, pararemos quando quiserdes, Majestade; e não era absolutamente verdade, nunca se parava. O artista, com o tempo, enganava. O leve ruído dos pincéis do pintor sobre a tela arranhava o silêncio como um rato roendo, docemente, mas preciso, obstinado, prudente, uma máquina humana a rilhar a vida. Da pintura ela só retivera esse som insidioso. Do outro lado nascia uma imagem achatada que não era ela. Lábios carnudos demais, um olho terno demais, um embaçamento complacente, um sorriso um pouco gentil, um pouco burro, que não era o seu.

O mundo inteiro adorava os retratos de Winterhalter, que confirmavam sua reputação; um deles, sobretudo, aquele em que ela posara de vestido de tule branco, com pérolas singelas à volta do pescoço e, nas tranças, as célebres estrelas de diamante. Winterhalter tinha feito dele cinco ou seis cópias, distribuídas entre as diferentes residências imperiais. Mas, por causa desses retratos, ela se tornara uma curiosidade que visitavam. Ela não queria mais ver os pintores. Um dos últimos para os quais ela tinha aceitado posar chamava-se Georg Raab; ele a pintara com um grande decote, com camélias postas no debrum das mangas, com uma fita negra à volta do pescoço, ornada com estrelas de onde pendiam esmeraldas quadradas, e na garganta branca uma

253

corrente de ouro prolongada por um medalhão. As tranças tinham um autêntico brilho de cobre, e o fundo do quadro era de um vermelho profundo, quase negro.

O retrato datava de 1874, ano em que ela se tornara avó; ano do Baile do Reduto, também. A imperatriz gostava de si própria na tela de Georg Raab, nada de sorriso, um aspecto grave, um pouco triste, o queixo voluntarioso e um olhar distante, era quase parecida com ela. Mas depois ela se tornou cada vez mais reticente.

E, portanto, ao chamado Anton Romako, pintor completamente desconhecido, ela dissera não como aos outros, há cerca de três anos.

Como se arranjara ele? Inexplicável. Romako teria trabalhado supostamente a partir de fotografias. O retrato estava lá, sem o pintor, e ela se surpreendia com essa louca na tela. Longa como um Greco, a mulher pintada sobre ouro escuro tinha o peito coberto de montes de pérolas em desordem, com os braços nus violentamente iluminados, o pescoço muito alto, muito reto; as mãos de dedos intermináveis seguravam um leque negro fechado, um cão levantava a cabeça – uma cabeça desmedida, terna e imensa, um desses animais de guarda perto dos infantes, na Espanha. A mulher e o animal tinham a mesma pelagem; ele, os pêlos; ela, os cabelos como uma crina, duros, selvagens, terríveis. O conjunto era de uma incrível loucura, pronta para explodir; mas o seu rosto...

O rosto era mesmo o dela! Como se o pintor desconhecido tivesse roubado um reflexo, por magia... Era assim que ela via seus olhos, desconfiados; a boca, estreitamente fechada. O gênio do pintor não esquecera nada, nem mesmo a gargalhada que podia explodir a qualquer momento, e que ela adivinhava na covinha esquerda, na extremidade dos lábios. Era horrível e verdadeiro, de uma feiúra de cortar o fôlego. Petrificada, ela esquecera a presença de Ida ao seu lado.

— O que pensa disso, senhora? – disse Ida numa voz que não deixava pressagiar nada de bom.

— Não sou eu – respondeu sem pestanejar. – Notaste? Do lado, essa folha de hera que não se liga a nada? E essas sete fileiras de pérolas, viscosas como enguias? Como é engraçado!

O riso disparatado acontecia como uma tempestade, ia explodir sem razão. Esse Romako, que insolência! Essas desproporções ridículas! E seria ela? A sacudidela do riso estourava, ela não resistiu mais. Ida, pacientemente, esperou. No mais das vezes, a imperatriz ria até as lágrimas. Depois ela as estancava com um lenço, com um arrulho de gozo esgotado, e uma aparência completamente transtornada.

— E que idade tem ele? – perguntou, finalmente.

— Um rapaz, senhora – respondeu Ida. – Parece que bebe muito.

— Ele é de uma audácia! Olha, é um anarquista – lançou ela. – Não detesto esse gênero. Mas manda tirar daqui esse horror.

MAS NAQUELA NOITE mesmo, quando ela se deitou, pensou de novo nessa alma que um desconhecido tinha captado no ar. O jovem Romako pusera-a a descoberto, como o outro jovem, o do baile. Ela se sentia desnudada; não era desagradável. Foi então que, subitamente, movida por um impulso irracional, tomou a decisão de enviar o longo poema. Mas, para lhe mostrar sua raiva, ela escolheria um dos exemplares que mandava imprimir em segredo na Imprensa Imperial, por linotipistas que lhe prestavam juramento diretamente. E ela não assinaria.

Romako não seria punido, e Franz Taschnik receberia o que lhe era devido. Um poema anônimo.

Uma decisão tomada sob a inspiração desse perdão que ela queria para todos, a começar por Luís, ela e todos os loucos do mundo; Franzi pertencia a essa categoria, pelo menos ela esperava que sim. Não esperava resposta dele; aliás, decidira não verificar a posta-restante de Munique. Quer ele respondesse, quer não, ela não queria saber nada a respeito. Na melhor das hipóteses, ele ficaria emocionado; senão, jogaria no cesto, com as cartas.

Era precisamente essa emoção que ela preferia não conhecer, por medo de ter de haver-se com um indiferente, um insensível, que zombasse dela. Sim, estava decidido, ela ficaria doravante inacessível. Aos pintores, aos fotógrafos, aos jovens. A seus olhos, o poema punha um ponto final na história dos dois; mas quando o lesse, Franz Taschnik não teria como adivinhar o porquê dessa última ressurreição.

FRANZ COLOCOU O POEMA bem ao comprido sobre sua mesa e pôs os óculos para ler O CANTO DO DOMINÓ AMARELO. Percorreu com uma emoção profunda versos que considerou magníficos; ela nunca tinha ido tão longe. Esse poema era um presente da vida, oferecido ao término de uma aventura que deveria ter ficado sem amanhã e que, com os anos, tinha encontrado sua eternidade. Ele leu e releu de novo...

> Lembras-te da noite ofuscada sob os lustres,
> Há muito tempo, há muito tempo, *long ago*?
> E dessa noite de encontro entre duas almas
> Há muito tempo, *long ago*?
> Essa noite em que nasceu uma ternura estranha
> Pensas nela ainda, às vezes, amigo?
> Terias esquecido a intimidade das palavras
> Trocadas ao ritmo da valsa?
> O tempo se esvaía, rápido demais, infelizmente
> Duas mãos entrelaçadas, e eu devia partir,
> Sem ter revelado diante de ti o meu rosto
> Mas tinhas em partilha minha alma inteira
> Amigo, era bem mais ainda.
> Passaram-se os anos vazios e separados
> Toda noite meu olhar vai até as estrelas
> Que, mudas, não respondem;
> Eu te imagino bem perto, ou muito longe
> Num outro planeta já?
> Se ainda vives, manda-me um sinal, um único
> Porque há tanto tempo, long ago...
> Não me faças esperar mais, nunca mais...

Não! Ela não esperaria mais um único dia!

Quando a noite veio, Franz pretextou um dossiê para o qual precisava de tranqüilidade, um obscuro negócio de prejuízos das águas em sua embaixada em Paris, o soberbo hotel Matignon, que requeria toda a sua atenção. Para a desconhecida — mas ela não o era mais —, era-lhe necessária a noite. Anna trouxe café e fechou docemente a porta.

Como ia ele proceder? Exceto o poema maldoso para o *Ririkiki*, Franz nunca escrevera poesias. Ele respirou profundamente e se lançou à tarefa.

Rasurou muito, escreveu seis versões sucessivas; de vez em quando, Anna entreabria a porta e punha a cabeça dentro; cansada de esperar, foi deitar-se, e ele escrevia sempre. Às três horas da manhã, com a cabeça zumbindo de palavras e de sonoridades, ele resignou-se a concluir.

Não estava inteiramente satisfeito; mas tinha tentado, com todo o coração.

Faltava um título; escreveu em letras maiúsculas "A GABRIELA", e depois mudou de idéia, escreveu no lugar: "PARA A DESCONHECIDA". Copiaria tudo no dia seguinte, antes de expedir a carta para Munique, para a posta-restante.

Seis meses depois, a carta estava lá ainda. Ninguém tinha vindo reclamá-la. Franz soube disso quando foi informar-se em Munique, onde a devolveram.

Ele abriu o envelope e tirou o poema que ela não tinha lido. Atordoado, sentou-se num parque, num banco, e releu os versos que lhe tinham custado tanto.

> Sim, "há muito tempo", não posso esquecer
> Mesmo se te vais para lugares desconhecidos
> Tua lembrança tocará sempre e para sempre os dobres
> De minha juventude e das valsas de uma noite...

Era um início banal e desajeitado, terrivelmente sentimental. A continuação praticamente não tinha valor maior, à exceção das três últimas estrofes que o encheram de um estranho contentamento.

> Sei, no fundo de mim mesmo eu sei
> Que nunca te verão meus olhos, *never more.*
> Esse rosto fugirá de mim
> Essa miragem se esvairá, *never more.*
>
> Mas se por acaso a vida
> Nos puser frente a frente um dia,
> Faça o céu com que o teu olhar
> Se vele de uma sombra de remorso

> Que eu receba esse sorriso
> Despojado de sua majestade
> E que com graça ele se digne dizer:
> "Sou eu, reconheceste-me!"

Esse sorriso, ele o veria algum dia? Essas palavras, as veriam ambos nascer nos lábios esquecidos?

O silêncio recomeçava, mais pesado que antes. E se fosse preciso esperar mais 11 anos, ela talvez estivesse morta até lá. Ele recolocou o poema no envelope, que iria juntar-se, em Viena, na caixa, às cartas e ao leque que começava a desbotar, com a ajuda da idade.

À semelhança do que ocorrera com a última missiva, que ficou dois longos anos sem resposta, Franz não falou do poema com seus amigos. Era preciso, afinal, um segredo que ninguém no mundo pudesse compartilhar, exceto ela e ele, reunidos por uma estranha ausência. E já que ele estava em Munique, comprou para Anna um vestido tradicional, um *dirndl* de tafetá negro bordado de azeviche com avental combinando, com que ela sonhava havia muito tempo e que não se encontrava em Viena.

Sua vida recomeçou tranqüila, como no passado. Às vezes, ele esperava insensatamente um sinal; à chegada do carteiro, ele sentia uma leve pontada no coração. E depois, como isso já lhe tinha acontecido duas vezes, acostumou-se a esse calmo nada, e entrou na rotina.

EMMY CRESCIA e começava a cantar lindamente; Anna decidiu arrumar-lhe aulas. E já que Attila não convinha muito aos *Lieder* de Schubert, com a pequena teriam alguém à mão. Franz emocionou-se muito e achou na voz da filha um grande consolo.

Seus amigos quase não evoluíam. Willy engordava muito, bebia excessivamente e continuava a mencionar longínquas noivas, com um pouco menos de freqüência, entretanto. Anna tinha por ele um grande afeto. Preocupava-se com ele; Willy perdia os dentes, tinha às vezes estranhas manchas rosadas no rosto e um tumor gozado no nariz, uma feridinha que não curava. Franz manifestava suspeitas que o gordo rejeitava energicamente.

— Eu te garanto que não é sífilis, puxa! – dizia ele furioso. – Tratei-me a tempo! Não, eu só preciso emagrecer. Amanhã paro de beber, juro.

Mas Franz sabia muito bem que a doença atacava de surpresa depois de anos de silêncio, e que nunca se tinha certeza da cura. Willy começava a ver embaçado; tinha enxaquecas, e a bebida não justificava.

Quanto ao pequeno húngaro, para variar, acabava de se enamorar de uma cantora; mas desta vez, dizia ele, era uma verdadeira cantora da Ópera de Viena, uma *mezzo-soprano*. Quando Anna quis se inteirar dos papéis representados pela dama, Attila acabou por admitir a verdade. A eleita de seu coração tinha na realidade dois papéis: em *A flauta encantada*, era uma das damas de honra da rainha da Noite, e em *La Traviata*, era a doméstica de Violetta Valéry. Ou seja, nada.

Mas Attila falava dos cabelos ruivos de sua nova conquista com tanto entusiasmo que seus dois amigos usaram de novo para designá-la o apelido que tinha servido já duas vezes, "A Ruivinha". O húngaro começou por se melindrar com isso, mas, já que era chegado às ruivas, resignou-se, como no passado. Franz disse a si mesmo que, logo, era preciso tratar de casar Attila. Porque, quanto a Willy, era já muito tarde; e só Deus sabia o que aconteceria com o infeliz vienense.

— UM QUE TAMBÉM não vai bem – disse Franz a sua mulher, numa bela manhã – é nosso príncipe herdeiro. Cruzei com ele outro dia, quando ele descia do cabriolé. Tem a pele pálida e todo tipo de pápulas no rosto.

— Não creio que ele seja feliz no lar – respondeu Anna, passando manteiga nos pãezinhos de cominho. – A princesa tem olhos duros.

— Olhos duros! E como sabes disso? – indignou-se Franz, sempre pronto a voar em socorro da família imperial.

— Pelas fotografias. Ela tem olho militar. Dir-se-ia um coronel dando sinal diante de um poste de execução. Ela não olha. Ela fuzila.

A PRINCESA HERDEIRA não era amada em Viena, onde sempre se era mais terno com o sexo forte. Habitualmente, Anna tomava o partido das mulheres que eram atacadas, por princípio; mas dessa vez ela estava sendo feroz. É verdade que o príncipe herdeiro era acima de tudo amigo dos judeus, e não se envergonhava deles. Franz ficou, contudo, vivamente impressionado com isso. Tanto que, no escritório, o próprio Attila espalhava boatos sinistros. Se ao menos tivesse sido apenas Willy; mas não! O húngaro em pessoa afirmava que o príncipe não se contentava mais com um pouco de ópio; tinha passado para a morfina, e se injetava diariamente.

Aos olhos de Attila, o príncipe Rodolphe tinha sempre representado a esperança da Hungria, como a mãe dele. Ele era o amigo dos liberais; estava pronto a ir para a frente, a empreender profundas reformas, talvez até a reduzir o exorbitante poder da nobreza, que certamente tinha feito da Hungria uma nação soberana pela metade, mas que recusava partilhar suas terras. Em nenhuma hipótese Franz podia acusar Attila de malevolência; aliás, ele só fazia suas confidências na ausência de Willy, cujas convicções pró-alemãs se reforçavam a cada dia.

E depois vinham sempre esses mexericos em torno das orgias principescas; não se falava mais apenas de suas infidelidades conjugais, não, iam até a devassidão, de que, aliás, não se sabia nada, senão que se comentava muito a respeito, e não há fumaça sem fogo. Em todo caso, houvesse orgias ou não, era preciso curvar-se à evidência: a tez pálida, as pápulas, esse olhar febril, as enxaquecas que apareciam tão freqüentemente nos comunicados oficiais, tudo isso designava a doença.

– Então a mulher dele a terá também, sem dúvida – disse Anna, quando Franz mencionou o assunto. – Lamento por ela. Espero que os dois filhos sejam poupados.

NO OUTONO DO ANO de 1888, numa noite em que os Taschnik estavam em Nussdorf num albergue em família, isto é, com o tio Willy e o tio Attila, o príncipe entrou bruscamente com um pequeno grupo de amigos. Quando o príncipe chegava, tudo mudava.

O albergue era famoso por seus músicos, o quarteto dos irmãos Schrammel, quatro bigodudos que tocavam como deuses. Na taberna retiniam os canecos de vinho branco entrechocando-se e os gritos das serventes; os dois violinos, a flauta e o violão mal conseguiam cobrir o barulho das conversas; as golas das camisas começavam a saltar, as pessoas deixavam-se cair com frouxidão, Willy principalmente, já um pouco embriagado, e até Attila, que tinha posto Emmy em seus joelhos, apesar dos protestos de Anna. O pequeno Toni, que só tinha 8 anos, observava com olhos arregalados essas pessoas adultas que se comportavam como crianças. Era uma dessas noites vienenses perfeitamente felizes, familiares, poéticas, um pouco bêbadas, um pouco loucas, em que as canções voavam de coração em coração.

Mas quando o jovem príncipe fez sua entrada, todo mundo se calou; os violinistas ergueram seu arco, o flautista parou, o violonista pôs a mão sobre as cordas de seu instrumento, o patrão se precipitou e as serventes esboçaram a reverência. Ao silêncio do primeiro instante se sucederam murmúrios de êxtase. O príncipe herdeiro era radiosamente belo.

Com um casaco de pele de lobo negligentemente jogado sobre os ombros, a cabeça coberta com um gorro elegante, o charuto na boca, ele segurava pelos ombros duas damas decotadas, enfim, moças, melhor dizendo, não muito vulgares, bastante bonitas. Para fazer cessar o silêncio e os murmúrios, ele tirou o charuto, ergueu o gorro e cumprimentou os fregueses do albergue; aplaudiram-no.

Os quatro Schrammel puseram-se de novo a tocar com animação a música que tinham inventado havia já quatro anos, e que fazia furor, entre a valsa e a canção, árias nostálgicas, vagamente húngaras, talvez um pouco ciganas; os fregueses retomavam a cantoria em coro. De pé, diante do príncipe, um cocheiro se pôs a assobiar árias, trinados, dir-se-ia um rouxinol humano. O príncipe sorriu-lhe.

— Como te chamas, meu rapaz?

— Bratfisch, a serviço de Vossa Alteza. Sou o cocheiro da casa.

— Pois bem, Bratfisch, doravante serás o meu — disse o príncipe.

Aplaudiram de novo, mais forte. O príncipe deixou-se cair familiarmente na sua cadeira, na mesma posição de Attila com Emmy, com uma moça sobre os joelhos.

— Não acho que ele esteja de mau aspecto esta noite — cochichou Attila abaixando-se por cima da mesa. — Ele não tem mais aquelas pápulas feias.

— Mas por que o casaco de pele? Não faz frio – respondeu Anna no mesmo tom. – É estranho como ele parece estar friorento...

— Quando se pega uma coisa dessas, fica-se friorento – murmurou Willy, que sabia tudo sobre o assunto. – Tudo isso é muito bom e bonito, mas eu posso jurar que ele pegou a doença.

Para Franz, o conjunto da cena soava falso. O príncipe não concedia nenhuma atenção a suas companheiras, e seu olhar vagava em desamparo; ele tinha um sorriso misterioso, "Eis um homem que pensa em outra coisa", disse Franz. Num relance, ele soube exatamente com o que Rodolphe se parecia: um enamorado aniquilado. Evidentemente, se era verdade, o objeto de seu amor não estava ali. Era uma impressão clara, mas tão frágil que ele não disse nada a respeito a ninguém, salvo a Anna, depois.

O príncipe não ficou muito tempo; apalpava freqüentemente as pálpebras, como se tivesse dor nos olhos; tossia. Ao cabo de uma hora, levantou-se, pegou as companheiras, cada uma sob um braço, e foi-se embora agitando a mão sob os aplausos renovados dos fregueses. A orquestra, a quem ele tinha feito passar a carteira, cumprimentou-o bem baixo.

O albergue retomou sua rotina vesperal, um tom mais baixo, como se o príncipe tivesse introduzido nas colinas um ar de majestade misterioso, que os convivas, os músicos e o estalajadeiro deviam preservar mais um pouco.

OS AMIGOS DISCUTIRAM durante muito tempo sobre o futuro do príncipe. Para tornar-se imperador, era-lhe preciso esperar; ele era impaciente demais, e brilhante demais também; e podiam-se esperar iniciativas políticas. Quais? Não estava claro; Attila acreditava que na Hungria o príncipe era muito ativo; ele supostamente mantinha estreitas relações com progressistas. Em Budapeste, falava-se muito de suas ligações com os melhores espíritos liberais, e de certos planos secretos para libertar a Hungria da velha tutela imperial.

— Uma conspiração? – interrompeu Franz.

— Eu não disse isso! – espantou-se o pequeno húngaro. – Mas é como se fosse.

— Felizmente nós temos Schönerer e Karl Lueger! — exclamou Willy bruscamente.

— O quê? — exclamou Franz. — Willy, tu aprovas então esses anti-semitas furiosos!

— Quanto a Georg von Schönerer, não digo — disse prudentemente o gordo, que batia já em retirada. — Este ano ele foi longe demais, admito. Não aprovo o empastelamento do jornal de Moritz Szeps. Ainda que seja preciso pôr um termo a essas tramóias franco-maçons, apesar de tudo! Mas, quanto a Lueger, é outra coisa. Um verdadeiro democrata, um nacionalista! E devo lembrar que eles tiveram como aliados os judeus. Até Schönerer.

— Há muito tempo! Uns perdidos! Eles logo compreenderam, os Viktor Adler, os Gustav Mahler, todos!

— É preciso salvar o império da loucura do príncipe herdeiro. Não esqueçais o rei Luís da Baviera — sussurrou o gordo numa voz sepulcral. — O príncipe é um Wittelsbach!

Willy recebeu na cabeça a bolinha de miolo de pão que Anna amassava em silêncio; ele logo se calou. Ela fervilhava. E teria pago caro para conhecer os pensamentos que rolavam na cabeça desse jovem príncipe bonito demais, infeliz no lar, cujo olhar errante desviava-se constantemente, e que arrastava sua aparência drogada nos cabarés do campo.

15
O último sono

Eu tinha freqüentemente a sensação, meu Deus,
De que meu braço se quebrava de fadiga
Sob o fardo da luva pesada
E sob o efeito do golpe, vindo de cima

Com mortal segurança
O golpe veio, era certo.
Tornei-me pálida, lembro-me.

Elisabeth

De seus segredos o príncipe nada dissera a ninguém, exceto à sua prima Marie Larisch, cujo nome de solteira era Wallersée, de quem ele precisava para suas empreitadas.

A imperatriz, sua mãe, tinha sentido pela sua sobrinha uma verdadeira paixão, a que ela atribuía duas causas: a primeira, que Marie nascera de seu irmão e de uma plebéia – uma atriz –, e a irregularidade da situação, uma severa quebra de protocolo, a encantava; e a segunda, que Marie Wallersée, a encantadora, montava à perfeição. Para uma amazona que não suportava a etiqueta, era mais do que suficiente.

A imperatriz tinha achado para ela um marido, um certo conde Larisch que a esposa enganava freqüentemente, e que tivera, por ordem, o bom gosto de desaparecer em exílio. Ela aproveitou para dar umas investidas no príncipe herdeiro, seu primo. Mas ele não se interessou. Marie era a amiga de infância; muitas vezes, Rodolphe lhe prometera beijá-la na boca, um verdadeiro beijo profundo, assim que ela crescesse. Ela cresceu, tinha uma belíssima boca, mas o príncipe não se interessou.

O príncipe não depositava total confiança em sua prima, mas ela tinha grande necessidade de dinheiro; era útil.

Quanto ao restante, ele se preparava para lançar uma vasta ofensiva a respeito das reformas; o império rachava por toda parte. Mais que nunca, era a "prisão dos povos" denunciada pelos revolucionários. Na Europa inteira os partidos socialistas progrediam; os nacionalistas também; seu pai não via nada, não ouvia nada, não queria entender nada. Rodolphe tinha certeza: depois da morte do imperador, o império explodiria. Mas ele possuía pouca chance de ser ouvido; seu pai o tratava como um coronelzinho e nada mais.

Finalmente, ele decidiu reconciliar-se com a mãe. No Natal, encontrou para ela o mais maravilhoso dos presentes, seis poemas autografados por Heinrich Heine, seu ídolo. Com o poeta judeu, tanto a mãe como o filho tinham muitas misérias em comum.

Em prol do erguimento de uma estátua de Heinrich Heine em Düsseldorf, a imperatriz publicara vários de seus próprios poemas, a fim de conclamar doações; ela mesma tinha contribuído com uma grande soma. Imediatamente, o chefe dos pangermanistas austríacos, Schönerer, a chamou de "criada dos judeus", e, aproveitando a ocasião, tachou o filho dela também, por causa de seus laços com o jornalista judeu Moritz Szeps, dono do *Víener Tagblatt* e cunhado de Clemenceau, da raça maldita dos republicanos franceses. O cúmulo.

O horrível Schönerer, que apelidavam de "O cavaleiro de Rosenau", tinha conseguido para sua causa um certo Drumont, um francês da extrema direita, e a questão da estátua tornou-se européia. Moritz Szeps tinha tomado vigorosamente a defesa da imperatriz, que ele comparava a uma fada das *Mil e uma noites*, uma grande e nobre dama. A imperatriz ignorava tudo dos amigos de seu filho; não adivinhou a mão do príncipe na campanha do *Víener Tagblatt*. Ele estava ao mesmo tempo triste e encantado; socorrer a mãe quando a atacavam e fazê-lo em segredo era típico dele. Ao oferecer-lhe os poemas autografados, ele pensava que ela finalmente teria uma inspiração materna.

Desta vez, ela o apertaria nos braços; esqueceria os rancores que ele pressentia desde seu infeliz casamento. Então ele a chamaria à parte e lhe diria tudo.

Seu novo amor. Seu projeto de divórcio, a carta pessoal que, em desprezo pelo protocolo, ele tinha enviado diretamente ao papa Leão XIII, para pedir a anulação de seu casamento. E já que sua mãe tinha admitido a prima Marie na Corte, já que ela adorava os amores ilegítimos, ela aprovaria o filho, ele tinha certeza. Em seguida, o pior teria passado.

Mas no dia de Natal, quando achou os rolos envolvidos em fitas de seda, ela se contentou em agradecer-lhe com desdém. Ficou imensamente surpresa quando ele explodiu em soluços como uma criança. Consolou-o o melhor que pôde, pegou-o nos braços, fez-lhe festa; ele tinha esperado tanta alegria em seus olhos, que não teve coragem de pedir-lhe o diálogo com que sonhara. Seria preciso esperar. Sempre esperar.

O pior estava por vir. Naquela noite, uma vez que já o tinha mais ou menos acalmado, a mãe voltou para "a querida". Marie-Valérie acabara de ficar noiva do arquiduque François-Salvator. Em si, o acontecimento era festivo. Para Rodolphe foi um pesadelo. Uma vez mais, sua irmã caçula lhe roubava a atenção materna. Uma vez mais a imperatriz só tinha olhos para sua *Kedvesem*. E ele? Ele podia morrer.

Ora, no Natal, o príncipe tinha dado um outro presente a outra pessoa. Um anel em cujo interior mandara gravar "Unidos para a eternidade até a morte". Alguém que até então tinha escapado inteiramente à vigilância policial, e que não era, portanto, Mizzi, sua prostituta oficial.

Janeiro passou devagar, sem surpresas, ele se preparava para abrir seu coração para sua mãe, quando seu pai o convocou ao escritório dele. O que nunca foi um bom sinal.

O IMPERADOR foi brutal.

Sobre sua mesa exibiam-se os relatórios da polícia e a resposta pontifical à proposta de anulação do casamento, que, à guisa de humilhação, o papa tinha enviado diretamente ao imperador, sem dignar-se fazê-la chegar ao filho rebelde. Dupla bofetada. O pai ignorava tudo da providência do filho; e o filho não tinha previsto que o papa responderia ao imperador.

O papa rejeitara o insolente requerimento. A pedido do próprio imperador, os serviços secretos esquadrinharam a vida do príncipe e descobriram o amor secreto de Rodolphe. A oposição de Roma, a do imperador, o escândalo de um divórcio na casa dos Habsburg, a ruptura com a Bélgica, tudo se opunha aos projetos do príncipe herdeiro.

"Mas há o pior; é infame!", trovejara o imperador, batendo com o punho na madeira de sua mesa. O pior ele acabou por finalmente lançar no rosto do filho, sem cerimônia.

Ao enrabichar-se pela pequena baronesa Vetséra, o príncipe herdeiro cometia um verdadeiro incesto.

Dezessete anos antes – as provas eram irrefutáveis –, a baronesa mãe, Hélène Vetséra, tivera relações com o príncipe também. Certamente, na época incriminada, Rodolphe era adolescente, quase uma criança; mas havia, no entanto, dúvida sobre a paternidade. Não se podia excluir a hipótese de que a jovem Mary fosse a própria filha do príncipe herdeiro. Não se tinha certeza; mas, enfim, segundo a polícia, a hipótese parecia altamente provável. Finalmente, supondo que Mary fosse realmente nascida por obra do barão Vetséra, surgia um outro obstáculo de igual natureza: porque, segundo as regras do direito canônico, explicadas num grosso volume aberto na página certa, não era realmente lícito ter relações sucessivamente com uma mãe e sua filha, e citavam-se casos de casamentos reais anulados por esse motivo. Um príncipe devasso maculava já seriamente a herança imperial; não tinha importância alguma uma ligação adúltera, mas um príncipe incestuoso não podia reinar. A coisa estava clara, o imperador decidido e o príncipe arrasado.

– Não é verdade! – urrava o príncipe, com as faces em fogo. – São fábulas que inventas para fazer-me sofrer! Sempre me torturaste! Dize que isso não é verdade...

Mas, encolhido em sua poltrona, ele virava obstinadamente a cabeça. Ao que ele tinha revelado, o imperador não podia acrescentar nada. Simplesmente pusera-se à escuta: seu filho gritava tão alto que acabariam por ouvi-lo, neste vasto palácio onde vagavam os lacaios. O melhor era não fazer nada; aliás, não tinha nada a fazer a não ser esperar o inevitável. Não cruzar seu olhar com o dele. Não ceder.

Fez-se silêncio. O príncipe calara-se. Com esforço, o imperador ergueu os olhos; de pé, diante dele, seu filho batia os calcanhares, saudando.

— Está bem. Não sou digno de suceder-te, não é? Conheço meu dever. Farei de modo que ela não sofra um segundo. Ouviste-me?

Oh, sim! Ele tinha ouvido. Mas não estava certo de ter compreendido muito bem. Rodolphe terminaria com ela e obedeceria às ordens ou iria fugir, exilar-se, desaparecer, deixando um bilhete para a menina, sua amante, uma carta que a faria chorar um dia ou dois? Se a sorte quisesse que ela não estivesse ainda grávida, evitar-se-ia o escândalo. E ele já pensava na explicação que precisaria dar a seu povo a propósito da eventual ausência do príncipe herdeiro. Uma longa viagem? Uma missão diplomática no outro extremo do mundo? E se ele não voltasse? Ele suspirou.

— Não respondes — murmurou o príncipe. — Alguma vez já respondeste? Um silêncio assim... Pelo menos, digamo-nos adeus, por favor...

Num gesto cansado, o imperador ergueu sua mão que tremia e baixou os olhos sobre seus dossiês. A porta bateu; Rodolphe tinha saído.

Só então ele sentiu medo. Seu filho ia matar-se, e a pequena Vetséra com ele. Descobririam os dois abraçados na mesma morte, acabariam por adivinhar o segredo, o horror. Era preciso impedir isso, a qualquer preço. A polícia já vigiava o príncipe havia muito tempo; mas e a menina?

O imperador convocou o barão Kraus, chefe de sua polícia, e mandou reforçar a vigilância, sem explicações. Cada um de seus feitos e gestos devia ser estreitamente espionado. E sobretudo ele não devia encontrar o objeto do dossiê que tinha sobre sua mesa; isso era o mais importante. O imperador tinha confiança absoluta na sua polícia; se seu filho fugisse, fugiria sozinho. Quanto à pequena, iriam casá-la com o duque de Bragança, que estava apaixonado por ela, e a quem não se diria nada sobre a aventura.

Mas, na Burg, espalhou-se o boato de que uma violenta altercação tinha oposto o imperador e o príncipe herdeiro, que tinha berrado no escritório do pai. Suas discordâncias políticas eram de notoriedade pública; não se surpreenderam, afinal, o príncipe era um revoltado, que batia os pés de impaciência. Peripécia um pouco penosa, certamente, mas banal.

TRÊS DIAS. Foram-lhe necessários três dias para frustrar a rede policial. Mas finalmente estava quase acabado. Para atingir seus fins, o príncipe tinha corrompido a prima Marie Larisch, que precisava de bastante dinheiro para maquinar o seqüestro da pequena.

A baronesa Vetséra mãe de nada suspeitara, e deixara sair a criança com sua bela amiga para uma expedição sem perigo numa loja de Viena, uma mentira cômoda. Depois a Larisch conduzira a inocente pequena Mary à casa de seu amante, na Burg, pelo corredor e pela escada secreta. Lá, o príncipe tinha mendigado um colóquio com sua namorada. Apesar da reticência da bela Larisch, estranhamente zelosa de seu papel de aia, ele o obteve, e com isso fez a menina sair por uma outra porta, sob a guarda de seu cocheiro Bratfisch.

Um belo rapto, bem-sucedido. O príncipe voltou sem a moça para o salão onde o esperava a Larisch; sua prima se exaltara, ele acalmou-a jurando que devolveria a pequena depois de dois ou três dias, não mais. Mesmo assim, ele ameaçou a Larisch com um revólver, para fazê-la ceder. Não tinha sido fácil, mas ele acabou por convencê-la, amordaçando-a com aquele beijo na boca que lhe prometera na infância. A prima derreteu-se de alegria e não desconfiou de nada.

Na véspera do rapto, ele havia passado a noite com sua amante oficial, a Mizzi, boa moça, de quem gostava muito. Ela tinha seios grandes, queixo carnudo e o olhar seco; mas satisfazia-lhe todas as fantasias, que ia contar no dia seguinte à polícia, ele sabia. E portanto era necessário fingir. "Que seja a Mizzi", dizia-se ele, "aliás, ela é agradável". Eles beberam a quantidade requisitada de garrafas, ela convocara os ciganos, ele se rebolou sobre as almofadas e deixou-se enganar com a passividade que lhe conheciam desde que se drogava.

Às três horas da manhã, ele abandonou o local e não resistiu à emoção de um último beijo. Gravemente, traçou um sinal-da-cruz na testa da mundana espantada. Por antecipação, ele conhecia o conteúdo do relatório da polícia:

Segunda-feira, 28/1/1889. O arquiduque Rodholpe na casa da Mizzi até as três horas da manhã. Muito champanhe.

Mas ele não sabia se ela faria caso do adeus sob a forma de sinal-da-cruz. E, aliás, isso não tinha importância.

O mais duro estava feito, mas não o pior. Restava uma noite de felicidade antes de terminar. Pegou seu faetonte, e ele próprio o guiou, como de hábito, para enganar a polícia. Mary Vetséra o esperava numa outra carruagem, a algumas léguas de Viena, perto de um albergue onde ele desceu assobiando. O excelente Bratfisch tomara lugar no faetonte, enquanto o príncipe se encontrava com a menina na carruagem, que partiu a galope para Mayerling. Quando a polícia identificasse o cocheiro, algumas horas teriam sido ganhas; não precisava de mais.

Uma única coisa podia estragar tudo: se a condessa Larisch decidisse confessar toda a história à imperatriz, ela moveria céus e terras para reencontrá-lo. Na verdade, ele esperava por isso. Mas o que diria a ela? Porque o príncipe tinha certeza: a respeito do suposto incesto no caso Mary Vetséra, o imperador não tinha ousado dizer nada à sua esposa.

E agora lá estava ela, a menina, aconchegada contra ele, confiante, com o sorriso nos lábios. Quando ele lhe propusera irem embora para sempre, ela havia pulado de alegria; quando ele acrescentou "e para um outro mundo?", ela apenas empalideceu um pouco e se lançou em seus braços. Ele a acolheu com mil precauções; desde que soube, teve medo de afligi-la. Ela procurara-lhe a boca, ele castamente beijou-a no canto dos lábios. Seria verdade? Que esse amor tão terno era o mais proibido do mundo? Ter-lhe-iam mentido para separá-los mais facilmente? Ele não sabia mais. Amava essa menina como nunca amara ninguém antes, disso não havia dúvida. Quando a viu com seus longos cabelos e seu olhar transparente onde brilhava uma pupila imensa, sentiu uma perturbação inexplicável, uma familiaridade inesperada, um encontro vindo do fundo das eras; não era o sinal do próprio amor? Ela se lançara a seus pés com uma adoração surpreendente. Desde sempre, dizia ela, ela se apegara a ele, ainda pequenina, e era verdade. "Ela está simplesmente apaixonada", comentava a Larisch com um riso um pouco cúmplice.

Ele não a tinha seduzido como às outras, não, ela viera até ele tão naturalmente, que ele a recebera em seus braços como um presente divino, um outro ele-próprio desconhecido. E quando após três semanas ele finalmente a teve, sentiu-se atraído para dentro de um abismo delicioso e mortal, um langor culpado que ele atribuíra à idade da adolescente, tão infantil ainda, e tão virgem.

Tudo era ao mesmo tempo normal e louco; mas ele não tinha sonhado. Os relatórios da polícia na mesa do imperador. Seu fugaz encontro com a baronesa Hélène Vetséra, introduzida junto à imperatriz por seus irmãos, os Baltazzi, brilhantes caçadores. O nascimento de Mary, nove ou dez meses depois; nesse ponto o relatório tinha sido rasurado. E os textos de direito canônico. Era tudo.

Desse dia de calor em Gödöllö, ele tinha uma lembrança violenta. A Vetséra – a mãe – o tinha achado pensativo sob uma árvore, ao sol. Ela se sentara ao seu lado com uma grande revoada de saias, e elogiara-lhe a bela fisionomia, o verde acastanhado de seus olhos de âmbar, um verdadeiro homenzinho, já, e a sombrinha dela girava ritmadamente. Depois ela tirou suas luvas de verão e, distraidamente, como que brincando, deslizou a mão sob a casaca de feltro que ele havia desabotoado por causa do calor. Ele tinha a pele suave, murmurou ela olhando para outro lugar. A mão se aventurou mais para baixo, ousadamente; ele não quis cruzar seu olhar, deixou-se acariciar, na umidade cálida da luz, no fundo do parque. Sem mesmo o querer, ele se deitara, a Vetséra não demorou, num instante o cavalgou, se arrumou, lépida, e recolocou as luvas. Depois ela perguntou se era a primeira vez; ele não respondeu. Tinha quase 13 anos, e as damas da Corte se divertiam freqüentemente com essas brincadeiras reservadas de "condessas higiênicas", segundo a tradição dos Habsburg. Depois ela foi embora chamando-o de *Darling* com um beijo na boca, rápido, porque era preciso que não os vissem juntos.

No dia seguinte, ela lhe ofereceu botões de colarinho, ou um relógio, ele perdera o objeto. Não se lembrava mais muito bem de como o caso veio à tona; Ida Ferenczy, sem dúvida. A leitora de sua mãe devotava à baronesa Vetséra um ódio sem brechas; a ponto de recusar uma noite que o jovem príncipe a deixasse entrar no salão.

A Vetséra – essa intrigante – se introduzira junto da imperatriz com o único fim de seduzir o príncipe herdeiro ou o imperador, à escolha. O rapaz zombava muito dos mexericos, na época; as Vetséra desse calibre se contavam às dezenas, e ele sabia que podia tirar proveito disso. E foi o que fez. Logo esqueceu. Até o dia em que Mary lhe apareceu com um frescor no rosto que não lhe lembrava nada, exceto o nome, Vetséra, que evocava sua mãe, com a mão ágil e firme, o peito um pouco flácido, e nem um olhar, senão o de um rato, bisbilhoteiro e temeroso, talvez.

Era preciso verificar; podiam ter forjado falsos relatórios de polícia... Mas nada explicava a dureza do imperador seu pai, seu afinco em querer privá-lo do amor, e a cruel inspiração que tivera em pleno peito: sim, era verdade, sim, não tinha dúvida, sim, era preciso morrer.

– Se minha mãe soubesse que vamos embora juntos, ela me mataria! – disse bruscamente a menina, arregalando os olhos. – Ela tinha tanto medo que nós nos amássemos, e no entanto... Eu te amo.

Aí está, pensou ele tranqüilizado. Que restava fazer? Algumas cartas confusas para explicar sem dizer nada; uma última noite – ele não tocaria nela. Depois um pouco de coragem bastaria; desde que Bratfish tivesse providenciado a seringa comum e a dupla dose de morfina que ele tinha pedido.

A CONDESSA LARISCH precipitou-se na casa da Vetséra e confessou o rapto. A baronesa desabou. "Ora", dizia Marie Larisch, "ele a devolverá dentro de dois dias, ninguém saberá de nada, onde está o drama? Isso cheira um pouco a galanteria, concordo; mas vais casá-la, juro-te! Com quem quiseres, que tal o duque de Bragança? Bem! Rodolphe ajudará."

Mas a baronesa, soluçando, se contentava em repetir: "Não podes compreender, é horrível, é terrível." Para acabar com os gemidos, Marie decidiu avisar o chefe de polícia, que, preocupado em respeitar as instruções do imperador – sobretudo, nada de escândalo –, recebeu-a prudentemente, sem acreditar nela.

O caso era muito desagradável; sua autoridade não se estendia às propriedades imperiais, ele não recebera nenhuma ordem particular, só interviria no caso, bem improvável, em que a família fizesse uma queixa oficial do desaparecimento. Além disso, o príncipe herdeiro, cujo nome não deviam mencionar mais, era esperado naquela noite mesmo para um jantar na Burg, em comemoração do noivado da arquiduquesa Marie-Valérie, sua irmã, com o arquiduque François-Salvator, seu primo; parecia duvidoso que ele não comparecesse.

Marie Larisch entrou em casa perplexa, a baronesa Vetséra estava desesperada.

Nesse meio-tempo, chegava à Burg um telegrama do príncipe herdeiro, retido longe por um resfriado. Avisado, o chefe de polícia ficou como doido; finalmente, descobriu o lugar em que o príncipe se escondia e mandou um guarda a Mayerling, a fim de verificar se a menina se encontrava lá também. O que se sabia em contrapartida, de fonte segura, era que o príncipe tinha convidado para um serão o conde Hoyos e o príncipe de Cobourg. Este último devia deixar Mayerling bastante cedo, mas o conde passaria a noite lá.

Ninguém vira a menina entrar no palácio, ninguém vira tampouco sair de lá nem a sombra de uma mulher. Certamente ela não estava em Mayerling.

Na Burg começou o jantar de noivado, na ausência do príncipe herdeiro. Sua mulher Stéphanie lia para todos o telegrama sobre o inoportuno resfriado que subitamente afetara o príncipe. Ninguém se deixou enganar; pelo menos, ao que parecia. Ninguém se preocupou; nem mesmo sua própria mãe. A imperatriz achava sua nora horrível, com miosótis trançados em seus cabelos amarelos, como sempre, um horror.

FINALMENTE A HORA tinha chegado?

Hoyos fora deitar-se na outra ala do pavilhão, depois de um jantar que uma primeira injeção tinha tornado cordial, o bastante para enganar. A menina estava escondida no quarto de cima; à mesa, o príncipe tinha falado de improviso, atento em tratar de seus assuntos favoritos, o excesso de imperialismo dos húngaros, a humilhação dos outros povos; Hoyos não tinha suspeitado de nada. Depois Mary desceu, descalça, uma fada leve sobre os tapetes espessos.

A menina parecia pensativa, mas tão bela nos braços de seu amante, tão terna, que a melancolia tinha passado como um sopro leve; beberam. Depois ela pediu ao bom e velho Bratfisch que assobiasse as melodias vienenses que ela adorava. Bratfisch o fez brilhantemente, como bom cocheiro de fiacre; Mary aplaudiu, e ele adorou-a por tê-lo aplaudido num momento assim. Depois retiraram-se ambos para o quarto do príncipe; ela escrevera três ou quatro cartas rápidas, com mão firme, e despira-se sem uma palavra.

AGORA ELA ESTAVA ao seu lado, um pouco crispada, e estendeu-lhe a mão com um olhar suplicante. Ele beijou-lhe os olhos, a testa, e levantou-se suspirando, não, menina, não.

– Uma última vez – suplicou ela. – Por favor. Não conseguirei resistir...

Então ele pegou-lhe os braços e falou-lhe seriamente. Ela ia vestir-se gentilmente e ir-se embora, aí está, sim, sem ele, como uma moça, e ele passaria a noite em Mayerling. Ele tinha necessidade de ficar sozinho. Ela o olhava fixamente, com as sobrancelhas franzidas, desconfiada.

– Tu não me amavas, então!

Ele desistiu.

– Tu não me dizes a verdade – disse ela. – Há outra coisa, sinto-o bem. Nem sequer me beijaste.

Ele esforçou-se, abaixou os lábios, abandonou-se, quase cedeu, repeliu-a.

– Escuta-me. És jovem demais para...

– E tu! – disse ela num grito. – Não, não, são mentiras, no entanto tínhamos decidido, onde está o revólver?

Ela estava tão agitada, que ele a embalou longamente. Que dizer-lhe? Ela pressentia tantas coisas... Tentou imaginar a vida de ambos, se sobrevivessem; impossível. Desde o momento em que ele soube, a esperança estava morta.

E ela, sozinha, depois que ele morresse? Era outra coisa. Ela poderia viver inocentemente, marcada pela desonra banal de ter perdido a virgindade. Sim, a menina tinha uma vida diante de si, ele não tinha o direito de sacrificá-la. E quando ele chegou a essa certeza, ela suspirou, fechando os olhos.

— Já é tempo, estou pronta.

Ela tinha a aparência tão calma, tão tenra... Ele se desprendeu dela com doçura.

— Volto num minuto, não, não te abandono, dorme...

— Meu último sono – sorriu ela. – Maravilha.

Ele se aplicou uma segunda injeção, no banheiro. O deslumbramento ofuscante correu através de suas veias, ele se ergueu, aéreo. Quando voltou para ela, ela se tinha levantado, tinha achado o revólver e o punha em sua têmpora, com o dedo no gatilho...

— Não! – gritou ele. – Não assim!

— Então, tu – disse ela resolutamente, estendendo-lhe a arma.

— Dá-me isso, mocinha – murmurou ele, avançando prudentemente. – Vem nos meus braços. Meu pintinho querido, meu tesouro, não quero que morras – e beijava os cabelos dela, não era criminoso, o pescoço macio, o ombro nu, onde estava o mal?

— Disseste-me que teu pai proibiria o divórcio – cochichou ela. – Que nunca poderíamos viver juntos. Que nossa única saída seria compartilhar a morte e nos encontrarmos no além. Tu disseste isso.

Ele ergueu-a como a uma pena, ela bateu-lhe na cabeça com os punhos fechados.

— Tu dizias isso, e agora estou pronta, tu tinhas jurado.

— Era uma brincadeira! – berrou ele. – Uma brincadeira estúpida! Eu queria ver até onde tu me seguirias.

— Estás mentindo – repetia ela, com o nariz enfiado no casaco dele –, não sou mais uma criança, adivinho as coisas, há maldição entre nós, é preciso ir embora, eu te amo demais.

— Para a cama, mocinha, para a cama... Docemente – disse, colocando-a sobre os lençóis. – Escuta. Tenho o dobro da tua idade.

— Não é verdade! Tenho 17 anos, isso dá 13 anos de diferença apenas.

— Não vais morrer por um devasso.

— Devasso, tu! O mais doce dos homens!

— Deixa-me falar...

— Não! Tu destróis tudo.

– Queres calar a boca? Sou sifilítico e drogado – disse ele de chofre, com dureza. – Não tinhas nenhum meio de sabê-lo. Olha as marcas, na cova do cotovelo, aqui, aí está quanto à droga. E te contaminei, seguramente. Não me digas agora que me amas! É impossível.

Com os olhos esbugalhados, ela o encarava, sem olhar para os braços virados, que ele mostrava.

– Se isso for verdade, então mata-me depressa – disse ela num sopro. – Depressa. Não suportarei viver. E depois sinto que vais morrer. Sei que queres isso, que precisas disso, que te ordenaram isso, talvez. Nós nos parecemos demais, tu e eu, lembras-te de que me disseste isso no primeiro dia?

Ele estremeceu dos pés à cabeça, dividido entre o medo e a alegria, ela estava à beira do segredo, essa criança romântica...

– Faze isso – suplicou ela. – Agora. Está bem?

Com um sorriso, ele concordou, desarmado; ela soltou um suspiro de felicidade.

– Finalmente!...

– Olha bem primeiro – disse ele seriamente –, vou esconder o revólver sob o travesseiro, para abafar o barulho. Dormirás, não verás nada, não sentirás...

– Já conversamos sobre isso – interrompeu ela. – Pronto, estou dormindo. Eu te amo.

A mãozinha sobre o lençol, como uma alga, seu jovem corpo enrolado no negro de seus cabelos, as coxas rechonchudas e firmes, as faces de leite, os lábios cheios...

– Por favor – murmurava ela sem abrir os olhos –, por favor...

Ela adormeceu tranqüilamente.

QUANDO ELE VIU uma respiração regular erguer o peito de Mary, então, dominado por um entusiasmo luminoso, decidiu escolher a rebelião, o escândalo e a vida.

O incesto não existia; era uma invenção de seu pai. Ele não acreditava, não acreditaria mais.

Ele prepararia sua partida e escreveria a todos cartas de adeus. Amanhã, passariam a fronteira do império para nunca mais voltar.

Iriam para a França, onde o amigo Clemenceau os ajudaria; em Paris, tinha-se achado um novo tratamento para cuidar da sífilis, os médicos os curariam, a esperança voltaria...

Ele instalou-se diante de sua escrivaninha e começou a redigir as cartas para as mulheres. Para a sua e, depois, para a mãe. Não pôde impedir de deixar escapar através das palavras uma sombra de segredo, escreveu que não podia mais viver – uma meia verdade. Era verdade que ele não podia mais viver assim, com elas. Escreveu também que depois de sua morte desejava Mary ao seu lado, depois que ela também morresse. Reunidos no mesmo túmulo, em Heiligenkreuz, longe da cripta dos Habsburg.

Ele queria esse sacrilégio. Habsburg deixaria de existir no instante preciso de sua fuga. Ele não tinha seu lugar no jazigo oficial; diante dessa idéia, sentia náusea. De todos eles...

As cartas estavam quase terminadas. Com um cuidado ciumento, ele as quis cruéis, irremediáveis. Sua fuga era como uma morte que ele queria infligir a todos, parentes, amigos e sua inacessível mãe. Até a aurora, hesitou ainda, pegando o revólver, apontando-o para Mary adormecida, repondo-o no lugar, sem decidir o gesto definitivo.

Às seis horas, foi ver seu criado, que abriu os olhos inquieto.

– Prepara a carruagem para as oito horas e vem despertar-me dentro de uma hora – disse ele, espreguiçando-se. – Depois voltou para o seu quarto, assobiando.

Assobiando, pegou seu espelho de mão, estudou a orientação do pulso armado com o revólver, colocado sobre a têmpora, uma coisa complicada demais. Matar-se, que piada!

Não, o exílio, a vida e, se Deus o permitisse, a felicidade, finalmente, a saúde, talvez... Era chegado o momento de despertar Mary, que suspirava em seu sono de criança.

Foi somente então que ele ouviu passos furtivos no corredor, e murmúrios.

16
"Um sensível achatamento das circunvoluções cerebrais e uma dilatação dos ventrículos"

> *Pela janela aberta entra a queixa dos lilases*
> *Cujo odor abafado insiste*
> *Ele adorava essas flores, o morto,*
> *Com seu doce hálito, elas quiseram agradecer-lhe*
> *E essa umidade terna envolve o corpo*
> *E insinua-se nos cabelos negros*
> *Sem a sombra do menor pecado*
> *Ela exprime a doçura de toda a floração*
> *Dá ao morto tudo o que pode em eflúvios*
> *E ele sorri, sorri, suave e tranqüilo.*

Elisabeth

Nos dias de muito frio, no caminho do Ballhausplatz, Franz parava diante da prefeitura e comprava uma salsicha branca que degustava caminhando até o ministério, com mostarda. Tirar as luvas espessas, aquecer os dedos, deixar o ar gelado gelar os lábios, depois morder a carne pelando... Uma das alegrias deste mundo.

Era exatamente uma manhã de geada, uma dessas manhãs azuis em que se podia escorregar no gelo e quebrar as pernas. Ao abrir a porta, Franz pensou em sua salsicha, e dispôs-se a trotar com prudentes passos miúdos até o bonde de Schönbrunn. Os outros também faziam isso, embora...

Em pequenos grupos, eles se juntavam aqui ou ali. Algumas mulheres velhas tiravam seu lenço e tapavam os olhos; os homens balançavam a cabeça, com ar sério; o coração de Franz ficou apertado. Não era a guerra, no entanto os sinos não dobravam; uma infelicidade? O imperador? Ela? E esse silêncio...

*

O príncipe herdeiro, o arquiduque Rodolphe, acabava de morrer subitamente. Uma apoplexia em conseqüência da ruptura de um aneurisma. Em Mayerling, murmurava-se, mas não era oficial.

Mayerling! Onde era mesmo que ficava? Não se sabia mais direito. Um castelo que ele tinha em alguma parte numa floresta, perto de Viena, diziam. Como ele foi morrer tão longe de sua família? Uma apoplexia, na idade dele! Um desastre de fim do mundo. Murmuravam-se preces, nosso pobre imperador, que vai ser de nós? Quem herdará? Um príncipe tão jovem e tão bonito! Seu infeliz pai...

Quanto à mãe, a imperatriz, nenhuma palavra. "Ela não existe", pensou Franz. Aliás, ao menos estava ela em Viena? De que longínquo país se preparava ela para voltar apressadamente a fim de contemplar o corpo de seu filho morto?

O boato se confirmava. Vinha da Companhia das Estradas de Ferro, que tivera de parar um trem de madrugada para deixar subir o conde Hoyos, o qual tinha trazido a notícia que a polícia ainda não conhecia. O conde Hoyos era um amigo do príncipe herdeiro, e fora ele que, em Mayerling, o tinha encontrado morto na cama, de apoplexia.

— Apoplexia, apoplexia, que se diga isso aos outros, não a mim — resmungou um burguês agasalhadíssimo. — Namorador como ele só, deve ser uma história de mulheres, e eu não ficaria tão surpreso.

Mandaram-no calar-se; não tinha vergonha, num momento desses?

— Ora! — replicou ele. — Vais ver!

— É verdade — disse um rapaz —, na idade dele, morrer do coração, isso não é normal.

— Mas todo mundo sabe que ele se drogava também! — soprou alguém. — Franguinhas, morfina, álcool, tudo!

— Calai-vos — disse uma jovem mulher indignada —, vós insultais o imperador, pensai na princesa Stéphanie, na dor dela!

— Oh, a princesa, ele a corneava todas as noites, eu o vi muitas vezes na carruagem com a amante.

— Qual? — interrompeu uma voz. — A Mizzi, essa puta, ou a menininha nova? E no que diz respeito à princesa, ela não o amava. Ele era infeliz.

– Sem contar que ele não tinha as idéias do pai sobre o império – cochichou alguém que se virou logo.

Franz deu de ombros, estremecendo. A imagem do jovem príncipe lhe atravessou a memória. Um velho adolescente, um pouco desengonçado, virado em sua cadeira, com os ombros cobertos por uma pele de lobo, e que ria como uma criança. Um príncipe que se embriagava nas tascas e que amava o povo, um homem de bem, apaixonado pela liberdade, de olhar sonhador e dourado, de aspecto um pouco asiático, com um tipo de langor dócil herdado da mãe, um ideal no olhar. A paixão na voz. "É preciso libertar nossos povos, ir em direção do futuro, reformar, ir em direção a um oceano de luz", dizia ele ao inaugurar a exposição sobre a eletricidade, e morreria estupidamente, em dois minutos, de apoplexia?

Quando Franz entrou no escritório, Attila olhou-o com acabrunhamento, Willibald correu, pegou-o pelo braço, cochichou-lhe ao ouvido:

– Sobretudo não digas nada a respeito, o príncipe não está... não é o que dizem, enfim, não se sabe ainda, um tiro de fuzil...

– Ora! – gritou Franz.

– Mas cala-te logo – disse Willibald –, é segredo de Estado, o ministro está na Burg, o corpo está vindo de Mayerling, não se sabe exatamente, talvez um couteiro, o ciúme, enfim, é um drama terrível, o imperador está arrasado...

– E ela? – murmurou Franz.

– Ela quem? A imperatriz? Sempre a tua obsessão, hem? Parece que foi ela quem recebeu a notícia em primeiro lugar, mas o príncipe tinha brigado... Com o imperador... E depois foi embora como um louco, então, compreendes... Tem a cabeça estourada, dizem.

– Um assassinato? – insinuou Franz.

Willibald olhou-o sem dizer nada e mergulhou em seus papéis.

– O que é Mayerling exatamente? – perguntou Franz bruscamente.

– Em pleno coração da floresta vienense – resmungou Willy –, o príncipe tinha um pavilhão de caça com apartamentos separados, um para a sua mulher, um para ele. Mas ela nunca ia lá, então...

– Então ele levava para lá suas conquistas – concluiu Attila.

– Um atentado – disse Franz. – Ou então...

– Versão oficial: apoplexia – rangeu Willibald entre dentes. – Verás que essa versão não se sustenta por dois dias.

Franz sentou-se diante de sua mesa, com as mãos trêmulas. Acabava de lembrar-se da estranha e nítida sensação que experimentara ao ver o olhar perdido do jovem príncipe na noite em que ele fora a Nussdorf ouvir os Schrammel, embriagado.

O império não tinha mais herdeiro. O império não tinha mais esperança. O imperador estava velho demais para empreender as reformas, e ela...

Subitamente, ele imaginou-a numa escuridão eterna. De pé, com o olhar fixo de azeviche e de lágrimas que ela não saberia nunca derramar.

– Vamos, mais depressa – censurou o *Oberinspektor*. – Não é hora de bancar o sentimental. Vai ser preciso ajeitá-la.

O corpo nu jazia sobre uma mesa, na cozinha do pavilhão, em Mayerling. Os membros da comissão oficial tinham identificado a pequena morta, e tinham ido embora sem tocar nela. Pela boca entreaberta, o sangue escorrera sobre os seios azulados e a pele pálida. Uma das mãos apertava ainda um lenço, a outra segurava o caule de uma rosa de pétalas desaparecidas. Afogada em longos cabelos, a cabeça ensangüentada mantivera os olhos abertos. Os globos saíam de suas órbitas como tumores horríveis; com o olhar louco, a morta parecia acusar o universo. O *Oberinspektor* enxugou a testa e cerrou os dentes.

Um dos policiais se inclinou e, com um gesto, quis baixar as pálpebras para fechar os olhos.

– Não! – gritou o *Oberinspektor*. – É preciso que ela pareça viva. Deixa. E depois, bem o vês, é impossível. Pega as roupas lá na poltrona.

Os policiais hesitantes seguravam as rendas amarrotadas, com força. O *Oberinspektor* suspirou. Primeiramente, o corpete; depois o espartilho; o mais duro foi a longa calça de bordado inglês, foi preciso afastar as pernas enrijecidas, esconder o tosão crespo. O vestido passou sem muito esforço. Só faltava o casaco.

– O casaco, ali. Temos de colocá-la dentro dele. Vamos!

281

Os policiais levantaram o cadáver e suspenderam-no na vertical. Com gestos canhestros, envolveram-no no casaco de pele, o corpo escorregou, caiu.

— É que ela já está dura – murmurou o mais velho. – Como vamos fazer?

Recomeçar, segurar bem. Bom. Agora, dobrar. Dobrar! – disse numa voz insistente.

— Não vamos quebrá-la, apesar de tudo – murmurou o outro.

— Vai ser preciso colocá-la na carruagem – disse o primeiro em voz baixa. – Vamos, faça força comigo, não há escolha, meu velho.

O corpo cedeu, os ossos estalaram, a cabeça caiu para a frente e vomitou um pouco de sangue negro. O *Oberinspektor* praguejou; não faltava mais nada.

— Sobretudo, não a deixem! – gritou. – Tirem esse anel da mão dela – murmurou. – Ah! O chapéu. Eu ia esquecendo o chapéu. Levantem a cabeça dela...

O feltro negro enfiou-se nos cabelos pegajosos de sangue ressequido. Mantida de pé, com seus olhos de louca, a morta fixava um céu ausente. O *Oberinspektor* alisou furtivamente os cabelos, espetou a pena de avestruz no chapéu e suspirou.

— Os senhores Stockau e Baltazzi já chegaram? – perguntou. – É à família que compete enterrar... essa coisa aí.

— Há uns 15 minutos – respondeu um dos policiais. – Ouvi o fiacre.

O *Oberinspektor* foi abrir a porta.

— Podem entrar agora, senhores – gritou ele aos homens dos bastidores. – Está tudo pronto.

Dois homens de sobrecasaca negra penetraram na cozinha. Um deles, petrificado, apoiou-se na parede; o outro, mudo, abafou seus soluços com a mão enluvada. Os policiais ergueram o cadáver e colocaram-no diante deles, segurando a cabeça pela nuca.

— Senhores da família – disse pausadamente o *Oberinspektor* –, compete-lhes transportá-la até a carruagem. Não esqueçam: sua sobrinha está viva. Vi-va, ouviram-me? São ordens.

A morta caiu nos braços de seus tios.

— Aí está, peguem também esta bengala, vão precisar dela – acrescentou o *Oberinspektor* rudemente.

— Para quê? – espantou-se o primeiro policial. – Ela não vai ficar sentada?

— Para mantê-la ereta, por Deus! Eles vão amarrá-la. Nas costas – cochichou o segundo.

Os tios da morta carregaram o corpo quebrado, cujos cabelos varriam o chão, o chapéu escorregou, os policiais o apanharam, a boca liberou ainda um pouco de sangue que caiu sobre a neve, o silêncio abafava os prantos, os dois homens estremeciam de horror. Suas mãos tremiam tão fortemente que o *Oberinspektor* teve de amarrar pessoalmente a bengala nas costas da morta.

— Subam e não a larguem, senhores – disse ele.

À fraca claridade dos lampiões, não se via mais nada no fiacre fechado a não ser uma silhueta sentada entre dois homens, uma criatura de chapéu cuja cabeça balançava como se ela estivesse bêbada. O *Oberinspektor* recuou.

— Para Heiligenkreuz, rápido! – gritou ele, bruscamente.

O cocheiro atiçou os cavalos e a carruagem penetrou na noite.

O *Oberinspektor* voltou para dentro do pavilhão e bateu a porta. Fora, os dois policiais apagavam as marcas do sangue sobre a neve com movimentos de bota.

— Trabalho sujo – soprou o primeiro policial, tirando o quepe. – Dobrar um cadáver, nunca vi disso.

— Ela assassinou o príncipe, sabes disso – disse o outro.

— Achas mesmo? Ela arrebentou o crânio sozinha, mas continua! Vai até o fim! Palerma!

— Quer eu acredite, quer não, ninguém irá pedir-me minha opinião, e depois não quero entender mesmo. Para que a tratem tão mal, ela tem de ser muito criminosa, eis o que sei.

— A menos que ela não tenha feito nada. Ou foi o príncipe que a maltratou, ou então...

Ele calou-se de súbito, olhou à volta de si, mas nada se movia a não ser as árvores sob o vento gelado.

– É indiferente – murmurou o outro. – Gostaria mesmo era de saber o nome dela, pelo menos...

– Isso eu posso te dizer, meu velho. Eu a vi passar uma noite, à entrada de um baile. A pequena Vetéra, Vestéra... Vetséra, é isso.

– Mas esse não é o primeiro nome dela – disse o outro. – Pobre criança.

– Nada de sentimento! – interrompeu o primeiro policial. – O chefe falou. Seria melhor esquecer. Em Mayerling não havia ninguém. Só o príncipe. Apoplexia. Assunto encerrado.

– Pois sim – disse o outro.

AO SABER DA NOTÍCIA, Anna chorou.

Com o príncipe herdeiro desaparecia a esperança dos liberais; o imperador não mudaria nada nunca. Os pangermanistas e o abominável Schönerer tinham perdido seu pior inimigo; os judeus, seu melhor apoio. Ao ver as lágrimas de sua mãe, a pequena Emmy decretou que também assistiria aos funerais oficiais. Quando? Não se sabia. A cidade se cobriu de negro.

Na noite do dia 30 de janeiro, a *Neue Freie Presse* mencionava com palavras dúbias um tiro mortal. A *Neue Freie Presse* foi imediatamente embargada.

Willibald venceu; ele sempre defendia sua história de couteiro ciumento, que teria vingado sua honra com um tiro de fuzil; alguns insinuavam até que tinham achado o príncipe sem as duas mãos, cortadas a machadadas. E se o enterro demorava, era porque estavam procurando em vão as mãos do príncipe. Attila achava que tinham encontrado na cama um cadáver de mulher.

– Exatamente! A mulher do couteiro! – gritou Willibald. – Estais a ver!

Mas não se estava certo a respeito da identidade da morta. O *Viener Tagblatt* insinuou que, durante uma orgia, eventuais caçadores teriam atirado acidentalmente. As devassidões do príncipe herdeiro percorriam os cafés havia muito tempo; ora se falou de várias mulheres, de pessoas, até de mocinhas, entre as quais uma teria morrido.

Attila venceu, por sua vez. Os boatos mais estranhos eram sobre a prima do príncipe, a condessa Larisch, a quem a imperatriz teria bruscamente fechado a porta; no entanto, a amante oficial do morto, a bela Mizzi Caspar, estava bem viva, e Franz se perguntava quem era a outra mulher, a de Mayerling...

— Não sei – repetia Attila. – Mas do que estou certo é que encontraram uma mulher morta. Com um tiro de fuzil.

— O couteiro! – insistia Willibald. – Lógico!

— E se ele se suicidou? – murmurou Franz.

A idéia provocou tempestade. O belo Rodolphe, suicida? Quando tinha em mãos o destino do império, quando todas as mulheres se insinuavam para ele, quando tinha filhos encantadores? Será que uma pessoa se mata aos 30 anos sem razão?

— É verdade que ele tinha pegado a doença – admitiu Willibald.

— Não é sempre que se morre dela! – disse Attila.

— Era drogado também; ópio, morfina, sabe-se disso – acrescentou Franz. – Ele tinha emagrecido muito nos últimos tempos. E, depois, sua mulher o odiava.

Quase não se falava da princesa belga, cujos ares afetados e olhar amuado não suscitavam simpatia, nem mesmo nessa penosa ocasião. Willibald acreditava saber que a imperatriz a tinha incriminado duramente: a verdadeira culpada era ela. A intratável Stéphanie não teria amado suficientemente o esposo, e...

— Aí está – disse Franz com calma. – E ele pôs fim aos seus dias. A menos que...

DURANTE A MANHÃ do dia 1º de fevereiro, Attila assegurou que o ministro telegrafava muito ao Vaticano. A hipótese emitida por Franz ganhou terreno: para envolver o Vaticano, certamente havia sérias razões, talvez uma dispensa...

Franz observou, por seu lado, uma misteriosa correspondência com Paris. Os laços do príncipe com a França passavam pelo jornalista Moritz Szeps, cunhado de Georges Clemenceau. Mas sobre isso Franz não falou nada com seus amigos.

Ele imaginou uma conspiração para derrubar Francisco José, uma união secreta entre o príncipe e Clemenceau, de que ele tinha ouvido falar às escondidas. Dizia-se que ambos eram maçons, que tinham preparado um golpe de Estado para acabar com a monarquia e propor uma república da qual o príncipe seria o presidente. Uma coisa tão terrível, que teriam preferido fazer desaparecer o rapaz, mas, à simples idéia de propor um nome como o autor do assassinato, Franz sufocava.

"Teriam preferido"? Quem? Só havia duas alternativas: se a conspiração tivesse sido descoberta, Clemenceau. Ou então... Será que um pai ousaria dar a ordem de matar seu filho? A idéia o torturava.

O dia 31 de janeiro acabou sem que fosse conhecida a data do enterro. Os ânimos se aqueceram. Falava-se de um embalsamamento feito para disfarçar as marcas do tiro, que ninguém punha mais em dúvida. O primeiro comunicado, o da apoplexia, tinha mergulhado no esquecimento.

Na manhã do dia 1º de fevereiro, o *Viener Zeitung* transmitiu a segunda versão oficial, que dava conta de uma "agitação nervosa patológica" e de um "ataque momentâneo de perturbação mental". Para procurar agradar, o jornal lembrava que Sua Alteza Imperial e Real se queixava havia alguns meses de dores de cabeça em razão de uma queda de cavalo. O termo "suicida" não aparecia em lugar nenhum.

— Mas isso tem lógica. A loucura, claro! – exclamou Willibald.– O sangue dos Wittelsbach, Franzi! Tinhas razão, foi suicídio!

Franz, que pensava em Clemenceau ou então no imperador, abriu a boca e mudou de opinião.

— Não é preciso ser louco para escolher a morte – insinuou ele. – Basta estar desesperado.

No dia 2 de fevereiro, o *Viener Zeitung* publicou o relatório da necropsia, praticada pelo Dr. Hofmann, conselheiro áulico e professor de medicina legal, pelo Dr. Kundrat, chefe do Instituto Anatomopatológico, e pelo Dr. Widerhofer, médico habitual do príncipe herdeiro. O artigo quinto informava que Sua Alteza Imperial disparara contra si um tiro acima da orelha esquerda; a morte tinha sido instantânea. "A depressão digitiforme das superfícies anteriores dos ossos do crânio, o sensível achatamento das circunvoluções cerebrais..."

— ... e a dilatação dos ventrículos do cérebro, mas que diabo de jargão é esse? – resmungou Attila. – Não se entende nada!

— Espera – disse Willibald. – "Outros tantos fenômenos patológicos que acompanham habitualmente um estado mental anormal..." Ah! Aí está a palavra-chave. Alienação mental. Exéquias religiosas no dia 5 de fevereiro; tudo está dito.

— Achas isso? – disse Attila. – Parece que no jornal de Munique se diz que certa pequena baronesa, uma tal Mary Vetséra, se suicidou em Mayerling. Exatamente no dia da morte do nosso Príncipe.

— Sozinha? – emendou Franzi, pensativo.

O JORNAL DE MUNIQUE, por sua vez, foi interditado. Os teatros fecharam; os bailes foram suspensos. Puseram luto nas janelas, e longas auriflamas negras barraram os edifícios novos no Ring, a grande artéria majestosa que passava à volta da Burg, onde se tinha aberto uma câmara ardente. Velado por oficiais de baioneta reluzente, o príncipe herdeiro repousava sob um crucifixo gigante. A ordem chegara. No ministério, falava-se exclusivamente do protocolo. À exceção do casal real da Bélgica, o imperador tinha recusado a presença de reis e príncipes, até mesmo a de Guilherme II.

— Eis algo que teria agradado ao príncipe – observou Attila. – Ele, que detestava a Alemanha!

— Mas não é um enterro comum – respondeu Willibald. – Sem os monarcas!

— Não é tampouco uma morte comum – concluiu Franz.

Eles quiseram reverenciar diante do corpo do príncipe, mas a multidão era tão densa, que era preciso esperar duas horas; desistiram. O dia do enterro chegou.

Um pouco antes do meio-dia, Franz levou sua mulher e sua filha para a frente da igreja dos Capuchinhos, que ficava ao lado. Anna teria preferido a praça dos Heróis, mais majestosa, mas Franz não deu o braço a torcer.

— Em memória de minha mãe – resmungou ele. – Aqui e em nenhum outro lugar.

Assim, ele ia revê-la sob os véus do luto. Mascarada de negro, como no baile. Ele não tinha mais dúvida, era ela; senão, como explicar essa compaixão só a ela dedicada, esse compartilhar da dor que lhe abafava o coração? E como ao primeiro som do sino de Santo Estêvão suas lágrimas se pusessem a escorrer, sua filha Emmy, por contágio, pôs-se a soluçar, com o nariz em seu lenço.

Depois a menina se queixou de que tinha fome. O cortejo estava previsto para às quatro da tarde. Franz correu a comprar suas adoradas salsichas brancas, e trouxe vinho quente; os vendedores não perdiam ocasião. Com as faces rosadas pelo frio, Emmy devorou sua *Weisswurst* com prazer. A luz tornou-se mais fraca.

Ao pôr-do-sol, os sinos puseram-se a tocar. Interminavelmente caíam os dobres sobre Viena. Os grandes cavalos brancos, ajaezados com penachos negros, não iam demorar a mover-se. E atrás do catafalco, ela andaria a passos lentos de braços com o imperador.

AJOELHADA SOBRE O VELUDO do genuflexório, a imperatriz olhava fixamente para o Cristo crucificado sobre o altar de ouro, na capela imperial, na Burg. Ao seu lado, a Querida chorava sem cerimônia; a terrível Stéphanie resmungava um pouco mais longe. Ela, nada. Nem uma lágrima.

Nesse exato momento, o corpo de seu filho deixava a praça dos Heróis; o cortejo dos Habsburg avançava lentamente em direção à praça do Mercado. Ela teria podido descrever cada passo dos cavalos sobre cada um dos paralelepípedos, sentindo a menor sacudidela até no caixão. Ele, sozinho, três passos atrás, sem chapéu. Ele, que lhe tinha suplicado para não ficar lá, acompanhava o filho em sua solidão imperial.

Que lhe importavam os carros, os ornamentos? Andar nas ruas de Viena, exibir a dor, conservar os longos véus obrigados, manter-se de pé, como mãe chorosa? Ela não tinha protestado. Rezar, não podia.

A devota Marie-Valérie rezaria pelas duas, eis tudo. Rezar, não. Respirar, esvaziar a alma, impossível. Chorar, infelizmente, uma vez por todas, ela já tinha feito, de vez.

Não logo. Quando a porta se abrira, ela dobrara os ombros, não gostava que a perturbassem. Não, ela não tinha pressentido nada. Ela, que tinha tanto gosto pelas superstições e que se achava vidente! Ela, a quem os ciganos davam a mão à palmatória, não tinha decifrado nenhum sinal, nada a tinha alertado! Naquela manhã, ela tomava sua lição de grego; e só. Sabia ao menos onde se achava seu filho? Em algum lugar, nos braços de uma mulher, esparramado em lençóis em desordem. Não, ela não se tinha preocupado.

Foi ao virar a cabeça que ela percebeu, no olhar do conde Hoyos, um pânico indescritível. Franziu o cenho, pensou primeiramente no imperador, um acidente, um atentado, mas Hoyos dera dois passos trêmulos, ela se erguera, ereta, e o professor de grego se levantara, pálido. Antes que Hoyos tivesse podido abrir a boca, ela compreendeu.

AVISAR O IMPERADOR. Foi seu primeiro, seu único pensamento. Mesmo assim, era um pensamento? Mal chegava a ser. Ela caminhou, caminhou em todos os sentidos, comprimindo com a mão um coração estranhamente insensível, como se uma fina ferida o tivesse anestesiado. Ela falaria com ele, um dever. Num grito breve, ela certificou-se primeiramente de que a Schratt esperava seu amante imperial na suíte de Ida, como todo dia; só depois ela pediu que fossem procurar o imperador. Ele chegou com seu passo elástico, sem desconfiança.

Ele a olhara com seu bom olhar azul, seu olhar de burro manso, um pouco para baixo, com um esboço de sorriso logo apagado. Ela se apoiava na alta maçaneta da porta e levou um tempo infinito para fechá-la. Apertou-o nos braços, ele mal parecia surpreso. Quase nada disseram. "Meu filho", murmurou ele, "meu pobre filho", e ela não conseguia chorar. O vazio.

Depois ela o empurrou suavemente até os aposentos de Ida, onde Kathy Schratt, devidamente avisada, acolheu o pranto do imperador. Em passos mais firmes, ela voltou para seu quarto; foi então que, com cautela, lhe informaram que em Mayerling seu filho não estava sozinho. O médico jurava que na cabeceira da cama tinha reparado num copo em que tinham bebido estricnina, sem dúvida, administrada por uma moça. Ela acreditou nisso sem refletir.

Ao imaginar o que se seguiu, ela teve uma vertigem.

OS CAVALOS SOPRAVAM um vapor quente. De onde estava, não longe dos degraus, Franz não via quase nada: as costas de um lacaio de libré negra, que segurava uma vela imensa, as coroas de ébano esculpidas na beira do cadafalso dos Habsburg, e, se levantasse os olhos, os penachos escuros dos cavalos contra o céu, perto dos tetos nevados. Era preciso esperar. O caixão ornado com uma cruz de metal saía da carruagem fúnebre, levado pelos oficiais em passos melancólicos. Suas Majestades iam acompanhar.

Ao virar o pescoço, Franz viu o velho imperador, sem chapéu, de braços com uma mulher, curvada pela dor, invisível sob espessos véus enlutados. As princesas não estavam ali. Atrás deles, o rei dos belgas subia lentamente os quatro degraus dos Capuchinhos. Um murmúrio percorreu a multidão, nossa pobre imperatriz, uma onda plangente diante da mulher de negro, mirrada, envelhecida, inchada...

Franz não a reconheceu.

Um lacaio virou-se de súbito e cochichou, numa voz apressada:

— Não é a imperatriz, é a rainha dos belgas.

A rainha dos belgas, repetiu o murmúrio em cadência, mas onde está a imperatriz?

— Esmagada de dor, ela sem dúvida está rezando.

— Pobre mulher!

— Sua filha está com ela, já que ela também não está ali.

— E os outros?

— Que outros? O imperador da Alemanha nem sequer veio.

— Não é de espantar!

— Basta! – disse finalmente alguém. – Silêncio!

Franz respirou em sorvos longos. Não a reconhecera, e era natural, já que não era ela. Anna apertou-lhe o braço.

— Que o céu nos poupe essa prova, meu Franzi — murmurou, olhando para Emmy.

Os arquiduques entraram por sua vez. As portas maciças de ferro se fecharam. A absolvição começava.

O QUE SE SEGUIU, a imperatriz não podia esquecer; essa mulher tinha invadido seus aposentos.

Essa Vetséra, a mãe, que já em Gödöllö se tinha jogado nos braços de Rodolphe. De joelhos, com as mãos torcidas, o rosto reluzente de lágrimas obscenas, a baronesa suplicara que lhe devolvessem sua filha. Está bem, o príncipe a tinha raptado, dizia ela, mas se ela voltasse poderiam casá-la, ela seria discreta, e as palavras escorriam da boca pintada.

A baronesa não sabia de nada ainda.

Tomada de compaixão, ela olhou essa mulher a seus pés e ergueu-a pelos cotovelos. Pela segunda vez, cumpriu seu ofício de mensageira, e anunciou a catástrofe.

— Sê corajosa, senhora, tua filha morreu — murmurou.

A Vetséra ficou arrasada, gritando "Minha bela criança, minha querida!", e ela, ereta, não suportou essa indecência.

— Mas sabes, baronesa, que meu Rodolphe também morreu?

A Vetséra parou de súbito, com uma mão na boca, o olhar fixo. Depois gemeu:

— Ela não fez isso, não! Ela não fez isso...

A baronesa então acreditava que sua filha fosse capaz desse crime! A imperatriz a teria matado, a essa prostituta de carnes moles, a esse edredom de dor, sem respeito, sem pudor... As duas Vetséra, esses flagelos! A mãe tinha dormido com o príncipe, a filha o tinha envenenado, era demais. Que ela saia!

— Para todos, o príncipe morreu de apoplexia — interrompeu ela sem piedade. — Fica sabendo.

A Vetséra se retirou de costas, resmungando palavras sem nexo em que o terror se misturava com a angústia. A imperatriz ficou sozinha e bruscamente, ao pensar no cervo branco de Potsdam, quebrou um copo sobre a mesa, entre os dedos.

No dia seguinte, ela era informada de que dois tiros tinham posto fim aos dias do príncipe herdeiro e da baronesa Mary Vetséra. O príncipe tinha matado a moça primeiro, com um tiro no peito, depois dera em si mesmo um tiro na têmpora, com um espelho para melhor guiar a mira; a cabeça tinha explodido.

Seu filho era um assassino, mas ela não acreditava em nada disso. Depois deram-lhe a carta: "Para minha mãe". Ele a escrevera momentos antes de morrer. Não se sentia mais digno de sua função; queria que o enterrassem ao lado da menina, em Heiligenkreuz. Longe dos Habsburg.

Ela sorriu vagamente; era próprio dele, ele era seu filho, ela faria o mesmo se por acaso um jovem anjo cruzasse seu caminho. Assim, Rodolphe a tinha matado e metera depois uma bala na têmpora. Ela continuava a não acreditar nisso.

Ela ainda não tinha visto o imperador. Com a carta nas pontas dos dedos, ela pensara que o imperador era o único culpado. Essa cena horrível entre o pai e o filho, oito dias atrás, um mês depois do Natal, que acabaram por contar-lhe: o filho tinha saído pálido de furor, e o pai, pela primeira vez, se tinha encolerizado, uma cólera que não apaziguava. Nenhum dos dois quis falar. Rodolphe era capaz de ter querido fugir para a Hungria, para se fazer coroar em lugar do pai, seus amigos estavam prontos – era o que se murmurava hoje, nos corredores. Hoje, somente hoje, quando era tarde demais. E se... O terrível pensamento não a abandonava mais.

O imperador tinha desejado ver o corpo do filho antes dela. Ao meio-dia, ela entrou por sua vez na câmara mortuária. Rodolphe tinha uma faixa branca na testa, mas o rosto, intacto, lhe sorria. Um sorriso que ela não conhecia, deslumbrado, sereno, imutável. Seu coração afrouxou, ela pôs os lábios sobre as faces de gelo e não sentiu medo.

Pois bem, sim! Seu filho estava morto, tinha se suicidado. Como homem livre. Ela simplesmente foi dominada por um grande frio. Um espartilho de gelo. Marie-Valérie, acompanhada pelo seu pequeno noivo, pusera-se a soluçar. Então ela escorregou até o pé da cama, por muito tempo, alisando o lençol estendido. Sem pranto.

As lágrimas vieram subitamente quando ela viu Erzsi, a filha de Rodolphe, à noite, ao jantar. Tão pequena... O gelo fundiu de súbito, como um degelo de primavera; os soluços não cessaram durante uma hora. Depois a menina foi dormir, ela voltou para o seu quarto. Seu olhar fisgara no espelho a imagem de uma velha mulher de olhos inchados. Era justo.

Desde esse instante o espelho a atacou. E os remorsos.

TRÊS DIAS DEPOIS, ninguém mais na cidade concedia o menor crédito à tese do suicídio. Os legitimistas se batiam passo a passo, defendiam o imperador, inocente da loucura do filho, argumentavam com as cartas de Rodolphe, escritas em Mayerling antes do tiro fatal, à mãe, à esposa, aos amigos.

— E então? – respondiam-lhes. – Leste essas cartas? Um amigo de teus amigos te disse que... Não é o bastante. Se a Corte prega o suicídio, é porque se trata de outra coisa. Forçosamente.

Conhecia-se pouco a moça morta em Mayerling, uma novata, mencionada nos cadernos mundanos, mas tão jovem que mal se podia evocar o brilho de seus olhos, sua carnação perfeita, e o passado galante de sua mãe, íntima da imperatriz, realmente de modos ruins, em suma. A adolescente tinha um temperamento ardente para se dar assim a seu amante principesco, com 17 anos, depois de três semanas!

Depois de três dias apenas, ouvia-se por toda parte. Ela era ciumenta como uma tigresa. Espalhou-se o boato de que, antes de partir de madrugada para Mayerling, o príncipe tinha passado a noite com a Mizzi. A pequena teria suspeitado e, num gesto de furor, castrado o infeliz Rodolphe a golpes de navalha. Outros tomavam sua defesa: de fato, ela estava grávida.

— Ora, vamos, não penses assim! Depois de alguns dias?

— Sim, sim, grávida, uma ameaça intolerável, suprimiram-na.

— E ele?

— Ah, ele, pois bem, a ele também.

A polícia se empenhava em boicotar a imprensa. Em Ballhausplatz, foi dada a ordem de desmentir com toda a energia tudo o que não reproduzisse o comunicado oficial.

— Estupidez – disse Attila. – Se quisessem confirmar a mentira, não fariam de maneira diferente.

– Também, esses boatos! – indignava-se Willibald. – Outra vez esses judeus sujos!

E como Franz se tinha levantado de um salto, Willy acrescentou apressadamente:

– Não digo isso por Anna, Franzi, claro. Anna é outra coisa, e, além do mais, é tua mulher.

Franz sentou-se de novo, Willibald abraçou-o, um silêncio constrangedor se instalou.

– De qualquer forma – concluiu Attila –, bico calado! São as instruções.

NOS CAFÉS, começava a nascer um interesse pela prima do príncipe, a Larisch, uma doidivanas. A acreditar nos mais bem informados, ela teria servido de alcoviteira entre Rodolphe e a menina por dinheiro, obviamente, que ele lhe teria dado. E como puderam deixar introduzir-se na Corte essa intrigante de nada, a filha de uma simples atriz? Certamente o pai dela era da Baviera, pequena nobreza – irmão da imperatriz, aliás. Ele caíra loucamente de amores por uma atriz, que quis desposar a qualquer preço. Casamento morganático, bolas! Gentinha de nada. Ora, quem então se apaixonou por Marie Wallersée, quem a casou com o conde Larisch, quem passava a maior parte do seu tempo com ela? Quem tinha autorizado a baronesa Vetséra, a mãe, a participar das caçadas em Gödöllö? Quem, finalmente, transmitiu ao puro sangue dos Habsburg, a esses animais de raça, um sangue mórbido e louco, o sangue dos Wittelsbach?

Ela. Tudo partia dela e voltava para ela. Oh! Ninguém ia ao extremo de incriminar a imperatriz; mas, enfim, apesar de tudo, essa mulher nunca teve plena lucidez. Aliás, por que ela não tinha assistido ao ofício dos mortos, hem?

– Nervosa, inquieta, eu até aceito – resmungava Franz em voz baixa. – Mas louca! Exageras. Lembras-te, Willibald...

– Sempre a velha história – zombava Willibald. – Ele defende seu dominó amarelo. Mas, seja como for, essa aí, obviamente, não tinha nada de doida; prova de que não era a imperatriz, imbecil!

Willibald envelhecia mal, estafava-se. Tinha ficado solteirão; Attila viu-o vagar pelos quarteirões de má fama. No domingo, ia à missa bem devotamente. Torcia pelo pangermanismo, os eslavos lhe davam nos nervos, a Sérvia o irritava, e os judeus da Galícia, com seus cafetãs e chapéus moles, lhe causavam náuseas.

— Uma cidade civilizada – dizia ele ainda –, uma cidade moderna, e essas pessoas esfarrapadas com seus cachos caindo sobre as orelhas! Enfim, o imperador escolheu seu sucessor; com seu irmão Carlos Luís, não há risco de liberalismo... Tanto mais que ele é de saúde frágil, vai morrer logo! Com seu filho, o arquiduque Francisco Ferdinando, o império será conduzido, pelo menos, com mão de ferro! Eles só terão que se agüentar, esses encacheados!

"Um dia eu o faço engolir seu chapéu verde", pensava Franz com uma cólera enrustida.

No domingo seguinte, quando Willy quis marcar o encontro para a música de câmara, Franz alegou que Anna não se sentia bem. Willibald não se deixou enganar e compreendeu que a desarmonia estava consumada.

Depois soube-se, por fonte segura, que a imperatriz tinha francamente perdido a cabeça. Ela cochilava o dia inteiro; calava-se arrediamente; pior: embalava um travesseiro contra a barriga, e chamava-o de "Rodolphe", jurando que ele ia renascer. O imperador convocou à sua cabeceira os mais famosos alienistas da Europa, que se declararam todos impotentes: o sangue dos Wittelsbach. Eles preconizaram um isolamento completo; nunca mais se veria a imperatriz.

Sentiu-se pena do imperador, congratularam-se que ele tivesse ao seu lado uma amiga sincera, essa Schratt que o consolava em sua mansão de Schönbrunn. Ele a cobria de jóias? Era o mínimo, pobre mulher.

Ninguém sabia o que fora feito do corpo de Mary Vetséra. A vala comum, talvez.

17
A loucura que raciocina

Raro é o verdadeiro juízo
Mais rara ainda, a loucura.
Sim, talvez ela não seja nada
Senão o longo juízo dos anos.

Elisabeth

Na noite do terceiro dia sem sono, a imperatriz decidiu-se finalmente. Como antigamente, chamou Ida, obrigou-a a prometer segredo e pegou uma capa para esconder-se. Negra.

– Não irá ousar, sozinha... – gemeu Ida, como antigamente.

Sem responder, ela estendeu os braços, Ida enfiou as mangas da capa, ela pegou um longo véu de luto e deixou-o escorregar sobre seu rosto. Como antigamente, Ida se encarregou de chamar um fiacre anônimo, e ambas pegaram o caminho clandestino que saía da Burg pela porta escondida.

Mas quando Ida quis subir, ela a repeliu suavemente.

– Vou sozinha. Eu quero.

E desta vez Ida não insistiu. A imperatriz entrou no fiacre para percorrer os poucos metros que separavam o palácio do local do encontro secreto.

A igreja dos Capuchinhos estava escura, mal iluminada por lampiões de rua. O golpe que ela deu contra a porta fechada ressoou até as profundezas da Cripta. O postigo entreabriu-se; com um olhar sonolento, o monge de plantão a fixou bocejando.

– Está fechado, minha pobre senhora, não se visita agora.

Ia fechar de novo, quando ela ergueu subitamente a mantilha.

Espantado, ele reconheceu-a sem entender.

– Majestade! A esta hora! Sem o imperador!

Como não tinha outro jeito, acabou por abrir.

O prior demorou muito tempo para chegar; só ele tinha a chave da Cripta imperial. A situação era bastante séria para que ele redobrasse de atenções; a imperatriz dava sinais de desvario, o problema tornava-se político, e, depois, sabia-se lá? O sangue dos Wittelsbach era de tendência suicida, Luís da Baviera, o príncipe herdeiro, hoje essa mãe infeliz no meio da noite... Com cuidado, ele quis dissuadi-la de enfrentar a prova cruel, que esperasse pelo menos a claridade do dia, não?

Não. Então ele desceria com ela, estava decidido. Não?

Também não. Ela queria estar sozinha. Não, ela não tinha medo.

— Sou a imperatriz — murmurou ela numa voz cansada. — Deixame ver meu filho, por favor.

A pequena porta não rangeu. Ela não descia nesse lugar horrível havia já vinte anos, desde a morte de sua sogra, a arquiduquesa Sophie, só Deus sabia onde a puseram, em algum lugar no amontoado de caixões. Para iluminar, o prior lhe dera duas tochas que ela pendurou no encaixe, na parede. O bom padre avisara: as chamas podiam queimar-lhe o vestido num átimo de tempo. Ela encontraria embaixo um lampião de furta-fogo, que ela agora tinha na mão e que passeava por entre os sarcófagos.

Rodolphe estava no fundo, perto de Marie-Louise, a esposa de Napoleão, à direita. A filha dele não estava longe tampouco, nos caixões miniaturas onde repousavam os Habsburg de berço. Ela não tremia. O perfume das flores já apodrecidas a guiou. Ele estava lá, esperava-a.

Ela pôs o lampião no chão, tirou a mantilha, ajoelhou-se, tocou no sarcófago.

— Estás aqui, meu filho — murmurou. — Eu sei. Preciso afinal falar-te. Vês, não acredito na morte; tu também não, não é? Já que a escolheste...

Bruscamente, o murmúrio parou. Não se podia falar com os mortos.

— Não! — gritou, batendo com a testa no bronze. — É ridículo! Não conseguirei!...

"Foste terno comigo, amavas-me, não, não digas nada ainda! Espera um pouco. Não fui uma mãe muito boa para ti. Oh! Não foi minha culpa, separaram-nos, mas para proteger-te. Esperei muito tempo. Já eras grande quando ganhei esse longo combate. Um rapaz grande demais para aceitar ser embalado... Ciumento demais de tua irmã caçula. Não!...

Ela calou-se. A empresa era difícil demais; sua voz soava falsa, ela quis ir embora, cambaleou e se agarrou na beira do sarcófago.

— Vou agüentar firme. Não censures teu pai, ele nasceu velho; é um pobre homem...

— Não! Falar assim, sozinha, a meu filho morto! – exclamou. – Se eu não estivesse certa de que vais manifestar-te, achas que me confessaria assim, diante do teu caixão? Vamos! Jurei ser forte. Mais uma coisa, a última. Querias estar com ela além da morte, teu pai não o permitiu. E eu não pude fazer nada. Daí onde ambos estais hoje, perdoa-me!

Ela esperou. Nada. Deu um sorriso leve.

— Sou boba. Não podes mais responder, enfim, não como antes. Não, o que espero é um sinal, um sopro, isso, eu sei, vai vir, meu filho, dize-me que me ouves!

Ela batia no bronze com o punho, suavemente.

— O frio está de volta, Rudi, não me abandones. Há pouco senti uma doçura em meus lábios, eras tu... Ah! – Ela gemeu.

De uma coroa murcha, uma folha morta voou e deslizou em seus joelhos.

— És tu, meu Rudi? Aparece, agora! Não, sou louca. Sabes o que Viena diz? O sangue dos Wittelsbach. Eles nunca nos deixarão. Pois bem! Se sou louca, então quero ver-te. Não é que os loucos sabem levantar os mortos de seus túmulos? Entre alienados, meu Rudi, sabemos nos entender, vem!

Ela abriu as mãos como uma crucificada e ergueu a cabeça para o teto da Cripta, onde dançava a pequena sombra da chama no lampião. Um vento inesperado fez o fogo vacilar. Submersa em uma onda de calor sufocante, ela abriu o corpete, como para dar o seio a um lactente.

— Não tenho mais frio — suspirou ela. — Obrigada, meu filho. Mas não é o bastante. Mostra-te!

O vento parou de súbito, a folha caiu no chão, a chama não tremia mais. Imóvel, ela esperava sempre.

O silêncio invadiu a Cripta; subitamente, ela viu a série dos longos caixões de ferro, o estorvo dos mortos, as pedras nos muros e os nomes dos Habsburg gravados nas vinhetas. Sentiu o gelo encerrá-la de novo, fechou o colarinho, repôs o véu.

— O frio está de volta, Rudi — murmurou ela.

— Não sei por que te falo. Acreditei, acredito ainda que me ouves. Tenho tantas coisas a dizer-te... Eles dizem que me calo, mas é que te falo todo dia, e de noite sonho contigo. Eles dizem que afundei na melancolia, mas tu sabes do que ambos sofremos. Tens a melhor parte, meu filho; e a mim ninguém ama. E agora vou esperar a hora e o dia, o momento preciso em que nos encontraremos. Logo, meu querido. Tu me estenderás os braços na luz... a menos que não haja nada. Nada?

Nada, pareciam zombar as fileiras de caixões. Nada, sorriu a caveira coroada na entrada da Cripta. Nada, disse o eco da porta, que bateu atrás dela.

O prior a aguardava ansiosamente.

— Vossa Majestade quer que eu a acompanhe até o palácio?

— Não! — gritou ela.

Quando chegou ao seu quarto, onde Ida a esperava, ela atirou na cama seu longo véu em desalinho.

— O que fez? — perguntou suavemente Ida.

— Nada. Quis comunicar-me com meu filho morto, na Cripta, há pouco. Ele não me respondeu. Não há nada lá dentro, Ida — respondeu ela.

DE MANHÃ, quando despertava, uma nova felicidade a invadia, de repente; tão radiosa, que ela não ousava abrir os olhos. Depois o nevoeiro feliz se dissipava, e a dor aparecia, feroz, e atingia no meio do corpo:

no ventre, lugar eleito das podridões terrestres. Ela não sabia mais o que lhe causava dor; difusa, a consciência recusava reconhecer o sofrimento íntimo, até o momento exato, cada dia mais cruel, em que surgia o nome, Rudi, o desastre, ele estava morto.

Ela jamais conseguiu adormecer de novo. Levantava-se de um salto e andava pelo quarto, com as mãos nos ouvidos para não ouvir o silêncio. Era sempre antes da aurora, quando dormem os humanos e velam as almas atormentadas; à volta dela, ninguém. Tentou voltar aos seus poemas, mas a mão caía de novo, impotente; escrever teria sido um sacrilégio, viver era-o ainda mais. Para fugir da Burg, ela se refugiou em Schönbrunn, onde nada estava preparado para resistir ao inverno vienense. Tentou vestir-se sozinha, saiu até o parque, amassou a neve que a impedia de prosseguir, borrou a testa com ela, viu raposas e lebres temerosas, mas era vivo demais tudo isso, vivo demais, ela detestou. Desejava morrer ainda. Depois o dia raiava, terrível, ela voltava, se jogava na cama.

Era assim que a encontravam suas camareiras: toda vestida, enrolada como uma bola, muda, com os olhos secos, inerte. Ao cabo de um tempo que parecia interminável, ela se deixava despir e vestir de negro. Tinha proibido que lhe mostrassem alguma outra cor, tinha dado ordem de distribuir suas roupas. Em vão lhe propunham retornar aos seus exercícios: não mais aparelhos, não mais ginástica, ela recusava as massagens, as longas marchas higiênicas, e bebia um caldo, às vezes, por volta da metade do dia.

Marie-Valérie constatava que, no que dizia respeito ao seu pai, ele voltara ao trabalho; apenas mantinha-se um pouco mais arqueado, sem se queixar. Mas a mãe! Nem uma palavra, nem uma lágrima; um silêncio incômodo. Uma ameaça indizível que pesava em seu próprio futuro.

VIENA REENCONTRARA suas manias do passado, Viena não dava o braço a torcer: a imperatriz tornara-se louca. Aliás, não era novidade: não tinha ela visitado, por toda parte em que viajara, os asilos de alienados? Estranha paixão, que nada lhe impunha. Claro, murmurava-se, quem sai aos seus não degenera. O que valia dizer que ela ia ver em que lugar acabaria seus dias! Aquele modo de esconder-se também, ela não podia mais se mostrar, os rictos, era difícil compreender? Sem contar os cavalos! Aqueles pangarés que sugavam as finanças, onde já se vira, enamorara-se de bichos! Pobre imperador...

— Olha, está na imprensa francesa — constatou Willibald no mês de maio. — Olha, no *Le Matin*. Loucura que raciocina.

— Mas o que é isso agora? — resmungava o pequeno húngaro. — Loucura que raciocina? Uma invenção de psiquiatras franceses, que acham que sabem tudo! Se uma pessoa raciocina, não está louca!

— Mas em abril estava no *Berliner Tagblatt* — objetou Willy, obstinado. — Ah! Não vás me dizer que são os franceses, desta vez.

— Não, mas te direi que és um mau patriota! — gritou Attila, exasperado. — Os austríacos não amam a rainha da Hungria! Em nosso país, vês, ela não é louca!

— Pega-a, então! Boa viagem! — gritou Willy.

Franz não intervinha, não dizia nada e sofria em silêncio. Imaginava-a prostrada, atacada de mutismo, como qualquer mãe depois de um luto atroz. Essa mulher alienada de que falava Willibald não era ela; Gabriela ou Elisabeth, uma ou outra ou as duas juntas não eram a imperatriz. E como Attila e Willy continuavam suas discussões, ele impunha o silêncio.

Todo sábado, Willy mendigava o encontro para o trio musical; e toda vez Franz tergiversava.

Sem saber de nada, Anna entendeu que era ela a causa da rusga entre o gordo Willy e seu marido; prudente, não fez nenhuma pergunta. Para consolar o esposo da desavença com o amigo, Anna dedicou-se às *Valsas sentimentais* de Schubert, *opus* 50, que ela executava à perfeição. Franz apreciou-as como um *expert*, mas eram sábias demais, belas demais, um pouco tristes, sem o arrebatamento alegre e a febre do grande Johann Strauss. Mesmo tocando as valsas de Schubert, Anna não gostava da dança.

Emmy tentava às vezes cantar árias simples, de Pergolesi ou de Gluck, das histórias de pastores abandonados que morriam de amor por pastoras infiéis; ela teria uma bela voz de *mezzo-soprano*. Seu pai a ouvia com prazer, mas lamentava freqüentemente a ausência dos acentos pungentes do violoncelo de Willy.

À noite, Emmy subia para o seu quarto, e os esposos voltavam ao seu caro Beethoven. Conheciam-no tão bem, que iam às vezes um pouco depressa, num ritmo louco. Mas era principalmente Franz que precipitava o compasso, quando seu violino voava com seus pensamentos até a desconhecida ferida que sofria como a música, tão perto, tão longe dele.

A IMPERATRIZ SONHAVA com freqüência, sonhos logo esquecidos, perfumados de alegrias inesperadas que a deixavam, de manhãzinha, com remorsos. Tanto que ela quase se sentiu aliviada quando despertou certa manhã de um pesadelo.

Ela havia passado a noite no carro fúnebre dos Habsburg, onde jazia, numa banqueta de couro negro, uma criancinha moribunda. Ao seu lado, um médico vestido de negro comentava a agonia compassadamente; a criança estava perdida, não era mais que uma questão de eternidade, e ela, impotente, esperava o momento supremo, selvagemente, com uma atenção desesperada.

Ele chegou, brutal. A criança abriu subitamente a boca, tão escancaradamente que ela viu num relance as mucosas avermelhadas pelo esforço da morte, os lábios arregaçados, um túnel úmido e vivo por onde passava o último suspiro. Rapidamente, o médico fechou a boca obscena, pôs a mão sobre o abismo rosa, e tudo desapareceu. Só mais tarde é que ela viu que os dentes, na boca, tinham desaparecido.

Ela correu até o espelho e olhou os dela: em alguns lugares, as cáries progrediam, ela tinha um sorriso enegrecido. Não havia nenhum jeito de escapar. Como podia viver ainda? Seria por muito tempo? Anton Romako, o pintor louco, acabava de morrer prematuramente em Viena, "em circunstâncias misteriosas", segundo os jornais. O homem que lhe tinha roubado seu reflexo tinha sido punido. Mas ela? Quem a puniria e quando?

Marie-Valérie viu-a chegar ao seu quarto, com os cabelos soltos, os olhos cheios de lágrimas. Ela atirou-se ao pescoço da filha e apertou-a até sufocá-la.

— O grande Jeová é impiedoso! – gritou ela furiosamente. – Eu queria partir, deixar esta terra, mas não posso. Não o farei, e ficarei louca! Louca, entendes?

Era bem o que temia a ajuizada Marie-Valérie, que não conhecia o grande Jeová. Quando se tinha um bom Deus que sacrificara seu próprio filho, por que procurar essa divindade terrível numa religião sacrílega?

— Oferecei vossos sofrimentos a Jesus, mamãe – dizia ela, devotamente, mas a mãe exaltada recusava o socorro da verdadeira religião. Se ao menos aceitasse ser um pouco mais alemã e um pouco menos atéia.

— OLHA, FRANZI, ela se mostrou em Wiesbaden – observou Willibald. – Está no *Viener Zeitung*. Mas está com véu. Então, não a viram.

— Deixa-a em paz! – resmungou Attila. – Uma mulher de luto está sempre com véu.

— Não uma imperatriz – disse Willy. – Ela deve suas dores ao seu povo.

Lendo o artigo do correspondente de Wiesbaden, Franz notou que ela não ia demorar a voltar a Viena; esperava-se ardentemente, com alguma razão, que ela aparecesse para desmentir os boatos sobre sua saúde. Franz preparou-se.

Quando o tílburi apareceu na praça dos Heróis, uma pequena multidão esperava em silêncio. Sentada sobre as almofadas, com a cabeça inteiramente coberta por uma grossa musselina negra, ela segurava na mão seu leque de couro branco, que não pôde deixar de abrir para esconder o rosto invisível. Um murmúrio de compaixão misturado a alguns gritos hostis levou-a a encolher-se no fundo do banco.

Pelo movimento vivo do leque, Franzi, perturbado, reconheceu-a. Quando entrou no pavilhão de Hietzing, tinha lágrimas nos olhos.

— As pessoas não têm coração – disse, beijando Anna na testa. – Vi nossa imperatriz, é apenas uma mulher que sofre, e julgam-na louca!

— Quem te disse que ela não o é, Franzi? – respondeu Anna seriamente. – Se um de nossos filhos morresse, eu talvez perdesse a razão. Vês? Não vejo nenhum mal nisso.

No DIA EM que ela saiu em Viena da Burg até o Prater, os castanheiros estouravam de brancura; e nos bosquezinhos, os espinheiros mostravam os botões de suas primeiras rosas. Atrás do véu espesso, ela não distinguia verdadeiramente o detalhe delicado dos botões rompidos; só o branco a invadia, insuportável de beleza. A cor do animal maldito, deslumbrante de esperança e de perdão.

Ao voltar à Burg, ela entrou com passos vivos na casa da filha e beijou-a calmamente.

— Como Rodolphe pôde desistir da primavera? – disse, num tom sonhador.

A arquiduquesa sentiu que se afrouxava o torno à volta de seu peito. Então a mãe tinha reencontrado a primavera! Correu até ela e abraçou-a com ternura.

— E tu, como é que podes querer casar-te? – continuou ela, com a voz mais suave. – Fui vendida aos 15 anos, e nunca pude libertar-me. Sabes disso, minha filha?

Marie-Valérie recuou, rancorosa.

— Mãe, estou apaixonada! Amo meu noivo! Deixa-me em paz!

A boca amarga esboçou um ricto, abriu-se para responder; depois, empurrando a filha com grosseria, a imperatriz se jogou no chão, ao comprido, com os braços em cruz.

— E eu, eu só amo o grande Jeová! É aqui que eu quero adorá-lo, no pó! – berrou ela, enquanto a arquiduquesa se precipitava ao seu lado.

— Mamãe, mamãe – soluçava a moça –, levanta-te, por favor, não faças isso, não agüento mais, não irás mudar nada do que houve, não sofras, mamãe...

Ela, porém, com o rosto no chão, se abandonava, sem nada dizer, aos soluços da Querida, que pagava o preço de seu amor.

— Por favor – murmurou a arquiduquesa esgotada.

Então a mãe se levantou de um salto e acariciou as faces molhadas de lágrimas.

— É melhor que eu morra; pelo menos teu pai poderia casar-se com a Sra. Schratt. Entre eles eu sou um obstáculo, vês, *Kedvesem*. Estou velha demais para lutar; minhas asas estão queimadas.

E, num farfalhar de seda, ela deixou a sala.

A moça desvairada correu pelos corredores imensos até o escritório em que trabalhava seu pai, o imperador. Entrou sem bater, sentou-se num canto, com as mãos crispadas, e abaixou a cabeça. Sem se mexer, ele lançou um olhar de soslaio para a filha caçula, estranhamente inquieto, sem deixar de assinar sua papelada. Ela olhava a pena mergulhar no tinteiro, a mão traçar a assinatura regular, ele não erguia os olhos para ela, ele era o imutável e a solidez, o eterno e a pedra, o esteio do império e o responsável por sua família. A arquiduquesa acalmou-se pouco a pouco.

Quando ele terminou, perguntou-lhe se ela não se tinha entediado demais.

— "POR OCASIÃO do primeiro aniversário do desaparecimento do príncipe herdeiro, Suas Majestades irão..." – lia Willibald em voz alta.

— Um ano, já! – interrompeu Franz. – Não consigo acreditar.

— Aonde irão Suas Majestades imperiais? – perguntou o pequeno húngaro com um pouquinho de provocação. – À missa, na catedral?

— Não adivinhas de jeito nenhum. Para Mayerling, para o lugar mesmo em que o príncipe herdeiro explodiu o cérebro. Parece que construíram uma capela lá, agora. E mais: o altar-mor estaria no lugar da cama...

— Oh! – disse Attila, chocado. – Lá onde os amantes cometeram o pecado da carne! Como podes aprovar isso, Willibald?

— Mas é preciso resgatar – murmurou o homem gordo –, não é? A prece no local do crime...

— Lembro-me do dia em que soube da notícia – murmurou Franz –, era uma manhã soberba, eu ia pegar meu bonde e... Enfim! Isso já são águas passadas.

— E se retomássemos nossos serões musicais? – disse Attila. – Já que um ano se passou. Não achas que é tempo de fazer as pazes?

Willibald lançou um olhar ansioso para o grandalhão Franz, que abriu os braços para ele. Willy se jogou neles com emoção.

— Nunca mais, entendes, nunca mais direi tolices anti-semitas...

— Vamos, vamos – murmurou Franz afetuosamente. – Farias melhor se te casasses, meu gordão; é tudo de que precisas para sanar teus humores. Espero que teu violoncelo não esteja enferrujado.

305

— Quanto a isso, não! — exclamou Willy, alegre. — Nesse ínterim, aprendi também a cítara. Eu vos mostrarei.

— Vem cá, meu velho, já que estás nessa fase de decisões, não digas mais bobagens contra a minha rainha — rangeu o pequeno húngaro com ironia.

— Está jurado! — exclamou Willibald, esfregando as mãos. — Isso tudo...

— "Isso tudo é muito bonito, mas..." — entoaram em coro Franzi e Attila. — Mas e se fôssemos tomar um café no Landtmann?

ELA NUNCA TINHA estado antes em Mayerling. A idéia dessa cerimônia a perturbava antecipadamente. Não pregara o olho durante a noite; mas quando chegou a aurora, enquanto mandava dizer que ainda estava sofrendo demais para ir ao antigo pavilhão de caça, subitamente tomou sua decisão. A imperatriz acompanharia o imperador na missa comemorativa.

Os bosques e os campos estavam cobertos de neve, como no ano anterior. Um campo tranqüilo e silencioso, à exceção do sino do monastério, cujo som miúdo se perdia nas nuvens baixas. O imperador olhava as árvores desprovidas de folhas, sem dar uma palavra; às vezes, virava-se para ela com uma espécie de afeto normal, mas ela se afundava no banco cruzando os braços, com medo de que ele quisesse pegar-lhe a mão. Ele sozinho tinha decidido transformar o pavilhão maldito em convento, onde as freiras, para toda a eternidade, diriam preces em memória de Rodolphe. Ele sozinho tinha escolhido o lugar do altar, onde ninguém mais poderia imaginar o leito dos amantes. Ela esperava ainda uma aparição.

Mas não era mais do que um altar numa igreja, e a casula do padre, o incenso, os coroinhas ocupavam todo o espaço.

Ela procurou em vão a memória dos abraços, o hálito dos últimos beijos, o primeiro tiro no coração da menina adormecida, depois o segundo. Entre seu filho e ela subiam os sons murmurados das palavras sagradas, destinadas a abafar o estrondo do revólver. Ela não sentiu nada, não sofreu; e quando saiu da capela, respirou o ar penetrante a plenos pulmões. A vida, infelizmente, voltava de modo assustador

Em Budapeste, seu velho amigo, o eterno apaixonado pela imperatriz, Gyula Andrassy, morria de câncer. Isso também fazia parte da vida.

— Desta vez, foi Andrassy que morreu – suspirou o húngaro dobrando o jornal. – Era um grande homem.

— Conheço uma mulher que deve estar muito triste – disse Willibald, num tom mais para afável.

Franz quis evitar a briga.

— Não podes te conter, hem? – pulou ele, encolerizado. – Cala essa boca de puta!

— Que foi que eu disse de errado? Só que ela estava triste! – replicou Willy. – Todo mundo conhecia a amizade dos dois, ademais.

— Algo mais? – ameaçou Franz, pegando-o pelo colarinho.

— Se me obrigas a ir em frente – balbuciou o gordo, sufocando –, posso até dizer que eles talvez tenham suspirado um pouco um pelo outro... Mas isso não é novidade! Não vejo mal nenhum nisso! Afinal, o imperador até arranjou uma amante...

— Sim, mas vais parar por aqui – disse o húngaro, pegando-o pelo braço. – Senão, nada de música!

— Está bem, está bem – admitiu o gordo Willy, libertando-se. – Eu vos ouço. Isso tudo é muito bonito, mas ninguém me impedirá de pensar o que eu quero. Sabe-se o que se sabe!

— Pensa em silêncio e trabalha! – troou Franz. – Eu também respeitava Andrassy, e no entanto não sou húngaro...

— *Deutschland über Alles* – resmungou Willy entre dentes. – A Alemanha antes de tudo. E que a peste sufoque os liberais que vós sois.

O TEMPO DE LUTO acabara; o casamento de Marie-Valérie aproximava-se. A moça tinha respeitado ao pé da letra as prescrições oficiais; mas já que os prazos de rigor tinham finalmente passado, ela se preparava com uma impetuosidade jovial.

"Como é que ela pode?", pensava sua mãe, com dor no coração. Dezoito meses, uma eternidade de noites sem sono e de maus sonhos, e sua filha, essa noiva obcecada pelos preparativos de uma cerimônia odiosa... Certamente, tinha sido decidido que o casamento se realizaria em Bad Ischl, em família, sem faustos. Mas Bad Ischl era exagero. Onde seria melhor? Em lugar nenhum. Nenhum casamento. Era pedir demais.

Então, já que estava constrangida a isso, ela se lançou ao frenesi das bugigangas e das ninharias; que ao menos a sua filha preferida, antes de abandoná-la, pudesse sentir o preço do amor materno. Três semanas, vinte infelizes diazinhos para fazer de conta que ela ficaria... Nada era bonito demais para a jovem arquiduquesa.

Ela zelou ciumentamente pelo enxoval, examinando cada peça com cuidado, separando uma camisa cujos bordados não eram de seu gosto, acrescentando trajes que Marie-Valérie julgava inúteis, e jóias em profusão. E toda vez que mergulhava as mãos nas rendas, pensava em Rudi, cujo corpo embalsamado mofava no fundo da cripta dos Habsburg. As fitas lhe torciam o estômago, os ornatos de diamantes lhe queimavam os dedos, mas, cheia de uma febre contida, ela acumulava mais e mais. Logo o enxoval ficou inteiramente pronto.

Com desespero, ela procurou um meio de deslumbrar sua filha. Como um noivo, ela mandava levar-lhe toda manhã flores ao quarto; Marie-Valérie suspirava, esmagada pela devoção e pelo remorso. Que ia acontecer no dia da cerimônia? Esse amor devorador deixaria sua presa? E como sua mãe iria suportar a provação da partida?

Uma noite, quando ia deitar-se, a moça ouviu sob suas janelas o orfeão municipal. Ela abriu, debruçou-se; o maestro da banda tirou solenemente o quepe e ergueu a batuta; os músicos largaram seus instrumentos e puseram-se a cantar em coro.

— "Não penses no amanhã! Só o hoje é belo... Joga no vale tuas preocupações, e que o vento as disperse..."

Era um dos primeiros poemas de sua mãe, do tempo em que ela ainda preservava o bom senso. Do tempo em que ela sabia amar mais ou menos a vida. Marie-Valérie escondeu o rosto nas mãos. Um ruído de passos atrás dela fez com que se virasse. A imperatriz estava lá, e apertou-a em seus braços com lágrimas ternas.

— Quero agradecer-te, minha filha, por tudo o que fizeste – murmurou ela com a face em seus cabelos.

Ela quase chegou a sorrir-lhe. Marie-Valérie soluçou de alívio. Era a antepenúltima noite, e a imperatriz se comportava finalmente como devia comportar-se uma mãe, dignamente.

DESDE O MÊS de abril de 1890, Franz decidira tirar alguns dias de repouso em Bad Ischl precisamente, em memória dos momentos felizes que lá passara com sua mãe. Anna resmungou um pouco; a pequena estação de águas tinha fama de ser brilhante, mundana e superpovoada no verão, por causa da presença da família imperial; e este ano, em virtude do casamento, ficaria pior. Ela teria preferido Veneza, ou então aqueles lagos italianos com que ambos sonhavam. Mas Franz parecia decidido a não ceder.

Então Anna teve a idéia de uma troca: ela aceitaria a estada em Bad Ischl se Franz a autorizasse a participar da manifestação no Prater com os operários no 1º de maio, organizada pelo novo partido social-democrata, pelo qual ela se interessava muito. Um pouco chocado, Franz acabou por deixar-se convencer; ele até planejava acompanhá-la – "por razões de segurança, minha querida" –, mas o governo imperial proibiu que seus funcionários participassem da manifestação política. O 1º de maio em Viena, segundo a tradição mundana, era dia de desfile alegórico; no Prater, justamente, desfilavam carruagens ornamentadas com flores da primavera, e premiava-se a mais bela, a mais florida. O 1º de maio de 1890 seria então duplamente celebrado: de um lado, o desfile para os ricos; do outro, a manifestação para os operários; dura concorrência. Com pesar, Franz deixou Anna ir sozinha.

Sem dizer nada ao marido, ela tinha acompanhado apaixonadamente a evolução dos socialistas vienenses. Depois de muito tempo divididos entre marxistas, lassallianos, anarquistas, eles finalmente se reuniram sob o cajado do mesmo Viktor Adler, que se tinha extraviado por um tempo nas tropas de Schönerer. A unidade reencontrada entre as tendências socialistas tinha coincidido com o drama de Mayerling; mas estava em prática agora havia já dois anos. Os social-democratas eram capazes de fazer contrapeso à imensa massa dos social-cristãos do Dr. Karl Lueger, a pior das ameaças, aos olhos de Anna. O confronto entre a manifestação operária e o desfile alegórico não era destituído de riscos; não se podiam excluir provocações da extrema direita.

Mas tudo correu bem. Não houve nenhuma perturbação. Anna se misturou à multidão alegre e tranqüila dos operários endomingados, pegou folhetos e brochuras, depois deu uma olhada no desfile alegórico, do outro lado do Prater. E já que Franzi tinha cedido, era pois justo que ela fosse por sua vez a Bad Ischl; com um pouco de sorte, veriam talvez esse casamento tão comovente, que diziam ser simples e que prometia ser muito emocionante.

Mas, no dia da cerimônia, a imperatriz estava pálida como uma morta, muda como nunca, e seus olhos dilatados exprimiam uma dor indescritível. A jovem noiva não teve tempo de ocupar-se com a mãe, que se agitava, com a cabeça erguida, sem dizer uma palavra, com o lenço colocado sobre os joelhos, fechado como uma asa morta. As duas só se encontraram de noite, no momento em que a moça ia trocar-se para ir embora com seu marido recente. Sua mãe despiu-a com uma violência contida, soluçando, mas as lágrimas desta vez eram tão selvagens, que a velha angústia dominou o coração de Marie-Valérie. No momento das despedidas, a moça entregou a mãe ao seu tio Carlos Teodoro, que prometeu zelar por ela.

Entre a multidão amontoada no cais de Ischl encontravam-se Franz, sua mulher e seus filhos.

Anna não ficou decepcionada. Aclamou com alegria a jovem e sorridente noiva, achou boa a aparência do imperador, que diziam estar recuperado de Mayerling, mas assustou-se com a imperatriz, que por uma vez estava sem véu.

— Ela é sempre assim? – cochichou ao ouvido do marido. – Como é branca! Ela não descerra os dentes. Dize, Franz.

Franz arqueou as sobrancelhas sem responder e acariciou maquinalmente sua calvície. Desagradava-lhe ouvir sua mulher falar da imperatriz. Não, ela não foi sempre assim; antigamente, sob a máscara e a renda negra, ela enrubescia; sim, agora ela trazia a cor de um cadáver;

ele achou que lhe escreveria ainda, que tinha sido negligente... Por pouco não a parou ao sair da igreja, pondo-lhe a mão no braço; teria murmurado "Gabriela!", e a vida lhe voltaria, um brilho no olhar... A polícia logo o teria prendido.

Quem sabe? Talvez ela até o olhasse com olhos vazios, sem entender.

A imperatriz não viu nem Franz nem sua mulher nem as crianças. Aliás, ela não viu nada nem ninguém; só tinha diante dos olhos um turvo nevoeiro onde desaparecia o rosto de sua ingrata filha. Ela recitava para si diariamente o poema que tinha escrito antes do drama de Mayerling, quando Marie-Valérie confessara seu amor por seu primo François-Salvator.

"Apaixonada, apaixonada, e portanto boba", apaixonada, bobinha, o amor não existe, faz vomitar, besteiras, apaixonada, ela vai embora, para sempre as besteiras, e esse longo vômito que ela mal retinha...

Ela decidira viajar em cruzeiro num precário barco mal conservado; Marie-Valérie desconfiava que ela não desejava voltar. Mas ela, com os lábios cerrados, reteve os soluços e abraçou sua filha preferida quase friamente, para não sufocá-la de imediato. A noite de verão mal começava, a luz era suave demais, o rio perfeito demais ao pé da mansão imperial, e a carruagem dos noivos avançou diante da escadaria, ornamentada com miosótis e azaléias rosadas. Sua filha instalou-se nela, um êxtase; ela, por sua vez, tinha o coração morto. Quando o cocheiro fez seu chicote estalar, a família agitou a mão gentilmente; ela cruzou os braços. Todo mundo já tinha entrado havia muito tempo, e ela ainda olhava, na areia fina, as marcas das rodas que iriam apagar-se pouco a pouco.

Parte III
Uma noite calma, um luar

18
A gaivota não é feita para um ninho de andorinhas

> *Gritei teu nome no oceano*
> *Mas as ondas furiosas o trouxeram de volta*
> *Gravei teu nome na areia*
> *Mas os mariscos o apagaram.*
>
> Elisabeth

No dia seguinte, a imperatriz partiu para Dover, onde a esperava o *Chazalie,* que levantou âncora logo. Com sua sombrinha na mão, ela contemplava a linha apaziguante de um horizonte nublado, quando se iniciou a tempestade esperada. O capitão quis que ela descesse depressa, mas ela recusou-se. Sua dama de honra apavorada viu imensas ondas que subiam na investida contra a ponte; a imperatriz ia ser arrastada...

A condessa Festetics pôs-se a gritar; irritado, o capitão ordenou-lhe que saísse dali. A última visão que a condessa teve da imperatriz antes de se lançar para dentro da cabine foi a de uma mulher cujo vestido úmido estalava ao vento do alto-mar, e que ria furiosamente.

Como ela teve medo, a condessa Marie! Verdadeiramente, a dama de honra acreditara ter chegado sua última hora, a sua e a de sua patroa. A rígida Festetics revelava finalmente sua verdadeira natureza: uma galinha choca.

O capitão tinha sido perfeito. Passada a primeira surpresa, ele obedeceu às ordens que ela gritara. Não que ela tivesse vontade de forçar a voz; mas o vento bramia. E então o capitão bem ajuizadamente amarrou a imperatriz ao mastro do cúter, com cordames que ele tinha apertado com a própria mão. Em seguida ela lhe pediu que se afastasse; ele obedeceu e se postou atrás dela, na popa. O essencial era que ela não o visse. E que ela estivesse livre, enfim, para entregar-se aos açoites da tempestade.

Se o grande Jeová aceitasse aceder às suas preces, as ondas bravias arrancariam os laços que a prendiam à vida. Ela recebeu os vagalhões como um castigo merecido, fazendo caretas à investida, com os lábios abertos para sentir o gosto do sal da água. Instintivamente, virava a cabeça, mas as ondas não lhe davam nenhum descanso e voltavam a atingi-la sem cessar, com golpes violentos. Ela logo se acostumou. Os choques repetidos relaxaram seus músculos crispados, e ela se abandonou. "Como Ulisses", pensava ela. "Onde estão as sereias?"

As sereias não apareceram; e os únicos cantos no coração da tormenta vieram dos marinheiros que urravam, ocupadíssimos a dominar o velho barco estragado. De tanto ser atingida, ela ficou tão relaxada que um pensamento absurdo nasceu bruscamente: "É francamente melhor do que minhas massagens", pensou.

O ridículo da situação surgiu-lhe com plena clareza. Uma pobre mulher com seda colada ao corpo, uma velha trigueira amarrada ao mastro de um barco para ser massageada pela tempestade, eis o que ela era, nada mais! O grande Jeová zombava dos grandes sentimentos; um riso louco sacudiu-a inteiramente. Tinha sumido desde a morte de Rodolphe o incontrolável sobressalto de um riso desenfreado contra o qual ela nada podia.

Depois, quando o barco voltou ao porto, o capitão a desamarrou; ela enxugou nas faces as lágrimas em que se misturavam o sal do riso e o da água. A condessa Marie juntou-se a ela na ponte, com um penhoar para secá-la. Foi então que ela adivinhou, no olhar de sua dama de honra, um mal-entendido inevitável. Como poderia ela explicar seu riso louco? Aos olhos de todos, estava condenada ao luto.

No entanto, fora no instante exato em que o grande Jeová subitamente se transformara em massagista divino que ela reencontrara o gosto de viver. Mas sobre isso ela sabia que não devia dizer nada.

Os MESES PASSARAM-SE lentamente; e se a aurora trazia sempre ao despertar a efêmera euforia, sinal da dor iminente, ela se habituara aos sofrimentos do dia. Melhor: voltara a se dedicar às suas lições de grego.

A mecha de cabelos enrolada no medalhão batia-lhe constantemente contra o coração, e Rodolphe era ajuizado agora. De vez em quando ela acariciava o metal polido, abria a caixinha e depositava um beijo no que restava do filho. Para maior segurança, ela mandou montar num bracelete alguns amuletos, úteis para lutar contra a leva de fantasmas. Na medalha da Virgem, vinda de sua longínqua infância, ela acrescentou a mão de Fátima, comprada no Cairo; moedas bizantinas, descobertas em Constantinopla; um signo representando o Sol e uma minúscula caveira, achada na mesa de Rudi, ao lado do crânio verdadeiro que, como bom maçom, ele gostava de contemplar todo dia. Esses fetiches a tranqüilizavam; graças a eles, ela se tornou invulnerável.

Por medida de segurança, ela pegou um segundo medalhão, que continha, finamente impresso num minúsculo rolo, o salmo 91 do Antigo Testamento. O grande Jeová era também o mestre das aves, e sob sua divina plumagem protegia as gaivotas da rede maldita do caçador. "Não temerás nem os terrores da noite, nem a flecha que voa de dia, nem a peste que avança nas trevas, nem o flagelo que devasta ao meio-dia..."

O *Chazalie*, sacudido no Atlântico, chegou até a costa de Portugal, alcançou Gibraltar, depois o Tânger; o grande Jeová desistiu das tempestades, mas em Lisboa Ele enviou o cólera. Como sempre, ela foi dominada por um tremor de angústia e de prazer: a idéia de enfrentar o perigo era irresistível; mas ela não teve o direito de descer em terra. Nas etapas seguintes, ela se vingou.

Era preciso vencer esse corpo indomável e infligir-lhe o cansaço dos eleitos. Já que os cavalos, com o tempo, foram tirados de sob suas pernas, já que tinham desaparecido de sua vida, ela decidiu caminhar.

Ela sempre o fizera por capricho; para justificar-se, evocava com ostentação a lembrança dos longos passeios com o duque Max, seu pai, durante sua infância na Baviera. Nada era mais desprezível do que o passeio das damas da Corte: três passos cambaleantes ao longo de uma pradaria, onde se deixavam preguiçosamente cair antes mesmo que os músculos tivessem podido exercitar-se verdadeiramente. Não! Toda a estupidez fêmea da Áustria se concentrava nesse modo de simular a caminhada. Não, caminhar era outra coisa; rápido, empurrar o corpo para a frente, esticar as tesouras das pernas, alongar o passo, rápido, sentir o eixo da anca no alto da coxa, esticar o jarrete, flexionar o joelho, mal pôr o pé no chão, e tão depressa que o espaço seja abolido

317

entre as pisadas, deixar endurecer os tendões, despertar as dores, apertar os dentes, prosseguir, aceitar o corpete sufocando em volta dos rins ardentes, forçar o coração batendo para não ceder, depressa, até que surja o momento bem-aventurado em que o êxtase invade o espírito, o espírito primeiro; então, com a cabeça leve, com o corpo desmaiado, ela acreditava deslizar sobre as águas de um mundo finalmente vencido, e entregava-se à embriaguez de um vôo de ave.

Ela se tinha exercitado tão bem, que, para chegar ao desligamento desejado, precisava todo dia de mais tempo; às vezes, o cansaço demorava a chegar. Atrás dela, trotava penosamente a pobre Marie Festetics, cujo cérebro tranqüilo rejeitava toda exaltação, esta como as outras. Ao cabo de duas horas, a condessa ofegava; na terceira hora, arrastava o pé; a partir da quarta hora de caminhada, ela desmoronava. No dia seguinte, a imperatriz andou durante dez horas.

O médico examinou a dama de honra e aplicou compressas nos membros moídos. Dois dias depois, no Tânger, após sete horas consecutivas, Sua Majestade dignou-se perguntar a Marie se lhe era possível andar mais um pouco. A condessa fez seu dever. Houve uma oitava hora.

Mergulhada nas nuvens, ela mal percebia os sofrimentos da simples mortal. Algumas vezes, quando fechava finalmente sua sombrinha branca, via a palidez de sua acompanhante; fingia remorso, mas irritava-se, secretamente. Consultado, o médico confirmou que a dama de honra não resistiria muito tempo; ela ficou zangada do mesmo jeito.

A condessa, que mantinha seu diário com pontualidade, pôs-se a rejeitar essa mulher que, em lugar de afundar na dignidade de um luto opressor, ressuscitava sob a forma de uma divindade de pés alados. Muitas vezes, quando a condessa Marie escrevia à inquieta Ida Ferenczi, cansada demais para acompanhar o périplo de seu ídolo, tinha palavras duras sobre o egoísmo de sua imperial patroa; Ida compreendeu que, para fugir a galope, sua bela tinha encontrado uma égua de reserva, e que não era outra senão ela mesma.

O *Chazalie* passou no Mediterrâneo, onde o grande Jeová a esperava armado de vagas. A condessa Marie gemia cada vez mais; e ela, que sentia que a vida voltava com toda a rapidez, dividia seu tempo entre as marchas e o mar. Na ponte do *Chazalie,* os jovens marinheiros da tripulação tocavam gaita; um deles, um grumete de olhar zombeteiro, conhecia as árias de *La Traviata,* e até sua ária preferida, *"Ah! Gran Dio, morir si giovine",* que sempre a encantava. Muitas vezes, escondida atrás de sua sombrinha, ela os contemplava com inveja. Era a hora em que repousavam; deitados sobre os cordames, tinham um lenço vermelho amarrado à volta do pescoço e os braços nus. Com as pernas em abandono, com as mãos atrás da nuca, ouviam o grumete tocar *La Traviata.* E no braço do adolescente, uma âncora de marinha, tatuada abaixo do ombro, torcia-se aos leves movimentos de seus músculos.

Por que o grande Jeová a tinha feito nascer no corpo de uma mulher? Por que não tinha ela o direito de desnudar seus braços musculosos? Esse jovem grumete da gaita era ela, era seu desejo, sua alma, que um mau gênio tinha aprisionado num papel que não tinha sido escrito para ela. Na primeira escala, ela mandaria tatuar no ombro uma âncora de marinha; ela já imaginava as recriminações indignadas da condessa Marie, virtuosamente sentada no antro enfumaçado de um tatuador um pouco mal-encarado, como os há em todos os portos do mundo. Ela não cederia à virtude. No ombro imperial, a âncora seria a sua infâmia íntima, a marca de sua revolta, uma secreta liberdade. "Só estarei ancorada em mim mesma, só em mim", pensava ela com júbilo, enquanto o pequeno grumete abandonava a gaita e adormecia ao sol.

Seus pensamentos reviviam, mas sua língua permanecia paralisada. Quando abria a boca, dela caíam as palavras da infelicidade, definitivas, desiludidas; ela não tinha mais outras. Mil vezes tentara retornar aos seus poemas, mas um peso terrível lhe paralisava o braço e a impedia de escrever. No entanto, a felicidade das noites, as luzes que se acendiam ao cair da tarde, o cheiro dos ciprestes e as silhuetas dissimuladas das mulheres nas ruas do Tânger, ela via tudo, distinguia tudo, até mesmo reencontrara os odores selvagens das charnecas e das cabras; mas, como a princesa encantada por um feitiço, quando queria formar palavras de pérolas, de seus lábios sempre fechados saíam sapos, sem que se desse conta.

Então ela permitira; e já que a confinavam nesse papel, ela aceitou o luto eterno de Rodolphe. Era verdadeiro ou falso? Quem poderia dizê-lo? Suas alegrias nunca tinham sido muito partilhadas; doravante, elas passavam para a clandestinidade radical. Roubados, os prazeres cotidianos. Como a âncora tatuada em seu ombro, segredo a não revelar. Principalmente à filha preferida, que logo se acostumaria e avisaria o ilustre pai: "Mamãe desta vez vai bem." "Ora, tanto melhor", responderia ele, aliviado... Assunto encerrado. Antes o segredo e seus prazeres ocultados pelo simulacro. Antes do desaparecimento do filho, o leque a roubava do mundo; ela só acrescentara uma sombrinha e um longo véu eterno, que aceitaria erguer, eventualmente, por indiferença, ela achava.

PARECIA-LHE QUE, recomeçando a escrever, infringiria um terrível tabu, e que seu filho sofreria. Como? Inexplicável. Escrever os teria separado para sempre. Mas separados eles já não estavam? Não, não no âmago de seu coração. O que ela temia acima de tudo era perder o sopro de felicidade clandestina, o que seu filho morto se tinha dignado devolver-lhe e que ela saboreava todo dia. Escrever não era mais possível; ele a levaria a mal.

Para ter certeza, ela consultou seu oráculo preferido: a clara de um ovo quebrado num prato. Pelas formas que a gosma transparente desenhava, ela adivinhava a resposta; uma velha cigana lhe tinha ensinado a técnica, um dia, em Gödöllö. Valia mais que a borra de café, dizia a velha, incerta demais. Certa manhã, a clara de ovo tinha desenhado a forma de uma mão disforme, de dedos cortados. Era um primeiro indício. No dia seguinte, o ovo tinha mostrado uma outra figura, a de um estilete pontudo. Desta vez estava claro: o estilete era a pena. Os dedos não deviam mais escrever.

Ela pegou então o conjunto de seus poemas, perto de mil páginas contendo os *Cantos de inverno*, as *Canções do mar do Norte*, e maços de papéis diversos, entre os quais a coleção dos Burros. Comprou cinco ou seis caixinhas com sólidos fechos, invioláveis. Antes de guardar seus versos, restava-lhe um último esforço de escrever. Em prosa.

Para fazê-lo, era necessário achar o lugar perfeito. Nenhuma casa convinha. Os barcos balançavam. Foi o trem o escolhido. Ela mandou fazer um vagão especialmente preparado, com um quarto, um salão, banheiros, enfim, com o necessário para permanecer limpa e lavar-se em todos os lugares. E no trem ela poderia escrever.

Por que a escolha do trem se impunha ao seu espírito? O trem ia para um destino desconhecido, um inverno eterno, uma parte alguma sem humanidade através da Europa; o trem arfava, dava solavancos, rosnava, como uma concha viva que transporta sua carne interna, que ele cuspia na plataforma da estação, na parada. Ele fulminava, ronronava. Sim, o trem convinha. Uma vez decidido isso, a pena correu com facilidade. Esta última carta não se endereçava aos vivos; aos mortos também não. Não, ela escrevia à criança que nasceria mais tarde e que ela simplesmente chamou de "Cara alma do futuro".

O destinatário do futuro, legatário dos originais dos poemas, deveria publicá-los sessenta anos depois do ano de 1890, data que ela inscreveu no cabeçalho, naquele ano. Os direitos autorais reverteriam para os "condenados políticos mais merecedores, aqueles que tinham sido censurados por suas idéias libertárias, e seus parentes, em caso de necessidade". Porque, escrevia ela, "não haverá dentro de sessenta anos mais felicidade e paz em nosso pequeno planeta do que há hoje".

Por superstição, ela acrescentou duas linhas sobre um outro planeta, ainda invisível, e que acabariam por descobrir um dia, quando os homens tivessem conseguido o meio de chegar lá. Ela calculara bem: sessenta anos depois, a contar de 1890, seria o ano de 1950. Nessa época, o império teria talvez desaparecido; certamente, se ela acreditava na lembrança das predições de Rodolphe, que ele próprio tinha formulado em suas cartas de despedida. Os trens andariam sempre para destinos desconhecidos através da Europa; soltariam ainda sua carga de vivos nas plataformas das estações, num inverno eterno. Quanto à criança a nascer, sem dúvida nos anos 1930, ela não tinha idéia alguma de sua nacionalidade.

Com um pouco de sorte, esse ser seria húngaro, e judeu; poderia chamar-se Cyula, Thomas, ou talvez, ainda, Istvan. Nasceria em

Budapeste e seria escolhido para abrir a caixinha, porque seria o maior poeta do século XX, um novo Heine.

Foi ainda por superstição que ela não assinou seu nome, Elisabeth. Gabriela já tinha sido usado; mas, já que tinha escrito muito sobre os burros, teve a idéia de voltar à Rainha das Fadas, em memória de sua beleza esvaída, e do *Sonho de uma noite* que ela perseguira. Assinou, pois, Titânia, e, no pé da página, escreveu mais uma linha: "Escrito em pleno verão de 1890, num trem especial andando a toda a velocidade."

Depois, fez com os poemas vários pacotes bem ordenados, que ela mesma envelopou, amarrou solidamente e fechou em várias caixinhas. A seguir, no maior segredo, confiou a Ida a primeira caixinha, com uma carta manuscrita: por ocasião de sua morte, e desde que morresse antes de sua cara amiga, Ida encontraria no banheiro um selo gravado com uma gaivota, para colocá-lo sobre a caixinha, antes de enviá-la a Carlos Teodoro, irmão da imperatriz, que o enviaria pessoalmente ao presidente da Confederação Helvética.

No maior segredo, ela escreveu uma carta ao duque de Liechtenstein, bom companheiro de caçada, excelente cavaleiro, investido da mesma missão; ela pôs a segunda caixinha e a carta numa gaveta escondida no fundo de uma escrivaninha qualquer, na Hofburg, em seus aposentos. Para maior segurança, e sempre em segredo, as outras caixinhas foram para amigos cujos nomes ela ocultou.

Cada um dos depositários dos poemas da imperatriz ignoraria absolutamente a existência dos outros. Mas o último destinatário seria sempre o mesmo: o presidente da Confederação Helvética, o único que poderia abrir as caixinhas no tempo desejado.

Na Suíça, sabiam guardar segredos e torná-los públicos segundo a vontade dos visitantes. Na Suíça esperava-a, pois, seu destino futuro.

Quando, depois de nove meses de andanças, foi preciso voltar a Viena, ela até consentiu em mostrar-se em público. De boa-fé, ela acreditou em seu próprio desprendimento: que importavam, pensou, esses olhares detestáveis? De tanto andar, ela tinha deixado o mundo dos humanos e chegado à terra dos deuses. Antes da cerimônia, durante a toalete, ela foi de uma estranha docilidade; puseram-lhe o vestido de seda negro com peitilho de rendas combinando, trançaram-lhe os cabelos em tripla coroa, mostraram-lhe os estojos em que, sobre veludo azul, dormiam as jóias. Ela olhou-as sem vê-las. Subitamente, ergueu a mão e sorriu.

— Nenhuma me convém – disse ela. – Levai-as todas.

Ela não aceitou nem mesmo um camafeu, a que tinha direito depois de dois anos de luto; ela poderia até mesmo vestir-se de malva e branco. Depois entrou na sala com aquele andar inimitável que não podia corrigir.

Pela comoção cochichada que percorreu a sala, ela compreendeu que nada havia mudado. Não eram mais hostis: lamentavam-na, o que era ainda pior; ela apertou os dentes e permaneceu de pé, estritamente imóvel. As damas da Corte puseram-se a chorar, e para não vê-las, ela olhou para os estuques, acima dos alizares das portas, além das inumeráveis cabeças. A multidão desapareceu num leve nevoeiro onde flutuavam os murmúrios: ereta em seu estrado, ela evadiu-se. Sabia, agora: para continuar a viver, bastava não mais olhar os olhares.

Desde o dia de seu noivado em Bad Ischl, tinha sido sempre assim; milhares de olhares, milhares de ameaças. Exposta, ela se tornava mortal, carne oferecida à podridão humana, como Rodolphe no fundo da Cripta, pele porosa à admiração, corpo consagrado à inveja, ao ódio, enquanto que noutro lugar... Sozinha, ela podia viver. Mas já tinha estado sozinha alguma vez?

"Quando descem ao mundo dos homens", pensou ela, "os deuses se disfarçam. Eu o fiz uma vez, uma só, no Baile do Reduto. Aos olhos daquele rapaz eu não era mais do que eu mesma. Não era mais ninguém, mas uma mulher, sua Isolda! Mas aqui... Propriedade deles. Imperatriz deles. Coisa deles. Nunca mais! Vou desaparecer."

Ela ficou oito dias, partiu para Lichtenegg, para a casa da Querida, e não quis demorar-se mais. Coberta de atenções, cercada de felicidade, tinha medo: ora de perturbar, ora simplesmente de ser feliz, e de ficar para sempre.

— Como a arquiduquesa, minha sogra! – exclamava. – Não, não, vou embora. A gaivota não foi feita para um ninho de andorinhas. Ficai tranqüilos.

Novamente ela se sentia semelhante às grandes aves bicudas, cujo grito áspero percorria os arredores de seu barco. Boas exatamente para planar sobre as águas e depois pousar na crista de espuma, para bicar os restos que se arrastavam na esteira do barco. Assim voaria ela de mar em mar, boa exatamente para recolher as migalhas da vida, essas delícias. Da idéia de ir embora de novo e de andar mais, a condessa Marie tinha desistido; nomearam uma nova dama de honra, que o médico examinou devidamente, uma robusta moça de 25 anos, de que a imperatriz não conseguiria livrar-se facilmente. Trocou-se o velho *Chazalie* por um *Miramar* mais robusto, em suma, começava a equipar-se para fins que se sentia serem duráveis.

E como seu leitor de grego não era agradável, apresentaram-lhe um outro, um certo Christomanos. Quando ela entrou no salão em que ele esperava, achou que ele permanecia sentado, mas não, ele era simplesmente muito baixinho. Quando ele se inclinou para beijar-lhe a mão, ela percebeu a corcunda que ele tinha nas costas.

ESSA DEFORMIDADE encheu-a de uma alegria imediata: entre enfermos havia compreensão.

Ela levou-o para um passeio pelo parque em volta de sua mansão; esforçou-se, andou lentamente e exibiu para ele encantos que ela acreditava desaparecidos. O pequeno corcunda contemplava-a com uma adoração tão sonhadora que ela ficou comovida. Ele não era inteiramente homem, ela não era mais inteiramente mulher. O passeio durou três horas e terminou com um recrutamento. O jovem Constantin Christomanos, deslumbrado, fez sua entrada na Burg e foi instalado na ala Leopoldina, no fundo da passagem das Senhoritas.

Como tantos outros, ele ficou loucamente apaixonado; ela se sensibilizou muito no início. Quando ele coxeava ao seu lado, ela o incentivava em segredo: "Vem então, rapaz, esforça-te, vamos", um pouco como fazia com seus cavalos e seus cães; o grego lhe lembrava o pobre Rustimo, que assustava tanto os lacaios, porque era negro como o diabo. Negro, corcunda, coxo, perfeito! Para ela, bastava que não tivessem o espírito conquistador dos homens, sua insuportável segurança, e esse modo que tinham todos de olhá-la como vencedores. Além disso,

O pigmeu grego não era nada bobo, não se exprimia mal, era até mesmo poeta quando convinha; ela suspeitava que ele tivesse um diário, e não se enganava.

Algumas vezes ela tinha dificuldade em frear os impulsos do corcunda; ele não acabava mais. Mas era para ficar mais tempo com ela; e já que a vida o tinha retorcido tanto, ela lhe concedeu a graça de suas irritações.

Habitualmente, o corcunda vinha na hora da cabeleireira; ela o tinha avisado a respeito, era uma convenção entre eles, e, para dizer numa palavra, era uma ordem. Enquanto a penteavam, ela ocupava seu tempo com as lições de grego; ele sentava-se ao seu lado e corrigia-a a cada erro de linguagem, com precaução. Enquanto conversava, ela o olhava pelo espelho: alucinado com essa intimidade partilhada, o corcunda se tornou *voyeur*. Seus olhares furtivos, seus olhos apressadamente abaixados quando, com um movimento de cabeça, ela sacudia a pesada massa de seus cachos sobre o robe de cambraia marfim! Seus enrubescimentos quando a cabeleireira extirpava delicadamente os cabelos brancos! Pobre Constantin! Ele juntava as mãos, assumia um ar compadecido, homenzinho perdido no meio de um harém, como o Grande Eunuco Branco da Sublime Porta...

Por que ele estava atrasado? Ele não tinha vindo quando a penteavam. Nessa manhã ela recebia oficialmente duas ou três primas distantes um pouco canhestras, arquiduquesas afetadas que ela não queria ofender, boas moças, no fundo; e para contentá-las, sem nada ceder de seu negro eterno, escolhera um modelo ornado de longas plumas, frisadas no debrum. O parentesco passarinheiro entre ela e seu vestido a pusera de bom humor. As primas não chegavam. Subitamente, ela decidiu fazer ginástica. No pórtico, esperavam-na os anéis suspensos; ela os pegou, ergueu-se, depois virou-se, com a cabeça para baixo.

As plumas e o vestido reviraram-se em corola, de onde emergiam, do meio da saia, as pernas com meias brancas, os pés esticados. Cegada pelo conjunto das sedas, atenta ao sangue que lhe irrigava a cabeça, ela contava até trinta, o tempo requerido para o exercício, quando ouviu um passo, depois um suspiro. Quem então ousava?

Num relance, giraram os anéis; saia e saiotes voltaram a descer, as plumas voltaram sabiamente para seu lugar. No chão, com a boca aberta, o pequeno corcunda arregalava os olhos. Com vivacidade, ela saltou ao chão. Depois olhou-o bem de frente.

— Saltar como uma cabra montês, eis o que dizia meu pai, meu caro Constantin. Espero a mais total discrição; não me viste nas argolas, Sr. Christomanos. Vamos, recomponde-vos, recomponde-vos; e leiamos a *Odisséia*, por favor.

Mas ele não se mexia, petrificado.

— Vamos! — repetiu ela, batendo com o pé. — Não morrereis disso, que eu saiba! Menos virtude, por favor, e mais pontualidade. — Com o rosto vermelho, o corcunda se apressou.

Naquela mesma noite, avisada pela fiel Ida, ela soube que o corcunda falava com êxtase da imperatriz nas argolas; ele a vira, dizia ele, suspensa entre o céu e a terra, uma espécie de aparição, "entre a serpente e a ave". O corcunda era um falador, e a serpente lhe desagradou. "Um pouco mais, ele acrescentaria a saia revirada", pensou ela. "Se ele for mais longe, livro-me dele."

Depois ela refletiu, disse a si mesma que ele escrevia talvez, e decidiu levá-lo consigo em viagem. Servir de modelo a um pigmeu lírico, doido por mitologia e cheio de amor, não era mau. Às vezes ela se dizia que dos Habsburg só tinha herdado o gosto espanhol pelos bobos e pelos cães. Ela ria à socapa e ficava gostando ainda mais do seu pequeno monstro grego.

O caso da imperatriz nas argolas foi o primeiro incidente.

VIERAM OS OUTROS, em ritmo acelerado. No barco, o corcunda adquiriu segurança e o gosto pelo comando. Irritava.

— Queixam-se de ti, caro Constantin — disse-lhe ela suavemente para não melindrá-lo. — Fica tranqüilo, senão...

Ele protestou que queriam separá-los...

Separá-los? Ela enrubesceu violentamente, ele se jogou aos seus pés, jurou tudo o que ela quis, não, tudo o que queriam era separá-lo dela, puro ciúme... Ela virou-lhe as costas. Naquela mesma noite, ela pretextou um cansaço extremo, e enquanto o corcundinha jantava, ela correu até a cabine dele. O diário de Christomanos tinha ficado aberto em cima da mesa.

Ela se apoiou nos cotovelos para melhor decifrar o grego e seguiu as palavras com o dedo. "Ela caminha menos do que avança, ou antes, dir-se-ia que ela desliza, com o busto levemente curvado para trás e sobre ancas delicadas, suavemente equilibrado. Esse deslizamento, só dela, lembra os movimentos do pescoço de um cisne..."

— Nada mau — murmurou ela. — Um pouco preciso demais, talvez; vejamos a continuação...

" ...Tal como um cálice de íris de longo caule que ao vento vacila, ela caminha sobre o solo, e seus passos são apenas um repouso contínuo e repetido."

— Esse pequeno entende bem, exceto que nunca se viu uma íris vacilar ao vento – continuou ela. "As linhas de seu corpo fluem então numa seqüência de imperceptíveis cadências que marcam o ritmo de sua existência invisível. Oh! Que melodias de êxtase, eu, surdo, adivinhava..."

Vagamente irritada, sensibilizada também, ela fechou o caderno e voltou a deitar-se em sua cabine. Esse canto de amor intenso a perturbava. Assim de um corpo tão feio saíam tantas palavras insensatas!

Naquela noite, embalada pela lembrança das páginas inflamadas, ela adormeceu com dificuldade; imaginou o pigmeu ocupado em se acariciar repetindo seu nome, a cabeça febril de palavras, a mão obscena. Quando ela reviu Christomanos, examinou-o longamente; no olhar de seu professor luzia a chama triunfante daquele que se crê vencedor.

Pois bem! Ninguém a teria, nem mesmo em sonho.

— No fim da primavera, ireis para Atenas – disse-lhe ela. – Quando deixarmos Corfu, dentro de dois meses.

Ele sentiu o golpe, ficou piscando muito, estendeu uma das mãos, suplicante...

– Não – disse ela suavemente. – Mas poderás publicar teu livro, depois que eu morrer.

NO DIA SEGUINTE, véspera de Pentecostes, o *Miramar* navegou ao longo da costa albanesa e aproximou-se da ilha de Corfu. De longe, apareciam os encrespamentos sombrios dos sobreiros, as flechas dos ciprestes eretos como guardiães, e os olivais milenários, leve espuma sobre as colinas. Imóvel, na proa do barco, a imperatriz velava sob sua sombrinha branca. Ao seu lado, apoiado na balaustrada, o corcunda se extasiava.

– Eis aqui, pois, a antiga terra dos feácios! A ilha encantada onde encalhou o herói náufrago Ulisses, o astuto; eis as margens onde ao amanhecer o descobriu...

– Nausícaa, sabemos disso – interrompeu a imperatriz, irritada. – Conheço este lugar há mais de trinta anos, Constantin; poupa-me de tua pedagogia.

– Mas o poeta cego, Majestade, o grande Homero! E a jovem feácia cobrindo com seu manto o corpo nu do guerreiro no exílio! Essa cena admirável!

– Tu a verás daqui a pouco no muro de minha mansão – exclamou ela, ameaçando-o com a sombrinha. – Agora, cala-te! Ou não desembarcarás.

Vencido, o pequeno grego calou-se. O *Miramar* começou as manobras para chegar ao cais. Um pouco mais longe, sobre o quebramar, esperavam os oficiais e a fanfarra, de uniforme negro e vermelho.

– Detesto este momento – disse a imperatriz entre dentes.

– É o dia do aniversário da anexação da ilha à Grécia, Majestade – soprou o corcunda com emoção. – Dezoito anos, já...

– Conheci esta ilha sob o domínio inglês, Constantin – interrompeu ela, virando-lhe as costas. – Não tu! É a primeira vez que vens aqui, não? Já te mandei calar-te!

Prenderam a passarela no flanco do *Miramar;* os marinheiros puseram-se em posição de sentido; a fanfarra executou o hino imperial, e o cônsul da Áustria, de chapéu na mão, aprontou-se para subir ao som de assobiadelas, enquanto o imediato do barco lançava a proclamação solene: "O cônsul sobe a bordo!"

Beija-mão do cônsul. Beija-mão das autoridades da cidade. Delegação de mocinhas com roupa tradicional do lugar, com os cabelos enfeitados com uma flor de um lado só, a cabeça coberta por uma renda branca. Buquês de seringas e de rosas. Hino nacional grego. Discurso do prefeito. Serenata do orfeão, *O belo Danúbio azul,* versão para pífaros e metais. As bandeiras flutuavam, o sol do meio-dia maltratava, os instrumentos cintilavam, os músicos banhavam-se de suor sob o calor, a imperatriz sob a sombrinha mantinha-se de pé sem sorrir, e o cônsul puxou discretamente seu relógio de bolso; a cerimônia era interminável. Faltavam ainda o vinho de honra e os presentes do país oferecidos pelos jovens com colete de veludo bordado em ouro. Finalmente, ao cabo de uma hora, a imperatriz despediu-se sob os vivas da multidão entusiasta.

— Ufa! – exclamou a imperatriz, instalando-se na caleça florida. – Eu realmente pensei que não acabaríamos nunca!

— Tamanha honra para uma ilha pequena, Majestade – balbuciou o cônsul da Áustria, confuso. – Vossa presença... A mansão... Tantas belezas reunidas.

Ela não ouvia mais. A caleça ladeava o mar e preparava-se para subir o declive que levava à mansão, entre os velhos olivais e os gerânios-hera.

A primeira vez que ela vira esses olivais fora na época de sua guerrinha conjugal. Ao voltar da Madeira, ela parara em Corfu, numa grande casa à beira-mar, e decidira não mais sair. O imperador juntara-se a ela aí; fora em Corfu que ele capitulara, fora em Corfu que ela ditara suas condições para retomar seu lugar ao lado dele. Independência completa, horário sem vigilância, autonomia sobre a educação dos filhos imperiais, dispensa de cerimônias, escolha das damas de honra. Tinha 24 anos e jurara voltar à ilha de sua liberdade.

Foi preciso esperar outros vinte anos para conseguir. Entrementes, a ilha viu a partida dos ingleses, seus últimos ocupantes; o imperador nomeou cônsul da Áustria em Corfu o Prof. Alexandre de Warsberg, diplomata e helenista. Diante da imperatriz, ele primeiro ficou desconfiado. Oh! O homem era de uma cortesia perfeita.

Mas oficial, distante, sutilmente desdenhosa; uma imperatriz não podia ser senão uma mundana; tinha a voz baixa, breve, era intragável, em suma, o cônsul não gostava das mulheres. Ademais, ele tinha descoberto os encantos da sedutora, que, para seduzi-lo, não havia poupado esforços.

Desde a segunda visita a Corfu, o cônsul tinha sucumbido: como resistir a uma imperatriz que lia Homero no original e que, para meditar no túmulo de Aquiles, não hesitou em ir até as ruínas de Tróia, na longínqua Ásia Menor, nas terras do império otomano? Sua timidez era requintada, sua voz sussurrante ressoava como uma melodia... Rabugenta? Que horror! A imperatriz era excepcional. Inteligente como um homem.

Na terceira visita, o professor apostou tudo, e lutou pela construção de um palácio homérico. Uma mansão sob todos os pontos de vista conforme as descrições deixadas pelo poeta cego.

Ela concordou e comprou uma velha casa em ruínas nas colinas que dominavam a cidade. Warsberg pôs mãos à obra com ardor e a construção não levou mais que cinco anos. A imperatriz escreveu um poema em honra da casa destruída, que a Rainha das Fadas decidira transformar em palácio. Seria o reino dos mitos e da Grécia antiga, de que ela seria a soberana secreta, e a que ninguém teria acesso. Um domínio de árvores, de aves e de estátuas de mármore.

Todo ano, a imperatriz vinha inspecionar os trabalhos que o cônsul dirigia apaixonadamente. Aos olhos deste, a mansão só podia ter um nome: o do primeiro soberano de Corfu, o rei dos feácios, Alkinoos; mas, com um sorriso encantador, a imperatriz avisou-o que tinha escolhido um outro nome. A mansão se chamaria Aquiléia, em memória de Aquiles, a quem ela dedicava uma veneração particular.

— Rápido, forte como uma montanha, desdenhoso de todos os reis... É uma nuvem orgulhosa! Ele venceu a rainha das Amazonas... Eu o amo! – dizia ela ao cônsul da Áustria, aterrado.

Foi a única decepção que ela infligiu ao Prof. Warsberg, e foi também seu último encontro; porque, antes de terminar sua obra-prima, Alexandre morreu.

Quantas vezes tinham eles subido juntos em caleça a ladeira sob os olivais? Ele lhe apresentava as giestas floridas, fazia-lhe as honras

330

dos loureiros rosa, mostrava uma nespereira coberta de frutos, ou os primeiros limoeiros, ou uma figueira, mostrava-lhe os camponeses recolhendo as azeitonas em grandes lençóis, citava Homero designando o roxo do mar... Warsberg conhecia tudo, as velhas pedras, a vegetação, as ruínas, os monastérios e as colunas enfiadas sob as madressilvas... Warsberg era insubstituível.

Esse sorriso irônico sob o fino bigode, esses cabelos ruivos, como os do inglês Middleton, esse modo indolente de pôr a mão no bolso, o esguio Alexandre, de uma perfeita elegância, belo e sonhador, o caro Warsberg...

Ofuscante de brancura, a mansão surgia através das frondescências azuis. A imperatriz parou diante do portão aberto. No terraço mais alto, quatro jovens belezas de bronze lhe estendiam os braços e dois centauros de mármore montavam guarda para recebê-la. Ela sentiu um frêmito de prazer e pôs-se a subir em direção ao jardim, como uma cabra negra.

O novo cônsul da Áustria tomava embalo para segui-la, quando a condessa Sztaray, dama de honra de Sua Majestade Imperial, o deteve pelo braço. A imperatriz queria ficar sozinha. Sem fazer barulho, os empregados retiraram as bagagens. Constantin Christomanos juntou as mãos e pôs-se de joelhos. A mansão era de uma perfeição absoluta.

Quando finalmente não havia mais ninguém diante do peristilo, o corcunda subiu a escadaria que levava ao jardim suspenso, atingiu o primeiro terraço e estacou.

A imperatriz acariciava uma a uma as musas de mármore colocadas diante das colunas no fuste vermelho, chamando-as pelo nome. "E tu, Terpsícore, minha bela, como vais? Sempre flores nos cabelos? Ah! Eis nossa severa Melpomene. E minha cara Safo, minha décima musa, tu que soubeste pôr fim a teus dias, tu que morreste no mar, com algas nos cabelos, minha preferida..."

A fina silhueta negra parecia flutuar sobre o chão, passava de estátua em estátua, demorava-se numa prega de pedra, tocava num queixo, roçava um ombro... Deslizou até a fonte dos nenúfares, saudou graciosamente o Sátiro que carregava Dionísio criança, inclinou-se sobre o golfinho de bronze e, erguendo as saias, correu até o segundo terraço em nível inferior.

O corcunda seguiu-a sem barulho. Sob as palmeiras, no topo da colina, diante do mar, encontrava-se a grande estátua de Aquiles moribundo, da qual Christomanos só via as costas musculosas, as nádegas redondas e os cachos de pedra sob o capacete de penacho de um branco cintilante. Imóvel, a imperatriz se concentrava diante do seu herói, com a mão posta sobre a flecha de mármore que lhe furava o pé; de longe, o pequeno grego via a coroa de tranças entrelaçadas, a testa enrugada, o olhar negro e sério.

Uma andorinha atravessou o espaço, assobiando. A imperatriz ergueu a cabeça, sorriu e agitou a mão.

— Voltei! – gritou ela. – Vou ver vossos ninhos sob as colunas! Estou aqui!

Constantin deu um passo à frente e pisou num galho seco, que estalou. A imperatriz assustou-se, franziu o cenho e viu-o.

— És tu! – exclamou, num tom zangado. – Não gosto de ser espionada, Constantin!

— Eu admirava o esplendor do lugar, Majestade – respondeu o corcunda, numa voz suplicante. – Tão digno de sua proprietária...

— Não é mesmo? – disse ela negligentemente.

— E de uma verdade e tanto! Antiga.

— Como sua proprietária? – lançou ela. – Vamos! Eu te perdôo. Mas não recomeces mais.

No DIA SEGUINTE, ela o aceitou em seu passeio ao pôr-do-sol. Inspecionou os ninhos das andorinhas sob as volutas azuis das colunas, contornou os roseirais e pés de agave e parou diante de uma pequena estátua de Byron.

— Se eu pudesse escolher uma outra vida, eu queria ser Byron – suspirou ela. – Lutar pela independência de um país, ajudar no nascimento de uma jovem nação na Europa, pegar armas em Missolonghi, quando se é poeta e não se tem nada de um soldado! E morrer jovem, enfim...

— Como Aquiles na agonia... — murmurou devotamente o corcunda. — Vossa Majestade não ama os heróis que triunfam.

— É verdade, eu só amo os seres que sofrem! — exclamou ela e, pensando bruscamente na deformidade de seu companheiro, parou de falar de repente.

— Aquiles, Byron, Safo... Tantos destinos despedaçados... Este mundo de estátuas silenciosas...

— Está faltando uma, caro Constantin — disse ela, com um suspiro breve. — Estou esperando o memorial do príncipe herdeiro. Dentro de duas ou três semanas, estaremos finalmente reunidos.

Ela apertou o passo para não mostrar as lágrimas que lhe vinham aos olhos. Por que essa confidência, por que entregar-se assim?

— Olha esses rícinos floridos, ali! — exclamou ela numa alegria forçada. — Não são admiráveis esses tufos vermelhos?

— É preciso ter sofrido como vós para amar a vida a esse ponto... — ousou o pequeno grego, aproximando-se dela até quase tocá-la.

Ela afastou-se e abriu a sombrinha branca.

— Tu compreendes coisas demais, Constantin — murmurou ela. — Eu já te avisei...

— Que Vossa Majestade me perdoe... Mas eu sucumbo à beleza, como vós! Só vós tereis sabido criar tal encantamento.

"E eu sonho com uma pequena casa de pescador, com arcadas rosa e brancas, uma parreira e uma laranjeira anã", pensou ela. "Será que ele vai calar-se de uma vez? Ele vai me fazer desistir de minha mansão!"

Os dias passavam, tranqüilos. Antes da aurora, a imperatriz olhava o sol nascer atrás das montanhas da Albânia. Era o melhor momento, o do despertar das aves e das primeiras revoadas das andorinhas. Acariciadas pelos raios da manhã, as estátuas pareciam despertar; por sua vez, a imperatriz ia de uma a outra, numa camisola branca. Depois a mansão saía de seu torpor, os humanos do sono, e a imperatriz se vestia de negro.

Os almoços aconteciam na grande sala de jantar, sob o olhar dos anjinhos de gesso colocados sobre os muros verde-mar. A imperatriz se contentava com leite de cabra, tomates, azeitonas, e não aceitava que uma refeição durasse mais de 15 minutos. A tarde começava pela lição de grego. Depois, no fim do dia, ela passeava com o professor pelos jardins da mansão, sob os ciprestes onde se enrolavam exuberantes folhagens.

Constantin Christomanos não tinha aprendido a calar a boca, e não perdia a esperança de reconquistar sua soberana, de tanto fazer comentários exaltados, perspicazes, e que a exasperavam. Para desencorajá-lo, ela retomou suas longas corridas através do campo. Munida de um copo de ouro, bebia água nas fontes, corria atrás das cabras nas colinas, colhia escabiosas e papoulas, e às vezes dignava-se sentar-se sobre fetos, mas raramente.

Ele a seguiu e cansou-se.

Ela sentiu vergonha e, para consolá-lo, pôs-se a ler para ele uma tradução de Shakespeare, que teria, em *A tempestade,* atribuído a ilha de Corfu ao rei Próspero. Mas quando chegou ao personagem negro, Caliban, o corcunda se sentiu atingido e ficou louco de dor.

Os mal-entendidos acumulavam-se. Ele a amava cada dia mais, e cada dia ela o magoava um pouco mais, sem se dar conta.

Depois chegou o memorial do príncipe herdeiro, num carro puxado por bois. Içaram-no até o primeiro terraço, desmontaram o caixote de madeira, curtiram a novidade, e a imperatriz ficou sozinha.

Empoleirado num fuste de coluna quebrado, um anjo de asas desmesuradas velava um Rodolphe em medalhão. A inscrição era em latim, *Rudolfus, Coronae Princeps.* Era ele, era seu olhar levemente abatido, cheio de ironia, triste de morrer. Ela pôs a mão na testa de pedra, tocou o bigode frio e ergueu os olhos para o anjo dominador. Ele não zelava pelo filho morto, ele triunfava, esmagava-o. Com os olhos cheios de lágrimas, ela fugiu correndo e decidiu antecipar a data de sua partida.

Tudo se tornara insuportável para ela, as estátuas, presentes demais, e que não lhe respondiam, as auroras, suaves demais, os ciprestes, perfeitos demais, as flores, deslumbrantes demais, a mansão, branca demais, as andorinhas, atarefadas demais a alimentar seus filhotes... E esse corcundinha apaixonado!

334

NÃO FALTAVA MAIS do que um mês. Desde a instalação do memorial de seu filho, a imperatriz chorava quase todos os dias.

O corcunda tinha perdido sua soberba, não aborrecia mais ninguém e seguia-a por toda parte, como um cão quando seu dono se prepara para sair. Ora, quanto mais ele se humilhava, mais ela era cruel. Quando ele evocava as ninfas etéreas, com as quais ele gostava de compará-la, ela falava das duras mãos de sua massagista e os rolinhos de porcaria que lhe ficavam nas palmas, no final. Espantado, ele enrubescia.

— Que pensas, então? – lançava ela num tom zombeteiro. – Que não tenho pele? Pensas que, durante as massagens, tenho sentimentos imperiais?

No dia seguinte, ele partiu para as constelações e a cabeleira de Berenice... "Canções! Deixai de lado vossas fantasias, Constantin!", e ela o maltratava sem trégua.

Ele logo contentou-se em ouvi-la. Ela o inundava de frases, enchia-o de palavras, "É preciso enriquecer suas Memórias", pensava ela, mas, às vezes, pondo a culpa na brincadeira, cedia, e ficava lamentando suas sinceridades. Então, por uma de suas familiares reviravoltas, ela embirrou com o confidente que escolhera para si.

— Visionário! – dizia ela a quem quisesse ouvi-la. – Um sonhador, etéreo! Absurdo!

Um pouco depois, num dia em que ele estivera particularmente silencioso, ela declarou que, com sua filosofia, o corcunda lhe dava nojo. E o fez tão alto que temeu tê-lo ofendido, se por acaso ele tivesse ouvido.

Diante de tudo isso, aparentemente, o pobre grego não demonstrava nada. Mas quando voltava para seu quarto, soluçava abundantemente à lembrança das maldades do dia. Nos corredores, as empregadas cutucavam-se ao vê-lo. Uma noite em que chegava no escuro ao canto da cozinha, ele deu de cara com uma comédia que os empregados representavam no pátio.

Com um travesseiro amarrado nas costas para imitar a corcunda, o menor dos criados, de joelhos diante de uma matrona, o arremedava estropiando o grego com sotaque afeminado; com a sombrinha ao ombro, um leque na mão, imitando a imperatriz, a cozinheira deixava-o enfiar a cabeça sob suas saias.

O infeliz corcunda fugiu correndo; e toda noite, quando esgotava o pranto, com ódio no coração, ele se lançava à redação de seu diário.

Quanto mais puras fossem as palavras, mais o impuro sofreria. Ele a quis sublime, tal como a tinha conhecido no início. Esqueceu os dentes negros, a pele queimada, as manchas de sarda no dorso da mão, as veias azuladas, apagou as rugas malvadas que maculavam a memória da amada, e deu asas às chamas do ideal ao ponto de adoecer.

– Ela é como Afrodite! – ruminava ele. – E eu, o horrível Hefaístos, o corcunda, o anão ciumento, seu marido... Prendê-la-ei em minha rede, ela não espera por isso...

Ele chegou a imaginar que, como a deusa, ela tinha nascido da semente dispersa de um deus mutilado; leitosa, sangrenta, ela surgia das águas expressamente para torturá-lo, depois ia-se embora lânguida, com a sombrinha no ombro, soberana do esplendor. Ele escreveu isso. Depois rasurou. Se publicasse, o livro seria apreendido pela polícia. Deixou as últimas palavras.

VEIO O DIA QUE ELE chamava em segredo "nossos adeuses". Ele a esperava embaixo da grande escadaria pompeiana, diante da estátua de uma Juno de bronze. Mais graciosa que nunca, ela desceu lentamente os degraus deslizando e parou na metade do caminho, como para oferecer-se uma última vez à contemplação de seu infeliz fã. Pobre Constantin.

Com sua voz sussurrante, ela dirigiu-lhe uma frase que ele poderia reter na memória, "Sê bendito e feliz", e deu-lhe de presente um alfinete de ouro com um "E" gótico, maiúsculo, de diamantes, que ele usaria na gravata. Ele acreditou ter ouvido um lamento na boca imperial, inventou um olhar doloroso e embarcou para Patras e de lá para Atenas.

Aliviada, ela olhou-o distanciar-se coxeando; o sol de Corfu desenhava aos passos do homenzinho uma sombra impiedosamente corcunda. Ela sentiu remorso e pensou que talvez fosse preciso escrever ao outro, ao do Reduto. Mas era tarde demais... De que se lamentava o pequeno leitor grego? Durante três anos inteiros ele a tivera só para si.

Quando ela voltou a Viena, depois de meses de ausência, contrataram outro preceptor; ele usava renda, arqueava o jarrete e se perfumava com vetiver. Ela o suportou por alguns dias, sentiu falta do pequeno corcunda e despachou o janota pretextando horror a perfume.

MAS VIENA a tinha esquecido. Viena zombava das viagens da fugitiva e de seus preceptores de grego. Da imperatriz não se dizia mais nada, senão no rodeio de uma frase sobre cerimônias oficiais. "Hoje, como todos os anos, Sua Majestade conduziu a procissão de Corpus Christi, na ausência da imperatriz." Ela desapareceu das conversas dos três amigos; Franz continuava a ler os jornais, na expectativa das menores notícias da Corte, mas lá só encontrava os últimos ecos dos feitos e dos gestos do imperador.

Numa noite de 1894, pondo fim a 36 anos de hostilidade imperial, Sua Majestade decidiu fazer homenagem ao ex-revolucionário Johann Strauss.

Foi um acontecimento considerável. O maestro celebrava o qüinquagésimo aniversário do desafio que lançara contra o pai, uma bela noite, no cassino Dommayer; para Franz, uma lembrança da adolescência. *O barão cigano* entrou solenemente no Staatsoper, a Ópera de Viena; Johann Strauss via finalmente abrir-se para si o santuário da música. E quando a cortina se ergueu, o público assombrado viu subitamente o imperador em pessoa. No fim da apresentação, Sua Majestade disse algumas palavras amáveis, assegurou que, "pela primeira vez", não tivera vontade de ir embora, e cumprimentou Johann Strauss por sua bela ópera. O maestro não cabia mais em si de alegria. O imperador tinha falado de ópera! A imprensa repetiu.

— Mas ele não entende nada disso! — espantava-se Franz. — Pode ele ao menos distinguir uma opereta de uma ópera?

— Ah! É preciso compreender toda a influência dessa boa Schratt — comentou seriamente Willy. — Não seria a nossa imperatriz que pensaria em tais amabilidades musicais!

Eis portanto o que se tornara o dominó amarelo do Baile do Reduto: retórica vienense, grosserias na boca de Willibald Strummacher.

337

Franz já tinha ouvido tantas que nem mesmo levantava mais os ombros. Seria ele agora o único a lembrar-se dela? A desconhecida se infiltrara numa imperceptível presença com uma fórmula tão banal quanto as previsões de chuva ou de sol:

Na ausência da imperatriz...

Excetuando-se a direita, os social-cristãos e Willy, ninguém teria pensado em indignar-se com isso. Na ausência da imperatriz, o império tateava à procura de uma difícil eqüidade ante eslavos e húngaros, que ela também tinha abandonado. Na ausência da imperatriz, o imperador se debatia ante o inquietante progresso dos pangermanistas, do partido dos "Jovens Tchecos" – irredutíveis –, menos confortável que o partido dos "Velhos Tchecos", com quem se podia sempre assumir compromissos. Na ausência da imperatriz, o imperador autorizou seu governo a preparar uma reforma eleitoral, ao termo da qual ele abençoaria a instauração do sufrágio universal. Na ausência da imperatriz, que se cansava de sua mansão de Corfu, as montanhas dos Bálcãs, a algumas milhas da ilha verdejante, continuavam a atiçar as brasas do incêndio.

Na ausência da desconhecida de dominó amarelo, o planeta continuava a girar.

19
O milênio da Hungria

Antigamente eu cavalgava sem trégua nesta terra
Nem mesmo a areia branca da puszta *era infinita*
o bastante.

Elisabeth

— Vamos, apressemo-nos — resmungou Franz do alto da plataforma, levantando a última valise. — Emmy! Não te demores, por favor!

A mocinha demorava. Sem pressa, amarrava as fitas de seu chapéu de palha e olhava seu reflexo na superfície da vidraça. Atrás dela, Attila esperava, com a cesta na mão, que ela se dignasse finalmente subir no vagão.

— Emmy, eu acho que está na hora — murmurou ele, perturbado. — Teu pai está impaciente. Não o enfureças, vamos!

— O que achas de minhas fitas azuis, tio Attila? — disse ela, dirigindo-lhe seu sorriso mais gracioso. — A família pode muito bem esperar, ao menos uma vez...

— Já acabaram, os dois? — trovejou Franz, abaixando a vidraça. — Só faltam vossas senhorias! O trem vai partir dentro de dez minutos!

Emmy virou-lhe as costas e mostrou a língua para ele; só Attila viu e reprimiu um sorriso. Subitamente, ela avistou um vendedor ambulante de cafetã negro oferecendo suas mercadorias ao longo da plataforma. Da caixa suspensa ao pescoço, o homem tirou violetas de seda, três cerejas e fitas escarlate, que colocou no oco da palma da mão, em desordem.

O olho de Emmy se iluminou.

— Decididamente, o azul não combina — disse ela em voz baixa. — Tio Attila, compra-me aquelas fitas vermelhas ali, e também as cerejas... Rápido!

339

Attila olhou para a janela do trem, Franz olhava para outro lugar, o húngaro levou a mão ao colete, tirou uma nota, que enfiou na mão do ambulante.

— Dá-me tudo, vamos — murmurou. — E fica com o troco.

— O que há ainda? — gritou Franz de sua janela. — Que diabo de enfeites são esses? Ela te enrolou, Attila! Mais autoridade!

— Agora chega, menina — cochichou o húngaro, e empurrou-a para o estribo, com uma das mãos solidamente aplicada no traseiro dela.

— Tio Attila! Estás a machucar-me! — gritou ela, estourando de rir.

Ao vê-los entrar no compartimento, Anna franziu o cenho. Sua filha tinha o olhar brilhante demais; com um gesto vivo, ela tirou o chapéu de fitas azuis, que não se mantinha mais em sua juba encrespada. Sacudiu a cabeleira negra e piscou; com encantamento, sua mãe contemplou o modelado suave das faces claras e as covinhas que nasciam com o sorriso. Não havia nada mais bonito que sua pequena Emmy; tampouco nada mais vulnerável.

Attila estendeu-lhe a cesta com embaraço; quando se instalou no banco, Emmy ergueu a saia acima das botinas brancas, "Ufa! Como faz calor aqui!", depois empurrou o irmão no banco.

O adolescente, mergulhado num livro, fez um leve protesto. Toni acabava de completar 16 anos; tornara-se um rapaz alto, meio tímido, que a petulância de sua irmã mais velha reduzia ao silêncio. Era aplicado e sonhador, reservado também; no mais das vezes, isolava-se em seu quarto, onde pretendia escrever poesia, e só Anna o levava a sério. À exceção da cor de seus cabelos, Toni em nada se parecia com o pai; mas a paixão pela leitura e esse ar meditativo que ele sempre tinha, até para degustar os arenques que adorava, tudo lhe vinha do antepassado, do avô Simon, o hassideu de Sadagora. Anna o teria visto de bom grado com os longos cachos da tradição dos judeus poloneses, tanto mais que ele era louro, com olhos cinza um pouco saltados, um olhar dos mais inspirados. E quando ele ficava em vigília até tarde, Anna subia para convencê-lo: "É preciso deitar agora, meu pequeno rabino..."

Como de hábito, então, sua irmã o empurrava... Para ser perdoada, Emmy deu um grande beijo na face imberbe do irmão, que se enxugou discretamente. Depois, voltando ao seu buquê de seda, ela enrolou as violetas e as cerejas com um grande laço vermelho que arrumou com aplicação. As botinas e o saiote tinham ficado bem à vista. Perturbado, Attila sentou-se timidamente, com o olho fixo nos pés da mocinha.

– Abaixa a tua saia, Emmy – disse Anna num tom neutro. – Não és mais uma menina.

– A propósito disso, Anna, com tua permissão, gostaria que ela parasse de me chamar de "Tio" – murmurou Attila. – Quando ela era uma menininha, era encantador, mas agora... Não estou tão velho, afinal, aos 40 anos!

A proposta de Attila caiu no silêncio. Franz acendeu seu cachimbo e contemplou o amigo com um ar rabugento. Toni, que comia um bolinho, deixou-o cair no chão e, felizmente, distraiu as atenções; ao apito na plataforma, o trem começou a andar lentamente. O trajeto demorava quatro horas e quarenta minutos, exatamente.

– Locomotiva saída diretamente das oficinas mecânicas da Hungria – observou doutamente Attila.

Dois meses antes, eles tinham decidido ir a Budapeste para o lançamento das cerimônias do milênio da Hungria, 1896. Era um grande e belo ano; no império tudo ia bem, a Hungria principalmente, e começava-se a esquecer o drama de Mayerling.

Desde muito, Attila gabava aos amigos o encanto da cidade, a nobreza de Buda nas colinas, a amplidão do rio, suas curvas, e a animação de Peste, que não terminava de mudar; Viena, comparada a ela, se entorpecia. E se quisessem reencontrar a febril atmosfera da construção do Ring, a *belle époque*, era preciso estar em Peste, sobretudo nessa época. Antigamente, a viagem seria uma interminável epopéia, mas com o trem não havia mais desculpas! Num dia se fazia. Attila tinha reservado dois quartos na casa de sua velha mãe, um para as crianças, outro para os amigos; tinha preparado minuciosamente o horário, em suma, a aventura se anunciava maravilhosa, e, para coroar tudo, a primavera estava linda.

Anna, que envelhecia um pouco, acabou por aceitar, por causa de Attila. Franz não hesitou um instante; viver em Viena sem conhecer a Hungria! Eles mal tinham ido algumas vezes ao outro lado da Leitha, não muito longe, para um piquenique à beira do lago de Fertö, esticando até o vasto castelo amarelo dos Esterhazy. Mas não era suficiente. Franz insistiu em ver esse famoso fenômeno que Attila dizia que não se podia explicar, esse *délibab* enigmático, mas era mais para o leste, em direção ao Oriente, nas vastas extensões das estepes de cavalos livres.

Quanto a Emmy, que acabava de festejar seu vigésimo aniversário, parecia que tinha sempre o bicho-carpinteiro. Era com isso que sua mãe se preocupava. Porque havia muito Attila ficava rodando à volta da menina, com tantas atenções e solicitudes, que era preciso ser cego como Franzi para não perceber nada. O tio Attila estava apaixonado por Emmy. Anna se perguntava se essa viagem não tinha sido maquinada para apresentá-la à velha Sra. Erdos, e se Attila não ia pedir sua filha em casamento, irrefletidamente.

E ele a fizera pular em seus joelhos! E ela, doidinha, que só sabia cantar! Uma criança que nada conhecia do amor, e que logo aceitaria, sem entender direito, só para ser uma dama, por sua vez! Anna pôs os óculos e tirou da bolsa o livro que tinha começado. Toni adormecera, e Emmy, com o nariz na vidraça, olhava desfilarem os subúrbios da cidade.

— É uma pena que Willibald não tenha podido liberar-se – declarou Franz, pensativo. – Achas que a mãe dele está realmente doente?

— Claro que não – respondeu Attila. – Não viste o aspecto embaraçado que ele tinha? Estava mentindo!

— Enganam-se, ele não mentia – disse Anna tirando os óculos. – Ela está muito mal. Eu a vi.

— Como assim? Não me disseste nada! – indignou-se Franz.

— É que ele não queria – disse Anna docemente. – Sabiam que ele mudou de residência? Vive agora em dois quartos modestos, no fundo de um pátio miserável; ele tem vergonha...

— O imbecil! — exclamou o húngaro. — Então, a herança, depois da morte do pai...

— Histórias — disse Anna. — Ele não tem nada em partilha.

— E sua noiva rica, do Tirol, a última, cronologicamente? — perguntou Franz. — Ela não existe, tanto quanto as outras, aposto...

— Isso eu não sei — disse Anna baixando os olhos. — Mas ele me levou para ver sua mãe, que não pode mais andar. Está paralítica. Sem ele...

Os dois amigos calaram-se por um momento.

— Isso não o impede — disse Franz. — Se ele fosse menos orgulhoso, poderíamos entrar num acordo, entre nós!

— Não acredites nisso! — replicou o húngaro. — O Milênio o revolta; sabes que ele é pangermanista, antes de tudo... E depois é gordo demais, se esfalfa, ficaria cansado, vamos! Não lamentes nada; ele detesta os húngaros, no fundo. Nós teríamos brigado, ele e eu. E tu também.

— Desde que ele não se meta com os social-cristãos... — disse Franz.

— Já se meteu, Franzi — murmurou o húngaro. — Ele gosta muito de ti para te dizer, mas encontrei-o outra noite com estudantes, sabes, esses com cicatrizes heróicas, na saída de um comício desse porco Lueger.

— Outra vez! — exclamou Franz. — Impossível! Willy não é mais anti-semita, ele me jurou isso mil vezes!

— É aí que te enganas, Franzi — disse gravemente Attila. — Ele gritava: "Fora com os judeus!" Como os outros. Não me viu. Está perdido. E depois, a atração da juventude... Lueger é astuto; fala de renovação, de mudança, de movimento popular, banca o generoso, tu conheces Willy! É um grande pateta. Não anda, corre! E com o social ele engole o veneno de Lueger, a purificação da Áustria, a podridão do sangue estrangeiro, os Nibelungos, Wotan e...

— Vou falar com ele — replicou Franz com violência. — E tu também, Anna, entendes? Ele te adora. Tu o convencerás.

Anna não respondeu.

TRÊS DIAS ANTES, Willy tinha lhe suplicado que fosse ver a mãe dele; preocupava-se, e o médico – "Um médico judeu, Anna, perdoa-me, mas ele é muito jovem, não me diz nada, tão peremptório, tão arrogante..." –, em suma, Willy não tinha confiança.

Ela o acompanhou através das ruas sombrias, onde as pequenas prostitutas exibiam os seios no vão das portas; na passagem, elas chamavam Willy pelo nome – conheciam-no, todas. Willibald, com ar de culpa, puxou-a correndo. A proprietária também o chamara familiarmente, uma mulher de certa idade, de corpete avantajado, uma tal Sra. Grentz, ou Frentz, uma faladeira impenitente, de olho brilhante de curiosidade.

No quarto andar de um prédio em mau estado, a mãe de Willy, presa numa poltrona, respirava com dificuldade. Obesa, sufocava constantemente, como antigamente a Sra. Taschnik mãe. Anna segurou por muito tempo as mãos leves, abraçou-as, na falta de algo melhor; administrou o xarope contra enfisema, a velha senhora adormeceu. Anna saiu na ponta dos pés. Então aconteceu algo surpreendente: no quarto vizinho, o gordo Willy caiu de joelhos diante dela, abraçou-lhe os joelhos através da saia, gaguejando frases soluçadas:

– Só tu, Anna, eu te amo desde o primeiro dia, salva-me, só tenho a ti, estou tão sozinho...

Tão digno de pena, que ela lhe acariciou a cabeça, em vez de zangar-se.

– Calma, Willy, acalma-te...

Finalmente, ele levantou-se fungando e beijou-lhe os punhos:

– Sobretudo, não digas nada a Franzi... É... Enfim, ele é nervoso. Se não tivesse havido Franz... Contigo, a minha vida teria mudado... Compreendes?

Depois, acrescentou, com um olhar para o quarto onde a mãe dormia:

– Vou me casar, claro, mas por enquanto...

A ela ele nada dissera de sua noiva no Tirol. A eterna noiva eram as prostitutas de sua rua. Convencer Willy? Ele não compreendia nada, era apenas infeliz. Willibald era o *Schnorrer* de Anna, esse personagem familiar do universo iídiche da aldeia de seu avô.

Um funâmbulo, um jornal ambulante, um parasita solitário que bancava o palhaço para encontrar um pouco de afeto. Claro, se ele tivesse sabido das idéias de Anna a seu respeito, ter-se-ia revoltado: ele, um *Schnorrer* judeu? Ele, o parâmetro da pura Alemanha? Ele teria sufocado de raiva, e no entanto...

Convencer Willy? Ele era vienense demais. Sentimental como uma gata, fingido e orgulhoso, egoísta e desesperado. Aliás, era mais ou menos o que Attila dizia naquele instante ao seu esposo:

— Nós o convenceremos, e mesmo assim ele irá. Pois eu te digo que ele está perdido.

— Felizmente, o imperador agüenta firme – suspirou Franz. – Enquanto ele mantiver seu veto contra esse horrível demagogo...

— Sem contar que Lueger acaba de excitar todos no Parlamento! – disse o húngaro. – Os judeus-magiares apodrecem a sua Áustria, eu ouvi bem, não sou surdo. Se ele pudesse nos exterminar, ele o faria!

— Nós, quem? Os judeus, os húngaros, os eslavos? É gente demais; é um louco. Ele nunca será prefeito de Viena.

— O belo Karl é um orador muito bom, muito popular – lembrou Attila. – Aposto que acabará ganhando. Lueger será prefeito de Viena.

— Não estás falando sério! Os Habsburg, renunciarem ao liberalismo? Ameaçarem seu próprio império deixando agir os borussos, esses seguidores dos prussianos? Privarem-se do apoio dos judeus? Suscitarem a rebelião dos eslavos? Não, não arriscamos nada. Temos um bom imperador.

— Se ele mantiver até o fim o seu veto, Franzi – murmurou Anna sem erguer a cabeça.

— Podem falar de outra coisa? – exclamou Emmy. – A política, sempre a política... Isso me aborrece. Tio Attila, fala-me dos cafés em Budapeste. Por favor.

— Pois bem... – começou logo o húngaro, que se pôs a descrever os encantos das tabernas no bairro Christine, os pêssegos, o vinho novo sob as árvores, tarde da noite. – A Noiva de Mármore era a mais cotada.

— Mas são tabernas como em nosso país – protestou Emmy. – Eu falo dos cafés, tio Attila!

— Então é o Gerbeaud, sem dúvida.

— E os hotéis?

— Soberbos! Os que se construíram para o Milênio têm até eletricidade, os outros foram destruídos, eram velhos demais...

— E as termas?

— Ah! Não é qualquer uma! As do Taban são muito mal freqüentadas, por exemplo.

— A propósito, tio Attila, e O Gato Azul?

— Emmy! – censurou o tio Attila. – Queres calar a boca?

— Ora! Quem então me jurou que cruzou lá com o príncipe de Gales? – exclamou a moça. – Não foste tu?

O húngaro ficou ainda mais vermelho, emendou com as delícias da rua Vaci, a que nada podia comparar-se, a elegância das damas, seu porte – e as lojas de Paris, mas verdadeiras! Não como em Viena.

Foi a vez de Franz sonhar com o rosto encostado na vidraça. O trem percorria uma paisagem de planícies e de lagos negros e fazia fugir os bandos de patas em gritaria. E enquanto o bom tio Attila mantinha conversa com sua filha, Franz pensava em Budapeste. Com um pouco de sorte, a imperatriz se mostraria.

ELE NÃO A VIRA desde o casamento da arquiduquesa Marie-Valérie, no dia em que ela estava pálida como uma hóstia, havia já seis anos. Seis anos durante os quais ela tinha praticamente desaparecido. No começo, os jornais tentaram segui-la, a imperatriz acaba de chegar em San Sebastian, está em Lisboa, em Gibraltar, em Oran, em Argel... Ela passou por Ajaccio, não, ei-la em Nápoles, ficou em Corfu por algumas semanas, saiu de lá – parece que quer ir para a América, mas o imperador não deixou.

Ao cabo de alguns meses, Franz decidiu dedicar um mapa aos périplos da desaparecida: numa página dupla, em seu atlas geográfico, ele circulou cuidadosamente em vermelho as cidades progressivamente e até tentou desenhar, em azul, o trajeto do barco cujo nome ele conhecia: *Chazalie,* a menos que fosse o *Miramar.* No *Chazalie,* ela adotou um nome inglês, Srta. Nicholson, vá lá se saber por quê, mas no *Miramar* se fazia passar por condessa Hohenembs; um dia ou outro ela apareceria sob o nome de Bourbon, quem sabe? Ou então Validé Sultane, de preferência, por provocação.

No primeiro ano, ele contou: na Hungria ela havia passado um mês; em Viena, uma semana. A imprensa falara muito de sua aparição na Corte, de luto fechado, um espetáculo tão comovente que as mulheres choraram, sem dúvida demasiadamente, porque não a reviram mais. No segundo ano, a imprensa desistiu. De vez em quando evocavam-se curas em Carlsbad, em Genebra. Ela fez uma estada bastante demorada em Gödöllö – era tão perto de Viena, que ele ficou tranqüilizado –, quando foi mesmo? No ano anterior? Ou então no ano antes do anterior?

Ele não sabia mais, embaralhava-se, ela havia ido para o Cairo, para Atenas, Deus sabe para onde... O atlas ficou fechado. Ninguém falava mais da loucura dos Wittelsbach, pela excelente razão de que a causa era natural: e se a imperatriz corria o mundo, isso era uma prova suplementar, caso fosse necessário. Quando nascia um Habsburg, ela assumia por um dia a pose de avó, depois desaparecia como tinha vindo. "Na ausência da imperatriz", o imperador permanecia sozinho.

Uma vez, uma só, Willy implicou com ele de novo: "Então, e a bela Gabriela?" "Óra!", suspirou Franz. E foi tudo.

Mas todo ano, pelo aniversário do Baile do Reduto, ele enviava duas cartas de próprio punho. Uma, à posta-restante em Munique, para Gabriela, com um coração desenhado canhestramente, que derramava uma lágrima de tinta violeta; a outra, para Hofburg, um simples cartão de visita, com sua lembrança muito respeitosamente dedicada, para "Sua Majestade Imperial e Real, a imperatriz Elisabeth..."

As 12 cartas ficaram sem resposta. Talvez Gabriela não passasse mais por Munique; quanto à imperatriz, sua correspondência não chegava até ela, eis tudo. No mais das vezes, ele se resignava: Elisabeth ou Gabriela, húngara ou imperatriz, apaixonada ou mentirosa, ou ambas, ele nunca saberia nada a respeito. Mas quando ficava azul demais, quando o sopro quente do sul excitava as ruas de Viena, então voltava o demônio adorável, o extraordinário movimento da valsa e um ar de juventude de que ele não desistia.

Em seis anos ele perdera ainda mais cabelos; mas, desde o episódio da fotografia, ele passou a prestar atenção verdadeiramente. Andava de bicicleta, às vezes até arranjava tempo para ir de Hietzing a Ballhausplatz a pé, duas boas horas, e depois continuava a caçar nos campos – pelo menos, a fingir que caçava. Finalmente, se por milagre ela e ele se reencontrassem face a face, ele estaria apresentável. Teimosamente, apesar das súplicas de Anna, recusou cortar as costeletas. Sabia-se lá o que podia acontecer?

Ele já se via lá. Com sua graça inimitável, ela lhe estenderia a mão a beijar, exclamando suavemente: "Sr. Taschnik! Tu, finalmente!" Ou melhor ainda: "Franzi! Meu querido..."

A locomotiva apitou, Franz sobressaltou-se.

– Sou ridículo – resmungou.

– Ridículo? – disse Attila. – De que estás falando?

– Nada – rosnou Franz. – Estava pensando em Willibald.

DESDE O OUTONO, a imperatriz não tinha voltado à sua Hungria bem-amada. Tinha passado alguns dias em Gödölö, o tempo de ver caírem as folhas e visitar as estrebarias, quase vazias.

Os puros-sangues tinham sido vendidos; não ficaram lá senão os velhos animais sem valor, que ela conservava por fidelidade. Desaparecidos o Red Rose, o alazão dourado, Sarah, a irlandesa, Miss Freney, a boa caçadora, e Büszke, o alazão cereja... Niilista morreu durante sua estada, e ela fugiu logo depois. Para Carlsbad, com sua nova dama de honra, a condessa Sztaray, depois para Corfu. Por toda parte ela só cruzava com fantasmas, Élise, a amazona treinadora, com seus dedos fortes, sua boca firme, Sarah, de dorso fremente, o pobre Rustimo, e até o pequeno corcundinha, tão indiscreto... Quanto aos vivos, esses viviam demais.

À idéia de que ia refazer passo a passo o caminho da coroação ela sentia náuseas. Certamente, o percurso oficial atravessaria o rio, iriam de Buda até Peste, da colina desceriam para a barulhenta planície;

levariam, cerimônia inédita, a coroa dos reis da Hungria da igreja Mathias até o novo Parlamento, cuja cúpula gótica ainda não estava terminada. Mas do castelo à igreja, nada mudaria. Nada? Sim. Ela e os húngaros, talvez.

A multidão que a aclamaria teria 29 anos a mais, os jovens da época teriam se tornado velhos, ela também, e ninguém sabia se os filhos deles teriam o fervor dos dias felizes. Andrassy não estaria mais lá para incentivá-la com o olhar; em Budapeste ela não conhecia mais ninguém, aliás. Peste era de uma modernidade horrível, com grandes construções, e cariátides, exatamente como em Viena, e pronto. O Danúbio, talvez, teria preservado sua majestade. E depois seria preciso de novo manter-se de pé, e sorrir – não!

Não, ela não poderia mais. Nem mesmo em Budapeste. Eles esperavam dela o fim do luto interminável, pois bem! Ela ficaria de negro, tinha-se tornado sua segunda pele. Eles queriam olhar para ela, desejavam lastimá-la – ela não lhes daria o presente de suas lágrimas. Mas para mostrar-lhes que os amava sempre, escolhera um vestido justo, inteiramente bordado de azeviche, com uma gola alta e mangas largas apertadas no punho, segundo a última moda, uma maravilha de negrume, sem concessão. Até seu leque, desta vez, era negro.

Quando terminou a coroa de tranças, ela baixou a curta franja que dissimulava as rugas paralelas, quatro, às vezes cinco, já profundas. Depois mandou encher as grandes mangas de seu vestido, inclinou a cabeça de lado e não se achou estragada demais; enfim, a pele, apesar de tudo, tinha sofrido muito, no canto dos olhos. Ela pegou o leque, era de tafetá, simples, ornado com um monograma no cabo de ébano... Bruscamente, veio-lhe a lembrança do Baile do Reduto.

À exceção do monograma, o leque perdido à saída da Sala de Música era exatamente igual a este. Ela não tinha pensado mais em seu rapaz desde a expulsão do corcunda, e não se tinha dado conta disso. Uma lufada de calor a atingiu; a idade a torturava. Contra essas invasões quentes, a derrota era inevitável.

Ela correu a abrir as janelas e viu a massa que a esperava. Precisava de água, rápido, água.

– Xarope? – perguntaram os lacaios solícitos.

– Não! – gritou ela.

Eis a sua vida: queria água, acrescentavam açúcar. Açucarada demais a existência. E esse formigueiro lá fora, na praça. Era hora. Era preciso enfrentar a prova.

Uma vez instalada no fundo da caleça, ela ficou crispada; o imperador aprisionou-lhe a mão, a que segurava o leque, como para impedi-la de esconder-se. Ela respirou profundamente, prometeu-se a si mesma fazer um esforço, tentou acalmar-se, os cavalos avançavam, os primeiros gritos se espalharam: "*ELJEN ERZSEBET!*"

Como antigamente. O afluxo de lágrimas foi tão violento que ela não conseguiu conter-se, soltou a mão, o leque abriu-se, ela não existia mais. O imperador soltou um suspiro e bateu-lhe gentilmente no ombro. Para ele, só para ele ela não podia dissimular seu pranto. Atrás do leque, ela mal ouviu os gritos decrescerem lentamente, e a alegria transformar-se em murmúrio de decepção. Para os vienenses, compreendia-se, mas também para eles manter-se inacessível? Era demais. Que ela se mostre!

Impossível, pensava ela, perdida, eu queria, no entanto não posso mais. Mil vezes pensou em abaixar seu leque, mil vezes no percurso sua mão paralisada recusou obedecer. Eles gritavam sempre, misturavam confusamente os vivas ao rei, os lamentos pela rainha, o orgulho e a compaixão, a glória e o luto. Oh! Eles eram sempre tão sensíveis, os seus húngaros. Ela pensou no *délibab* nas estepes, nas maravilhas flutuando no ar vibrante, nas cegonhas, nas patas sobre a grama quente...

Vamos, na curva lá longe, antes da igreja, fecho este leque, pensava ela, só mais três voltas, vou conseguir... Mas não! Os cavalos já tinham virado.

Ela não lutou mais. Entrou mascarada na nave, sentou-se sob o pálio real, mascarada, recebeu a homenagem dos magnatas, mascarada, e acabou por decidir-se: o leque estava encantado; e a Hungria, decepcionada.

ANNA, DESAPONTADA, lamentou-a; Emmy achou-a admirável; Toni entediou-se profundamente; Attila quase a criticou, mas Franz fechou-lhe o bico.

A Sra. Erdos mãe, morava atrás do castelo, numa residência fora de moda, cujo reboco amarelo imperial tinha sido refeito para a ocasião. Confuso, Attila se desculpava de tudo, do poço enferrujado no pátio, das ervas daninhas, do aspecto acabado dos leitos, aliás, iam mudar-se logo, para um hotel particular moderno, do outro lado, no bairro da Universidade.

A velha mulher, apoiada em sua bengala, recebeu-os de pé como uma rainha, pegou Emmy pelo queixo para examiná-la de perto, "Encantadora, decididamente", e beijou-a sem cerimônia. Anna ficou desconfiada; Attila dava viravoltas demais. "A reverência, Emmy", murmurou ela, forçando-a a inclinar-se.

Naquela mesma noite, o húngaro insistiu em levá-los todos às colinas de Buda, de onde se veriam as iluminações, do alto do Baluarte dos Pescadores. Anna e Emmy, inclinadas na beirada das muralhas, pareciam duas primas; num banco, um pouco mais longe, Toni mergulhara em seus pensamentos. Attila pegou Franz à parte e pela primeira vez falou em desposar Emmy.

Ademais, preveniu Attila, a pequena já tinha dito sim.

Sufocado, Franz lembrou-se do exame da velha condessa, a reserva de Anna, a exaltação de sua filha e suas revoltas. Ele resistiu, lembrou a diferença de idade.

— Vinte e quatro anos? Uma ninharia, quando se ama – respondeu Attila, arqueando o tronco.

— ...Emmy teria o dote, sem dúvida, mas não se devia ter esperança...

— Por quem me tomas? – murmurou Attila, zangado.

Mesmo assim, a idade, Attila tinha um passado carregado, as Ruivinhas, Emmy era muito jovem ainda, muito inocente...

— Achas? – disse o húngaro negligentemente.

Pois bem! Ela queria cantar, isso teria que ser resolvido.

— A última Ruivinha também era cantora – disse Attila. – Pensei em tudo.

– Deixa-me refletir – concluiu Franz. – Anna...

– Neste momento, ali, debaixo de tuas vistas, Emmy faz a confidência a ela – interrompeu o húngaro. – Grande tonto.

– É uma conspiração! – exclamou Franz, furioso.

– É, mas afetuosa – respondeu Attila. – Quem poderia melhor que eu zelar pela nossa querida Émilie? Eu a vi nascer. Serei mais que um marido, serei um segundo pai! Aliás, entre nós, Franzi, não tens escolha. Emmy sabe o que quer; é tua filha, afinal de contas, teimosa como tu... Não resististe à tua mãe, outrora?

Franz não insistiu mais. Anna e Emmy voltavam, ternamente abraçadas. Toni juntou-se a elas e assegurou que tinha adivinhado tudo antecipadamente, há longos meses.

Quando se deitaram, Franz e Anna conversaram por muito tempo. Porque, se não duvidavam da seriedade de Attila, não estavam muito seguros da filha.

– Tu compreendes, ela é bem mais alta que ele – disse Franz. – Pelo menos uma cabeça.

– Se eles se instalassem em Hietzing – disse Anna –, eu poderia vigiá-la um pouco... Ela é um tanto impetuosa, a nossa Emmy.

– E achas que eles já... Enfim, não sei como dizer... – ousou Franz timidamente.

– Os tempos mudaram, Franzi – respondeu Anna. – Sobre isso ela não quis confiar-me nada.

E, bruscamente, ela derreteu-se em lágrimas, dizendo que era culpa dela, de suas idéias progressistas, Emmy tinha sido livre demais, e agora... Os soluços de Anna não paravam mais. Franz, por mais que a pegasse nos braços, a abraçasse, a embalasse, não conseguiu nada; ela sufocou e desfaleceu. Para trazê-la de volta a si, foi preciso esbofeteá-la duramente.

– A vida se desfaz, Franzi – dizia ela ainda. – Emmy se perderá, olha Willy, ele se destruiu, o futuro é ruim, Franzi, e tu não vês nada! Até a imperatriz, essa estátua negra atrás de seu leque, traz infelicidade! Tu, é claro, com teu espírito de valsa...

— Tu exageras tudo – suspirou Franzi. – Esqueces que temos Toni...
— Ele irá embora também!
— Attila fará a felicidade de Emmy...
— Se ela ficar com ele! – gritou Anna.
— E quanto à imperatriz, deixa-a em paz, pobre mulher.
— Ave de mau agouro – disse Anna duramente. – Ela me assusta.

Desta feita, Franz se zangou e, virando-lhe as costas, enfiou a cabeça no travesseiro. "Espírito de valsa para você; vamos, é preciso dormir."

Sentada sob o edredom de penas, com os olhos esgazeados, Anna observou por muito tempo os clarões dos lampiões através das venezianas. De vez em quando, Franz dizia, num estado de semivigília: "Deita-te logo, Anna, amanhã tudo se esclarecerá", depois, simplesmente: "Vem logo." Finalmente, pôs-se a roncar, e ela, desesperada, procurava o futuro na escuridão do quarto.

ELES TINHAM DECIDIDO partir de novo para Viena num barco de pás hidráulicas que levava dois dias para subir o rio. Além de ir lentamente, passava diante da ilha Marguerite, deslizando ao longo das margens românticas onde se alinhavam as vinhas, os jardins hortenses e as casinhas de madeira; em suma, era excelente, e mais barato que o trem da Companhia.

Anna instalou-se na ponte com seu livro; ao seu lado, Toni escrevia furiosamente num pequeno caderno. Franz lia o jornal; quanto aos noivos, arrulhavam, sobretudo Emmy, que forçou o pobre Attila a pegá-la pela mão, depois pela cintura, como uma camponesa vulgar.

O húngaro ficou chocado, depois encantado, essa juventude lhe chicoteava o sangue.

— As conveniências, tio Attila? Mas estou pouco ligando! – gritava ela rindo.

— Quando então vais parar de me chamar de teu tio? – suspirava ele enrubescendo. – Sou teu noivo, quase teu marido!

— Um tio é terno – disse ela, voltando a ficar séria. – E depois eu sempre te conheci assim. Não, não, marido ou não, serás meu tio Attila.

E ele, travado em seus hábitos, ria tolamente sob o olhar dos amigos.

— Ouves, Anna? – murmurou Franz. – Ela vai dominá-lo à vontade. Mas onde ela aprendeu esses modos! A mão e a cintura, em público! Anna! Tu não estás me ouvindo! Em que diabo ainda está mergulhada?

— *O Estado judeu* – disse Anna sem erguer os olhos. – De Theodor Herzl. Foi lançado no ano passado, tu te lembras?

— Herzl? – disse Franzi num ar de dúvida. – Não sei mais... Ele era correspondente da imprensa em Paris, não é? É ele?

— Ele diz que todo judeu traz em si o sonho de um Estado judeu – disse Anna tirando os óculos. – Que já basta de judeus de *gueto*, de judeus de dinheiro, de falsos judeus e de verdadeiros, e que um dia os judeus formarão uma nação verdadeira. Vês, Franzi? Há um ideal aí.

— Bobagens! – interrompeu Franz. – Por que não um Estado eslovaco? Ou então um Estado tcheco? Ah! Ia esquecendo o Estado de Bucovina, perdão, minha cara...

— E seria o fim do império austríaco, Franzi – suspirou ela –, eu sei. Justamente. Mas esse homem gozado também diz que é preciso começar pelo sonho. Não é perigoso, já que se trata de sonho e de ideal. Será que não tens um sonho que te pertence, bem secreto, e que nunca terias contado, nem mesmo a mim?

— Oh! – resmungou Franzi. – Talvez, mas uma coisa banal... Ao passo que um sonho de Estado! Esse Herzl perdeu a razão. Compreendo! Ele estava em Paris durante aquele processo, aquele caso horrível, aquele erro judiciário com aquele tenente-coronel, tenho o nome na ponta da língua, como é que se chama mesmo?

— Dreyfus – disse Anna. – Ele era só capitão. Foi condenado a trabalhos forçados.

— Pois bem! Em Paris, Dreyfus condenado, Lueger eleito em Viena, eis o que tornou louco o teu Herzl – interrompeu Franz, peremptório. – Não é sonhando que se combaterão os anti-semitas! É preciso seriedade, firmeza...

— E um bom imperador – suspirou Anna. – Mas ele não tem sorte com seus sucessores. Seu irmão Carlos Luís está morto, e seu filho, o novo herdeiro do império, não me agrada. O arquiduque Francisco Ferdinando tem cara de incendiário! Não será ele quem nos salvará da extrema direita nem dos social-cristãos! Talvez seja preciso ir embora um dia, quem sabe?

— Preocupas-te demais – murmurou Franz, pegando-lhe a mão. – Sempre a meter-te do lado das idéias.

— É verdade que esse Herzl profetiza também aviões que funcionariam sozinhos – continuou ela sem ouvi-lo. – Dizem que ele descontentou os rabinos, os partidos; parece que assume ares incríveis, quase como um messias... Sabes? Chamam-no também de rei dos judeus! É um inspirado...

— Um rei, vejam só isso – resmungou Franz. – Judeu por judeu, eu preferia Heine. Ele ao menos combatia pela revolução. Enfim, Herzl agrada às damas! Porque, se me lembro bem, ele é bonito, o animal, não?

— E se um dia eles todos decidissem exterminar-nos? – murmurou Anna, com o olhar fixo.

— Vamos, mamãe – interrompeu Toni, que não tinha dito uma palavra. – Esses terrores não têm mais vez. Deixa a juventude mudar o Velho Mundo, e a toupeira da Razão cavar a história.

Toni adorava a ênfase; o pai fuzilou-o com o olhar.

FRANZI DEU DE OMBROS e mergulhou em seu jornal. Nele se descrevia, com muitos detalhes, a última cerimônia oficial do Milênio, na igreja Mathias, com os dignitários e os magnatas do regime. A rainha então mostrou-se sem véu, mas tão triste que o editorialista a comparava a uma estátua de mármore, como disse Anna em Bad Ischl.

Depois, como os vivas ressoavam sob as abóbadas, a estátua animou-se, o tom rosa subiu-lhe às faces, ela levantou-se com graça e, num movimento de sua célebre cintura, inclinou-se, viva, os olhos principalmente, cheios de altivez. Os gritos redobraram e, subitamente, ela sentou-se de novo, ou antes, caiu de novo, como se o deus escondido que dirigia seus gestos tivesse bruscamente decidido que acabara, que ela devia retornar ao estado de autômato do qual por um momento ele a tinha liberado. A palidez voltou, a cabeça se abaixou, as mãos ficaram petrificadas. Na última frase, o editorialista escolheu batizá-la em latim com um novo nome, *Mater Dolorosa*.

O que não lhe assentava de forma alguma, pensou Franz num relance. Ele dobrou o jornal e acendeu um charuto, cujas espirais se uniram à fumaça das fábricas nos subúrbios de Budapeste. Ele não perdia a esperança de revê-la um dia. No fundo, com esse louco chamado Herzl e suas fantasias de um Estado judeu, Anna não estava errada: o sonho persistia, inocente. Sem perigo.

20
A dentadura

Esta velha gata de pêlo cinzento
Coberta de traça, tem dentes amarelos
Mas sua pata possui ainda o agulhão das garras
Porque é uma gata de raça.

Elisabeth

Desde o casamento de Emmy e Attila, a casa de Hietzing tinha perdido seus risos e suas canções. Certamente havia Toni; mas ele crescia a olhos vistos, e a infância saía da vida dos Taschnik, a passos largos.

Toni tornava-se um rapaz muito sério e não manifestava nenhum gosto pela música, para desespero de sua mãe; nem tampouco pela diplomacia, e queria ser escritor. Aos 18 anos já tinha escrito poemas, dos quais um tinha sido publicado numa revista de tiragem limitada; mas era um começo. Além disso, estudava muito para passar nas provas e dava muita satisfação aos pais, exceto quanto à música e à diplomacia.

Música já quase não se tocava mais na casa dos Taschnik. As sessões dominicais não resistiram aos caprichos políticos de Willy, a despeito dos esforços de Anna, que ainda não tinha abandonado o piano; mas Franz começava a não ler tão bem as partituras, e todo dia jurava que ia trocar de óculos. O dueto perdeu qualidade. E, como se não bastasse, o bom e velho Brahms, figura tão familiar em Viena, morreu como tinha vivido, com um copo de vinho do Reno na mão. Todo mundo envelhecia.

Anna se angustiava com isso todo dia; Franz encarava as coisas como habitualmente, com uma filosofia tranqüila. Certas noites, ele não se chateava nem um pouco de se encontrar só com a mulher; mas quando antecipava os encantos da liberdade reencontrada que a saída inevitável de Toni certamente traria, lia uma espécie de pânico nos olhos dela.

A crise de nervos que ela tivera em Budapeste tinha sido sem conseqüência; mesmo assim, na volta ele a forçou a consultar o médico de família, o excelente Dr. Bronstein, que evocou o nervosismo, o cansaço, o casamento de Emmy, talvez, as perturbações da mulher nessa idade, e apalpou-lhe o crânio longamente.

Com o médico, Anna não mencionara suas preocupações. À tristeza da partida de Emmy acrescentavam-se terríveis temores de que ela não ousava falar com o marido, de tão violentos que eram, de tanto que a impeliam para longe de Viena, gerando até desejos de um exílio impossível. Porque o imperador Francisco José acabava exatamente de ceder à vontade popular; e o belo Karl, o horrível Lueger, tinha se tornado prefeito de Viena.

O Dr. Bronstein prescreveu valeriana e distrações; Anna não disse mais nada.

Ela também não tinha dito nada sobre os soluços nervosos de Willibald, cuja mãe acabara por morrer sem dores, durante o sono. Willy chorou infinitamente, e se fechou em si mesmo. Anna advogou em causa do velho órfão, batalhou por muito tempo.

Sem ceder quanto à música de câmara, seu marido acabou por aceitar uma reconciliação limitada. Não tocariam mais juntos no domingo, mas voltariam a se ver como antes. Franz decidiu evitar toda discussão política; Willy cedeu, agradecido. Ademais, a morte da mãe parecia tê-lo acalmado, ou antes, abatido.

Para desentediá-los, Franz levava freqüentemente a mulher Anna e o amigo Willy à Roda-Gigante de Viena, que haviam acrescentado ao Wurstelprater, a parte do grande jardim arborizado que abrigava feiras. Com seus 54 metros de diâmetro, era a oitava maravilha do mundo. Na primeira vez que subiram, Anna sentiu vertigem no topo da roda. Depois desse dia, só de vê-la, ela se sentia mal. Franz teve uma outra idéia: quando fazia bom tempo, iam os três a um café que tinha um terraço, em Bellevue, nas colinas. O ar era sereno, um pouco frio, as árvores estremeciam, e o chocolate não era pior do que em outro lugar.

NAQUELE DIA, era um domingo, eles estavam instalados diante de uma pequena mesa pintada de verde, e tudo ia bem, realmente. O almoço tinha sido simples e divino; um pernil, pepinos em conserva, um pouco de couve macerada, e *Gespritzt* espumante que liberava o espírito sem torná-lo pesado. Tinham tagarelado sobre assuntos frívolos e contornado devidamente os litigiosos. Para evitar a questão de Lueger, Willy praguejou contra um novo movimento de vanguarda, que acabava de publicar uma revista com um título pretensioso em latim, *Ver Sacrum,* Primavera Sagrada. Franz não tinha ouvido falar dela.

– Claro que já ouviu, sim, Franzi, sabes muito bem, são os amigos de Toni – disse Anna puxando-lhe a manga. – Ele me fala muito disso...

Franz não tinha notado nada. Toni era ajuizado o bastante para não perturbar o pai com revistas de vanguarda. E Willy, com os olhos arregalados de espanto, voltou à sua homilia.

– Não dou meus parabéns a ambos. Deixar Toni com esses indivíduos subversivos! Fariam melhor em matriculá-lo numa boa associação de estudantes, Armínia ou Teutônia, enfim, qualquer coisa mais séria!

– Para vê-lo voltar machucado, com uma horrível boina redonda de feltro na cabeça? Para que ele vá gritar "Morte aos judeus" nos comícios contigo? – revoltou-se Anna de imediato. – Nem pensar!

Quando Anna levantava o tom, era uma coisa tão rara que Willy se mostrava submisso. Ele pegou-lhe a mão e beijou-a.

– Perdão, minha cara – resmungou ele, confuso. – Mas por que misturar o sagrado com a primavera? E esse nome que esses idiotas inventaram, a Secessão? Tenham a santa paciência! Com que querem eles fazer secessão? Conosco, talvez?

Naturalmente, Anna os defendeu, a esses jovens. O que eles não queriam mais era a velharia, a ordem, o antigo mundo, enfim, nada do rotineiro. A ação juvenil tinha eco em outros lugares; na França, falava-se de "*art nouveau*"; em Viena, de "Estilo Jovem". Não, ela os achava interessantes. E ia até pedir a revista a Toni.

— Mas tu não podes, Anna! – inflamou-se logo Willy. – É obscena! Na capa eles desenharam uma mulher nua, magrinha, com ancas... Ancas salientes... Bizarras! Enfim, ancas abomináveis. Um horror.

Anna lembrou ironicamente os nus bundudos do falecido Makart; Willy protestou, Makart tinha sido um santo, um gênio, não havia comparação.

Depois Anna perguntou onde Willibald tinha arranjado a revista. O homem gordo enrubesceu violentamente, gaguejou, misturou confusas evocações salientando que jovens amigos, uma noite, numa reunião política, tinham queimado *Ver Sacrum* cantando *Deutschland über Alles*... Depois calou-se bruscamente.

Willy tinha bebido demais, sufocava, e pedia justamente uma *slibowitz*. Mau sinal. Franz sentiu que a discussão ia agravar-se.

— Não vão estragar-me a primavera – disse ele. – Olhem as árvores; daqui a uma semana poderemos colher as cerejas, aposto. Voltaremos; descendo pela trilha, poderemos sacudir duas ou três sem sermos vistos. Willy! Anna! Estou falando com ambos!

Mas era tarde demais. No olhar de Anna passavam clarões de angústia; quanto a Willy, tinha bebido sua *slibowitz* de um trago, rapidamente, e sua pele ficou imediatamente marcada de placas rosadas. Ele se calou, furioso; Anna também. Franz acendeu seu cachimbo e decidiu olhar para outro lado.

Foi então que ele a viu, em pleno sol.

SEM DÚVIDA ela tinha chegado havia algum tempo; ele não a vira entrar. Com a cabeça erguida sob o espesso véu, o pescoço reto, incomparável, era ela, certamente, incógnita.

Sentada à última mesa, longe da beirada, a imperatriz estava toda de negro, com as mãos enluvadas postas sobre o leque. Como tinha que ser, ela não estava sozinha; ao seu lado, uma dama de honra mexia com uma colher o creme que boiava na superfície de uma xícara de café, cuidadosamente, para não estragar a delicada bebida. Quanto a ela, não bebia nada; à sua frente, um copo d'água, em que ela não tocava. A dama de companhia se inclinou, cochichou-lhe três palavras ao ouvido e saiu.

Ela estava sozinha; um leve suspiro de alívio fez estremecer a musselina opaca.

À volta de Franz, o mundo bruscamente desapareceu; as conversas dos fregueses do domingo se fundiam num murmúrio de igreja, as silhuetas eram embaçadas, a luz empalidecia. Só ela aparecia com uma assustadora nitidez, como se um pintor tivesse decidido apagar o resto de sua tela com um pincel gigante, para melhor desenhar os contornos da mulher: a pena do gorro, incisiva, o véu fremente, as mãos abertas, a gola alta, a saia longa, as botinas envernizadas, apertadas, o busto erguido, a cabeça empinada, invisivelmente exposta, um negrume absoluto, imóvel. Subitamente a estátua se animou. Franz reteve o fôlego.

Rapidamente ela ergueu o véu, jogou-o de vez para trás, sem esconder-se, tranqüila. Tranqüila, ergueu o queixo, fechou os olhos e ofereceu o rosto ao calor do dia. Instintivamente, Franz recuou, como se ela estivesse nua; a pele dela já não era clara, mas amorenada, enrugada, selvagem, e, no alto da testa, a raiz dos cabelos tinha se tornado grisalha. Os lábios fechados esboçavam uma estranha careta, que se transformou em ricto de sofrimento.

Então, sempre tranqüila, ela abaixou a cabeça, tirou uma das luvas, abriu a boca, pôs nela delicadamente os dedos e de lá retirou uma dentadura, que colocou na beirada da mesa; depois pegou o copo e derramou a água na dentadura, com uma naturalidade cheia de graça. Num instante estava feito; a dentadura lavada foi recolocada na boca; um lenço aparecido na ponta da luva enxugava as marcas úmidas no queixo, ela erguia a cabeça e consentia finalmente em olhar o mundo à sua volta.

O primeiro olhar que ela cruzou foi o de um homem ainda jovem, um pouco barrigudo, bastante calvo, e que a olhava intensamente. Ele não estava sozinho; ao seu lado, sua mulher, de cabeça baixa, enrolava pensativamente a ponta de uma correntinha de ouro, e o último conviva, um amigo, sem dúvida, murcho sobre a mesa, amassava a migalha de um pãozinho. A imperatriz ia desviar a cabeça, quando o gigante ergueu uma mão suplicante, como se quisesse implorar:

"Não vá embora!" Tão ingênua a força da chama azul de seus olhos, que ela franziu as sobrancelhas e reconheceu-o.

EIS ENTÃO O QUE tinha sido feito dele, e que ele não quisera mostrar-lhe, um burguês acomodado, um velho moço pançudo, inteiramente careca. Só o olhar não tinha mudado. Curiosa, ela observou minuciosamente o casaco de lã grossa e lapelas cinzentas, o colete de brocado ameixa enrolado sobre o ventre proeminente, o colarinho duro e a grossa gravata da moda, de seda negra; depois, voltando ao rosto, viu que o gigante sorria enrubescendo, um rubor de adolescente.

A mão permanecera erguida, como um apelo mudo; lentamente, ele pôs um dedo sobre os lábios, arregalou os olhos... "Silêncio!", parecia dizer. "Sou eu mesmo, não te enganaste, reconheci-te também, eu não te trairia, eis-nos finalmente reencontrados, não faças barulho!"

Ela não podia desviar-se desse olhar sorridente. Tudo nele respirava a bondade. Essa chama clara lançada sobre ela não a ameaçava, aquecia-a; mergulhada no azul de seus olhos, ela não o deixou mais. Subitamente, a mulher ao lado dele empurrou-o com o cotovelo, seus lábios se mexiam, ela lhe falava a meia-voz, parecia inquieta, nervosa; e como ele não respondesse, a mulher o sacudiu como a um sonâmbulo despertado, e chamava-o: "Franzi"!

Ele suspirou profundamente, depois virou a cabeça, acabou. Antes de abaixar o véu, ela ainda teve tempo de ver, fixo nela, o olhar intrigado da mulher, seu aspecto enciumado.

Quando se viu de novo sob a musselina espessa, lembrou-se de sua dentadura; com o coração batendo, a testa vermelha, ela entendeu que o pior tinha acontecido. Ele a tinha visto mergulhar a dentadura no copo; não pudera deixar de ver o espetáculo dos dedos na boca e da dentadura. Uma lembrança hesitante batia à porta dos sonhos, a confusão do baile, o entusiasmo da valsa, o calor das mãos grandes à volta de sua cintura, o frio do céu, as estrelas geladas, o coração transportado, um beijo roubado sobre os lábios fechados, e a juventude de uma noite, uma só. Toda a felicidade do único baile de sua vida estragada por uma dentadura.

Acabrunhada, ela curvou as costas. O mal era irremediável. Ela o ouvia falar numa voz que não tinha realmente mudado tampouco: um pouco lenta, bastante grave, uma voz redonda como ele, e que tentava acalmar a outra, a da mulher, frágil, suave, insistente, uma voz conjugal. Ela não estava perto o suficiente para ouvir as palavras, mas compreendia bem a realidade da coisa, terna e profunda, o bastante para mostrar a harmonia de que ela estava excluída.

A condessa Sztaray, a última a entrar na lista das damas de honra, demorava a voltar; a amarga doçura do encantamento desaparecido flutuou ainda por um instante. Através do tecido do véu, ela podia ver a sombra de um olhar claro e jovial, um nadinha de céu, uma suspeita de azul; o ar permanecia leve, transparente, talvez. Mas não para ela, que respirava o material seco da musselina implacável, ora levantada pela brisa, ora empurrada brutalmente sobre os lábios, a sufocar.

Ainda havia a persistência de uma liberdade passageira, impressa no olhar de um moço envelhecido, sem que a idade tivesse alterado o mistério entre ambos. Ele não estava sozinho. Era insuportável. Ela se levantou de um salto, endireitou os ombros e foi embora, abrindo o leque num estalido seco, que ele reconheceria pelo barulho.

Anna se indagava sobre a natureza do sonho que seu marido perseguira a ponto de não tê-la ouvido fazer-lhe perguntas sobre o que ele contemplava com tanta atenção. A menos que ele estivesse acometido de um brutal acesso de febre; com o vento do Sul, nunca se sabia; talvez o excesso de vinho branco espumante, ou os arrufos de Willy.

Ela havia notado a mulher de negro à mesa do canto, mas era apenas uma velha dama elegante, uma dessas aristocratas fora de época como havia às dezenas em Viena e que, às vezes, vinham fungar os odores populares dos cafés, quando fazia bom tempo. O que Anna não explicava, em contrapartida, era esse gesto incomum, esse véu subitamente abaixado, num relance; isso não a atormentou muito. Um luto cruel, sem dúvida; aliás, à seu próprio modo, Franzi aderira a essa idéia.

Ele mentiu sem esforço para a mulher. Tinha revisto seu dominó amarelo. Ela não negara, desta vez dissera sim, em silêncio tinha pronunciado as palavras de seu poema: "Sou eu! Eu te reconheci!"

Ela tinha envelhecido muito; e sem querer, sorrira.

Por um momento, ele pensou na horrível dentadura. A imagem era desagradável. Tentou expulsá-la, não conseguiu; revia os gestos prosaicos, a mão erguida em direção à boca... Enxugou a testa.

Afinal, ele criara barriga, e ela usava uma dentadura.

Um melro pôs-se a assobiar. Nada era mais bonito do que os melros de Viena, que não se escondiam, se empoleiravam na beirada dos ramos, bem à vista, erguiam o pescoço como para lançar seus trinados no rosto da primavera. Esse melro era como os outros, vivo, encantador, zombador, de um negrume absoluto. A própria insolência da vida – como ela, com sua dentadura.

O acaso, o silêncio e essa primavera fútil os tinham reunido, melhor do que as cartas e as reminiscências. Ele não se preocupava mais em saber se a velha dama era a imperatriz ou Gabriela. Mas, já que estava certo de tê-la reencontrado, já que finalmente tinha recebido sua confissão muda, reconciliou-se com sua desconhecida. Estava feliz.

O IMPERADOR HESITAVA.

Acabava de receber uma carta em que a imperatriz lhe pedia que fosse encontrar-se com ela na França, na Côte d'Azur. Freqüentemente ela lhe suplicava desse modo, sabendo perfeitamente que ele ficaria retido por suas obrigações oficiais. Era um jogo: ela escrevia cartas ternas, queixava-se de sua separação, mas recusava-se a voltar a Viena; não, o que ela queria era fazê-lo deixar a capital, justamente. E que fosse até ela como um marido que tira férias, incógnito, sobretudo.

Ela havia mudado muito com a idade. O período de amazona tinha passado havia muito tempo; quanto às caminhadas, tinham diminuído por causa das ciáticas que tantas vezes a prenderam ao leito. As idéias suicidas foram desaparecendo pouco a pouco, com as viagens. Ela permanecera selvagem, sem dúvida, e não gostava dos raros dias que passava em Viena, três ou quatro vezes por ano, não mais. Mas, enfim, o imperador acabava por dizer-se que teriam talvez uma velhice feliz, selada por um luto interminável, que os tinha reunido mais do que separado. Agora que ela havia recuperado o juízo, talvez se tornasse simplesmente uma avó elegante, um pouco triste, com nostalgias requintadas.

Tendo pesado cem vezes os prós e os contras, ele aceitou encontrar-se com ela em cabo Martin. Ambos passeavam ao sol poente, nos jardins públicos; ele usava uma sobrecasaca de burguês e um chapéu-coco; ela, sua eterna vestimenta negra e sua sombrinha branca.

— Que casal de velhos formamos agora — disse ela, uma noite.

— Não é tão mau assim, afinal — respondeu ele com esperança. — Pelo menos não estamos separados, enquanto outros...

Ela calou-se. Ele temeu o que viria em seguida.

— E que é feito da amiga? — perguntou ela distraidamente.

A amiga era a Schratt, que ela lhe jogara nos braços. Ele nunca pôde acostumar-se a essa frase. Mas não tinha escolha; precisava responder.

— Ela vai bem, obrigado. Engordou um pouco nos últimos tempos, a ponto de começar um regime de...

— Ah! — interrompeu ela —, ela nunca deixará de me imitar! Enfim, é assunto teu.

— Ela me encarregou de mil coisas para ti, Sissi — murmurou ele humildemente. — Ela não é má, sabes...

— Oh! Ela não o é o bastante — concluiu ela, acelerando o passo. — Não será porque começa a envelhecer um pouco também?

Ele avançava resmungando, com ar cansado; ainda não tinha chegado o momento da calma velhice com que ele sonhava. Ela o olhava com o rabo do olho, e vigiava suas manias com uma ternura nova. Porque agora que tinham envelhecido, talvez ela pudesse ter esperança numa amizade tranqüila, num perdão recíproco e numa vida calma. Dentro de algum tempo.

UM ANO DEPOIS, em 1898, o imperador e sua esposa se reencontraram em Bad Ischl, e era um progresso considerável. Ela viajava para menos longe que antes; suas cartas tinham mudado de tom. Ela lhe escrevia frivolidades numa suavidade inesperada, que o faziam ter esperança numa verdadeira reconciliação. Teriam tido eles apenas desentendimentos? Não se sabia.

Ela jogara sobre suas duas vidas uma areia feérica e perigosa, e os havia mergulhado num torpor hostil de que despertavam lentamente, cansados. O longo sortilégio chegava ao seu fim; talvez ela começasse finalmente a ter por ele uma afeição sincera. Talvez.

O dia terminava; o sol descia sobre as montanhas. Mais um dia sem que ele tivesse conseguido conversar com ela mais seriamente. Desta vez era preciso terminar e arrancar-lhe a resposta. Amanhã, ela iria embora de novo, para Munique, e depois de novo para outro lugar. Viria ela às últimas cerimônias do jubileu imperial, em julho? Poderia ela decentemente recusar celebrar seus cinqüenta anos de reinado? Abandonar o imperador por ocasião de uma solenidade de tamanha importância? Impossível.

Impossível... Na verdade, o velho homem duvidava disso. Ela tinha aceitado o peso das cerimônias do milênio em Buda, mas era somente por causa da Hungria; o jubileu se desenrolava em Viena. Impossível? Ela não o via mais do que duas a três vezes por ano, entre duas etapas, como para consentir em dar algumas migalhas de seu tempo a uma ave friorenta que ela tinha deixado havia já vinte anos. Impossível é o que ela era, justamente. E o imperador se atormentava à simples idéia de abordar o assunto.

Não de manhã; ela tomava seus banhos frios, penteavam-na, ou então ela ia caminhar, até o meio-dia. Freqüentemente, não voltava por muito tempo. Os serões tardios eram recusados; ela se deitava cedo. Mas, calculando bem, ele podia propor um passeio a dois, ao pôr-do-sol, pouco antes do jantar. Na Côte d'Azur, no ano passado, ele tinha conseguido isso duas ou três vezes.

E então o imperador esperou sua mulher no patamar. Quando saiu para tomar fresco, o leque balançando na ponta do braço, a sombrinha no pulso, ela parou; ele tinha seu ar sério de tenente-coronel. Levaria ainda horas para expor seu pensamento.

— Vamos! – disse ela, suspirando. – Vejo que tens algo a dizer-me. Vem...

Ele era o único no mundo a poder esticar o passo no ritmo da imperatriz. Com os braços atrás das costas, a cabeça baixa, ele ia com seu célebre passo elástico, esperto como um rapaz, sem ultrapassá-la; com ela, era preciso andar como as éguas treinadas, a trote. Mas agora ela ia lentamente, como uma velha mulher alquebrada. Ele estava mudo.

— Vais dizer-me, por fim? — disse ela, girando a sombrinha.

— É a respeito das últimas cerimônias de meu cinqüentenário — começou ele suavemente. — Tu não estavas aqui no dia 24 de junho para a apresentação das crianças de Viena e dos caçadores em Schönbrunn...

A imperatriz suspirou sem responder.

— Setenta mil crianças no Ring ao som de *A marcha de Radetzky* e quatro mil caçadores! No dia 26 de julho — implorou ele — são os ciclistas...

— Não — interrompeu ela. — Nem pensar.

Ele não insistiu.

No dia seguinte, para acalmar a cólera, ele foi cavalgar de manhãzinha. Quando voltou, ela o esperava, por sua vez, com a sombrinha esvoaçante sob o sol de verão.

— Não deves querer-me mal — disse. — Está acima de minhas forças, sabes bem.

Ele pegou-a pelo braço e puxou-a. Habitualmente, ela resistia um pouco, levantava o cotovelo bruscamente e acabava por ceder. Mas desta vez ela se deixou conduzir docilmente; ele esperou.

O quê? Ele não sabia; ela era imprevisível. Fizeram em silêncio a volta dos canteiros, voltaram para a mansão, tornaram a ir em direção às roseiras, sem uma palavra. Na primeira volta, ele a segurava firmemente, bem apertado; na segunda volta, ela se crispava um pouco menos; na terceira, finalmente, ela se apoiou em seu braço.

— Aspiro à morte, meu querido — murmurou ela. — Não a temo. Desde... Enfim, tu sabes. Sofro demais.

— Vamos, vamos — resmungou ele. — Publicaremos um boletim médico oficial e ninguém terá nada que dizer a respeito. Tua saúde frágil, tuas insônias...

– A anemia! – exclamou ela. – Esqueces a anemia e as nevrites.

– Pois é, vês – disse ele simplesmente.

E ele a reconduziu até o patamar. Quando ela subiu o primeiro degrau, virou-se com aquele brusco movimento de mocinha que nunca a deixara.

– És generoso demais, meu querido. E eu, freqüentemente má – disse, estendendo-lhe a mão. – Vem. Também preciso falar contigo.

Sentaram-se no salão deserto; ela não tinha soltado dele a mão que ele apertava com precaução entre as suas. Ela o olhava intensamente, como se nunca o tivesse visto, com um olhar curioso e atento, examinando detalhadamente as costeletas brancas, as rugas à volta dos olhos claros e o alto do crânio pelado. "Meu Deus", suspirou ela, "por que tanta infelicidade..."

– Não, tu não és má, e não estou zangado – disse ele. – Só que vais embora amanhã, e vou sentir tua falta.

Ela deu um suspiro e retirou a mão. Nada a obrigava com efeito a ir embora, nada, exceto esse tédio que ele trazia consigo como uma maldição.

– Nunca te amo tanto quanto quando vou embora – disse-lhe ela com um sorriso. – E quando estou longe, penso em ti com uma ternura infinita. És meu burrinho preferido, meu querido...

Ele virou a cabeça; não estava acostumado à sua ternura, e não queria que ela visse seus olhos se umedecerem. Tirou o lenço e se assoou, solenemente.

– Meu caro esposo – começou ela num tom decidido –, achei meu presente de aniversário. Quero um hospital psiquiátrico novinho, digno de Viena. Com equipamentos modernos para os alienados.

Aterrado, ele pensou na loucura de seu primo da Baviera e abaixou a cabeça afastando as mãos, num gesto fatalista.

– Não é o que estás pensando – disse ela precipitadamente. – Sob o teu reinado, fecharam a Torre dos Loucos em Viena, aquele horrível prédio medieval, lembras-te? E da minha visita ao asilo de Brünnfeld depois da morte de Luís, lembras-te também? Naquele dia, vi bem! Os equipamentos atrasados, as correntes para os pacientes, os tratamentos fora de uso, o terror... Lembras-te? Uma pobre louca me atacou; ela julgava que era eu. É preciso ir em frente, eis tudo. Dize que sim...

Ele concordou em silêncio. Ela se abanava lentamente, como para lhe dar tempo para respirar.

— Nada mais? – perguntou ele numa voz fraca. – Queres uma jóia nova?

— Sabes muito bem que não uso mais jóia desde a morte de Rudi – respondeu ela um pouco secamente. – E, depois, já me cobriste de jóias. Não, nada.

O imperador se entristeceu. A Schratt aceitava jóias; mas a Schratt era apenas uma mulher, enquanto que Sissi...

— Talvez outra coisa... – murmurou ela, refletindo. – Sim. Enobrece um de meus protegidos. Um homem muito meritório, funcionário nas Relações Exteriores; ele deveria ser chefe de seção, eu acho. Não é húngaro, desta vez. Vou escrever o nome dele num papel.

Enquanto ela rabiscava, ele se perguntava de onde saía esse capricho.

— Não vás investigar como eu o conheço – disse ela brandindo a folha. – É meu segredo. Vamos, aceitas?

Como se ele lhe tivesse alguma vez recusado alguma coisa.

Ela veio beijá-lo na testa e acariciou-lhe o crânio com uma mão suave.

— Dia virá, meu querido, em que talvez eu não volte... – murmurou ela ao ouvido dele.

Ele estremeceu, quis virar-se.

— Psiu... – acrescentou ela, pondo as duas mãos nos olhos dele –, não te mexas, por favor. Eu te esperarei bem-comportada na Cripta, onde não corro mais o risco de te abandonar, meu querido. Aliás, sabes bem que, à minha maneira, eu te amei muito.

E ela o largou subitamente, com um grande suspiro.

— Agora vou terminar de me preparar para amanhã – disse ela. – Até já.

*

Sempre fora assim. Ela recusava tudo, ele concedia tudo. Ela tinha os cabelos grisalhos, a pele enrugada e pernas com reumatismo, mas mantivera no olhar a chama rebelde de seu encontro em Bad Ischl, e se ele quisesse, poderia ainda apertar sua cintura fina entre suas duas largas mãos de imperador. Ela não assistiria ao desfile dos ciclistas pelo jubileu do reinado do imperador; ela teria seu hospital psiquiátrico e seu protegido seria enobrecido. Ele deu uma olhadela na folha e leu um nome desconhecido: "Taschnik, Franz."

21
Ah! gran Dio,
morir si giovine

Um último olhar ainda
Sobre ti, ó mar, meu bem-amado
Antes de dizer-te um difícil adeus
E, se Deus quiser, até a vista!
Para despedir-me escolhi
Uma calma noite, um luar
Tu te estendes diante de mim, radioso.
Resplandecente, prateado, és tu
Mas quando amanhã, vindos das dunas
Te beijarem os raios do sol
Com vivacidade, num adejo rápido
Terei voado, muito longe
O branco bando das gaivotas
Sempre planará sobre tuas águas
E se uma faltar ao apelo
Sabê-lo-ás?

Elisabeth

A imperatriz e sua dama de honra voltavam ambas da mansão Rothschild, onde as tinha convidado a baronesa, em Pregny, à beira do lago Léman.

Habitualmente, Sua Majestade detestava as visitas de conveniências e recusava os convites mais prestigiosos; não tinha ela ousado declinar o da rainha Vitória? Mas os Rothschild contavam-se entre os melhores aliados do império. Como Heinrich Heine, eles pertenciam à religião sagrada do grande Jeová; a baronesa Julie era muito ligada a uma das irmãs da imperatriz. Além disso, dizia-se que sua propriedade era admirável, e as estufas recentemente construídas produziam em toda estação os frutos e as flores mais raras. Contra toda expectativa, a imperatriz aceitou. A visita foi fixada para o dia 9 de setembro de 1898, e o pavilhão imperial foi içado ao alto dos tetos de ardósia, sobre os ornamentos de chumbo.

Vendo o imenso saguão e os salões à sua esquerda, a imperatriz marcou passo. Mais um palácio, mais ouro e veludo... Mal se dignou ela lançar uma olhadela nas telas dos mestres, os Goya, os desenhos de Fragonard, o retrato da Du Barry e o pendente de Benvenuto Cellini; os Canova pararam-na por um momento, e só a dama de honra se extasiava, a condessa Sztaray. A imperatriz queria ver as termas no lago, e as serras atrás da imensa horta. Seus desejos tinham sido satisfeitos. Sua Majestade estava de humor requintado, como esse dia de outono brilhante que se recusava a acabar. A baronesa tinha oferecido um buquê de rosas alaranjadas e os últimos pêssegos de seu pomar. Sua Majestade agradeceu muito. Finalmente ela quis voltar para o seu hotel, o Beau-Rivage, do outro lado do lago, em Genebra, pegando o vapor, como o comum dos mortais.

Eram já cinco horas, tarde para elas, e a travessia era lenta. Era um desses setembros iluminados por um sol brando, menos ácido que uma primavera precoce, menos ardente que o verão. Elas acharam um banco isolado dos outros passageiros. A dama de honra segurava o buquê de rosas da baronesa Julie e o cheirava de vez em quando. A imperatriz tinha se estirado um pouco no banco e deixava pender a mão nua para fora, como para tocar a água.

— Como aquelas flores eram bonitas – murmurou, entre dentes. – Nunca vi tantas orquídeas. As grandes principalmente, como se chamam? As de língua púrpura, como um berço, não me lembro mais, sapato, calçado... Sztaray! Não me escutas.

— Sim, Majestade? – respondeu a condessa, solícita. – Não ouvi. Falava tão baixo.

— Eu te perguntava o nome dessa orquídea cor de ameixa! – disse, destacando as palavras. – Sapato de...?

— Sapatinho-de-dama, Majestade. Uma espécie muito bonita.

— Isso! – exclamou ela, alegre. – Soberbos também os cedros e os rochedos. Eu vinha a este lugar de pé atrás, pensava aborrecer-me, sabes, minha querida, já te repeti isso cem vezes, e depois, não! O milagre. Uma mulher amável e provocante, um jardim de sonho, um lanche encantador...

— Vossa Majestade até repetiu o sorvete – observou a condessa. – E o melhor bocado de galinha. O imperador ficará contente quando receber o cardápio que levais, porque...

— Ele não vai saber de nada. Não tenho a intenção de entregá-lo. Aliás, eu antes fingi por educação. Que história é essa? Não, eu não comi!

A condessa Sztaray reprimiu um sorriso. Por nada no mundo a imperatriz teria admitido a coisa. Porque, quando por acaso infringia as regras que ela mesma se impunha, mordendo um biscoito, chupando um pêssego, até beliscando, como um esquilo, montes de avelãs ou de nozes, a infração devia permanecer clandestina. Mas, enfim, pensava a condessa com espanto, durante esse almoço na mansão Rothschild, ela não se tinha apenas alimentado, não, ela tinha devorado, com rapidez, sob o olhar espantado da baronesa, a quem a tinham pintado como uma mulher sem apetite, e que, com um sinal discreto, mandava os criados de volta ao prato vazio de Sua Majestade. Uma esfomeada.

Não que isso não lhe ocorresse algumas vezes como uma espécie de ataque imprevisto; mas então era de surpresa, na copa, como quem não queria nada, rodopiando, de modo que não a viam realmente comer. Em seguida, depois que ela ia embora, faltavam na compoteira algumas tâmaras recheadas, ou então suspiros na torta. Saqueada. Desta vez, no entanto, era diferente.

Segundo seu hábito, ela se sentara à beira da cadeira, como prestes a ir-se; depois, em lugar de pôr a luva no prato, aceitara ser servida, e atacara os pratos logo. Até aceitara uma taça de champanhe, e seus olhos puseram-se a brilhar. Para honrar a rainha tanto quanto a imperatriz, a baronesa Rothschild servira vinhos da Hungria, Sangue de Touro, Tokay. A condessa também não resistira; sentia-se pesada e de bom grado teria adormecido lá, no banco do vapor, com a cabeça ao sol...

— Como se faz para morrer de fome? – disse a voz sussurrante ao seu lado. – Em quanto tempo? Por acaso o sabes tu?

— Que pergunta estranha, majestade! Não sei nada disso — sobressaltou-se a condessa embasbacada. — Parece-me que em três dias.

— Não entendes nada disso. O corpo humano tem mais resistência. Precisa de pelo menos dez dias, ou mais, se beber. Não arrisco muito comendo pouco; e os médicos são burros. Pelo contrário, Sztaray, eu me protejo! Eu me prolongo... Luto contra a ordem da natureza, e contra Deus.

— Vossa Majestade não pensa o que diz. Lutar contra Deus, Majestade, quem ousaria?

— Seria preciso ter uma fé de bronze para não lutar, condessa — disse ela gravemente. — Não tenho mais fé, se é que algum dia a tive. E, crê-me, vou espantar-te, Sztaray. Tenho medo da morte.

— A senhora! — exclamou a condessa. — Impossível. Vossa Majestade a procura.

— Dizem muito isso — murmurou ela —, e eu sinceramente acreditei também. Sem dúvida quis morrer, mas faltou-me coragem... Vê, estou viva. E o dia está tão bonito que hoje eu me sinto diferente. Se ao menos o imperador estivesse aqui! Deveria eu morrer subitamente... Sim, decididamente, eu teria medo. Tu não temes a morte, não é?

— Não — replicou firmemente a dama de honra. — É só uma passagem.

— Mas essa passagem, como é que a gente a transpõe? A gente sufoca? Para onde vai o último suspiro? Que faz o espírito, enfim, quando o coração pára de bater? Dos mortos só vemos um rosto tranqüilo; mas e exatamente antes? A coisa é incerta...

— Não — disse a condessa. — Depois da passagem existe a salvação e a paz.

— Que sabes a respeito? Ninguém voltou para falar disso — interrompeu ela. — Eu sei, já tentei. Até Rudi na Cripta não me respondeu nada.

A condessa se enfiou no fundo do banco, ela nunca evocara o filho com essa alegria tranqüila. As palavras se tornavam perigosas. A imperatriz se calou, e contemplava as vinhas nos vinhedos.

— Já, já vamos comprar pastéis de frutas, Sztaray — disse ela, pensativamente.

A TARDE TINHA sido encantadora. Como havia sido combinado, a imperatriz foi à confeitaria e, dominada por uma febre de compras, devastou a loja. Não achou os pastéis de frutas; foi preciso entrar noutro lugar, pilhar uma segunda loja, uma outra ainda, durante uma hora. Depois, com os braços cheios de pacotes, voltaram a pé, apressadamente, tanto que de vez em quando uma caixa escapava e caía. A caminho do hotel, a imperatriz quis comer os pêssegos da baronesa, e as duas mulheres se sentaram numa praça; a seus pés, comprimiam-se os pombos saltitantes.

Era a hora em que as aves cortam o céu antes do anoitecer. As gaivotas planavam caçando os insetos, os pardais voavam como flechas, e um pintassilgo se empoleirou num ramo, assobiando, bem ao lado delas. Subitamente, um corvo esvoaçou pesadamente e com sua asa negra roçou a face imperial. Ela deixou cair seu pêssego, soltando um grito abafado.

— Mau presságio, Sztaray... Dizem que o corvo que passa nos prediz sempre uma desgraça...

A condessa não respondeu. As superstições da imperatriz tinham piorado com a idade. Uma gaivota negra no mar, uma pega com que se cruzava num atalho, um pavão num parque, uma escada no canto da rua, e agora um corvo!

— Sei bem que não me crês, Sztaray — murmurou a voz doce. — Estás errada...

Foi preciso abandonar a praça às aves e voltar precipitadamente para o hotel Beau-Rivage. No dia seguinte, elas pegariam de novo o vapor para atravessar o lago e instalar-se em Territet, num outro hotel. Às sete horas, a imperatriz se retirou para a sua suíte e pediu uvas e água.

NO LAGO, O SOL tinha proporcionado cortesmente um poente luminoso, perfeito, uma bola enorme e chamejante, que ela viu enrubescer, empalidecer, ser invadida por um cinza de rolinha. Agora que ele tinha desaparecido, ficaram apenas longos reflexos sangrentos, cintilantes sobre as curtas ondas. A lua já impelia a noite como um cavaleiro o seu cavalo.

Ela se acotovelara na sacada e mordia um a um os bagos das primeiras uvas, fazendo estourar a casca com os dentes. O verdadeiro crepúsculo começava. Invadida por uma alegria inexplicável, ela foi procurar uma cadeira, abriu uma caixa ao acaso, cerejas recheadas com aguardente, e sentou-se perto da janela escancarada.

Ela observava a lua. As estrelas quase não brilhavam; era cedo demais. Secretamente, ela esperava um astro poderoso o bastante para empanar o brilho dos planetas mortos; uma luz azul, clara, impenetrável, daquelas que queimavam as sedas das cortinas. Por quê? Ela não saberia dizer. A esperança de um arrebatamento infinito, para prolongar a alegria do dia. Justamente a lua obedecia, cheia, radiosa, pura como o sono que se estendia sobre a cidade, e mergulhava os homens na bem-aventurada inconsciência da infância adormecida.

Ela bocejou, espreguiçou-se, disse a si mesma que precisava deitar-se, e não pôde levantar-se da cadeira, de tanto que estava presa ao encanto da noite sobre o lago. O luar tinha alcançado as águas e proibia-lhe o sono. Ela resistiu-lhe, entrou, despiu-se num abrir e fechar de olhos, com as costas viradas para a janela para evitar a tentação. "Para a cama", murmurou como uma criança. Mas a cama não a queria naquela noite.

No momento em que fechava os olhos, um homem pôs-se a cantar. Um italiano, sem dúvida, que arranhava o violão e deixava subir seus agudos com palavras absurdas e doces, MIO AMORE, MIA VITA, SON QUI... Embaixo, aplaudiam-no; erguiam a voz, como fazem os que não dormem e aproveitam o silêncio dos outros para falar alto. Primeiramente, ela ficou seduzida; depois, irritada, virou-se para o outro lado, em vão. O cantor não acabava mais; jovens vozes de moças se misturavam à canção, a eterna história entre os homens e as mulheres recomeçava, apesar da lua ou por causa dela.

Solitário era o astro sem suas estrelas, solitário como ela no meio dos lençóis amarrotados. Perturbados ambos pelos barulhos da rua, essa marafona que se recusava a adormecer. Seria preciso fechar as janelas? Nunca. Tal era o destino das rainhas, brilhar no meio da noite, longe dos homens, e suportar ao infinito a monstruosa desordem de seus prazeres.

O sono alcançou-a bem no meio de uma ária de *La traviata,* às duas horas. E enquanto uma estranha voz de soprano cantava na rua a dor de morrer em plena juventude, *Gran Dio, morir si giovine,* como antigamente o grumete do *Chazalie,* a imperatriz entrou nas águas sombrias da noite.

Subitamente, ela se levantou. Uma língua de luar tinha alcançado a cama, tão violentamente iluminada que ela despertou. O céu estava inteiramente da cor de turquesa, dir-se-ia uma aurora, mas eram três horas somente. Alguma coisa que não era natural tinha acontecido. Um mistério implacável invadia o quarto, como uma morte a caminho. Subitamente ela entendeu o caráter estranho do momento: as vozes se tinham calado. O mundo também. Finalmente dormia-se em toda parte, a rua não falava mais. Um majestoso silêncio se deitava com ela, um terno companheiro, um pouco assustador, um pouco vago. A alegria voltou, inesperada.

Ela não a deixou fugir, e permaneceu assim até a aurora, com os olhos abertos, entre um sono reticente e uma vigília feliz, surpresa com essa felicidade nova. Ouviu a cidade murmurar seu despertar, ouviu os primeiros passos sobre o paralelepípedo, enfim, os primeiros sinos, e acabou por adormecer com o despertar do dia.

Às SETE HORAS, a condessa Sztaray esperou-a como habitualmente; nunca a imperatriz demorara tanto. Às oito horas, inquieta, a dama de honra entreabriu a porta; mas ela dormia tão profundamente que não ouviu nada. Às nove horas, a condessa viu passar uma bandeja coberta de pãezinhos e café.

Às onze horas, a imperatriz apareceu, radiosa. Sem véu, coberta com um gorro simples, e de andar juvenil.

— Vem, Sztaray, é hora – disse. – A noite estava tão bela que não pude dormir. Antes de pegarmos o vapor, vamos comprar trechos de música para as crianças e também para o imperador, o pobre querido.

Na loja Baecker, ela ouviu com encantamento um piano mecânico tocar árias de *Carmen* e de *Tannhäuser.* Por azar, o instrumento não tocava *La traviata.* Para se consolar, a imperatriz escolheu com toda a pressa 24 partituras, entre as quais uma ária de *La traviata,* mas do primeiro ato. Depois olhou o relógio: era preciso apressar-se para pegar o vapor agora.

– Entrega tudo isso no hotel Beau-Rivage – disse ela. – Dá ao porteiro... Vamos embora dentro de uma hora.

A luz era tão viva sobre o lago que ela pôs a mão diante dos olhos. Adivinhava-se o vapor a 100 metros, no fim da passarela de madeira cinza. As bagagens acabavam de ser embarcadas. Ela olhou o relógio na ponta da corrente de ouro.

– Depressa, condessa, vamos perder o barco! – disse ela à sua companheira. – A Suíça é sempre pontual. É preciso correr.

– O sino ainda não tocou, Majestade – observou a condessa Sztaray.

– Devo lembrar-te de que estou aqui incógnita, e que em público eu me chamo condessa Hohenembs. Vamos, Sztaray!

E, erguendo a saia negra, foi-se a passos largos. O sino do vapor pôs-se a tocar furiosamente; já uma fumaça branca assinalava a iminência da partida. A condessa alcançou-a, suspirando: como sempre, a imperatriz tinha razão.

– Meu leque! – murmurou ela subitamente, parando de chofre. – Esqueci no hotel!

– Que diz Vossa Majestade? – perguntou a condessa, ofegante.

– Nada, nada – resmungou ela, retomando sua corrida louca.

Elas não eram as únicas a correr para pegar o barco. Uma mãe de família apressava sua filharada como uma zeladora suas patas, descompondo meninas endomingadas; um rapaz de chapéu de palha brandia uma bengala de punho de ametista e fazia sinal aos marinheiros, no vapor, e alguns homens contemplavam a pequena multidão elegante divertidamente.

– Desta vez que se cansem, eles podem muito bem correr um pouco – resmungou um operário de boné, empurrando com o cotovelo seu vizinho, no banco. – Não acha, companheiro?

O homem levantou-se sem responder e pôs-se a correr, por sua vez.

– Essa agora! Ele também vai pegar o barco? – resmungou o operário. – Poderia ter se decidido antes!

As duas mulheres, com a cabeça abaixada, não tinham visto o homem que se precipitava cortando-lhes o caminho, um italiano, sem dúvida, com sua casaca de cotim negro e seu lenço vermelho à volta do pescoço.

– Mas ele vai empurrá-las, esse selvagem! – gritou o operário, levantando-se. – Cuidado!

Tarde demais. O homem tinha derrubado brutalmente a dama de negro. Sua companheira soltou um grito agudo. Alguns operários acorreram, outros perseguiram o cretino que fugira em desabalada carreira.

Ela havia caído. A condessa tentava desajeitadamente erguê-la, mas, na sua emoção, não conseguia. O operário se precipitou e afastou os curiosos com um gesto autoritário.

– Vai ficar tudo bem, senhorinha, não precisa se inquietar –, disse ele pegando-a pelas axilas. – Oh! De pé!

– Atenção! – gritou de longe o porteiro, correndo o mais que podia. – Esperem, estou chegando!

– Não a pegues tão rudemente – repetia ele –, vais rasgar-lhe o vestido; assim, suavemente – e ajustava suas luvas brancas antes de pegá-la pelos cotovelos.

– A senhora condessa Hohenembs quer repousar um instante? – disse ele respeitosamente. – Vou avisar o capitão do vapor.

Ela estava de pé, titubeante, com o rosto um pouco pálido, só isso. Levou vivamente a mão à cabeça, tateou as tranças embranquecidas sob o chapéu e olhou o porteiro, o operário, os homens atentos, todos aqueles olhos que a fixavam com solicitude.

– Agradeço-vos, senhor – disse ela com esforço. – E a vós também, meus amigos. *Ich danke Ihnen; I thank you very much, indeed.* Meus cabelos me protegeram... Esse homem, que afronta!

– Não sente nada, senhora? Ele lhe causou algum mal? – inquietou-se a sua companheira.

– Um estúpido – disse uma passante indignada. – É um absurdo.

– Vão prendê-lo – assegurou um senhor gordo. – Vi um policial que corria mais depressa que ele.

— O vapor! – exclamou a dama de negro, recuperando o ânimo. – Ele já foi?

— Eles viram tudo, estão esperando! – gritou um menino esbaforido. – Eu venho de lá.

Ela juntou rapidamente suas mechas, ajeitou o toucado e fez uma leve careta.

— Que queria esse homem assustador?

— Um vadio, Majes... senhora – disse a condessa Sztaray.

— Talvez quisesse roubar-me o relógio, quem sabe? Ele me deu um soco... – gemeu ela, levando a mão ao peito. – Estou um pouco tonta.

— O selvagem – murmurou a condessa. – Fazer-lhe isso, à senhora!

— Ela precisa sentar-se – disse uma voz.

— Não – respondeu ela timidamente. – Não tenho tempo. De verdade.

E, afastando a multidão com um gesto tranqüilo, ela fugiu como uma flecha, para espanto do operário, que tirou o boné e coçou a cabeça.

— Que mulherzinha curiosa. Ei-la que se vai! Por Deus, essa velha tem o diabo no corpo!

ELA CORRIA, e o lago cintilava de uma luz tão viva que ela mal via o vapor, onde se agitavam vagas silhuetas e mãos que faziam sinais; ora o barco estava lá, e a esperava, ora desaparecia, naufragado numa brancura trêmula. Ela corria, tão depressa que o fôlego parecia faltar-lhe, e o barco se distanciava da margem, ela o chamava em silêncio, gritava sem que a voz saísse, e eis que de novo ele estava lá diante dela, mas era negro, maciço, fúnebre. Ela corria, e os sinos tocaram todos em seu cérebro, como num domingo. "Sinos grandes", pensou, "devo falar disso ao meu médico." Ela sentiu uma pontada no coração e apertou o peito sem diminuir a corrida. "Estou envelhecendo muito", pensou, "mas pegarei o barco", e de novo a escuridão a invadiu, um nevoeiro súbito, que logo se dissipou.

Ela não sentia mais o movimento das pernas, só a boa mecânica de seu velho corpo fiel, os golpes surdos dos pés no chão, os de seu próprio coração que se transtornava um pouco.

— Agüenta firme – murmurou –, cá estamos.

Ela corria e seus cabelos subitamente pesaram sobre a cabeça, puxaram-na para trás, e ela maquinalmente pôs a mão na boca, o barco estava ao seu alcance, a condessa Sztaray segurava-a pela cintura, o capitão se inclinava, com um boné negro na cabeça, de um negrume de tinta que subitamente a engoliu.

— Ela desmaiou! – gritou a voz indistinta de uma mulher ao seu lado. – Ajuda! Água!

Confusamente, ela podia ouvir a barafunda a bordo do barco, as ordens do capitão, as exclamações dos passageiros; quis tranqüilizá-los, sorrir, mas o peso de seus cabelos fluía sobre sua boca paralisada, sobre suas pálpebras fechadas. "Não é nada", pensou, "um simples atordoamento", os sinos tocavam todos e ela cedeu, feliz. Mãos a agarraram sem cerimônia, puseram-na numa estranha cama de tecido, vozes acima dela liberavam secamente instruções, atenção, juntos, um, dois, upa, aí está, agora, ao meu comando, levantai a padiola, suavemente, suavemente...

— Não posso dizer-lhe quem ela é, capitão, é um segredo de Estado – gemia a condessa Sztaray. – Mas seja atencioso, eu lhe suplico...

... Sobre suas faces o vento fresco de uma vastidão eterna, e o imperceptível perfume de lodo e de ave que desde sempre ela sabia ser o cheiro do lago. E ela até reconheceu o grito das gaivotas em pleno vôo, o que a fez sorrir. O levíssimo balanço do barco a despertou. Ela ergueu penosamente as pálpebras; era de dia essa claridade cegante ou de noite? Era o sol essa onda luminosa que lhe comprimia o coração até sufocá-la? Uma mulher inclinada sobre ela acariciava-lhe a testa com um lenço molhado, abria-lhe os lábios e introduzia entre eles um cubo duro, ela reconheceu o gosto do açúcar, o cheiro forte do álcool de menta, e abriu completamente os olhos.

— Está voltando a si – disse uma voz rude. – Que bom! Prefiro assim.

Quem era essa mulher sombria de rosto embaçado? Com esforço, ela fixou-a franzindo o cenho... A condessa Sztaray, seu olhar claro, seus cochichos em húngaro... O lago Léman. O vapor! Ela o tinha alcançado, apesar de tudo! Levantou-se, mastigou lentamente o açúcar,

quis dizer que estava bem, abriu os lábios, e as palavras saíram, pala
vras que ela não comandava mais.

— Que me aconteceu? — disse, numa voz suave.

Mas assim que começou a distinguir o rosto do capitão e a âncora
da marinha em seu boné negro, seu coração pôs-se a bater loucamente. Tão alegremente, que ela se sentiu reviver. As gaivotas saudavam-
na com seu vôo cortante e lançavam seu grito ardente, e as nuvens
eram tão leves, que um imenso sorriso a invadiu, pungente, agudo,
fulminante. Nada era mais belo que essas aves brancas no céu claro, de
uma calma que ela não teria imaginado. "Finalmente", pensou, "encontrei a felicidade. Esperai-me..."

— Meu Deus! — berrou uma voz soluçante. — Ela está tendo uma
recaída.

— Para a minha cabine — disse a voz do capitão —, depressa! Há
um banco e também sais de vinagre. Não é muito grave. Eu não posso
esperar mais. Vou ligar os motores.

Um balanço compassado, passos pesados na ponte, um longo boato
sobre sua passagem, o povo, sem dúvida, as pessoas reunidas à volta dela,
ela não podia vê-las, mas elas se inclinavam, tinha certeza... Levantar-se.
Era preciso ficar de pé, saudar, sorrir. Quis erguer a mão, não conseguiu... Vão privá-la do céu, a escuridão de um quarto fechado a sufoca, e
este coração, este coração que cresce entre suas costelas...

— Vou afrouxar-lhe a roupa. Podem sair, senhores? — murmurou a
voz feminina.

A porta se fecha suavemente. Duas mãos ágeis afastam sua camalha,
desabotoam o corpete, liberam a camisa de baixo... Este grito!

— A imperatriz! Assassinaram-na! — berra a condessa Sztaray, correndo como uma louca.

ELA OUVE TUDO, e não entende. Assassinada? Que imperatriz? Um
atentado? Mas contra quem? Que importância... Haverá sempre tempo de saber pelos jornais as circunstâncias do evento. Ela está sozinha.
Tranqüila, respira devagar, para domar esse coração rebelde que não
pára de crescer. Com os olhos fechados, ela se entrega ao embalo do

vapor, ao ruído dos motores, à vida que a abraça e a ergue, tão simplesmente. Um sono em pleno dia.

— Olhem! Aí... — soluça a condessa. — Na camisa de baixo. A mancha de sangue. Foi aquele homem de cotim que a empurrou há pouco!

— Um buraquinho à-toa! Pouco mais que uma alfinetada! – disse a boa voz do capitão, num tom fleumático. — Uma simples arranhadela. Dir-se-ia uma mordida de sanguessuga.

— Mas estou dizendo que é a imperatriz da Áustria! – gemeu a condessa desnorteada.

— Então dou meia-volta – interrompe o capitão com ar entediado.

— Não! – suplica a condessa. — Acelere! Na outra margem, na casa da baronesa Rothschild, encontraremos ajuda!

— Nada feito – corta o capitão. — Afirma-me que essa dama é a imperatriz da Áustria. Volto para Genebra. É meu dever.

Uma mancha de sangue? Sem ferimento? Eles não entendem nada dessa felicidade súbita, esses imbecis, ela não pode explicá-la, que pena! Enfim, a gente é assassinada quando nada em pleno céu, como uma gaivota feliz? Por que tocam no peito no lugar em que o coração pesa? Por que a transportam ainda, para onde a levam? Por que esses choros, esses murmúrios, essa angústia que a perturba? Ninguém a assassinou. É o sol, talvez, ou a luz sobre o lago, tudo vai bem...

— Suavemente... suavemente – grita o capitão. — Levem-na ao hotel, para o seu quarto.

— Um médico! – berra a condessa ao porteiro assustado. — Assassinaram a imperatriz!

Outra vez! Deixar-se levar. Eles acabarão por perceber que não é nada. Mãos demais sobre seu corpo, gestos demais, irão deixá-la em paz finalmente? Uma sombra se abate sobre seu rosto, um leque que lhe rouba o azul das nuvens, quem ousa? Seu céu desapareceu. Ela chegou ao hotel Beau-Rivage, identifica os ruídos sonoros, os passos sobre o mármore, um surdo rumor confortável, o leve perfume passado das cortinas de seda, o cheiro de sabão, de cera e o odor discreto das rosas da baronesa Julie, tudo, ela distingue tudo. "Se eu tivesse meu leque, tudo teria acabado", pensa, "num piscar de olhos! Não há mais imperatriz, não há mais assassinato". Quando ela abrir os olhos – basta que ela decida fazê-lo –, vai recriminar a condessa pelo seu erro...

– Deixem-me agir – murmurou uma voz desconhecida. – É meu ofício. Virem-se todos, tenho que examiná-la.

Quem lhe pega o pulso? Quem se permite abrir sua camisa de baixo? Que punção subitamente se infiltra no oco de seu peito? Era preciso defender-se, pôr as mãos para a frente, gritar... Resolutamente, ela vira a cabeça, à direita, à esquerda, não, ela não quer, não...

– Infelizmente – disse a voz. – Acabo de sondar a ferida. O golpe foi certeiro no coração. Uma lâmina pontuda, bem afiada. Acabou. É preciso avisar o imperador.

– Mas ela não está morta – disse a condessa chorando.

– Ainda não, senhora. Prepare-o para o pior. Escreva no telegrama: "Sua Majestade, a imperatriz, gravemente ferida." Chame o padre, depressa!

Não, pensa ela, virando suavemente a cabeça, não, vós vos enganais, é só esse cansaço imenso, um pouco de sono e não haverá mais nada, deixai-me todos, quero dormir, sozinha, imóvel, com meu leque no vão dos meus dedos, tudo ficará bem.

– *Deus, Pater misericordiarum, qui per mortem et resurrectionem Filii...* – cochicha o padre de casula, tremendo dos pés à cabeça.

– Ela já está agonizando – murmura a voz do médico.

– *ET EGO TE ABSOLVO A PECCATIS TUIS IN NOMINE PATRIS, ET FILII, ET SPIRITU SANCTI.*

...Eles chegaram sem aviso, ela não sabe de onde eles vêm, e aliás eles não se parecem. Só os olhares deles não mudaram, mas tornaram-se luminosos, brilhantes, tão joviais, que ela queria estender os braços para eles, saudá-los, e é este sopro desconhecido que sai de sua boca, um pouco rouco, esse arrulho de pomba em emoção. Eles chamam-na, gritam-lhe o nome com sons silenciosos, vem, segue-nos, pega esse corredor sombrio que se abre para o branco, não tenhas medo, nós te protegeremos, dizem eles, como as gaivotas de teus barcos queridos, ela os reconhece bem, teu lugar é conosco, finalmente, dizem eles, minha filha, murmura um, minha mãe, diz outro, minha irmã, minha prima, diz o último, o mais terno, e os outros, mais embaçados, sorridentes, maravilhosas aparições, por que resistir? Elas têm razão, é preciso ir embora, ela vai embora, com os olhos abertos, lentamente ela se extirpa do corpo estendido na cama, inerte, com os lábios brancos... Com os olhos abertos, ela vê o buraco da lâmina através de sua pele, de sua carne, de seu coração, imperceptível, subitamente sabe quem a assassinou, que ele seja abençoado, ela agradece a ele, com os olhos abertos ela está livre, flutua.

O médico tira um bisturi e faz uma incisão numa artéria na cova do cotovelo, no lugar tenro que já arroxeia. Ele espera um pouco, sacode a cabeça e suspira. O padre faz o sinal-da-cruz apressadamente e se ajoelha.

— Nem mais uma gota de sangue – murmura o médico, e abaixa as pálpebras num gesto profissional.

— Não! – berra a condessa, desabando ao pé da cama.

— É preciso enviar um outro telegrama ao imperador – cochicha o médico levantando-se. – "Sua Majestade, a imperatriz Elisabeth, está morta agora."

O SILÊNCIO INVADIU o quarto; no corredor, o dono do hotel Beau-Rivage tira o chapéu. O rumor alcança o segundo mundo das camareiras e dos garçons, desce a escada, corre para a rua, onde explode diante da multidão que, não se sabe como, se reuniu. A imperatriz Elisabeth morreu assassinada. Parece que a polícia prendeu o assassino, um anarquista de olhar risonho que se rendeu altivamente, com o chapéu levantado sobre a parte de trás da cabeça, gritando à face do mundo sua felicidade por ter conseguido. Parece que ele tinha visado o coração e que estava contente, esse Luigi Alguma Coisa, porque apunhalara uma cabeça coroada. Parece que esse sujeito teria dito...

— Como se chama?

— Luccheni. Luigi Luccheni.

— Ah, sim, é isso, ele teria ousado dizer que um anarquista fere uma imperatriz, não uma lavadeira...

– E dizer que isso teve de acontecer em nosso país, em Genebra!

– Em nosso lago tão tranqüilo...

– A reputação do hotel Beau-Rivage! Um desastre...

– E ela? – disse uma moça, na calçada. – O que fizeram com ela?

Ela? Caridosamente, tiraram o corpete perfurado e puseram-na sentada na cama: prepararam numa cadeira um outro corpete negro; cruzaram suas mãos juntas sobre o peito e puseram-lhe o buquê de rosas da baronesa. A condessa, com a cabeça apoiada na beirada do colchão, rezou por muito tempo.

– Em primeiro lugar, estão certos de que ela morreu? Viram-na correr. Uma mulher assassinada não corre!

– Claro! A dama de honra gritou isso bem alto!

– E o imperador já sabe?

– O cônsul! Eis o cônsul da Áustria!

Ele não está sozinho. Três médicos o acompanham. Suavemente, o cônsul toca o ombro da condessa, que ergue a cabeça sem entender. Fazem-lhe sinal para que saia. O dono recebeu ordem de expulsar os criados amontoados no corredor e de fechar o andar; a polícia toma posição. Trazem a condessa até os salões do térreo. E quando não há mais ninguém no quarto, os médicos legistas tiram as sobrecasacas, arregaçam as mangas, retiram o buquê de rosas, descruzam as mãos juntas, tiram a roupa da morta e começam seu sinistro trabalho, enquanto os passantes esperam sabe-se lá o quê e conversam para matar o tempo.

Sobre o seio atingido, à esquerda, uma picada minúscula, um pouco de sangue coagulado. O médico-chefe dá ordens breves, anotai primeiro os sinais da morte, circulação arterial nula, vacuidade das carótidas, olho embaçado e abatido, pupilas fixas e dilatadas, ponta do pé virada para fora, a lâmina penetrou a quatro centímetros do bico do seio. Membros sem fraturas nem luxações, uma equimose no antebraço, uma outra na anca direita, a queda, sem dúvida. E no ombro, essa mancha negra, aí? Parece uma tatuagem, murmura o segundo assistente. Não digas tolices!, resmunga o médico-chefe, que esfrega a mancha negra em vão. O desenho mostra-se melhor; uma âncora da marinha. Podeis imaginar isso, suspira o médico-chefe, uma imperatriz com uma tatuagem no ombro! Essas pessoas são bem estranhas. Depois ele faz sinal, o primeiro assistente abre o estojo cirúrgico e tira um escalpelo. Abertura do abdômen, como sempre, depois iremos ao tórax, disse o médico-chefe. Por um instante, calam-se. Depois o escalpelo corta o ventre, do esterno ao púbis. Atenção! Não vás longe demais!, grita o médico-chefe. O cônsul foi tão formal! Os corações da Áustria não ficam no corpo a que pertencem, eles vão para outros lugares, fechados numa urna, é o rito dos Habsburg, não estragues o coração, principalmente, recomendou o cônsul, e, abaixando a voz, mencionou as vísceras também, para a cripta da catedral de Santo Estêvão.

Fora, a multidão se apieda.

— Pobre mulher!

— Ela corria para pegar o barco! Vestida com tanta simplicidade!

— Na sua idade! Uma imperatriz não corre!

— Mas ela corria tão bem — murmurou a moça. — Eu não teria podido...

Passai-me as pinças para a abertura do tórax, disse o médico-chefe, que, com o escalpelo contra a pele, separa-a, depois fende os músculos, separa, baixa, brutalmente. Não tão forte!, grita o segundo assistente. Vai estragar o corpo... Deixa-me pois fazer o meu trabalho, resmunga o médico-chefe, que corta as cartilagens uma a uma, ao longo do esterno. Agora, o plastrão esterno-costal, anuncia ele, passai-me o martelo e o buril, e ele bate com pequenos golpes de cada lado, para quebrá-los. Ah!, exclama o primeiro assistente, lá chegaste, ouve bem, os lados cederam! Sim, murmura o médico-chefe, é preciso prestar atenção às esquírolas, e baixai as peles sobre os ossos. Limpeza, por favor. Limpai. Vou afastar o plastrão.

Junto ao hotel, os passantes não vão embora de jeito nenhum.

— Se o hotel não tivesse publicado um comunicado fanfarrão na imprensa para anunciar a presença dela! Ela estava aqui incógnita...

— Os proprietários é que são culpados! Como esse Luigi... como é o nome dele?

– Luccheni!

– Precisamente. Como foi que ele a reconheceu?

– Pelo leque de couro negro...

– Ela não estava com o leque! – gritou a moça na calçada. – Eu estava lá. Ela corria sem o leque.

O tórax está aberto. As peles estão corretamente rebaixadas dos lados, deixando ver os pulmões, a traquéia, as carótidas. Limpeza, por favor. Enxugai, ordena o médico chefe mergulhando a mão. Eis o coração exangue, finalmente libertado de sua prisão. O médico-chefe dita as conclusões; a lâmina não cortou nenhuma veia, ela se enfiou tão finamente entre as costelas que mal se percebem as lesões, e eis, no ventrículo aparente, o buraco pelo qual o sangue fez lentamente sua obra de fuga. O instrumento afundou 85 milímetros, penetrando também no pulmão esquerdo. Ela não sofreu. Não sentiu nada.

Na calçada, o tom sobe.

– É uma conspiração. Eles eram muitos!

– Quem te disse isso?

– A polícia!

– E a extrema-unção? Já se pensou em chamar um padre?

– Quando a trouxeram na maca, ela já estava morta!

– Não é verdade! – grita a moça. – Ela sorria, ela balançava a cabeça da direita para a esquerda. Ainda vivia!

Bom, disse o médico-chefe, acabou a necropsia, é óbvia. Nada a acrescentar. Um golpe bem dado, realmente, disse o primeiro assistente. Agora, o embalsamamento, disse o médico chefe, e prende a respiração, porque o odor morno o alcança como sempre, enquanto o segundo assistente tira a cânula para a injeção. Vamos, meu jovem colega, é tua vez, ordena o médico-chefe ao primeiro assistente. É preciso primeiro cortar as carótidas... Não! Sob a bifurcação. Isso. O segundo assistente procura ar sem achá-lo e respira muito lentamente, com os olhos fechados. Que estás fazendo, grita o médico-chefe, ficas embasbacado? Tira o líquido conservante, grita ele, põe-no na cânula, e a cânula se introduz na carótida cortada. E quanto ao coração, acrescenta o médico-chefe, é preciso limpar, fazer o curativo. O segundo assistente estende os rolos de gaze; logo o coração limpo, ainda coberto de veias quase vivas, jaz no peito aberto como um pequeno corpo monstruoso. Nada mais resta senão fechar de novo, constata o médico-chefe, abaixando o plastrão das costelas, depois as peles rasgadas. E dizer que era a mais bela mulher do mundo, olhai essa face inchada, acrescenta ele. Como!, indigna-se o primeiro assistente, mas sabeis muito bem que dentro de dois minutos os inchaços terão desaparecido! Ora, disse o médico-chefe, por que recusar o trabalho da morte? Vamos, costura tudo isso, ordena ele ainda ao segundo assistente, o mais jovem, que suspira antes de pegar o porta-agulhas e o fio de cânhamo, e cose o primeiro ponto embaixo, no púbis.

Ao pé do hotel, a multidão espera ainda.
— O imperador virá, é certo...
— Será que ele já sabe? Uma hora depois?
— Com o telégrafo... Ele deve estar a par!
— Um amor desses!
— Oh! Quanto a isso, é menos certo...
— Mas não compreendes que ela morreu! Cala-te, pois! – berra a moça.

...Atenção, meu velho, pega a pele bem abaixo, instrui o médico-chefe, que tampa a boca com um lenço. O segundo assistente já chegou quase à cintura, sobe para a garganta com pontos apertados, treme um pouco, esforça-se. Vamos, rápido, diz o médico- chefe, que vai até a janela e não ousa abri-la. Meu Deus, mancharam o tapete!, grita o primeiro assistente, tanto pior, eles limparão. Farias melhor ajudando-me a vesti-la, resmunga o médico-chefe. Só um minuto, protesta o segundo assistente, ainda falta um ponto, aí está, e ele fecha a garganta puxando lentamente o fio. Enxuga depressa, e enfiemos um corpete negro, tu o acharás sobre a cadeira, ordena o médico chefe. Vê só, como são musculosos esses braços, põe essa vasquinha mais para baixo, para que não vejam tua costura, isso, perfeito. Fecha os botões...

O primeiro assistente luta com os botões, suas mãos hesitam, embaralha-se e blasfema, bom Deus! Como fazem nossas mulheres para se vestirem? A saia agora, as meias, os sapatos, diz o médico-chefe a distância. Não te demores. Essa cintura, diz o segundo assistente, é incrível, que corpo admirável...

Através da janela fechada sobem gritos.
— Morte aos anarquistas, esses canalhas!
— Morte a Luccheni!
A moça não diz mais nada. Ela observa as sombras que se agitam atrás das cortinas bordadas.

...Talvez fosse preciso pôr um pano em cima da borracha, murmura o primeiro assistente. Tens razão, admite o médico-chefe, levantemo-la juntos, pobre mulher... Ah! Nem tanto assim!, exclama o segundo assistente. Mas eu não sou insensível, meu caro colega, resmunga o médico-chefe, que pensas? Quando tiveres feito tantas necropsias quanto eu, ficarás habituado! És emotivo demais... Acreditais que seja o momento, senhores?, enerva-se o primeiro assistente. Terminamos... Não!, grita o segundo assistente, falta a musselina, deixa-me fazer, e ele a põe com fervor, do alto da testa aos pés calçados com sapatos de couro fino, bem esticada.

Na rua, as pessoas acotovelam-se.
— Abri passagem! Dispersai-vos!
— Senhor, deixa-me entrar, sou fotógrafo...
— Nem pensar, anda!
— Mas a imprensa! Deixa-me fazer meu trabalho...
— Tenho ordens, vai-te!
— Carniceiros — disse ainda a moça.

Eles puseram suas sobrecasacas e se mantêm junto à cama. Na mesa-de-cabeceira estão alguns objetos. Uma aliança, presa numa corrente de ouro; um relógio enfiado num pequeno estribo em miniatura; suspensos num bracelete uma caveira, um signo solar, uma das mãos de Fátima, uma medalha da Virgem, moedas de Bizâncio; um medalhão aberto, contendo uma mecha de cabelo, um outro bem fechado. E o leque de couro. Por um momento, o médico-chefe brinca com o leque, e olha detidamente os penduricalhos do bracelete da morta. Depois junta-se aos colegas que estão em recolhimento diante do cadáver imperial. Os três contemplam o longo corpo estendido sob o véu transparente.

O médico-chefe finalmente saiu.

Agora ficaram só os dois. Arrumam os instrumentos sujos numa caixa de ferro, erguem a musselina, enxugam as manchas de sangue nas mãos e no pescoço. Abrem a janela, e o vento leve vindo do lago lhes varre a fronte. Eles se ajoelham de um lado e do outro da cama; a cartilagem do narizinho se enrijeceu majestosamente, e a boca distendeu-se, sorridente. As rugas vão-se embora já, cochicha o segundo assistente. Como sempre, sabes tudo, disse o primeiro. Atenção! Um zangão!, grita o segundo assistente levantando-se, um zangão! Ora!, diz o primeiro assistente. Deixa-o logo em paz. E chamemos o fotógrafo.

Antes de abandonar o quarto, o segundo assistente, o mais jovem, volta atrás, ergue de novo a musselina, cruza os dedos da morta e neles põe o buquê de rosas. O zangão pára de ziguezaguear, mergulha no coração das pétalas e, com as asas em repouso, ataca o pistilo com voracidade.

22
Perdão para o assassino

No país da traição
Onde corre o Tibre antigo
Onde, sonhador, o cipreste saúda
O céu de um eterno azul
Espreita-se nas margens
Do mar Mediterrâneo
E para pegar-nos pelo pés
Há a guerra contra a Rússia.

Elisabeth

O cavalo avançava a passo, e levava de vez em quando a boca na direção das folhas mais verdes. Franz sentia-se feliz. O sol lançava sobre o Prater os raios velados do outono vienense, o amarelo passava através das árvores, um leve perfume de madeira queimada antecipava os prazeres do inverno, tudo estava em ordem. Subitamente, Franz viu a castanheira e puxou as rédeas. Um cacho de flores cremosas pendia sob as folhagens. O cavalo tropeçou um pouco.

— Não é possível — resmungou Franz estupefato. — Ei-las que voltam a florescer! Em setembro!

E, erguendo-se sobre os estribos, retirou a flor de uma vez. Pétalas frisadas, sépalas esticadas, nada faltava. Para seu espanto, era só uma. Um milagre...

Ao acaso, Franz lançou o olhar habitual para a ala dos cavaleiros: já que as castanheiras refloresciam, talvez ela fosse aparecer. Em seu alazão? Em sua carruagem?

Mas nada. Ao longe, um cavaleiro trotava levemente; nem um só cabriolé, nem uma só amazona. Nenhuma mulher. Franz soltou um leve suspiro e decidiu voltar para o estábulo.

No caminho, notou um agrupamento à volta de um vendedor de jornais, que gritava com uma voz acutíssima, um rapaz bem jovem, que ainda não tinha mudado a voz. Franz prestou atenção e ouviu "assassinado". "Bom", pensou distraidamente, "mais um golpe dos anarquistas. Deve ser na Rússia, como sempre". Os moços da estrebaria receberam-no com tranqüilidade e começaram a escovar o cavalo.

– Até amanhã, Sr. Taschnik – disse o mais velho. – Vai fazer um tempo tão bonito quanto hoje. *Servus!*

Quando passasse diante do próximo vendedor aos berros, compraria o jornal. Para ver.

Não precisou pagar para entender; os gritos surdos, alguns soluços de mulheres, logo abafados, uma única palavra em todos os lábios, nossa imperatriz, nossa imperatriz. Ele pôs-se a correr como um louco, arrancou o jornal, metendo a mão no bolso, e abriu-o. Na primeira página, bordada de negro, em grandes caracteres, a notícia:

A imperatriz Elisabeth assassinada!

Encontrou um banco, deixou-se cair nele. As letras góticas arranhavam o papel embaçado, assassinada, Elisabeth, imperatriz. Gabriela. "Vamos", disse ele, respirando fundo, "vamos...". Com mãos trêmulas, pôs de lado o jornal e procurou os óculos. Não os trazia. E já sabia que estava perdido: a idéia estava ali. Nunca mais a veria de novo. Gabriela. Absurdo, irremediável, o pensamento o comprimia inteiramente, nunca mais.

– Finalmente, Franz! – exclamava ele furioso. – Ridículo. Vejamos quem a...

As palavras foram sufocadas. Ele não resistiu mais, e afastou o jornal esticando os braços para ver melhor. Genebra, uma cidade tão tranqüila, ela ia pegar o barco correndo, era típico dela. Um jovem anarquista italiano a tinha apunhalado com um único golpe, ele apertou os punhos, morta sem sofrer, morta... Ele não percebeu que chorava.

Quando voltou para casa, Anna se jogou em seu pescoço. Ela já sabia; diante do medalhão da imperatriz a cavalo, ela tinha piedosamente acendido uma vela e posto três grandes dálias bem vermelhas.

– Ela vai voltar para o nosso país no sábado, dentro de uma semana – murmurou ela ao ouvido dele. – Nós iremos, Franzi?

Ele não disse nada, subiu a escada, fechou-se em seu escritório e abriu o jornal. Velada por uma enfermeira de olhar torto, estendida numa cama de criança, coberta por uma gaze transparente, Elisabeth deixou-lhe a última visão do seu rosto. De pálpebras fechadas, tranqüila, sorridente, ela parecia dizer-lhe gentilmente: sou eu, reconheces-me? Mas tu não saberás nada, nunca, Franzi...

Ele pegou uma lupa, examinou tudo, a colcha de matelassê acetinado, o doloroso perfil da dama de honra, os cordões trançados à volta das cortinas, o cântaro branco na bacia de porcelana, o crucifixo nas duas mãos entrelaçadas, a cruz na braçadeira da enfermeira, observou detalhadamente a foto até cansar-se, acreditou reconhecer o leve movimento do braço cruzado sobre o peito, chorou olhando de perto o cadáver deitado, adivinhou sob o pano as incisões, chorou de novo, e acabou por adormecer, com o nariz em cima do corpo de papel de Elisabeth. Ou de Gabriela.

NÃO ERA A MULTIDÃO dos grandes dias. Nas calçadas, as pessoas mais velhas se amontoavam; mas as outras, todas as outras aplicavam-se em suas ocupações, andavam num passo apressado, olhando vagamente o horizonte das ruas vazias. Dominados pelo pesado repique de Santo Estevão, todos os sinos de Viena dobravam finados.

Franzi, de braços com a mulher, tinha chegado cedo, em companhia de Attila, e sem Emmy, que passava uma temporada em Budapeste, na casa de sua sogra, a fim de conhecer a Hungria, dizia ela. Para achar um lugar diante da entrada dos Capuchinhos, era preciso levantar-se cedo. Franz postou-se na base dos quatro degraus, o mais perto possível da entrada, lá onde os monges esperavam atrás da porta. De onde estava, não veria chegar o cortejo, mas pelo menos o ouviria de longe. De vez em quando, Anna, empurrando-o com o cotovelo, dizia em voz baixa: "Aí está, Franzi, estou ouvindo os cavalos", mas eram os da guarda de honra que se agitavam, e nada vinha. "Está bem, cala-te", suspirava ele, e sonhava com aquele dia radiante em que vira a imperatriz, aquela mocinha que chorava ao descer de uma carruagem de ouro.

Uma a uma passavam diante deles as delegações de rosto sério, como convém ao luto dos poderosos. Os húngaros entraram rudemente, depois saíram furiosos. Dois ou três magiares em roupa de gala gritaram em tom de cólera, em sua língua, e fizeram voejar sua capa bordada, presa ao ombro, insolentemente. Um senhor bem-vestido cochichou, com ar importante. Segundo ele, tinham inscrito no caixão "Elisabeth, imperatriz da Áustria"; os húngaros teriam oficialmente protestado. Attila, aliás, não deixou de sublinhar a indecência desse desafio.

— Por quê? — perguntou Anna ingenuamente.

— E da rainha da Hungria, que fazeis dela? — troçou o senhor. — Tudo para os húngaros, ela só gostava deles, sabeis disso, o conde Andrassy era amante dela, a velha história...

— Um pouco de respeito! — murmurou Franz, irritado.

Por felicidade, ocupado em apertar os cadarços, Attila não tinha ouvido nada.

— Mas que fazeis da Boêmia! — protestou o senhor. — Apesar de tudo, não teria ela podido escolher ser também nossa rainha?

— Ah! És tcheco, estou vendo... — replicou Franz. — Deixa-a pois em paz, não é mais do que uma morta!

— Quanto a estar morta, é certo — resmungou o senhor —, mas não é razão para humilhar seus povos. Até no seu caixão ela nos desdenha.

— Cala-te! — exclamou Franz erguendo a voz.

— Vós outros, austríacos, estais pouco ligando para os povos à vossa volta, hem? — continuou o senhor, num tom afetado.

— Vais ou não calar-te, afinal? — berrou Franz, sem controle.

A multidão pôs-se a bramir, que grosseirão esse sujeito, comporta-te melhor, silêncio... Attila começava a enervar-se; Franz virou-se de repente e lançou sobre os que protestavam um olhar de desprezo. Anna puxou-o pela manga ansiosamente e murmurou: "Franzi, esse senhor é tcheco, e sabes bem que ela zombava dos tchecos", e ele se lembrou, tarde demais, que ela também era da Morávia, havia tempos que ele tinha esquecido. O império explodia em querelas entre os eslavos e os húngaros; um dia o império sufocaria sob as disputas...

O senhor bem-vestido se afastou para mais longe, a ordem voltou. E o lento sussurro da multidão silenciosa.

– Meus pés doem – murmurou Anna –, que demora...

Franz aconselhou-a a esfregar as pernas. "Esse dobrar terrível dos sinos," pensou ele, "que idade tinha ela quando se casou? Quinze anos, 16 anos, talvez? Quase os mesmos degraus, muito pouco gastos, a pedra envelhece melhor do que os humanos." Ele passou a mão pelo crânio calvo, que tanto fazia Gabriela rir, era Gabriela sob o catafalco negro dos Habsburg? Far-lhe-ia ela um último sinal antes de desaparecer?

Sua mulher deu um gritinho: "Desta vez tenho certeza, os cavalos, os cavalos..." Ele ia desmenti-la, mas Anna tinha razão...

Só se ouviam as patas dos cavalos e o passo silencioso do cortejo em luto. A multidão soltou um imenso suspiro, ao perceber, encurvada, a silhueta familiar do velho imperador, seus bigodes de uma brancura tranqüilizante, seu olho eternamente sábio, de uma tristeza adequada, adequada como os véus negros que flutuavam levemente sobre as damas da família imperial. Ao lado do monarca andavam num passo solene as arquiduquesas, Suas Altezas, e atrás delas 82 soberanos vindo de toda a Europa. Franzi não viu nada; mas ouviu o lamento do povo de Viena, "Nosso pobre imperador...", enquanto se aproximavam os cavalos. Os penachos negros fixados entre as duas orelhas deles não iam demorar a aparecer.

Anna ficou nas pontas dos pés, com o pescoço esticado, com a cabeça virada, e tornou a baixar, pesadamente. "Não se vê nada", disse, exasperada. "Espera, então", resmungou ele, empurrando-a um pouco. "Logo, logo vais ver bem." O catafalco de cerimônia virava a esquina da praça, imobilizava-se diante da igreja dos Capuchinhos, os cavalos resfolegaram, tudo parou.

O camareiro-mor da Corte imperial bateu lentamente na madeira da porta fechada. Numa névoa confusa, Franz ouviu no interior da igreja a voz abafada do padre capuchinho salmodiar a primeira pergunta: "Quem está aí?"

Maquinalmente, Franz resmungou baixinho a resposta ritual que o camareiro-mor lançava aos quatro ventos: "Abri a porta, sou Sua Majestade Imperial, a rainha da Hungria..." E por que não era ele o imperador, quando seria a vez dele? Por que ela, tão jovem ainda, tão bela? E o capuchinho já tinha respondido, segundo o costume: "Não te conheço. Segue o teu caminho", que mal se ouvia. "Duas perguntas mais", soprou a mulher dele, "e pronto, ela entra".

"Acaba logo!", pensou ele, exasperado, enquanto o camareiro-mor batia solenemente à porta pela segunda vez, e pela segunda vez dizia: "Abri a porta, sou a imperatriz, rainha da Hungria, peço para entrar." Franz agitou-se à segunda pergunta; poder-se-ia acrescentar outros títulos de nobreza, duquesa da Alta e Baixa Silésia, condessa de Bregenz, duquesa de Auschwitz e de Ragusa, não se fazia nenhum esforço, executava-se o ritual sem coração e sem alma, não se amava mais a imperatriz. O capuchinho encerrou a resposta ritual, não-te-conheço, segue-o-teu-caminho, e já o camareiro-mor se apressava em bater com mais rapidez as três pancadas, as últimas, três batidas, para sempre. O coração de Franz parou de bater. Attila pôs-se a soluçar.

Pela última vez, o capuchinho perguntou: "Quem está aí?", Franz murmurou a resposta a meia-voz, como uma prece: "Sou Elisabeth, pobre pecadora, requeiro humildemente a graça divina", a porta ia abrir-se, o batente rangeu, apareceu o capuchinho, a multidão deu um suspiro, a imperatriz era recebida para o exame dos mortos. Os lacaios iam tirar o caixão, lentamente a urna trabalhada passou diante dele, lentamente ela subiu os degraus, seguida pelo velho imperador em passadas mecânicas... Franz quase gritou, tantos anos desfilavam em silêncio. Lentamente, os véus negros das mulheres entraram pela porta aberta, o resto pertencia aos Habsburg, estava acabado. Attila enxugou suas lágrimas e assoou o nariz ruidosamente.

Nenhum sinal. Elisabeth não se dignou manifestar sua presença. Nem um sopro na nuca de Franz, nem um estremecimento sobre a sua pele, nada. Talvez não fosse Gabriela, afinal.

– Não agüento mais – murmurou Anna. – Vamos voltar para casa.

A FOTOGRAFIA DO ASSASSINO apareceu na imprensa vienense. Solidamente emoldurado por dois policiais suíços, ele sorria com seus belos dentes sob o bigode louro, como um noivo que regressa de seu casamento; trazia por trás da cabeça um chapéu mole. As calças largas demais e a camiseta ruim falavam bastante sobre a miséria do homem; além disso, logo se soube quase tudo sobre Luigi Luccheni. Um pobre joão-ninguém, nascido ao acaso dos caminhos, de mãe desconhecida, uma italiana que o parira como um cão, em Paris, e depois o abandonara. Sua vida perturbada fizera-o tornar-se criado do príncipe de Aragona, que não ficou descontente com seus serviços, mas o achava agitado, um pouco estranho; teve más companhias e depois o caso Dreyfus o fez virar-se para o movimento anarquista.

Ele nunca quis assassinar a imperatriz. Seus desígnios se tinham fixado num outro soberano, que ele esperava e que não tinha vindo; na falta de melhor, ele se voltou contra a falsa condessa Hohenembs, no dia em que, por vaidade, o hotel Beau-Rivage não resistiu a tal glória e informou aos jornais a ilustre presença.

A arma do crime parecia-se com Luigi Luccheni: um ponteiro finamente aguçado como seu ódio, e fixado num precário cabo de madeira; um instrumento improvisado, como sua vida. Franz teria passado bem sem descobrir a biografia do assassino; porque quanto mais avançava em suas leituras, mais percebia, sem ousar confessá-lo, a revolta inflamada do jovem italiano. Certamente, o operário anarquista tinha premeditado abater o conde de Paris, que, no último momento, desistira de sua estada na Suíça; certamente, ele tinha assassinado por acaso a primeira cabeça coroada que ia a Genebra, a da imperatriz. Mas rancores em demasia persistiam entre a Itália e a Áustria, e o desastrado comunicado do hotel Beau-Rivage devia ter atingido Luccheni como uma bala de fuzil. Elisabeth, a austríaca... Nenhuma dúvida de que o passado da península contava também nesse caso.

Alguns dias depois do atentado, apareceu nos jornais uma carta coletiva, assinada por mulheres e moças de Viena. Nela descreviam o suplício que sonhavam para o assassino: pô-lo-iam num balcão de açougue, cortar-lhe-iam braços e pernas, e, para suavizar suas dores, porque tinham bom coração, lavariam as chagas sangrentas com vinagre e sal. Para grande pesar de suas vizinhas, e sem falar disso a Franz, Anna recusou assinar a petição.

De sua prisão, Luigi Luccheni escrevia inúmeras cartas. O velho redator-chefe de um jornal napolitano, o *Don Marzio,* conhecido por suas tendências progressistas, recebeu uma missiva do assassino. "Se a classe dirigente não tentar conter sua avidez em sugar o sangue do povo, os reis, presidentes, ministros e todos aqueles que procuram subjugar seu próximo, nenhum deles escapará aos meus golpes justos. Não está longe o dia em que os verdadeiros amigos dos homens extirparão todos os princípios honrados hoje. Um só bastará: quem não trabalha não tem o direito de comer." E assinava com todas as letras: VOSSO CRIADO LUIGI LUCCHENI, ANARQUISTA CONVICTO.

Depois, escreveu ao presidente da Confederação Helvética, para exigir ser julgado segundo as leis do cantão de Lucerna, onde existia a pena de morte. Essa carta estava assinada assim: LUCCHENI, ANARQUISTA PERIGOSO.

Finalmente, oito dias depois do drama, à princesa de Aragona, sua ex-patroa, ele escreveu que tinha o coração selvagem e que subiria com alegria os degraus da guilhotina, sua bem-amada, sem necessitar de ajuda. Ele se comparava ao capitão Dreyfus, gritava contra a injustiça do mundo e alegrava-se de ter cumprido seu dever, como verdadeiro comunista.

— Notaste? O assassino era excelente cavaleiro, como a imperatriz — observou Anna negligentemente. — Era até militante. Um rapaz de 26 anos, que pena!

— Vinte e seis anos! — exclamou Franz com arrebatamento. — A idade que eu tinha quando...

— Quando me abordaste diante daquela pequena orquestra da Galícia, meu Franz, é verdade... Eu estava pensando nisso agora — murmurou a terna Anna, com um sorriso.

— Eu também — mentiu Franz bravamente.

— É igual — disse Anna pensativa —, dir-se-ia quase que eles se pareciam, a imperatriz e ele.

— Cala-te, pois! — gritou Franz, exasperado. — Não sabes de quem falas! A imperatriz e Luccheni? Mas não conhecias a timidez dela, a reserva dela, ela era arredia como uma mocinha, e...

– Dir-se-ia realmente que a freqüentavas! Meu pobre Franzi... Tu deliras. Um dia me dirás por que lhe dedicavas uma adoração assim. Não mintas!

Foi por um triz que ele não lhe desvendou finalmente o segredo que tinha guardado por tanto tempo. Mas, já que a desconhecida estava morta, ele decidiu não traí-la.

Na gaveta de sua escrivaninha, achou a velha caixa de lata onde tinha guardado o leque e as cartas; acrescentou-lhes devotamente a fotografia da imperatriz em seu leito de morte em Genebra e, movido por um misterioso e sacrílego impulso, a do assassino de sorriso encantado.

Franz estava certo: com Gabriela desaparecera o penhor de sua própria felicidade. Ela podia viajar, ausentar-se, calar-se, não responder, mas vivia pelo menos, e essa vida longínqua protegia o universo dos Taschnik. Agora que ela estava morta na cripta, o encanto ia deixar de agir.

Uma semana depois do enterro da imperatriz, Emmy escreveu aos seus pais que tinha sido contratada em Budapeste por um grande hotel como cantora, com um bom cachê; ela cantaria no fim da tarde e voltaria para casa de noite para tratar de seu futuro esposo; contava com eles para convencer o tio Attila. O húngaro, nem tanto ao mar, nem tanto à terra, compreendeu que era preciso voltar para o seu país e achar um posto na administração magiar; Franz dedicou-se o mais que pôde a consolá-lo e lembrou-lhe de que o tinha avisado: Emmy queria cantar a qualquer preço...

Mas Anna levou a coisa a mal; Emmy não seria fiel ao marido, disso tinha certeza. Durante a noite, teve uma nova crise de sufocamento; no dia seguinte, não tinha mais voz e quase morria de tanto tossir. O velho Dr. Bronstein sacudiu a cabeça, afirmou que Viena estava cheia de casos desse tipo, que o vento do Sul, o *foehn,* provocava perturbações respiratórias e que as mulheres sofriam freqüentemente desses males inevitáveis. Mesmo assim, como quem não quer nada, recomendou que consultassem um psiquiatra desta vez; a doença de Anna começava a ultrapassar sua competência. Franz agradeceu-lhe

400

polidamente e decidiu não fazer nada. Em vez disso, pegou as partituras que não usava mais havia alguns anos, mandou afinar o piano e dedicou-se ao violino. Anna recomeçou seus exercícios musicais sem entusiasmo.

Apesar de tudo, Franz esperava uma velhice feliz. No instante em que tivesse um filho de Attila, Emmy se acalmaria, disso seu pai estava convencido. Anna acabaria por reencontrar seu equilíbrio quando tivesse passado a etapa difícil que as mulheres atravessam nessa idade. Toni, sem dúvida, se tornaria um grande poeta...

E depois havia Viena, a incomparável. Havia as valsas do maestro, que envelhecia valentemente e compunha sempre; nas colinas, ainda beberiam vinho branco ao som dos músicos da orquestra Schrammel, o Prater continuava a ser o mais belo jardim do mundo, os castanheiros floresceriam na primavera, os brancos primeiro, os rosados depois, e as moças dengosas ririam novamente às gargalhadas, mostrando suas botinas. Nada podia destruir o encanto da cidade admirável onde Franz nascera, onde vivera, onde encontrara a desconhecida do baile e depois sua mulher Anna. Sim, Viena permaneceria uma cidade feliz.

Como bom vienense, Franzi tinha sobretudo vocação para a felicidade.

Um mês depois, julgaram Luccheni na Suíça; ele sorria sempre. Quando lhe perguntaram se se arrependia de seu ato, ele afirmou que nem um pouco. Faria tudo de novo, se tivesse de recomeçar? Sem dúvida nenhuma. A defesa se contentou com um único argumento, que não comoveu ninguém: se a imperatriz tivesse sobrevivido, dizia o advogado, teria pedido que perdoassem o assassino.

Perdão ao assassino! Um regicida! Um anarquista que não mostrava nenhum arrependimento! Era preciso acabar com esses terroristas, essas pessoas que não conheciam nem Deus nem Senhor, gritou o promotor. Um homem que tinha atacado uma mulher sem defesa...

O advogado de defesa insistia, o crime era injustificável, mas a vítima tinha o coração generoso, o bastante para pedir, ele voltava à mesma tecla, perdão para a criança enjeitada...

Não foi a opinião dos quarenta jurados genebrinos, que condenaram Luccheni à pena máxima, à reclusão perpétua. Quando o juiz leu o veredicto, Luccheni pôs-se a gritar:

VIVA A ANARQUIA! MORTE AOS ARISTOCRATAS!

— A justiça está feita, tudo está em ordem — disse Anna lendo o jornal. — Estou contente que a pena de morte não exista em Genebra — acrescentou ela, no entanto. — Pobre Luccheni.

Franz pensava principalmente em Gabriela, e começava a ter esperança de que se tivesse enganado redondamente.

De resto, os Taschnik tinham outras preocupações em mente. Attila acabara de enviar uma carta de Budapeste. Emmy voltava para casa cada vez mais tarde, freqüentemente um tanto alcoolizada; não cuidava da casa, a velha senhora Erdos estava muito contrariada; em resumo, Attila pedia socorro aos seus amigos, seus sogros, e suplicava-lhes que convencessem a filha a desistir do canto.

Que belas núpcias tiveram, no entanto! Um ano após o Milênio da Hungria, os Taschnik casaram Emmy e Attila com grande pompa em Viena. O pequeno húngaro não cabia em si de contente; com seu vestido longo de cetim branco, enfeitada nos cabelos com pérolas e rosas brancas, Emmy parecia, em suma, uma noiva tradicional. Ria muito, bebeu muito champanhe e cantou na hora da sobremesa. Três anos somente, e o casamento batia asas!

Franz escreveu à filha uma carta de censura, exigiu que ela pusesse um fim no seu contrato, fez observar que sua mãe sofria com suas loucuras, sugeriu que talvez um filho lhe fizesse bem... Attila respondeu que Emmy continuava com seu turno de canto, infelizmente, e que não se acalmava, muito pelo contrário. E como sua filha indigna não se dignou nem mesmo escrever ela própria a resposta ao seu pai, Anna chorava todos os dias. O bom velho Willy não conseguia mais alegrá-la; não conseguia nem mesmo exasperá-la. Aliás, o amigo Willibald estava muito menos engraçado e alimentava sombrios pensamentos.

*

Ele não ia mais aos comícios anti-semitas e deixara-se convencer por Anna de que simplesmente não era mais coisa para a sua idade. Ele se dizia cansado das violências e queria tranqüilidade, música e, principalmente, não queria perder seus amigos. Por afeição, dizia ele, tinha cedido; mas Anna sentia que aí se interpunha um outro motivo, que ela não adivinhava.

Não se tratava mais de noivado na aldeia; Franz tinha notado que Willy chegava cada vez mais tarde ao ministério. Balofo, desfigurado, ele dizia voltar do dentista e queixava-se de seus dentes, que estava perdendo um a um; tinha horríveis enxaquecas e um herpes no rosto, que lhe corroía o lado direito. Franz tinha certeza agora, a doença de Willy progredia. Não ousou abrir-se com a mulher, que não queria ver a verdade, e preferiu deixá-la com suas ilusões.

Um dia, Willibald Strummacher desapareceu do ministério.

Ao cabo de algumas horas, preocupado por não vê-lo chegar, Franz correu à casa do amigo e encontrou-o estendido na cama, com um revólver na mão. Tinha dado um tiro no coração e deixara uma carta para Anna, em que descrevia os sofrimentos da sífilis que o minava havia quase vinte anos.

Todas as noivas eram imaginárias; ele tinha inventado essa fábula por bravata, e por amizade, para não preocupar seus amigos. Por todas as bobagens que pudera cometer, pedia perdão, a Anna principalmente, a quem legava tudo o que possuía, a quinta, os terrenos e o pequeno apartamento de Viena. A Franz ele deixava, dizia, a lembrança de um baile particular, onde tinham sido felizes juntos, Franz compreenderia. Tudo isso era muito bonito, escrevia ele, mas ele lhe pedia ao final que fosse avisar a Sra. Ida.

23
O velador

A aurora em minha mesa de trabalho
Não deixou de encontrar-me
E para ficar bem consciencioso
Em cada papelada faço vigília.

Elisabeth

A imperatriz tinha morrido havia mais de um ano. Uma semana depois do enterro, por instruções imperiais, foi fundada em sua honra a Ordem de Elisabeth, "para méritos de mulheres, conseguidos nas diferentes profissões". Alguns dias depois, o abade Lachenal, vigário da Paróquia Nossa Senhora de Genebra, e os Drs. Mayor Albert, Reverdin Auguste e Mégevand Auguste, médicos-legistas, tinham sido condecorados com a Ordem de Francisco José, por serviços prestados no momento do passamento da soberana.

O assassino dela tinha sido julgado. Era um prisioneiro modelo.

No dia seguinte ao aniversário do atentado, o velho senhor levantou-se às três e meia, como todas as manhãs. Às vezes ele até que gostaria de ficar um pouco mais em sua cama de ferro, mas não lhe era permitido. Um imperador pertence aos seus súditos; ele instalou-se, pois, à sua mesa, diante de seus dossiês.

À sua frente, havia mandado colocar um retrato dela, seu preferido, que o pintor Winterhalter executara trinta anos antes. Na mesma época, o artista tinha pintado as célebres telas em que a imperatriz, em sua glória resplandecente, posava de tule branco, um colar de grandes pérolas preso à volta do pescoço com uma fita negra, com as tranças entremeadas de estrelas de diamantes. O outro retrato era muito mais simples; iluminada contra a luz, ela estava com seu robe que usava à noite, envolvida no manto de seus cabelos. O retrato oficial tinha sido copiado em vários exemplares, mas o outro era único, como ela. Nas duas telas ela mostrava o mesmo sorriso acanhado, e o mesmo olhar um pouco triste.

Desde que ela encontrara a morte pela qual tanto tinha procurado, o velho imperador finalmente estava em paz. Enquanto ela vivia, ele não parara de tremer. Desde o início, melhor, desde o primeiro dia, quando não estava certo de que ela aceitaria desposá-lo. Sim, ele logo soube que ela tentaria escapar dele, e ela o fez, sem descanso, ela o fez! Ele temera tudo, a tísica, o acidente de cavalo, o afogamento, as tempestades, os regimes, as caminhadas forçadas, o suicídio, tudo, sem um momento de descanso. Aconteceu-lhe inclusive esperar que finalmente ela arranjasse um amante, que fosse adúltera, só um pouco, como ele, normalmente... Um amante teria sido um perfeito estímulo para Sissi...

Mas não! Ela não gostava do amor dos homens o bastante. Ele tinha esperado em vão; nem Andrassy, nem Middleton, nem nenhum outro, ninguém conseguiu esse feito. Durante algum tempo, ele zelava pelos relatórios da polícia que faziam caso de um misterioso rapaz que ela encontrara num baile, em Viena; ele dera a ordem de não inquietá-lo, sobretudo. O idílio tinha durado quatro meses, o tempo de algumas cartas de que ele conhecia a existência, mas que, segundo o ministro do Interior, não tinham conseqüências. O rapaz, um bom funcionário cujo nome o imperador tinha esquecido, era impecável; tinha se casado com uma judia da Morávia, com quem tivera dois filhos; a última carta datava aproximadamente da morte do primo Luís, e o conjunto não merecia a menor atenção. Contudo, o pequeno funcionário continuava a enviar todo ano duas cartas para a imperatriz: uma para Munique, posta-restante, em nome de Gabriela, transmitida pela polícia bávara ao ministro do Interior austríaco; a outra para a Burg. O ministro do Interior tinha proposto entregá-las ao imperador, e o imperador não dissera não.

Ele as tinha lido. Nada a assinalar.

E assim ela tinha sido de uma fidelidade extrema, formalmente, pelo menos. Porque a infidelidade fundamental de que ela se tornara culpada em relação a ele datava também do primeiro dia, ele o sabia.

Mas também, por que não tinha ele aceitado a noiva escolhida por sua mãe, essa imperial Hélène, que ele fora reencontrar em Bad Ischl? Sem dúvida, ela teria sido mais adequada para o papel de imperatriz. O velho homem não entendia por que, no último momento, se tinha furtado aos arranjos maternos, desdenhado Hélène da Baviera e se apaixonado violentamente por sua jovem irmã que ninguém tinha notado, exceto ele.

Na verdade, ele nunca compreendera direito. Muito rija a moça Hélène, fria demais, com os braços secos e a pele macilenta; na primeira olhadela, foi a outra que ele viu, a selvagenzinha que ria às escondidas, a mal penteada cujos cachos extravagantes repeliam grampos, uma pequena raposa mal-educada e que tinha o perfume da floresta. Uma loucura o forçou a escolher a caçula em lugar da mais velha; ele não refletira um segundo, seria ela, eis tudo. Talvez por causa da hostilidade da mãe. Talvez uma brisa de juventude, talvez nada, ou simplesmente o amor. Porque se o amor existia, ele tinha amado essa mulher, apesar dela.

Desde o primeiro dia. Ele jurara a si mesmo cativá-la. Primeiramente com jóias de que ela não precisava. Depois, refletindo, pensou que ela preferiria bichos; o papagaio rosa foi uma boa idéia, a única talvez. Tinha sonhado como um louco com aquela noite em que finalmente a tomaria em seus braços; e foi aí que o horror começou. Com o corpo crispado, com o pranto contido, com caretas de dor e com aquele suspirozinho exasperado que ela sempre dava depois do amor... Apesar de seus quatro filhos, ela nunca lhe pertencera. Nem um grito de gozo, nem um gesto um pouco terno, nem um gemido de prazer.

O milagre foi que nada aconteceu de mais desastroso, o milagre era esse retrato na frente dele e uma vida partilhada, em suma, sucedesse o que sucedesse. Com a idade, ele acabou por se cansar, e quando ela lhe ofereceu a Kathy Schratt à guisa de substituta, ele concordou. A Schratt o entediava um pouco com suas pretensões, mas era doce, terna, e pelo menos fingia amá-lo, e talvez nem sempre fosse fingimento. Ele pagava caro em jóias o preço de sua ligação oficial;

quanto às outras conquistas, elas não tinham deixado marcas em sua memória. Porque em sua memória permanecia a lembrança do ano terrível. Um buraco negro na têmpora.

Por que naquele dia ele tinha exigido de sua polícia que lhe conseguisse a qualquer preço um dossiê sobre a pequena Vetséra? Por cólera, por vingança contra seu filho conspirador e seus panfletos cruéis; o último, aquele que ele tinha publicado em alemão, em Paris, um ano antes de Mayerling, sob o nome de Julius Felix, era de uma ferocidade sem igual. Em Paris! O velho homem ainda se lembrava disso, tinha adivinhado a mão de Clemenceau e a de seu cunhado Moritz Szeps, todos maçons, uma cambada anticlerical. Sem dúvida esses dois tinham aconselhado esse projeto de divórcio, de uma incrível vulgaridade... Quando se é de raça divina, quando se descende de Carlos V, quando se é beneficiado ao mesmo tempo da unção do Senhor e das bênçãos populares, como ousam? Rodolphe tinha a alma republicana; o divórcio era a prova disso. E morreu como um alfaiate. Divórcio, suicídio, flagelos do espírito republicano.

A polícia tinha feito seu trabalho e descoberto a melhor arma contra o príncipe herdeiro. Nada podia, com efeito, matá-lo com mais certeza; mas isso o imperador não tinha previsto.

Depois do drama, ele perguntou se o dossiê fora verificado; a polícia hesitou, o bastante para dar a entender que nada era realmente certo. Sem dúvida, a baronesa Vetséra mãe tinha feito umas investidas de sedução para cima do jovem príncipe, talvez até tivesse tido êxito, mas, quanto ao resto, estava-se reduzido a hipóteses. A pequena Mary podia ser o resultado de um fugaz relacionamento sexual nas sombras do parque de Gödöllö? O ministro do Interior confessou que talvez tivesse adulterado as datas.

O velho homem sentiu um alívio medonho e limitou-se rapidamente à hipótese da loucura Wittelsbach para explicar o gesto desesperado. Os sinais de desequilíbrio mental não faltavam na família, a começar por Sissi, que, segundo uma nova teoria de origem francesa, pertencia à psicastenia. Outros em Viena, fedelhos anticonformistas, começavam a falar também de histeria feminina a todo instante, mas ele não dava importância, os médicos diziam sempre bobagens. Ele, mais do que ninguém, podia julgar que sua mulher estava apenas um pouco perturbada. Ele a teria amado do mesmo jeito sem isso? Fazia-se essa pergunta.

Muitas vezes, diziam-lhe que a imperatriz não tinha sido boa mãe. Mas era injusto; a etiqueta lhe tinha roubado três filhos, dois dos quais estavam mortos, a pequena Sophie em Buda, e seu filho. Quanto à quarta criança, Sissi a tinha enchido com um amor tão terrível que a pobre menina quase sucumbiu.

No dia em que "a querida" tinha vindo refugiar-se na casa dele pela primeira vez, o velho imperador não esqueceu, ela tinha 12 anos, pediu permissão de falar-lhe em alemão; a mãe exigia dela um húngaro impiedoso. Com esse indício, ele pressentiu o sobressalto da menina; estava salva. Aliás, ela sabiamente apaixonou-se pelo primo. A mãe não opusera obstáculo ao casamento, e, apesar de alguns choques de última hora, Marie-Valérie desposou o homem que amava. Estava arrumada; quer dizer, não inteiramente. Ela também torcia o nariz para as pompas do império, também tendia para um pessimismo republicano, como se o tivesse herdado da alma do irmão morto; depois do passamento de sua mãe, só Deus sabia aonde iriam essas divagações. Mas Deus proveria, como sempre.

Apesar de tudo, o velho senhor não estava descontente. Tinha conseguido proteger a mulher, enfim, não até o fim. Ela atravessou a vida como revoltada, rebelde à Corte, à Burg, a Viena, ao imperador, sem realmente desconfiar da vigilância permanente de que era alvo. Tinha aceitado quase tudo, exceto uma viagem à Tasmânia; freqüentemente ele a defendera o mais oficialmente possível, inclusive contra os vienenses. Ele afirmou que ela estava ao seu lado, admirável mulher, e que sem ela não conseguiria reinar. Apenas este último ponto não era mentira; sem ela, ele teria sido mais tranqüilo, teria tido menos preocupações, mas não teria conhecido nem o temor nem a emoção nem a tenaz esperança de que um dia ela perdoaria.

Perdoar o quê? Ele sempre se sentira culpado. Antes até daquela infecção logo curada que herdara de uma condessa efêmera, e que o tinha marcado pouco, enquanto que à sua mulher, ao contrário! Mas Sissi nunca se manifestou a respeito, não, boca fechada. Boca para sempre fechada para a intimidade dos dois. Muitas vezes ele pensava naquele conto que um dia descobriu num livro de lendas asiáticas no qual uma princesa, apaixonada pelo marido, tinha sido vítima de um encantamento. Enquanto ele não estava com ela, ela o adorava; mas, no exato momento em que ele se aproximava dela, ela caía num desmaio. O infeliz só podia abraçar um corpo privado de vida. Perdoar o quê? A paixão do primeiro dia? Era a única explicação.

Ele era imperador, tinha-a raptado, e nem sequer percebeu isso. Ela passou a vida a mostrar-lhe.

Que sobrava para o crédito da felicidade? O primeiro olhar em Bad Ischl, e a ingenuidade da criança virgem, seus risos desenfreados; seu olhar deslumbrado para o papagaio rosa. O último encontro em Bad Ischl e aquele passeio tranqüilo na velhice, tão demorada em amadurecer. E a noite de Buda, depois do coroamento, quando ele entrou na escuridão, quando ela lhe pediu um último filho e lhe abriu os braços de boa vontade, ao menos uma vez.

Quanto ao restante, as dificuldades cotidianas, as investidas verbais, as desavenças e as cóleras, o velho homem confiava em sua prodigiosa capacidade de esquecimento. Sissi não tinha sido uma esposa fácil; mas ele nunca se aborrecera com ela. Agora ele não teria mais angústia à idéia de que viriam anunciar-lhe sua morte brutal, já que tinha acontecido. O telegrama tão temido, ele o tivera entre as mãos com uma cruel sensação de alívio e de remorso, aí está, estava feito, tinham-na matado, como previsto. Ele mal chorara; menos do que pela morte do filho. Com ela, a desordem desapareceria de sua existência; ele poderia contemplar à vontade a abundante cabeleira onde se emaranhou seu destino de imperador, no retrato, à sua frente, imóvel para sempre.

Na pilha a despachar, o primeiro papel que ele tirou lhe tinha sido mandado da Hungria; era uma litografia em preto-e-branco publicada em homenagem à rainha morta. Uma piedosa imagem em que o artista tinha representado a dor dos húngaros. Um magiar como um grande Átila, desmoronado ao pé de um túmulo, chorava sua *Erzsébet*, cuja alma sorridente planava sobre a Hungria. Estranhamente, o artista tinha pintado a rainha com corpete rendado, e a tinha ornado com duas asas imensas, um anjo com vestido de baile e sem pernas. No céu flutuava a coroa dos reis da Hungria, a que a rainha não tinha direito, no entanto. A coroa era dele, do rei! E eis que até na morte ela se apropriava da Hungria...

No túmulo, o artista tinha colocado dois objetos: seu leque e suas luvas. Isso sobretudo tocava o coração. Tanto mais que a fidelidade dos húngaros permanecia o pilar do império, cujas discórdias incessantes o velho homem constatava diariamente.

A potência alemã ameaçava; as populações regressavam aos seus velhos demônios revolucionários. Por toda parte, protestava-se contra a tutela imperial. No ano anterior, ao decidir impor a língua tcheca além da língua alemã aos funcionários em função na Boêmia, o Parlamento tinha desagradado aos alemães. Brigaram na Câmara a socos, jogaram-se jarros na cabeça, a tribuna foi invadida pelas tropas de Schönerer... O sucessor designado, o arquiduque Francisco-Ferdinando, não tinha bom caráter e odiava os húngaros. Por quanto tempo ainda o imperador poderia assinar esses dativos que o enchiam de orgulho, *A meus povos*? Quantos anos ainda a ouvir retinir seu título oficial, *Allergnäbigster Kaiser König und Berr*? Ele subira ao trono imperial 51 anos atrás, graças a uma revolução; uma revolução podia expulsá-lo de lá, isso era sabido...

Rodolphe tinha razão de ter esperança no fim do império austríaco? Talvez, com efeito, viesse a república, talvez... E já se tinha comemorado o cinqüentenário de seu reinado!

Com a condição, pelo menos, de que nunca mais tivesse que assinar uma declaração de guerra, o velho imperador se sentia capaz de carregar nos ombros esse mundo estourado, essa massa gigante de nações potenciais, como um desses Atlantes de pedra gasta, cujos braços musculosos sustentavam os palácios vienenses e que não cediam nem à neve nem ao vento. Era preciso simplesmente durar.

Suspirando, o velho homem arquivou a gravura e decidiu examinar o dossiê da sucessão de sua mulher, que depois de longos estudos acabavam finalmente de enviar-lhe.

Ela previra tudo. Sua fortuna ia para seus filhos, e privilegiava a filha da Hungria, a Querida. De suas jóias não sobrava nada, exceto uma tiara de pérolas negras que, dizia ela, trazia desgraça. Tudo parecia em ordem. Bruscamente o velho senhor se lembrou da última entrevista.

Ela formulara dois pedidos. Do primeiro ele se lembrava perfeitamente: para seu aniversário, ela queria um hospital de alienados de última geração, construído numa das colinas de Viena; era preciso dar as instruções o mais depressa possível. Quanto ao segundo, o velho homem teve uma hesitação: que tinha ela pedido? Tratava-se de dar nobreza a um funcionário de mérito, cujo nome ele tinha anotado logo num carnê. Onde então estaria o nome do protegido de Sissi? E, aliás, como é que ela o conhecera?

Ele levou alguns minutos para encontrar o carnê e a página em que tinha escrito o nome do desconhecido, Taschnik, Franz, chefe de seção no Ministério das Relações Exteriores, domínio administrativo. Taschnik, Franz... Ele já tinha lido isso em alguma parte, num relatório da polícia referente à imperatriz. Era na Madeira, na comitiva dela? Não; lá só se achavam jovens militares. Podia ele tê-la acompanhado num barco? Mas a título de quê? Um homem que por definição não era diplomata e não tinha permanência no exterior?

Subitamente a memória despertou; Taschnik, Franz, era aquele rapaz do baile, aquele a quem ela tinha escrito quatro vezes e que a incomodava todo ano com cartas que ela nunca recebeu. Para tanta constância desenganada, Franz Taschnik até que merecia um título de barão; o imperador preparou para o serviço do protocolo uma nota que assinou com a satisfação do dever cumprido.

No fundo, ele sempre soube quase tudo sobre ela. Com uma exceção talvez: seus poemas. No dia seguinte ao atentado, ele achou numa gaveta secreta uma caixinha de couro escuro, com uma carta endereçada ao duque de Liechtenstein e instruções precisas sobre a publicação póstuma dos poemas. Não procurou saber mais a respeito. Confiou tudo ao duque Rodolphe. Não conhecia o número dos poemas da imperatriz, nem o que ela decidira fazer deles no futuro.

Mas talvez fosse prudente deixar as coisas estabelecidas. Só Deus sabia o que se descobriria lá. E já que ela havia fomentado durante toda a sua vida conspirações facilmente descobertas, ele deixaria esta para ela, para sempre, como seu quinhão. Quando morto, por sua vez, se ele se encontrasse com ela na Cripta dos Capuchinhos, eles teriam a eternidade para esclarecer este último mistério.

Ele ainda tinha no ouvido as últimas palavras que ela lhe dissera: "Eu te esperarei bem-comportada na Cripta onde não corro mais o risco de te abandonar..." Ele não tinha sonhado, ela havia acrescentado "meu querido". Mas, para ele, que não acreditava em assombrações, não era necessário visitá-la lá, onde ela e seu filho repousavam nos dois grandes sarcófagos colocados de um lado e do outro de um lugar vazio e elevado, o do imperador Francisco José, primeiro do seu nome. Quanto ao terceiro sarcófago, era preciso esperar mais um pouco.

24
O Juízo Final

Pelo lado leste-nordeste amontoava-se
Uma negra parede de nuvens
Enquanto que do oeste avançava
Um incêndio de chamas vermelhas
E o sul parecia de enxofre
Quando na luz lívida
Subitamente brilharam clarões
Como para o Juízo Final
Ouvi estalar o carvalho
Até o mais profundo de suas veias
Como se a gente o tivesse derrubado
Para fazer dele seu próprio caixão.

Elisabeth

Naquele ano, na Boêmia, os alemães e os tchecos se enfrentaram violentamente, enquanto que na Galícia os poloneses e os rutenos faziam a mesma coisa. O arquiduque Francisco Ferdinando, sucessor designado, não se entendia com o tio, que lhe censurava o desejo de desposar uma simples condessa; o imperador opusera-se a isso. Nem tudo era perfeito no império; os negócios, no entanto, iam bem. Os retratos do velho imperador floresciam em todas as casas da Áustria, em pratos de porcelana e nos leques das mulheres.

Johann Strauss, um velho agora, permanecia o incomparável feiticeiro de uma Viena mais próspera do que nunca. No ano anterior, o do cinqüentenário do reinado do imperador, nesse triste ano da morte da imperatriz, ele ainda tinha composto duas valsas soberbas, *No Elba,* e *Apontar!* Parecia-se com o império contra o qual tinha lutado tanto nas barricadas de sua juventude, frágil como ele e, como ele, imperecível.

413

No mês de maio, houve o dia da Ascensão. Johann Strauss regeu *O morcego* com tal ardor que transpirou muito e pegou uma pneumonia. No dia 3 de junho, quando o maestro Eduard Kremser regia um concerto de valsas diante da prefeitura, vieram falar-lhe ao ouvido. Kremser abaixou a batuta, parou, deu uma ordem ao seu primeiro-violino, os músicos mudaram de partitura, e a orquestra pôs-se a tocar *O belo Danúbio azul,* com uma lentidão inusitada, *pianissimo.* Os ouvintes entenderam que Johann Strauss estava morto. Viena assumiu o luto de imediato.

Em 1900, o arquiduque herdeiro desposou a condessa Sophie Chotek, com a condição de que ela não fosse reconhecida como membro da família imperial e de que seus filhos fossem excluídos da sucessão. No dia 28 de junho, o imperador leu em público o ato de renúncia de Francisco Ferdinando, cujo furor visível não anunciava nada de bom.

O imperador estava preocupado. Naquele ano, Kathy Schratt exigiu do diretor do Burg Theater papéis que não convinham mais à sua maturidade rechonchuda. O imperador recusou-se a interferir, e já que a imperatriz não estava mais ali para reconciliá-los, a atriz pediu demissão do teatro e rompeu com o imperador, que sofreu muito. Foi preciso um ano inteiro para que o pássaro aceitasse voltar de novo para o ninho.

Como previsto, Emmy Taschnik, que passou a se chamar Erdos depois de casada, não desistira de cantar. Fez um contrato para recitais de valsas num grande hotel no Danúbio e começou a usar roupas extravagantes. Seus pais só podiam manifestar-se a respeito durante as estadas dela em Viena, três vezes por ano. "Chapéus de mundana!", indignava-se a sua mãe espantada.

Attila não se queixava mais, mas envelhecia muito.

Em 1903, OFICIAIS do Estado-Maior sérvio fundaram uma sociedade secreta, "A Mão Negra", cujo objetivo era a purificação dos Bálcãs pela eliminação física dos soberanos que estorvavam. O rei da Sérvia, Alexandre Karajorjevic, acusado de enfeudação para com o império austro-húngaro, foi assassinado com toda a sua família. Seu sucessor, Pedro I Obrenovitch, se declarou partidário da Grande Sérvia.

No outono, o imperador encontrou o czar Nicolau II numa caçada, com o propósito de debater as perturbações na Macedônia, onde se repetiam as rebeliões cristãs que tinham provocado a guerra da Bósnia. Mais ou menos ao mesmo tempo, durante as grandes manobras que aconteceram na Galícia, o imperador julgou necessário fazer uma proclamação na qual reafirmava solenemente a unidade do exército imperial e real, "comum e uno". Os húngaros ergueram a voz; os austríacos aprovaram.

Os croatas, súditos do império, queriam fazer a união com os sérvios e abandonar a tutela austríaca. Por pressão dos húngaros, o imperador fechou na Sérvia as fronteiras alfandegárias. Belgrado começou em 1905 uma propaganda desenfreada na Bósnia-Herzegovina.

As primeiras eleições com sufrágio universal, em 1907, viram o triunfo dos dois grandes partidos de massa: os social-cristãos de Lueger e os social-democratas. O dispositivo de confronto acabava de ser interposto. Os tchecos se dividiam em seis partidos, os poloneses em cinco; não podiam arbitrar. Nesse ano, a Rússia, a Inglaterra e a França concluíram uma aliança contra o império austro-húngaro.

A mãe de Attila Erdos morreu sem sofrer, deixando-o à frente de uma pequena fortuna, que Emmy se pôs a devorar com sofreguidão.

Em 1908, morreu o duque Rodolphe de Liechtenstein, a quem o imperador tinha confiado a caixinha onde dormiam os poemas da imperatriz. De acordo com as instruções da morte, o duque tinha com as próprias mãos jogado a chave da caixinha nas águas do Danúbio. A herança ficou com a família Liechtenstein, que perguntou o que devia fazer então.

No mesmo ano, o sultão decidiu organizar eleições em seu império, de que a Bósnia, sempre juridicamente, fazia parte. E, caso se votasse na Bósnia, a Áustria perderia seu território, que, nos termos da resolução da Comissão Européia votada em 1898, ocupava sempre "em nome do sultão".

Naquele ano, Viena celebrava com fausto o segundo jubileu de seu imperador, pelo sexagésimo aniversário de seu reinado. O cortejo das crianças atingiu dessa vez a cifra de 82 mil; as nacionalidades desfilaram como outrora as corporações pelas bodas de diamante, e todas estavam lá, à exceção dos tchecos. Foi nessa oportunidade que o ministro das Relações Exteriores, o conde Aehrenthal, decidiu bruscamente anexar a Bósnia.

A Sérvia desencadeou uma crise internacional, que terminou em prejuízo seu, em 1909. A Bósnia foi declarada terra de império comum à Áustria e à Hungria. Foi no mesmo dia do nascimento da filha de Emmy e Attila Erdos, a pequena Fanny, que os reconciliou por um tempo e reconfortou seus avós, Franz e Anna.

O chefe da família de Liechtenstein acabou por decidir confiar a caixinha da imperatriz ao tribunal civil de Brünn, na Morávia.

Em 1910, depois de uma briga com um guarda da prisão embriagado, Luigi Luccheni se enforcou com seu cinto, no calabouço em que o tinham jogado naquela mesma manhã.

EM 1911, apesar de um profundo desânimo, o imperador foi à sua nova província da Bósnia, e fez em Sarajevo uma entrada solene, ao lado do general Marian von Varesanin, chefe de Estado da Bósnia Imperial, numa carruagem puxada por quatro cavalos brancos. A Mão Negra tinha planejado eliminar o imperador, mas não conseguiu.

Apesar de sua pequena Fanny, Emmy Erdos abandonou o marido por um barítono sem talento e começou com ele turnês de canto nos cabarés de Budapeste. Para não escandalizar mais a família, adotou um nome artístico, passando a chamar-se Emilie Taschy.

Ao cabo de alguns meses, Attila morreu de desgosto; a pequena Fanny foi acolhida por seus avós maternos, que romperam com a filha Emmy.

No mesmo ano, estourou a guerra entre a Turquia e a Itália. No ano seguinte, em 1912, sob a autoridade da Rússia, nascia a Liga Balcânica, unindo Sérvia, Bulgária, Grécia e Montenegro numa aliança dirigida contra todas as potências capazes de apoderar-se de uma parte do território otomano. Só a Áustria-Hungria preenchia os requisitos. E se em 1913, apenas um ano depois, as alianças se desfaziam, se a Bulgária era atacada pelos sérvios, romenos, gregos e turcos, o imperador recuava nos Bálcãs. Passo a passo.

Esse ponto não passava despercebido ao arquiduque Francisco Ferdinando, homem de violência e de ódio, que perseguira alucinadamente o príncipe herdeiro, que odiava os húngaros, os sérvios, os Bálcãs, apoiava os croatas e queria a qualquer preço modificar o mapa das alianças, unindo as três monarquias da Europa central – a Alemanha, a Rússia e o império da Áustria-Hungria. O arquiduque herdeiro decidiu assistir pessoalmente às grandes manobras que se desenrolavam na Bósnia, entrando solenemente na cidade de Sarajevo, no dia 28 de junho de 1914. De Belgrado, a Mão Negra recrutou jovens sérvios da Bósnia, decididos a sacrificar suas vidas pela causa.

Era precisamente o dia de aniversário da derrota de Kosovo, fundadora da memória sérvia. Nesse dia, os sérvios tinham sido vencidos pelos turcos, e desde 1389 essa data significava ao mesmo tempo o luto, a revolta e o sangue da vingança.

Tiros da Mão Negra abateram o arquiduque herdeiro e sua mulher Sophie, em Sarajevo. Gavrilo Princip, jovem sérvio obstinado, tinha disparado à queima-roupa e mirado certo.

O velho imperador, embora detestasse o falecido, explicou numa longa proclamação "a seus povos" que a honra da Dupla Monarquia exigia reparação pelas armas, e a guerra estourou entre o império e a Sérvia.

A maquinaria das alianças européias se abalou. De um lado, a Entente unia a Inglaterra, a França e a Rússia; do outro, a Tríplice fazia a mesma coisa entre a Alemanha, o império e a Itália. As declarações de guerra se sucederam.

Toni Taschnik, jovem poeta promissor, tinha se tornado um ardente pacifista, sob a influência das obras da grande Bertha von Suttner, uma baronesa romancista que se tornara célebre ao publicar, muito tempo antes, no ano do drama de Mayerling, um livro retumbante, *Abaixo as armas!* Dezesseis anos depois, em 1905, ela ganhou o Prêmio Nobel, e o rapaz se inspirava nela com paixão.

Com a ajuda do pai, e para grande alegria da mãe, Toni conseguiu ser designado para os arquivos até 1915. Em seguida partiu para o fronte, na Ucrânia. Seis meses depois, o casal Taschnik recebeu a notícia do falecimento do filho, morto no campo de honra, em algum lugar entre Czernowitz e Tarnopol, não longe de Sagadora, a aldeia de seus ancestrais judeus. Anna mergulhou numa profunda melancolia.

O velho imperador morreu na metade da Grande Guerra, no dia 20 de novembro de 1916; no dia 30 de novembro, juntou-se finalmente à imperatriz, sua esposa, e ao filho, o príncipe herdeiro, no terceiro sarcófago da Cripta dos Capuchinhos.

O arquiduque Carlos, sobrinho-neto do imperador Francisco José, sucedeu-lhe sob o nome de Carlos I, e esforçou-se em vão para tirar seu país do conflito, procurando assinar uma paz em separado com as potências da Entente.

QUANDO ACABOU a Grande Guerra, mais de 20 milhões de homens tinham morrido na Europa. Em quatro dias, no mês de outubro de 1918, por secessões sucessivas, o império explodiu.

A República Tchecoeslovaca foi proclamada em Praga no dia 28 de outubro; a 29, os territórios eslavos do Sul fundiram-se com o reino da Sérvia; a 30, a Assembléia nacional da "Áustria-alemã", constituída pelos membros alemães do Parlamento, adotou a constituição elaborada por Karl Renner, um fervoroso socialdemocrata que esperava reunir a Alemanha e a Áustria na base do socialismo. A 31, os ucranianos da Galícia faziam a secessão, por sua vez. A 3 de novembro, a Áustria assinou o armistício com as potências da Tríplice Entente.

E no dia 11 de novembro, quando o armistício punha fim à guerra entre a Alemanha e a França, o imperador Carlos I renunciou aos negócios do Estado, à véspera do dia em que a Assembléia proclamou a primeira República austríaca. O artigo primeiro declarava: "A Áustria alemã é uma república democrática." O artigo segundo precisava: "A Áustria alemã é parte integrante da República da Alemanha."

Em setembro de 1919, o Tratado de Saint-Germain, assinado no palácio do Belvedere pelo novo chefe do governo republicano, Karl Renner, desmembrou o império dos Habsburg, como meio século antes os restos do império otomano. A secessão tinha vencido. A Tchecoslováquia, a Hungria, a Itália, a Sérvia, a Romênia e a Polônia pegaram para si, cada uma, as terras antes reunidas sob a tutela da águia de duas cabeças, e que lhes cabiam de direito, segundo o princípio das nacionalidades.

No final da cerimônia das assinaturas do tratado, o presidente do Conselho Georges Clemenceau, feroz inimigo da monarquia e do clericalismo austríaco, o aliado do falecido príncipe herdeiro, lembrou-se da noite de dezembro de 1886 em que, durante uma refeição familiar sob o teto de seu cunhado Moritz Szeps, recebera uma mensagem de Rodolphe, com quem logo se encontrou. Conversaram até o amanhecer. Em memória do ardente rapaz com o qual tinha consertado o mundo, ele finalmente teve sua vingança contra o império, respondendo brutalmente a uma pergunta insolúvel: "O que é a Áustria agora?"

"A Áustria?", exclamou Clemenceau. "É o que sobra."

AS PRIMEIRAS ELEIÇÕES da nova República viram reformar-se os dois grandes blocos que desde o fim do século já se enfrentavam. Em fevereiro de 1919, social-cristãos de direita e socialdemocratas de esquerda quiseram formar um governo de coalizão, sob a autoridade de Karl Renner.

A miséria era terrível; não se tinha leite, carvão, privava-se de tudo, vendiam-se jóias e prataria. Para substituir a carne, que fazia uma falta cruel, inventou-se um pó à base de casca de bétula, um substituto que se misturava à papa de milho, na falta de batata. A epidemia de gripe espanhola, que devastava a Europa inteira, fez milhares de mortos numá Viena desesperada.

Enquanto isso, o que restava da Áustria se organizou. Viena tornou-se um país federal independente, onde os socialdemocratas obtiveram a maioria absoluta em maio do mesmo ano. Eles lançaram um vasto programa de legislação social e de construções civis, cujo florão era o imenso prédio do "Karl-Marx-Hof", único na Europa. Julius Tandler, médico anatomista, começou a preocupar-se com a ajuda social e a saúde, o *Wiener System*. A "Viena Vermelha" tinha de mostrar à Europa dos vencedores o brilho da socialdemocracia austríaca e o triunfo do socialismo.

Em 1920, a Assembléia nacional votou a nova Constituição da República Federal da Áustria, à qual o Tratado de Saint-Germain tinha proibido a denominação de "alemã". No mesmo ano, a coalizão desmoronou, e os socialdemocratas, que não tinham mais nada senão a Viena Vermelha, entraram na oposição contra o plano do governo federal, mantido pelos social-cristãos.

Logo os dois partidos constituíram milícias armadas. Os socialdemocratas tinham o *Schutzbund*, os social-cristãos, a *Heimwehr*. Uns e outros desfilavam nas ruas, cada um com seus uniformes.

Em 1922, o *Wiener System* do Dr. Tandler começou a vigorar. Abriram-se consultas para mulheres grávidas, mães de família e lactantes. Tratava-se ativamente das doenças venéreas e da tuberculose.

Em 1925, o *schilling* tornou-se a nova moeda. Ancorado num enorme empréstimo feito à Sociedade das Nações, o *schilling* estava sujeito à necessidade de conter o equilíbrio orçamentário. O desemprego, que já era colossal, aumentou mais ainda. Os dois grandes partidos começaram a enfrentar-se na rua.

Em 1927, uma criança de 10 anos e um inválido de guerra foram abatidos a tiros durante uma escaramuça entre o Schutzbund e um grupo de ex-combatentes de direita. Três deles foram a julgamento e foram absolvidos. No dia 15 de julho, sem nenhuma senha, os operários manifestaram-se aos milhares. A manifestação degenerou; incendiaram o Palácio da Justiça, um comissariado de polícia e a sede do jornal dos social-cristãos, o *Reichspost*. Os bombeiros quiseram intervir, em vão. A polícia abriu fogo: 89 mortos, mil feridos. A Heimwehr furou a greve geral cuja ordem tinha sido lançada em toda a Áustria pelos socialdemocratas.

Transtornada pelos acontecimentos, a jovem Fanny Erdos, ainda adolescente, neta de Franz e de Anna Taschnik, pôs-se a acompanhar as assistentes sociais em suas visitas em domicílio, e descobriu o mundo dos pobres de Viena que seus avós tinham pouco a pouco esquecido. Depois apaixonou-se pelos jardins-de-infância que acabavam de inaugurar na cidade.

Depois da repressão contra os operários de Viena, os camisas-pretas, milícias fascistas de Benito Mussolini, apoiaram os membros da Heimwehr, que se chamavam Heimwehren.

420

Anna Taschnik não tinha saído ainda da profunda crise de melancolia que a afetava havia mais de dez anos. Quando via nos jornais que tinham atirado na multidão e que o sangue corria, Anna partia para longos discursos proféticos algo confusos, que terminavam com uivos angustiados.

Em 1928, os médicos começaram a falar de doença mental e de hospitalização; Franz recusou peremptoriamente. Sua neta Fanny filiou-se ao partido socialdemocrata quando completou 20 anos, em 1929.

Em 1931, as milícias nacional-socialistas alemãs apoiaram por sua vez as milícias dos Heimwehren. O desemprego agravou-se e os nazistas ganharam terreno na Áustria.

O Sr. Zlatin, executor testamentário do falecido duque Rodolphe de Liechtenstein, publicou uma série de artigos no *Neue Wiener Tagblatt* a respeito dos poemas da imperatriz e da caixinha depositada no tribunal de Brünn, cidade que havia retomado seu nome tcheco, Brno. Lá se encontraria, jurava ele, a carta de despedida do príncipe herdeiro à sua mãe, escrita às vésperas do drama de Mayerling. O caso provocou grande repercussão em Viena, apesar da gravidade dos tempos. Em 1932, os nazistas austríacos obtiveram 15 assentos nas eleições da Assembléia de Viena, que constituía um Estado separado. O ministro da Agricultura, Engelbert Dollfuss, do partido social-cristão, foi nomeado chanceler federal, com uma maioria parlamentar de um só e único voto.

No dia 30 de janeiro de 1933, na Alemanha, Adolf Hitler tornou-se chanceler do Reich.

Em 1934, na Áustria, os socialdemocratas se mantiveram numerosos na capital, seu bastião. O novo chanceler considerava-os como a oposição mais perigosa do país. Por toda parte em que estavam, Dollfuss tentou miná-los com artimanhas policiais. No dia 12 de fevereiro, enquanto a polícia investigava na sede do Partido Socialdemocrata em Linz, membros do Schutzbund atiraram contra os policiais. A guerra civil tinha começado.

Quando Anna Taschnik ouviu falar do novo chanceler do Reich, pôs-se a delirar abertamente, com momentos de violência que a tornavam às vezes perigosa. Franz, com o coração partido, decidiu finalmente mandar interná-la no grande hospital psiquiátrico recentemente construído nas colinas de Viena, o Steinhof. A casa de Hietzing tinha se tornado grande demais para o avô e a neta; Franz se resignou a vender a morada de sua infância, assim como o pequeno apartamento herdado de Willibald Strummacher. Os dois Taschnik mudaram-se para o centro da capital e instalaram-se num apartamento de Bankgasse.

Desde o início do século, o chefe de seção Taschnik, Franz, por recomendação pessoal do imperador, tinha recebido um título de nobreza, e chamava-se agora barão Taschnik de Kreinfeld. Mas desde o advento da República austríaca, todos os títulos de nobreza tinham sido proibidos.

Quando a guerra civil estourou, ele tinha 86 anos.

Epílogo

Viena, fevereiro de 1934

– Corti – murmurou o velho, ajeitando os óculos. – Não conheço esse nome. "Conde Egon Cäsar Corti, Georg Siglgasse, 8, Viena..." Não vejo. Quem pode querer encontrar-se com um caco como eu?

Com um gesto maquinal, ele alisou o crânio calvo, releu o cartão de visita e endireitou-se com dificuldade em sua poltrona. O esforço era duro demais; pôs-se a tossir, uma tosse sibilante, incontrolável. Suas mãos trêmulas puxaram o cobertor para cima dos joelhos e descobriram um lenço com o qual ele enxugou nervosamente os cantos da boca.

– Ele diz que para chegar aqui atravessou Linz, que há luta lá, nas ruas, em toda parte, e que seu assunto é urgente! É preciso responder-lhe, senhor! – gritou a governanta rudemente.

– Há luta em Linz? – espantou-se, apalermado. – Mais tumultos? Isso então não vai acabar nunca?

– Então, o senhor vai recebê-lo, sim ou não? – bufou a governanta.

– Não grite assim – resmungou ele –, não sou surdo. Ele disse o que queria? O apartamento não está à venda!

– Ele disse que é pessoal. Pessoal!

– Ajude-me a levantar – disse o velho, num gesto irritado. – E mande-o entrar.

Ao alcançar a soleira do quarto, o conde Corti teve um movimento de recuo.

O cômodo tinha cheiro de fechado e de medicamento, um odor de iodo e de cânfora. Na lareira, queimava lentamente uma acha que começava a soltar fumaça, madeira ainda verde. De pé, diante de uma poltrona de doente com travesseiros amarrotados, um homem muito velho o fixava com um olhar espantado, com olhos que sem dúvida tinham sido azuis, mas que a idade tinha desbotado de um véu opaco semelhante a uma porcelana gasta. Usava uma casaca à antiga, de pano preto, um colete com florezinhas e uma gravata de seda branca, presa por um alfinete de camafeu. Um velho alto, digno e curvado, de pele transparente, impecavelmente vestido com roupas fora de moda. O conde Corti se sentiu miserável e, com o chapéu na mão, inclinou-se respeitosamente.

— Senhor barão – começou ele cerimoniosamente –, sou-lhe muito grato por me receber. Principalmente nestes tempos conturbados.

— Minha governanta disse-me isso. Pegue uma cadeira, por favor, senhor conde – respondeu o velho com extrema afabilidade. – Estou muito honrado.

Depois de ter esperado de pé que seu visitante se sentasse numa cadeira dourada, afundou-se lentamente em sua poltrona, puxando por sobre os joelhos o cobertor de lã cinzenta. Seus dedos puseram-se a tremer.

— Perdoe-me esta visita um pouco inconveniente, senhor – começou o conde Corti. – O assunto que me traz ao senhor é bastante singular para que eu ousasse escrever-lhe. É um assunto que lhe diz respeito, senhor. Um assunto particular.

O velho o fitava sempre com um olhar intrigado, um pouco vago, e com uma espécie de meio sorriso algo inquieto.

— Permita-me apresentar-me – continuou o visitante. – Sou o conde Corti e estou terminando uma biografia da imperatriz Elisabeth.

— Uma o quê? – disse o velho fechando a mão. – Não o ouvi bem.

— Uma biografia, senhor – gritou o conde Corti. – Da imperatriz!

— Quem fala ainda do império? – suspirou o velho. – Esses tempos estão esquecidos. Luta-se em Linz, o senhor disse, amanhã Viena estará em chamas, esses jovens enraivecidos da extrema direita vão atacar os vermelhos, os Heimwehren contra os Schutzbund ou o contrário, e o senhor fala da imperatriz... Qual imperatriz?

— E-li-sa-beth! – gritou Corti. – A imperatriz Elisabeth!

Um clarão azul atravessou o olhar do velho, que levantou a mão de dedos deformados.

— Ela está morta, e não me resta muito mais que isso — murmurou ele. — Mas morreu jovem, fez muito bem. Eu não conheci meu pai, que morreu diante das barricadas em 1848; vi Solferino, Sadowa, conheci a Guerra da Bósnia, que pariu a outra, a Grande Guerra, vi o fim do nosso império, não paro de ver o sangue vienense escorrer nos subúrbios, e agora vejo esses malditos prussianos, esses borussos, que se arrebentam com seus *slogans* pagãos e suas caras de ratos! Como se chamam eles agora?

— Nazistas — gritou Corti, destacando as sílabas. — Nacional-socialistas. Eles ameaçam, mas o chanceler Dollfuss resiste, senhor.

— Ah! Esse homenzinho camponês, o senhor acredita nele? São todos iguais! Nacional-socialistas, social-cristãos, pangermanistas, qualquer coisa — resmungou o velho senhor. — Uma palhaçada...

— Mas o senhor teve a sorte de encontrar-se com a imperatriz — gritou Corti, abrindo sua pasta.

— Eu? — resmungou o velho, enxugando os lábios num movimento maquinal. — De onde tirou isso, senhor conde?

— O senhor é mesmo o barão Francisco Taschnik de Kreinberg?

O velho inclinou levemente a cabeça e franziu os olhos, desconfiado.

— Diga de preferência Taschnik, senhor — murmurou. — Os títulos estão proibidos, o senhor sabe disso tanto quanto eu...

— Oh! Estamos sozinhos, senhor barão! — exclamou o conde Corti. — Vamos ao meu assunto, se o senhor permitir. O senhor esteve uma noite no baile de máscaras, que se realizava na sala da Sociedade de Música — gritou. — Em 1874.

— Talvez... Não me lembro mais — resmungou o velho, evasivo. — Quando eu era jovem, estive lá, com efeito, duas ou três vezes...

— Naquele ano — continuou Corti, erguendo a voz —, o senhor passou todo o baile com um dominó amarelo.

— Com quem? Não ouvi bem — disse o velho, cujos olhos se arregalaram.

— Com um dominó amarelo! Amarelo, senhor, como... — disse o conde, procurando com o olhar uma amostra no quarto. — Amarelo como os muros do palácio de Schönbrunn! Amarelo imperial.

O rosto do velho se fechou; lentamente, ele ergueu sua mão enorme e tapou os olhos em silêncio. O conde Corti não ousava sequer respirar!

— Senhor... – perguntou ele com ansiedade. – Quer que eu chame alguém?

— Poderia fechar a porta, senhor conde? – interrompeu o velho, numa voz surpreendentemente forte. – E também abrir a janela. Minha governanta me proíbe, mas estou sufocando.

O CONDE CORTI obedeceu com solicitude; as buzinas dos carros invadiram o quarto. O velho se afundou em sua poltrona e virou a cabeça para o lado da rua, suspirando.

— O dominó amarelo – disse ele, olhando Corti direto nos olhos. – O senhor vem de sua parte? Ela vive ainda?

— Mas... senhor, é impossível – murmurou o conde Corti.

— Que está dizendo? – perguntou o velho. – Estou um pouco surdo, e com esses barulhos novos, os automóveis, o telefone, os postos e a radiodifusão, não se ouve nada.

— Estou dizendo que sim... Estou dizendo que, com efeito, venho da parte dela! – gritou Corti.

— Ah! – exclamou o velho, com um sorriso infantil. – O senhor tem uma carta a me entregar?

— Infelizmente, senhor, ela morreu! – gritou Corti. – Pense bem, ela seria quase centenária!

— Evidentemente, evidentemente – resmungou o velho. – Já que eu tenho 86 anos. Mas o que é que o senhor me diz aí com sua mensagem? Se ela não está mais...

— Escute – gritou Corti. – Seu dominó era a imperatriz.

— Eu também achava isso, senhor conde – disse ele, retendo um suspiro. – Com o tempo, acabei por compreender que era um erro.

— Não, senhor! – gritou Corti, tirando papéis da pasta. – Tenho aqui as provas! A condessa Ferenczi, sua leitora, estava com ela no baile, de dominó vermelho...

— Acho que sim, de vermelho, sim – murmurou o velho. – Frieda.

— Ida! – gritou Corti. – Ida Ferenczi! Ela contou tudo em suas memórias – disse ele, batendo com a mão sobre os papéis. – Toda a sua história!

O velho pôs-se a tossir. Entre dois acessos de tosse, ele estendeu a mão para um frasco, pegou-o tremendo e bebeu pelo gargalo, avidamente.

— Minha história – disse, enxugando a boca com o lenço dobrado. – Então era verdade.

— Era! – gritou Corti. – O senhor passou a noite com a imperatriz Elisabeth!

— Mostre – disse o velho, numa voz sufocada.

Corti abriu o manuscrito e tirou três folhas, que estendeu ao velho.

— Aí está, aqui – gritou, apontando com o dedo. – Veja o seu nome... E o relato do baile. E a história das cartas que o senhor recebeu. Está tudo aí. Quer que eu acenda a luz? O senhor verá melhor.

ERA A HORA em que na catedral Santo Estevão começava o ofício solene pelo aniversário do coroamento de Sua Santidade o papa Pio XI. No coro, tinham tomado assento os representantes do governo, o corpo diplomático e o pequeno chanceler Dollfuss, tão pequeno que seus partidários o chamavam afetuosamente de "Milimetternich".

As revoltas atingiram Krems, combatia-se em Graz, em Linz, era a guerra; por toda parte, as armas tinham saído dos porões, e cada um esperava o grande enfrentamento na capital. A vez de Viena tinha chegado. Os socialdemocratas ainda não tinham dado sinal de vida. O cortejo eclesiástico, precedido de incensórios, fez sua entrada ao som do hino pontifício. O céu de Viena estava tão escuro nesse dia que ao lado das velas se acenderam as lâmpadas elétricas.

O cardeal Innitzer, prelado da cidade, ia começar a leitura do Evangelho quando as luzes vacilaram, depois se apagaram como num sopro. Na nave, a multidão murmurou; o pequeno chanceler estremeceu. As luzes voltaram; respirou-se, era apenas uma pane. Mas outra vez elas diminuíram, e se apagaram.

Não era uma pane, era o sinal da greve geral. Os fiéis saíram acotovelando-se. Entre as fileiras de dignitários, todos olhavam para o pequeno chanceler, a quem a escuridão dava um aviso.

Dollfuss não se mexeu. Afundado num fervor fingido, com as mãos juntas, ele pensava no canhão terrível que tinha guardado como reserva, uma arma infalível que reduziria a ala esquerda de seus oponentes. Pensou nos 40 mil policiais que ia lançar contra as massas operárias, e nos Heimwehren que consumariam o grande massacre dos socialdemocratas, finalmente. Era a oportunidade de terminar de vez com a escória vermelha. Era sempre tempo de reduzir depois os Heimwehren e seus aliados do outro lado da fronteira, os nazistas do chanceler Hitler. O cardeal Innitzer apressou a missa, acelerou seu latim, descompôs os coroinhas e encerrou o ofício rapidamente.

No altar, as velas imemoriais não se apagaram.

No apartamento de Bankgasse, o velho pegou lentamente uma lupa sobre a mesa de remédios e aproximou os papéis de seus olhos. O conde Corti tinha acendido o grande lustre, mas o velho de mãos trêmulas tinha se colocado perto de sua vela, por hábito.

Começou a ler, resmungando palavras sem nexo que Corti não compreendia. Sua cabeça ia da esquerda para a direita com pequenas sacudidelas incontroláveis, e Corti viu na têmpora uma veia azul que palpitava. De vez em quando, ele abaixava a lupa e enxugava febrilmente a boca. Seus olhos estavam cheios de lágrimas.

O conde recuou um pouco para deixá-lo entregue à leitura e notou que ele tinha frio.

– Quer que eu feche a janela, senhor? – gritou. – Em seu estado...

– Não – resmungou o velho, com o nariz sobre o papel.

Os segundos se passavam; no bufê de mogno, um relógio de pêndulo anunciou onze horas, com um som fino. O conde Corti deu uma volta pelo quarto, passou discretamente um dedo sobre o mogno encerado, observou o retrato do imperador em roupa de caça, com um chapéu tirolês, e absorveu-se na contemplação das fotografias sobre o piano de cauda. Um rapaz de uniforme da Grande Guerra, uma dama com um grande chapéu florido e uma criança com vestido rodado, com longos cachos escuros. Atrás dos três personagens, o conde espantado notou a fotografia de uma jovem mulher de vestido de noite, com os braços abandonados ao longo do corpo; os ombros estavam nus; sobre o cetim caía uma longa musselina, até os escarpins de prata; um nome de artista estava escrito em letras de ouro, *Emilie Taschy*. A fotografia estava riscada com um traço em tinta vermelha, como se tivessem querido castigar a imagem.

428

As luzes do lustre diminuíram bruscamente, depois apagaram-se. Corti imobilizou-se, inquieto. Mas a eletricidade voltou, e o conde, piscando os olhos, viu na parede, como um medalhão, um pequeno retrato da imperatriz a cavalo, suspenso numa fita de veludo negro empoeirada. O velho ainda estava lendo, e balançava a cabeça a cada linha.

— O senhor está convencido? – ousou Corti, constrangido.

— Ainda não terminei – resmungou o velho. – Ah! Ela não fala do leque.

— Do leque? – espantou-se Corti.

— São meus segredos, senhor – disse o velho, quase polidamente. – Ela também não fala do beijo.

— Do beijo! – disse Corti, assombrado. – O senhor teria beijado a imperatriz?

— ...Mas o senhor não vai escrever isso, hem? – disse o velho, com um olhar preocupado. – Isso é meu. Só meu.

— Não, senhor – gritou Corti. – Vim aqui para que o senhor me dê as cartas.

— As cartas! – exclamou o velho. – Mas eu não tenho o direito! Todo esse tempo em que as guardei, sem saber quem era Gabriela, eu as escondi até mesmo da minha mulher, senhor! E agora que eu sei, o senhor queria...

Ele sufocou de novo e mergulhou em seu lenço.

— Veja, conde – disse ele, recuperando o fôlego. – Estou à beira da morte. Não, não proteste... Sinto isso. Não é no limiar da grande passagem que vou traí-la. Não conte...

— O senhor não trairá nada, senhor – gritou Corti. – As memórias da Ferenczi dizem tudo.

— É indigno – murmurou o velho.

— A imperatriz é uma lenda, senhor, um mito! Retendo as suas cartas, o senhor a priva de um pouco de verdade. A menos que ela tenha escrito palavras escandalosas...

— Claro que não! – exclamou o velho, erguendo o busto. – Vou mostrá-las ao senhor. Simplesmente mostrá-las! Ajude-me a levantar, por favor. Não estou muito firme.

O conde precipitou-se e ergueu o velho pelas axilas. Quando ele ficou de pé, sentiu uma tontura e cambaleou; o conde esboçou um gesto para pô-lo de volta sentado, mas ele o segurou pelo braço e agarrou-se nele com todas as suas fracas forças.

— Temos que ir até a secretária... ali – soprou o velho, como se se tratasse do fim do mundo.

— Apóie-se em mim – disse Corti, e as unhas do velho se enterraram no pano de seu casaco.

Um passo após o outro, eles chegaram diante do pequeno móvel com gavetas. Com um gesto trêmulo, o velho tirou do pescoço uma corrente, com uma chave na ponta.

— Abra – disse ele, estendendo-lhe a chave. – A segunda gaveta à esquerda, numa caixa de ferro, com flores em cima.

Sem largá-lo, Corti abriu e achou uma caixa com pintura descascada, em que as rosas perdiam suas pétalas, corroídas pela ferrugem.

— Aí a tem – disse o velho. – Leve-me de volta à poltrona.

O velho sentou-se pesadamente e deixou cair a cabeça em abandono. Corti abriu a caixa, em que as cartas e o poema repousavam, cuidadosamente envolvidos em fitas de seda amarela.

— É ISSO – murmurou ele, lendo com uma excitação crescente. – Aqui em cima a data, sua letra, que ela disfarça depois. Magnífico!

— Olhe também os envelopes – soprou o velho. – Londres, Brasil, Munique... Como é que ela fez isso?

— A condessa Ferenczi explica isso mais ou menos – gritou Corti. – Quanto à primeira, por intermédio da irmã dela, a rainha das Duas Sicílias!

— Caramba! – disse o velho com um risinho. – Uma rainha para encaminhar minhas cartas! Então eu sou tão importante assim?

— Sim, senhor – gritou Corti, comovido. – Deixe-me copiá-las, por favor.

O velho fez "não" com a cabeça, teimosamente.

— Em nome da História! – suplicou Corti.

— Oh! – suspirou o velho. – Pelo que ela faz conosco...

— Então, em nome do império! – disse Corti com exaltação.

— O Império – disse o velho, cujos olhos brilharam subitamente. – Pelo império, eu deixo. Veja, sou partidário. Ponha-se diante da secretária, senhor conde.

— Imediatamente – disse Corti, com solicitude.

— Não sei se é a emoção ou... Acho que peguei um resfriado – murmurou ele puxando o cobertor. – Pode fechar a janela? Estou com frio.

— Quer que eu ponha uma acha na lareira? – gritou Corti, olhando as brasas.

— Não há mais achas, senhor – disse o velho. – Vivemos tempos duros.

Corti soltou um suspiro, fechou a janela, depois sentou-se diante da secretária e tirou papel para copiar as cartas.

O lustre apagou-se bruscamente.

— Isso às vezes acontece – disse o velho. – Pegue minha vela, senhor conde. Gosto da penumbra. Ela permite sonhar, veja só.

Sentado diante da vela cuja chama vacilava um pouco, o conde Corti começou seu trabalho de copista.

— Sabia que eu nunca mais voltei a falar com ela, senhor? – disse o velho. – Muitas vezes eu ia ao Prater, e às vezes a via, em sua égua, montada como amazona. Depois aprendi a montar em homenagem a ela, e veja como são as coisas, no dia em que eu estava a cavalo, ela estava em carruagem... Enfim, tentei de tudo para surpreendê-la. Uma vez quase colei meu nariz na porta do cabriolé dela... Mas ela...

Corti virou polidamente a cabeça.

— E então? – gritou.

— Então ela fingiu não me ter visto, pura e simplesmente... – continuou o velho, com um riso fraco. – Minha mulher... ela está no hospital, senhor, há um ano já... minha mulher nunca desconfiou de nada! No dia em que elas vieram...

— Quem? – gritou Corti, de longe.

— Elas, as duas mulheres... Mas e a outra... Esqueci o nome dela.

— Marie Festetics? – gritou o conde. – A dama de companhia da imperatriz?

— Marie, talvez, de fato... de fato... Enfim, elas estavam de negro. Minha mulher estava na cozinha; nossos filhos tinham saído a passeio. Porque eu tinha um filho, senhor. Ele queria ser poeta e publicava nas revistas; certamente ele teria tido sucesso... Morreu no campo de honra, no fronte oriental, em 1916 – disse o velho, numa voz rouca.

— Meus pêsames, senhor – gritou Corti, virando a cabeça. – É um acontecimento terrível.

— Há uma fotografia dele em cima do piano – prosseguiu o velho. – É o piano de minha mulher, eu tocava violino. Mas dei-o a um menino que tocava melhor que eu, não faz muito tempo. É o filho de nosso vizinho de cima. Chama-se Elie Steiner, é muito talentoso. O senhor compreende, não tenho mais ninguém a não ser minha neta... E o violino não é adequado para mulheres. A pobre criança não tem tempo para a música. Ela se ocupa com aulas maternais, quer tornar-se educadora ou psiquiatra... Psiquiatra! Faça-me o favor! O senhor talvez a veja, ela não vai demorar muito. Ela é tudo para mim. A mãe dela tornou-se cantora em Budapeste, enfim, cantora se a gente tiver boa vontade, senhor conde. O pai era um dos meus maiores amigos; já morreu. A pequena vive aqui comigo, é o meu sol...

— Desculpe, senhor, há aqui uma palavra que não consigo decifrar... Talvez o senhor possa – gritou Corti, aproximando-se com uma carta na mão.

— Onde? – perguntou o velho, pegando sua lupa. – Ah! Estou vendo. "...à maneira dos gatos". Eu sabia de cor essas cartas. Um gato, senhor. É bem dela mesma, não é? Tinha a flexibilidade e as garras!

— Não sei, senhor – murmurou Corti, voltando para a secretária.

— ...Por exemplo, eu queria muito saber se era ela também aquela mulher de véu no Stadtpark – disse o velho. – Alta, mas tão esbaforida, e o andar! Dir-se-ia que estava com dor nas pernas. Sabe?

Absorto em seu trabalho, Corti não respondeu.

— Foi... Não sei mais o ano – continuou o velho numa voz surda. – Meu filho ainda era pequeno, nós éramos felizes, e quando ela viu minha mulher ao meu lado, fugiu! Enfim... Tudo mudou tanto. Os carros têm motores, as mulheres cortaram os cabelos, subiram as saias até o joelho, e somos governados pelo chanceler Dollfuss! É o fim da

Áustria, senhor. *Finis Austriae*. Quero que minha neta deixe o país após a minha morte; estamos muito mal aqui, não se vive mais. Mas ela é socialdemocrata, senhor, pode imaginar isso? Uma socialista na minha família! Uma vermelha na casa dos Taschnik! Minha pobre mulher não está sabendo. Olhe, eu mesmo, na minha juventude... Mas eu era principalmente liberal, não socialista! Ao passo que minha infeliz Anna... porque ela se chama Anna, senhor conde... Pois bem, ela também tinha tendências políticas que... Enfim, as idéias de minha esposa não são mais da época. É triste dizer, minha mulher está no asilo, senhor, em Steinhof.

— Sabia que foi a imperatriz que pediu isso ao imperador? – gritou Corti, virando-se.

— Não estou entendendo, senhor conde. Ela pediu o quê? Estou falando de minha mulher, que está louca! – respondeu o velho, com uma ponta de impaciência.

— Precisamente, senhor barão – respondeu Corti. – Para um de seus aniversários, Elisabeth queria um hospital psiquiátrico moderno, inteiramente equipado. O imperador o encomendou em 1905, acho eu... Foi Otto Wagner quem se encarregou do projeto e da construção; e foi o Steinhof! Vê?

— Eu não sabia disso... Nunca me disseram. Assim, minha pobre mulher vive num lugar cuja construção foi decidida por... Incrível! Oh! Minha Anna não é má, veja o senhor. Mas às vezes fica um pouco exaltada. Foi depois da morte do filho que ela começou a perder a razão. Agora ela vê conspirações em toda parte, uniformes e homens negros em seus sonhos, acha que vive escravizada no Egito, e só fala de fantasmas. Um delírio!

— O que é isto, senhor? – gritou subitamente Corti. – Parece um poema.

— Com palavras inglesas? *Long, long ago*? – respondeu vivamente o velho. – O último sinal que recebi de Gabriela. Um belíssimo poema. Eu tinha respondido, no entanto, posta-restante, Munique, como de hábito... Ninguém foi procurar meu poema, de minha autoria, que me causou tanta dor. Mas o dela, senhor conde, que maravilha! Parece que ainda o sei de cor. "Lembras-te da noite ofuscada sob os lustres?

Há muito tempo, há muito tempo, *long ago...*" E terminava com um verso magnífico, vejamos: "Não me faças esperar mais..."

— Pois bem! Ela não espera mais, e o senhor também não, senhor – disse Corti, voltando-se para ele.

— Eu? Oh, sim, senhor conde, eu espero. E o senhor vê bem a quem espero. A Morte – suspirou o velho, com um gesto de impotência.

Duas vozes de mulher se fizeram ouvir atrás da porta; Corti virou a cabeça.

— Minha neta – disse o velho com satisfação. – Quando se trata dela, eu ouço tudo.

A PORTA ABRIU-SE bruscamente. Entrou uma moça de boina vermelha, com uma blusa simples e um cardigã sobre uma saia até os joelhos, uma moça de tez clara, esbaforida.

— Vem, minha Fanny, aproxima-te – exclamou o velho sorrindo.

— Vovô, dizem que vão acontecer coisas terríveis... – disse ela com agitação. – Os Heimwehren... Os nazistas...

— Deixa isso para lá, por favor – ordenou o velho senhor Taschnik num tom decidido. – Apresento-te o conde Corti. Ele está escrevendo uma biografia de minha imperatriz.

A moça franziu as sobrancelhas escuras, esboçou uma rápida reverência e olhou o avô com ar interrogativo.

— Ele está interessado naquelas cartas de que te falei – disse o velho, e seus olhos se iluminaram. – As do Baile do Reduto.

— Outra vez essa velha história! – exclamou ela. – Vovô, tu és decididamente romântico demais... Meu avô encontrou naquela noite num baile um misterioso dominó amarelo de nome Gabriela, e...

— Eu sei, senhorita – interrompeu Corti. – Exatamente.

— Exatamente o quê? – disse Fanny. – O senhor não vai me dizer que era...

— Precisamente, senhorita – continuou Corti, com uma saudação.

Ela hesitou, pegou-o pelo braço e puxou-o para perto da janela.

— Venha até aqui, senhor – murmurou-lhe ela rapidamente. – Mais perto... Falemos baixinho. Não quero estragar a alegria dele, mas saiba que há o risco de combate em Viena, senhor. Prepara-se um golpe de Estado, estou sabendo pelos meus amigos... Queria dizer-lhe isso, eu desisto. Quando o senhor sair, seja prudente.

O conde concordou com um sinal de cabeça.

— Então, vovô teria flertado com a imperatriz! – exclamou ela num tom jovial.

E, passando por trás da poltrona, pôs os braços à volta do pescoço do velho, beijando-lhe o crânio liso.

— Veja só o meu avô, esse sedutor – murmurou ela ternamente ao ouvido dele. – Estou certa de que a beijaste. Confessa!

Ele se abandonou, gemendo de prazer, com os olhos embaçados, feliz.

— Estou orgulhosa de ti – cochichou ela. – A imperatriz! Diz-me, como era a pele dela? Ela beijava bem?

— Senhorita! – exclamou o conde, perturbado.

— Pára com isso – murmurou o velho –, fazes-me cócegas. Tira essa horrível boina para que vejamos teus cabelos.

Com um gesto vivo, ela fez saltar a boina, e os cachos de cor castanha jorraram, intermináveis. Com sua tez rosada e seus olhos castanhos risonhos, ela era tão bela que Corti não pôde reter uma exclamação de surpresa.

— Veja, senhor, consegui que ela não cortasse os cabelos... Não é que minha Fanny se parece um pouco com a imperatriz? – disse o velho. – É a minha vitória. Depois da minha morte, ela fará o que quiser.

— Queres calar a boca, vovô! – exclamou ela zangada. – Não vais morrer.

— Seu avô me autoriza a reproduzir as cartas, senhorita – interveio Corti cautelosamente. – Espero que a senhorita não veja inconveniente nisso.

— As cartas são dele, senhor – interrompeu ela. – E ele está em seu juízo perfeito.

— Certamente – apressou-se o conde Corti. – Longe de mim a idéia... Aliás, estou de saída.

— Tanto mais que devemos ir ver minha avó – disse ela.

— Em Steinhof? – murmurou o conde.

— Ah! – disse ela. – Ele lhe contou.

— E ambos vão atravessar Viena? – perguntou ele, preocupado.
Ela fez um gesto fatalista e fez-lhe sinal para que se calasse.

— Senhor barão – gritou Corti, aproximando-se do velho –, vou enviar-lhe a cópia do meu manuscrito antes da publicação. E queria pedir-lhe permissão para voltar a ouvi-lo com mais vagar.

— Se Deus me der vida – disse o velho.

— O senhor encontrará meu número de telefone no cartão de visita, senhor, A-16-1-41– gritou o conde. – Sou-lhe realmente muito grato. Graças ao senhor, a imperatriz vai reviver sob um ângulo desconhecido.

— Mas o senhor não vai falar do beijo, senhor – disse o velho, endireitando-se. – Eu o proíbo.

Corti inclinou-se com cerimônia.

— Nem de minha avó – acrescentou a moça, segurando a porta.

— *Servus,* senhor conde – murmurou o velho, olhando-o sair.

Fanny contemplou o avô com um olhar desconfiado; ele tinha as maçãs do rosto vermelhas e tossia discretamente.

— Tens o olhar brilhante demais, vovô – disse a moça. – Não pegaste uma gripe, espero?

— Dá-me a caixa de ferro para que eu arrume as cartas. Ah! E também, na gaveta de baixo... Há alguma coisa que eu queria ver.

A moça remexeu na secretária e tirou um leque cuja seda ressecada caía em pó.

— Este horror? Mas está todo quebrado! – gritou ela, estendendo-lhe o leque.

— Deixa-me descansar agora, só um momento – murmurou o velho, agarrando o leque. – Dentro de um quarto de hora poderemos sair. Que dizias há pouco sobre as milícias?

— Nada, vovô. Mexericos vienenses – disse ela batendo a porta.

O velho virou a cabeça, acariciando o tafetá gasto.

— Meu chinelo de pele de esquilo – murmurou ele. – Eu bem que te disse que te reencontraria, Gabriela... Vês, não falei disso ao conde. Guardei o leque para nós dois. Era-nos necessário um último segredo, não achas?

436

— DEVAGAR, VOVÔ – disse a moça, diminuindo o passo. – A colina é difícil de subir, podes demorar.

O velho, apertado num casacão verde-garrafa, ofegava, com seu colarinho entreaberto mostrando o pescoço descarnado. A neve tinha derretido, e a relva amarela surgia através das placas de geada; os pinheiros deixavam cair grossas gotas geladas, e via-se ao longe, através dos ramos desnudos das aceráceas, a cúpula turquesa da alta igreja bizantina, orgulho de Steinhof, de mármore e de ouro envelhecido. Raras sombras negras vagavam daqui e dali, doentes que tinham deixado sair por causa do sol pálido e do céu claro.

— Vovó vai ficar contente, sabes – murmurou Fanny, puxando-o um pouco pela escadaria lamacenta.

— Se ela me reconhecer – disse o velho, parando. – É a última vez, Fanny, não agüento mais... Não vou voltar aqui.

— Vais, sim – disse ela com uma pressão da mão no braço dele –, isso te faz bem. É preciso caminhar. Nunca sais. Precisas de ar puro. Aqui a gente respira!

E ela o soltou para rodopiar num gesto gracioso, com os braços esticados, os olhos fechados.

— Não vês então que estou morrendo, hem? – resmungou o velho entre dentes.

— Mais um esforço! – gritou ela, estendendo-lhe os braços. – Vem!

Ele subiu lentamente o degrau seguinte, teve mais uma tontura e apoiou-se num tronco de árvore. Ela correu até ele.

— Vovô? Responde – soprou ela com angústia. – Tuas vertigens?

Ele concordou, respirando forte. Seu rosto estava cor de púrpura.

— Vai melhorar... Apóia-te em mim. Aliás, já chegamos ao pavilhão da vovó, olha, é ali. A alguns metros.

— Ali... – gaguejou o velho piscando os olhos. – Longe demais.

— Vais melhorar – repetiu ela, puxando-o passo a passo.

O pavilhão de varandas gradeadas era quente, limpo e sonoro. Um médico de avental branco e bigode cinza avisou à menina que a doente não estava num de seus bons dias; era preciso não demorar.

437

Ademais, era hora da refeição; iam tentar depois um banho gelado. O velho tinha arriado numa cadeira e, com a cabeça em abandono, parecia adormecido.

— Vovô! – soprou a moça ao ouvido dele. – Ela está pronta. Mas não está bem, sê paciente.

— Então é porque o espírito dela vagueia – disse o velho levantando-se penosamente. – Onde está meu lenço?

COM OS BRAÇOS APERTADOS com tiras de couro brancas, amarrada às barras da cama, com os cabelos arranjados sob um boné de pano, Anna os olhava com um ar maldoso.

— Vós vindes para o carnaval – disse ela triunfalmente. – A mim também me fantasiaram. Oh! Eu reconheço-vos. Tu, tu és meu Franzi, e tu – disse ela à moça –, tu és... Tu és... Não sei mais quem tu és.

O velho tinha se sentado ao pé da cama e, com os punhos postos nas barras, contemplava-a sem dizer nada.

— Eu queria sair para ir ao baile – murmurou ela confidencialmente –, para ir assassinar um que eu reparei bem. Sabeis? Esses homens negros. O chefe deles virá, eu sei. E eu roubei uma faca, mas aí está, deixei-me prender...

E ela virou a cabeça, mordendo os lábios.

— Garota, assume o meu lugar, mata-o! – gritou ela. – Ele destruirá o mundo! Esse faraó é pior que todos os outros reunidos! Ele nos massacrará e não poderemos sair do Egito! Disseram-me isso!

— Quem, Anna? – murmurou o velho numa voz trêmula. – Quem, desta vez?

— Quem? – perguntou ela, com um olhar desconfiado. – Aproxima-te, eu vou dizer-te ao ouvido. Aproxima-te! Vês bem que sou prisioneira...

Suspirando, ele avançou até ela e inclinou a cabeça.

— É um segredo – cochichou ela. – Vês a planta verde perto da janela? É por ali que eles chegam. Como quem não quer nada. Pelas raízes, sim! Eles são astuciosos! Esperam a noite e me avisam. Antes... mas, senhor juiz, o senhor sabe disso melhor que eu... eles passavam pelos tubos, punham ovos na minha cadeira. Ovos! Como se eu fosse uma galinha! Mas, quando era preciso chocá-los, era grave. Então eu chocava. Os ovos da ira, eles diziam. Está certo quanto à ira...

— Ela está completamente alienada – murmurou a moça. – A lua cheia. Toda vez.

— Essa daí – resmungou a louca – não acredita em mim, é jovem demais. Mas tu, Franzi, escuta bem – continuou ela, baixando a voz. – Esses egípcios negros, com sua cruz e suas botas, parecem um complô contra... Não sei mais quem, esqueci o nome. Herzl, já me lembrei. O rei dos hebreus, o rei Teodoro. Eles vão entrar na Burg e jogá-lo no Nilo, depois matarão as pessoas e...

— Não deves cansá-la, vovô – disse a moça. – Vamos embora.

— Não – disse o velho, fechando a mão à frente da boca.

— Os velhos nos asilos, os enfermos, e até os loucos passarão por lá – continuou ela, com um olhar para a planta verde. – E os judeus. Nós todos, sem exceção. Era preciso apressar-se para passar o mar Vermelho... Ah! Que bonito! Felizmente, fui avisada...

— O médico foi claro, vovô. Temos de ir – insistiu a moça. – Do contrário, ela se arrisca a ter uma crise de violência. Vamos, levanta-te...

— Bem – disse o velho, resignado, aproximando-se da cabeceira da cama. – Deixa-me beijar-te.

— Fecha bem a porta, principalmente – disse Anna numa voz chiada. – Com duas voltas na fechadura.

Depois, com docilidade, ofereceu o rosto para o beijo.

A GREVE GERAL tinha dado o sinal para as rebeliões. Os Heimwehren tinham se lançado contra os social-democratas, que resistiam de armas na mão. Os combates de fevereiro duraram oito dias. Os membros do Schutzbund não se desarmavam, e as milícias da extrema direita não conseguiam atingir seu intento. O chanceler decidiu pôr o seu canhão para funcionar. Durante uma semana, a pequena peça de artilharia com mecanismo de implacável precisão, preparada pelo chanceler Dollfuss, atacou o símbolo da Viena Vermelha, o Karl-Marx-Holf, a grande cidade operária, o cacife da batalha.

A última bandeira vermelha caiu no dia 15 de fevereiro, em Laar Berg, ao sul de Viena, num desses subúrbios em que as revoltas desde sempre eram incubadas. Contaram-se mil mortos e outros tantos feridos entre os socialdemocratas, um massacre sem precedentes. O partido socialdemocrata foi proibido; os membros do Schutzbund foram obrigados a fugir; os que ficaram foram presos. Apesar das intervenções estrangeiras e dos avisos de todos os prelados da Áustria, enforcaram-se oito líderes, entre os quais um ferido gravemente; e celebraram-se com grande pompa na catedral as exéquias dos 128 policiais vencedores, caídos pela pátria, ao som da marcha fúnebre da *Sinfonia heróica* de Beethoven, que a Orquestra Filarmônica de Viena executava.

Livre de sua oposição de esquerda, o chanceler Dollfuss dedicou-se à sua oposição nazista, cujos atentados não se contavam mais. O partido nacional-socialista austríaco era proibido, mas as ajudas nas fronteiras se multiplicavam, e a propaganda nazista se espalhava em boatos vindos de Berlim, onde já se considerava Dollfuss perdido.

Como? Não se sabia. Quando? Desde o mês de junho, soube-se que o golpe de Estado era iminente.

Mas quando, então, afinal? De um dia para o outro. Por quê? Para anexar a Áustria ao Terceiro Reich. E o acanhado chanceler mandou ainda condenar à pena capital dois ou três socialistas, com a idéia de combater o perigo vermelho e de defender a independência nacional.

Foi assim que ele reforçou seus laços de amizade com Mussolini, e foi a Riccione, onde o precedera sua esposa Aldwyne, por quem o Duce parecia muito atraído. Benito Mussolini se derramou em observações odientas contra o chanceler Hitler, mas em Berlim corria o boato de que, ao contrário, o Führer tinha arquitetado tudo com seu homólogo italiano, e que ele tinha deixado "Milimetternich", vulgo "o chanceler de bolso", vulgo ainda "o Mesquinho". Os boatos pululavam, e Dollfuss ainda não tinha liquidado sua oposição de extrema direita.

Chegou o dia em que, cansado demais, o acanhado chanceler se resignou a suspender a proibição do partido nacional-socialista, até mesmo a administrar-lhe um lugar no seio do governo. Tudo de preferência ao Anschluss. Tudo, até nazistas austríacos.

Nesse 25 de julho, quando o velho senhor Taschnik se preparava mais uma vez para subir lentamente a colina de Steinhof de braços com a neta, o chanceler da Áustria reuniu seu conselho de ministros.

As FOLHAGENS TINHAM se tornado tão densas que, de baixo, não se via mais a igreja bizantina. Um sol ardente começava a queimar a relva dos prados, onde as vacas se tinham deitado de lado. Os médicos de avental branco perambulavam alegremente sob as folhagens espessas, e as famílias dos doentes aproveitavam as horas de visita para passear até a quinta, onde se criavam porcos e galinhas.

A moça amparava o avô. Todo mês ele ficava mais pesado; tinha até exigido a ajuda de uma bengala, ele que nunca a tinha usado a não ser para bancar o elegante.

— Paremos, Fanny, vais depressa demais — soprou o velho, apoiando-se no punho da bengala. — Não irei mais longe.

— Vem até o banco, vovô — disse ela logo. — Descansa.

Ele deixou-se cair gemendo um pouco — e abriu o botão do colarinho da camisa.

— Um belo verão — murmurou ele. — Aqui a gente esquece o resto.

— Eu não posso esquecer — disse sombriamente a moça. — Essa aliança com Mussolini! Esse fascista do Dollfuss!

— Gentalha — disse o velho. — Foi por milagre que não foste presa em fevereiro, menina. Minha pobre Anna... Ela talvez não seja tão louca, sabes? É preciso voltar ao império. Essas pessoas são vulgares demais.

— Tuas velhas manias... — disse ela, enternecida. — Dize-me antes o que te contou esse Corti ontem à noite. Ele vem com freqüência, hem?

— O conde — murmurou o velho, com um tom de respeito — queria de todo jeito publicar a íntegra dessas cartas. E eu não queria.

— Mas, vovô, tu lhe disseste sim da primeira vez! — exclamou ela. — Eu estava lá.

— Há coisas nessas linhas... — murmurou o velho, embaraçado. — Enfim, palavras que não quero ver publicadas, é só.

— Ternurinhas? — disse ela divertida. — Não consigo imaginar essa mulher apaixonada.

— És livre de acreditar no que quiseres — zangou-se o velho, batendo no chão com a bengala. — Ele cedeu. E eu cortei algumas passagens.

— Vais me mostrá-las, prometes? Até aqui, tu as fechaste à chave, ciumentamente. Por favor, vovô — suplicou ela, beijando-lhe a mão. — Por mim...

— Veremos — respondeu ele, olhando o céu através dos ramos. — Eu ficaria bem aqui, vês, nesta colina, ao pé dessa igreja austera. Sinto-me bem aqui.

— Não és doido para morares aqui — respondeu ela rindo. — Podemos ir embora? Está na hora. Já são onze e meia.

— É a última vez que venho ver-te — murmurou o velho. — Essa jovem acerácea, eu não a verei no outono, quando estiver vermelha.

— Dizes isso todos os meses, vovô — disse ela, puxando-o pelo braço.

Às onze e meia, exatamente, o chanceler federal notou a ausência do ministro Fey, que só chegou por volta do meio-dia, e disse-lhe algumas palavras ao ouvido.

O chanceler Dollfuss calou-se. Por muito tempo. Depois suspendeu a sessão sem explicações e dispensou quase todos os seus ministros. O ministro Fey, cúmplice dos nazistas, teve remorsos, e vinha avisá-lo de que um comando com 150 homens se preparava numa sala de ginástica da Siebensterngasse. Nazistas que iam disfarçar-se de soldados federais e invadir a sede do governo. Dollfuss deu as ordens que se impunham: enviar a polícia e prender os golpistas.

Na mesma hora, o prédio da rádio já tinha sido cercado pelos falsos soldados federais, em Johanngasse. Na escola vizinha, o professor em pânico liberou as crianças e deixou-as na calçada. "Voltem para casa! Depressa, não se demorem!"

Confusamente, as crianças sentiram que aquele não era um dia normal; a maior parte obedeceu docilmente, mas nem todos. O pequeno Elie Steiner, abandonado na calçada, olhou a hora; todos os dias, almoçava com seus pais no Sacher, o café, rapidamente. Até lá, tinha tempo. Uma hora inteira para satisfazer sua curiosidade e vagar pelas ruas sem vigilância; Elie foi para as ruas do primeiro bairro, bem no coração de Viena.

O VELHO SR. TASCHNIK acabava de entrar no quarto de sua mulher.

Sentada na cama, Anna o olhava de longe com um ar de idiota. Parecia que não o reconhecia.

— Amarraram-na de novo! — suspirou o velho, num tom de revolta.

442

— O médico diz que as crises ficam próximas umas das outras, vovô – cochichou a moça. – Eles não têm explicação. Talvez o calor...

— O frio, o calor, o vento sul, sempre alguma coisa – resmungou ele. – Isso não vai acabar nunca.

Eles se aproximaram; a velha deu um sorriso radioso e seus olhos se iluminaram.

— És tu, Franzi – murmurou ela. – E tu também, minha pequena Fanny...

O velho e a moça trocaram um olhar.

— Eles me amarraram de novo... – disse ela, com ar magoado. – Eles dizem que esta noite eu não fui razoável. No entanto, vedes como estou sendo ajuizada? Franzi... Pede-lhes que me deixem em paz.

— Estás doente, vovó, os médicos cuidam de ti, é para o teu bem – interveio Fanny, acariciando-lhe a testa.

— Médicos! – disse ela, com um leve sorriso. – Não é o que me dizem lá em cima – acrescentou, com um olhar para o teto.

— Eles voltaram, não é? – perguntou o velho.

— Vovô! – indignou-se Fanny, furiosa. – Tu não devias!

— Deixa – disse ele irritado. – Sei como lidar com ela. Então, eles falaram contigo esta noite de novo?

— Eles me disseram que era para esta noite – cochichou a louca, com um ar misterioso. – E que finalmente a verdade brilharia. Disseram-me que ias escapar deles, não sei como, e eu fiquei muito feliz. Eles simplesmente passaram pelas vidraças! Diziam que estavam com muita pressa de me avisar. E vês – acrescentou ela, sorrindo-lhe com ternura –, vais ver que eu tinha razão.

— Sempre esses fantasmas que falam com ela há tantos anos – suspirou Fanny em seu canto.

— Eu te ouvi, Fanny – exclamou ela. – Oh! Mas eu tenho o ouvido aguçado! Fantasmas? Espera só está noite e vais ver.

O velho se aproximou de novo da cama, com lágrimas nos olhos.

— Anna... – disse ele, acariciando-lhe a testa. – Acho que não poderei vir novamente.

— Deves ir embora, eles me disseram – disse ela tristemente. – Só Deus sabe do que esses monstros são capazes. É preciso que vás para o mais longe possível.

443

— É o que vou fazer, minha querida. Eu queria dizer-te... Eu também tenho um segredo — suspirou ele, enxugando a boca. — Alguma coisa que escondi de ti.

— Ah — disse ela, entristecendo-se. — És da polícia.

— Claro que não — suspirou ele. — Correspondi-me com nossa imperatriz, e nunca te disse isso. Ela me enviava longas cartas...

— A imperatriz! — gritou ela. — Para salvar a Áustria? Então está bem. Espero que a tenhas prevenido também. A imperatriz pode tudo.

— Sem dúvida — murmurou o velho. — Anna... Lembras-te da pequena orquestra na rua? Eu te amei muito.

Ela piscou os olhos como uma borboleta na luz.

— Claro — disse ela após um momento de silêncio. — Fazia muito frio naquela manhã; eu tinha meu regalo de astracã e meu casaco azul. Não tivemos sorte. É esta guerra. E agora, a outra que vai começar. Que queres, meu Franzi... Não é fácil.

— Desamarra-a — disse o velho à moça.

— É proibido, vovô — respondeu ela, sobressaltando-se. — Ela pode ser perigosa...

— Desamarra a tua avó — ordenou ele num tom decidido.

AO MEIO-DIA E CINQÜENTA MINUTOS, quanto todo perigo parecia descartado, os soldados encarregados da substituição da guarda fizeram sua entrada no pátio da chancelaria. Quatro caminhões entraram atrás deles, lotados de estranhos soldados de uniformes incompletos. Os nazistas. E entre eles um colosso, um sudeto de nome Planetta.

Foram-lhes necessários vinte minutos para se tornarem donos do lugar. No prédio da rádio, o outro comando tinha abatido um motorista e dois guardas e obrigado o locutor a interromper o programa musical para anunciar publicamente a demissão do governo Dollfuss. No estúdio vizinho, um ator viu as pistolas no punho dos golpistas e pôs-se a gritar. Uma rajada reduziu-o ao silêncio.

No pátio da Burg, os nazistas desciam dos caminhões e penetravam nos prédios. O acanhado chanceler decidiu fugir pelos corredores, guiado por um velho porteiro que conhecia a chancelaria como a palma da sua mão. Mas o velho andava devagar, e Dollfuss não sabia nada das portas escondidas. E, assim que ele chegou ao salão dito "Salão do Canto", os nazistas irromperam no local. A porta estava fechada à chave.

Planetta meteu-lhe duas balas nas costas. Uma terceira no pescoço. O chanceler caiu. Ao bater no chão, sua cabeça fez um barulho que aterrorizou os próprios nazistas.

Ele pôs-se a gritar "Socorro, socorro...". Não estava morto. Não queria morrer. Banhava-se no próprio sangue e recusava-se a morrer. Paralisados, os nazistas olharam para ele e afastaram-se.

À uma da tarde, o jovem Elie Steiner ainda não tinha chegado ao Sacher; apressou o passo e passou diante da pastelaria Demel, olhando de soslaio, não tinha mais tempo de apreciar as empadas nas vitrines. Mesmo assim, diminuiu o passo e parou, a tempo de ver sua mãe sair alucinada, que o pegou pelo braço:

— Que fazes aí, Deus do céu? Tens de voltar para casa. Teu pai não está na chancelaria, telefonei para o escritório dele, na chancelaria não se pode mais entrar. Depressa!

— Mas a minha aula de violino, agora? – perguntou o pequeno Elie.

— Como se fosse um dia propício para o violino! – replicou a mãe, pondo-se a correr.

Elie não compreendeu nada da fala confusa da mãe, exceto que era um momento grave e que não devia discutir.

A MOÇA TIROU cuidadosamente as argolas que retinham as amarras, e a louca massageou os punhos. O velho pegou-lhe as duas mãos e manteve-as presas.

— Por que me deixas aqui, Franzi? – gemeu ela. – Não fiz nada errado... É culpa minha se eles falam comigo? Eu tenho que escutar! Deus não me perdoaria!

— Deus te perdoa tudo – murmurou ele, beijando-lhe os dedos.

— Eu sei como agir com Deus – disse ela, retirando as mãos. – É preciso dançar.

Anna estava de pé, com a cabeça inclinada sobre o ombro, girava sobre si mesma, com os braços estendidos, cantarolando uma melopéia em iídiche, com os olhos fechados. Mesmo com o boné de pano, mesmo com a camisola do hospital, ela mantinha a graça da moça encontrada diante de uma pequena orquestra da Galícia, num dia de inverno. Franz não pôde evitar um sorriso, logo apagado. Não podiam deixá-la desamarrada por muito tempo.

— Pára agora, Anna, minha querida — murmurou ele. — Isso, está bem. Agora, devo dizer-te adeus.

— Mas vais voltar? Vens toda quarta-feira do mês — disse ela. — Vês, eu sei! Estou sendo muito racional!

— Voltar? — suspirou o velho. — Não estou certo disso, já que estou partindo em viagem.

— Não me disseste aonde ias — gritou ela numa voz acutíssima.

— Para muito longe — disse ele.

— Não para a Ucrânia! — berrou ela. — Não nessa neve horrível! A guerra! Vai recomeçar! Não vás para lá! Não de trem!

Ela se tinha levantado, desvairada, irreconhecível, com as mãos para a frente, segurava no casaco dele, e o velho quis contê-la... Com um barulho espantoso, ele caiu no chão e bateu com a cabeça. Pálida, a moça arremessou-se para a campainha.

A porta abriu-se, dois enfermeiros se precipitaram, rodearam-na com um cinto e amarraram-na firmemente. Ela mal se debatera. Depois, ergueram o velho e sentaram-no numa poltrona, perto da janela. Com os olhos fechados, o rosto pálido, ele virou a cabeça e sufocou.

DOLLFUSS PÔS-SE a gemer e desmaiou.

Dois ou três nazistas desceram a escadaria e sussurraram aos guardas que se encontravam lá: "O chanceler está ferido..." Depois nada aconteceu. Incrédulos, os guardas não entendiam.

— Querem constatar? — sugeriu um nazista.

— É grave? — perguntou finalmente um dos guardas, antes de subir a escadaria.

Tudo parecia tão trágico e, no entanto, tão tranquilo.

Um instante depois, o guarda descia de novo, desnorteado, procurava um médico, não havia. Pedia pelo menos um pano para fazer um torniquete e estancar o sangue que não parava de escorrer.

— Isso eu tenho — disse um nazista, tirando um trapo do bolso —, mas não sei como fazer isso.

– Não faz mal – respondeu o guarda –, eu dou um jeito. – E subiu de novo.

Ele deu ordens aos nazistas, que permaneciam de pé diante do corpo do chanceler, sem uma palavra, sem um gesto. Ele fez os assassinos obedecerem, os quais, docilmente, pegaram o moribundo pelas axilas, pelos tornozelos, um, dois, ergueram-no bem suavemente para deitá-lo num sofá vermelho. O guarda umedeceu a testa do chanceler com água-de-colônia, estancou o sangue, que, sobre a seda vermelha, desenhou manchas úmidas. Finalmente, o guarda falou com palavras rápidas, sem violência, aos nazistas petrificados, sem violência, e subitamente Dollfuss abriu os olhos e disse:

– Como vão os ministros?

– Bem – respondeu-lhe o guarda, sem violência.

– Quero vê-los – murmurou o chanceler.

OS ENFERMEIROS RECUPERARAM o fôlego. A velha tinha nervos. Num canto do quarto, Fanny soluçava.

– Nada quebrado, Sr. Taschnik? – perguntou o primeiro enfermeiro.

– Ela, no entanto, não se desamarrou sozinha! – exclamou o segundo. – Quem fez isso?

– Fui eu – respondeu o velho.

– Vai ser preciso falar a respeito com o médico – resmungou o enfermeiro. – Ele vai censurar-nos! Tínhamos avisado que ela não estava bem!

– Minha última visita – soprou o velho, fazendo uma careta de dor. – Isso não vai se repetir mais.

– Vem, vovô – disse Fanny, enxugando as lágrimas. –Beija-a.

Anna estava prostrada, sem expressão, com o olhar seco. Com cerimônia, Franz aproximou-se da cama tremendo todo e depositou um beijo no boné de pano.

– Adeus, Anna – cochichou ele ao ouvido dela.

– Os homens negros – cochichou ela misteriosamente –, com dois raios pequenos de prata sobre as mangas. E com punhais nas botas. Cuida-te bem, meu Franzi...

O CAPITÃO DO COMANDO nazista se chamava Holzweber. Obviamente, não era oficial, mas, já que tinha pegado as divisas, promovera-se a si mesmo para a ocasião: de sargento, tornara-se capitão. Quando vieram avisá-lo de que o chanceler reclamava a presença dos ministros, ele subiu a escadaria de quatro em quatro degraus, entrou no Salão do Canto e parou a três metros do sofá vermelho, batendo os calcanhares antes de inclinar-se.

Seguia a imemorial tradição do Exército da República austríaca, herdada do velho imperador. Porque, já que o pequeno pigmeu ainda estava vivo, era sempre o chanceler, e o importante era a ordem, antes de tudo.

Respeitosamente, o "capitão" Holzweber pediu ao homem em quem acabava de mandar atirar o que ele desejava.

Ver seus ministros.

Eles não estão aqui, respondeu o homem; mas talvez, procurando bem, o capitão poderia achar o ministro Fey. Quero um médico, disse fracamente Dollfuss. Nenhuma resposta. Então um padre, disse ele ainda. Ninguém lhe falava. Não sinto mais nada, disse ele aos guardas e aos nazistas que o rodeavam, estou paralisado, depois calou-se. Como vocês são bons para mim, meus filhos, disse ainda, depois a cabeça caiu. Não, ainda não tinha morrido. Não ainda.

Não encontraram seus ministros, mas trouxeram-lhe Fey, encarregado de extorquir-lhe a nomeação de seu sucessor. Nazista.

Fey ajoelhou-se diante do sofá vermelho, o chanceler abriu vagamente os olhos...

— Boa noite, Fey. Como vai?

— Bem – balbuciou Fey.

— E os outros ministros? – perguntou o acanhado chanceler.

— Não te preocupes com eles – respondeu Fey. – Estão sãos e salvos.

— Não eu – murmurou o chanceler Dollfuss, fechando os olhos. – Vês, vou morrer. Peço-te duas coisas. Diz a Benito Mussolini que cuide de minha mulher e de meus filhos.

— Prometo – respondeu Fey, embaraçado.

— Outra coisa: meu sucessor será Schuschnigg, nenhum outro.

Fey não se mexeu; o sucessor designado pelo chanceler Hitler não era Kurt Schuschnigg. Fey não disse nada, mas olhou os golpistas erguendo as sobrancelhas, nada a fazer. Um guarda sumiu.

Então os nazistas acordaram. Puxaram suas pistolas, apontaram-nas para o moribundo. Intimaram Fey a mandar designar qualquer um, mas não Schuschnigg. O chanceler disse não com a cabeça, não cedeu, não, Fey falou-lhe ao ouvido: "Vamos, cede, Engelbert, é tarde demais, acabou."

Mas não.

O moribundo se recusou.

— Tenho sede – disse ainda.

E também "Não há sangue, não há mais sangue..." Ele sufocava. Teve apenas tempo de pronunciar quatro palavras, "minha mulher, meus filhos", e o arquejo começou, um ronco agudo, terrível, até que finalmente o sangue lhe jorrou do nariz em abundância.

Na praça, os vienenses tinham se reunido, atraídos pelo boato do atentado. Já conheciam a escolha do agonizante, e a polícia cercava o prédio.

A multidão! A polícia! "O golpe falhou", pensou Fey, sem refletir. Fora, gritavam: "Assassinos, vadios, bando de cães!" Pálido, Fey apareceu na sacada, titubeando; atrás dele estava o falso capitão, tão educado. A multidão berrava, Fey improvisou, para ganhar tempo.

— Os golpistas perderam, pedem que a vida lhes seja salva! – gritou para a multidão. – Que devemos responder-lhes?

— Sim, se todo mundo estiver vivo! – gritou a multidão.

— Desde que não tenham assassinado ninguém!

— Todo mundo está vivo... – respondeu Fey, hesitando. Verdade turva, porque era verdade que naquele momento, no sofá vermelho, no Salão do Canto, o acanhado chanceler, cujo sangue jorrava pelas narinas, ainda não tinha deixado escapar seu último suspiro.

Por um minuto aproximadamente, o ministro Fey teria mentido. O ministro Fey conhecia o futuro imediato; sabia que no instante seguinte Dollfuss estaria morto. O golpe dos nazistas afundou na desordem e na confusão.

449

Por um minuto aproximadamente, o golpe de Estado teria podido ser bem-sucedido. Um minuto que o chanceler Hitler, em seu camarote no festival de Bayreuth, esperava impacientemente. Um minuto a mais; Dollfuss agonizante tinha designado seu sucessor, e o próximo chanceler da Áustria não seria um nazista. Fey fugiria covardemente, a multidão o deixaria ir. Hitler tinha perdido a partida dessa vez. O Anschluss não ocorreria; a Áustria não se tornaria alemã, e tudo iria recomeçar. Da próxima vez, fariam de outra forma, com uma preparação mais cuidada. Dentro de algum tempo.

Eram quase quatro horas da tarde. O acanhado chanceler acabava de entregar a alma, sem ter cedido.

ENFIADO NOS TRAVESSEIROS, o velho olhava o sol cuja luz de ouro começava a suavizar-se. À sua cabeceira, Fanny contava cuidadosamente as gotas que deixava cair num copo.

— Esse belo crepúsculo vienense – suspirou ele. – Esses tetos ruivos.

— Foste muito corajoso, vovô. Pobre vovó.

— Estes dias intermináveis do verão – continuou o velho, sem ouvir. – Dir-se-ia que o sol recusa ir para a cama. *"Gold'ne Wünsche! Seifenblasen! Sie zerrinnen wie mein Leben..."*

— Vais tomar ajuizadamente a tua valeriana e dormir – insistiu Fanny com doçura. – Estás muito cansado.

— Ela não está tão louca quanto dizem – murmurou o velho. – Ou então eu também estou. Quando eu morrer, Fanny, vai embora! Abandona Viena!

— Bebe – disse ela, estendendo-lhe o copo. – Tenta não respirar para não sentires o gosto, não é bom.

— Nunca gostaste de Heine – resmungou ele entre dois goles. – "Votos dourados! Bolhas de sabão!"... Detesto esta poção!

— Mas tomaste-a, está bem – disse ela, arranjando os travesseiros.

— ...Acha para mim aquele velho leque. Deixei-o no salão.

Quando ela se virou, ele fez uma careta de dor e pôs a mão no peito.

— Eu me pergunto o que te prende a este objeto! – exclamou ela, censurando, ao voltar com o leque.

— Pois não te digo que sou um velho doido? – resmungou ele, enxugando febrilmente a boca. – Abre a janela, para que eu veja minha cidade querida.

— Vais pegar um resfriado!

— Já peguei – cochichou ele e abriu o leque, tremendo. – Uma atrás da outra, Anna e Gabriela – murmurou ele, enquanto ela se inclinava para olhar a rua. – Anna primeiro. A ti agora, Gabriela; adeus.

De fora vinham os barulhos da noite, os roncos dos motores, os tinidos dos bondes, o surdo rumor da grande cidade, a agitação tranqüila de um belo verão, os gritos familiares dos vendedores de jornais... O velho pôs o leque sobre o coração e apertou-o docemente entre as duas mãos juntas.

Bruscamente, Fanny franziu as sobrancelhas. Por toda parte, abaixavam as portas de aço das lojas, com estardalhaço.

— Não está na hora, no entanto... – disse ela correndo à janela.

"O chanceler Dollfuss morreu assassinado! Atentado nazista contra o chanceler! A Áustria está de luto! Assassinato na cúpula do Estado!", gritavam os vendedores de jornais, e a multidão acorria à volta deles.

— Vovô! – berrou ela sem se voltar. – O chanceler! Eles o mataram! Os nazistas! Foram os nazistas!

O leque caiu da cama com um leve ruído. O velho tinha aberto as mãos; num último sobressalto, suas unhas tinham rasgado o tafetá ressecado. Com o queixo pendente, ele fixava com seus olhos mortos a janela de onde subia o rumor da cidade em cólera.

QUANDO ACABARAM sua toalete fúnebre, a governanta pegou no chão o leque empoeirado e achou-o bom para jogar no fogo.

Em Bayreuth, em seu camarote, pelo tempo de uma ópera, Hitler achou que tinha ganhado; exultava. Quando compreendeu que tudo tinha falhado, soltou um único grito: "É um desastre! Um novo Sarajevo!" Esse argumento serviu-lhe depois durante quatro anos inteiros: utilizando o medo da guerra, Hitler conseguiu convencer as potências européias a estabelecer uma nova estabilidade

451

na Europa e resolver pacificamente a questão da Áustria alemã, sem violência.

A biografia do conde Corti apareceu no mesmo ano, em 1934, com um título anódino e enigmático, *Elisabeth, a mulher estranha*. Os historiadores da Academia de Ciências em Viena contestaram a autenticidade de alguns poemas publicados pelo conde Corti, e que ele retirara de uma agenda pessoal da imperatriz, encontrada por sua filha Marie-Valérie. Todo mundo em Viena sabia que os poemas da imperatriz dormiam na caixa de Liechtenstein, no tribunal civil, em Brno; e o conde Corti não era sério.

Fanny ficou sozinha no apartamento de Bankgasse; sua avó Anna viveu mais cinco anos, depois apagou-se soprada como um candelabro, chamando por Franzi, que a tinha abandonado, dizia ela. Não tinha deixado de ouvir os misteriosos personagens que lhe descreviam o universo gelado de um eterno inverno na Europa, e os trens, sobretudo, a respeito dos quais ela sempre voltava a falar.

A velha Áustria cambaleava sob as invectivas dos nazistas; Fanny ia trocar Viena pela Suíça, quando, após dois meses de manifestações cotidianas, de *slogans* berrados e de preparativos minuciosos, o senhor do Terceiro Reich fez sua entrada na praça dos Heróis, diante da Hofburg, no coração da cidade, aplaudido por uma população entusiasta; muitos tinham vindo em ônibus lotados, de encomenda.

No dia seguinte, os nazistas obrigaram os judeus de Viena a lavar as calçadas, como atesta hoje um monumento em sua honra, diante da Albertina. O chanceler do Reich mandou erguer um monumento em Viena em honra de Planetta, e deu seu nome a uma praça na cidade; o ex-ministro Fey se suicidou. Viena se cobriu inteirinha de longas flâmulas vermelhas com uma cruz gamada negra em fundo branco. As deportações começaram.

Fanny conseguiu fugir para os Estados Unidos, onde, mais tarde, nos anos 1950, tornou-se educadora especializada numa instituição para autistas.

Emilie Taschy foi presa em Budapeste, na boate em que cantava todas as noites, durante as primeiras levas; apesar de suas pesquisas, Fanny não conseguiu saber nem onde nem quando sua mãe tinha desaparecido. Em Theresienstadt, sobreviventes ouviram-na cantar em recital, no interior do campo de concentração; mas, em setembro de 1943, Emmy desapareceu, sem dúvida com o comboio de 5 mil deportados em direção a Auschwitz.

As caixinhas da imperatriz Elisabeth conheceram numerosas peripécias. A que o duque de Liechtenstein tinha depositado no Tribunal Civil de Brünn foi para Praga, depois voltou para a cidade morávia. Em 1949, a Academia de Ciências de Viena designou sete de seus membros para preparar a abertura solene. Em janeiro de 1950, o momento fatídico finalmente chegou; foi preciso obter os vistos para a Tchecoslováquia, do outro lado da Cortina de Ferro. Os tchecos recusaram entregar o célebre objeto; a caixa foi para Praga, de onde seguiu finalmente para Viena, para as mãos da Academia de Ciências, em 1953. Não foi sua última viagem.

Abriram-na diante de sete testemunhas, nela encontraram a carta e o destinatário: o presidente da Confederação Helvética. Mas desde 1951 o presidente Etter já tinha recebido, por intermédio de Luís, filho de Carlos Teodoro, a caixa confiada a Ida Ferenczi, sem o conhecimento da Academia de Ciências de Viena, que ignorava tudo a respeito.

O presidente Etter consultou o Conselho Federal, que decidiu não autorizar a publicação dos poemas para preservar a reputação da imperatriz assassinada em Genebra. Contestatórios demais, tais poemas seriam um desserviço à sua memória. Foi preciso esperar até 1977 para que finalmente o presidente Furgler aceitasse confiá-los à historiadora alemã Brigitte Hamann, que deles publicou inicialmente alguns trechos numa nova biografia de Elisabeth, em 1981, promovendo depois uma edição completa, em 1984.

Mas quando se debatiam as últimas instruções da imperatriz, tropeçou-se num obstáculo imprevisto. Ela desejava reverter a renda de sua obra poética aos descendentes dos perseguidos húngaros.

Ninguém soube a quem entregar os direitos autorais. Porque, no que dizia respeito à Hungria, a pátria de seu coração, ela ainda estava no outro mundo, o que a Conferência de Yalta tinha partilhado.

O Conselho Federal Helvético decidiu então entregar os direitos autorais de Elisabeth da Áustria ao Alto Comissariado para os Refugiados, criação do século, adequada à quantidade específica de seus massacres. É na Academia de Ciências que se pode comprar hoje o grosso volume de poemas, numa pequena rua de Viena, a Währingerstrasse, no fundo do pátio, terceiro andar.

No outono de 1992, um tcheco enlouquecido pela morte da esposa roubou o caixão de Mary Vetséra no cemitério de Heiligenkreuz e tentou vendê-lo por 20 mil *schillings,* uma miséria. A polícia recuperou os restos da morta e confiou-os ao Instituto Médico Legal. Os detentores dos direitos legais se opuseram a toda pesquisa complementar, e o esqueleto de Mary Vetséra voltou para Heiligenkreuz. Soube-se, contudo, pela imprensa, que, durante sua breve estada no Instituto Médico Legal, os *experts* fizeram uma estranha descoberta: em lugar de balas de revólver, o crânio de Mary mostrava traços de golpes de picareta. Segundo certos boatos não verificáveis, entre 1945 e 1955, as tropas soviéticas de ocupação em Viena se teriam apoderado do crânio da moça – varado pela bala do príncipe herdeiro – e o teriam substituído pelo crânio de uma desconhecida. Depois os boatos desapareceram e não se falou mais disso.

Os pais do pequeno Elie o enviaram para a França no início do ano de 1939 e prometeram ir ter com ele um pouco depois, já que, afinal, em Viena, sempre havia tempo de tomar providências. A criança passou toda a guerra escondida numa quinta nas cercanias de Landes; quando, aos 15 anos, voltou para sua cidade natal, não encontrou mais nada nem ninguém. Seu pai morrera em condições misteriosas; como Émilie Erdos, de nome Taschnik em solteira, sua mãe tinha sido presa e deportada para o campo de Theresienstadt. Assim como ocorrera a Fanny, ele também não soube da data exata do desaparecimento.

E já que de Viena havia perdido tudo, exceto a memória que o fazia sofrer tanto, ele instalou-se na França, tornou-se músico da Orquestra da Ópera de Paris, o que lhe permitia fazer turnês no estrangeiro e alguns concertos como solista nas cidades termais. Exatamente antes da idade da aposentadoria, ele assinou um contrato com o Cassino de Baden, pertinho de Viena. Às vezes, nos dias de descanso, subia ao apartamento de sua infância e permanecia no patamar, sem ousar bater; outras vezes instalava-se no café Sacher, no terraço, onde, uma noite, última testemunha de uma ilha de memória em perigo de naufrágio, ele me contou sua história, e a lembrança que tinha do dia em que o professor primário o tinha levado para a calçada.

Na hora exata em que os nazistas abatiam o chanceler Dollfuss; na hora em que Franz Taschnik subia pela última vez a colina de Steinhof.

Na hora em que o conde Corti acabava de estabelecer o manuscrito de sua biografia da imperatriz Elisabeth, acrescentando, entre os numerosos documentos inéditos, as cartas de Gabriela e um poema.

Viena, 1992-1994

fim

Comentários

O romance que se acaba de ler inspira-se num episódio autêntico da vida da imperatriz Elisabeth da Áustria.

O rapaz que ela encontrou no Baile do Reduto em 1874 se chamava na realidade Frédéric Pacher de Theinburg. Antes de morrer, em 1934, ele entregou ao conde Corti as cartas de Elisabeth e o poema "Long, long ago". O conde Corti publicou igualmente algumas das cartas que Frédéric Pacher enviou à imperatriz, das quais as duas últimas e o poema ficaram sem resposta. Encontrar-se-á o relato de sua longa correspondência assim como o texto das verdadeiras cartas nas três grandes biografias de Elisabeth da Áustria: a mais clássica, a do conde Corti, publicada hoje pela editora Payot; a mais crítica, a de Brigitte Ramann, publicada em 1981 pela editora Fayard; e a mais convincente, enfim, a de Nicole Avril, *A imperatriz*, publicada em 1993 pela editora Grasset.

À exceção do encontro com o javali negro, os fatos da vida de Elisabeth da Áustria estão todos documentados, seja nas *Memórias*, seja nos arquivos; no entanto, acrescentei numerosos boatos, entre os quais a sífilis do imperador Francisco José, sobre a qual insistem altas personalidades vienenses de hoje.

Em contrapartida, Franz Taschnik, sua família e seus amigos são personagens imaginários.

Os versos em epígrafe em cada um dos capítulos são extraídos dos poemas de Elisabeth, à exceção de um poema de Reine, no capítulo intitulado "Anna, ou a música." Com a ajuda de André Lewin, traduzi-os da edição publicada sob a égide da Academia Austríaca de Ciências (Kaiserin Elisabeth, *Das poetische Tagebuch,* herausgegeben von Brigitte Hamann, Verlag der Österreichischen Akademie der Wissenschaften, Wien, 1984). Só vinte desses poemas foram publicados em francês, nas diferentes biografias da imperatriz.

457

O conjunto da obra poética de Elisabeth da Áustria atinge 330 páginas impressas.

O relato dos acontecimentos da Guerra da Bósnia de 1878 se apóia nos arquivos inéditos da Embaixada da França em Viena, onde os originais são conservados desde 1815. O mesmo ocorre com o despacho de Corfu, reproduzido em sua íntegra, e com os incontáveis boatos em torno do drama de Mayerling; na época, o embaixador da França, Pierre Decrais, não acreditou na tese oficial do suicídio do príncipe herdeiro, que acabou por aceitar como que a contragosto.

Faço questão de prestar minha homenagem à inspiração preciosa e benévola de meu amigo Axel Corti, falecido em 1993, quando terminava a filmagem em Viena de *A marcha de Radetzky*, baseado no romance de Joseph Roth.

O grande cineasta húngaro Istvan Szabo, a quem este livro é dedicado, ensinou-me tudo sobre a Hungria, e particularmente o sentido da palavra *délibab*.

Agradeço em primeiríssimo lugar a Jean-Paul Phelippeau, professor de equitação na Guarda republicana; ao embaixador Matsch, do Ministério austríaco das Relações Exteriores; a Anton Prohaska, embaixador da Áustria junto à Unesco; ao embaixador Gustav Ortner, chefe do Protocolo austríaco; a Helmut Zilk, prefeito de Viena; a Thomas Schäfer-Elmayer, diretor da Escola da Dança Elmayer, em Viena; a Arthur Paecht, deputado do Var; a François Nicoullaud, embaixador da França em Budapeste, e à sua esposa, Christiane; a Jean-Jacques Brochier; a François e Irene Frain; a Thomas Erdos; a Hugues Gall; a Alain Sortais e a Thierry Burckard; a Françoise Verny, a Jean-Christophe Brochier e a Jean-Étienne Cohen-Séat; a todos os meus amigos vienenses, particularmente a Friedl Tisseau, e, naturalmente, a A.L.

ATENDIMENTO AO LEITOR E VENDAS DIRETAS

Você pode adquirir os títulos da BestBolso através do Marketing Direto do Grupo Editorial Record.

- Telefone: (21) 2585-2002
  (de segunda a sexta-feira, das 8h30 às 18h)
- E-mail: mdireto@record.com.br
- Fax: (21) 2585-2010

Entre em contato conosco caso tenha alguma dúvida, precise de informações ou queira se cadastrar para receber nossos informativos de lançamentos e promoções.

Nossos sites:
www.edicoesbestbolso.com.br
www.record.com.br

EDIÇÕES BESTBOLSO

Alguns títulos publicados

1. *Os carbonários,* Alfredo Sirkis
2. *Viagem à luta armada,* Carlos Eugênio Paz
3. *Baudolino,* Umberto Eco
4. *O diário de Anne Frank,* Otto H. Frank e Mirjam Pressler
5. *O poderoso chefão,* Mario Puzo
6. *O diário de Bridget Jones,* Helen Fielding
7. *Sex and the City,* Candace Bushnell
8. *Doutor Jivago,* Boris Pasternak
9. *O jogo das contas de vidro,* Hermann Hesse
10. *Jovens polacas,* Esther Largman
11. *A pérola,* John Steinbeck
12. *O misterioso caso de Styles,* Agatha Christie
13. *O caso do hotel Bertram,* Agatha Christie
14. *O dia da tempestade,* Rosamunde Pilcher
15. *A queda,* Albert Camus
16. *Uma história íntima da humanidade,* Theodore Zeldin
17. *O amante de Lady Chatterley,* D. H. Lawrence
18. *Entre dois palácios,* Nagib Mahfuz
19. *O palácio do desejo,* Nagib Mahfuz
20. *O jardim do passado,* Nagib Mahfuz
21. *Paula,* Isabel Allende
22. *O grande Gatsby,* F. Scott Fitzgerald
23. *Encrenca é o meu negócio,* Raymond Chandler
24. *Pérolas dão azar,* Raymond Chandler
25. *Não há crime nas montanhas,* Raymond Chandler
26. *Prelúdio de sangue,* Jean Plaidy
27. *O crepúsculo da águia,* Jean Plaidy
28. *O coração de leão,* Jean Plaidy
29. *O buraco da agulha,* Ken Follett
30. *O príncipe das marés,* Pat Conroy

Este livro foi composto na tipologia Minion, em
corpo 10/12,5, e impresso em papel off-set 63g/m² no Sistema
Cameron da Divisão Gráfica da Distribuidora Record.